J.R. Ward

Convoitise

Anges déchus – 1

Traduit de l'anglais (États-Unis) par Marianne Feraud

Milady

Milady est un label des éditions Bragelonne

Titre original : *Covet*

Publié avec l'accord de NAL Signet,
membre de Penguin Group (U.S.A.) Inc.

ISBN : 978-2-8112-0825-7

Bragelonne – Milady
60-62, rue d'Hauteville – 75010 Paris

E-mail : info@bragelonne.fr
Site Internet : www.bragelonne.fr

À notre Theo.

Remerciements

Mes sincères remerciements à : Kara Cesare, Claire Zion, Kara Welsh. Leslie Gelbman et tous les membres de NAL. Comme toujours.

Merci également à Steven Axelrod, ma voix de la raison.

Avec tout mon amour à l'équipe Waud sans qui rien de tout cela ne serait possible : Dee, LeElla, K et Nath.

Merci aussi à Jen, Lu et tous nos modérateurs.

Et avec ma plus sincère gratitude à Doc Jess (Jessica Andersen), Sue Grafton, Suz Brockmann, Christine Feehan et sa merveilleuse famille, Lisa Gardner et Linda Francis Lee.

Et avec tout mon amour à mon mari, ma mère, la douce moitié de Writer Dog et toute ma famille.

Prologue

« Démon. » Un bien vilain mot.

Et si vieux jeu. Dès qu'on évoque ce nom, les gens s'imaginent des scènes d'apocalypse à la Jérôme Bosch. Ou pire, l'*Enfer* de Dante, ce ramassis de foutaises. Franchement… des flammes, des âmes torturées et des gens gémissant dans tous les coins…

Non, l'enfer n'a rien à voir avec tout cela. Alors, certes, il y fait un peu chaud. Et si on devait nommer un peintre officiel, Bosch arriverait sans doute en tête de liste.

Mais là n'est pas la question. Le démon, lui, a une conception bien plus sympathique et moderne de la chose. Il se considère plutôt comme un coach en développement personnel. Une sorte d'Oprah Winfrey, version maléfique.

L'influence. Voilà le maître mot.

Pour bien comprendre, il faut savoir que les caractéristiques spirituelles ne sont pas si différentes des qualités du corps humain. Notre organisme conserve un bon nombre de structures vestigiales, comme l'appendice, les dents de sagesse et le coccyx, toutes inutiles et risquant même de compromettre le bon fonctionnement de l'ensemble.

Eh bien, pour les âmes, c'est la même chose. Elles sont lestées de tout un tas d'accessoires superflus qui les empêchent de réaliser leur potentiel, de petites parties bien-pensantes végétant telle une excroissance attendant l'infection. La foi, l'espoir, l'amour… La prudence, la modération, la justice et la force morale… tout ce bazar qui bourre le cœur de moralité, entravant l'attrait inné de l'homme pour le mal.

Le rôle d'un démon est d'aider les gens à discerner et exprimer leur vérité intérieure sans être embrouillés par toutes ces conneries qui détournent l'humanité. Tant qu'ils restent fidèles à leur vraie nature, tout va dans le bon sens.

Et c'était plutôt le cas, ces derniers temps. Entre toutes les guerres, le crime, le manque de respect pour l'environnement, cette fosse à purin qu'était devenue Wall Street et toutes les inégalités à travers le monde, tout se passait bien.

Mais ce n'était pas suffisant et le temps était compté.

Pour faire une analogie avec le sport, la Terre était le terrain de jeu et le match se jouait depuis le jour où le stade avait été construit. Les démons formaient l'équipe locale, celle des visiteurs était composée d'anges vantant les mérites exagérés d'un bonheur illusoire, le paradis.

Où le peintre officiel serait Walt Disney. Berk.

Chaque âme incarnait un quarterback, qui participait ainsi à la lutte universelle du bien contre le mal, et le tableau d'affichage réfléchissait la valeur morale de ses actions sur Terre. Le jeu débutait à la naissance et prenait fin avec la mort, après quoi le score était ajouté au résultat global. Les entraîneurs avaient l'interdiction de quitter la ligne de touche, mais ils étaient autorisés à faire entrer des joueurs complémentaires aux côtés des humains, pour influencer les événements, et demander des temps morts dans le but de galvaniser l'équipe.

Communément appelés « expériences de mort imminente ».

Seulement voilà, tel un spectateur grelottant sur son siège devant un match amical insipide, le ventre gonflé de hot-dogs, pendant qu'un type lui hurle dans les oreilles, le Créateur lorgnait la sortie.

Trop d'échappées, trop de temps morts. Trop de matchs nuls suivis de prolongations interminables. Ce qui s'annonçait comme une rencontre passionnante avait perdu tout intérêt. Dorénavant, la consigne était claire : « Faut conclure, les gars ! »

Selon la nouvelle règle, les deux camps devaient convenir d'un quarterback. Un seul quarterback et sept matchs.

Au lieu d'un interminable défilé d'humains, ils ne disposaient plus que de sept âmes pour faire pencher la balance entre le bien et le mal... sept chances de déterminer si l'humanité était bonne ou mauvaise. Aucun résultat nul n'était autorisé et l'enjeu était... le sort du monde. Si l'équipe des démons gagnait, elle remportait le stade ainsi que tous les ex et futurs joueurs. Et les anges seraient réduits en esclavage pour l'éternité.

À côté de ça, torturer les vilains pécheurs paraissait aussi excitant qu'une tasse de camomille.

En cas de victoire des anges, la Terre ne serait rien d'autre qu'un putain de matin de Noël géant, une vague déferlante et étouffante de bonheur, de chaleur, de tendresse et de partage. Selon ce scénario cauchemardesque, les démons cesseraient d'exister, pas simplement dans l'Univers, mais dans le cœur et l'esprit de toute l'humanité.

Plutôt se faire piétiner les bourses par des talons aiguilles que de passer l'éternité au pays des Bisounours.

Les démons ne supportaient pas l'idée de perdre. C'était tout bonnement impossible. Sept chances, ce n'était pas beaucoup, d'autant que les visiteurs avaient remporté le tirage au sort leur permettant d'aborder le quarterback chargé d'orienter la trajectoire des sept « ballons », pour ainsi dire.

Ah, oui... le quarterback. Naturellement, le choix de ce poste stratégique avait donné lieu à de vives discussions. Mais au final un nom était sorti du lot, un homme jugé acceptable par les deux équipes… et que les deux entraîneurs espéraient voir jouer pour leur propre camp.

Pauvre homme… S'il savait dans quelle galère il allait être embarqué.

Cependant, les démons n'étaient pas prêts à laisser une telle responsabilité incomber à un humain. Après tout, le libre arbitre était malléable, et c'était bien là le fondement de toute la partie.

Alors ils ont décidé d'envoyer un des leurs sur le terrain. C'était tout à fait contraire aux règles, bien sûr, mais parfaitement conforme à leur nature, et, pour couronner le tout, ils étaient les seuls à pouvoir le faire.

C'était d'ailleurs leur gros avantage : le seul élément appréciable chez les anges, c'est qu'ils restaient toujours dans les clous.

Ils y étaient obligés.

Quelle bande de nazes !

Chapitre premier

— T'as une touche.

Jim Heron leva les yeux de sa bière pour voir à qui Adrian faisait allusion. À l'autre bout du club obscur et bondé, à travers l'atmosphère chargée de débauche et de désespoir, au-delà des cages où se dandinaient des corps habillés de cuir et suspendus par des chaînes, il aperçut une femme vêtue d'une robe bleue.

Elle se tenait sous l'une des rares lumières du *Masque de fer*, la lueur dorée s'étirant en halo autour de ses cheveux bruns à la Angelina Jolie, de sa peau d'albâtre et de son corps de déesse. C'était une révélation, une note de couleur qui tranchait parmi toute cette faune lugubre de goths romantiques candidats au Prozac. Elle avait la beauté d'un mannequin et la splendeur d'une sainte.

Et effectivement, elle le dévisageait avec insistance. De là à dire qu'elle le désirait, Jim était sceptique : elle avait les yeux profondément enfoncés, si bien que l'intensité de son regard était peut-être un simple effet lié à la morphologie de son crâne.

Si ça se trouve, elle se demandait simplement ce qu'il fichait dans un endroit pareil. Auquel cas ils étaient deux.

— Je te le dis, t'as un ticket, mec.

Jim jeta un coup d'œil à Adrian Vogel, monsieur l'entremetteur. C'était lui qui l'avait entraîné là, et il se fondait dans le décor : habillé de noir des pieds à la tête, il était bardé de piercings à des endroits que la plupart des gens préféraient tenir loin d'une aiguille.

— Non. (Jim prit une nouvelle gorgée de bière.) Je ne suis pas son type.

— Tu en es sûr ?

— Ouaip.

— T'es cinglé, mon pote.

Adrian passa la main dans ses boucles noires, qui se remirent aussitôt en place, comme si elles avaient été dressées à cet effet. Bon Dieu, si on ne tenait pas compte du fait qu'il bossait dans le bâtiment et qu'il jurait comme un charretier, c'était à se demander s'il ne rôdait pas au rayon « beauté féminine » des supermarchés, principalement dans les allées des mousses et des laques.

Eddie Blackhawk, le troisième de la bande, secoua la tête.

— Il n'est pas intéressé, point. Ça ne fait pas de lui un taré.

— Ça, c'est ce que tu dis.

— Arrête de critiquer tout le monde, Adrian. Ça nous fera des vacances.

Eddie se laissa retomber sur le canapé en velours. Il ressemblait davantage à un *biker* qu'à un goth dans son jean et ses rangers, si bien qu'il détonnait tout autant que Jim. De toute façon, au vu de son immense carcasse et de ses yeux d'un brun mordoré très bizarre, il était difficile de l'imaginer en autre compagnie qu'une bande de catcheurs professionnels. Bien qu'il tienne ses cheveux attachés en une longue natte, personne ne venait lui chercher des noises sur le chantier, pas même les gros beaufs qui travaillaient sur le toit et n'avaient pas la langue dans leur poche.

— Dis donc, t'es pas bien bavard, Jim.

Adrian parcourut la foule des yeux, cherchant sans doute une Robe Bleue qui lui conviendrait. Après s'être attardé sur les danseuses qui se tortillaient dans les cages en fer, il héla la serveuse.

— Et après avoir bossé pendant un mois avec toi, je sais que t'en as dans la caboche, pourtant, reprit-il.

— Pas grand-chose à dire.

— Y a rien de mal à ça, murmura Eddie.

C'était sans doute pour cela que Jim préférait Eddie. Lui aussi faisait partie du club des taciturnes, un type qui ne gaspillait pas sa salive quand un signe suffisait. Le fait qu'il soit devenu à ce point intime avec Adrian si bavard, demeurait un mystère.

Sa faculté à cohabiter avec cet enfoiré était inexplicable.

Peu importe. Jim n'avait aucune intention de s'intéresser à leur vie, leurs malheurs ou la taille de leurs chaussettes. Cela n'avait rien de personnel. C'était même le genre de gros malins bornés avec qui il aurait été ami en un autre temps, sur une autre planète, mais là, tout de suite, il n'en avait rien à foutre de leurs conneries, et s'il était sorti avec eux, c'était uniquement parce que Adrian avait menacé de le harceler jusqu'à ce qu'il accepte.

Pour faire court, Jim vivait selon les préceptes des gens coupés du monde et s'attendait à ce que les autres le laissent tranquille dans sa bulle. Depuis qu'il avait quitté l'armée, il avait passé son temps à vagabonder, s'était retrouvé à Caldwell par le plus grand des hasards et comptait bien repartir dès que le chantier sur lequel ils travaillaient serait terminé.

Surtout que, vu son ex-patron, mieux valait rester une cible mouvante. Il n'avait aucun moyen de savoir combien de temps allait s'écouler avant qu'une « mission spéciale » lui tombe sur le coin de la figure.

Finissant sa bière, il se félicita de ne posséder que quelques vêtements, son pick-up et cette vieille Harley déglinguée. Certes, ce n'était pas beaucoup pour un type de trente-neuf ans…

Merde. La date.

Il avait quarante ans aujourd'hui.

— Bon, faut que tu m'expliques, dit Adrian en se penchant. T'es maqué, Jim ? C'est pour ça que tu ne veux pas draguer miss Robe Bleue ? Parce qu'elle est vraiment super canon, cette meuf.

— Il n'y a pas que le physique qui compte.

— Ouais, enfin, ça aide quand même.

La serveuse s'approcha et, pendant que les autres commandaient une nouvelle tournée, Jim observa la femme dont ils parlaient.

Elle soutint son regard sans ciller en passant la langue sur ses lèvres rouges, comme si elle avait attendu qu'il lève de nouveau les yeux vers elle.

Jim reporta son attention sur son verre vide et se mit à gigoter sur son siège. Il avait l'impression qu'on avait glissé des charbons ardents dans son caleçon. Cela faisait très longtemps qu'il n'avait pas touché une femme. Ce n'était même plus la marée basse ni la saison sèche, c'était carrément la traversée du Sahara.

Alors, évidemment, son corps était plus que prêt à interrompre cette longue période pendant laquelle il n'avait eu que la veuve poignet pour compagne.

— Vas-y, je te dis, insista Adrian. Va te présenter.

— Je suis très bien là où je suis.

— Je vais finir par douter de ton intelligence, tu sais. (Adrian pianota sur la table et sa grosse bague en argent étincela.) Ou du moins de ta libido.

— Si ça te fait plaisir.

Adrian roula des yeux, comprenant qu'il ne parviendrait pas à ses fins.

— OK, je jette l'éponge.

Il s'affala dans le canapé, dans la même position qu'Eddie. Comme on pouvait s'y attendre, il ne resta pas muet bien longtemps.

— Alors, vous avez entendu parler de ce meurtre ?

Jim fronça les sourcils.

— Encore un ?

— Ouaip. Le cadavre a été retrouvé près de la rivière.

— C'est là qu'ils finissent, en général.

— Ce monde devient dingue, déclara Adrian en descendant le reste de sa bière.

— Il l'a toujours été.

— Tu crois ?

Jim se cala dans le canapé tandis que la serveuse apportait une nouvelle tournée.

— Non. Je le sais.

— *Deinde, ego te absolvo a peccatis tuis in nomine Patris, et Filii, et Spiritus Sancti…*

Marie-Terese Boudreau leva les yeux vers la fenêtre à croisillons du confessionnal. De l'autre côté du grillage, le prêtre, de profil, était plongé dans l'ombre, mais elle connaissait son identité. Et vice versa.

Il savait de quoi elle était coupable et ce qui l'amenait à se confesser au moins une fois par semaine.

— Allez en paix, mon enfant.

Lorsqu'il ferma le panneau qui les séparait, une pointe de panique lui transperça la poitrine. En exprimant ses péchés, elle braquait un coup de projecteur sur le lieu de perdition où elle avait échoué, ses paroles éclairant d'une lumière crue ses nuits de débauche.

Ces images abjectes mettaient toujours du temps à s'estomper. Et la sensation d'étouffement qui la prenait lorsqu'elle songeait à sa prochaine destination n'allait faire qu'empirer.

S'emparant de son chapelet, elle rangea le collier de grains dans la poche de son manteau et ramassa le sac posé par terre. Alors qu'elle s'apprêtait à partir, elle se figea en entendant des pas derrière la porte.

Elle avait des raisons de vouloir rester discrète, dont certaines n'avaient rien à voir avec son « boulot ».

Lorsque le bruit s'éloigna, elle tira le rideau en velours rouge et sortit.

La cathédrale St. Patrick de Caldwell avait beau être deux fois plus petite que celle de Manhattan, elle était assez grande pour imposer le respect, même chez les pratiquants occasionnels. En contemplant ses arches gothiques en forme d'ailes d'ange et son immense plafond semblant frôler les cieux, la jeune femme se sentait à la fois indigne et reconnaissante d'être sous son toit.

Et elle adorait l'odeur qui y régnait. La cire d'abeille, le citron et l'encens. Délicieux.

Longeant les chapelles des saints, elle se faufila entre les montants de l'échafaudage qui avait été érigé pour procéder au nettoyage des mosaïques de la claire-voie. Comme toujours, elle se sentit apaisée par les rangées de cierges à la flamme vacillante et la faible lumière des projecteurs surplombant les statues immobiles. Elles lui rappelaient que la paix éternelle se trouvait au bout du chemin.

En supposant que saint Pierre ne vous ferme pas la porte au nez.

L'accès par le côté de la cathédrale était fermé après 18 heures et, comme d'habitude, elle dut se résigner à sortir par l'entrée principale. *Du gaspillage,* se disait-elle. Les portes sculptées avaient pour vocation d'accueillir les centaines de fidèles qui assistaient à la messe chaque dimanche, les invités de mariages fastueux ou encore… les croyants vertueux.

Groupes dont elle ne faisait pas partie.

Du moins plus maintenant.

Alors qu'elle poussait de toutes ses forces contre le panneau de bois massif, elle entendit quelqu'un prononcer son nom et tourna la tête.

Mais elle ne vit personne. La cathédrale était vide. Pas un seul fidèle ne priait sur les bancs.

— Il y a quelqu'un ? appela-t-elle, sa voix résonnant en écho. Père ?

Sa question resta sans réponse et un frisson lui parcourut le dos.

Prenant son élan, elle enfonça brusquement le côté gauche de la porte et s'engouffra dans la fraîcheur de la nuit d'avril. Resserrant les pans de son manteau de laine, elle se pressa pour rejoindre sa voiture, ses chaussures plates martelant discrètement les pavés. La première chose qu'elle fit en montant dans le véhicule fut de verrouiller toutes les portières.

Pantelante, elle balaya les alentours du regard. Des ombres se recroquevillaient sous les arbres dégarnis et la lune apparaissait à mesure que s'éloignaient de minces nuages. De l'autre côté de l'église, on apercevait des mouvements derrière les rideaux des maisons. Un break passa lentement devant elle.

Il n'y avait aucun signe d'un rôdeur. Personne ne la guettait, affublé d'une cagoule de ski noire. Rien.

Recouvrant ses esprits, elle démarra sa Toyota et agrippa le volant. Après un rapide coup d'œil dans les rétroviseurs, elle se glissa dans la circulation pour s'enfoncer au cœur de la ville. Sur son passage, les lumières des réverbères et des phares nimbaient son visage d'une brève lueur avant de s'engouffrer dans l'habitacle de la Camry, éclairant le sac en toile noire posé sur le siège passager. Son ignoble tenue de travail était dedans. Dès qu'elle sortirait de ce cauchemar, elle la brûlerait, ainsi que tout ce qu'elle avait dû revêtir, nuit après nuit, depuis un an.

Le Masque de fer était la seconde boîte où elle « exerçait ses talents ». Quatre mois auparavant, la première avait connu une fin explosive. Au sens propre du terme.

Jamais elle n'aurait pensé poursuivre cette profession aussi longtemps. Quand elle préparait son sac, elle avait toujours l'impression d'être aspirée dans un mauvais rêve et finissait par se demander si les confessions à St. Patrick lui rendaient la situation plus supportable ou, au contraire, l'aggravaient.

Parfois, elle pensait qu'elles ne faisaient que remuer le couteau dans la plaie, mais le besoin d'être pardonnée était irrépressible.

Tournant au coin de Trade Street, elle contourna l'îlot de bars, boîtes et salons de tatouage que formait Caldie Strip. *Le Masque de fer* se trouvait au bout de la rue et, comme les autres clubs, il s'animait toutes les nuits du défilé incessant d'aspirants zombies qui se pressaient dans la file d'attente. Elle s'engagea dans une ruelle, roulant par-dessus les nids-de-poule et longeant les bennes pour déboucher dans le parking.

La Camry se gara sur une place le long du mur de briques où était écrit « Réservé aux employés ».

Trez Latimer, le propriétaire du club, insistait pour que toutes les filles qui travaillaient pour lui laissent leur voiture au plus près de la porte. Il était aussi attaché au bien-être de son personnel que le Révérend l'avait été à l'époque du *Zero Sum*, et tout le monde lui en était reconnaissant. Plusieurs coins de Caldwell étaient glauques, et *Le Masque de fer* se trouvait dans un de ceux-là.

Marie-Terese sortit avec son sac et leva la tête. Les lumières vives de la ville ternissaient l'éclat des rares étoiles qui scintillaient autour des nuages épars, et les cieux semblaient encore plus loin qu'ils l'étaient en réalité.

Fermant les yeux, elle respira un grand coup, puis resserra le col de son manteau. Dès l'entrée du club franchie, elle serait projetée dans le corps et l'esprit de quelqu'un d'autre. Une femme dont elle ne voudrait garder aucun souvenir. Qui la dégoûtait. Qu'elle méprisait.

Une dernière inspiration.

Juste avant d'ouvrir les yeux, elle fut prise d'une nouvelle crise de panique, des gouttes de sueur perlant sous ses vêtements et sur son front, malgré le froid. Le cœur tambourinant dans sa poitrine, elle se demanda combien de temps encore elle pourrait supporter cette situation. L'angoisse semblait empirer au fil des semaines, une avalanche qui gagnait de la vitesse, l'engloutissait et la recouvrait de son poids glacial.

Cependant, elle ne pouvait pas tout plaquer. Elle avait encore des dettes à rembourser, aussi bien d'un point de vue financier que moral. Tant qu'elle ne serait pas revenue à la case départ, elle était obligée de rester là où elle n'avait pas envie d'être.

Et, à vrai dire, son anxiété la rassurait. C'était la preuve qu'elle n'avait pas capitulé et qu'une infime partie de sa vraie personnalité subsistait.

Plus pour longtemps, lui souffla une petite voix intérieure.

La porte de service s'ouvrit à la volée et une voix avec un accent prononça son nom avec une infinie délicatesse.

— Tout va bien, Marie-Terese ?

Ouvrant les yeux, elle serra les dents et rejoignit son patron d'un pas calme et déterminé. Trez l'avait sûrement aperçue depuis un écran de contrôle ; Dieu sait que l'endroit était truffé de caméras !

— Oui, oui, ça va. Merci, Trez.

Il lui tint la porte et, lorsqu'elle passa devant lui, il la détailla de ses yeux noirs. Avec une peau d'ébène et un visage qu'on aurait dit éthiopien par la douceur de ses traits et la symétrie de ses lèvres, Trez Latimer était un homme très séduisant – même si, d'après elle, ses bonnes manières constituaient son atout majeur. Ce type avait élevé la galanterie au rang de science.

Cela dit, il était préférable de ne pas le mettre en rogne…

— Tu fais ça toutes les nuits, dit-il en fermant la porte derrière eux avant de remettre le verrou en place. Tu restes près de ta voiture en regardant le ciel. Toutes les nuits.

— Vraiment ?

— Tu as des ennuis avec quelqu'un ?

— Non, mais si c'était le cas je te le dirais.

— D'autres soucis, alors ?

— Non. Tout va bien.

Trez n'avait pas l'air convaincu lorsqu'il l'escorta jusqu'au vestiaire des filles.

— N'oublie pas que je suis disponible à tout moment et que tu peux venir me parler quand tu veux, reprit-il avant qu'elle n'entre.

— Je sais. Et je t'en remercie.

Il posa la main sur son cœur et s'inclina légèrement.

— Tout le plaisir est pour moi.

Le vestiaire était tapissé de grands casiers métalliques et divisé en son milieu par des bancs vissés au sol. Contre le mur du fond, le miroir encadré d'ampoules allumées était doté d'une tablette jonchée de produits de maquillage, et le sol était parsemé de mèches artificielles, de tenues légères et de talons aiguilles. La pièce sentait la sueur et le shampoing.

Comme d'habitude, elle avait l'endroit pour elle seule. Elle était toujours la première arrivée et la dernière à partir. Désormais passée en mode travail, elle se mouvait sans aucune hésitation répétant toujours les mêmes gestes.

Après avoir rangé son manteau dans son casier, elle ôta ses chaussures d'un coup de pied, retira le chouchou de sa queue-de-cheval et ouvrit son sac.

Puis elle troqua son jean, son col roulé blanc et sa veste polaire bleu marine contre une tenue qu'elle n'aurait jamais osé porter même à Halloween : une jupe en Lycra miniature, un dos-nu qui lui arrivait à la taille, des bas rehaussés de dentelle et des escarpins provocants qui lui pinçaient les orteils.

Tout était noir. C'était la couleur emblématique du *Masque de fer* ainsi que celle du club précédent.

En dehors du boulot, elle ne portait jamais cette couleur. Un mois après le début de ce cauchemar, elle s'était débarrassée de toutes ses fringues sombres, si bien qu'elle avait dû un jour s'acheter un nouveau tailleur pour un enterrement.

Devant le miroir éclairé, elle aspergea de laque ses épais cheveux bruns, puis passa en revue les palettes d'ombre à paupières et de fard à joues avant d'opter pour des teintes charbonneuses et pailletées qui lui donnaient un air aussi innocent qu'une playmate en page centrale de *Penthouse*. D'un geste rapide, elle se dessina un trait d'eye-liner à la Ozzy Osbourne et se colla des faux cils.

Pour finir, elle s'empara de son sac et en sortit un tube de rouge à lèvres. Elle ne le partageait jamais avec les autres filles. Tout le monde faisait des analyses sanguines une fois par mois, mais elle ne voulait prendre aucun risque. Il était hors de question qu'elle joue avec sa santé alors que les autres filles n'étaient peut-être pas aussi consciencieuses.

Le gloss carmin avait un goût de framboise chimique, mais c'était un élément fondamental. Pas de baisers. Jamais. La plupart des hommes connaissaient la règle, mais en appliquant sur ses lèvres ce gel collant et coloré, elle coupait court à toute tentative : aucun homme n'aurait voulu que sa femme ou sa copine apprenne ce qu'il faisait pendant ses soirées « entre potes ».

Refusant de contempler son reflet, Marie-Terese se détourna du miroir et se dirigea vers la sortie pour affronter la foule, le bruit et son job. Tandis qu'elle traversait le long couloir obscur menant au club proprement dit, les basses de la musique s'amplifiaient, en même temps que les battements de son cœur.

On aurait dit qu'ils ne faisaient qu'un.

Au bout du corridor, le club était plongé dans une quasi-obscurité. Avec ses murs pourpres, son sol noir et son plafond rouge sang, il donnait l'impression de pénétrer dans une caverne. Il y régnait une ambiance de sexe outrancier : des femmes dansaient dans des cages en fer forgé et des corps s'agitaient par groupes de deux ou trois pendant qu'une musique érotique emplissait l'atmosphère étouffante.

Une fois ses yeux habitués à l'obscurité, elle passa les hommes au crible en regrettant l'expérience qui lui permettait désormais de jauger un type au premier coup d'œil.

Il était impossible de repérer des clients potentiels à la simple vue de leurs vêtements, des personnes qui les accompagnaient ou d'un annulaire nu. Et ce n'était pas forcément ceux qui s'intéressaient à une partie précise de votre anatomie, étant donné que tous les hommes vous reluquaient des seins aux hanches. Non, ce qui les différenciait avant tout, c'était ce qui s'ajoutait à la convoitise dans leur regard : ils vous mataient avec l'air de vous considérer comme de la marchandise.

Mais elle s'en fichait. Aucun homme n'aurait pu faire pire que ce qu'elle avait déjà enduré.

Et puis, tout cela finirait bien par s'arrêter : d'abord son service, à 3 heures du matin. Ensuite, cette mauvaise passe, un jour ou l'autre.

Dans ces moments où elle se sentait relativement équilibrée, moins déprimée, elle se figurait que ce n'était qu'une sale période, qu'elle finirait par s'en sortir, l'envisageait comme si sa vie avait la grippe : même si c'était dur d'avoir foi en l'avenir, elle devait croire qu'un jour elle se réveillerait pour tourner la tête vers le soleil et constater qu'elle était guérie.

En supposant bien sûr que ce ne soit qu'un gros rhume. Si ce qu'elle traversait ressemblait davantage à un cancer… elle aurait peut-être définitivement perdu une partie d'elle, emportée par la maladie.

Marie-Terese chassa ces pensées et fendit la foule. Personne n'avait jamais dit que la vie était facile, agréable ou même juste ; parfois, la survie pousse à des actes qui semblent aberrants à la partie vertueuse et raisonnable de votre cerveau.

Mais c'est ainsi, on ne peut rien obtenir d'un coup de baguette magique. Et on doit payer ses erreurs.

Toujours.

Chapitre 2

La bijouterie Marcus Reinhardt, fondée en 1893, était implantée dans un élégant bâtiment du centre de Caldwell, et ce depuis qu'avait séché le mortier séparant les briques. L'établissement avait changé de propriétaire pendant la Grande Dépression, mais la philosophie de l'entreprise était restée la même et s'imposait encore à l'ère d'Internet : des bijoux haut de gamme proposés à des prix compétitifs, accompagnés d'un service personnalisé d'une qualité incomparable.

— Le vin de glace est servi dans le salon privé, monsieur.

— Très bien. Nous serons prêts dans un instant.

James Richard Jameson, arrière-petit-fils de l'homme qui avait acheté la boutique à M. Reinhardt, ajusta sa cravate dans le reflet d'une des vitrines.

Satisfait de son apparence, il se tourna pour inspecter les trois employés qu'il avait choisis pour effectuer des heures supplémentaires. Vêtus de vestes sombres, William et Terrence portaient une cravate noir et or ornée du logo du magasin, tandis que Janice arborait un collier en or et en onyx datant des années 1950. Parfait. Son personnel était aussi élégant et discret que les bijoux exposés dans la boutique, et tous étaient capables de converser aussi bien en anglais qu'en français.

Pour assister à ses ventes, les clients étaient prêts à faire le trajet depuis Manhattan ou Montréal, et quel que soit le nombre de kilomètres avalés le spectacle en valait toujours la peine. Où que se pose le regard, les bijoux scintillaient comme un millier d'étoiles, et depuis l'angle de l'éclairage jusqu'à l'agencement des présentoirs en verre, tout était calibré pour faire confondre le besoin et l'envie.

L'horloge située à côté de l'entrée n'allait pas tarder à sonner 10 heures. James se précipita vers une porte dérobée, attrapa un aspirateur et le passa sur les traces de pas imprimées sur le précieux tapis d'Orient. Lorsqu'il fit demi-tour vers le placard à balais, il repassa un coup derrière lui afin que rien ne vienne altérer le sens des fibres.

— Je crois qu'il est arrivé, annonça William, posté devant l'une des fenêtres à barreaux.

— Oh... mon Dieu, murmura Janice en se penchant à côté de son collègue. Ça, pour être là, il est là.

James se débarrassa de l'aspirateur et ajusta la veste de son costume. Son cœur battait à tout rompre, mais ce fut avec un calme de façade et une démarche assurée qu'il les rejoignit pour scruter la rue.

La boutique était ouverte de 10 heures à 18 heures du lundi au samedi. Toutefois, une poignée de privilégiés pouvaient y accéder en dehors de ces horaires, au jour et à l'heure qui leur convenaient.

L'homme qui sortit de la BMW M6 faisait de toute évidence partie de cette catégorie : costume coupé à l'européenne, absence de manteau en dépit du froid, carrure d'athlète, visage d'assassin. C'était un personnage très élégant, très puissant, qui trempait sans doute dans des affaires louches, mais chez Marcus Reinhardt, l'argent n'avait pas d'odeur, même s'il venait de la mafia ou de la drogue. Le métier de James était de vendre, pas de juger : en ce qui le concernait, l'homme qui s'approchait de sa porte était un parangon de vertu, un citoyen modèle dans ses mocassins italiens.

James libéra le verrou et ouvrit la voie avant que la sonnette retentisse.

— Bonsoir, monsieur DiPietro.

La poignée de main fut ferme et brève, la voix grave et sèche, les yeux gris et froids.

— Tout est prêt ?

— Oui, répondit James d'une voix hésitante. Est-ce que votre fiancée se joindra à nous ?

— Non.

James ferma la porte et lui indiqua le chemin menant à l'arrière-salle en s'efforçant de ne pas prêter attention à la façon dont Janice fixait l'homme du regard.

— Pouvons-nous vous offrir un verre de vin ?

— Et si vous commenciez plutôt par me montrer les bagues ?

— Comme vous voudrez.

Le salon privé était orné de peintures à l'huile et meublé d'un grand bureau d'époque ainsi que de quatre chaises dorées. Il y avait également un microscope, un coussinet en velours noir, le vin de glace et deux verres en cristal. James fit signe à ses employés et Terrence s'avança pour retirer le seau en argent pendant que Janice débarrassait les verres d'un air un peu agacé. William demeura dans l'embrasure, prêt à répondre à n'importe quelle requête.

M. DiPietro prit un siège et posa les mains sur la table, sa montre en platine étincelant sous sa manchette. Ses yeux étaient de la même couleur que la montre, et lorsqu'il les leva vers James, le bijoutier sentit son regard le transpercer jusqu'à la nuque.

Il se racla la gorge et prit un siège en face de son client.

— Suite à notre conversation, j'ai opéré une petite sélection et demandé à me faire envoyer un assortiment en provenance directe d'Anvers.

James sortit une clé en or et l'inséra dans la serrure du premier tiroir du bureau. Lorsqu'il avait affaire à un client qui n'avait jamais mis les pieds dans sa boutique, comme dans le cas présent, il devait jauger s'il était du style à commencer par les pièces les plus chères ou s'il préférait monter en gamme.

La catégorie à laquelle appartenait DiPietro ne faisait aucun doute.

Dix bagues étaient exposées sur le plateau que James posa sur le sous-main et toutes avaient été nettoyées à la vapeur avant d'être présentées. Celle qu'il sortit du pli du velours noir n'était pas la plus grosse. En revanche, c'était de loin la plus raffinée.

— Ceci est une émeraude de 7,7 carats, couleur D, aucun défaut. Et voici les certificats du GIA [1] et de l'EGL [2].

James garda le silence pendant que DiPietro prenait la bague et se penchait pour l'examiner. Il était inutile de lui préciser que l'éclat et la symétrie de la pierre étaient exceptionnels, que la monture en platine avait été réalisée sur mesure à la main, et que c'était le genre de merveille qu'on ne trouvait que très rarement sur le marché. La lumière et le feu qu'elle réfléchissait parlaient d'eux-mêmes, et la bague scintillait si intensément qu'on ne pouvait s'empêcher de se demander si la pierre était magique.

— Combien ? demanda DiPietro.

James posa les documents sur le bureau.

— Deux millions trois cent mille.

Avec des hommes comme DiPietro, plus la note était salée, mieux c'était, mais là, pour le coup, c'était vraiment

---

1. Le GIA (Gemological Institute of America) est l'institut de gemmologie américain. Ses certificats, reconnus dans le monde entier, garantissent la qualité des bijoux, diamants et pierres précieuses. (*NdT*)

2. L'EGL (European Gemological Laboratory) est un laboratoire de contrôle et d'expertise, pourvu des mêmes fonctions que le précédent.(*NdT*)

une bonne affaire. Pour faire tourner la boutique, il fallait trouver l'équilibre entre le volume et la marge : trop de marge, pas assez de volume. De plus, en supposant que DiPietro ne finisse pas en prison et/ou sur la paille, c'était le genre d'homme avec qui James aurait voulu entretenir une longue et profitable relation.

DiPietro lui rendit la bague et consulta les certificats.

— Parlez-moi des autres.

James ravala sa surprise.

— Bien sûr. Oui, bien entendu.

Il décrivit les attributs de chaque bague en procédant de droite à gauche tout en se demandant s'il s'était trompé sur son client. Il demanda également à Terrence d'en apporter six autres, toutes supérieures à 5 carats.

Au bout d'une heure, DiPietro se cala dans son siège. Il ne s'était étiré à aucun moment, ni n'avait laissé son attention faiblir ; pas un seul coup d'œil à son BlackBerry, ni la moindre blague pour rompre la tension. Il n'avait même pas décoché un regard à la ravissante Janice lorsqu'il était passé devant elle.

Une concentration absolue.

James en vint à s'interroger sur la femme qui allait porter cette bague au doigt. Elle devait être belle, naturellement, mais aussi très indépendante et peu émotive. En général, même les hommes les plus pragmatiques et fortunés avaient une lueur dans les yeux lorsqu'ils achetaient ce genre de bague pour leur compagne, qu'elle soit due à l'excitation de la surprendre avec un bijou hors de prix ou à la fierté de pouvoir acquérir un objet que seul un infime pourcentage de la population pouvait s'offrir.

DiPietro était aussi dur et froid que les pierres qu'il contemplait.

— Désirez-vous voir autre chose ? demanda James, décontenancé. Des rubis ou des saphirs, peut-être ?

Le client fourra la main dans la poche de sa veste et en sortit un mince portefeuille noir.

— Je prends la première pour 2 millions.

James cligna des yeux quand DiPietro posa une carte de crédit sur le bureau.

— Si je vous donne mon argent, je veux que vous le méritiez. Et vous me ferez une ristourne sur la pierre parce que votre affaire a besoin de clients réguliers comme moi.

Il fallut un moment à James pour comprendre que la transaction allait bel et bien se faire.

— Je… je vous félicite de votre jugement, mais le prix est de 2 300 000.

DiPietro tapota la carte.

— C'est une carte à débit immédiat. Deux millions. Cash.

James opéra un rapide calcul mental. À ce prix-là, il gagnait encore près de 350 000 dollars sur la bague.

— Je crois que c'est envisageable.

DiPietro n'eut pas l'air surpris.

— Sage décision.

— Et la taille ? Connaissez-vous… ?

— La seule qui lui importera, c'est celle des carats. Le reste, on verra plus tard.

— Comme vous voudrez.

D'habitude, James encourageait son personnel à engager la conversation avec le client pendant que lui-même emballait l'achat et imprimait l'estimation destinée à l'assurance. Mais ce soir, il leur adressa un discret « non » de la tête tandis que DiPietro empoignait son portable et composait un numéro.

Pendant qu'il s'affairait à l'arrière de la boutique, James entendit DiPietro parler au téléphone. Alors qu'il s'attendait à un doux « Chérie, j'ai une surprise pour toi » ou un suggestif « Attends-moi, j'arrive », il n'en fut rien. Son client ne parlait pas à sa future fiancée, mais à un certain Tom à propos d'une histoire de terrain.

James inséra la carte de crédit dans son appareil. Tandis qu'il attendait l'autorisation, il nettoya de nouveau la bague à la vapeur en consultant régulièrement l'affichage vert du terminal. Compte tenu du montant de la transaction, il ne fut pas surpris d'être enjoint de contacter le service client de la banque, et dès qu'il l'eut en ligne, son interlocuteur demanda à parler à DiPietro.

Il transféra l'appel au téléphone posé sur le bureau dans le salon privé, puis passa la tête à travers l'entrebâillement.

— Monsieur DiPietro ?

— Ils veulent me parler ?

Sa montre étincela quand il tendit la main droite pour s'emparer du combiné. Avant que James ait pu transférer la ligne, DiPietro appuya sur la touche et dit :

— Oui, c'est moi. C'est bien ça. Absolument. Le nom de jeune fille de ma mère est O'Brian. Oui. Merci.

Il leva les yeux vers James tout en replaçant la ligne en attente avant de raccrocher le téléphone.

— Ils vont vous donner un numéro d'autorisation.

James s'inclina et regagna son bureau. Lorsqu'il réapparut, il portait un élégant sac rouge avec des poignées en satin et une enveloppe qui contenait le reçu.

— J'espère avoir bientôt le plaisir de vous revoir.

DiPietro s'empara de sa nouvelle acquisition.

— Je ne compte me fiancer qu'une fois, mais il y aura des anniversaires. Plein.

Les employés s'écartèrent de son chemin et James se précipita pour lui tenir la porte. À peine était-il sorti que James referma le verrou et regarda par la fenêtre.

La voiture de son client était magnifique. Le moteur vrombit tandis qu'elle s'éloignait, les lumières éclatantes de la ville se réfléchissant sur la peinture noire aussi rutilante qu'une mer d'huile.

James se retourna et surprit Janice en train de se pencher à une autre fenêtre, les yeux brillants. Impossible de dire si elle admirait la voiture comme il venait de le faire ou si elle se focalisait plutôt sur le conducteur.

C'est étrange, n'est-ce pas, cette tendance à trouver plus de valeur dans ce qui ne nous appartient pas ? Et c'était peut-être ce qui expliquait la froideur de DiPietro : il avait les moyens de s'offrir tout ce qui lui était proposé, si bien qu'à ses yeux, dépenser 2 millions de dollars était un geste tout aussi banal qu'acheter un journal ou une canette de Coca.

Rien n'est inaccessible pour un homme riche comme Crésus, pensa James avec admiration et jalousie.

— Bon, ce n'est pas que je m'ennuie, mais je crois que je vais y aller.

Jim posa son verre vide et attrapa son blouson de cuir. Il avait déjà avalé deux bières, et une troisième lui aurait promis l'Éthylotest. Il était temps de prendre la tangente.

— Je n'arrive pas à croire que tu partes seul, lâcha Adrian d'une voix traînante en observant Robe Bleue.

Elle se tenait toujours sous le plafonnier, les yeux rivés sur lui. Et elle était toujours aussi sublime.

— Comme un cow-boy solitaire.

— La plupart des hommes ne se maîtrisent pas aussi bien que toi, sourit Adrian en faisant étinceler l'anneau ornant sa lèvre inférieure. Très impressionnant, je dois dire.

— Voilà, je suis un saint.

— Bon, ben, conduis prudemment si tu veux continuer d'astiquer ton auréole. On se voit demain sur le chantier.

Ils se saluèrent, puis Jim se fraya un chemin à travers la foule bardée de chaînes noires et de colliers à piques. À mesure qu'il avançait, toutes les têtes se tournaient vers lui, l'air de se demander ce qu'il fichait là. Sans doute ces gens récoltaient-ils la même attention lorsqu'ils s'aventuraient dans un centre commercial.

Manifestement, la tenue jean et chemise en flanelle blessait leur sensibilité cuir et dentelle.

Jim choisit un chemin qui le tenait à l'écart de Robe Bleue et, une fois dehors, inspira un bon coup, comme s'il venait de passer un test. Mais la fraîcheur de la nuit ne lui apporta pas le soulagement attendu et, tandis qu'il contournait l'arrière du parking, il porta la main à la poche de sa chemise.

Il avait arrêté de fumer ; pourtant, un an plus tard, il cherchait encore machinalement ses cigarettes. Cette putain d'habitude le hantait toujours, comme une douleur fantôme.

À l'angle de la rue, il s'engagea dans le parking et passa devant une rangée de voitures garées en épi devant le bâtiment. Toutes étaient sales, les ailes mouchetées de sel et de neige noire. Son pick-up, qui se trouvait deux rangs plus loin, avait subi les mêmes affronts.

En marchant, il jeta un coup d'œil à la ronde. Le quartier était plutôt malfamé, alors mieux valait voir le danger arriver. Cela dit, une bonne bagarre ne lui faisait pas peur. Quand il était jeune, il avait pris part à bon nombre de bastons avant de peaufiner ses techniques au sein des commandos. De plus, grâce à son travail, il était dans une forme olympique. Toutefois, il était toujours plus sage de…

Un objet scintillait par terre.

Il s'agenouilla et ramassa un anneau doré. Non, c'était une boucle d'oreille. Ôtant la saleté, il scruta les voitures. N'importe qui aurait pu la laisser tomber, et ce n'était pas un objet de valeur.

— Pourquoi es-tu parti ?

Jim se figea.

Merde, sa voix était aussi sexy que le reste.

Se redressant, il pivota et regarda devant lui. Robe Bleue se tenait à une dizaine de mètres, sous un lampadaire. C'était à se demander si elle choisissait toujours des endroits qui la mettaient en lumière.

— Il fait froid, dit-il. Vous devriez rentrer.

— Je n'ai pas froid.

Pas étonnant. Cette fille pourrait enflammer une allumette à un mètre de distance.

— Bon, eh bien... je m'en vais.

— Seul ?

Elle s'avança, ses escarpins raclant le bitume grêlé.

Plus elle approchait, plus elle était belle. Bon sang, ses lèvres étaient un véritable appel au sexe, rouge carmin et légèrement entrouvertes. Et ces cheveux... Il ne pensait qu'à les sentir retomber sur ses hanches et son torse nus.

Jim fourra les mains dans les poches de son jean. Il avait beau la dépasser d'au moins une tête, sa façon de le regarder était comme un direct au ventre qui le paralysait en lui peuplant l'esprit d'images sulfureuses et de fantasmes torrides : les yeux rivés sur sa peau fine et pâle, il se demandait si elle était aussi douce qu'elle le paraissait, ce qu'il ressentirait allongé sur son corps nu, ce qu'elle portait sous sa robe...

Lorsqu'elle s'arrêta devant lui, il prit une grande inspiration.

— Où est ta voiture ? demanda-t-elle.

— C'est un pick-up.

— Où est-il ?

À cet instant, une brise fraîche s'engouffra depuis la ruelle et elle frissonna avant de s'envelopper de ses bras délicats. Ses yeux noirs, aguicheurs quelques instants plus tôt, prirent un air implorant... si bien que Jim éprouvait toutes les peines du monde à détourner le regard.

Allait-il céder et plonger dans la chaleur de cette femme, ne serait-ce que pour un bref moment ?

Une nouvelle rafale souffla vers eux et elle se balança d'un pied sur l'autre. Jim retira son blouson de cuir et franchit les quelques pas qui les séparaient. Soutenant son regard, il lui recouvrit les épaules du vêtement qui l'avait protégé du froid.

— Je suis garé par là.

Elle tendit la main et il s'en saisit pour la conduire vers son pick-up.

Les Ford F-150 ne sont pas les véhicules les plus pratiques pour s'envoyer en l'air, mais ils sont relativement spacieux et, de toute façon, c'était tout qu'il avait à lui offrir. Jim l'aida à monter puis fit le tour pour s'installer au volant. Le moteur démarra rapidement et il coupa la ventilation, interrompant la bouffée d'air frais jusqu'à ce que l'atmosphère se réchauffe.

Elle se rapprocha de son siège, ses seins se soulevant légèrement par-dessus l'échancrure étroite de sa robe.

— C'est très gentil de ta part.

« Gentil » n'était pas vraiment le qualificatif qu'il aurait choisi pour se décrire. Et surtout pas en cet instant, vu ce qu'il avait à l'esprit.

— Je ne peux pas laisser une jeune femme avoir froid.

Jim coula un regard sur elle. Elle était recroquevillée dans le blouson de cuir tout râpé, le visage penché, ses longs cheveux tombant sur son épaule et son décolleté. Elle était peut-être apparue comme une séductrice, mais en fait ce n'était qu'une gentille fille un peu larguée.

— Tu veux discuter ? demanda-t-il, parce qu'elle méritait mieux que ce qu'il voulait d'elle.

— Non. Non, mais j'aimerais bien faire… autre chose.

OK, bon, on oublie le côté « gentil ». Après tout, Jim n'était qu'un homme, qui plus est assis à quelques centimètres d'une très belle femme. Alors, elle avait beau irradier une certaine vulnérabilité, s'il l'invitait à s'allonger, ce ne serait pas pour jouer au psychiatre.

Elle le regarda avec des yeux implorants.

— Je t'en prie… embrasse-moi.

Jim se retint, l'expression de la jeune femme refrénant ses ardeurs.

— C'est vraiment ce que tu veux ?

Rejetant ses cheveux par-dessus son épaule, elle les plaqua derrière l'oreille. Lorsqu'elle acquiesça, le gros diamant qu'elle portait à l'oreille étincela.

— Oui… Absolument. Embrasse-moi.

Elle le regarda droit dans les yeux. Jim se pencha, avec l'impression d'être pris au piège, mais prêt à se jeter dedans.

Ses lèvres étaient aussi douces qu'il l'avait imaginé. Il les frôla délicatement des siennes, de peur de les écraser. Elle était suave, sensuelle et, s'abandonnant à Jim, accueillit sa langue dans sa bouche. Lorsqu'elle bascula en arrière, il fit glisser sa main de son visage à son cou… jusqu'à ses seins.

Ce qui accéléra le tempo.

D'un coup, elle se redressa et retira son blouson.

— La fermeture Éclair est dans le dos.

Il l'ouvrit en craignant de déchirer la robe avec ses mains rêches d'ouvrier. Mais toutes ses pensées s'évanouirent lorsqu'elle ôta elle-même son haut, révélant un soutien-gorge en satin et dentelle qui coûtait sans doute aussi cher que son pick-up.

À travers le fin tissu, ses tétons pointaient, et dans l'ombre projetée par la faible lumière du tableau de bord ce spectacle était un régal pour des yeux qui n'avaient rien dévoré de tel depuis longtemps.

— Ce sont des vrais, murmura-t-elle. Il voulait que je me fasse poser des implants, mais je… je n'en veux pas.

Jim fronça les sourcils en se disant que l'enfoiré qui avait sorti une telle connerie méritait de se faire opérer des yeux – de préférence à grands coups de poing.

— Ne change rien. Tu es magnifique.

— Vraiment ? demanda-t-elle d'une voix tremblante.

— Absolument.

Son sourire timide le submergeait totalement, transperçant sa poitrine, s'enfonçant trop profondément. Il connaissait parfaitement le côté hideux de la vie, avait traversé le genre de situations qui donnaient l'impression qu'un jour durait un mois et ne lui souhaitait pas de vivre un tel enfer. Pourtant, on aurait dit qu'elle aussi avait été marquée par bon nombre de fêlures.

Tendant la main, Jim alluma le chauffage pour la réchauffer.

Lorsqu'il reprit position dans son siège, elle écarta l'un des bonnets de son soutien-gorge et mit la main autour de son sein pour lui offrir son téton.

— Tu es fabuleuse, murmura-t-il.

Il se pencha et captura le mamelon entre ses lèvres, le suçotant avec douceur. Haletante, elle lui saisit les cheveux, son sein pressé contre sa bouche, et Jim fut pris d'une flambée de désir capable de transformer un homme en bête.

Mais il se souvint brutalement de la manière dont elle l'avait regardé, et il sut qu'il ne coucherait pas avec elle. Il allait prendre soin d'elle, là, dans le pick-up, avec le chauffage allumé et les vitres embuées. Il allait lui montrer combien elle était belle, que son corps était un délice à regarder, à toucher et… à goûter. Mais il ne ferait rien pour son propre plaisir.

Merde, il n'était peut-être pas si mauvais, dans le fond.

Tu en es sûr ? coupa une voix dans son esprit. *Sûr et certain ?*

Non. Mais Jim allongea la jeune fille sur le siège, enroula son blouson pour en faire un oreiller et se jura de se comporter en gentleman.

Bon sang… elle était absolument splendide. On aurait dit un oiseau exotique égaré qui s'était réfugié dans un poulailler. Mais, nom de Dieu, pourquoi le désirait-elle ?

— Embrasse-moi, souffla-t-elle.

Prenant appui sur ses bras robustes pour se pencher au-dessus d'elle, il avisa l'horloge digitale sur le tableau de bord : 23 h 59. L'heure précise de sa naissance, quarante ans auparavant. Pas mal comme anniversaire, finalement…

Chapitre 3

Vin DiPietro était assis sur un canapé recouvert de soie dans un salon décoré d'or, de rouge et de blanc cassé. Le sol en marbre noir était orné de tapis d'époque, les bibliothèques regorgeaient d'éditions originales et, tout autour de lui, sa collection de statuettes en cristal, ébène et bronze brillait de mille feux.

Mais le clou du spectacle, c'était la vue sur la ville.

Grâce à une baie vitrée qui courait sur toute la longueur de la pièce, les ponts jumeaux de Caldwell et tous ses gratte-ciel faisaient partie intégrante du décor, au même titre que les draperies, les tapisseries au sol et les objets d'art. Le panorama était le summum de la splendeur urbaine, un vaste paysage scintillant, en constante évolution même si les immeubles demeuraient immobiles.

Le duplex de Vin occupait l'intégralité des vingt-huitième et vingt-neuvième étages du luxueux Commodore, pour une surface totale de mille mètres carrés. Il comprenait six chambres, une suite indépendante, une salle de musculation, une de cinéma, huit salles de bains et s'accompagnait de quatre places dans le parking souterrain. À l'intérieur, tout avait été aménagé selon ses souhaits : chaque dalle de marbre, bloc de granit, once de tissu, planche de parquet avait été choisi par ses soins parmi les matériaux les plus nobles.

Et il était sur le point de déménager.

Vu la façon dont la situation évoluait, il estimait être en mesure de transmettre les clés au futur propriétaire dans quatre mois. Peut-être trois, selon la vitesse des ouvriers sur le chantier.

Si cet appartement était agréable, ce que Vin était en train de faire construire sur les rives de l'Hudson allait le rabaisser au rang d'HLM. Il avait dû acheter une demi-douzaine de vieux cabanons et de terrains de chasse pour obtenir la superficie et l'emplacement qu'il voulait, mais il les avait obtenus. Il avait rasé les baraques, déblayé le site et creusé un trou de la taille d'un stade de foot. À présent, l'équipe travaillait sur la charpente et le toit ; ensuite, sa flotte d'électriciens installerait le système nerveux central de la maison et ses plombiers implanteraient les artères. Et enfin viendraient tous les détails merdiques comme les plans de travail, le carrelage, l'électroménager, les équipements et la décoration.

Tout s'emboîtait parfaitement, comme par magie. Et pas simplement en ce qui concernait son futur logement.

Devant lui, sur la table en verre, se trouvait l'écrin de velours provenant de la joaillerie.

La pendule du vestibule sonna minuit. Vin se cala dans les coussins du canapé et croisa les jambes. Il n'était pas romantique, et ne l'avait jamais été, pas plus que Divine – un des nombreux points sur lesquels ils s'accordaient. Elle lui laissait sa liberté, s'occupait de ses petites affaires, et sautait dans un avion au moindre de ses caprices. Et, comble de perfection, elle ne voulait pas d'enfant. Lui non plus. Jamais. Les fautes des pères retombent sur leurs fils jusqu'à la quatrième génération, dit-on.

Divine et lui ne se connaissaient pas depuis très longtemps, mais il était évident qu'ils étaient faits l'un pour l'autre. Un peu comme quand on achète un terrain : un jour on regarde un bout de terre et on sait que c'est le bon endroit pour bâtir.

Contemplant la ville du haut de son perchoir, il se prit à songer à la maison dans laquelle il avait grandi. À cette époque, la vue consistait en un horrible vis-à-vis sur une bicoque à deux étages, et il avait passé bon nombre de nuits à tenter de voir au-delà de l'environnement dont il était issu. Avec les bagarres d'ivrognes de ses parents en fond sonore, il ne souhaitait qu'une chose : partir. Loin de sa famille. Loin de ce quartier minable. Loin de son existence et de tout ce qui le séparait du reste du monde. Et, si incroyable que cela parût, c'était exactement ce qui s'était passé.

Il préférait infiniment cette vie, ce panorama. Il avait consenti à de nombreux sacrifices pour se hisser jusque-là, mais la chance lui avait toujours souri – comme par magie.

Cela dit, on a les chances qu'on se donne. Et, que cela plaise ou non, il était parvenu au sommet et comptait bien y rester.

Quand Vin consulta de nouveau sa montre, quarante-cinq minutes s'étaient écoulées. Une autre demi-heure passa.

Au moment où il tendait la main vers l'écrin, il entendit le déclic de la porte d'entrée et leva la tête. Dans le vestibule, des talons claquèrent sur le marbre, les pas se rapprochant sans toutefois s'arrêter devant la porte du salon.

Lorsque Divine longea l'arcade, il la vit retirer son manteau blanc en vison, laissant apparaître une robe Hervé Leger qu'elle s'était achetée avec son argent. Décidément, cette fille était à tomber : ses courbes parfaites sublimaient la tenue du couturier, la ligne de ses longues jambes était encore plus élégante que celle de ses Louboutin à semelle rouge et ses cheveux bruns brillaient avec plus d'éclat que le chandelier en cristal suspendu au-dessus d'elle.

Resplendissante. Comme toujours.

— Où étais-tu ? demanda-t-il.

Elle se figea et le regarda.

— Je ne savais pas que tu étais rentré.

— Je t'attendais.

— Tu aurais dû m'appeler. (Elle avait des yeux incroyables, en forme d'amande et plus noirs que ses cheveux.) Je serais revenue si tu m'avais téléphoné.

— Je voulais te faire une surprise.

— Ce n'est pourtant pas ton genre.

Vin se leva, gardant l'écrin caché dans sa paume.

— Tu as passé une bonne soirée ?

— Oui.

— Où es-tu allée ?

Elle plia le manteau de fourrure sur son bras.

— Juste dans un club.

Vin s'approcha d'elle et ouvrit la bouche, crispant la main sur le présent qu'il lui avait acheté.

Épouse-moi.

Divine fronça les sourcils.

— Tout va bien ?

Épouse-moi. Divine, épouse-moi.

À la vue de ses lèvres, il plissa les yeux. Elles étaient plus bouffies que d'habitude. Plus rouges. Et, pour une fois, elle ne portait pas de rouge à lèvres.

La conclusion qui s'imposa à lui fit jaillir un souvenir fugace : l'image de ses parents s'engueulant et se jetant des objets à la figure, tous les deux soûls comme des cochons. L'objet de la dispute était le même que d'habitude et il entendait la voix rageuse de son père comme s'il était dans la pièce à côté : « *Avec qui tu traînais ? Qu'est-ce que tu foutais, salope ?* »

Après quoi le cendrier de sa mère venait s'écraser contre le mur. Grâce à la pratique qu'elle avait acquise tout au long de ces années, elle avait pas mal de force dans les bras, mais la vodka avait tendance à lui faire perdre l'équilibre, si bien qu'elle ne touchait la tête de son père qu'une fois sur dix.

Vin glissa l'écrin dans la poche de sa veste.

— Tu t'es bien amusée ?

Divine le scruta, semblant avoir du mal à jauger l'humeur de son homme.

— Je suis allée prendre l'air.

Il acquiesça, tout en se demandant si ses cheveux ébouriffés étaient dus à un effet de style ou à la main d'un homme.

— Bien. J'en suis ravi. Bon, je vais aller travailler un peu.

— D'accord.

Vin tourna les talons et traversa le salon puis la bibliothèque pour arriver à son bureau. Pendant tout ce temps, il garda l'œil rivé sur les murs de verre et la vue au-dehors.

Son père avait une opinion bien tranchée sur les femmes : petit un, on ne pouvait jamais leur faire confiance ; petit deux, elles vous piétinaient si vous les laissiez porter la culotte. Et malgré le fait qu'il ne voulait rien avoir en commun avec ce salopard, il ne parvenait pas à chasser le souvenir de son père.

Ce type avait toujours été convaincu que sa femme le trompait. Difficile à croire quand on savait que la mère de Vin ne se teignait les cheveux que deux fois par an, avait de vilains cernes, et que sa garde-robe se réduisait à un peignoir qu'elle lavait à la même fréquence qu'elle se colorait la tignasse. Elle ne sortait jamais de chez elle, fumait comme un pompier et son haleine empestait l'alcool au point qu'elle aurait pu décoller du papier peint.

Pourtant, son père semblait croire que des hommes auraient pu lui trouver une certaine attirance. Ou que sa femme, qui n'avait jamais levé le petit doigt sauf pour allumer une cigarette, aurait pu rassembler assez de courage pour sortir et se trouver un type dont les goûts en matière de nanas allaient du vieux mégot à la pocharde.

Ils l'avaient battu. Tous les deux. Du moins jusqu'au jour où il s'était mis à courir plus vite qu'eux. Et le plus beau cadeau qu'ils lui aient jamais offert fut sans doute de s'entre-tuer, alors qu'il n'avait que dix-sept ans. Pitoyable...

Dans son bureau, Vin s'installa derrière la table de marbre et fit face à l'arsenal qui lui permettait de travailler à distance : deux ordinateurs, six lignes de téléphone, un fax et deux lampes en bronze. Le siège était en cuir pourpre. Le tapis était de la même couleur que le lambris en érable moucheté. Les draperies étaient noires, beiges et rouges.

Posant la bague entre l'une des lampes et le téléphone, il se détourna de toute cette installation et se replongea dans la contemplation du panorama.

Épouse-moi, Divine.

— J'ai passé une tenue plus confortable.

Jetant un coup d'œil par-dessus son épaule, il fut ébloui par la vision de sa compagne drapée d'une nuisette noire transparente.

Il fit pivoter son fauteuil.

— C'est ce que je vois.

Tandis qu'elle s'avançait vers lui, ses seins se soulevant et s'abaissant sous le léger tissu, il sentit son entrejambe durcir. Il avait toujours adoré sa poitrine. Lorsqu'elle lui avait annoncé qu'elle voulait des implants, il avait opposé son veto. Elle était parfaite.

— Je suis vraiment désolée que tu m'aies attendue, dit-elle en caressant la nuisette translucide avant de s'agenouiller devant lui. Sincèrement.

Vin leva la main et fit courir son pouce sur la lèvre inférieure de sa compagne.

— Qu'est-ce qui est arrivé à ton rouge à lèvres ?

— J'ai fait ma toilette dans la salle de bains.

— Alors comment se fait-il que tu aies encore ton eye-liner ?

— Je me suis remaquillée. (Elle parlait d'une voix douce.) J'avais mon téléphone en permanence sur moi. Tu m'avais dit que tu avais un rendez-vous et que tu rentrerais tard.

— Oui, c'est vrai.

Divine posa les mains sur les cuisses de Vin et se pencha, ses seins se gonflant contre le corsage de son déshabillé. Bon Dieu qu'elle sentait bon.

— Je suis désolée, murmura-t-elle avant de l'embrasser dans le cou et d'enfoncer les ongles dans sa chair. Laisse-moi me faire pardonner.

Elle referma les lèvres sur sa peau et la suça.

La tête penchée en arrière, il la contempla par-dessous ses paupières. Elle aurait fait fantasmer n'importe quel homme. Et elle lui appartenait.

Alors qu'est-ce qui le retenait de poser cette fichue question ?

— Vin… je t'en prie, ne sois pas fâché, murmura-t-elle.

— Je ne le suis pas.

— Tu fronces les sourcils.

— C'est vrai. (D'un autre côté, il ne souriait jamais.) Voyons… et si tu essayais de me mettre de bonne humeur ?

Manifestement, Divine n'attendait que cette invitation, car elle leva la tête et, tour à tour, dénoua sa cravate, ouvrit son col et fit sauter les boutons de sa chemise. Parcourant son corps de baisers, elle défit sa ceinture, sortit les pans de sa chemise et fit glisser les ongles et les dents sur sa peau.

Elle savait qu'il aimait l'amour un peu brutal et ne s'en plaignait pas.

Vin lui dégagea les cheveux du visage pendant qu'elle libérait son érection. Il avait conscience qu'il ne serait pas seul à contempler ce qu'elle allait lui faire. Les deux lampes étaient allumées, donc s'il restait quelqu'un dans les gratte-ciel voisins, pour peu qu'il ait une paire de jumelles sous la main, il allait avoir droit à un sacré spectacle.

Vin ne tenta ni de l'interrompre ni d'éteindre la lumière.

Divine aimait qu'on la regarde.

Lorsqu'elle écarta les lèvres au-dessus de l'extrémité de son sexe, il gémit, puis serra les dents quand elle le prit tout entier dans sa bouche. Elle était douée, sachant trouver le rythme qui lui faisait perdre pied et le fixant des yeux pendant qu'elle s'affairait sur lui. Elle avait compris qu'il aimait les trucs un peu vicieux, si bien qu'au dernier moment, elle recula pour le laisser jouir sur sa magnifique poitrine.

Elle partit d'un petit rire, puis le regarda d'un air pervers, insatisfait. Divine était ainsi, changeante selon la situation, vertueuse un moment puis salope l'instant d'après, comme si elle portait des masques qu'elle changeait au gré de ses envies.

— Tu en redemandes, hein ?

Elle fit glisser sa main ravissante le long de son bustier et la laissa reposer sur son string tandis qu'elle s'allongeait sur le dos.

À la lumière, ses yeux n'étaient pas d'un brun profond, mais d'un noir intense et emplis d'assurance. Elle avait raison. Il avait envie d'elle. Et ce depuis le moment où il l'avait vue à l'inauguration d'une galerie et l'avait ramenée, avec un Chagall, à la maison.

Vin se leva de son fauteuil et s'agenouilla entre ses cuisses, les écartant largement. Elle était prête à le recevoir et il la prit à même le sol. Ce fut bref et intense, mais son ardeur l'excitait au plus haut point.

Tandis qu'il jouissait en elle, elle prononça son nom, semblant avoir obtenu ce qu'elle voulait.

Baissant la tête vers le précieux tapis en soie, le souffle court, il se sentit mal à l'aise. Une fois la passion disparue, il était plus qu'épuisé ; il était lessivé.

Parfois, il avait l'impression que ce qu'il lui donnait le vidait de tout son être.

— Encore, Vin, dit-elle d'une voix grave et gutturale.

Dans le vestiaire du *Masque de fer*, Marie-Terese s'avança sous le jet chaud de la douche et ouvrit la bouche pour laisser l'eau la laver aussi bien à l'intérieur qu'à l'extérieur. Sur une coupelle en acier inoxydable se trouvait une savonnette blanchâtre ; elle s'en empara sans la regarder. L'empreinte du savon était presque effacée, et il n'en resterait rien dans deux ou trois nuits.

Tandis qu'elle lavait chaque centimètre de son corps, ses larmes se joignirent à l'eau savonneuse et en suivirent le parcours à travers la grille située sous ses pieds. D'une certaine façon, c'était le moment le plus difficile de la soirée, celui où elle se retrouvait seule avec la vapeur chaude et le savon – pire que la déprime post-confession.

Bon Dieu, cela en venait à un tel point que même l'odeur du savon suffisait à la faire pleurer, preuve s'il en était que Pavlov en connaissait un bout, et pas seulement en matière de chiens.

Une fois propre, elle sortit et attrapa une serviette blanche et rêche. Sa peau se tendit sous l'effet du froid et se resserra, formant une armure ; sa volonté se concentra de la même manière, imposant sa loi sur ses émotions.

Sortie de la douche, Marie-Terese enfila son jean, son col roulé et sa polaire, puis fourra sa tenue de travail dans son sac. Enfin, elle se sécha les cheveux pendant une dizaine de minutes avant d'affronter la nuit froide, regrettant la chaleur de l'été.

— Bientôt prête ?

La voix de Trez résonna à travers la porte fermée du vestiaire, et elle sourit. Les mêmes paroles nuit après nuit, toujours au moment où elle reposait le sèche-cheveux.

— Deux minutes, cria-t-elle.

— Pas de problème.

Et il le pensait. Il mettait toujours un point d'honneur à l'escorter jusqu'à sa voiture, quel que soit le temps qu'il lui fallait pour se préparer.

Marie-Terese dégagea son visage et noua un chouchou autour de ses boucles épaisses.

Elle se pencha plus près du miroir. À un moment de la soirée, elle avait perdu une boucle d'oreille, mais impossible de savoir où.

Merde.

Balançant son sac sur l'épaule, elle quitta le vestiaire et trouva Trez en train d'envoyer un texto sur son BlackBerry.

Il rangea le téléphone dans sa poche et la détailla.

— Tout va bien ?

Non.

— Ouais. C'était plutôt cool, cette nuit.

Trez acquiesça et l'accompagna vers la porte de service. Tandis qu'ils sortaient, elle pria pour qu'il ne la bassine pas avec un de ses sermons. La théorie de Trez à propos de la prostitution était que les femmes étaient libres de la pratiquer et les hommes de payer, mais que tout cela devait être géré de manière professionnelle. Merde, il avait même viré des nanas parce qu'elles s'étaient passées de préservatifs. Il croyait également que si une femme avait le moindre doute, elle devait avoir toute latitude de reconsidérer son choix et de s'en aller.

C'était la même philosophie qu'avait défendue le Révérend au *Zero Sum* et, paradoxalement, c'était ce qui poussait la majorité des filles à rester dans le métier.

À quelques pas de la Camry, il l'arrêta, posant la main sur son bras.

— Tu sais à quoi tu vas avoir droit, là, hein ?

Elle esquissa un sourire.

— À un joli discours.

— Ce ne sont pas des paroles en l'air. Je suis sincère.

— Oh, ça, je le sais, répondit-elle en sortant ses clés. Et c'est très gentil à toi, mais je suis bien là où je suis.

Pendant une fraction de seconde, elle crut voir une lumière verte traverser ses yeux noirs, mais c'était sans doute dû aux lampadaires qui inondaient de lumière l'arrière du bâtiment.

Il se contenta de la dévisager, l'air de choisir ses mots. Elle secoua la tête.

— Trez, je t'en prie, ne…

Fronçant les sourcils, il jura dans sa barbe puis tendit les bras.

— Allez, fais-moi un câlin.

Elle se serra contre lui et, savourant sa chaleur et sa force, se demanda ce que ça ferait d'avoir quelqu'un comme lui : un homme bien, sans être parfait, mais avec un certain savoir-vivre, un type honnête et prévenant.

— Tu n'as plus aucun entrain, chuchota Trez à son oreille. Il est temps pour toi de partir.

— Je vais bien…

— Tu mens. (Il parlait avec tant d'assurance qu'elle avait l'impression qu'il lisait dans son cœur.) Laisse-moi te prêter l'argent dont tu as besoin. Tu me le rembourseras sans intérêts. Tu n'es pas faite pour ça. Certaines le sont. Pas toi. Tu n'es pas à ta place, ici.

Il avait raison. Mille fois raison. Mais elle en avait marre de dépendre d'autrui, même s'il s'agissait de quelqu'un d'aussi intègre que Trez.

— J'ai l'intention d'arrêter bientôt, dit-elle en donnant une petite tape sur son torse musclé. Dans quelque temps, je me serai remise à flots. Et là, je passerai à autre chose.

Trez contracta ses mâchoires, signe qu'il respecterait sa décision même s'il la désapprouvait.

— N'oublie pas ma proposition, d'accord ?

— D'accord. (Elle se hissa sur la pointe des pieds et embrassa sa joue cuivrée.) Promis.

Trez l'aida à monter en voiture. Elle démarra, recula puis s'éloigna en jetant un coup d'œil dans le rétroviseur. Dans la lueur des feux arrière, elle vit Trez la regarder, les bras croisés… et disparaître soudain, comme par magie.

Marie-Terese freina et se frotta les yeux en se demandant si elle était devenue folle… puis une voiture surgit derrière elle, les phares l'aveuglant dans le rétroviseur. Recouvrant ses esprits, elle appuya sur l'accélérateur et quitta le parking en trombe. Le conducteur du véhicule qui la suivait tourna à la rue suivante, et elle s'empressa de parcourir les quinze minutes de trajet qui la séparaient de chez elle.

Le logement qu'elle louait était minuscule, une maisonnette un peu délabrée, mais possédait deux atouts qui l'avaient poussée à la choisir parmi toutes celles qu'elle avait visitées à son arrivée : d'une part, elle se trouvait à proximité d'une école, ce qui garantissait une certaine vigilance de la part des habitants du quartier, et d'autre part, le propriétaire l'avait autorisée à poser des barreaux aux fenêtres.

Marie-Terese entra dans le garage, attendit quelques instants que la porte se referme, puis descendit de voiture pour gagner le vestibule, plongé dans la pénombre. En traversant la cuisine, elle sentit l'odeur des pommes qu'elle gardait toujours dans une coupe, puis se faufila sur la pointe des pieds en direction du salon éclairé. En chemin, elle déposa son sac dans la penderie.

Elle attendrait d'être seule pour le vider et y glisser des affaires propres. S'avançant dans la lumière, elle murmura :

— Ce n'est que moi.

Chapitre 4

J'ai couché avec elle.

Ce fut la première pensée de Jim lorsqu'il se réveilla le lendemain matin, et elle remua une telle merde qu'il tenta de s'y soustraire en se retournant dans son lit. Ce qui ne fit qu'aggraver les choses. Les premières lueurs de l'aube bottaient le cul du rideau, et lorsque la lumière fit irruption dans son crâne, il regretta que cette putain de fenêtre ne soit pas murée.

Bordel, il n'arrivait pas à croire qu'il avait couché avec cette somptueuse et vulnérable créature dans son pick-up. Comme une pute. Il était ensuite revenu chez lui pour se bourrer la gueule à la Corona, ce qui rendait les choses un peu plus crédibles. Mais cela ne changeait rien au fait qu'il se maudissait et qu'il allait devoir passer la journée à taper sur des clous avec une gueule de bois.

Super. Génial.

Se débarrassant de la couverture, il jeta un coup d'œil au jean et à la chemise en flanelle qu'il avait portés au club. Comme il était tombé dans les vapes avant d'avoir pu se déshabiller, tout était chiffonné. Peu importe, il garderait tout de même son Levi's pour travailler. En revanche, il devait à tout prix préserver sa chemise des douze heures de chantier. De toute sa garde-robe, c'était la seule potable. Sans trace de peinture, de trous, sans bouton manquant ni manche effilochée. Du moins pour l'instant.

Jim se dévêtit et jeta le vêtement au sommet de la montagne de linge sale qui jouxtait son lit. Entraînant sa migraine dans la cabine de douche, il se rappela les avantages d'un confort réduit au minimum. Hormis ses deux piles de linge, le sale et le propre, tout ce qu'il possédait se limitait à un canapé en rotin, fourni avec l'appartement, ainsi qu'une table et deux chaises – tout cela, Dieu merci, en dehors du chemin qui menait à la salle de bains.

Il se rasa, prit une douche rapide, puis enfila un caleçon et le Levi's avant d'avaler quatre aspirines. Ce fut alors au tour du maillot de corps, suivi des chaussettes et des bottes. Tout en se dirigeant vers la porte, il attrapa sa ceinture à outils et sa veste de travail.

Son appartement était situé au dernier étage d'une dépendance aux allures de garage. Il s'arrêta au bas de l'escalier, plissant si fort les yeux que sa lèvre se retroussa. Bordel... avec cette lumière aveuglante, on avait l'impression que le Soleil avait finalement cédé à l'attraction de la Terre et s'était rapproché d'elle pour conclure.

Il descendit les marches en bois grinçantes, traversa l'allée de gravier et rejoignit son pick-up glacé, tout cela avec le visage d'un homme à qui on aurait enfoncé un pieu dans le pied.

Lorsqu'il ouvrit la portière du côté conducteur, une bouffée de parfum lui sauta aux narines et il lâcha un juron. Des images lui revinrent, chargées de luxure, chacune d'elles accentuant davantage sa migraine.

Il continuait de pester quand il sortit de l'allée et longea le corps de ferme blanc qui appartenait à son vieux proprio, M. Perlmutter. Depuis que Jim avait emménagé à côté, il n'avait jamais vu âme qui vive dans cette immense demeure ; les fenêtres étaient barricadées de l'intérieur et le perron était toujours désert.

Son train-train de célibataire et le préavis de trente jours pour déménager, voilà ce qui lui plaisait le plus dans cette location.

En chemin, il s'arrêta à une station-service pour s'acheter un grand café, un sandwich grec et un Coca. La supérette dégageait une puanteur de vieilles godasses et d'adoucissant, et le sandwich avait sans doute été fabriqué une semaine auparavant en Grèce, mais il ne se nourrissait que de cela depuis un mois et, de toute évidence, il n'en était pas mort.

Quinze minutes plus tard, il fonçait le long de la route 151N. Buvant son café, lunettes de soleil sur le nez, il se sentait un tantinet plus humain. Le chantier était situé sur la rive ouest de l'Hudson, et lorsqu'il prit la bretelle qui y menait, il recouvrit le gobelet de son couvercle en polystyrène puis tourna le volant vers la droite. La route qui longeait la péninsule était parsemée de nids-de-poule à cause de tous ces gros engins qui avaient dévalé l'artère non goudronnée, si bien que les suspensions du pick-up pestèrent et gémirent pendant tout le trajet.

Plus loin, les pelouses seraient impeccables mais, pour l'instant, le sol cahoteux ressemblait plutôt à la peau d'un adolescent de quinze ans. L'herbe brunâtre et embroussaillée était constellée d'innombrables souches d'arbres, comme seul peut l'être un paysage modelé par des gars munis de tronçonneuses. Et ce n'était pas le pire : on avait détruit quatre cabanons, dont les pilotis et les parcelles nues sous le plancher constituaient les seuls vestiges de bâtisses qui avaient perduré pendant plus d'un siècle.

Mais tout devait disparaître. C'était l'ordre du maître d'ouvrage. Qui était aussi le futur propriétaire.

Un type aussi sympathique qu'une gueule de bois par un joyeux matin d'hiver.

Jim se gara au bout de la ligne de pick-ups qui s'allongeait au fur et à mesure de l'arrivée des ouvriers. Abandonnant le sandwich et le Coca sur le plancher à l'arrière de la cabine pour les garder au frais, il traversa les pistes poussiéreuses, rongées par les pneus, en direction de la maison en gestation. Son squelette de planches désormais érigé, sa peau s'étirait vers le haut au rythme des panneaux d'aggloméré cloués sur l'ossature de la charpente.

Cette putain de maison était un monstre, si gigantesque qu'elle aurait fait passer les hôtels particuliers prétentieux du centre-ville pour des maisons de poupées.

— Jim.

— Chuck.

Chuck, le contremaître, était un type d'un mètre quatre-vingts avec les épaules carrées, un gros bide et un éternel bout de cigare coincé entre ses lèvres. La conversation n'alla pas plus loin : Jim savait sur quelle partie de la maison il devait bosser et ce qu'il devait y faire. Sur une équipe composée d'une vingtaine de charpentiers, on trouvait différents degrés de talent, d'implication et de sobriété, et Chuck connaissait son équipe sur le bout des doigts. Si vous aviez la moitié d'un cerveau et un bon coup de marteau, il vous fichait la paix, d'autant qu'il avait déjà assez d'emmerdes avec les mous du bulbe.

Jim rassembla son courage et partit chercher son matériel. Les boîtes de clous étaient rangées dans un placard muni d'un verrou et posé sur le sol bétonné du garage pouvant contenir jusqu'à six voitures, et à côté d'elles, alignés en file indienne, se trouvaient les générateurs électriques qui vrombissaient déjà. Grimaçant à cause du bruit, il enjamba les rallonges qui serpentaient jusqu'aux établis et remplit la pochette située sur le côté gauche de sa ceinture à outils.

Ce fut avec soulagement qu'il gagna la face sud de la maison qui, à en croire les plans, se trouvait pratiquement dans le comté voisin. Il se mit au travail, commençant par soulever des panneaux d'un mètre quatre-vingts sur un mètre vingt, qu'il fixa ensuite aux encadrements. S'il se servait d'un marteau plutôt que d'un pistolet à clous, c'était parce qu'il était de la vieille école et que, même sans outil automatique, il comptait parmi les charpentiers les plus rapides.

Soudain, le vrombissement de deux Harley descendant l'allée poussiéreuse lui fit lever la tête.

Eddie et Adrian arrêtèrent leurs motos d'un même geste, mirent pied à terre en parfaite synchro, puis ôtèrent leur blouson de cuir et leurs lunettes noires sur le même rythme. Voyant les deux hommes se hâter dans sa direction, Jim poussa un grognement : Adrian le dévisageait et l'expression de son visage piercé semblait vouloir lui arracher des détails sur sa fin de soirée.

Autrement dit, il avait remarqué que Robe Bleue avait disparu à peu près au même moment que lui.

— Merde, marmonna-t-il.

— Quoi ?

Jim secoua la tête en direction du type qui se trouvait à côté de lui et se concentra sur sa tâche. Il disposa l'un des panneaux contre l'encadrement, le maintint contre sa hanche pendant qu'il dégainait son marteau, sortait un clou puis tapait. Puis il répéta maintes fois l'opération…

— Tu t'es bien amusé cette nuit ? demanda Adrian lorsqu'il le rejoignit.

Jim frappa de plus belle.

— Oh, allez, je ne te demande pas tous les détails… mais tu pourrais en balancer un peu. (Adrian jeta un coup d'œil à son colocataire.) Quand tu veux, tu me soutiens, toi !

Eddie se contenta de leur passer devant et donna un coup d'épaule à Jim en guise de bonjour. Sans y être invité, il s'empara de l'aggloméré, libérant Jim, qui redoubla d'ardeur. Ils formaient une super équipe, même si Adrian ralentissait le rythme. Il était loin d'être assidu, et préférait passer son temps à glander et à ingurgiter tout un tas de trucs. C'était à se demander par quel miracle il n'avait pas été viré au cours des quatre semaines qu'il avait passé sur le chantier.

Appuyé contre un jambage, Adrian leva les yeux au ciel.

— Tu ne me diras pas si tu as eu ou non un cadeau d'anniversaire ?

— Non.

Jim planta un clou et lui aplatit la tête. Deux coups suffirent pour l'enfoncer au ras de la planche, puis il balança un dernier coup en imaginant le visage d'Adrian au milieu d'une cible.

— T'es qu'un enfoiré.

C'était vrai. C'était bien ce qu'il avait été la nuit précédente. Mais ce n'étaient pas les oignons de ce fils de pute à la grande gueule piercée d'un porte-bonheur en métal qui venait jouer les voisins affables.

Les choses reprirent leur cours habituel, les gars contournant Jim et Eddie pour reprendre là où ils en étaient restés la veille et protéger la maison des pluies printanières qui venaient de commencer. Elle allait mesurer plus de mille cinq cents mètres carrés, alors abattre le boulot en une semaine était une gageure. Pourtant, Jim et Eddie se bougeaient le cul et les couvreurs étaient déjà à mi-chemin des chevrons. À la fin du week-end, Dieu merci, ils ne se soucieraient plus de la bruine froide ni du vent glacial. La veille, il avait plu comme vache qui pisse et le sol était encore parsemé de flaques qui maculaient les jeans de boue à chaque pas.

L'heure du déjeuner arriva rapidement, comme souvent lorsqu'il travaillait avec Eddie, et tandis que les autres gars s'appuyaient contre le rebord de la maison pour faire face au soleil, Jim regagna son pick-up afin de manger seul dans la cabine.

Grâce au froid, le sandwich avait un goût moins rance et le Coca était rafraîchissant.

Assis dans son pick-up, il jeta un regard au siège vide à côté de lui… et se rappela ses cheveux bruns s'étalant sur la sellerie, la courbe de son cou dans la lumière du tableau de bord et la douceur de son corps sous le sien.

Il se sentait minable d'avoir ainsi profité d'elle. Mais, chose étrange, après leurs ébats, elle avait paru radieuse. Impossible. Il avait dû mal interpréter son sourire. Après tout, le sexe entre inconnus n'est qu'un palliatif à la solitude. Comment une fille pareille aurait-elle pu s'en contenter ? Merde, il ne connaissait même pas son prénom. Lorsqu'ils avaient repris leur souffle, elle l'avait embrassé pendant un long moment, puis elle avait rajusté sa robe avant de s'en aller.

Lâchant un juron, Jim ouvrit la portière à la volée et emporta son déjeuner pour s'asseoir à côté du pare-chocs arrière. Il faisait plus chaud au soleil mais, surtout, l'air charriait l'odeur des planches en pin et non l'effluve d'un parfum féminin. Le visage tourné vers le ciel, cherchant à se vider la tête, il perdit tout intérêt pour son sandwich et le posa sur le film plastique qui lui avait servi d'emballage pour se focaliser sur sa boisson.

Quelques instants plus tard, un chien apparut, pointant son museau derrière un tas de troncs d'arbres empilés. Il avait la taille d'un fox-terrier et son pelage ressemblait à de la laine d'acier tachetée. L'une de ses oreilles pendait lamentablement et son museau était barré d'une sorte de cicatrice.

Jim posa sa bouteille de Coca et ils se toisèrent.

Effrayé, l'animal restait tapi, profitant du couvert que lui offraient les énormes souches grises. Mais la faim le tiraillait, c'était évident. Attiré par l'odeur du sandwich, il humait la brise de sa petite truffe noire.

Le chien avança une patte avec hésitation. Puis une deuxième. Et une troisième.

Il boitait.

Jim tendit lentement le bras sur le côté et posa la main sur le sandwich. Ouvrant le pain, il écarta la laitue mollasse et la tomate en carton-pâte, puis prit une tranche de viande.

Se penchant, il la tendit au chien.

— C'est fade, mais ça ne te tuera pas. Promis.

Le chien décrivit un cercle en clopinant sur sa patte avant bancale, tandis que le vent printanier soulevait son poil raide, révélant ses côtes décharnées. Poussé par la faim, il avait le cou tendu au maximum et les pattes arrière tremblantes, prêt à se replier d'un bond.

Jim demeura immobile et laissa l'animal s'approcher.

— Allez, bonhomme, l'encouragea-t-il d'une voix âpre. Tu en as besoin.

De près, l'animal avait l'air épuisé, et lorsqu'il s'empara de la viande, ce fut d'un brusque claquement des mâchoires aussitôt suivi d'une reculade. Jim lui tendit un deuxième morceau et, cette fois, le chien s'avança plus rapidement avant de battre en retraite, d'un pas plus lent. Enfin, il accepta la troisième offrande avec délicatesse, comme s'il avait appris à se méfier alors qu'au fond il n'était pas aussi sauvage que cela.

Puis Jim le gratifia du reste du pain.

— Voilà, c'est fini.

Le chien vint se planter devant Jim et tourna sur lui-même avant de s'asseoir, la tête penchée sur le côté. Ce cabot avait le regard intelligent, malgré des yeux vieux et fatigués.

— Les chiens, c'est pas mon truc.

Comme de bien entendu, l'animal ne comprenait pas le langage humain. D'un bond étonnamment gracieux, il sauta sur les genoux de Jim.

— Mais qu'est-ce que… (Jim écarta les bras et le contempla.) Hé ben, tu ne pèses pas lourd.

Il n'avait sans doute rien mangé depuis des lustres.

Jim lui toucha le dos d'une main hésitante. Bon sang. Il ne sentait que les os.

Un coup de sifflet marqua la fin de la pause, et Jim flatta le chien une dernière fois avant de le redéposer au sol.

— Désolé… je te l'ai dit, moi et les bêtes, ça fait deux.

Il sortit sa ceinture à outils de la cabine et l'attacha tout en s'éloignant. Et là, grossière erreur, il jeta un coup d'œil en arrière…

Merde, le chien était sous le pick-up, derrière une roue, observant Jim d'un regard fatigué.

— Je n'aime pas les animaux, gronda-t-il en partant.

Le ronronnement d'une voiture qui s'approchait résonna à travers tout le chantier, et lorsque les hommes qui étaient alignés aux abords de la maison avisèrent le nouvel arrivant, ils prirent un air tellement emmerdé que Jim sut aussitôt de qui il s'agissait.

Le maître d'ouvrage-propriétaire-chieur était de retour.

Cette enflure se pointait à tout moment de la journée. On aurait dit qu'il ne voulait pas que l'équipe sache à quelle heure il risquait de passer, afin que ses inspections de chantier reflètent au maximum la réalité. Du coup, inutile d'être un génie pour deviner ce qu'il cherchait : tire-au-flanc, travail salopé, boulettes, chapardages. Les gars avaient l'impression de passer pour malhonnêtes ou feignants même s'ils ne l'étaient pas et, si la plupart passaient l'éponge, c'était uniquement pour le chèque du vendredi.

Jim pressa le pas quand la BMW M6 s'arrêta juste à côté de lui. Il ne jeta pas le moindre regard à la voiture ni au conducteur : il l'évitait toujours comme la peste. Non pas parce qu'il avait des choses à se reprocher du point de vue boulot, mais parce qu'il n'était qu'un sous-fifre, point barre.

Quand le général venait inspecter ses troupes, la chaîne de commandement mandatait Chuck, et non pas Jim, pour se le farcir.

Dieu merci.

Jim sauta sur le plancher et regagna l'endroit où il s'était arrêté. Eddie, toujours prêt à s'attaquer au boulot, le suivit, Adrian sur les talons.

— Putain de merde…

— La vache…

— *Madre de Dios…*

Les commentaires émanant des ouvriers incitèrent Jim à tourner la tête.

Oh, merde… Il ne manquait plus que ça… Une brune d'une beauté renversante sortait de la voiture avec la grâce d'un drapeau se déployant dans une brise légère.

Jim ferma les yeux. Et la revit dans la cabine de son pick-up, étendue, lui offrant ses seins magnifiques.

— Non mais quel canon ! s'exclama l'un des ouvriers.

Bon sang, il y a des fois dans la vie où on voudrait simplement disparaître. Pas parce qu'on est une poule mouillée, mais parce qu'on n'a aucune envie de gérer les emmerdes.

Et là, il était en plein dedans. Jusqu'au cou.

— Merde, Jim… (Adrian passa la main à travers sa chevelure épaisse.) C'est…

Ouais, il savait.

— Je n'ai rien à voir là-dedans. Eddie, tu te magnes avec cette planche ?

Avant que Jim ait eu le temps de se retourner, la brune leva la tête et croisa son regard. Le reconnaissant, elle tressaillit. À cet instant, son compagnon la rejoignit et la prit par la taille.

Jim fit un pas en arrière sans regarder où il marchait.

Tout se passa en un éclair.

Son talon buta contre un morceau de bois posé en travers d'une rallonge électrique et il perdit l'équilibre. Sous le poids de sa chute, le raccordement du câble se rompit et l'extrémité sous tension voltigea dans les airs avant d'atterrir dans une des flaques.

Jim heurta le sol en position d'étoile de mer... ce qui d'ordinaire lui aurait juste infligé quelques bleus aux fesses et aux épaules.

Mais sa main nue atterrit dans l'eau.

Le choc électrique lui envoya une décharge le long du bras qui le frappa en plein cœur. Les yeux écarquillés, l'ouïe désormais hors circuit, il sentit sa colonne vertébrale s'arquer vers le ciel, ses mâchoires se crisper et le monde s'évanouir jusqu'à ne plus percevoir que la douleur bestiale lui dévorant le corps.

La dernière image qu'il eut fut la longue natte d'Eddie se balançant tandis qu'il volait à son secours.

Vin ne le vit pas tomber. Mais il entendit la chute lourde d'un corps massif, puis le pas précipité de bottes et les jurons lancés tandis que les ouvriers accouraient de partout.

— Reste ici, dit-il à Divine pendant qu'il sortait son téléphone.

Il composa le numéro des urgences en se ruant vers le lieu de l'accident, mais sans déclencher l'appel. Sautant sur le plancher, il se précipita vers le blessé.

Du pouce, il pressa sur le bouton pour valider l'appel.

L'ouvrier à terre fixait le ciel azur d'un regard aveugle et ses membres étaient aussi raides que ceux d'un cadavre. La rallonge sous tension trempait toujours dans la flaque, mais les spasmes de l'homme l'avaient emporté loin de la source de la décharge mortelle.

Quelqu'un décrocha à l'autre bout du fil :

— Centre de secours, quelle est la cause de votre appel ?

— Un homme a été électrocuté. (Vin éloigna le téléphone de sa bouche.) Éteignez les générateurs !

Replaçant le téléphone près de sa bouche, il ajouta :

— L'adresse du chantier est le 77 chemin rural route 151N. Il semble inconscient.

— Est-ce que quelqu'un lui administre les premiers soins ?

— Maintenant, oui.

Vin tendit le téléphone à Chuck, le contremaître, et écarta violemment les autres gars.

Se laissant tomber à genoux, il ouvrit d'un geste sec la veste de l'ouvrier pour poser la tête sur le torse musclé. Le cœur ne battait plus et, en se penchant au-dessus de sa bouche, il s'aperçut que l'homme avait cessé de respirer.

Vin lui bascula la tête en arrière, contrôla les voies respiratoires, lui pinça le nez et insuffla deux bouffées d'air dans ses poumons figés. Puis il croisa les mains, plaça ses paumes au-dessus du cœur de la victime et enchaîna dix compressions thoraciques. Deux insufflations. Trente compressions. Deux insufflations. Trente compressions. Deux insufflations...

L'homme avait un teint caverneux qui ne faisait qu'empirer.

L'ambulance mit une quinzaine de minutes à parvenir sur les lieux. Pourtant, ils n'avaient pas lambiné. Caldwell était à une quinzaine de kilomètres et le terrain était si mauvais qu'on avait beau appuyer sur le champignon, on ne faisait que patiner. Dès leur arrivée, les secouristes prirent le relais. Après avoir contrôlé les fonctions vitales du blessé, l'un releva Vin tandis que l'autre fonçait chercher le brancard.

— Il est vivant ? s'enquit Vin quand le blessé fut soulevé du sol.

Personne ne lui répondit : les secouristes s'affairaient dans tous les sens et c'était peut-être bon signe.

— Où l'emmenez-vous ? demanda-t-il en sautant du plancher pour les suivre.

— À St. Francis. Vous connaissez son nom, son âge, ses antécédents ?

— Chuck ! Par ici ! On a besoin d'infos.

Le contremaître les rejoignit en courant.

— Jim Heron. Je n'en sais pas beaucoup plus. Il vit seul sur Pershing Lane.

— Vous savez qui contacter en cas d'urgence ?

— Non, il n'est pas marié.

— C'est moi, le contact, dit Vin en sortant une carte qu'il donna au secouriste.

— Vous êtes un parent ?

— Non, son patron, et c'est tout ce que vous avez pour le moment.

— OK, l'hôpital vous contactera.

Le secouriste rangea les coordonnées de Vin dans sa poche et la victime fut embarquée dans l'ambulance. Une fraction de seconde plus tard, les portes se fermèrent et le véhicule démarra toutes sirènes hurlantes.

— Est-ce qu'il va s'en sortir ?

Vin regarda Divine par-dessus son épaule. Les yeux étincelant de larmes, elle serrait le col de son manteau blanc, semblant gelée malgré son vison.

— Je ne sais pas. (Il la rejoignit et lui prit doucement le bras.) Chuck, je la ramène à la maison et je reviens.

— D'accord. (Chuck retira son casque et secoua la tête.) Fait chier, putain. Il faisait du bon boulot.

Chapitre 5

— Nigel, tu es un crétin.

Jim fronça les sourcils dans l'obscurité qui l'entourait. La voix à l'accent anglais venait de la droite, et Jim fut saisi de l'envie impérieuse d'ouvrir les yeux et de lever la tête pour voir ce qui se passait.

Mais l'habitude prit le pas sur le réflexe. De son passé dans l'armée, il avait retenu que si on reprenait conscience dans un lieu inconnu, mieux valait faire le mort en attendant d'en savoir plus.

Le plus discrètement possible, il avança la main en cherchant autour de lui à tâtons. Il était allongé sur un sol doux et moelleux, un tapis épais peut-être, ou… du gazon ?

Il prit une profonde inspiration et l'odeur confirma son idée. Merde, de l'herbe fraîche ?

Tel un flash, son accident lui revint en mémoire, mais… Qu'est-ce que c'était que ce bordel ? D'après son dernier souvenir, il avait reçu une décharge d'une centaine de volts. Alors, s'il était encore capable d'aligner deux pensées, c'était qu'il était toujours vivant et donc à l'hôpital. Sauf qu'à sa connaissance, il n'y avait pas de gazon sur les lits d'hôpitaux.

D'autant qu'aux États-Unis, il est assez rare qu'un médecin ait la voix d'un lord anglais ou traite ses collègues de noms d'oiseaux.

Jim ouvrit les yeux. Au-dessus de lui, le ciel était pommelé de nuages de coton, et malgré un soleil voilé, on se serait cru un dimanche d'été : une belle journée, sans perturbations, comme une invitation à se prélasser et se détendre.

Alors il jeta un coup d'œil vers la droite… et jugea qu'il était bel et bien mort.

Dans l'ombre d'un château aux immenses murs de pierre, quatre types munis de maillets de croquet formaient un cercle autour d'un tas d'arceaux et de boules colorées. Tous étaient vêtus de blanc. Le premier fumait la pipe et le deuxième portait des lunettes rondes, teintées de rose. Le troisième avait la main posée sur un lévrier irlandais. Quant au quatrième, il se tenait les bras croisés et affichait un profond ennui. Jim se redressa.

— Mais putain, où est-ce que je suis ?

Le blond qui ajustait son angle de tir le foudroya du regard et parla du bout des lèvres, la pipe coincée dans la bouche. Ce qui lui donna une intonation d'autant plus pédante.

— Un instant, je vous prie.

— Non, poursuivez, marmonna le brun aux bras croisés, avec le même ton sec qui avait réveillé Jim. De toute façon, il triche.

— Je savais que vous reviendriez à vous, pépia John Lennon à l'adresse de Jim. Je le savais ! Bienvenue !

— Ah, vous êtes réveillé, intervint le suivant. Quel plaisir de vous rencontrer !

Bon sang, ils étaient tous plus beaux les uns que les autres, avec cette nonchalance que l'on trouvait non pas chez les personnes aisées mais chez les héritiers de fortunes familiales colossales.

— Bon, c'est fini, ces bavardages ? (Le fumeur de pipe, qui à l'évidence se nommait Nigel, foudroya ses compagnons du regard.) J'aimerais un peu de silence.

— Alors arrête de nous donner des ordres, répliqua le brun.

— Va te faire voir, Colin.

Sur quoi il fit passer sa pipe de l'autre côté de la bouche et donna un coup de maillet qui envoya la boule rouge traverser deux arceaux avant de taper dans la bleue.

Le blond esquissa un sourire digne du prince qu'il était sans nul doute.

— Bien, c'est l'heure du thé.

Se tournant vers Jim, il ajouta :

— Eh bien, venez !

Mort. Désormais, c'était sûr, il avait cassé sa pipe et atterri en enfer. Cela ne pouvait être que ça. Ou alors il était plongé dans un rêve bizarre après s'être écroulé devant une énième rediffusion de *Quatre Mariages et Un Enterrement*.

Jim se leva tandis que les quatre types, accompagnés du lévrier irlandais, se dirigeaient vers la table dressée avec de l'argenterie et de la porcelaine. Face au peu d'options qui s'offraient à lui, il décida de se joindre à eux.

— Vous ne voulez pas vous asseoir ? demanda Nigel en lui indiquant le siège libre.

— Non, merci. Qu'est-ce que je fiche ici ?

— Un peu de thé ?

— Non. Qui êtes…

— Je m'appelle Nigel. Et je vous présente Colin le grincheux, Byron le baba cool et Albert, le papa à son chienchien.

— Bertie, pour les amis, précisa l'ami des bêtes en caressant le collier du lévrier. Et voici notre cher Tarquin.

Byron ajusta ses lunettes teintées sur son nez droit et tapa dans les mains.

— Je suis sûr que nous allons passer un moment délicieux !

Ben tiens. Tu penses… Voilà, on y est, pensa Jim. *J'ai perdu la boule.*

Nigel souleva une théière en argent et entreprit de servir le thé dans les tasses en porcelaine.

— Je comprends que vous soyez un peu surpris d'être ici, Jim.

Sans blague ?

— Comment connaissez-vous mon nom, et où sommes-nous ?

— Vous avez été choisi pour une importante mission.

Nigel reposa la théière et prit quelques morceaux de sucre.

— Une mission ?

— Oui.

Nigel porta la tasse à ses lèvres, l'auriculaire levé. Lorsqu'il regarda par-dessus le rebord, Jim se demanda de quelle couleur étaient ses yeux. Bleus ? Gris ? Verts ? Non. Pas plus que bruns ou noisette.

Bon sang, jamais il n'avait vu une teinte pareille. Et tous avaient le même iris.

— Jim Heron, vous allez sauver le monde.

Une longue pause suivit, durant laquelle les quatre hommes le contemplèrent d'un air grave. Soudain, Jim fut pris d'un fou rire, à tel point que, la tête renversée et le ventre secoué de spasmes, des larmes lui piquèrent les yeux.

— Ce n'est pas une blague, lança Nigel d'un ton sec.

Reprenant son souffle, Jim répondit :

— Oh si, et très bonne avec ça ! La vache, quel rêve de dingue !

Nigel reposa sa tasse, se leva et traversa la pelouse immaculée pour s'approcher de Jim. De près, il sentait l'air frais et ses yeux étaient si étranges qu'ils en devenaient envoûtants.

— Ce n'est pas un rêve !

Puis il ferma la main et lui balança un coup de poing dans le bras.

— Oh putaiiin !

Jim se frotta au point d'impact. Le fumeur de pipe avait beau avoir des mains douces comme de la soie et être bâti comme une allumette, il avait un sacré punch.

— Donc, je répète : vous ne rêvez pas et ce n'est pas une blague.

— Je peux le frapper, moi aussi ? demanda Colin avec un petit sourire.

— Non, tu vises comme un manche et tu risquerais de le toucher à un endroit délicat.

Nigel regagna son siège et prit un petit sandwich sur un plateau rond garni d'amuse-gueules.

— Jim Heron, vous êtes l'homme du jeu décisif, celui choisi par les deux camps pour entrer sur le terrain et départager les deux équipes.

— Les deux camps ? Homme décisif ? Qu'est-ce que c'est que cette histoire ?

— Vous allez avoir sept tentatives. Sept possibilités d'influencer votre prochain. Si vous vous comportez comme nous l'espérons, les âmes en question seront sauvées et nous remporterons la victoire sur l'autre camp. Tant que nous gagnerons, l'humanité continuera de prospérer et tout ira bien.

Jim voulut rétorquer par une série d'insultes, mais il se ravisa en voyant la mine de ses interlocuteurs. Même le petit malin du groupe avait l'air sérieux.

— C'est forcément un rêve.

Personne ne se leva pour lui redonner un coup de poing, mais tandis qu'ils le dévisageaient d'un air grave, le doute s'insinua dans son esprit : et si tout cela était vrai ?

— C'est bel et bien réel, déclara Nigel. Je comprends que ça vous surprenne, mais vous avez été choisi et vous n'y pouvez rien.

— En supposant que ce ne soit pas du baratin, qu'est-ce qui se passera si je refuse ?

— Cela n'arrivera pas.

— Mais imaginons.

Nigel regarda au loin.

— Alors le monde tel que nous le connaissons aujourd'hui s'éteindra. Personne ne sera déclaré vainqueur et tout s'évanouira en fumée. Plus de paradis, plus d'enfer, tout sera balayé. Le mystère et le miracle de la Création seront morts et enterrés.

Jim repensa à sa vie… à ses choix, à ses actes.

— Cela ne me paraît pas si mal.

— Non. (Colin tapota la nappe du bout des doigts.) Réfléchissez, Jim. Si tout disparaît, alors tout ce qui existait avant devient insignifiant. Votre mère, par exemple. Pourriez-vous dire qu'elle n'était rien ? Que son amour pour vous, son fils chéri, n'avait aucune valeur ?

Jim expira comme s'il venait d'encaisser un nouveau coup, la douleur du passé ricochant à travers sa poitrine. Il n'avait pas songé à sa mère depuis des années. Peut-être des décennies. Bien sûr, elle était toujours avec lui. C'était même la seule source de chaleur dans son cœur gelé. Mais il s'interdisait de penser à elle. En permanence.

Et pourtant soudain, sortie de nulle part, une image d'elle lui apparut… si familière, si éclatante, si cruelle dans sa réalité que c'était comme si on lui avait implanté un morceau du passé dans le cerveau : elle lui préparait des œufs sur le vieux fourneau de leur cuisine décrépite, tenant la poignée de la poêle d'une main ferme, le dos droit, ses cheveux bruns coupés court. Mariée à un fermier, elle avait fini par en devenir un elle-même : son corps était sec et nerveux, contrastant avec un sourire doux et affable.

Il adorait sa mère. Elle lui cuisinait des œufs tous les matins, mais ce petit déjeuner l'avait marqué plus que les autres. C'était le dernier qu'elle avait préparé. De toute sa vie.

Elle avait été assassinée à la tombée de la nuit.

— Comment... la connaissez-vous ? demanda Jim d'une voix étranglée.

— Nous savons beaucoup de choses sur vous. (Il haussa le sourcil à son adresse.) Mais cela ne répond pas à la question. Alors, Jim ? Êtes-vous prêt à reléguer tous ses actes et sa personnalité à... – comment diriez-vous, déjà ? Ah oui – à de la monnaie de singe ?

Jim n'appréciait pas beaucoup Colin.

— Si ça peut vous rassurer, murmura Nigel, nous ne l'aimons pas non plus.

— Faux, intervint Bertie. J'adore Colin. Sous ses allures de brute, c'est un être...

— Oh, ça va, la tantouze, coupa Colin.

— Je ne suis pas une tantouze, je suis un ange. Et toi aussi. (Bertie jeta un coup d'œil à Jim et continua de jouer avec l'oreille de Tarquin.) Je sais que vous allez prendre la bonne décision, d'autant que vous aimiez trop votre mère pour agir autrement. Vous vous rappelez comme elle vous réveillait quand vous étiez petit ?

Jim ferma les yeux en serrant les paupières.

— Oui.

Le petit lit jumeau qui l'avait vu grandir meublait l'une des vastes chambres situées au premier étage de la ferme. En général, il dormait tout habillé, soit parce qu'il était trop fatigué pour se dévêtir après avoir travaillé dans les champs de maïs, soit parce qu'il faisait trop froid pour dormir sans être pelotonné sous plusieurs couches.

Les jours d'école, elle entrait en chantant :

Tu es mon soleil, mon unique soleil...

Tu me rends heureuse quand les cieux sont gris...

Tu ne sauras jamais combien je t'aime...

S'il vous plaît, ne m'enlevez pas mon soleil.

Mais ce n'était pas lui qui l'avait quittée. On l'avait enlevée à lui. Pourtant, elle avait lutté de toutes ses forces pour rester avec lui, et il n'avait jamais oublié l'expression de son visage lorsqu'elle avait rendu l'âme. Le regard rivé sur lui, le visage tuméfié, elle lui avait parlé avec ses yeux couverts d'hématomes et ses lèvres en sang, parce qu'elle n'avait plus d'air dans les poumons pour faire porter sa voix.

« *Je t'aimerai toujours,* avait-elle articulé. *Mais il faut que tu t'en ailles. Va-t'en. Cours. Ils sont là-haut.* »

Il l'avait laissée là où elle gisait, à demi nue, le corps maculé de sang et violée. Après s'être échappé par la porte de derrière, il avait couru jusqu'au pick-up qu'il était trop jeune pour conduire, les pieds touchant à peine les pédales lorsqu'il démarra l'engin.

Ils l'avaient pris en chasse et, à ce jour, il n'avait aucune idée de la manière dont il avait fait pour aller aussi vite sur cette vieille route poussiéreuse.

Bertie parla d'une voix douce :

— C'est la réalité et votre destin. Vous devez l'accepter, ne serait-ce que par égard pour elle.

Jim ouvrit les yeux et regarda Nigel.

— Est-ce que le paradis existe ?

— Nous en sommes à la lisière. (Par-dessus son épaule, Nigel désigna le mur du château qui s'étendait au loin.) De l'autre côté de notre gracieuse demeure, les âmes vertueuses s'épanouissent au milieu des fleurs et des champs, savourant le soleil et la chaleur, leur peine et leurs soucis oubliés, leur douleur disparue.

Jim contempla la passerelle surplombant la pelouse et les portes qui faisaient chacune la taille d'un camping-car.

— Est-ce qu'elle est là ?

— Oui. Et si vous perdez, elle disparaîtra à jamais, comme si elle n'avait jamais vécu.

— Je veux la voir. (Il esquissa un pas en avant.) Je dois d'abord la voir.

— Vous ne pouvez pas entrer. Ce lieu n'appartient pas aux plus pressés, mais aux morts.

— Rien à foutre.

Jim marcha puis courut jusqu'au pont, ses bottes martelant l'herbe avant de résonner sur les planches en bois enjambant la rivière argentée. Lorsqu'il arriva devant les portes, il saisit les grandes poignées en fer et tira si fort que ses muscles hurlèrent.

Le poing serré, il tambourina contre le chêne, puis s'agrippa de nouveau aux barres métalliques.

— Laissez-moi entrer ! Laissez-moi entrer, fils de pute !

Il devait constater par lui-même qu'elle n'avait plus mal, qu'elle ne souffrait pas et qu'elle se portait bien. Ce besoin d'être rassuré était si fort qu'il avait l'impression de s'écrouler en miettes alors qu'il s'acharnait à taper contre le bois, les poings mus par le souvenir de sa mère chérie gisant sur le lino de la cuisine, les jambes écartées, baignant dans le sang qui s'écoulait de sa poitrine et de son cou, la bouche grande ouverte, les yeux terrifiés, implorant son fils de fuir au plus vite…

Soudain, il fut pris d'une rage démoniaque.

Tout devint blanc à mesure que la colère l'emportait. Il avait conscience qu'il tambourinait contre une surface dure, qu'il perdait le contrôle de son corps, que lorsqu'on lui toucha l'épaule, il saisit l'homme par le bras, le jeta à terre et le roua de coups.

Mais il était comme aveugle et sourd.

Le passé le faisait toujours sortir de ses gonds. D'où la raison pour laquelle il s'efforçait de ne jamais y penser.

Lorsque Jim reprit conscience pour la seconde fois, il était dans la même position que lors de son premier réveil : allongé sur le dos, de l'herbe sous les paumes, les yeux clos.

À la différence près qu'il avait le visage humide.

Ouvrant les paupières, il se retrouva nez à nez avec Colin, lequel pissait le sang sur les joues de Jim, ce qui expliquait sa figure mouillée.

— Ah, vous voilà réveillé, parfait.

Colin allongea le bras en arrière et lui balança un direct en pleine tronche. La douleur explosa dans sa tête tandis que Bertie poussait un cri, Tarquin couinait et Byron se précipitait vers lui.

— Bien, maintenant, nous sommes quittes. (Colin recula et secoua la main.) Comme quoi, c'est parfois agréable de prendre forme humaine.

Nigel secoua la tête.

— Ça s'engage mal, tout ça.

Jim n'en pensait pas moins lorsqu'il se redressa pour accepter le mouchoir que Byron lui tendait. Il le pressa contre son nez pour endiguer le geyser de sang, sidéré, comme toujours après coup, de s'être emporté avec autant de violence.

Nigel s'accroupit.

— Vous voulez savoir pourquoi on vous a choisi et c'est légitime. Alors je vais vous le dire.

Jim cracha du sang.

— En voilà une bonne idée.

Nigel se pencha et se saisit du mouchoir ensanglanté. Dès qu'il le prit entre ses mains, la tache disparut et les fibres retrouvèrent leur blancheur initiale.

Il le rendit à Jim.

— Vous êtes la somme de ces deux moitiés, Jim. Le bien et le mal, en quantités égales. Autrement dit, vous êtes capable d'une immense bonté comme d'une profonde dépravation. C'est pour cette raison que vous avez été choisi par les deux camps. Nous et… les autres… croyons chacun que, l'heure du choix venue, vous influencerez le cours des événements selon nos propres valeurs. Les nôtres étant la vertu, les leurs, le péché. Et de vos actes dépendra le sort de l'humanité.

Jim s'interrompit pour se concentrer sur l'Anglais. Même s'il n'avait rien à opposer au portrait qu'on avait brossé de lui, il avait toujours les idées embrouillées. Il se tapait peut-être une commotion cérébrale. À cause de cet enfoiré de Colin et sa manie de jouer les gros bras.

— Alors, acceptez-vous votre destin ? demanda Nigel. Ou est-ce la fin du monde ?

Jim s'éclaircit la voix. Supplier n'était pas dans ses habitudes.

— Je vous en prie… laissez-moi simplement voir ma mère. Je… j'ai besoin de savoir si elle va bien.

— Je suis désolé, mais comme je vous l'ai dit, seuls les morts peuvent passer de l'autre côté. (Nigel posa la main sur l'épaule de Jim.) Quelle est votre réponse, mon ami ?

Byron se rapprocha.

— Vous pouvez le faire. Vous êtes charpentier. Vous êtes un bâtisseur et vous savez reconstruire. La vie n'est rien de moins qu'une construction.

Jim jeta un coup d'œil au château et sentit son pouls dans son nez cassé.

S'il les croyait sur parole, si tout était vrai, s'il était un genre de sauveur, alors… en tournant les talons, il anéantirait la seule paix que sa mère ait jamais connue. Et, si attiré qu'il fût par le vide et l'éternité du néant, c'était une piètre contrepartie pour pallier la perte de sa nouvelle demeure.

— Comment ça marche ? demanda-t-il. Qu'est-ce que je dois faire ?

Nigel sourit.

— Sept péchés mortels. Sept âmes ballottées. Sept personnes à un tournant de leur vie, confrontées à un choix. Vous pénétrez dans leur vie et influencez la voie qu'ils emprunteront. S'ils choisissent la vertu plutôt que le péché, nous triomphons.

— Et dans le cas contraire ?

— L'autre camp gagne.

— C'est quoi, l'autre camp ?

— L'opposé de ce que nous sommes.

Jim jeta un coup d'œil à la table garnie de linge blanc et d'argenterie étincelante.

— Vous voulez dire... une bande de gros dégueulasses vautrés dans des fauteuils inclinables, une bière à la main, en train de mater des filles exhibant leurs nichons ?

Colin pouffa de rire.

— Non, pas vraiment. Mais c'est une image intéressante.

Nigel foudroya son compagnon du regard puis reporta son attention sur Jim.

— L'autre camp, c'est le mal. Je laisse le soin à votre esprit d'évoquer la référence appropriée, mais si vous voulez un début, vous n'avez qu'à songer à ce qu'on a fait à votre mère en sachant que les auteurs en ont tiré du plaisir.

Jim fut pris d'un haut-le-cœur si violent qu'il chancela, le corps parcouru de spasmes. Lorsqu'une main lui effleura le dos, il devina qu'il s'agissait de Bertie. Et il avait raison.

Finalement, la nausée s'estompa et il put reprendre son souffle.

— Et si j'échoue ?

Colin prit la parole :

— Je ne vous mentirai pas : ce ne sera pas facile. L'autre camp est capable de tout. Mais vous ne serez pas démuni.

Jim fronça les sourcils.

— Attendez, l'autre camp croit que je vais avoir une mauvaise influence sur ces gens ?

Nigel acquiesça.

— Ils ont la même foi en vous que nous. Mais nous vous avons abordé en premier.

— Comment y êtes-vous parvenus ?

— En jouant à pile ou face.

Jim cligna des yeux : on se serait cru au Super Bowl.

Il contempla la porte et s'imagina sa mère non pas dans l'état où il l'avait laissée sur le sol de la cuisine, mais telle que ces princes l'avaient décrite : heureuse, soulagée, indemne.

— Qui sont ces sept personnes ?

— Pour identifier la première, nous allons vous donner un petit coup de pouce et vous le rendre évident, dit Nigel en se levant. Bonne chance.

— Attendez une minute… Comment est-ce que je saurai ce que je dois faire ?

— Utilisez votre cervelle, lança Colin.

— Non, rétorqua Bertie, tenant délicatement le visage du lévrier entre ses mains : votre cœur.

— Contentez-vous de croire en l'avenir. (Byron ajusta ses lunettes teintées sur son nez.) L'espoir est le meilleur…

Nigel leva les yeux au ciel.

— Oh, mais répondez-lui, bon sang ! Au moins, ça abrégera la conversation et on pourra passer à des choses plus importantes.

— Comme tricher au croquet ? marmonna Colin.

— Est-ce que je vous reverrai ? demanda Jim. Est-ce que je pourrai vous demander de l'aide ?

Pour toute réponse, il reçut une nouvelle décharge d'une centaine de volts… et se retrouva soudain aspiré à une allure infernale à travers un long couloir blanc, aveuglé par la lumière et le vent qui lui fouettait le visage.

Il n'avait aucune idée de l'endroit où il allait échouer cette fois. À Caldwell, qui sait ? Ou à Disneyland.

Au train où allaient les choses, allez savoir…

Chapitre 6

Dehors, la nuit tombait. Marie-Terese saisit la poignée de la poêle antiadhésive et fit glisser une spatule sous un pancake bien rond. Il était prêt à être retourné, de petites bulles s'élevant sur la surface crémeuse.

— Prêt ? demanda-t-elle.

De l'autre côté du comptoir, perché sur un tabouret, son fils sourit.

— D'abord, on compte, hein ?

Leurs voix s'unirent pour scander le décompte : trois, deux, un... Puis, d'un coup de poignet, elle envoya voltiger la pâte et la rattrapa au centre exact de la crêpière.

— Bravo ! s'exclama Robbie tandis qu'un grésillement s'élevait de la poêle.

Marie-Terese sourit avec un pincement au cœur. Les enfants de sept ans vous félicitent toujours avec un enthousiasme débordant qui transforme vos plus simples victoires en de véritables miracles.

Si seulement elle méritait ces louanges pour ce qui était réellement important.

— Tu veux bien chercher le sirop ?

Robbie descendit de son perchoir et s'approcha du réfrigérateur, les pieds bien au chaud dans ses chaussons. Il portait un tee-shirt Spider-Man, un jean et un sweat-shirt à capuche Spider-Man. Sa parure de lit était à l'effigie de Spider-Man et la lampe de chevet à la lumière de laquelle il lisait son *Spider-Man* était surmontée d'un abat-jour

Spider-Man. Sa précédente idole avait été Bob l'Éponge, mais en octobre, alors qu'il se préparait à dire adieu à ses six ans, il avait décidé que, puisqu'il avait grandi, ses prochains cadeaux devraient tous être siglés d'un justicier sachant manier les toiles d'araignée.

OK. Message reçu.

Robbie ouvrit la porte du frigo et attrapa la bouteille en plastique.

— Est-ce qu'il faura faire autant de grammaire tous les jours ?

— On dit « faudra » et oui, manifestement, c'est nécessaire.

— On peut pas plutôt faire des maths ?

— Non.

— Au moins, j'aura eu des pancakes au dîner. (Lorsque Marie-Terese le regarda en fronçant les sourcils, il sourit.) J'aurai.

— Merci.

D'un bond, Robbie regagna son tabouret et prit la télécommande située à côté du grille-pain pour changer de chaîne. Il avait le droit de regarder ce petit poste lorsqu'il n'avait pas classe, et le gros, qui se trouvait dans le salon, les samedis et dimanches après-midi, ainsi que le soir après le repas.

Marie-Terese servit une assiette puis, à l'aide d'une louche, versa à nouveau de la pâte dans la poêle pour faire cuire un second pancake. La cuisine était trop petite pour contenir une table, alors ils mangeaient chaque soir sur le plan de travail en Formica, assis sur les tabourets placés en dessous.

— Prêt pour la deuxième ?

— Ouaip !

Robbie et elle comptèrent ensemble et elle exécuta un nouveau numéro de haute voltige sous le regard admiratif de son fils.

Marie-Terese déposa le pancake dans son assiette puis s'attabla devant la salade qu'elle s'était préparée un peu plus tôt. Tout en mangeant, elle lança un regard à la pile de courrier sur le comptoir ; avant même d'ouvrir les factures, elle savait à combien se chiffrait le total. Les deux plus grosses correspondaient au plan de remboursement qu'elle avait dû contracter faute d'avoir pu s'acquitter d'un chèque de 120 000 dollars en règlement du détective privé engagé pour retrouver son fils et du cabinet d'avocats chargé de régler son divorce. Bien entendu, tout échelonnement comportait des intérêts et, à l'inverse des cartes de crédit, l'obligation d'honorer sa dette, du moins en ce qui la concernait : il était hors de question qu'elle prenne le risque que ses créanciers se lancent à sa recherche. Tant qu'elle payait en temps et en heure, il n'y avait aucune raison pour qu'on découvre sa nouvelle adresse.

Et elle envoyait toujours des mandats postés depuis Manhattan.

Au bout de dix-huit mois, elle n'avait remboursé que les trois quarts de sa dette, mais au moins Robbie était en sûreté avec elle et c'était tout ce qui comptait.

— Tu es vachement plus douée qu'elle.

Marie-Terese s'arracha à ses pensées.

— Pardon ?

— La fille, là. Elle a tout fait tomber de son plateau. (Robbie désigna le petit écran de télévision.) Toi, ça ne t'arriverait jamais.

Marie-Terese jeta un coup d'œil au poste. La publicité montrait une femme travaillant dans un restaurant, totalement débordée par l'ampleur de la tâche. Ses cheveux étaient en pétard, son uniforme constellé de ketchup et son badge de travers.

— Tu es une bien meilleure serveuse, maman. Et tu cuisines mieux qu'elle, aussi.

Soudain, la scène changea, et la serveuse débordée se retrouva assise sur un canapé blanc, vêtue d'un peignoir rose, les pieds immergés dans une petite cuve de thalasso. Vu l'extase qui se lisait sur son visage, l'appareil de massage avait l'air de soulager ses points endoloris.

— Merci, bébé, dit-elle d'une voix rauque.

La publicité passa en mode commande, un numéro surtaxé apparaissant sous le prix affiché à 49,99 dollars pendant qu'une voix s'écriait : « Mais attendez ! Si vous appelez maintenant, cela ne vous coûtera que 29,99 dollars ! » Alors qu'une flèche rouge clignotait à côté du prix, la voix reprit : « À ce prix-là, c'est donné, non ? », et la serveuse, détendue et heureuse, réapparut pour enfoncer le clou par un « Oh, ça oui ! ».

— Allez, interrompit Marie-Terese. C'est l'heure du bain.

Robbie se laissa glisser de son tabouret et mit son assiette au lave-vaisselle.

— Je ne suis plus un bébé, tu sais. Je peux prendre mon bain tout seul.

— Je sais. (*Mon Dieu, il grandit si vite !*) Mais n'oublie pas…

— … de me laver derrière les oreilles. Tu me le répètes tout le temps.

Tandis que Robbie s'engageait dans l'escalier, Marie-Terese éteignit la télé et se mit à nettoyer la poêle et le saladier. En repensant à cette publicité, elle se dit qu'elle aurait aimé n'être qu'une simple serveuse… et qu'il suffise d'un bac branché à une prise pour faire disparaître son stress.

Ce serait le paradis absolu.

Jim se réveilla enfin dans un lit d'hôpital : il était étendu sur des draps blancs, une mince couverture lui couvrant la poitrine et des barrières étant relevées de chaque côté.

La pièce était conforme à ce qu'on pouvait attendre dans ce genre d'endroit : des murs ternes, une salle de bains dans un coin et une télé fixée au plafond, qui était allumée, mais sans le son.

Bien entendu, le cathéter dans son bras était la preuve ultime de son hospitalisation.

Ouf ! Tout cela n'était qu'un rêve. Ces quatre chochottes tarées, avec leur château et leur histoire abracadabrante, n'avaient existé que dans l'univers étrange de son subconscient.

Soudain, la voix aristocratique de Nigel résonna dans son esprit avec une telle clarté qu'il avait l'impression qu'on lui parlait à l'oreille : « *Sept péchés mortels. Sept âmes ballottées. Sept personnes à un tournant de leur vie, confrontées à un choix. Vous pénétrez dans leur vie et influencez la voie qu'ils emprunteront. S'ils choisissent la vertu plutôt que le péché, nous triompherons.* »

Jim prit une grande inspiration et regarda en direction de la fenêtre voilée d'un rideau presque transparent. Il faisait noir au-dehors. Parfait pour des cauchemars. Mais malgré tout son acharnement à vouloir croire à son histoire de rêve, cette image était si vive, si fraîche… Et puis bon, d'accord, on pouvait se retrouver avec les mains pleines de poils à force de se branler, mais couvertes d'herbe ?

D'autant qu'il n'avait pas pris son plaisir ainsi autant de fois que cela. Et surtout pas la nuit précédente, vu ce qui s'était passé avec cette brune…

D'un autre côté, si c'était vrai, s'il avait visité un univers parallèle où tout le monde ressemblait à un croisement entre Simon Cowell et Jean Paul Gaultier, s'il avait accepté une sorte de mission, alors comment allait-il s'y prendre pour…

— Vous êtes réveillé.

Jim tourna la tête. L'homme qui s'approcha du pied du lit n'était autre que Vin DiPietro, l'entrepreneur infernal qui, comble du malheur, s'était avéré être le compagnon de la femme que Jim avait… Bref.

— Comment vous sentez-vous ?

Il portait encore le costume sombre dont il était vêtu lorsqu'il s'était pointé avec cette femme, et la même cravate lie-de-vin. Avec ses cheveux noirs peignés en arrière et l'ombre d'une barbe naissante sur son visage sévère, l'image qu'il renvoyait était en tout point conforme à ce qu'il était : un homme riche et puissant.

Et si c'était lui sa première mission ?

— Hé ho ? (DiPietro agita la main.) Vous m'entendez ?

Non, se dit Jim. *Impossible.* Ce serait bien au-delà de ce qu'on attendait de lui.

Par-dessus l'épaule du type, la publicité qui passait à la télé afficha soudain un prix de 49,99 dollars, non, 29,99, et une petite flèche rouge se mit à clignoter en pointant droit sur la tête de son patron.

— Oh, merde, non, marmonna Jim.

C'est lui ?

Sur l'écran de la télé, une femme en peignoir rose sourit à la caméra et articula : « Oh, ça oui ! »

DiPietro fronça les sourcils et se pencha au-dessus du lit.

— Vous avez besoin d'une infirmière ?

Non, d'une bière. Voire six.

— Non, ça va.

Jim se frotta de nouveau les yeux et, en sentant l'odeur de l'herbe fraîche, faillit lâcher un chapelet de jurons.

— Écoutez, annonça DiPietro, j'imagine que vous n'avez pas d'assurance santé, alors je prendrai toutes vos factures en charge. Et s'il vous faut quelques jours de congés, je ne les déduirai pas de votre salaire. Ça vous va ?

Jim laissa retomber les mains sur le lit, soulagé de voir que les taches d'herbe s'étaient volatilisées. DiPietro, quant à lui, n'arrivait à rien. Et il n'avancerait pas tant qu'il n'aurait pas une idée de ce que Jim pourrait invoquer pour l'attaquer en justice. Il était évident que s'il était venu à son chevet pour lui proposer de profiter des possibilités certainement infinies de la carte de crédit, ce n'était pas parce qu'il s'inquiétait de sa santé : il n'avait simplement aucune envie que sa société soit poursuivie pour négligence.

Qu'importe. Ce n'était pas du tout ce qui préoccupait Jim en cet instant. Il ne pensait qu'à une chose : ce qui s'était passé la veille dans son pick-up. DiPietro était tout à fait le style d'homme à sortir avec une Robe Bleue, mais, à en juger par son regard glacial, c'était aussi le genre à trouver des imperfections dans un corps en tout point parfait. Sur le chantier, il voyait des défauts partout, à tous les niveaux, depuis la chape de béton dans les fondations de la cave jusqu'à l'abattage des arbres, en passant par la pente du terrain et la position des têtes de clou sur les planches d'encadrement.

Pas étonnant qu'elle ait voulu se rassurer dans les bras de quelqu'un d'autre.

Et si Jim devait déterminer de quel péché DiPietro était coupable, il n'aurait pas hésité longtemps : avec ses costumes haute couture, sa voiture, sa femme et ses goûts en matière d'immobilier, ce type respirait l'avarice. Il aimait l'argent, et cela se voyait.

— Écoutez, je vais aller chercher une infirmière…

— Non. (Jim se redressa sur son oreiller.) Je ne les aime pas.

Pas plus que les médecins. Les chiens. Les anges… ou les saints… quoi que fussent ces quatre types.

— Dans ce cas, hasarda DiPietro d'une voix douce, que puis-je faire pour vous ?

— Rien.

Depuis que le destin l'avait rattrapé et le tenait par les couilles, la question était plutôt de savoir ce que Jim pouvait faire pour son « patron ».

Comment allait-il s'y prendre pour bouleverser la vie de ce type ? Et s'il se contentait de le sermonner jusqu'à ce qu'il craque et lègue une somme colossale à la soupe populaire, est-ce que cela suffirait ? Ou, merde, allait-il falloir faire renoncer ce connard misogyne, qui pétait dans la soie et frimait au volant de sa M6, à tout bien matériel et le transformer en moine ?

Une minute… un croisement. DiPietro était censé être à un tournant de sa vie. Mais comment diable était-il censé savoir de quoi il s'agissait ?

Il se massa les tempes en grimaçant.

— Vous ne voulez vraiment pas que j'appelle quelqu'un ?

Juste au moment où la frustration l'amenait au bord de la rupture d'anévrisme, l'image à la télé changea et deux chefs apparurent à l'écran. Et, si incroyable que cela paraisse, le brun ressemblait trait pour trait à Colin tandis que le blond à son côté affichait le même air autoritaire que Nigel. Ils se penchaient tous deux vers la caméra, présentant un plat recouvert d'une cloche en argent, et lorsqu'ils ôtèrent le couvercle, les téléspectateurs découvrirent une assiette garnie de mets raffinés aux portions minuscules.

Bordel, se dit Jim en jetant un regard noir à la télévision. *Ne m'obligez pas à faire cela. Au nom de tout ce qui est…*

Le visage de DiPietro surgit dans son champ de vision.

— Qu'est-ce que je peux faire pour vous ?

Comme sur un signal, les deux chefs affichèrent un large sourire triomphal pour marquer leur victoire.

— Je crois que je… voudrais dîner avec vous.

— Dîner ? (DiPietro haussa les sourcils.) Comme dans… dîner ?

Jim résista à l'envie d'adresser un doigt d'honneur aux chefs.

— Ouais… mais pas comme un rendez-vous galant. Manger, quoi. Dîner.

— Et c'est tout ?

— Ouais. (Après avoir abaissé les barrières latérales, Jim fit basculer ses jambes sur le côté pour qu'elles pendent au bord du lit.) C'est tout.

Tendant le bras vers la perfusion reliée à la poche suspendue à côté du lit, il arracha le pansement avant de retirer l'aiguille de sa veine. Tandis que la solution saline s'écoulait sur le sol, il passa la main sous les draps et, en grommelant, répéta la même opération avec la sonde urinaire. Il continua avec les électrodes tapissant sa poitrine, puis se pencha sur le côté et fit taire le matériel de monitoring.

— Dîner, répéta-t-il d'un ton bourru. C'est tout ce que je veux.

Enfin, ça et une idée de ce qu'il était censé tirer de ce type. Enfin, avec un peu de chance, il parviendrait à le cuisiner entre la poire et le fromage.

Lorsqu'il se leva, le monde se mit à tourner et il dut s'appuyer contre le mur pour ne pas tomber. Après quelques inspirations, il se traîna jusqu'à la salle de bains et comprit que sa blouse venait de s'arracher quand il entendit DiPietro marmonner une exclamation.

À l'évidence, il avait une excellente vue sur ce qui lui tapissait le dos.

Jim s'arrêta devant la porte et se retourna.

— Est-ce que « la vaaaaaaaache » est une façon de dire oui chez les riches ?

Quand leurs yeux se croisèrent, DiPietro le dévisagea d'un air d'autant plus suspicieux.

— Mais pourquoi voulez-vous dîner avec moi ?

— Parce qu'il faut bien un début. Ce soir, ça me va. Vingt heures.

N'obtenant pour toute réponse qu'un silence tendu, Jim esquissa un sourire.

— Juste pour vous aider à vous décider, c'est soit le repas, soit je vous colle un procès au cul pour négligence. Et croyez-moi, votre compte bancaire s'en souviendra. À vous de choisir. Moi, ça m'est égal.

Quelle enflure, se dit Vin. Pourtant, il en avait connu, des enfoirés, mais ce Jim Heron faisait partie d'une classe à part. Et cela n'avait rien à voir avec son audace. Ni avec sa carrure impressionnante ou même les grands airs qu'il se donnait.

Non, ce qui l'inquiétait vraiment, c'étaient ses yeux : quand un type vous regarde avec l'air de vous connaître mieux que votre propre famille, c'est qu'il a une idée derrière la tête, mais laquelle ? Avait-il fait des recherches ? Que savait-il au juste ?

Quel danger représentait-il ?

Et cette histoire de dîner ? Alors que ce salaud aurait pu le saigner jusqu'au dernier centime, tout ce qu'il voulait c'était un bout de viande et quelques légumes ?

Non, il avait une autre motivation, c'était sûr.

— D'accord, à 20 heures, dit Vin.

— Et parce que je suis un type sympa, je vous laisse choisir le lieu.

Ah, ça, c'était facile. S'il devait y avoir du grabuge, Vin n'aurait aucune envie de jouer au grand guignol devant un parterre de clients attablés.

— Mon duplex au Commodore. Vous connaissez cet immeuble ?

Jim leva les yeux vers la fenêtre au-dessus du lit puis reporta son attention sur Vin.

— Quel étage ?

— Vingt-huitième. Je dirai au portier de vous laisser monter.

— À ce soir, alors.

Heron se retourna, exhibant de nouveau son dos.

Vin ravala un juron en apercevant pour la seconde fois le tatouage noir qui recouvrait chaque centimètre de son épiderme. Sur fond de cimetière, la Faucheuse imprimée sur son dos musclé le dévisageait, une capuche lui encadrant le visage, ses yeux brillant à travers l'ombre créée par la robe. Le corps courbé, elle serrait sa faux d'une main squelettique et tendait l'autre comme pour s'emparer de votre âme. Tout aussi effrayant, un petit décompte apparaissait au-dessous du dessin : sous l'ourlet de la robe de la Faucheuse étaient dessinées deux rangées de petits traits groupés par cinq.

En les additionnant, on arrivait facilement à cent.

La porte de la salle de bains se ferma juste au moment où une infirmière se précipitait dans la chambre, les semelles en crêpe de ses chaussures grinçant sur le sol.

— Qu'est-ce que... Où est-il ?

— Il s'est débranché. Il est en train de pisser, après quoi il a l'intention de partir.

— Il n'en a pas le droit.

— Je vous souhaite bon courage pour le faire changer d'avis.

Vin sortit et se dirigea vers la salle d'attente. Passant la tête à l'intérieur, il héla les deux ouvriers qui avaient insisté pour attendre le réveil de Heron. Celui sur la gauche avait le visage criblé de piercings et la mine coriace et perverse d'un homme qui appréciait la douleur. L'autre était un colosse avec une longue natte noire jetée en travers de son blouson de cuir.

— Il est prêt à rentrer chez lui.

Le piercé se leva.

— Les toubibs le laissent partir ?

— Rien à voir avec les docteurs. Il a pris la décision tout seul. (Vin désigna le couloir.) Il est dans la chambre 666 et il va falloir le raccompagner.

— On s'en charge, déclara le piercé, ses yeux argentés prenant un air grave. On le conduira où il voudra.

Vin salua les deux hommes et s'en alla prendre l'ascenseur pour redescendre au rez-de-chaussée. Pénétrant dans la cabine, il sortit son BlackBerry et appela Divine pour lui annoncer qu'ils avaient un invité à dîner. Lorsqu'il tomba sur son répondeur, il laissa un message bref et affectueux en s'efforçant de ne pas se demander ce qu'elle faisait pendant qu'il parlait à la boîte vocale.

Ou qui elle se faisait, en l'occurrence.

À mi-parcours, l'ascenseur s'arrêta avec une petite secousse, et les portes s'ouvrirent pour laisser entrer deux hommes. Alors que la descente reprenait, ils exprimèrent leur satisfaction comme s'ils venaient de conclure une affaire. Tous deux étaient vêtus d'un pantalon en toile et d'un pull, et celui de gauche avait le crâne dégarni, ses cheveux bruns battant en retraite comme s'ils avaient peur d'arriver au sommet de la montagne…

Vin cligna des yeux, éberlué.

Une ombre entourait les formes de l'homme à la calvitie avancée. L'aura mouvante avait la couleur d'une mine de crayon et miroitait telles des vagues de chaleur sur le trottoir.

Cela ne pouvait pas… *Oh, mon Dieu, non…* Après toutes ces années de quiétude, cela ne pouvait pas recommencer.

Serrant les poings, Vin ferma les yeux et s'efforça de conjurer la vision, de la chasser hors de son cerveau, de lui refuser l'accès à ses neurones. Il tenta de se convaincre qu'il n'avait rien vu. Ou que c'était un effet trompeur du plafonnier.

Cette saloperie n'était pas de retour. Il s'en était débarrassé. Elle ne pouvait pas être de retour !

Il entrouvrit une paupière, jeta un coup d'œil au type… et reçut comme un direct au ventre : l'ombre translucide était aussi visible que les vêtements de cet individu et aussi tangible que la personne qui se tenait à côté de lui.

Vin voyait des morts, ça c'était sûr. Avant leur décès.

Les portes s'ouvrirent sur le hall et, une fois les deux hommes sortis, Vin gagna la sortie en marchant aussi vite que possible, tête basse. Il courait presque, fuyant cet aspect de lui-même qu'il n'avait jamais compris et qu'il avait toujours refusé, lorsqu'il bouscula une blouse blanche qui portait une pile de dossiers. Alors que les papiers et les chemises s'envolaient tels des oiseaux apeurés, Vin aida la femme à retrouver son aplomb et s'agenouilla pour ramasser les documents éparpillés.

L'individu dégarni qui s'était tenu devant lui dans l'ascenseur fit de même.

Vin le fixa des yeux, incapable de détourner le regard. De la fumée émanait du côté gauche de sa poitrine… et s'élevait dans les airs depuis un endroit bien précis.

— Allez voir un médecin, s'entendit-il dire. Tout de suite. Vos poumons sont atteints.

Avant qu'on ait pu lui poser la moindre question, Vin se leva d'un bond et quitta le bâtiment en trombe, le souffle court et le pouls lui martelant les tempes.

Lorsqu'il parvint à sa voiture, il tremblait tellement qu'il se félicita d'avoir une BMW qui lui permettait d'entrer et de démarrer sans avoir à insérer une clé.

Agrippant le volant, il se balança d'avant en arrière.

Lui qui pensait en avoir fini avec ces monstruosités, que toutes ces conneries de clairvoyance n'étaient plus qu'un mauvais souvenir… Il avait fait ce qu'on lui avait dit, et même s'il n'y avait pas cru sur le moment, il n'avait plus connu de problèmes depuis une vingtaine d'années.

Oh, merde... Il ne pouvait pas se retaper tout ce merdier. C'était au-dessus de ses forces.

Chapitre 7

Lorsque Jim sortit de la salle de bains, DiPietro avait disparu, remplacé par une infirmière à la langue bien pendue. Pendant qu'elle lui débitait son sermon, Jim avait les yeux dans le vague dans l'espoir d'abréger sa tirade.

— C'est terminé ? demanda-t-il lorsqu'elle marqua une pause de plus d'une demi-seconde.

Elle croisa les bras sur son opulente poitrine, puis le regarda, semblant espérer ainsi que le cathéter se remette en place.

— Je vais chercher un médecin.

— Si ça vous chante, mais je ne changerai pas d'avis pour autant. (Il jeta un coup d'œil autour de lui en songeant que DiPietro n'était sûrement pas étranger au fait qu'il ait droit à une chambre privée.) Où sont mes vêtements ?

— Monsieur, vous étiez dans le coma il y a encore quinze minutes, et mort quand on vous a amené. Alors, plutôt que de filer comme si vous aviez un simple rhume, vous devriez…

— Mes habits. C'est tout ce que je veux.

L'infirmière le dévisagea d'un regard haineux, avec l'air d'en avoir ras le bol de ces patients qui lui tenaient tête.

— Vous vous croyez immortel ?

— Au moins pour le moment, marmonna-t-il. Écoutez, on ne va pas y passer des heures. Donnez-moi des habits et dites-moi où est mon portefeuille, sinon je me barre à poil et j'envoie la note du taxi à l'hôpital.

— Attendez. Et ne bougez pas.

— Faites vite !

Lorsque la porte se referma, il se mit à faire les cent pas, débordant d'énergie. Il s'était réveillé mal en point, mais à présent il était tout à fait alerte.

Bon sang, c'était comme à l'armée. Ce sentiment d'avoir un but qui lui donnait la force de combattre la fatigue, la douleur et d'écarter quiconque se mettrait en travers de sa cible.

Alors mieux valait que cette infirmière ne l'approche pas trop.

Lorsqu'elle revint, ce fut naturellement accompagnée non pas d'un mais de trois hommes en renfort. Ce qui n'allait pas l'aider pour autant. Pendant que les médecins formaient un cercle autour de Jim, tentant de la ramener à la raison, il se contenta de les regarder former des mots avec la bouche, hausser le sourcil et esquisser des gestes d'une main élégante.

Songeant à son nouveau boulot – car il était hors de question de se ranger à l'avis médical –, il se demanda comment savoir que faire. D'accord, il avait obtenu un rendez-vous avec DiPietro… mais alors quoi ? Et puis, merde, est-ce que sa petite amie serait là ?

Tu parles d'un invité surprise !

Il se concentra de nouveau sur la troupe de bouffons.

— Ça suffit. Je me casse. Est-ce que je peux avoir mes vêtements, maintenant ? Merci.

Piaillements dans la basse-cour… Puis ils partirent, vexés comme des poux, preuve qu'ils le croyaient idiot mais néanmoins sain d'esprit, puisque les adultes en possession de tous leurs moyens avaient le droit de prendre de mauvaises décisions.

Tandis que la porte se refermait, Adrian et Eddie passèrent la tête dans l'embrasure de la porte. Ad sourit.

— Alors, tu as envoyé paître les blouses blanches, hein ?

— Ouaip.

Il gloussa en pénétrant dans la pièce avec son colocataire.

— Pourquoi ça ne me surprend pas ?

L'infirmière cafteuse fit irruption en les bousculant. Elle apportait un pantalon d'hôpital et une grande chemise hawaïenne pliés sur son bras. Sans accorder la moindre attention à Eddie et Adrian, elle jeta les fringues sur le lit et tendit à Jim un formulaire.

— Vos affaires sont dans ce placard et votre facture a été réglée. Signez ici. C'est une décharge attestant que vous partez contre avis médical.

Jim s'empara du stylo noir et inscrivit un X sur la ligne de signature.

L'infirmière observa la marque.

— C'est quoi, ça ?

— Ma signature. Une croix est juridiquement admissible. Maintenant, si vous voulez bien m'excuser ?

Il détacha les lanières du col de sa blouse et la laissa tomber.

À la vue du dessin tatoué dans son dos, elle resta bouche bée, puis s'enfuit sans demander son reste.

Adrian s'esclaffa.

— Pas bavard, mais efficace !

Jim se retourna et attacha les boutons du pantalon.

— C'est un sacré tatouage que tu as là, dit Adrian d'une voix douce.

Jim haussa les épaules et attrapa la chemise immonde qu'on lui avait donnée. Elle était bariolée de rouge et d'orange sur fond blanc ; une fois qu'il l'eut enfilée, il eut l'impression d'être un putain de cadeau de Noël.

— Elle t'a filé cette horreur parce qu'elle peut pas te saquer, déclara Adrian

— Si ça se trouve, elle est daltonienne ? supputa Eddie.

Jim penchait plutôt pour la première hypothèse.

Fouillant dans le placard, il trouva ses bottes alignées en bas ainsi qu'un sac plastique siglé de l'hôpital St. Francis suspendu à un cintre. Enfilant ses chaussures, il sortit son blouson du sac pour dissimuler cette foutue chemise. Son portefeuille était resté dans la poche intérieure et il entreprit de l'inspecter. Tout y était : son faux permis de conduire, sa fausse carte de Sécurité sociale et la carte de crédit liée à son compte à la banque Evergreen. Oh, et les 7 dollars de monnaie qu'on lui avait rendus quand il avait payé son sandwich, son café et son Coca ce matin.

Avant que sa vie ne devienne un vrai merdier.

— Vous ne seriez pas venus en moto, par hasard ? leur demanda-t-il. Faut que j'aille récupérer mon pick-up sur le chantier.

Il était prêt à tout pour ficher le camp, même sauter à l'arrière d'une Harley.

Adrian sourit et passa la main dans sa somptueuse chevelure.

— Je suis venu en bagnole. Je me suis dit que t'aurais besoin qu'on te dépose.

— Au point où j'en suis, j'irais jusqu'à monter dans une voiture de clown.

— Un peu de respect pour ma tire, tu veux ?

Ils sortirent de la chambre. Alors qu'ils passaient devant le bureau des infirmières, personne ne se mit en travers de leur chemin, même si tout le personnel s'interrompit pour les foudroyer du regard.

Le 4 × 4 d'Adrian mit une vingtaine de minutes à parcourir le trajet reliant St. Francis au temple naissant de DiPietro, AC/DC hurlant dans la voiture d'un bout à l'autre. Ce qui n'aurait pas été un problème si ce crétin n'avait pas chanté chaque parole de chaque chanson, alors qu'il n'avait aucune chance de devenir le prochain *American Idol* : non seulement il chantait faux, mais en plus il avait le rythme d'un Blanc et beaucoup, beaucoup trop d'enthousiasme.

Pendant qu'Eddie, figé comme une statue, regardait par la fenêtre, Jim monta le volume dans l'espoir de noyer la voix du blaireau blessé qui tenait le volant.

Lorsqu'ils tournèrent enfin dans l'allée défoncée de DiPietro, le soleil s'était couché et la lumière désertait le ciel, les souches d'arbres et les parcelles nues jetant de fait des ombres plus contrastées. Les terres rasées offraient un paysage morne, désolé, qui contrastait terriblement avec la végétation intacte de la rive opposée, mais il ne faisait aucun doute que DiPietro allait les reboiser avec des spécimens de toutes les espèces existantes.

C'était de toute évidence le genre de type à ne vouloir que le meilleur.

Quand ils freinèrent devant la maison, le seul véhicule qui se trouvait là était le pick-up de Jim. Ce dernier se tenait prêt à bondir du 4 × 4 sans même attendre son arrêt.

— Merci de m'avoir déposé, cria-t-il.

— Quoi ?

Adrian tendit la main vers le bouton du volume et coupa le son.

— Qu'est-ce que tu dis ?

Dans le silence qui suivit, les oreilles de Jim bourdonnèrent comme les cloches d'une église et il résista à l'envie de chasser cette vibration de son crâne en se cognant violemment le front contre le tableau de bord.

— Je disais : merci de m'avoir déposé.

— Pas de problème. (Adrian désigna le F-150.) T'es sûr d'être en état de conduire ?

— Ouais.

Après être sorti, il salua Eddie poing contre poing, puis gagna son pick-up. Tout en marchant, il porta la main droite à la poche de la chemise fournie par l'hôpital. Pas de cigarettes. *Merde.* D'un autre côté, il aurait été étonnant que St. Francis vous offre des clous de cercueil en guise de cadeau de départ.

Pendant qu'Adrian et Eddie l'attendaient, il prit ses clés et ouvrit son…

Un mouvement furtif près de la roue de secours attira son attention.

Jim baissa les yeux et vit le chien qui avait partagé son déjeuner sortir en boitillant de sa cachette, sous le système de transmission.

— Oh… non. (Jim secoua la tête.) Écoute, je t'ai déjà dit…

Une vitre se baissa, puis Adrian s'exclama :

— Il a l'air de t'aimer.

Le cabot fit plusieurs tours sur lui-même avant de s'asseoir, les yeux rivés sur Jim.

Merde.

— La viande que je t'ai filée était pourrie. Pigé ?

— Quand t'as faim, tout a bon goût, coupa Adrian.

Jim se retourna.

— Ne le prends pas mal, mais qu'est-ce que tu fous encore là, toi ?

Adrian éclata de rire.

— OK, OK, je me barre. À plus !

Le 4 × 4 fit marche arrière, les pneus crissant sur le sol froid, la lumière des phares pivotant pour frapper la maison en construction avant de balayer le paysage désertique et le fleuve qui s'étendait au-delà. Alors que le faisceau s'éloignait le long de la route, les yeux de Jim s'habituèrent à l'obscurité et la demeure lui apparut tel un monstre à la silhouette difforme, avec l'enceinte du rez-de-chaussée en guise de ventre, les contours déchiquetés du deuxième étage encadrant sa tête cornue et les piles de pinceaux et de rondins éparpillées formant les restes de ses victimes. À son arrivée, il avait déjà dévoré la péninsule et, à mesure qu'il gagnait en puissance, il dominait tout le paysage.

Bon Dieu… On allait l'apercevoir à plusieurs kilomètres de distance de tous les côtés, depuis la terre, le fleuve et le ciel. C'était un véritable temple à la cupidité, un monument à la gloire de Vin DiPietro, ce qui portait Jim à croire que ce type était parti de rien. D'habitude, les riches qui vivaient dans de telles maisons en avaient hérité ; ils ne les avaient pas construites.

Putain… détourner DiPietro de ces conneries n'allait pas être une mince affaire. Et bizarrement, la menace de brûler en enfer pour l'éternité ne semblait pas être une motivation suffisante. Un type comme lui ne croirait jamais à la vie après la mort. Impossible.

Alors qu'une brise fraîche se levait, Jim baissa de nouveau les yeux sur le chien.

Ce dernier semblait attendre une invitation. Et était prêt à patienter le temps qu'il faudrait.

— Mon appart est un trou, dit Jim en le regardant. À peu près aussi dégueu que le sandwich de midi. Si tu viens avec moi, ne t'attends pas au grand luxe.

Le chien agita la patte, l'air de se satisfaire d'un plafond et quatre murs.

— T'es sûr de toi ? (Un deuxième coup de patte.) Bon, d'accord.

Jim ouvrit la portière et se pencha pour soulever l'animal, espérant avoir correctement interprété la conversation et ne pas se retrouver avec un bout de doigt en moins. Mais le chien se contenta de lever l'arrière-train pour se laisser caresser le ventre.

— Hé ben, t'es maigre comme un clou.

Jim le déposa sur le siège passager et s'installa au volant. Le pick-up démarra aussitôt et il coupa la ventilation pour que son petit compagnon n'attrape pas froid.

Allumant ses phares, il embraya et suivit le chemin tracé par Adrian et Eddie en faisant demi-tour avant de longer la piste. Lorsqu'il arriva sur la route 151N, il mit son clignotant à gauche et…

Le chien se glissa sous son bras pour s'asseoir sur ses genoux.

Jim contempla sa tête ossue et se rendit compte qu'il n'avait rien à lui offrir à manger. Rien à manger tout court, d'ailleurs.

— Tu veux encore un peu de viande, le chien ? Je peux m'arrêter à une station en passant.

L'animal agita la queue, ce qui secoua tout son arrière-train squelettique.

— OK. C'est parti. (Jim enfonça l'accélérateur et quitta le chemin de DiPietro tout en caressant le dos du chien.) Ah, juste une chose… tu es propre, j'espère ?

Chapitre 8

L'un des nombreux avantages de la nuit était de plonger le monde dans l'obscurité. Ce qui la rendait bien préférable au jour.

L'homme qui patientait derrière le volant du taxi savait qu'il passait inaperçu, tout comme son véhicule. Elle ne le voyait pas. Elle ignorait qu'il était là, qu'il avait pris des photos d'elle et qu'il la suivait depuis des semaines. Et c'était bien la preuve du pouvoir qu'il exerçait sur elle.

À travers les barreaux de la chambre, il la regarda s'asseoir sur le canapé en compagnie du petit garçon. Le voilage à la fenêtre rendait flous leurs visages, mais il reconnut leurs silhouettes, une petite et une grande, nichées côte à côte sur le canapé du salon.

Il avait fait en sorte d'apprendre son emploi du temps par cœur. Pendant la semaine, elle donnait des cours à son fils jusqu'à 15 heures, après quoi, du lundi au jeudi, elle l'emmenait au centre de loisirs pour ses leçons de natation et de basket-ball. Pendant tout ce temps, elle ne le laissait jamais seul ; qu'il soit dans la piscine ou sur le terrain, elle ne quittait pas les bancs où les enfants laissaient leurs pulls et leurs petits sacs. À la fin des cours, elle l'attendait à la sortie des vestiaires et, une fois changé, le reconduisait directement à la maison.

Prudente. Elle était extrêmement prudente, hormis le fait que sa routine ne changeait jamais : tous les soirs sauf le dimanche, elle préparait à manger pour son fil à

18 heures ; puis la baby-sitter arrivait à 20 heures, et elle s'en allait à St. Patrick, soit pour se confesser, soit pour participer à un groupe de prières. Après quoi elle se rendait à ce club paumé.

Jusqu'ici, il n'était jamais entré dans *Le Masque de fer*, mais cela allait changer ce soir. Son plan consistait à la suivre des heures durant, pendant qu'elle travaillait comme serveuse, hôtesse ou Dieu sait quoi, et d'en apprendre plus sur elle et son mode de vie. Le bon Dieu est dans les détails, à ce qu'on dit, et il devait tout savoir, de A à Z.

Jetant un coup d'œil dans le rétroviseur, il ajusta la perruque et la moustache qu'il utilisait pour se dissimuler. Ce n'étaient pas des accessoires sophistiqués, mais ils suffisaient à transformer son visage, et ce n'était qu'un de leurs avantages.

Et pour tout dire, il prenait son pied à lui être invisible ; il tirait un plaisir foncièrement jouissif à la regarder à son insu.

À 19 h 40, une berline s'arrêta devant la maison et une jeune Afro-Américaine en sortit. C'était l'une des trois baby-sitters qu'il avait vues cette semaine, et après en avoir suivi une jusqu'à chez elle pour voir où elle allait le matin, il avait appris qu'elles venaient toutes d'un service d'aide sociale, le Centre pour mères célibataires de Caldwell.

Dix minutes après l'entrée de la nounou, la porte du garage bascula lentement en avant, et il se renfonça dans son siège. Deux précautions valent mieux qu'une.

19 h 50. Pile à l'heure.

La femme recula dans l'allée et attendit la fermeture complète de la porte ; on aurait dit qu'elle craignait de s'arrêter à mi-parcours un jour ou l'autre. Lâchant les freins, elle fit demi-tour dans la rue et s'en alla.

Il démarra le taxi et venait d'embrayer lorsque la voix du répartiteur rompit le silence.

— 140, où êtes-vous, 140 ? 140, on a besoin de votre fichue bagnole !

Hors de question, se dit-il. Il n'avait pas le temps de laisser le taxi et la rattraper. Elle allait se rendre à St. Patrick et, au moment où il sortirait du boulot, elle aurait quitté l'église.

— 140 ? Bon sang…

Il serra le poing, prêt à frapper la radio pour la réduire au silence. Il avait toujours eu du mal à se contenir. Mais il se rappela qu'il devrait restituer le taxi à un moment donné et, s'il cassait le matériel, il aurait des comptes à rendre.

Il devait à tout prix éviter les conflits parce que l'issue n'en était jamais heureuse. Ça, au moins, il l'avait compris.

Et il avait de grands projets.

— J'arrive, dit-il dans le récepteur.

Il devrait se contenter de la voir au club. Tant pis pour St. Patrick.

Au sous-sol de la cathédrale, Marie-Terese était assise sur une chaise qui lui faisait mal aux fesses. Sur sa gauche se trouvait une mère de cinq enfants qui tenait toujours sa bible au creux des bras comme s'il s'agissait d'un bébé. L'homme sur sa droite devait être mécanicien : ses paumes étaient propres, mais il avait en permanence de la saleté sous les ongles.

Douze autres personnes, et une chaise vide, complétaient le cercle. Elle connaissait tout le monde dans la salle, ainsi que la personne absente ce soir. Après des mois passés à les écouter raconter leur vie, elle savait le nom de leur mari, de leur femme et de leurs enfants par cœur, les moments phares de leur passé, et avait pénétré dans les recoins les plus sombres de leur jardin secret.

Elle participait au groupe de prières depuis septembre. Elle l'avait découvert grâce à un avis placardé sur le tableau d'affichage de l'église: « La Bible dans la vie quotidienne, tous les mardis et jeudis à 20 heures ».

La discussion de ce jour-là avait pour sujet le livre de Job et les extrapolations étaient évidentes: tous évoquèrent les difficultés auxquelles ils étaient confrontés, ainsi que leur certitude de voir leur foi récompensée, Dieu les guidant vers un avenir prospère aussi longtemps qu'ils conserveraient la foi.

Marie-Terese garda le silence. Elle ne parlait jamais.

À l'inverse des jours où elle allait se confesser, elle ne venait pas ici dans le but de parler. Pour tout dire, c'était le seul endroit où elle pouvait côtoyer des gens à peu près normaux. Une chose était sûre: ce n'était pas au club qu'elle allait en trouver et, en dehors du travail, elle n'avait aucun ami, aucun parent, personne.

Alors, chaque semaine, elle venait ici pour s'asseoir au milieu du cercle et tenter, dans une faible mesure, de se connecter au reste de la planète. En cet instant précis, elle avait l'impression de se trouver sur un rivage lointain et de contempler le royaume des anxieux maladifs, de l'autre côté d'une rivière en furie. Ce n'était pas qu'elle les blâmait ou qu'elle les dénigrait; au contraire, elle s'efforçait de puiser de la force dans leur compagnie en se disant que si elle respirait le même air qu'eux, buvait le même café et écoutait leurs histoires… elle serait peut-être en mesure de vivre de nouveau parmi eux.

Par conséquent, ces réunions n'avaient rien de religieux pour elle, et au contraire de la bonne pondeuse assise à côté d'elle avec sa bible bien en évidence, Marie-Terese gardait les Saintes Écritures dans son sac. En fait, elle apportait son exemplaire juste au cas où quelqu'un lui demanderait où il était et, heureusement, il n'était pas plus grand qu'une main.

Fronçant les sourcils, elle essaya de se rappeler où elle l'avait acheté. C'était quelque part au sud de la ligne

Mason-Dixon, dans une supérette… En Géorgie ? En Alabama ? Partie à la poursuite de son mari, elle avait ressenti le besoin de trouver un réconfort moral, n'importe quoi pour l'aider à traverser les jours et les nuits, afin de lui éviter de sombrer dans la folie.

C'était, quoi, trois ans auparavant ?

Elle avait l'impression que c'était à la fois trois minutes et trois millénaires.

Bon Dieu, tous ces mois de terreur. Elle se doutait bien que quitter Mark allait être une terrible épreuve, mais elle ne se rendait pas compte à quel point.

Mark l'avait battue avant de kidnapper Robbie. Après avoir passé deux nuits à l'hôpital pour se remettre de ses blessures, elle avait fait appel à un détective et s'était lancée à leur poursuite. Il lui avait fallu trois mois, de mai à juillet, pour localiser son fils et, à ce jour, elle ignorait encore comment elle avait pu traverser toutes ces horribles semaines.

Malgré le fait qu'elle n'avait toujours pas retrouvé la foi à cette époque, l'horizon s'était éclairci : le miracle tant attendu s'était accompli, et ce en dépit du fait qu'elle n'avait pas vraiment cru en l'être qu'elle avait prié. Toutes ses suppliques avaient été entendues, et elle revoyait encore avec une incroyable netteté le 4 × 4 noir du détective privé se garer devant son motel. Robbie avait ouvert la porte du véhicule et esquissé quelques pas sous la lumière du soleil de Floride. Elle avait voulu courir vers lui, mais ses jambes avaient flanché et elle s'était écroulée sur le trottoir. Alors elle avait tendu les bras, le visage couvert de larmes.

Elle l'avait cru mort.

En entendant ses sanglots, Robbie s'était retourné… et dès qu'il avait aperçu sa mère, il avait foncé vers elle pour se jeter dans ses bras. Ses vêtements étaient sales, ses cheveux emmêlés et il sentait aussi mauvais que des macaronis au fromage brûlés, mais il était sain et sauf, serré contre son cœur.

Toutefois, il n'avait pas pleuré. Pas plus qu'il n'avait pleuré depuis lors.

Ni évoqué son père ou ces trois mois d'enfer. Pas même avec les psychologues chez qui elle l'avait emmené.

Marie-Terese avait alors supposé que le pire était derrière elle, quand elle ignorait si l'enfant qu'elle aimait et qu'elle avait mis au monde était toujours vivant. Mais son retour à la maison fut tout aussi cauchemardesque. À chaque instant, elle voulait lui demander comment il se sentait mais, bien entendu, c'était hors de question. Et les rares fois où elle finissait par craquer, il lui répondait simplement qu'il allait bien.

C'était faux, car c'était impossible.

Les détails que le détective lui avait fournis étaient plutôt vagues. Son mari avait emmené Robbie à l'autre bout du pays, passant d'une voiture de location à une autre, vivant sous une panoplie de fausses identités et puisant dans son immense réserve de fric.

Il s'était avéré qu'il gardait profil bas pour plusieurs raisons : Marie-Terese n'était pas la seule à le rechercher.

Et pour dissuader Robbie d'essayer de fuir, Mark l'avait sans doute maltraité. Quand elle y songeait, elle avait envie de tuer son ex-mari.

Après avoir récupéré son fils et demandé le divorce, elle s'était enfuie de l'endroit où ils vivaient avec ses maigres moyens, subsistant grâce à l'argent qu'elle avait soutiré à Mark et aux bijoux qu'il lui avait achetés. Hélas, cela n'avait pas suffi à subvenir à leurs besoins, pas après avoir payé les frais d'avocat, la facture du détective privé et le prix de sa nouvelle existence.

Ce qu'elle avait fini par faire pour gagner de l'argent lui faisait penser à Job. Elle était prête à parier que lorsque les événements s'étaient retournés contre lui, il n'avait rien vu venir. À un moment, tout était parfait, et l'instant d'après, il se retrouvait dépouillé de tout ce qui le caractérisait, sombrant si bas que, pour survivre, il avait certainement dû penser à faire des choses qui jadis lui auraient paru totalement inconcevables.

C'était la même chose pour elle. Elle n'aurait jamais pensé que tout cela aurait pu lui arriver. Ni la chute ni l'atterrissage brutal, quand elle avait touché le fond et s'était tournée vers la prostitution.

Mais elle aurait dû s'en douter. Son ex s'était comporté de façon louche depuis le début, ses poches débordant de fric alors que ses comptes bancaires étaient vides. D'où pouvait bien provenir tout ce liquide ? Les gens qui travaillaient de manière honnête possédaient des cartes de crédit et de débit, avec peut-être un ou deux billets de 20 dollars dans leur portefeuille. Ils ne gardaient pas des centaines de milliers de dollars dans des valises griffées planquées dans les placards de leur suite à Las Vegas.

Bien sûr, elle n'en avait rien su au départ. Quand tout avait commencé, elle avait été tellement éblouie par les cadeaux, les dîners au restaurant et les billets d'avion qu'elle ne s'était pas posé de questions. Et quand elle avait fini par soupçonner des malversations, il était trop tard : elle avait un fils qu'elle aimait et un mari qui la terrifiait, ce qui avait suffi à la faire taire.

En toute honnêteté, c'était le mystère qui entourait Mark qui l'avait attirée au début. Le mystère, le conte de fées et l'argent.

Elle avait payé pour cette attirance. Très cher…

Le bruit de chaises raclant le sol l'arracha à ses songes. La réunion était terminée et, lorsque les participants se levèrent pour s'embrasser, elle voulut sortir au plus vite avant de se retrouver prise dans la mêlée.

C'était une chose de les écouter, une autre de les sentir contre elle.

Ça, c'était insupportable.

Elle se leva, mit son sac sur son épaule et se dirigea tout droit vers la porte. En chemin, elle échangea quelques mots avec ses condisciples et, comme d'habitude, ils lui adressèrent ces regards que les chrétiens accordent aux moins fortunés, empreints de compassion.

Elle ne pouvait s'empêcher de se demander s'ils lui auraient prodigué autant de soutien s'ils savaient où elle se rendait, ou le métier qu'elle exerçait. Elle aurait voulu croire que cela n'aurait rien changé. Mais elle en doutait.

Dans le couloir, d'autres personnes se massaient en attendant la prochaine réunion, organisée par les Drogués Anonymes, qui se rassemblaient depuis peu à St. Patrick. Les deux groupes de névrosés se saluèrent, l'un quittant la salle, l'autre y entrant.

Fouillant dans son sac à la recherche de ses clés de voiture, elle…

… percuta un mur humain.

— Oh, je suis vraiment désolée ! (Elle leva la tête, très haut, pour contempler des yeux de lion.) Je, euh…

— Ce n'est rien, calmez-vous.

Il l'étudia et lui adressa un petit sourire affable. Sa chevelure était aussi spectaculaire que ses yeux, un mélange de plusieurs couleurs qui tombait en cascade sur ses énormes épaules.

— Ça va ?

— Euh…

Elle l'avait déjà vu, pas seulement dans ce couloir, mais aussi au *Zero Sum* ; elle s'était émerveillée devant son physique incroyable en se disant qu'il était peut-être mannequin. Et, bien entendu, une partie d'elle craignait qu'il sache ce qu'elle faisait pour vivre, mais il n'avait jamais semblé mal à l'aise avec elle et s'était toujours montré courtois.

En outre, si c'était un membre des Drogués Anonymes, c'est qu'il avait ses propres démons à affronter.

— Mademoiselle ? Vous m'entendez ?

— Oh... mon Dieu, désolée. Oui, tout va bien. Ça m'apprendra à ne pas regarder devant moi.

Elle lui retourna son sourire, puis gravit les marches pour gagner le rez-de-chaussée de la cathédrale avant de tourner à gauche et de sortir par la grande porte. Arrivée dans la rue, elle longea d'un pas rapide les rangées de voitures garées en regrettant de ne pas avoir trouvé de meilleure place. Il faisait froid et sa Camry était encore loin. Elle claquait des dents au moment où elle s'engouffra dans la voiture pour tenter de la faire démarrer.

— Allez... Allez...

Enfin, le moteur toussota puis vrombit, et elle fit un demi-tour, une infraction compte tenu de la double ligne jaune qui s'étendait au milieu de la rue.

Plongée dans ses pensées, elle ne remarqua pas les phares qui apparurent dans son sillage... pour ne plus le quitter.

Chapitre 9

Jim gara son pick-up à quelques rues du Commodore. Il n'avait aucun mal à imaginer son patron vivre dans cet endroit. La façade de l'immeuble était nue, rien que du verre encadré par de minces poutres d'acier, mais c'était grâce à cela que chaque appartement offrait une vue incroyable. Et d'après ce qu'il voyait de l'entrée depuis la rue, l'intérieur était une véritable débauche de luxe : des lumières partout, du marbre carmin et, au milieu, une composition florale de la taille d'un semi-remorque. Rien d'étonnant non plus à ce que Robe Bleue habite un bâtiment pareil.

Merde, il aurait dû proposer à DiPietro d'aller dîner quelque part seul avec lui : avec les événements de la veille toujours aussi présents dans son esprit, se retrouver en huis clos avec cette femme n'était peut-être pas l'idée la plus brillante qui soit. Et pour couronner le tout, voilà qu'il se retrouvait à devoir sauver son putain de petit ami d'une damnation éternelle.

Coupant le moteur, il se frotta le visage et, pour une raison étrange, se mit à songer au chien qu'il avait laissé à la maison, roulé en boule sur le lit. Le petit gars, qu'il s'était mis à appeler Rex, s'était effondré d'un coup, ses flancs décharnés se soulevant au rythme de sa respiration, son ventre repu formant une boule qui écartait ses petites pattes.

Mais qu'est-ce qui lui avait pris d'adopter un animal de compagnie ?

Rangeant ses clés dans son blouson de cuir, il quitta son véhicule et traversa la rue. Lorsqu'il pénétra dans le vestibule, le luxe qu'il avait cru deviner dehors était en fait bien en dessous de la réalité. Cependant, il n'eut aucun loisir de l'admirer : dès qu'il passa le seuil, le vigile assis derrière le comptoir le détailla, les sourcils froncés.

— Bonsoir. Vous êtes monsieur Heron ?

Vêtu d'un uniforme noir, il avait la cinquantaine, le regard vif et intelligent. Et il y avait de grandes chances qu'il porte une arme et sache s'en servir.

Mieux valait ne pas faire le malin.

— Ouais, c'est moi.

— Auriez-vous une pièce d'identité, s'il vous plaît ?

Jim sortit son portefeuille et l'ouvrit pour exhiber un permis de conduire de l'État de New York qu'il s'était procuré environ trois jours après son arrivée à Caldwell.

— Parfait. Je vais appeler M. DiPietro. (Le vigile parla deux secondes au téléphone, puis il désigna l'ascenseur d'un geste ample.) Vous pouvez monter, monsieur.

— Merci.

L'ascension jusqu'au vingt-huitième étage s'effectua sans aucun heurt et Jim se divertit en repérant les minuscules caméras de sécurité : elles étaient placées dans les angles dans le plafond de la cabine, à l'endroit où les panneaux plaqués or se rejoignaient, et elles étaient conçues pour passer pour des décorations. Et comme elles étaient au nombre de quatre, quelle que soit la direction dans laquelle un individu regardait, on avait toujours une image nette de son visage.

Du beau boulot.

La sonnette qui annonça son arrivée fut tout aussi discrète et, quand les portes s'écartèrent, il tomba nez à nez avec Vin qui l'attendait, seul au milieu d'un long couloir écru, comme si tout l'immeuble lui appartenait.

— Bienvenue, dit-il en lui tendant la main.

Sa poignée de main était vigoureuse et ferme. Il était très bien habillé ; là encore, pas de surprise. Alors que Jim portait une vieille chemise en flanelle – ce qu'il avait de mieux pour l'heure –, Vin était vêtu d'un costume différent de celui qu'il avait à peine trois heures auparavant, à l'hôpital.

Sans doute portait-il ses vêtements une seule et unique fois avant de les jeter.

— Cela ne vous dérange pas si je vous appelle Jim ?

— Non.

DiPietro le conduisit jusqu'à une porte et le fit entrer dans… Merde, on aurait dit que sa piaule sortait tout droit de la collection Donald Trump : du marbre noir à perte de vue, des dorures, des bibelots en cristal et des statues. Depuis le sol du hall d'entrée jusqu'à l'escalier qui menait à l'étage, en passant, bien sûr, par tout ce qui était exposé dans le salon, il y avait tellement de pierres taillées que Jim en vint à se demander combien de carrières avaient été vidées pour décorer cet endroit. Et les meubles… Bon sang, les canapés et les chaises ressemblaient à des joyaux, avec toutes ces dorures et ces soieries de la couleur de gemmes.

— Divine, notre invité est arrivé, appela DiPietro.

Lorsqu'il entendit le cliquetis des talons hauts, Jim détourna le regard afin d'admirer l'incroyable vue sur Caldwell… tout en s'efforçant de ne pas penser à la dernière fois qu'il avait vu cette femme.

Elle portait le même parfum que la nuit précédente, et son nom lui allait comme un gant : elle était réellement divine.

— Jim ? demanda DiPietro.

Jim attendit encore un instant, histoire de laisser le temps à la jeune femme de se ressaisir. L'apercevoir de loin était une chose, le revoir chez elle, proche au point de pouvoir le toucher, en était une autre. Est-ce qu'elle était encore en bleu ?

Non, en rouge. La main de DiPietro lui entourait la taille.

Jim la salua, refusant de se laisser aller au moindre souvenir.

— Enchanté de vous rencontrer.

Elle lui sourit en lui tendant une main qu'il étreignit brièvement avant de plonger la sienne dans la poche de son jean.

— Bienvenue. J'espère que vous aimez la cuisine italienne.

— Oui, oui.

— Parfait. Le cuisinier est en congé pour la semaine et c'est à peu près tout ce que je sais faire.

Super. Bon, et maintenant ?

Dans le silence qui suivit, tous trois restèrent plantés là, l'air de se poser la même question.

— Si vous voulez bien m'excuser, dit Divine, je vais aller surveiller le dîner. (Vin lui déposa un baiser sur la bouche.) Nous prendrons l'apéritif ici.

Tandis que le claquement de ses escarpins s'éloignait, DiPietro s'approcha du bar.

— Alors, quelle est votre drogue préférée ?

Bonne question. Dans son ancien métier, il avait utilisé du cyanure, de l'anthrax, de la tétrodotoxine, de la ricine, du mercure, de la morphine, de l'héroïne, ainsi que quelques nouveaux neurotoxiques. Il les avait injectés, mélangés à de la bouffe, saupoudrés sur des poignées de porte, aspergés sur du courrier, et avait contaminé toutes sortes de boissons et de médicaments. Et ça, c'était avant de laisser libre cours à son imagination.

Ouais, il était aussi doué avec ces produits qu'il l'était avec un couteau, un pistolet ou ses mains nues. Mais DiPietro n'avait nul besoin de le savoir.

— J'imagine que vous n'avez pas de bière, supposa Jim en jetant un coup d'œil à toutes les bouteilles de spiritueux garnissant l'étagère du haut.

— J'ai de la Delirium Tremens. Un délice.

Super. Jim pensait plutôt à une Bud et n'avait jamais entendu parler de ce truc. Sans compter qu'il n'avait aucune envie de voir des éléphants roses partout. Mais bon.

— Ça me va.

DiPietro sortit deux verres à pied et ouvrit un placard qui dissimulait un minibar. S'emparant de deux bouteilles, il les décapsula et versa une bière à la mousse si blanche qu'on aurait dit de l'écume.

— Je pense que ça vous plaira.

Jim saisit l'un des verres avec une petite serviette brodée aux initiales V.S.DP. Après avoir bu une gorgée, il ne put que lâcher une exclamation d'admiration.

— Bonne, hein ? (DiPietro prit une lampée puis leva la blonde à la lumière, semblant étudier son caractère.) C'est la meilleure.

— Fabuleuse.

Savourant le breuvage qui lui roulait sur la langue, Jim considéra d'un œil nouveau la débauche de luxe qui l'entourait. Finalement, tout n'était pas à jeter chez les riches.

— Dites-moi, c'est une sacrée baraque que vous avez.

— La maison sur la falaise sera encore plus magnifique.

Jim s'aventura près des baies vitrées et se pencha pour se plonger dans le panorama.

— Pourquoi vouloir quitter un endroit pareil ?

— Parce que ce qui m'attend est encore mieux.

Une petite sonnerie carillonna et Jim baissa les yeux vers le téléphone en même temps que Vin.

— C'est ma ligne professionnelle. Il faut que je décroche. (Sa bière à la main, il se dirigea vers une porte de l'autre côté de la pièce.) Faites comme chez vous. Je n'en ai pas pour longtemps.

Tandis qu'il s'éloignait, Jim esquissa un sourire. *Chez moi ? Ici ? Mais bien sûr.* Il avait l'impression de faire partie d'un de ces jeux où les gosses devaient trouver l'intrus : carotte, concombre, pomme, courgette. Réponse : pomme. Canapé drapé de soie, tapis persan, ouvrier, carafes en cristal. Réponse : à votre avis ?

— Salut.

Jim ferma les yeux. Sa voix était toujours aussi envoûtante.

— Salut.

— Je…

Jim se retourna, constatant sans surprise qu'elle le dévisageait encore d'un regard triste. Alors qu'elle peinait à trouver ses mots, il leva la main pour l'arrêter.

— Inutile de m'expliquer.

— Ce qui s'est passé la nuit dernière… Je… je n'avais jamais fait un truc pareil. Je voulais juste…

— Un homme qui soit aux antipodes de lui ?

Jim secoua la tête. Elle parut soudain bouleversée.

— Oh… merde… Non, ne pleure pas.

Il posa sa bière et s'avança en lui tendant la serviette. Il aurait bien essuyé les larmes lui-même mais il craignait d'abîmer son maquillage. Divine l'accepta d'une main tremblante.

— Je ne lui dirai rien. Jamais.

— Et il ne l'apprendra pas par moi.

— Merci.

Elle porta le regard sur le poste téléphonique, où une lumière clignotait à côté du mot « bureau ».

— Je l'aime. Vraiment… C'est juste… C'est quelqu'un de compliqué et je sais qu'il tient à moi, à sa façon, mais parfois, je me sens invisible. Alors que toi… toi, tu m'as vue.

Ça, pour t'avoir vue…

— À vrai dire, murmura-t-elle, même si je n'aurais pas dû être avec toi, je ne le regrette pas.

Il n'en était pas si sûr, vu son regard qui semblait implorer quelques paroles de sagesse ou… d'absolution, chose qu'il n'était absolument pas en mesure de lui offrir. Étant donné qu'il n'avait jamais été en couple, il n'était pas qualifié pour lui donner des conseils sur sa vie conjugale. Et en matière de sexe, ses connaissances se limitaient aux coups d'un soir.

Une chose était claire, pourtant. Dans les yeux noirs de cette déesse brillait toute l'affection qu'elle portait à son compagnon : c'était dans son cœur, l'amour irradiait d'elle.

Bon sang, Vin DiPietro était vraiment un abruti de première.

Jim essuya une de ses larmes.

— Écoute-moi. Tu vas oublier ce qui s'est passé. Tu vas le chasser de ton esprit et ne plus jamais y songer, OK ? Si tu ne t'en souviens pas, c'est que ce n'est pas vrai. Ça n'est jamais arrivé.

Elle renifla.

— Bon… d'accord.

— Super. (Jim écarta une mèche de ses cheveux soyeux derrière son oreille.) Et ne t'inquiète pas, tout ira bien.

— Comment peux-tu en être si sûr ?

Et c'est à cet instant qu'il comprit. Derrière cette hésitation se cachait peut-être le tournant de Vin : là, juste sous ses yeux, brûlant de l'aimer, espérant qu'il lui en laisse la chance, mais ne parvenant pas à lui rester liée. S'il prenait conscience de ce qu'il avait, sans parler de ses propriétés, de ses voitures, de ses statues ou de ses sols en marbre, mais de ce qui importait vraiment, alors peut-être que sa vie et son âme s'en trouveraient bouleversées.

Divine essuya une nouvelle larme.

— Je crois que je perds la foi.

— Ne dis pas cela. Je suis là pour t'aider. (Jim prit une grande inspiration.) Je ferai en sorte que tout s'arrange.

— Oh, mon Dieu… tu me fais pleurer davantage. (Divine s'esclaffa et lui prit la main.) Mais merci. Merci beaucoup.

Bon Dieu… Quand elle le regardait ainsi, il avait l'impression qu'elle lui transperçait le corps et lui ravissait le cœur.

— Ton nom…, murmura-t-il. Il te va à ravir.

Ses joues s'empourprèrent.

— J'en avais horreur à l'école. Je voulais m'appeler Mary ou Julie, un truc normal, quoi.

— Non, il est parfait. Je ne t'imagine pas t'appeler autrement. (Jim regarda le téléphone et vit que la lumière était éteinte.) Il a terminé son appel.

Elle se tamponna le dessous des yeux.

— Je dois être affreuse. Attends… Je vais aller chercher des *amuse-bouches**. Va lui en apporter dans le bureau et tiens-le occupé pendant que je me remaquille.

En attendant qu'elle revienne de la cuisine, Jim termina sa bière et se demanda comment diable il s'était retrouvé à jouer le rôle de Cupidon.

Bordel, si ces quatre types se figuraient qu'il allait porter des ailes et une couche en décochant ses flèches aux amoureux, il était clair qu'il allait renégocier son contrat. Et pas avec des mots.

---

* En français dans le texte.

Divine revint, les bras chargés d'un plateau en argent garni de petits canapés.

— Le bureau est par-là. Je vous y rejoindrai quand je serai un peu plus présentable.

— Bien reçu. (Jim s'empara du plateau, prêt à jouer les serveurs et les baby-sitters auprès de DiPietro.) Je ferai en sorte qu'il reste là-bas.

— Merci. Pour tout.

Avant d'en dire encore trop, Jim s'en alla, portant le plateau à deux mains à travers un dédale de pièces. Lorsqu'il parvint au bureau, la porte était ouverte et DiPietro était assis derrière une grosse table en marbre sur laquelle étaient posés une multitude d'ordinateurs. Toutefois, Vin n'observait pas les écrans. Il leur tournait le dos, le regard rivé sur la baie vitrée et les lumières scintillantes de la ville.

Un petit objet noir était niché dans sa paume.

Jim toqua sur l'encadrement.

— Je vous apporte de quoi vous « divertir la bouche ».

Vin pivota sur sa chaise et posa l'écrin à côté du téléphone. Planté dans l'embrasure de la porte, un plateau entre les mains, Heron incarnait un serveur peu crédible, et ce n'était pas dû à sa tenue : il était évident que ce n'était pas le genre d'homme à servir qui que ce soit.

— Vous parlez français ? murmura Vin en désignant les *amuse-bouches**.

— C'est elle qui m'a dit comment ça s'appelait.

— Ah ! (Vin se leva et s'approcha de Jim.) Divine est un véritable cordon-bleu.

— Ouais.

— Vous y avez goûté ?

— Non, mais je l'imagine, à l'odeur qui s'échappe de votre cuisine.

Ils prirent tous deux un chapeau de champignon farci. Et un minuscule sandwich garni de tranches de tomate aussi minces que du papier et de feuilles de basilic. Ainsi qu'une cuillerée remplie à ras bord de caviar et agrémentée de poireau.

— Bien. Asseyez-vous donc, dit Vin en désignant un siège de l'autre côté de la table. Et discutons. Parce que… je sais que vous vouliez dîner… mais vous êtes venu pour autre chose, n'est-ce pas ?

Heron posa le plateau mais ne s'assit pas. Au lieu de cela, il gagna la fenêtre et contempla Caldwell.

Au milieu du silence, Vin se renfonça dans son trône de cuir et dévisagea son « invité ». Ce salaud avait la mâchoire aussi droite et robuste qu'un morceau de bois et cachait bien son jeu : son visage était impassible.

Ce qui laissait entrevoir qu'ils allaient s'aventurer sur un terrain sombre et glissant.

Tandis qu'il patientait en faisant tournoyer un stylo en or sur son sous-main, il ne s'inquiétait guère d'évoquer des sujets compromettants. S'il tirait le plus gros de sa fortune de la construction, il n'avait pas débuté dans le commerce légal des planches et des clous. Et il gardait encore de bons contacts dans le milieu du marché noir.

— Prenez votre temps, Jim. Il est plus facile de parler d'argent que… d'autres sujets. (Il esquissa un sourire.) Vous ne seriez pas à la recherche d'une de ces choses qu'on ne trouve pas au supermarché du coin, par hasard ?

Heron haussa légèrement le sourcil, mais ce fut sa seule réaction avant de se replonger dans la contemplation des lumières de la ville.

— De quoi parlez-vous au juste ?

— Que voulez-vous, au juste ?

Une pause.

— Apprendre à vous connaître.

Vin se pencha en avant sur son siège, n'étant pas sûr d'avoir bien entendu.

— Comment ça ?

Heron tourna la tête et baissa le regard.

— Vous êtes sur le point de prendre une décision importante, n'est-ce pas ?

Vin jeta un coup d'œil à la petite boîte en velours noir qu'il avait cachée.

— Qu'est-ce qu'il y a là-dedans ?

— Ça ne vous regarde pas.

— Une bague ?

Vin lâcha une grossièreté, tendit la main vers l'écrin acheté chez *Reinhardt* et le rangea dans un tiroir ; il commençait à perdre patience.

— Écoutez, cessez de tourner autour du pot et dites-moi ce que vous voulez. Il ne s'agit ni de dîner ni d'apprendre à me connaître. Alors dites-vous bien qu'il n'y a rien dans cette ville que je ne puisse avoir et finissons-en. Qu'est-ce que vous voulez, bordel ?

Ce que Jim rétorqua d'une voix posée le laissa médusé.

— L'important, ce n'est pas ce que je veux, c'est ce que je vais faire. Je suis ici pour sauver votre âme.

Vin fronça les sourcils… et éclata de rire. Ce type avec une Faucheuse tatouée dans le dos et une ceinture porte-outils voulait le sauver ? Bien sûr, c'était évident.

Pour autant qu'il le sache, son « âme » allait très bien, merci pour elle.

Jim garda le silence, le temps de prendre une grande inspiration, puis dit :

— Vous savez, j'ai eu exactement la même réaction.

— Par rapport à quoi ? demanda Vin en se frottant le visage.

— L'appel du devoir, dirons-nous.

— Vous êtes un de ces fanatiques religieux ?

— Non. (Heron fit le tour de la table et finit par s'asseoir sur un fauteuil, les jambes écartées, les mains posées nonchalamment sur les cuisses.) Je peux vous poser une question ?

— Bien sûr, ne vous gênez pas. (Vin prit la même position que son hôte et se détendit dans son siège. À ce stade, toute cette histoire était devenue à ce point grotesque qu'il n'y accordait plus tellement d'importance.) Que voulez-vous savoir ?

Heron jeta un coup d'œil aux livres, des éditions originales, et aux tableaux.

— Pourquoi vous entourer de tout ce bordel ? Et je ne dis pas ça pour être désagréable. Je ne vivrai jamais comme vous, alors j'essaie de comprendre ce qui peut pousser un type à vouloir tout posséder.

Vin hésita à zapper la question, et plus tard se demanderait ce qui l'en avait empêché. Mais, pour une raison obscure, il répondit en toute franchise.

— Elles m'ancrent dans la vie. Elles me stabilisent. Je me sens en sécurité entouré de belles choses. (Dès que ces paroles franchirent ses lèvres, il voulut les retirer.) Enfin… merde, je n'en sais rien. Je ne suis pas un gosse de riches. J'étais juste un petit Rital qui vivait dans les quartiers nord, avec des parents qui ont toujours eu du mal à joindre les deux bouts. Si je me suis hissé à ce niveau, c'est parce que je voulais vivre dans de meilleures conditions que celles que j'avais connues.

— Ah, ça, on peut dire que vous êtes parvenu au sommet. (Heron jeta un coup d'œil aux ordinateurs.) Alors, vous devez beaucoup travailler.

— Tout le temps.

— J'imagine que cela signifie que vous avez mérité cette vue.

Vin fit pivoter sa chaise.

— Ouais. Je la regarde souvent, ces temps-ci.

— Elle va vous manquer quand vous aurez déménagé ?

— J'aurai le fleuve à contempler. Et cette maison que vous et vos collègues construisez sera absolument fabuleuse. J'aime tout ce qui est grandiose.

— Comme cette bière. Je n'en avais jamais bu d'aussi bonne.

Vin fixa du regard le reflet de Jim dans la vitre teintée.

— C'est votre vrai nom, Heron ?

Jim esquissa un sourire.

— Bien entendu.

Vin regarda par-dessus son épaule.

— Alors, comme ça, vous parlez français ?

— Qu'est-ce qui vous fait dire cela ?

— Je doute que Divine vous ait traduit *amuse-bouches*[*] : elle aurait manqué de tact en présumant votre ignorance. Et vu que vous ne connaissez rien aux bières étrangères, j'ai du mal à vous imaginer fin gastronome ou spécialiste du jargon culinaire. J'en conclus donc que cette langue vous est familière.

Heron se tapota les genoux du bout des doigts, l'air songeur.

— Dites-moi ce que renferme cette boîte cachée dans votre tiroir, et on verra si je vous réponds.

— On vous a déjà dit qu'il était pénible de vous tirer les vers du nez ?

— Plus d'une fois.

Vin réfléchit. Étant donné qu'Heron n'était pas un ami de Divine, il ne risquait pas grand-chose à céder à son caprice. Aussi, il sortit la boîte noire de chez *Reinhardt* et l'ouvrit. Lorsqu'il la fit pivoter en direction de son hôte, Jim laissa échapper un petit sifflement.

Vin se contenta de hausser les épaules.

— Comme je vous l'ai dit, j'aime les belles choses. Je l'ai achetée hier soir.

— La vache ! Quel caillou ! Quand allez-vous la demander en mariage ?

— Je n'en sais rien.

— Qu'est-ce que vous attendez ?

Vin ferma la boîte d'un geste sec.

— Bon, ça suffit. À mon tour. Alors, le français ? *Oui ou non ?*

— *Je parle un peu. Et vous** ?

— J'ai conclu quelques transactions immobilières au nord de la frontière, alors je le baragouine. Cela dit, votre accent n'est pas canadien, mais plutôt européen. Combien de temps avez-vous passé dans l'armée ?

— D'où tenez-vous que j'étais soldat ?

— Juste une impression.

— J'ai peut-être fait mes études à l'étranger.

Vin le dévisagea longuement.

— Je ne crois pas. Pas votre style, je dirais. Vous supportez mal l'autorité et je ne vous imagine pas passer quatre ans derrière un pupitre.

— Pourquoi me serais-je enrôlé, dans ce cas ?

— Parce que ça vous permettait de voler de vos propres ailes. (Vin sourit alors que le visage de son interlocuteur demeurait totalement fermé.) Ils vous laissaient bosser dans votre coin, n'est-ce pas, Jim ? Qu'est-ce qu'ils vous ont appris d'autre ?

Le silence s'amplifia, envahissant la pièce et s'étendant à tout l'immeuble.

— Jim, vous vous rendez bien compte que votre mutisme ne fait que renforcer mon opinion sur votre coupe militaire et le tatouage que vous avez dans le dos. Je vous ai montré ce que vous vouliez voir. L'équité voudrait que vous me rendiez la pareille. Et surtout, ce sont les règles du jeu.

Jim se pencha lentement en avant et braqua sur Vin ses yeux pâles et impénétrables.

— Si je vous répondais, il faudrait que je vous tue. Et ça jetterait un froid.

Ainsi, cette Faucheuse n'était pas juste un truc qu'il aurait vu sur le mur d'un salon de tatouage à deux balles et se serait fait dessiner parce qu'il trouvait ça cool. Jim était un vrai dur.

— Vous piquez ma curiosité, murmura Vin.

— Vous feriez mieux de laisser tomber.

— Navré, mon ami, mais je suis du genre tenace. Comment croyez-vous que je me sois offert toutes ces conneries devant lesquelles vous vous extasiez ? En gagnant au loto ?

Ils marquèrent une pause, puis le visage de Jim se fendit d'un sourire.

— Donc, vous voulez me faire croire que vous avez des couilles, c'est ça ?

— Oh que oui. Et, pour votre gouverne, aussi grosses que des cloches d'église.

Jim se renfonça dans son siège.

— Ah ouais ? Alors pourquoi cacher cette bague ?

Vin, furieux, plissa les yeux.

— Vous voulez vraiment le savoir ?

— Ouais. C'est une femme absolument sublime et elle vous considère comme un dieu.

Vin pencha la tête sur le côté et lui raconta ce qui le hantait depuis la veille.

— Divine est sortie hier soir, vêtue d'une robe bleue. Quand elle est revenue, elle s'est aussitôt déshabillée pour filer sous la douche. Ce matin, j'ai sorti le vêtement du panier à linge. Il y avait une tache noire au dos, comme si elle s'était assise sur autre chose qu'une chaise propre dans un bar. Mais pire que tout, Jim, quand j'ai reniflé le tissu, j'ai senti une odeur qui ressemblait beaucoup à un parfum d'homme.

Vin scruta le visage de son interlocuteur. Pas un muscle ne tressaillit.

Il se pencha en avant.

— Inutile de vous préciser que ce n'était pas mon parfum, n'est-ce pas ? Et figurez-vous qu'il ressemblait beaucoup au vôtre. Je ne crois pas que vous ayez couché avec elle, mais avouez qu'il y a de quoi se poser des questions quand les vêtements de votre femme portent l'odeur d'un d'autre. Alors, vous comprenez, ce n'est pas que je n'aie pas de couilles. C'est juste que je me demande à qui appartenaient celles qu'elle a caressées.

Chapitre 10

Eh bien, tu parles d'une soirée…

Jim regarda son hôte par-dessus le bureau. Cela faisait longtemps qu'on ne l'avait pas autant impressionné. Mais Vin DiPietro était un sacré morceau. Il était calme, détendu, serein. Rusé comme un singe, et loin d'être un baltringue.

À l'évidence, il ne se doutait pas que Jim avait couché avec sa petite amie. Du moins, c'est ce que lui soufflait son instinct, et comme il se trompait rarement, il avait tendance à s'y fier. Mais pour combien de temps encore ?

Bon sang, si seulement il pouvait revenir en arrière et laisser Divine sur ce parking. Ou… merde, juste la reconduire à l'intérieur, au chaud, pour qu'elle se fasse consoler par quelqu'un d'autre.

Jim haussa les épaules.

— Vous ne pouvez pas savoir si elle vous a trompé.

Une ombre passa sur le visage de Vin.

— Non, c'est vrai.

— Vous l'avez déjà fait, vous ?

— Non. J'ai horreur de ce genre de trucs.

— Moi aussi.

Bizarre… Pour une fois, mentir le mettait mal à l'aise. Pour être honnête, sur le moment, peu lui avait importé que Divine soit avec quelqu'un d'autre.

Dans le silence qui retombait, Jim était bien conscient que DiPietro attendait de nouvelles révélations. Alors il passa sa vie au crible, à la recherche de quelques détails à lui livrer en pâture.

Au bout d'un moment, il déclara :

— Je parle aussi arabe, dari, pashto et tadjik.

Vin esquissa un sourire mi-triomphal, mi-respectueux.

— Afghanistan ?

— Entre autres.

— Combien de temps avez-vous servi ?

— Assez longtemps. (Il ne plaisantait pas lorsqu'il avait parlé de tuer ce type si cet échange d'informations devait se poursuivre sur ce sujet.) Et j'aimerais qu'on en reste là, si vous n'y voyez pas d'inconvénient.

— D'accord.

— Alors, depuis combien de temps êtes-vous ensemble ?

Vin promena son regard sur un tableau abstrait suspendu au-dessus du bureau.

— Huit mois. Elle est mannequin.

— Ça ne m'étonne pas.

— Vous avez déjà été marié, Jim ?

— Holà, non.

Vin s'esclaffa.

— Vous ne cherchez pas la femme de votre vie ?

— Je dirais surtout que je ne suis pas fait pour cela. Je bouge beaucoup.

— Je vois. Vous vous ennuyez facilement.

— Ouais, c'est ça.

Des talons claquèrent dans le couloir et Vin leva la tête. Un parfum fleuri se répandit dans la pièce et il couva la jeune femme du regard, comme s'il la voyait pour la première fois depuis longtemps.

— Le dîner est prêt, annonça-t-elle.

Jim contempla la baie vitrée de l'autre côté de la pièce et étudia son reflet. Elle se tenait, encore une fois, sous la lumière, le halo dessinant sa silhouette sur le paysage crépusculaire.

Il fronça les sourcils. Une ombre bizarre flottait derrière elle, tel un drapeau noir ondulant dans le vent… On aurait dit qu'un fantôme la suivait.

Jim se retourna et, les yeux plissés, regarda derrière elle… mais ne vit absolument rien. Debout sous un spot, elle adressait un sourire à Vin, qui s'était approché d'elle pour l'embrasser.

— On y va, Jim ? demanda l'homme.

Je vous rejoins. Dès qu'on m'aura greffé un nouveau cerveau.

— Oui, allons-y.

Ils traversèrent plusieurs pièces pour arriver à une table, également en marbre. Celle-ci était assez grande pour accueillir une vingtaine de personnes et il aurait suffi de rajouter un lustre en cristal pour donner l'impression de se retrouver dans une grotte de glace.

Les couverts étaient en or. Massif, sans aucun doute.

Pincez-moi, se dit Jim en s'asseyant.

— Puisque le cuisinier est en congé, dit Vin en tirant une chaise pour Divine, nous devrons nous servir nous-mêmes.

— J'espère que ça vous plaira. (Divine s'empara de sa serviette damassée.) Ce n'est rien de bien compliqué, juste un peu de bolognaise sur des *linguine* faites maison. Et pour la salade, j'ai simplement mélangé quelques jeunes pousses d'épinard à des cœurs d'artichaut et des poivrons rouges, accompagnés d'une vinaigrette fouettée au vin de glace.

Peu importe ce que c'était, ça sentait divinement bon et semblait délicieux.

De grands plats cernés d'or passèrent de main en main et, une fois les assiettes remplies, tout le monde entama son repas.

OK. Divine était une cuisinière hors pair. Point. Ces pousses de je ne sais quoi avec leur vinaigrette au vin de truc étaient à tomber par terre. Et, mon Dieu, les pâtes…

—Alors, le chantier a l'air de bien avancer, non ? s'enquit Vin.

Cette question lança une discussion d'une heure sur la construction et Jim fut une nouvelle fois impressionné. Malgré toutes ses maisons et sa garde-robe tape-à-l'œil, DiPietro avait de toute évidence une bonne expérience du boulot que Jim et les gars exécutaient, ainsi que de tout ce qui poussait les électriciens et les plombiers à se lever le matin. Il avait une parfaite connaissance des outils, des clous, des planches et de l'isolation. Du transport et de l'évacuation des déchets. Du bitumage. Des permis. Des règlements. Des contraintes.

Et du coup, l'attention qu'il portait aux détails ne le faisait plus passer pour un propriétaire pinailleur, mais pour un ouvrier soucieux du travail bien fait.

Ouais, lui aussi avait mis les mains dans le cambouis, c'était évident.

—… et c'est là que ça devient compliqué, disait Vin. Le poids qui pèse sur les murs porteurs de cette antichambre voûtée à quatre étages va dépasser la limite autorisée. Ça inquiète l'architecte.

Pour une fois, Divine prit la parole :

—Mais tu ne pourrais pas la faire plus petite ? Je veux dire, la rapprocher du sol ?

—Ce n'est pas la hauteur de plafond qui pose problème, mais l'inclinaison et le poids du toit. Mais je pense qu'on peut s'en sortir en choisissant plutôt des poutres en fer.

—Ah. (Divine s'essuya la bouche, semblant embarrassée.) Ça m'a l'air d'être une bonne idée.

Alors que Vin partait dans une nouvelle digression au sujet de la maison, Divine prit un intérêt particulier à plier sa serviette sur ses genoux.

Merde, ce type s'y connaissait peut-être en construction, mais si on lui avait demandé quelle était la couleur préférée de sa femme, Dieu seul sait s'il aurait trouvé la bonne réponse.

— Le dîner était excellent, déclara Vin au bout d'un moment. Au chef !

Il leva son verre de vin et hocha la tête en direction de Divine qui, ravie de l'attention qu'on lui accordait enfin, rayonnait littéralement de bonheur. À la décharge de la jeune femme, Vin avait passé la totalité du repas à parler de sujets qui lui étaient étrangers, la reléguant au rang d'observatrice sans s'en soucier le moins du monde.

— Je vais débarrasser et apporter le dessert, dit-elle en se levant. Non, je vous en prie, restez assis, je n'en ai pas pour longtemps.

Jim se rassit et se concentra sur Vin. Le silence s'installa tandis que Divine entrait et ressortait les bras chargés de plats, et on aurait presque pu voir de la vapeur s'échapper du crâne de Vin.

— Qu'est-ce qui vous tracasse ? demanda Jim.

— Rien. (Un bref haussement d'épaules suivi d'une gorgée de vin.) Rien du tout.

Le dessert était une glace à la cerise avec des copeaux de chocolat faite maison, accompagnée d'un café si fort que la cuillère aurait pu tenir debout toute seule. Le mélange des deux était sublime, mais ne suffit toutefois pas à dérider Vin.

Une fois les assiettes vides, Divine se leva de nouveau.

— Et si vous passiez dans le bureau pendant que je range la cuisine ? (Elle refusa d'un signe de tête lorsque Jim lui proposa son aide.) Ça ne prendra qu'une minute. Non, vraiment, je m'en charge. Vous deux, allez-y et discutez.

— Merci pour le dîner, dit Jim en se levant de sa chaise. C'est le meilleur repas que j'aie mangé depuis des années.

— Tout à fait d'accord, murmura Vin en jetant sa serviette sur la table.

De retour dans le bureau, Vin s'approcha du bar dans le coin de la pièce.

— Fabuleuse cuisinière, hein ?

— Ouais.

— Un brandy ?

— Non, merci. (Jim fit le tour de la pièce en admirant les livres reliés de cuir sur les étagères, les tableaux et les esquisses, ainsi que les timbres de collection encadrés.) Alors, vous construisez aussi au Canada ?

— J'ai des succursales à travers tout le pays, en fait.

Vin prit un verre évasé et se versa deux doigts d'alcool avant de s'asseoir derrière le bureau. Pendant qu'il faisait tourner le cristal entre ses doigts, il fit glisser une souris sans fil et son visage s'éclaira lorsque l'économiseur d'écran clignota avant de s'éteindre.

Jim s'arrêta devant le tableau que Vin avait contemplé en songeant à Divine. Il représentait un cheval… enfin, plus ou moins.

— Il marche à l'acide, ce peintre ?

— C'est un Chagall.

— Sans vouloir vous vexer, je trouve ça bizarre.

Vin s'esclaffa et contempla l'œuvre d'art… ou la bouse, selon les goûts… avec un air grave et admiratif.

— C'est une acquisition assez récente. J'ai acheté cette toile le soir où j'ai rencontré Divine. Mon Dieu, ça faisait longtemps que je ne l'avais pas regardée. On dirait un paysage onirique.

Jim se mit à penser à la vie que ce type devait mener. Boulot, boulot, boulot… maison… une maison où tous ces objets précieux étaient devenus invisibles à ses yeux.

— Vous la voyez, votre petite amie ? demanda Jim d'un ton abrupt.

Vin fronça les sourcils et sirota son brandy.

Un silence éloquent.

— Je sais que ça ne me regarde pas, chuchota Jim, mais elle, elle vous voit. Vous avez de la chance.

Vin le contempla avec colère et, tandis que le silence plombait la pièce, Jim savait qu'il ne lui restait plus beaucoup de temps avant la fin de la soirée. Il y avait de bonnes chances pour qu'il se fasse mettre à la porte dans une vingtaine de minutes et que, même s'il croyait avoir identifié le problème de Vin, il était loin de la ligne de but, pour ainsi dire.

Il songea à la petite télévision suspendue au plafond de cette chambre d'hôpital et aux deux chefs qui l'avaient embarqué dans ce dîner infernal.

— Sinon… vous avez une télé ? s'enquit-il.

Vin cligna des yeux, semblant revenir sur terre.

— Ouais, visez-moi ça.

Il se leva, s'empara d'une télécommande et fit le tour de la table tout en appuyant sur des boutons. Aussitôt, les pans de la bibliothèque s'ouvrirent, et un écran plat gigantesque s'avança.

— Vous aimez les gadgets, vous, hein ? dit Jim avec un rire. Je ne vais pas vous mentir, moi aussi.

Ils s'assirent tous deux sur les chaises placées devant le bureau pendant que Vin jouait encore avec quelques boutons. Voyant les chaînes défiler, Jim se demanda s'il n'était pas devenu schizo en se rendant compte qu'il priait pour trouver un indice dans les programmes. S'il en était réduit à chercher conseil auprès d'une télé, il n'allait pas tarder à penser que des satellites traquaient ses moindres faits et gestes.

Hum… Déjà donné, en fait.

Tandis que les programmes se succédaient à l'écran, il commentait intérieurement : *Qui veut gagner des millions* ? Vin, et il les avait eus. *Les Routes du Paradis* ? Un panneau indicateur serait le bienvenu. *Les Maçons du cœur* ? Manifestement, le ciment avait du mal à prendre.

Le zapping s'interrompit pour s'arrêter sur un film avec Leonardo DiCaprio.

— Ils vont sortir un nouveau modèle cette année, dit Vin en posant la télécommande sur le côté. Ça fera partie de l'équipement de la nouvelle maison.

Pendant que le film se déroulait, Jim essayait de lire entre les lignes, mais il ne vit rien d'autre que Leo, vêtu comme s'il sortait d'un bal donné par Louis XIV, qui déclamait son amour à une fille accoutrée de la même manière.

Merde. Rien à en tirer.

— Jim, je vais être franc avec vous. (Les yeux gris de Vin étaient devenus cristallins.) Je ne sais pas à quoi vous jouez, mais, pour une raison obscure, je vous aime bien.

— De même.

— Alors, qu'est-ce qui se passe maintenant ?

C'était justement ce que Jim se demandait.

À l'écran, les choses avaient soudain pris une mauvaise tournure pour Leo, attaqué par des « méchants » en costume d'époque.

— C'est quoi, ce navet ?

Vin appuya sur la télécommande et une petite bande d'informations apparut au bas de l'écran : « *L'Homme au masque de fer*, Leonardo DiCaprio, Jeremy Irons (1998). Deux étoiles au… »

Oh, merde ! Le Masque de fer ? Bon sang, c'était bien le dernier endroit où il aurait voulu retourner. Surtout avec…

Divine apparut dans l'embrasure de la porte.

— Dites, vous n'auriez pas envie de sortir ?

Ça, si ce n'était pas un signe !

Jim étouffa un juron en s'imaginant retourner là-bas en sa compagnie, cette fois sous le regard attentif et soupçonneux de son petit ami. Déjà qu'il se sentait mal à l'aise…

Mais ce film devait bien être un indice, non ? Les quatre gugusses avaient promis de l'aider.

— Ouais, allons en ville, marmonna-t-il. Au… Et si on allait au *Masque de fer* ?

Divine le fusilla du regard, à l'évidence choquée par le choix de ce club. Et il la comprenait fort bien.

Ils discutèrent quelques instants, puis Vin se leva.

— Bien, si c'est ce que vous voulez, ça me va. (Il s'approcha de sa compagne et, semblant faire un effort, se pencha pour l'embrasser.) Je vais chercher ton manteau.

Divine tourna les talons pour suivre son homme dans le couloir. Seul dans le bureau, Jim se passa la main dans les cheveux en regrettant de ne pas pouvoir s'arracher cette histoire de la tête.

Il était peut-être temps de cesser de croire que la télé lui envoyait des messages. Parce que c'était vraiment une idée à la con.

Chapitre 11

Marie-Terese fut la première à le repérer.

Debout près du bar jouxtant l'entrée du *Masque de fer*, elle scrutait la foule lorsqu'il pénétra dans le club. Et tout se passa comme dans un film : tout le reste disparut dès l'instant où il entra, les autres clients se fondant en ombres ternes et floues tandis qu'elle ne le quittait pas des yeux.

Un mètre quatre-vingt-dix environ. Des cheveux bruns et des yeux clairs. Une veste provenant probablement d'une vitrine de la 5e Avenue.

À son bras se trouvait une femme vêtue d'une robe rouge et d'un manteau de fourrure blanc, et il était accompagné d'un type plus grand, avec les cheveux en brosse et une dégaine de militaire. Tous trois faisaient tache parmi la marée humaine accoutrée de cuir, de dentelle et de chaînes, mais ce n'était pas ce qui expliquait sa fascination.

Non, elle était comme hypnotisée par cet homme. Il dégageait un magnétisme aussi puissant, aussi brutal que son ex-mari autrefois : un homme riche avec une pointe de gangster en lui, un type qui assurait, quelle que soit la situation… et sans doute aussi tendre et chaleureux qu'une chambre froide.

Heureusement, elle n'eut aucune peine à refréner cette attirance : elle s'était déjà trompée une fois en s'imaginant que ces types riches et puissants étaient des sortes de tueurs de dragons des temps modernes.

Grossière erreur. Parfois, les tueurs de dragons… n'étaient que des tueurs.

Gina, une autre fille qui travaillait au club, s'approcha du bar.

— C'est qui, à côté de la porte ?

— Un client.

— Un des miens, j'espère.

Marie-Terese n'en était pas si sûre. À en juger par la plastique de la brune qui l'accompagnait, il n'avait aucune raison d'acheter des faveurs sexuelles… Minute… Cette femme… Elle était là la veille, non ? Et l'autre mec aussi. Marie-Terese se souvenait d'eux pour la même raison qui l'avait poussée à les remarquer ce soir : ils n'avaient rien à faire ici.

Tandis que le trio s'asseyait dans un coin sombre, Gina ajusta son semblant de bustier et repoussa ses cheveux désormais roux. Il y a un mois, ils étaient blancs et roses. Et avant cela, noir corbeau. À ce rythme, elle n'allait pas tarder à concurrencer Telly Savalas au vu de la quantité de produits chimiques qu'elle se balançait sur le crâne.

— Je crois que je vais aller me présenter. À plus.

Gina s'éloigna d'un pas nonchalant, en se pavanant dans sa jupe noire en latex et ses bottes à talons aiguilles. À l'inverse de Marie-Terese, elle prenait un réel plaisir à gagner sa vie de cette manière et nourrissait même l'ambition de devenir ce qu'elle appelait une « super star du milieu érotique », à l'instar de Janine Lindemulder ou Jenna Jameson, de parfaites inconnues dont Marie-Terese ne connaissait le nom que par le biais de sa collègue, qui les présentait comme les Bill Gates du porno.

Marie-Terese resta en retrait pour observer l'approche. Lorsque Gina s'avança en exhibant son corps comme de la marchandise, la femme au manteau de fourrure blanc la fusilla du regard, ce dont elle aurait pu se passer étant donné que son petit ami n'accordait pas la moindre attention à Gina, trop occupé qu'il était à parler à son pote. Et avec son air de dire « Dégage, c'est mon homme », elle ne fit qu'encourager sa rivale qui, prise d'un malin plaisir à chasser sur les plates-bandes de la jeune femme, demeura plantée devant son compagnon jusqu'au moment où il leva enfin les yeux.

Toutefois, au lieu de la reluquer la langue pendante, il détourna le regard pour le braquer sur Marie-Terese.

Le coup de foudre fut immédiat. Le genre de désir impossible à dissimuler, refouler ou mettre en veilleuse. En se regardant droit dans les yeux, ils étaient nus, enlacés, pas seulement pour quelques heures, mais des jours.

Ce qui signifiait que Marie-Terese allait tout faire pour l'éviter. Et cela n'avait rien à voir avec sa petite amie possessive. Si son attirance fulgurante pour son ex-mari avait signé le début de ses ennuis, cet instant entre elle et cet inconnu risquait de provoquer une véritable catastrophe.

La jeune femme tourna le dos puis fendit la foule, aveugle à tout ce qui l'entourait. Elle avait l'impression qu'il la dévorait de ses yeux gris acier ; même sortie de son champ de vision, elle aurait juré sentir son regard.

— Salut, chérie.

Marie-Terese jeta un coup d'œil par-dessus son épaule. Deux étudiants affublés de jeans taille basse, de tee-shirts Affliction et des incontournables accessoires en forme de crâne s'étaient approchés d'elle. Vu la façon dont ils la mataient, il était évident qu'ils avaient les poches bourrées du fric de papa et l'arrogance caractéristique de ces joueurs de foot dont la taille du cerveau est inversement proportionnelle à celle de leur cage thoracique.

Elle avait aussi l'impression qu'ils étaient sous l'effet d'une drogue : un tic agitait leurs paupières et un filet de sueur perlait sur leur lèvre supérieure.

Génial. Il ne manquait plus que ça.

— Combien pour mon ami et moi ? demanda celui qui l'avait hélée.

— Je crois que vous feriez mieux de vous adresser à quelqu'un d'autre.

Gina, par exemple, n'avait rien contre les plans à trois. Ni les caméras vidéo. Ni les téléphones portables. Ni la présence d'autres nanas. Il restait à espérer qu'elle fixait la limite en deçà de la zoophilie, mais ce n'était pas si sûr : même un cloporte aurait pu l'exciter.

La grande gueule se rapprocha.

— On ne veut pas d'une autre. C'est toi qu'on veut.

Reculant d'un pas, elle les regarda droit dans les yeux.

— Trouvez quelqu'un d'autre.

— On a du fric.

— On me paie juste pour danser. Point barre.

— Alors pourquoi on ne t'a jamais vue dans les cages ? (Il se pencha de nouveau et elle reçut une bouffée de son parfum : *Eau de bière*.) Ça fait un moment qu'on te regarde.

— Je ne suis pas à vendre.

— Mon cul.

— Si vous continuez à me harceler, vous allez vous faire exclure de ce club. Je n'ai qu'un mot à dire à la direction. Maintenant, cassez-vous.

Marie-Terese s'éloigna, parfaitement consciente qu'ils étaient soûls comme des cochons et qu'ils se fichaient pas mal de ses avertissements. Elle songea à Trez. Autant elle détestait lui demander de l'aide, autant elle n'hésiterait pas à le faire si cela garantissait sa sécurité.

Après avoir gagné le bar du fond, elle commanda un Coca avec beaucoup de glaçons et tenta de se détendre. Il était encore tôt, 22 h 30 à peine ; il lui restait près de quatre heures à tenir.

— Ces deux connards t'embêtent ?

Elle leva les yeux vers Trez et sourit.

— Je vais m'en débarrasser, ne t'inquiète pas.

Remarquant le blouson de cuir qu'il tenait à la main, elle demanda :

— Tu t'en vas ?

— J'ai rendez-vous avec mon frère. Écoute, les videurs sont sur le pied de guerre et je serai de retour dans une heure environ, deux au pire. Mais appelle-moi au cas où les filles et toi auriez un problème, OK ? Je garderai mon téléphone allumé et, s'il le faut, je peux revenir dare-dare.

— Compte sur moi. Sois prudent.

Il lui prit la main, la serra, puis fendit la foule, qu'il dominait de toute sa hauteur.

— C'est ton mac ? On pourrait peut-être discuter avec lui ?

Marie-Terese jeta un coup d'œil aux deux étudiants par-dessus son épaule.

— C'est mon patron. Il s'appelle Trez. Je vous le présente ?

— Tu te crois trop bien pour nous, hein ?

Elle se retourna.

— À votre place, je laisserais tomber. Sauf si vous tenez à sortir d'ici en ambulance.

Celui qui avait été le seul à parler sourit, dévoilant des dents blanches aiguisées.

— Et moi, à ta place, j'arrêterais de croire que les putes comme toi ont le droit d'avoir une opinion.

Marie-Terese accusa le coup, mais n'en laissa rien paraître.

— Votre mère sait que vous parlez aux femmes de cette manière ?

— Tu n'es pas une femme.

Marie-Terese sentit sa gorge se nouer.

— Foutez-moi la paix, répliqua-t-elle d'un ton sec.

— Cause toujours.

Vin scruta la foule à la recherche de la brune, frustré de ne pas réussir à la retrouver. Ils avaient échangé un regard électrique et elle avait disparu dans la marée humaine tel un fantôme.

Il l'avait déjà vue auparavant. Il ne se rappelait pas où… mais il était sûr de l'avoir déjà remarquée.

— Qui cherches-tu ? demanda Divine à voix basse.

— Personne.

Vin héla une serveuse, qui s'empressa auprès d'eux. Après qu'il eut passé commande, Divine se rapprocha de lui, les seins pressés contre ses biceps.

— Tu ne veux pas qu'on y aille ?

— Où ça ?

— Aux toilettes privées.

Vin fronça les sourcils lorsque au fond de la salle une femme aux cheveux bruns se retourna… non, ce n'était pas elle. Peut-être… non, pas elle non plus.

Des cheveux noirs, des yeux bleus, un visage en forme de cœur qu'il brûlait de prendre entre les mains. Qui était-elle ?

— Vin ? (Divine posa les lèvres derrière son oreille.) Allons-y… J'ai envie.

Contrairement à la nuit précédente, ce comportement aguicheur l'agaçait plus qu'il ne l'attirait. Cette tentative de séduction n'était pas due à une envie soudaine, il le savait bien, mais à la prostituée qui s'était approchée de lui en déballant tout son matos. À vrai dire, Divine n'était pas opposée à ce que d'autres femmes se joignent à leurs ébats, tant que cela se faisait sous ses conditions – et à l'évidence ces restrictions n'incluaient pas les filles de joie à moitié nues qui se comportaient comme si elles voulaient le chevaucher et le baiser jusqu'à ce qu'il jouisse en public.

Non, pour qu'elles fassent l'affaire, il fallait qu'elles soient davantage attirées par Divine que par lui.

— J'ai envie d'un peu d'intimité, ronronna-t-elle.

— Nous avons un invité.

— Ça ne sera pas long. (Elle fit remonter le bout de sa langue le long de la nuque de Vin. Manifestement, elle se foutait de son opinion.) Je te le promets. J'ai faim de toi.

— Désolé. (Il scruta la foule.) Je suis repu pour l'instant.

Divine cessa son petit jeu et se renfonça dans son siège.

— Alors je veux rentrer.

À cet instant précis, la serveuse arriva avec la bière de Jim, le verre de tequila de Vin et le cosmo de Divine.

— On ne peut pas partir maintenant, murmura Vin en tendant un billet de 100 dollars à la jeune femme en lui disant de garder la monnaie.

— Mais je veux rentrer. (Divine croisa les bras et le regarda droit dans les yeux.) Tout de suite.

— Oh, allez, Divine. Savoure ton verre et…

Avant d'avoir pu ajouter qu'ils auraient toute l'intimité qu'ils voudraient dès leur retour chez eux, Divine l'interrompit :

— Peut-être que je vais aller m'offrir cette rousse, alors, puisque tu ne veux pas t'occuper de moi.

Mauvaise réplique. Énorme boulette.

Se penchant sur le côté, Vin sortit de sa poche les clés de la M6.

— Je te raccompagne jusqu'à la voiture ? Ou tu as assez de fric pour la prostituée ?

Les yeux de Divine étincelèrent dans le silence qui s'abattit sur eux. Elle aurait dû se garder de faire la maligne avec lui.

Au bout d'un moment, elle lui arracha les clés des mains.

— Oh, je ne voudrais surtout pas te déranger. Jim m'escortera. Comme ça, tu pourras rester et profiter de la vue.

Avec un léger hochement de tête, Vin regarda son invité.

— Jim, à vous l'honneur.

— Écoutez, si elle veut partir…

— Alors elle est libre de s'en aller. Et elle veut que vous l'ameniez jusqu'à la voiture.

Le pauvre gars avait l'air de préférer se faire écrabouiller les doigts plutôt que d'être mêlé à tout cela, et Vin ne pouvait pas le lui reprocher.

Vin décroisa les jambes, se leva et annonça :

— Bah, laissez tomber, je vais…

Divine se leva d'un bond.

— Jim, je vous prie, conduisez-moi à la voiture. Maintenant.

Vin secoua la tête.

— Non, c'est moi qui…

— Dans tes rêves ! le coupa Divine. Je n'ai aucune envie d'aller où que ce soit avec toi.

— Pas de problème, marmonna Jim, je m'en charge.

Il se leva, mais laissa son blouson de cuir, estimant qu'il n'en aurait pas pour longtemps.

— Je la ramène juste à la voiture. Ça marche ?

— Oui. Merci, vieux. (Vin se rassit et but sa tequila d'une traite.)

Jim se fraya un chemin vers la sortie et Divine le suivit, menton levé et épaules carrées, tenant son manteau dans les bras.

En les regardant partir, Vin se dit que c'étaient des moments comme celui-là qui le faisaient douter du bien-fondé de la bague. Il n'avait rien fait pour encourager la prostituée. Il ne l'avait même pas regardée.

Mais tu dévisageais quelqu'un d'autre, lui susurra une petite voix dans son esprit.

Vin reprit sa quête, mais on aurait dit que tout le monde était vêtu de noir, avec des cheveux de la même couleur.

Et merde… Pourquoi fallait-il qu'elle soit dans un club pareil, où toutes les filles étaient brunes ?

À vrai dire, la réponse était évidente : elle n'avait pas la tenue d'une cliente.

Il leva les yeux vers l'une des cages, où une femme nimbée de lumière bleue ondulait des hanches pour exciter les clients. Est-ce que sa brune était danseuse… ou était-elle de la même catégorie que la première jeune femme ?

Oh, et puis de qui se moquait-il ? Il ne faisait aucun doute qu'on pouvait aussi acheter ce qui se trouvait dans les cages.

Quoi qu'il en soit, prostituée ou non, il s'était passé un truc magique lorsque leurs regards s'étaient croisés ; l'attirance était indéniable, même si elle n'avait aucun sens. Ce n'était pas que les professionnelles du sexe lui répugnaient, mais il ne pouvait pas s'imaginer être avec une femme qui avait exercé ce métier. Pire, qui l'exerçait encore.

Non. Impossible. Même si elle était saine, même si elle avait choisi de le faire parce qu'elle aimait cela, partager sa compagne n'était pas un concept qu'il pouvait assimiler. Il tenait trop de son père pour ne pas céder à la paranoïa.

Étouffant un juron, Vin se demanda comment il en était venu à envisager une relation avec une femme qu'il n'avait fait qu'apercevoir dans un club. Alors qu'il était déjà en couple. Et qu'une émeraude grosse comme un raisin attendait qu'il…

Soudain, il la vit traverser la foule au fond de la salle. Elle marchait d'un pas pressé, bousculant les gens au passage, l'air grave et tendu. Et elle était suivie par deux types au cou plus gros que leur tête et à la mine patibulaire.

On aurait dit des gamins de dix ans s'apprêtant à arracher les ailes d'un papillon.

Vin fronça les sourcils… et se leva.

Chapitre 12

Tandis qu'il faisait le tour du club, Jim se sentait très mal à l'aise, et ce à de nombreux égards. Son opinion de lui-même ne s'arrangea guère lorsque Divine glissa le bras autour du sien et s'appuya contre lui.

—Ça s'est rafraîchi, dit-elle à voix basse.

Certes. Mais il était hors de question qu'il la réchauffe comme la nuit dernière.

—Attends, je vais t'aider à enfiler ton manteau.

—Non… (Elle caressa la fourrure qui reposait sur son bras.) Je ne veux pas le porter maintenant.

Ce qui signifiait sans doute que c'était un cadeau de Vin. Bon sang, cette histoire prenait une sale tournure.

Jim l'escorta jusqu'à la luxueuse berline, et dès qu'elle fit taire l'alarme avec la clé électronique, il ouvrit la portière du côté conducteur.

—Je ne suis pas douée avec les changements de vitesse, dit-elle en observant l'intérieur du véhicule. Je n'arrive pas à conduire cet engin. (Elle attendit, semblant escompter qu'il prenne la parole.) Jim…

—Allez, monte.

Elle jeta un coup d'œil à son pick-up, garé deux places plus loin. Rien qu'à sa façon de pencher la tête, Jim devina ce qu'elle pensait.

—Je ne peux pas. (Il recula d'un pas.) Navré.

Divine serra le vison blanc contre sa poitrine.

—Ça ne t'a pas plu, hier ?

— Bien sûr que si. Mais depuis, j'ai fait sa connaissance et, quoi que tu dises maintenant, tu le regretteras plus tard.

Un silence tendu et interminable s'installa. Puis Divine hocha la tête et se laissa doucement tomber dans le siège-baquet. Cependant, au lieu de fermer la portière ou de mettre sa ceinture, elle se contenta de fixer des yeux le pare-brise, les lumières du tableau de bord illuminant son magnifique visage.

— Excuse-moi, Jim. Je ne sais pas ce qui m'a pris… Ce n'est pas juste, ni envers toi, ni envers lui, ni envers moi. C'est juste que j'ai une telle sensation de vide que je prends les mauvaises décisions et que je ne me comporte pas comme il faut.

Merde, il voyait parfaitement de quoi elle parlait.

— Ce n'est pas grave. Ça arrive.

Il s'accroupit pour la regarder dans les yeux et il en voulut alors à Vin. Bordel, ne voyait-il pas ce qu'il avait ? Putain, personne n'est parfait et l'engueulade qu'ils venaient d'avoir au club en était un exemple éclatant. Mais quand même.

— Écoute, Divine, est-ce que tu lui as parlé ? As-tu essayé de lui expliquer… (Bon sang, Jim n'arrivait pas à croire que ce putain de mot allait sortir de sa bouche.) Essayé de lui expliquer ce que tu ressentais ?

— Il est toujours si occupé. (Son regard s'assombrit lorsqu'elle se tourna vers lui.) Mais tu pourrais peut-être parler pour moi ? Lui dire que je l'aime et que je voudrais être avec lui…

— Euh… ne nous emballons pas… (De son point de vue, c'était une idée presque aussi mauvaise que de coucher de nouveau avec elle.) Je ne suis pas le genre de type…

— S'il te plaît. Jim, je t'en prie. À l'évidence, il t'aime bien et, crois-moi, ça n'arrive pas souvent. Tu pourrais simplement lui dire qu'on a parlé et qu'il me manque, malgré le fait que nous vivions ensemble. Parce qu'enfin, je ne suis pas idiote. Je sais quel genre d'homme il est : gagner du fric sera toujours important pour lui, et j'avoue que parfois ça a ses avantages. Mais ça ne peut pas être la seule chose qui compte. (Ses yeux semblèrent étinceler.) Tu ne crois pas, Jim ?

Se sentant de nouveau attiré par elle, il se redressa.

— Si, mais c'est à toi de le convaincre.

L'espace d'un instant, il crut voir une lueur féroce traverser son regard, mais elle hocha la tête et boucla sa ceinture de sécurité.

— Vin n'est pas l'homme que je croyais. (Divine démarra le moteur et embraya.) Je voulais qu'il me réchauffe, qu'il me fasse confiance et qu'il m'aime, mais ce n'est pas arrivé, et je n'aurai bientôt plus la force de m'accrocher, Jim. Vraiment.

— Il t'a acheté une bague.

Elle tourna brusquement la tête et Jim prit conscience qu'il avait non seulement outrepassé ses prérogatives, mais lâché une véritable bombe dans leur couple. D'un autre côté, l'important était qu'elle reste dans la vie de Vin.

— C'est vrai ? demanda-t-elle dans un souffle.

— Alors sois patiente.

Merde, après tout, ce n'était peut-être pas une si mauvaise idée de parler à Vin ce soir. Jim était un excellent baratineur et, pour une fois, l'intention était louable : convaincre Vin que son couple valait la peine de se battre.

— Écoute, je vais aller discuter avec lui, d'accord ?

— Oh, merci. (Elle tendit le bras et lui étreignit les mains.) Merci beaucoup. J'ai tellement envie que ça marche.

Elle lui souffla un baiser et ferma la portière. Jim s'écarta et la regarda se faufiler hors du parking puis accélérer le long de Trade Street, les rapports de vitesse se succédant à toute allure.

Jim fronça les sourcils en se disant que si c'était cela qu'elle appelait ne pas être douée pour passer les vitesses, il aurait bien voulu savoir à quel niveau elle situait le talent.

Bordel, il avait besoin d'une cigarette.

Dans un bruit de ferraille et un vrombissement, une voiture ralentit devant le mur de briques du club et se gara sur l'une des places réservées au personnel. Deux jeunes filles court vêtues, avec des poitrines de playmates et des jambes aussi épaisses que des cure-dents, sortirent pour s'arrêter devant lui.

— Salut, dit la blonde avec un sourire sexy. Tu vas au club ?

Son amie portait une choucroute à la Amy Winehouse et un collier où l'on pouvait lire « Garce » en lettres de diamant.

— Hé, ça te dirait de venir par la petite porte ?

L'insinuation était trop évidente au goût de Jim, et la vue du pendentif lui donnait plus envie de prendre ses jambes à son cou que d'aller plus loin avec cette meuf. Mais si cela pouvait lui épargner de faire tout le tour du club dans la nuit froide, alors… *Hé, pas de problème, les filles, je vous suis.*

Jim s'avança alors qu'un videur invitait les jeunes femmes à entrer.

— Il est avec nous, dit la blonde au type. C'est mon cousin.

— Cool, mec. (Le videur et Jim échangèrent un poing contre poing.) Sympa de te rencontrer.

Après les avoir laissés entrer, le type referma la porte et parla dans son oreillette.

— Devant ? OK. J'arrive. Désolé, les filles, on a une baston générale. Vous feriez mieux de rester ici en attendant que ce soit fini.

— Oh, on trouvera bien de quoi s'occuper, railla la blonde.

— Ou quelqu'un pour s'occuper de nous, renchérit la choucroute en saisissant le bras de Jim et en se frottant contre lui.

Il s'écarta.

— J'ai un ami qui m'attend.

— Parfait pour une soirée à quatre. Le club est par là… À tout à l'heure.

La fille à la choucroute se pencha à son oreille.

— Tu me trouves sexy, mais attends de me voir en tenue de travail.

Elles s'éclipsèrent par une porte où était inscrit « Vestiaire des femmes », le laissant dans le couloir sombre avec pour seule pensée que si elles allaient se changer pour mettre des vêtements plus petits, elles ressortiraient sans doute vêtues de timbres-poste.

Alors qu'il s'enfonçait à l'intérieur du club, une femme aux cheveux noirs tourna au coin, avançant dans sa direction. Il la reconnut aussitôt : c'était la femme que Vin avait dévisagée pendant que l'ennemie jurée de Divine implorait son attention. Lorsque Jim vit les énergumènes qui étaient sur ses talons, il se renfrogna : ces deux malabars lui collaient aux basques et, à en juger par la tronche qu'ils tiraient, s'ils l'avaient traquée jusqu'ici, c'était parce qu'ils voulaient des faveurs qu'elle n'avait manifestement aucune envie de leur accorder.

Jim évalua le couloir, long d'une bonne dizaine de mètres sur environ trois de large, et hormis une porte estampillée « Bureau » qui se trouvait bien plus loin, à côté de l'entrée, le vestiaire était sa seule chance de les semer.

Et les videurs étaient déjà occupés ailleurs.

Jim se raidit, prêt à intervenir… lorsque, sorti de nulle part, Vin apparut au bout du couloir, semblant partager ses craintes. Marchant à grands pas, ce dernier se rapprochait à vive allure, mais Jim arriva en premier sur les lieux de l'altercation.

— J'ai dit non, lança la femme par-dessus son épaule.

— Les meufs comme toi, ça ne dit pas non.

Mauvaise réplique. Barrant le chemin des deux hommes, Jim demanda à la jeune femme :

— Ça va ?

Elle se tourna vers lui, et il lut dans son regard tendu et ses yeux terrifiés qu'elle ne tenait que par la force de la volonté.

— Oui. Je prenais juste une pause.

— Pourquoi ? T'as déjà la bouche fatiguée ?

Jim se planta devant le type qui venait de parler.

— Tu ne voudrais pas foutre le camp ?

— T'es qui, toi ? Un de ses macs ? (Il tendit la main derrière Jim et saisit la brune par le poignet.) Et si tu la laissais...

Vin DiPietro, qui les avait rejoints, se jeta sur lui comme si sa dernière bagarre datait de la veille. Avant que Jim ait pu réagir, il agrippa le biceps de l'homme et, d'un coup sec, lui fit lâcher prise. Il ne prononça pas un mot. Toute parole aurait été superflue : à ses yeux gris brûlant de rage, il était clair qu'il était prêt à lui éclater la tronche.

— Lâche mon bras, putain !

— Cours toujours.

Jim s'adressa à la jeune femme.

— Mon pote et moi on se charge de ça. Vous devriez aller prendre un café et dire aux filles de rester avec vous. Je vous ferai signe quand on aura fini de leur inculquer les bonnes manières.

Elle jeta un coup d'œil à Vin. Il était évident qu'elle aurait préféré s'en sortir seule, mais elle n'était pas idiote. À voir leurs yeux qui tanguaient, ces deux crétins ne carburaient pas qu'à l'alcool, mais aussi à la coke ou à la meth. Autrement dit, les risques que la situation s'envenime étaient assez élevés.

— Je vais appeler un videur, marmonna-t-elle en ouvrant la porte du vestiaire.

— Pas la peine, répondit Vin sans relâcher son étreinte, on va régler le problème.

Elle secoua légèrement la tête et s'esquiva.

Et c'est à ce moment-là que le couteau apparut dans la main du gosse qui s'était tenu à l'écart.

Laissant Vin se débrouiller de son côté avec la pipelette, Jim s'avança en tentant d'estimer dans quelle direction il allait frapper. Ah oui, vers la droite puisqu'il était droitier. Bien, il ne restait plus qu'à attendre…

Le gosse leva la main et Jim l'interrompit en plein geste. L'attrapant par le poignet, il le fit pivoter et comprima l'articulation pour lui faire lâcher l'arme. Tandis qu'il lui plaquait le visage contre le mur, il regarda Vin du coin de l'œil : il se battait comme un beau diable, plongeant pour éviter un crochet et se redressant tel un boxeur prêt à cogner. Le coup de poing qu'il décocha aurait pu assommer n'importe qui… mais les drogues, en plus des risques d'addiction qu'elles entraînent, possèdent des vertus anesthésiantes.

Du coup, on aurait dit que le gamin n'avait rien senti du tout, malgré le sang qui dégoulinait de sa bouche. Il répliqua par un crochet qui atteignit Vin en plein visage et ils devinrent fous furieux, transformant le couloir en un ring.

Afin de lui laisser assez d'espace, Jim traîna son adversaire sur le côté, prêt à rester civilisé tant que ce gros tas de merde continuait de la boucler.

Mais bien sûr, il ne résista pas à la tentation d'ouvrir sa grande gueule.

— Qu'est-ce que t'en as à foutre de ce que pense une pute ? C'est juste un trou, bordel !

La vision de Jim vacilla, mais il parvint à se maîtriser et jeta un coup d'œil au plafond. Des lentilles de caméra étaient placées à intervalles réguliers. Ce qui voulait dire que toute la scène était filmée. D'un autre côté… Vin et lui avaient eu l'intelligence de laisser leurs adversaires porter le premier coup et de se débarrasser de l'arme, circonstances qui leur permettraient d'invoquer la légitime défense.

Mais surtout, deux jeunes connards qui venaient de se camer n'auraient aucune envie de signaler une bagarre à la police.

Alors autant en finir.

Jim resserra son emprise sur le poignet du gamin, lui saisit l'avant-bras et le tira en arrière pour lui chuchoter à l'oreille :

— Je veux que tu prennes une grande inspiration. Vas-y, maintenant… Concentre-toi. Calme-toi et respire profondément. C'est ça…

Jim serra, redoublant de vigueur, jusqu'à ce que la douleur empêche toute résistance. Puis, lorsqu'il le sentit devenir docile, son souffle reprenant un rythme régulier, il lui déboîta le bras droit d'un coup sec. Le gosse poussa un hurlement dont la musique de la piste de danse noya l'écho. Tout bien considéré, les clubs ne sont pas un mauvais endroit quand on a des comptes à régler.

Le gamin s'effondra au sol et Jim s'agenouilla devant lui.

— Je déteste les hôpitaux. D'ailleurs, je viens tout juste d'en sortir. Tu sais ce qu'ils font avec ce genre de blessure ? Ils remettent tout en place. Attends, je vais te montrer.

Jim saisit le membre ballant et, sans plus de cérémonie, remboîta l'os à l'épaule. L'homme, cette fois, ne cria pas, mais tomba directement dans les pommes.

Après cette petite séance d'ostéopathie, Jim leva les yeux vers Vin… et le vit marteler le foie de son adversaire, son poing s'enfonçant comme dans de la mie de pain. Le gamin avait l'air sonné et encaissait coup sur coup, les mains levées non pas pour répliquer mais juste pour se protéger… Ses genoux tremblaient tellement qu'il semblait sur le point de s'écrouler.

Parfait, donc… sauf qu'ils avaient attiré l'attention de quelqu'un.

Au bout du couloir, un client les scrutait. Il faisait sombre, mais on y voyait quand même. Il fallait qu'ils se tirent.

— Vin, faut qu'on se casse.

Aucune réaction. Rien de surprenant, étant donné son acharnement à dérouiller ce gosse. Merde, tant pis pour le spectacle ; à cette allure, il allait le tuer. Ou du moins le transformer en légume.

Jim se leva, prêt à en venir aux mains s'il le fallait.

Chapitre 13

Vin s'en donnait à cœur joie.

Cela faisait des années qu'il ne tapait plus que dans un sac de sable à la salle de musculation, et il avait oublié le plaisir qu'on pouvait ressentir à signifier son mécontentement d'un bon direct dans la mâchoire. Bon sang, tout lui était revenu d'un coup : la posture, la puissance, la concentration.

Il avait encore la niaque. Il savait toujours se battre.

Hélas, toute bonne chose ayant une fin, la fête se termina. Malheureusement, ce ne fut pas par KO, même si, à en juger par la façon dont le gamin flageolait sur ses jambes, il n'aurait pas fallu longtemps pour que…

Mais non, Jim avait cassé l'ambiance en vissant la main sur son épaule pour l'écarter de son punching-ball.

— On nous regarde.

Soufflant comme un bœuf, Vin jeta un coup d'œil dans le couloir. Effectivement, un mec affublé de lunettes et d'une moustache les dévisageait avec l'air effaré d'un type qui aurait assisté à un accident de voiture.

Cependant, avant que quiconque ait pu réagir, la porte qui donnait sur l'arrière du club s'ouvrit à la volée et un Afro-Américain se dirigea vers la mêlée d'un pas pressé. À en juger par sa corpulence, il aurait été capable d'arracher le capot d'une bagnole. Rien qu'avec les dents.

— Mais qu'est-ce que c'est que ce foutoir ?

La brune de Vin sortit du vestiaire.

— Trez, ce sont les deux types avec les tee-shirts à têtes de mort qui ont commencé l'embrouille.

Vin prit un air éberlué en entendant sa voix cristalline mais, reprenant ses esprits, il plaqua le visage du gosse contre le mur.

— Ne vous gênez pas pour finir ce que j'ai commencé, dit-il au propriétaire de la boîte.

Jim souleva le deuxième comme un poids mort.

— Celui-ci avait un couteau.

Le Trez en question regarda fixement les deux gamins.

— Où est l'arme ?

Jim fit glisser le couteau d'un coup de pied et Vin le ramassa.

— Quelqu'un a appelé les flics ?

Tous les regards se tournèrent vers la jeune femme et, lorsqu'elle hocha la tête, Vin fut incapable de détourner les yeux. Quand il l'observait à l'autre bout du club, son pouls s'accélérait ; quand il était à côté d'elle, son cœur cessait de battre. Ses yeux étaient aussi bleus qu'un ciel d'été.

— Je crois qu'ils ont eu leur compte, dit Trez d'une voix satisfaite. Beau boulot.

— Où est-ce qu'on vous les dépose ?

— Virez-moi ça dehors.

Regarde-moi, supplia Vin en s'adressant silencieusement à la jeune femme. *Regarde-moi encore. Je t'en prie.*

— OK, répondit Jim, et il commença à traîner son fardeau le long du couloir.

Au bout d'un moment, Vin fit de même, poussant l'autre type à travers le hall. Lorsqu'ils arrivèrent à la porte, Trez leur ouvrit la voie tel un parfait gentleman et s'écarta sur le côté.

— Déposez-les où vous voulez, dit-il.

Jim opta pour le mur de briques à sa gauche, tandis que Vin préféra le côté opposé. Au moment où il se délesta du gosse, il se figea.

Le bloc de sécurité autour de la porte illuminait la tête des gamins, jetant un voile de lumière jusqu'au bas de leurs pieds, si bien que leur ombre aurait dû se trouver sur l'asphalte. Mais ce n'était pas le cas. Tous deux avaient l'arrière de la tête nimbé d'un halo noir, telles des couronnes gris cendré qui s'agitaient d'un mouvement très léger.

— Oh… putain, murmura Vin.

Celui qu'il avait tabassé le toisa d'un regard plus fatigué qu'hostile.

— Pourquoi tu nous mates comme ça, toi ?

Parce que vous allez mourir ce soir.

La voix de Jim s'éleva au loin.

— Vin ? Qu'est-ce qui se passe ?

Vin tenta de se ressaisir, priant pour que ces foutues ombres disparaissent. Que dalle. Il voulut se frotter les yeux dans l'espoir de les chasser, mais il avait trop mal au visage après tous les coups qu'il avait reçus.

Et les ombres demeurèrent.

Trez désigna le club par-dessus son épaule.

— Si ça ne vous dérange pas d'entrer, j'ai deux mots à dire à ces enfoirés. Histoire qu'ils sachent à quoi s'en tenir, désormais.

— Pas de problème. (Vin se força à bouger, mais lorsqu'il gagna la porte, il se retourna vers les gosses.) Faites gaffe.

« Va te faire foutre » fut leur seule réponse. À l'évidence, les deux garçons ne le prenaient pas comme un conseil, mais comme une menace.

— Non, je veux dire…

— Venez, dit Jim, l'attirant à l'intérieur du bâtiment. Allons-y.

Bon Dieu, peut-être qu'il se trompait. Ou qu'il avait juste besoin de se faire examiner les yeux. Ou qu'il allait choper une migraine dans une vingtaine de minutes. Mais quelle que soit l'explication, il ne pouvait pas se retaper toute cette merde. C'était au-dessus de ses forces.

Dans le couloir, Jim lui prit le bras.

— Vous avez reçu un choc à la tête ?

— Non. (Ou peut-être que si, vu la manière dont son visage s'enflammait.) Je vais bien.

— Si vous le dites. Laissons le gérant leur parler une minute et, à son retour, je vous conduirai à mon pick-up.

— Je ne partirai pas avant d'avoir parlé à cette…

… femme. Là, à côté de la porte.

Vin s'avança vers elle, chassant tous ses délires paranoïaques et se concentrant sur elle.

— Vous allez bien ?

Elle avait enfilé un polaire par-dessus sa tenue aguicheuse. Le vêtement lui tombait jusqu'aux cuisses et Vin n'avait qu'une envie : la prendre dans ses bras pour la cajoler toute la nuit.

— Vous allez bien ? répéta-t-il comme elle ne répondait pas.

Elle posa enfin les yeux, ses magnifiques yeux bleus, sur son visage… et il sentit de nouveau cette décharge le traverser, lui redonner vie.

Elle esquissa un sourire.

— C'est surtout à vous qu'il faut demander ça. (Vin fronça les sourcils et elle désigna son visage.) Vous saignez.

— Ça ne fait pas mal.

— Je crois que ça ne va pas…

Deux autres femmes sortirent du vestiaire, aboyant au rythme d'une phrase par seconde, gesticulant à la manière d'un roquet, leurs chaînes en or rebondissant et cliquetant autour de la taille tel un collier de chien.

Par bonheur, elles se ruèrent sur Jim ; de toute façon, elles auraient pu retrousser leurs jupes et montrer leurs fesses à Vin, il n'aurait rien remarqué.

— Désolé pour cette histoire, dit-il à la brune.

— Ce n'est rien.

Bon Dieu, elle avait une si jolie voix.

— Comment vous appelez-vous ?

La porte de service s'ouvrit et Trez s'avança vers eux.

— Merci encore de vous être occupés de ces types.

La conversation se poursuivit, mais Vin ne s'intéressait à personne hormis la femme qui se tenait devant lui. Il attendait qu'elle lui réponde. Espérait qu'elle le fasse.

— Je vous en prie, reprit-il d'une voix douce, dites-moi votre prénom.

Au bout d'un moment, elle se tourna vers le gérant.

— Ça t'embête si je lui nettoie le visage dans le vestiaire ?

— Vas-y, je t'en prie.

Vin jeta un coup d'œil à son compagnon d'infortune.

— Je peux vous laisser, Jim ?

Il acquiesça.

— Surtout si ça peut éviter que vous répandiez votre sang dans mon pick-up.

— Ça ne prendra pas longtemps, dit la femme.

Pas de problème, songea Vin. En ce qui le concernait, même si cela durait une éternité… Il s'interrompit. Divine était peut-être partie en furie, mais elle était chez lui, dans son lit, à cet instant précis. Il lui devait plus que la manière dont il se comportait avec cette autre femme.

Si Divine est bien là-bas…, fit remarquer une petite voix.

— Venez, lui dit la brune en ouvrant la porte du vestiaire.

Pour une raison étrange, Vin lança un regard à Jim. Ce dernier le contempla, et son expression semblait lui conseiller de faire attention.

Vin ouvrit la bouche, décidé à être raisonnable et à se reprendre.

— Je serai de retour dans un instant, Jim, fut tout ce qu'il put répondre.

Traînée. Pute. Prostituée.

Il n'arrivait pas à le croire. Elle faisait des passes. Vendait son corps aux hommes, qui l'utilisaient pour leur propre plaisir. C'était incompréhensible.

Au début, il n'avait pas bien saisi ce qu'elle venait faire dans cette boîte. Si encore elle avait été barmaid, serveuse ou – Seigneur, quelle horreur ! – go-go danseuse, il aurait pu lui pardonner, mais là, il l'avait vue se pavaner en exhibant ses nichons et ses cuisses à la vue de tous les hommes.

Pas étonnant que ces deux types l'aient traquée et traitée comme une moins que rien ; elle n'avait eu que ce qu'elle méritait.

Quand ils l'avaient pourchassée dans le couloir, il les avait suivis. Jusqu'à cette baston à laquelle il avait assisté, tétanisé par le choc. Tout ce qu'il s'était figuré sur ses activités, tout ce qu'il avait supposé sur sa vie à Caldwell était faux. La réalité était encore pire.

Un cauchemar.

Tandis que les deux mecs se faisaient tabasser, il avait affronté la foule et était sorti du club en trombe, sans avoir la moindre idée de ce qu'il faisait ni d'où il allait. L'air frais de la nuit ne lui avait pas éclairci les idées, et il avait fait le tour du parking, totalement déboussolé. Parvenu à sa voiture, il s'y était barricadé, essayant de retrouver son calme.

C'est alors que sa colère avait éclaté. De grandes vagues de furie avaient déferlé à travers son corps, le laissant couvert de sueur et tremblant.

Il était conscient que son tempérament lui avait déjà attiré des ennuis. Il savait que la rage qui bouillonnait en lui était un problème. Alors il se rappela ce qu'il avait appris en prison : compter jusqu'à dix. Essayer de se calmer. Se remémorer l'image sécurisante de…

Il perçut un mouvement à l'arrière du club et tourna la tête.

Une porte s'ouvrit et les deux gamins qui l'avaient suivie furent jetés comme des sacs-poubelles sur le trottoir par les deux types venus à son secours. Un Noir leur adressa quelques mots avant de regagner le club.

Assis derrière son volant, il resta les yeux rivés sur les deux jeunes.

L'éclair le frappa comme à son habitude, balayant tout sur son chemin : sa rage se condensa puis se cristallisa pour se focaliser sur les deux individus prostrés à côté de la porte de service, et tous les sentiments que cette femme avait suscités – colère, trahison, furie, confusion – se reportèrent sur eux.

À moitié hébété, il vérifia que sa fausse moustache et ses lunettes étaient toujours en place. Il y avait de grandes chances pour que les lieux soient truffés de caméras. C'était à cause d'elles qu'il s'était fait choper un jour. Alors, même ivre de rage, il n'aurait jamais été assez fou pour exhiber son vrai visage.

Puis il attendit.

Au bout d'un moment, les deux types se levèrent péniblement, l'un crachant du sang, l'autre se tenant le bras comme s'il craignait de le perdre. Ils se tournèrent l'un vers l'autre et commencèrent à se disputer. Trop loin pour les entendre, il ne fit qu'assister à une pantomime. Cependant, la prise de bec ne dura qu'un instant. Après avoir jeté un coup d'œil alentour, ils se mirent à errer silencieusement sur le parking, vacillant tels des ivrognes.

Sans doute avaient-ils des vertiges, après la raclée qu'ils avaient reçue.

Lorsqu'ils passèrent devant sa voiture, il les examina avec attention : teint pâle, yeux clairs, boucles d'oreilles, une gueule à figurer dans le journal, pas dans les faits divers, mais dans la rubrique « Tournois universitaires ».

Jeunes, vigoureux, toute la vie devant eux.

Déconnecté de toute pensée consciente, il tendit le bras sous le siège et sortit de la voiture. Puis il ferma doucement la portière et leur emboîta le pas. En silence. Comme un robot.

Les deux étudiants gagnèrent la dernière rangée du parking et tournèrent à droite… pour s'enfoncer dans une ruelle étroite. Il n'y avait aucune fenêtre d'où on aurait pu les voir.

Ils auraient voulu lui faire plaisir qu'ils n'auraient pas trouvé mieux.

Il les suivit jusqu'au milieu de la rue. Là, d'un geste leste, contrôlé, il leva le canon en visant le dos d'un des gamins, puis se figea, le doigt sur la détente.

Ils étaient à une bonne dizaine de mètres, des cibles mouvantes titubant à travers la neige fondue.

Il aurait préféré être plus près, mais il ne voulait pas attendre ni risquer de les effrayer.

Il appuya sur la détente. Un « pop » résonna dans la ruelle, suivi d'une agitation puis du bruit d'un corps s'écrasant au sol.

Le second gamin fit volte-face. Pour être abattu d'une balle en pleine poitrine.

L'euphorie l'envoya au septième ciel, même si ses pieds restèrent collés à l'asphalte. Laisser libre cours à sa colère lui procura un tel frisson, une telle jouissance que son sourire s'élargit jusqu'aux oreilles, le vent lui glaçant les dents.

Mais sa joie fut de courte durée. La vue des deux gamins gisant côte à côte en gémissant étouffa tout ce qui avait embrasé son esprit, laissant place à l'horrible réalité : il avait tout foutu en l'air. Il était en liberté conditionnelle, bordel ! Qu'est-ce qui lui avait pris ?

Il se mit à faire les cent pas tandis qu'ils se tortillaient au ralenti et se vidaient de leur sang. Il avait juré de ne plus jamais se retrouver dans cette situation. S'était soumis à ce serment.

Il se figea en se rendant compte que ses deux victimes le regardaient. Étant donné qu'ils respiraient encore, il était difficile de juger s'ils allaient mourir ou non, mais tirer une troisième balle n'aurait rien arrangé à la situation.

Calant le flingue au creux de son dos, il retira sa parka pour la rouler en boule. Puis il s'avança vers le plus grand des deux.

Chapitre 14

Il est magnifique…, songeait Marie-Terese.

L'homme qui était venu à son secours était beau comme un dieu : des cheveux noirs et épais. Un teint halé. Un visage qui, même couvert de contusions, était incroyablement séduisant.

Troublée par tant de perfection, Marie-Terese tira l'un des tabourets devant la coiffeuse et se ressaisit.

— Asseyez-vous ici, je vais chercher un gant.

Le type qui s'était battu pour elle balaya la pièce du regard, et elle tenta de ne pas prêter attention à ce qu'il voyait : les talons aiguilles éraflés, jetés dans un coin, la minijupe déchirée pendue à un banc, les serviettes jonchant le sol, les bas voilant le coin du miroir allumé, les sacs abandonnés par terre…

Au vu de son élégant costume mille-raies, cet amas de fringues miteuses était loin de son univers quotidien.

— Je vous en prie, asseyez-vous.

Il posa ses yeux gris sur elle. Il avait beau la dépasser de vingt centimètres et d'une bonne largeur d'épaules, elle ne se sentait pas mal à l'aise en sa compagnie. Pas plus qu'elle n'avait peur.

Dieu que son parfum sentait bon.

— Est-ce que vous allez bien ? l'interrogea-t-il encore.

Ce n'était pas une question, mais une requête à demi-mot. On aurait dit qu'il ne la laisserait pas s'occuper de son visage tant qu'il ne serait pas rassuré sur sa santé. Marie-Terese cligna des yeux.

— Ça… ça va.

— Et votre bras ? Il l'a serré plutôt fort.

Marie-Terese tira sur la manche de son polaire.

— Vous voyez…

Il se pencha. Sa paume était chaude et douce lorsqu'il la referma autour de son poignet en un geste qui n'était ni brusque, ni envahissant, ni dominateur. Juste tendre.

Soudain, elle entendit la voix de ce gamin dans sa tête : « *Tu n'es pas une femme.* »

Il avait prononcé ces mots cruels dans le but de la blesser, et il avait atteint son but… d'autant qu'elle partageait son opinion. Elle n'était plus rien. Juste un corps vide.

Marie-Terese retira le bras et rajusta sa manche. Elle ne supportait pas la compassion de cet homme. Bizarrement, c'était plus difficile à encaisser qu'une insulte.

— Vous allez avoir un bleu, fit-il remarquer d'une voix douce.

Qu'est-ce qu'elle faisait ? Ah oui. Le gant. Nettoyer son visage.

— Asseyez-vous. Je serai de retour dans un instant.

Elle entra dans la salle de bains, prit une serviette en haut d'une pile à côté des lavabos, s'empara d'un petit bol et fit couler l'eau. En attendant qu'elle soit assez chaude, elle observa son reflet dans le miroir. Elle avait les yeux écarquillés, le regard un peu fou. Mais ce n'était pas dû aux deux types qui s'étaient montrés si mufles et si grossiers. C'était à cause du beau gosse aux mains douces assis sur le tabouret de l'autre côté… Celui qui avait l'allure d'un avocat, et les poings d'Oscar De La Hoya.

Lorsqu'elle revint vers lui, elle se sentait un peu plus calme. Du moins jusqu'à ce qu'elle croise son regard. Il la dévisageait comme s'il absorbait en lui chaque parcelle de son corps. Pourtant, ce n'était pas sa façon de la regarder qui la mettait mal à l'aise, mais ce qu'elle ressentait.

Ce vide qui se comblait.

— Est-ce que vous vous êtes vu ? demanda-t-elle, histoire de briser le silence.

Il secoua la tête, semblant ne pas prêter suffisamment d'importance à son apparence pour se détourner d'elle et s'inspecter dans le miroir. Elle posa le bol et enfila des gants en latex avant de s'approcher de lui et d'humecter la serviette.

— Vous avez une entaille sur la joue.

— Vraiment ?

— Méfiez-vous, ça va faire mal.

Il ne tint pas plus compte de son avertissement qu'il ne broncha lorsqu'elle toucha la plaie ouverte.

Elle lui tamponna le visage, puis replongea le tissu éponge dans le bol et le ressortit.

Il ferma les yeux et écarta les lèvres, sa poitrine se soulevant à intervalles réguliers. En se tenant si près, elle pouvait contempler à loisir sa barbe naissante sur sa mâchoire carrée, ses longs cils noirs et ses cheveux courts et épais. Il s'était fait percer l'oreille droite autrefois, et semblait ne pas avoir porté de boucle depuis des lustres.

— Comment vous appelez-vous ? demanda-t-il d'une voix gutturale.

Elle ne révélait jamais aux michetons son vrai nom. Mais lui, c'était différent. Sans son intervention, les choses auraient pu très mal tourner. Trez s'était absenté, les videurs étaient occupés par une rixe près du bar, et le couloir débouchait sur le parking. En un clin d'œil, ces types auraient pu l'embarquer dans une bagnole et…

— Votre chemise est tachée de sang, dit-elle en tendant le bras vers le bol.

Magnifique réplique, se dit-elle.

Il ouvrit les yeux, mais au lieu de s'examiner il la regarda.

— J'en ai d'autres.

— J'imagine.

Il fronça légèrement les sourcils.

— Ce genre de truc vous arrive souvent ?

Avec n'importe qui d'autre, elle aurait réglé la question par une brève dénégation, mais vu ce qu'il avait fait pour elle dans le couloir, il méritait une réponse un peu plus sincère.

— Vous ne seriez pas un agent infiltré, par hasard ? murmura-t-elle. Je ne m'attends pas à une réponse, mais je devais vous poser la question.

Il farfouilla dans la poche intérieure de sa veste et en sortit une carte de visite.

— Non, je n'ai rien d'un flic. Et puis, même si je ne suis plus aussi véreux qu'auparavant, je suis loin de mériter un insigne. Alors, paradoxalement, vous pouvez me faire confiance

Elle examina la carte qu'il lui tendit. « Groupe DiPietro. » Domicilié à Caldwell. Bristol de haute qualité, logo clinquant et une kyrielle de numéros et d'adresses mail où le joindre. Elle reposa la carte, confortée dans l'idée qu'il n'appartenait pas à la police de Caldwell. Quant à lui faire confiance… Elle avait appris à se méfier des hommes.

Surtout de ceux qui l'attiraient.

— Alors, est-ce que ça arrive souvent ? répéta-t-il.

Marie-Terese se remit à sa tâche, lui essuyant la figure.

— La plupart des gens sont corrects. Et la direction veille sur nous. Je n'ai jamais été blessée.

— Est-ce que vous êtes… danseuse ?

L'espace d'un instant, elle hésita à entretenir l'illusion qu'elle se cantonnait à se dandiner dans ces cages, à prendre des poses lascives, à ne rien faire d'autre qu'être sexy. Elle devinait déjà sa réaction : il pousserait un gros soupir de soulagement et engagerait la conversation comme avec n'importe quelle autre femme qui lui aurait plu. Pas de complications, pas d'implications, rien qu'un flirt entre deux personnes qui risquerait juste de se finir au lit.

Comme elle ne répondait pas, il prit une grande inspiration qui n'exprima en rien un soulagement. Lorsqu'il expira, les muscles qui couraient le long de son cou se raidirent, semblant refouler une grimace.

C'était bien là le problème : elle n'aurait jamais plus de rendez-vous normal avec un homme. Il aurait été déplacé de révéler le premier soir le secret qu'elle gardait enfoui en elle, qu'il lui faudrait bien dévoiler un jour, sous peine de mentir par omission.

— Laissez-moi voir vos mains, dit-elle pour combler le vide.

Lorsqu'il s'exécuta, elle examina ses phalanges. Celles de droite étaient éraflées et saignaient. Tandis qu'elle les tamponnait, elle lui demanda :

— Vous jouez souvent les héros ?

— Non, pas du tout. Ah, vous avez perdu une boucle d'oreille.

— Oui, je sais, je voulais en mettre d'autres aujourd'hui, mais…

— Au fait, je m'appelle Vin. (Il tendit la paume et patienta.) Enchanté de vous rencontrer.

En d'autres circonstances, elle lui aurait souri. Dix ans et une vie plus tôt, elle lui aurait serré la main avec enthousiasme. Mais, ce jour-là, elle ne ressentait plus que de la tristesse.

— Moi de même, Vin.

— Vous vous appelez ?

Elle retira sa main et baissa la tête pour se concentrer sur ses phalanges.

— Marie-Terese. Je m'appelle… Marie-Terese.

Cette Marie-Terese avait de bien jolis yeux.

Et des mains si douces lorsqu'elle effleurait ses plaies. Elle s'appliquait tellement qu'on aurait dit que ses coupures et ses égratignures étaient des objets précieux.

Merde, il aurait voulu se battre à nouveau juste pour qu'elle s'occupe encore de lui.

— Vous devriez voir un médecin, dit-elle en tamponnant ses doigts esquintés.

L'air de rien, il remarqua que le tissu avait viré du blanc au rose à force d'éponger le sang. Heureusement, elle portait des gants. Il n'était pas séropositif, simplement il espérait qu'elle avait le même réflexe de protection à cause de son métier.

Il aurait tant voulu qu'elle se soit contentée de danser. Tellement.

— Vous m'avez entendu ? s'enquit-elle en rinçant la serviette. Vous devriez aller voir un médecin.

— Ça ira.

Mais elle ? Que se serait-il passé si Jim et lui n'étaient pas intervenus ?

Bon Dieu, toutes ces interrogations qui se bousculaient dans sa tête. Il aurait voulu connaître la raison qui la poussait à exercer ce métier, ce qu'elle avait traversé pour en arriver là, ce qu'il pouvait faire pour l'aider, pas juste ce soir, mais demain et le jour suivant.

Sauf que rien de tout cela ne le regardait. Et surtout, il avait le sentiment que s'il la harcelait de questions, elle se refermerait comme une huître.

— Je peux vous poser une question ? dit-il sans pouvoir s'en empêcher.

Elle s'interrompit.

— Allez-y.

Il avait beau savoir que ce qu'il s'apprêtait à lui demander était une mauvaise idée, il ne parvenait pas à lutter contre ce besoin. « Le cœur a ses raisons que la raison ignore »... Bon, d'accord, là, il tombait un peu dans le mélo. Toujours est-il que ce qui le motivait venait bel et bien du centre de sa poitrine.

À tel point qu'on aurait dit que son sternum était tombé sous le charme.

— Accepteriez-vous de dîner avec moi ?

La porte du vestiaire s'ouvrit à toute volée pour laisser entrer la prostituée à la chevelure flamboyante qui avait provoqué le départ de Divine.

— Oh ! Excusez-moi... Je ne savais pas que vous étiez là.

Les yeux rivés sur l'homme, elle étira ses lèvres rouge écarlate en un sourire narquois qui laissait à penser tout le contraire.

Marie-Terese s'écarta de Vin, emportant la serviette et le bol d'eau chaude.

— On était sur le point de partir, Gina.

Vin se leva à son tour. Maudissant l'interruption de la rousse, il observa l'étagère débordant de produits de maquillage et se rappela qu'elle était plus à sa place qu'il ne l'était.

Marie-Terese entra dans la salle de bains et il l'imagina nettoyant le récipient et essorant le linge avant de retirer ses gants. Elle allait sortir de là, lui dire au revoir et... ôter son polaire pour regagner la foule.

Les yeux rivés sur la porte qu'elle venait d'emprunter, pendant que la prostituée continuait de jacasser à son côté, il fut pris d'un étrange sentiment. On aurait dit qu'une brume s'était formée au sol, dégageant des volutes qui lui remontaient le long des jambes puis du torse jusqu'au cerveau. Il avait soudain chaud à l'extérieur et froid à l'intérieur...

Et merde, voilà que ça recommençait. Cela faisait des années que cela ne lui était plus arrivé, mais il savait très bien ce qui allait se passer ensuite.

Vin agrippa le tabouret et s'affala dessus. *Respire. Respire, crétin. Respire…*

—Je viens de voir votre petite amie partir, dit la rousse en s'approchant de lui. Ça vous dit, un peu de compagnie ?

Elle tendit des mains ornées d'ongles rouge sang aussi longs que des serres et les porta au revers de sa chemise maculée de sang. Il la chassa d'un geste indolent.

—Arrêtez.

—Vous en êtes sûr ?

Oh, mon Dieu, l'écart de température s'accentuait. Il fallait qu'il interrompe le processus. Il ne voulait pas prendre connaissance du message qu'on lui transmettait. Il refusait cette vision, ce communiqué, cet aperçu de l'avenir, mais il se sentait tel un télégraphe incapable de refuser la réception des missives qui lui étaient envoyées.

D'abord l'homme dans l'ascenseur, puis ces deux types au-dehors… et là, ça.

Il avait depuis longtemps exorcisé son côté obscur. Pourquoi revenait-il maintenant ?

La rousse se frotta contre son bras et lui chuchota à l'oreille :

—Laisse-moi m'occuper de toi…

—Gina, laisse tomber, OK ?

Levant les yeux en direction de Marie-Terese, Vin ouvrit la bouche pour tenter de parler, mais rien ne sortit. Pire encore, alors qu'il la regardait, elle se transforma soudain en un vortex dans lequel sa vue fut aspirée, le monde devenant flou autour d'elle. Il s'arma de courage en prévision de la suite… et, comme il s'y attendait, ses pieds furent pris d'un tremblement qui remonta le long de son corps, comme la brume l'avait fait plus tôt, gagnant ses genoux, son estomac et ses épaules…

— Peu importe, je m'en fous, après tout, dit Gina en se dirigeant vers la porte. Amuse-toi bien avec lui. De toute façon, il a l'air tendu comme un string.

— Vin ? appela Marie-Terese en s'approchant. Vin, vous m'entendez ? Vous allez bien ?

Les mots s'élevèrent de sa bouche avec une intonation qui n'était pas la sienne, le maléfice prenant possession de lui au point qu'il ne comprenait rien de ses propres paroles ; car le message n'était pas pour lui, mais pour celle à qui il s'adressait.

Ce qu'il entendit n'avait aucun sens :

— *Theio th lskow… Theio th lskow…*

Elle blêmit et esquissa un pas en arrière, portant la main à sa gorge.

— Qui ?

— *Theio… th… lskow…*

Vin parlait d'une voix grave, caverneuse, ne parvenant pas malgré tous ses efforts à décrypter ce qu'il lui disait. C'était bien tout le drame de cette malédiction : il ne pouvait rien faire pour changer le futur, parce qu'il ignorait ce qu'il avait prédit.

Marie-Terese recula jusqu'à se cogner au mur, le visage blafard et les yeux écarquillés. D'une main tremblante, elle s'activa à ouvrir la porte puis se rua au-dehors pour fuir au plus vite.

Ce fut son absence qui ramena Vin à la réalité, rompant l'étreinte qui l'enserrait, les liens qui l'avaient transformé en un simple pantin manipulé par… Dieu sait quoi. Il ne l'avait jamais su. Depuis la première fois où cette chose s'était emparée de lui, il n'avait jamais eu la moindre idée de ce dont il s'agissait, ni de quoi il parlait, ni de la raison pour laquelle, parmi tous ces gens sur Terre, c'était lui qui avait été choisi pour porter cette croix.

Bon sang, qu'allait-il devenir ? Il ne pouvait pas travailler ni vivre normalement avec de telles crises. Et il ne voulait pas non plus revenir à cette époque où, gamin, on le prenait pour un fou.

Et puis, cela n'aurait pas dû se reproduire. Il s'en était assuré.

Posant les mains sur les genoux, il baissa la tête, le souffle court, les coudes tendus comme unique rempart pour lui éviter de tomber à la renverse.

Ce fut ainsi que Jim le trouva.

— Vin ? Qu'est-ce qui vous arrive ? Vous avez une commotion ?

Si seulement… Il aurait mille fois préféré une hémorragie cérébrale au charabia qu'il baragouinait. Vin se força à regarder Jim. Et, sa bouche persistant à vouloir prendre son indépendance, il s'entendit demander :

— Vous croyez aux démons, Jim ?

Ce dernier fronça les sourcils.

— Pardon ?

— Les démons…

Une longue pause s'ensuivit, puis Jim reprit :

— Et si je vous raccompagnais chez vous ? Vous n'avez pas l'air bien.

La façon dont Jim avait éludé la question n'était qu'un de ces expédients auxquels les gens recouraient pour se comporter poliment en présence de désaxés. Cependant, toutes sortes de réactions étaient possibles, depuis la fuite de Marie-Terese à la cruauté la plus vile, qu'il avait bien connue dans son enfance.

Et Jim avait raison. Rentrer à la maison était exactement ce qu'il lui fallait, mais pas avant d'avoir trouvé Marie-Terese pour lui dire… quoi ? Qu'entre l'âge de onze et dix-sept ans, il avait subi ces « intrusions » de manière régulière ? Qu'à cause d'elles, il avait perdu ses amis, s'était fait traiter de monstre et avait dû apprendre à se battre ? Qu'il était navré de l'avoir effrayée après tout ce qu'elle avait déjà subi ?

Et surtout, qu'elle prenne ses propos pour parole d'Évangile et qu'elle se protège ? Parce qu'il n'avait jamais tort. Cela avait l'air dingue, mais tout ce qu'il disait finissait par arriver.

Et ce n'étaient jamais de bonnes nouvelles. Plus tard, quelqu'un de son entourage, ou la victime elle-même, lui rapportait ce qu'il avait dit et ce qui s'était passé. À une époque, cette prescience le terrorisait. Quand il était jeune et facilement effrayé, il s'enfuyait dans sa chambre, fermait la porte et se recroquevillait sous les couvertures, tremblant et sanglotant.

Tout comme il voyait des morts, il prédisait l'avenir. Du genre funeste, sanglant, destructeur.

Alors, dans quel guêpier s'était fourrée Marie-Terese ?

— Venez, Vin. Allons-y.

Vin jeta un coup d'œil à la porte du vestiaire. Le meilleur service à lui rendre était sans doute de partir sur la pointe des pieds. Toutes ses explications n'auraient servi qu'à l'impressionner et l'effrayer davantage. Mais ce n'était pas en partant qu'il allait la sauver.

— Vin… Laissez-moi vous ramener chez vous.

— Elle est en danger.

— Vin, regardez-moi. (Jim pointa du doigt ses deux yeux.) Regardez-moi, bon sang. Vous allez rentrer chez vous. Vous avez reçu plusieurs coups à la tête et, de toute évidence, vous étiez sur le point de vous évanouir. J'ai bien compris que vous ne vouliez pas voir un médecin. Mais vous vous plantez totalement si vous pensez que je vais laisser traîner cette connerie plus longtemps. Venez avec moi. Maintenant.

Putain, ce brouillard qui l'enveloppait après coup… Ce sentiment d'égarement, de perte de contrôle, cette confusion et cette trouille de ce qu'il avait pu dire… Merde, même la mine que tirait Jim… Tout lui revenait en mémoire. Mon Dieu, toutes ces fois où il avait vécu cette situation… et toujours avec la même horreur.

— Vous avez raison, dit-il en tentant de se détendre. Vous avez tout à fait raison.

Rien ne l'empêchait de revenir plus tard, quand les esprits seraient apaisés. Demain, par exemple, à l'ouverture du club. Oui, c'était mieux.

Il se leva prudemment du tabouret puis marcha jusqu'à la coiffeuse. Sortant son stylo, il écrivit deux mots au dos de la carte qu'elle avait laissée et jeta un coup d'œil aux sacs posés en vrac sur le sol. Un simple regard lui suffit pour deviner lequel appartenait à la jeune femme. Parmi tous les Ed Hardy rose et pourpre, les Gucci et les deux besaces Pucca identiques… se trouvait un sac de sport noir avec pour tout ornement un discret logo cousu sur le côté.

Il glissa la carte à l'intérieur avant de sortir du vestiaire. Il avait mal aux épaules ainsi qu'à la main droite, et chaque inspiration provoquait une décharge électrique dans ses côtes. Mais le plus désagréable était cet étau qui lui enserrait les tempes, et qui n'avait rien à voir avec la bagarre. Il avait toujours la migraine après… ce putain de truc.

Dans le couloir, il tourna la tête des deux côtés, mais Marie-Terese avait disparu.

L'espace d'un instant, il fut pris de l'envie irrésistible de la retrouver, mais lorsque Jim lui saisit le bras, il se rendit à la raison et se laissa conduire jusqu'à la porte de service.

— Attendez-moi là.

Jim frappa à la porte du gérant. Ce dernier les remercia de nouveau, puis Vin se retrouva au-dehors, respirant l'air pur et froid. Bon Dieu… quelle nuit !

Chapitre 15

Sur le parking du club, Vin traversa les rangées de voitures sans faire attention à quoi que ce soit… du moins jusqu'à ce qu'il aperçoive le moustachu à lunettes qui avait assisté à la bagarre depuis l'autre bout du couloir. Par bonheur, lorsqu'ils se croisèrent, l'homme baissa les yeux d'un air craintif et continua d'enfiler sa parka.

Lorsqu'ils arrivèrent au pick-up, Vin s'assit sur le siège passager et frotta prudemment son visage douloureux.

Pris de vertiges, il pencha la tête en arrière en maudissant la douleur diffuse qui lui envahissait le crâne. Sa migraine empira lorsqu'il lui vint à l'esprit que, tandis qu'il rentrait chez lui, Marie-Terese avait repris le travail. Ce qui voulait dire qu'elle était en compagnie d'autres hommes à cet instant même et qu'elle leur…

Stop. Arrêter d'y songer. Avant de péter un câble.

Il se tourna vers la fenêtre et contempla le défilé des lampadaires qui l'éclairaient par intermittence à mesure que Jim tournait au coin des rues et s'arrêtait aux carrefours.

Lorsqu'ils parvinrent au Commodore, Vin défit sa ceinture de sécurité et ouvrit la portière. Il ignorait s'il allait trouver Divine dans le duplex ou si elle avait regagné l'appartement qu'elle conservait dans l'ancien quartier des abattoirs de Caldwell.

Il s'en voulut d'espérer qu'elle ne l'attende pas au lit.

— Merci, dit-il à Jim en sortant. (Avant de fermer la portière, il se pencha à l'intérieur.) La vie est parfois dingue, hein ? On ne sait jamais ce qui va vous tomber dessus.

— Ah, ça, vous l'avez dit. (Jim se passa la main dans les cheveux.) Écoutez, allez rejoindre votre femme et vous réconcilier avec elle, d'accord ?

Vin fronça les sourcils.

— Alors, c'est tout ? Vous et moi, je veux dire. Ça s'arrête là ?

Jim poussa un soupir, l'air déçu que Vin ne tienne aucun compte de son conseil.

— Non, loin de là.

— Pourquoi ne pas simplement me dire ce que vous voulez ?

Jim appuya l'avant-bras contre le haut du volant et planta son regard dans celui de Vin. Dans le silence, ses yeux bleus semblaient aussi clairs que ceux d'un vieillard.

— Je vous ai dit pourquoi j'étais ici. Faites-vous pardonner et allez vous coucher avant de vous écrouler.

Vin secoua la tête.

— Soyez prudent.

— Je le serai.

Le pick-up s'éloigna et Vin gravit les marches menant à l'entrée du Commodore. Il ouvrit la porte puis pénétra dans le vestibule tout en marbre. Derrière le comptoir, le vigile de nuit leva la tête et, à la vue de son visage tuméfié, laissa tomber son stylo.

À l'évidence, il avait dû enfler. D'où sa difficulté à cligner des yeux.

— Monsieur DiPietro… Vous vous êtes… ?

— Je vous souhaite une bonne nuit, répondit Vin en se dirigeant vers la porte de l'ascenseur.

— Euh… Merci.

Pendant la montée, Vin eut tout le loisir de contempler ce qui avait provoqué la stupeur du gardien. Face aux miroirs sombres de l'ascenseur, il examina son nez enflé, sa joue éraflée et l'œil au beurre noir qui commençait à poindre.

D'un coup, il sentit son visage palpiter au rythme de son pouls. Ce qui l'amena à se demander s'il se serait passé la même chose s'il s'était retenu de se regarder.

Arrivé au vingt-huitième étage, il s'engagea dans le couloir et sortit sa clé. Pendant qu'il l'insérait dans la serrure, il avait le sentiment que sa vie avait subi le même traitement que ce gamin. Tout semblait bousillé. Fracturé.

Il rassembla son courage.

Vin ouvrit la porte, tendit l'oreille, et le poids de la fatigue lui tomba sur les épaules. L'alarme était désactivée et, à l'étage, il entendait le bourdonnement de la télévision. Elle était à la maison, et l'attendait.

Il prit sur lui, tourna le verrou et réenclencha l'alarme, puis s'appuya contre le mur. Lorsqu'il se sentit d'attaque, il leva les yeux vers l'escalier de marbre et contempla la lueur bleutée projetée par l'écran.

Au bruit qui s'échappait de la chambre, elle devait regarder un vieux film, une sorte de compilation de comédies musicales avec Ginger Rogers et Fred Astaire.

La musique adoucit les mœurs, à ce que l'on dit. *Espérons que ce soit vrai,* songea Vin.

Alors que s'égrenaient les classiques des années 1940, il s'imagina Divine le dos calé sur les oreillers en coton égyptien satiné, portant l'une de ses fines nuisettes en mousseline. Quand il apparaîtrait dans l'embrasure de la porte, elle serait choquée à la vue de son visage et lui proposerait de soigner ses blessures. Puis elle voudrait s'excuser de s'être enfuie du club de la même manière qu'elle s'était fait pardonner d'avoir été injoignable la veille au soir.

En tout cas, elle essaierait. Il n'avait aucune envie de faire l'amour ce soir.

Du moins... pas avec elle.

— Merde, marmonna-t-il.

Bordel, il n'avait qu'une hâte : retourner au club. Non pas pour tenter de se réhabiliter aux yeux de Marie-Terese mais pour sortir 500 dollars et acheter ses faveurs. Il brûlait de l'embrasser, de l'attirer contre son corps et de glisser les mains le long de ses cuisses. Il rêvait de l'embrasser, de son torse contre ses seins, de son corps haletant et moite. Il voulait qu'elle le laisse la prendre.

Cette pensée le fit aussitôt durcir, mais juste un court instant.

Son érection et les images érotiques s'évanouirent lorsqu'il la revit enveloppée dans son polaire. Elle était si fluette. Si... fragile. Ce n'était plus un objet à vendre, mais une femme travaillant dans un environnement sordide, tirant profit de son corps pour de l'argent.

Non, il ne voulait pas être avec elle de cette manière.

Confronté à la réalité de son gagne-pain, Vin comprit soudain ce qui la menaçait. Il n'y avait qu'à voir ce qui s'était passé ce soir. On ne pouvait pas se fier aux hommes lorsqu'ils pensaient avec leur queue. Ce dont lui-même venait de se rendre coupable.

Ayant besoin de boire un verre, Vin se dirigea vers le bar du salon. Divine avait éteint les lumières, mais la cheminée électrique était allumée et les flammes léchaient le pourtour de la cloison. On aurait dit que les murs étaient devenus liquides et que les ombres bougeaient comme si elles le pourchassaient à travers la pièce.

Gêné par sa main tuméfiée, il se servit un bourbon. En le buvant, il sentit une douleur aux lèvres, d'un côté du visage.

Balayant la pièce du regard, il considéra tout ce qu'il avait acheté avec l'argent qu'il avait gagné et, dans la lumière vacillante, le décor semblait fondre autour de lui : le papier peint dégoulinait en bandes suintantes, les étagères s'affaissaient, les livres et les tableaux se ramollissaient.

Au milieu de cet environnement à la Salvador Dalí, il leva les yeux au plafond et imagina Divine planant au-dessus de lui.

Elle aussi, il l'avait achetée. À grand renfort de robes, de fourrures, de voyages, de bijoux et d'argent de poche.

S'il avait acheté cette émeraude la veille, ce n'était pas pour lui prouver son amour, mais dans le seul but de conclure la transaction.

Le fait est qu'il n'avait jamais dit à Divine qu'il l'aimait… non pas parce qu'il refoulait ses sentiments, mais parce qu'il n'en éprouvait aucun.

Vin secoua la tête jusqu'à ce que son cerveau décide de rendre à la pièce un aspect normal. Puis il avala le reste du bourbon et se resservit un verre. Qu'il avala d'une traite. Puis un autre, et un autre encore…

Il n'avait aucune idée du temps qu'il passa à boire campé devant le bar, mais il pouvait mesurer la baisse du niveau d'alcool. Au bout de dix centimètres, il décida de finir la bouteille et l'emporta jusqu'au canapé qui faisait face à la baie vitrée.

Les yeux rivés sur la ville, il se soûla la gueule jusqu'à se retrouver bourré comme un coing. Schlass. Rétamé au point qu'il ne sentait plus ses pieds ni ses bras et qu'il dut laisser sa tête basculer contre le coussin parce qu'il ne parvenait plus à la tenir droite.

Un peu plus tard, Divine apparut nue derrière lui, son reflet dans la vitre se dressant sous le plafond voûté.

Dans la brume de son esprit comateux, il se rendit compte qu'un truc clochait… dans sa façon de bouger… dans son parfum.

Il essaya de se relever pour avoir une image plus nette, mais malgré tous ses efforts il était comme scotché au canapé.

Tandis que la pièce s'étiolait à nouveau, tout le décor prenant l'allure d'un mauvais trip sous ecsta, il demeurait impuissant. Figé. À la fois vivant et mort.

Divine ne resta pas derrière lui.

Elle fit le tour du canapé et il plissa les yeux d'horreur lorsqu'elle s'avança vers lui. Le corps en décomposition, les mains déformées en griffes, elle s'approchait, le visage réduit à un crâne avec des bandes de chair grise lui pendant des joues et du menton. Bloqué dans son corps paralysé, il redoubla d'efforts pour tenter de lui échapper, mais il était incapable de bouger.

— Nous avions un accord, Vin, dit-elle d'une voix grave. Tu as eu ce que tu voulais, et ce qui est dit est dit. Tu ne peux pas revenir dessus.

Il voulut secouer la tête, lui dire qu'il ne voulait plus d'elle. Ni chez lui ni dans sa vie. Les choses avaient changé depuis sa rencontre avec Marie-Terese. Ou peut-être avec Jim, même s'il ne comprenait pas pourquoi. Quoi qu'il en soit, une chose était sûre : il ne la désirait plus.

Ni sous ses allures de déesse, et encore moins comme ça.

— Bien sûr que si, Vin. (Sa voix terrifiante ne se contentait pas de lui vriller les tympans, elle vibrait à travers tout son corps.) Tu m'as demandé de venir vers toi et j'ai exaucé tes souhaits. Tu as conclu un marché, et tout ce que je t'ai apporté, tu l'as bu, mangé, baisé. C'est grâce à moi que tu as eu tout ça. Désormais, tu as une dette envers moi.

En l'examinant de plus près, Vin s'aperçut qu'elle n'avait plus d'yeux, juste des orbites vides, deux trous noirs. Et pourtant, elle voyait en lui. « *Jusque dans son âme* », comme l'avait dit Jim.

— Tu as eu ce que tu voulais, moi y compris. Rien n'est gratuit, Vin. Et le prix à payer… c'est de rester avec moi. Pour toujours.

Puis elle posa ses genoux squelettiques de chaque côté de ses cuisses et plaqua ses paumes décharnées sur ses épaules. Vin sentit la puanteur de la chair pourrie lui envahir les sinus et ses os coupants lui entailler la peau. Lorsqu'elle tendit ses mains hideuses vers sa braguette, il se recroquevilla de dégoût et d'effroi.

Non… Non, pas ça.

Alors qu'il s'efforçait d'ouvrir la bouche, elle lui sourit, ses lèvres cireuses dévoilant des dents plantées dans des gencives noires.

— Tu es à moi, Vin. Et je ne te laisserai pas t'échapper.

Divine fit jaillir son sexe durci par la terreur et le dressa entre ses jambes écartées.

Il ne voulait pas de cela. Il ne voulait pas d'elle. *Non…*

— Trop tard, Vincent. Désormais, tu m'appartiens, pas seulement ici-bas, mais jusque dans l'éternité.

Sans autre forme de procès, elle le chevaucha, son corps en décomposition embrassant le sien, ses mains gelées lui griffant la peau.

Hormis les mouvements de Divine, seuls ses pleurs animaient son corps : des larmes coulaient sur ses joues et sa gorge avant de se perdre dans le col de sa chemise. Immobilisé par son étreinte, pris contre son gré, il voulait crier, s'enfuir…

— Vin ! Vin, réveille-toi !

Il ouvrit les yeux en grand. Divine était campée devant lui, les traits de son beau visage figés par la panique, ses mains élégantes tendues vers lui.

— Non ! hurla-t-il.

L'écartant d'un geste brusque, il se leva d'un bond et, trébuchant, tomba la tête la première sur le tapis avec le même petit sursaut que fit son verre lorsqu'il s'écrasa au sol.

— Vin… ?

Il se retourna sur le dos et leva les mains pour la repousser… alors qu'elle n'esquissait pas le moindre mouvement : allongée sur le canapé qu'il venait de quitter, elle avait la tête posée sur le coussin contre lequel il s'était appuyé, ses cheveux brillants étalés sur le tissu, son teint de porcelaine sublimé par une nuisette couleur ivoire. Et elle lui jetait le même regard qu'il avait eu : affolé, épouvanté, confus.

Le souffle court, il porta la main à sa poitrine, tentant de calmer son cœur et de faire la part des choses entre le cauchemar et la réalité.

— Ton visage, finit-elle par dire. Mon Dieu… ta chemise. Qu'est-ce qui s'est passé ?

Qui est-elle ? se demanda-t-il. *Le rêve ou… ce que je vois désormais ?*

— Pourquoi tu me regardes comme cela ? murmura-t-elle en portant la main à sa gorge.

Vin examina sa braguette. Elle était bien fermée au-dessous de sa ceinture bouclée, et son sexe reposait gentiment dans son caleçon. Regardant autour de lui, il trouva la pièce comme à son habitude, parfaitement rangée, somptueuse, les flammes de la cheminée sublimant le décor luxueux.

— Merde…, grommela-t-il.

Divine se redressa lentement, comme si elle craignait de l'effrayer à nouveau. Remarquant la bouteille d'alcool posée à côté du canapé, elle dit :

— Tu es soûl.

Oui. Ivre mort. Au point qu'il ignorait s'il tiendrait sur ses jambes… au point d'avoir des hallucinations… au point qu'il ne s'était peut-être rien passé. Perspective qui serait un soulagement.

Ouais, l'idée que ce n'était rien d'autre qu'un cauchemar alimenté par le bourbon l'apaisait davantage que toutes les inspirations qu'il prenait pour essayer de ralentir son pouls.

D'un coup, il essaya de se lever, mais compte tenu de son fragile sens de l'équilibre, il tituba pour s'écraser contre le mur.

— Attends, laisse-moi t'aider.

Il leva la main pour l'arrêter.

— Non, ne… (*Ne t'approche pas.*) Je vais bien. Je t'assure.

Vin se ressaisit et, recouvrant son aplomb, observa le visage de Divine. Il n'y lut que de l'amour, de l'inquiétude et de la confusion. De la peine aussi. Elle ne véhiculait pas d'autre image que celle d'une femme incroyablement attirante qui se souciait de son homme.

— Je vais me coucher, déclara-t-il.

Vin se dirigea vers l'escalier et elle le suivit à l'étage en silence. Alors qu'il s'efforçait de ne pas se sentir traqué, il se dit que le problème ne venait pas d'elle, mais de lui.

Devant la porte de la salle de bains principale, il annonça :

— J'en ai pour une minute.

Après s'être enfermé, il ouvrit les robinets de la douche, retira ses vêtements et s'avança sous l'eau chaude. Il ne sentait pas les gouttes, même sur son visage tuméfié, et en déduisit qu'il était bien plus torché qu'il ne le croyait.

Lorsqu'il sortit, Divine l'attendait avec une serviette. Il ne la laissa pas l'essuyer, même si elle aurait fait ça bien mieux que lui, et enfila un pyjama alors qu'il avait l'habitude de dormir nu.

Ils se mirent au lit, côte à côte mais sans se toucher, la lumière de la télévision vacillant telles de petites flammes bleues s'élevant dans une cheminée. Dans un moment de folie, il se demanda si les murs allaient fondre ici aussi, mais non.

À la télé, la robe de Ginger virevoltait, tout comme le costume de Fred.

Soit il s'était évanoui très peu de temps, soit la chaîne diffusait une soirée spéciale consacrée aux comédies musicales.

— Tu ne veux pas me dire ce qui s'est passé ?

— Juste une rixe.

— Pas avec Jim, j'espère ?

— Il était de mon côté.

— Ah bon. (Silence.) Tu as besoin de voir un médecin ?

— Non.

Encore un silence.

— Vin… Mais qu'est-ce qui t'a pris ?

— Dormons.

Lorsqu'elle tendit la main vers la télécommande pour éteindre la télé, il dit :

— Laisse-la allumée.

— Tu ne t'endors jamais avec.

Vin fronça les sourcils en regardant Fred et Ginger danser au même rythme, les yeux dans les yeux, comme incapables de détourner le regard.

— Ce soir, c'est différent.

Chapitre 16

Jim fut réveillé par plusieurs coups frappés à la porte. Plongé dans un profond sommeil, il reprit conscience en un instant… et pointa le canon d'un 40 mm en travers du studio. Étant donné que les rideaux étaient tirés devant la grande fenêtre du salon ainsi que les deux petites près de l'évier, il n'avait aucune idée de l'identité de son visiteur.

Et, compte tenu de son passé, il se pouvait bien que ce ne soit pas un ami.

Rex, qui s'était pelotonné à son côté, leva la tête et poussa un petit jappement, l'air de lui demander qui c'était.

— Je n'en sais fichtre rien, répondit Jim en rejetant les couvertures avant de s'approcher de la baie, nu comme un ver. Écartant un pan d'un geste lent, il vit la M6 garée dans l'allée.

— Vin ? appela-t-il.

— Ouais, répondit une voix étouffée.

— Attendez.

Jim rangea son revolver dans l'étui suspendu au montant du lit et enfila un caleçon. Lorsqu'il ouvrit la porte, Vin DiPietro attendait sur le perron. On aurait dit une épave. Il avait beau s'être lavé, rasé et porter une tenue chic et décontractée, son visage tuméfié lui donnait une tronche de déterré.

— Vous avez vu les infos ? demanda-t-il.

— Non. (Jim recula pour le laisser entrer.) Comment m'avez-vous trouvé ?

— Chuck m'a dit où vous habitiez. J'aurais dû téléphoner, mais je n'avais pas votre numéro.

Vin s'avança vers la télévision et l'alluma. Alors qu'il faisait défiler les chaînes, Rex s'approcha de lui et le renifla.

Manifestement Vin lui plaisait, parce que le chien s'assit sur ses mocassins.

— Merde… Je n'arrive pas à trouver… Les infos du coin ne parlaient que de ça, marmonna Vin.

Jim jeta un coup d'œil à l'horloge digitale à côté de son lit : 7 h 17. Le réveil aurait dû sonner à 6 heures, mais il avait manifestement oublié de le régler.

— De quoi vous parlez ?

À cet instant, la matinale passa en décrochage local et la présentatrice de la station de Caldwell apparut à l'écran. Mignonne sans être belle, elle s'adressa à la caméra d'un air grave.

« Les corps des deux jeunes gens qui ont été retrouvés ce matin devant le numéro 1800 de la 10e Rue ont été identifiés. Il s'agit de Brian Winslow et de Robert Gnomes, tous deux âgés de vingt et un ans. (Les photos des deux bourrins qu'ils avaient tabassés apparurent à l'écran, juste à côté de la tête de la blonde.) Les deux jeunes gens auraient été victimes de coups de feu, leurs cadavres ayant été découverts par un autre client de la boîte de nuit à 4 heures du matin environ. D'après un porte-parole de la police, les deux hommes, qui partageaient une chambre de l'université de l'État de New York à Caldwell, auraient été aperçus pour la dernière fois à la sortie du *Masque de fer*, une boîte de nuit très fréquentée. Pour le moment, la police n'a aucun suspect. (L'angle de la caméra changea et elle se tourna vers le nouvel objectif.) Dans le reste de l'actualité, encore un rappel sur le beurre de cacahouète… »

Vin regarda par-dessus son épaule, l'air calme et concentré. Manifestement, ce n'était pas la première fois qu'il avait les flics au cul.

— Vous vous rappelez ce type avec une moustache et des lunettes qui nous a vus nous battre dans le couloir ? Il va nous attirer des problèmes. Même si on ne les a pas tués, on risque d'avoir chaud aux fesses.

C'était vrai.

Tournant les talons, Jim se dirigea vers les placards et en sortit du café instantané. Il ne restait plus assez de grains dans le bocal pour une tasse, encore moins pour deux. De toute façon, ce breuvage avait un goût de jus de chaussette.

Il rangea le bocal et se dirigea vers le frigo, pourtant vide.

— Hé ? Vous écoutez, Heron ?

— J'ai entendu.

Le meurtre de ces deux tocards était une très mauvaise nouvelle. Participer à une bagarre est une chose. Être impliqué dans un homicide en est une autre. Il ne se sentait pas en danger vis-à-vis de sa fausse identité ; après tout, elle avait été créée par les autorités fédérales. Mais il n'avait aucune envie que ses anciens patrons lui mettent le grappin dessus, et se faire choper pour meurtre était le meilleur moyen de se faire repérer.

— J'aimerais ne pas faire de vagues, dit-il en fermant la porte du réfrigérateur.

— Moi aussi. Mais si le patron de cette boîte veut me retrouver, il en a les moyens.

C'était exact : Vin avait laissé sa carte à la prostituée qu'ils avaient secourue. En supposant que le sac noir lui appartenait et qu'elle n'avait pas jeté le bristol, on pouvait facilement le relier à l'affaire.

Vin se pencha et gratta Rex derrière l'oreille.

— Je doute que nous puissions rester totalement à l'écart de cette histoire. Cela dit, j'ai de très bons avocats.

— J'imagine.

Merde, pensa Jim. Il ne pouvait même pas mettre les voiles. Pas tant que l'avenir de Vin était en jeu ici, à Caldwell.

Super. Comme si ce n'était pas déjà assez compliqué.

Jim désigna la salle de bains.

— Écoutez, je ferais mieux d'aller me doucher et de partir bosser. Mon patron est parfois un vrai connard.

Vin leva la tête avec un demi-sourire.

— C'est marrant, je pense la même chose du mien. Enfin, de moi, quoi.

— Au moins, vous savez à quoi vous en tenir.

— Plus que vous, apparemment. On est samedi. Le chantier est fermé.

Samedi. Putain, il avait oublié quel jour c'était.

— Je déteste les week-ends, marmonna-t-il.

— Moi aussi. Alors je les passe à trimer. (Vin jeta un coup d'œil à la ronde et s'arrêta sur les deux piles de linge.) Vous pourriez toujours faire le ménage.

— Pour quoi faire ? Celle de gauche, c'est le propre, celle de droite, c'est le sale.

— Alors, vous devriez passer à la laverie, parce que votre taupinière ne va pas tarder à se transformer en montagne et vous risquez de vous retrouver sans chaussettes propres.

Jim ramassa le jean qu'il avait porté la veille au soir et le jeta sur le monticule de linge sale.

— Hé, vous avez laissé tomber un truc… (Vin se pencha et s'empara de la boucle d'oreille en plaqué or qui se trouvait dans la poche de devant.) Où avez-vous trouvé ça ?

— Dans l'allée derrière *Le Masque de fer*. C'était par terre.

Vin contempla l'objet comme s'il valait plus que les 2 dollars de son coût de fabrication et les 15 de sa valeur marchande.

— Ça vous embête si je la garde ?

— Pas du tout. (Jim hésita.) Est-ce que Divine était chez vous ? Quand vous êtes rentré ?

— Ouais.

— Ça s'est arrangé ?

— J'imagine. (Vin fourra la créole dorée dans la poche de sa chemise.) Vous savez, je vous ai vu vous occuper de ce type hier.

— Vous n'aimez pas parler de Divine.

— Ma relation avec elle ne regarde que moi. (Il plissa les yeux.) Vous avez appris à vous battre, non ? Et pas dans une MJC.

— Tenez-moi au courant si les flics vous contactent.

Jim passa dans la salle de bains et tourna les robinets de la douche, qui se mirent à grincer. Un grognement suivi d'un bruit métallique résonna dans les tuyaux, puis un jet d'eau anémique sortit en s'arc-boutant avant de s'écraser sur le sol en plastique de la cabine.

— Et ne vous tracassez pas, je fermerai à clé quand je sortirai de la douche.

Vin croisa les yeux de Jim dans le petit miroir surplombant le lavabo.

— Vous n'êtes pas ce que vous prétendez.

— Personne ne l'est.

D'un coup, Vin se renfrogna, comme si un mauvais souvenir lui revenait en mémoire.

— Ça va ? demanda Jim en fronçant les sourcils. On dirait que vous avez vu un fantôme.

— J'ai fait un cauchemar cette nuit. (Vin passa la main dans ses cheveux.) J'ai du mal à m'en remettre.

Soudain, Jim se remémora les paroles de Vin : « *Vous croyez aux démons ?* »

Rex se mit à clopiner entre les deux hommes en gémissant, et Jim sentit un frisson lui remonter le long de la nuque.

— De qui avez-vous rêvé ? demanda-t-il d'un ton péremptoire.

Vin eut un petit rire, posa une carte sur la table basse et se dirigea vers la porte.

— De personne. Enfin, je n'en sais rien.

— Vin… Parlez-moi, bordel. Qu'est-ce qui s'est passé quand vous êtes rentré ?

La lumière du soleil s'engouffra dans le studio lorsque Vin sortit sur le palier.

— Je vous préviendrai si les flics me contactent. Faites-en de même. Je vous ai laissé ma carte.

À l'évidence, rien ne servait d'insister.

— D'accord. On fait comme ça. (Jim lui donna son numéro de téléphone portable, peu surpris de voir l'autre le mémoriser sans l'écrire.) Et, je serais vous, je me tiendrais loin de ce club.

Dieu sait que ce n'était pas le moment de se retrouver derrière des barreaux. En outre, Vin avait dévisagé cette prostituée aux cheveux bruns de la façon dont il aurait dû contempler Divine. Alors, moins il la verrait, mieux ce serait.

— Je vous recontacte, dit Vin avant de fermer la porte.

Regardant fixement le lambris, Jim écouta les pas lourds descendre l'escalier puis le bruit du puissant moteur qui démarrait. Lorsque les pneus de la M6 crissèrent sur le gravier, il traversa l'appartement pour laisser le chien sortir, puis regagna la cabine avant que le cumulus n'ait plus que de l'eau froide à lui offrir.

Tandis qu'il se savonnait, la question que Vin lui avait posée la veille lui revint à l'esprit.

« *Vous croyez aux démons ?* »

À l'autre bout de la ville, Marie-Terese était assise sur son canapé, fixant du regard un écran qu'elle ne voyait pas.

C'était son… quatrième, cinquième film d'affilée ? Elle n'avait pas dormi de la nuit. Elle n'avait même pas essayé de poser la tête sur l'oreiller.

Elle ne pensait qu'à Vin… et aux paroles qu'il avait prononcées avec cette voix étrange :

« *Il vous traque. Il vous traque.* »

Bien sûr, quand il était entré dans cette sorte de transe dans le vestiaire, elle avait eu peur de ses paroles, mais c'est surtout son regard qui l'avait terrorisée. Et au lieu de lui demander de quoi il parlait, dans sa tête, elle avait pensé : *Comment le savez-vous ?*

Paniquée, prise au dépourvu, elle avait détalé du vestiaire.

Baissant les yeux vers la carte qu'elle tenait à la main, elle la retourna pour la énième fois et contempla ce qu'il avait écrit : « Je suis désolé. » Ça, elle voulait bien le croire…

La sonnerie de son portable la fit sursauter si fort que la carte lui échappa des mains.

Reprenant son souffle, elle attrapa l'appareil posé à côté d'elle sur le canapé, mais il se tut avant qu'elle ait eu le temps de voir le nom de son correspondant. Bah, c'était mieux comme cela : elle n'avait aucune envie de parler à quiconque et c'était sans doute un faux numéro.

Le petit mobile était son seul téléphone. Celui qui était fixé au mur de la cuisine n'émettait aucune tonalité parce qu'elle n'avait jamais activé la ligne. Elle savait qu'il était plus facile de connaître votre identité avec un fixe qu'avec un portable, même en se mettant sur liste rouge, et elle tenait à préserver son anonymat. C'était pour cette raison qu'elle avait cherché une location incluant les charges : de cette manière, les factures demeuraient au nom du propriétaire.

Reposant l'appareil, elle songea au passé, à sa vie avant qu'elle ne décide de quitter Mark. À cette époque, son fils s'appelait Sean. Et elle Gretchen. Leur nom de famille était Capricio.

Et elle était rousse. Une vraie, d'ailleurs, contrairement à Gina.

Marie-Terese Boudreau n'était qu'un mensonge. La seule chose qu'elle avait conservée de son ancienne identité, c'était sa confession catholique. Point barre. Enfin, ça et ses dettes envers le cabinet d'avocats et le détective privé.

Quand les choses étaient rentrées dans l'ordre, on lui avait proposé de participer au programme de protection de la police. Mais les flics, ça s'achète ; son ex et ses sbires le lui avaient prouvé à maintes reprises. Alors elle avait fait le nécessaire auprès du procureur et, quand Mark avait plaidé coupable, elle avait reçu l'autorisation officielle de partir vers l'est et s'était enfuie le plus loin possible de Las Vegas.

Bon Dieu, la perspective d'expliquer à son fils qu'ils allaient changer de nom l'avait rendue malade : comment lui faire comprendre... ? Mais à peine s'était-elle lancée dans ses explications qu'il l'avait interrompue. Il savait très bien pourquoi c'était nécessaire. Il lui avait même dit que c'était pour que personne ne sache qui ils étaient.

Cette lucidité de la part de son fils lui avait brisé le cœur.

Lorsque le téléphone réclama de nouveau son attention, elle décrocha. Très peu de gens connaissaient son numéro : Trez, les baby-sitters et le Centre pour mères célibataires.

C'était Trez. La ligne était très mauvaise. Il devait être en train de conduire.

— Tout va bien ? demanda-t-elle.

— Tu as vu les infos ?

— Non, je mate des films.

Pendant que Trez lui parlait, Marie-Terese s'empara de la télécommande et changea de chaîne pour jeter un coup d'œil à la matinale...

Le flash d'infos locales lui glaça le sang.

— D'accord, lui répondit-elle. Entendu. Oui, bien sûr. Quand ? OK. J'y serai. Merci. Salut.

— Qu'est-ce qu'il y a, m'man ?

Avant de regarder son fils, elle se força à faire bonne figure et sourire. Lorsqu'elle se tourna enfin vers lui, elle eut l'impression qu'il avait trois ans au lieu de sept, avec ce pyjama trop grand et cette couverture qui traînait au sol.

— Rien. Tout va bien.

— Tu dis toujours ça.

Il marcha vers elle et se hissa sur le canapé. Lorsqu'elle lui tendit la télécommande, il n'en profita pas pour zapper sur Nickelodeon. Il ne décocha même pas un regard en direction de la télé.

— Pourquoi tu fais cette tête ?

— Laquelle ?

— Celle des mauvais jours.

Marie-Terese se pencha et lui embrassa le front.

— Ça va aller. Écoute, je vais demander à Susie, Rachel ou Quinesha de venir et de te garder pendant un petit bout de temps. Il faut que je passe au travail.

— Tout de suite ?

— Oui, mais je vais d'abord te préparer ton petit déjeuner. Des corn-flakes ?

— Quand est-ce que tu rentres ?

— Avant le déjeuner. Ou juste après, au plus tard.

— D'accord.

Dans la cuisine, elle composa le numéro du service de baby-sitting du Centre pour mères célibataires et récita une prière pendant que la sonnerie se faisait entendre. Lorsqu'elle tomba sur le répondeur, elle laissa un message puis remplit machinalement un bol de Frosties.

Ses mains tremblaient à tel point que les céréales tombaient toutes seules du sachet.

Les deux étudiants qui l'avaient agressée étaient morts. Abattus dans la ruelle derrière le parking. Et à présent, la police voulait lui parler parce que le type qui avait découvert les corps leur avait signalé l'altercation.

Ce n'est peut-être qu'une coïncidence, se dit-elle en sortant le lait. Les règlements de comptes n'étaient pas rares à Caldwell, et ces deux-là carburaient visiblement à la drogue. Si ça se trouve, ils avaient voulu acheter de la came et la transaction avait mal tourné.

Pitié, pourvu que ça n'ait rien à voir avec moi, suppliat-elle. *Pourvu que mon ancienne vie ne me rattrape pas.*

La voix de Vin se propagea dans sa tête. « *Il vous traque...* »

Chassant cette pensée de son esprit pour ne pas sombrer dans l'angoisse, elle se concentra sur le fait que dans moins d'une demi-heure, elle allait s'entretenir avec la police. Trez semblait sûr que sa couverture tiendrait le coup, que les flics la croiraient quand elle leur dirait qu'elle était go-go danseuse. Mais, Seigneur... et si elle se faisait arrêter pour prostitution ?

Ça encore, c'était une chose qu'elle avait apprise de son mari : quand on vit dans le mensonge, mieux vaut l'avoir bétonné, sinon les murs risquent de céder au premier interrogatoire.

C'était d'ailleurs la vraie raison qui avait poussé son mari à fuir. Lui et ses « amis » avaient tué un « client » de trop dans le business de la « construction », et la police, aidée des fédéraux, s'était lancée à sa poursuite. Ce qui avait sauvé Marie-Terese, c'était que, cantonnée à son rôle d'épouse, elle ne connaissait rien des rouages de la mafia. En revanche, la maîtresse de son mari, qui était au courant de beaucoup de choses, s'était fait inculper pour complicité.

Quel cauchemar elle avait vécu ! Et vivait encore...

Marie-Terese apporta le bol de céréales à son fils. Tandis qu'elle faisait le tour du canapé, son cœur battait si fort que c'était un miracle que Robbie ne l'entende pas, même si elle faisait de son mieux pour conserver une apparence calme.

De toute évidence, Robbie ne l'avait pas crue.

— Est-ce qu'on va encore déménager, m'man ?

Les mains sur le plateau qu'elle dépliait, elle se figea. Elle ne mentait jamais à son fils, enfin à quelques exceptions près, mais elle ne savait pas comment lui dire la vérité sans l'inquiéter. De toute façon, c'était impossible.

Lorsque son téléphone sonna une nouvelle fois, elle le regarda avant de prendre l'appel des baby-sitters.

— Je ne sais pas.

Chapitre 17

Tandis qu'il roulait en périphérie de Caldwell, Vin conduisait en mode pilotage automatique. Difficile de savoir ce qui le tracassait le plus : le merdier provoqué par la mort de ces deux gosses ou cet affreux cauchemar avec Divine en vedette.

Il était évident que les flics allaient se pointer au *Masque de fer* pour se rancarder, et si jamais ils apprenaient ce qui s'était passé dans le couloir, ils allaient demander à visionner les bandes des caméras de sécurité. Et là, ce serait le début des emmerdes. D'accord, ce n'étaient pas eux qui avaient engagé les hostilités ni brandi un couteau, mais ils étaient encore vivants alors que les deux autres avaient passé l'arme à gauche.

Quant à cet horrible cauchemar… Il lui avait paru tellement réel qu'il sentait encore ces mains squelettiques vissées sur ses épaules. Merde, rien que d'y penser, sa queue se ratatinait derrière sa fermeture Éclair.

« *Tu as conclu un marché, et tout ce que je t'ai apporté, tu l'as bu, mangé, baisé. C'est grâce à moi que tu as eu tout ça. Désormais, tu as une dette envers moi.* »

Un marché ? Quel marché ? Pour autant qu'il le sache, il n'avait rien fait de tel, ni avec elle ni avec personne.

Enfin, tout cela n'était qu'un rêve. Inutile de s'y attarder.

Quoi qu'il en soit, il allait mettre un terme à sa relation avec Divine aussi vite que possible. Et pas seulement parce que son subconscient avait manifestement des problèmes avec elle. Le souci, c'était que leur relation n'était pas basée sur l'amour, ni même sur la passion. La passion est un mélange de sexe et de sentiments, or chaque fois qu'elle l'avait fait jouir, il l'avait vécu comme un acte purement physique.

Il avait cru que cela suffirait, s'était imaginé que c'était tout ce qu'il voulait. Mais son incapacité à lui demander de l'épouser lui avait mis la puce à l'oreille. Puis, lorsqu'il avait croisé le regard de Marie-Terese, ses doutes s'étaient confirmés.

Bien sûr, ce n'était pas pour autant qu'ils allaient vivre un amour torride jusqu'à la fin de leur vie. Mais son attirance envers elle avait mis en évidence le gouffre qui le séparait de la femme qu'il avait cru vouloir épouser.

Bon Dieu, employer ce verbe au passé, c'était comme recevoir une gifle en pleine gueule.

Se concentrant sur la route, il lâcha un juron lorsqu'il s'aperçut de l'endroit où il était. Au lieu de rejoindre son bureau, comme il en avait eu l'intention, il s'était retrouvé sur Trade Street. En passant devant *Le Masque de fer*, il ralentit : deux voitures de police étaient garées de l'autre côté du club et un flic se tenait devant l'entrée.

Mieux valait passer son chemin.

Ce qu'il fit. Enfin… presque.

Vin prit la première à gauche et fit le tour du bâtiment en direction du parking à l'arrière. Alors qu'il s'y engageait, il s'arrêta : deux autres voitures de flics étaient garées là et, quelques mètres plus loin, un ruban de plastique jaune barrait la rue entre deux bâtiments.

C'était donc là que les crimes avaient eu lieu.

Un coup de klaxon l'arracha à ses pensées. Dans le rétroviseur, il vit une voiture vert foncé… et Marie-Terese au volant.

Se mettant au point mort, il tira le frein à main et sortit de la voiture. Lorsqu'il s'avança vers elle, il se réjouit de la voir baisser la vitre.

Dieu qu'elle était jolie avec ses cheveux ramenés en queue-de-cheval, son col roulé rouge et son jean. Débarrassée de tout maquillage, elle était encore plus belle, et en se penchant il sentit non pas un parfum, mais l'odeur d'un adoucissant, aussi légère qu'une brise d'été.

Vin inspira un grand coup et sentit ses épaules se relâcher pour la première fois depuis… euh… enfin, un bon bout de temps.

— Vous aussi, ils vous ont appelé ? demanda-t-elle en le dévisageant.

Reprenant ses esprits, il répondit :

— La police ? Pas encore. Vous allez leur parler maintenant ?

Elle acquiesça.

— Trez m'a appelée il y a une demi-heure. J'ai eu du bol de trouver une baby-sitter.

Une baby-sitter ? Il porta le regard à l'endroit où elle tenait le volant. Pas d'alliance. Mais elle avait peut-être un petit ami. D'un autre côté, quel genre d'homme laisserait sa femme offrir son corps tous les soirs ? Si c'était la sienne, il préférerait encore se prostituer à sa place.

Putain… Qu'est-ce qu'elle allait bien pouvoir répondre quand les flics lui demanderaient ce qu'elle faisait au club ?

— Écoutez, je connais de très bons avocats, s'il vous en faut un. (Décidément, il allait passer sa journée à distribuer des cartes de visite.) Vous devriez peut-être en prendre un avant d'aller parler à la police, étant donné que vous…

— Ça ira. Trez n'a pas l'air inquiet, et tant qu'il ne l'est pas je ne le suis pas non plus.

Alors qu'elle jetait un coup d'œil à la ronde, il comprit qu'elle avait déjà prévu une stratégie de repli, et inutile d'être

Einstein pour deviner de quoi il s'agissait. Il était évident qu'elle allait prendre la poudre d'escampette si les flics la serraient d'un peu trop près et, pour une raison obscure, cette perspective le terrorisait.

— Il faut que j'y aille, dit-elle en désignant sa voiture. Vous bloquez l'accès au parking.

— Ah oui, bien sûr.

Il hésita. La question qui lui brûlait les lèvres restait coincée dans sa gorge, refoulée par la conviction que ce n'était ni le lieu ni le moment. Mais la curiosité fut trop forte.

— Je dois y aller, insista-t-elle.

— Qu'est-ce que je vous ai dit hier soir ? Dans le vestiaire. Quand je… vous savez… (La voyant blêmir, il se serait donné des gifles.) Je veux dire…

— Je suis navrée, mais il faut vraiment que j'y aille.

Merde, il n'aurait pas dû évoquer le sujet.

Étouffant un juron, il frappa un petit coup sur le capot en guise d'au revoir et regagna son véhicule. De retour dans la M6, il passa la première, desserra le frein à main et s'écarta de son chemin, faisant lentement demi-tour pendant qu'elle se garait en épi devant le club avant de sortir de sa voiture.

Le gérant ouvrit la porte de service dès qu'elle s'en approcha, puis scruta le parking, semblant surveiller ses arrières. Lorsqu'il avisa la M6, il hocha la tête, comme s'il était au courant de sa présence depuis le début. Vin sentit soudain une douleur lui vriller les tempes, la pression s'accumulant dans sa tête comme si on tentait de pénétrer son esprit. D'un coup, ses pensées s'écroulèrent comme un château de cartes et s'envolèrent aux quatre vents avant de retomber éparpillées, leurs faces visibles ou contre terre.

Aussi vite qu'il était apparu, le trouble fut résolu ; il avait retrouvé les idées claires, et tout, des as aux jokers, était rentré dans l'ordre.

Tandis qu'il se frottait le visage en grimaçant, Trez lui adressa un sourire pincé puis chuchota à l'oreille de Marie-Terese, laquelle jeta un coup d'œil par-dessus son épaule en direction de la M6. Juste avant de s'engouffrer dans le club, elle fit un petit signe à Vin, puis la porte se ferma derrière eux.

Il commençait à pleuvoir et les essuie-glaces de Vin se mirent en marche automatiquement, balayant le pare-brise de gauche à droite et de droite à gauche.

Les bureaux de sa société n'étaient qu'à cinq minutes de là et une tonne de travail l'attendait : des plans d'architecte à examiner, des demandes de permis à relire, des propositions immobilières à consulter, des inspections à déléguer, des litiges à arbitrer.

Bref, un tas de merdes à régler.

Sauf que, bien entendu, il aurait préféré attendre qu'elle ressorte. *Comme un bon gros toutou. Pitoyable.*

Vin démarra, laissant derrière lui *Le Masque de fer* pour s'en aller en direction des gratte-ciel bordant le fleuve. Ses bureaux étaient situés dans un grand immeuble flambant neuf. Lorsqu'il y parvint, il fit glisser sa carte d'accès avant de descendre au parking souterrain. Après avoir laissé la M6 à la place qui lui était assignée, il monta dans l'ascenseur, laissant derrière lui plusieurs étages grouillant de cabinets d'avocats et de célèbres compagnies d'assurances.

La sonnerie annonçant le quarante-quatrième étage retentit et les portes s'ouvrirent. Il sortit et longea le comptoir d'accueil. En haut du mur noir, le nom de sa société s'étalait en lettres d'or, éclairé par le dessous : « GROUPE DiPIETRO ».

« Groupe » était un bien grand mot. Même si une vingtaine de salariés travaillaient dans ces locaux et qu'il employait des centaines d'entrepreneurs et d'ouvriers, la société se résumait à sa seule et unique personne.

Tandis qu'il arpentait l'épaisse moquette noire menant à son bureau, il se sentait plus fort à chaque pas. Cette entreprise, il la connaissait. Il la contrôlait. Il l'avait construite de A à Z, tout comme ses maisons, jusqu'à en faire la plus grande et la plus réputée.

Pénétrant dans son bureau, il alluma la lumière et le lambris en palissandre brésilien, sélectionné par ses soins, se mit à luire tels des rayons de soleil. Apercevant une enveloppe brune posée sur le sous-main de la grande table noire, il se dit que Tom Williams travaillait toujours d'arrache-pied.

Vin s'assit, décacheta l'enveloppe et en sortit l'étude de terrain ainsi que l'approbation du plan de masse concernant les trois parcelles, d'une quarantaine d'hectares chacune, qu'il venait d'acquérir dans le Connecticut. Le projet qui allait faire fusionner les fermes en un seul bâtiment serait un véritable chef-d'œuvre : cent cinquante résidences de luxe dans ce qui n'était encore que des terres destinées à l'élevage des chevaux. Le but était d'attirer les banlieusards de Stamford qui étaient prêts à se taper quarante-cinq minutes de trajet quotidien pour vivre à la façon des flambeurs de Greenwich.

Il comptait entamer la démolition puis la construction dès que les devis des entrepreneurs atteindraient le montant qu'il s'était fixé. Le terrain était de très bonne qualité, avec un niveau hydrostatique peu élevé, si bien que les propriétaires n'auraient pas à se soucier que leur cave à vin soit noyée chaque printemps, et il allait faire passer l'eau, l'électricité et le tout-à-l'égout à travers un vaste réseau souterrain. La première étape, comme il l'avait fait avec sa propre demeure, serait de faire raser toutes les vieilles fermes et granges, mais il avait décidé de laisser les murets de pierre afin de conserver un certain caractère, à condition qu'ils ne gênent pas le passage.

Il était très satisfait de ce nouveau projet, surtout au vu du prix qu'il avait payé pour l'ensemble. Les temps étaient durs et son offre avait été plus qu'équitable. En outre, il avait chargé Tom de négocier avec les agences, histoire de ne laisser aucune chance à ces crétins.

Tom était son homme de main. Diplômé d'Harvard, ce requin à la gueule d'ange était prêt à tout pour réussir, y compris aux coups les plus vicieux. Sous ses airs de gamin de douze ans, Tom n'avait aucune difficulté à se faire passer pour un défenseur de la cause environnementale et s'engager verbalement à préserver des terres qui, dans les faits, deviendraient des terrains à bâtir.

Enfin, cela n'avait pas toujours été le cas. Au début, Vin avait eu du mal à le faire adhérer à son programme, mais dès que le fric avait commencé à rentrer, il s'y était collé avec une motivation inébranlable.

Leur numéro était si bien rodé que le scénario était quasiment écrit à l'avance : Tom embobinait les clients avec son baratin d'écolo concerné pendant que Vin mobilisait les fonds et s'occupait de l'obtention de tous les permis et contrats. C'était de cette manière qu'ils avaient acquis la propriété sur l'Hudson, ce quatuor de vieux cabanons vendus avec les quatre hectares sur lesquels il faisait construire sa somptueuse demeure.

En fait, il aurait pu bâtir son palais n'importe où. Mais il avait choisi cette péninsule pour suivre la règle d'or de l'immobilier : la situation avant tout. À moins qu'un tremblement de terre raye la Californie de la côte Ouest ou que la calotte polaire se mette à fondre en Alaska, le front de mer n'allait pas s'étendre spontanément, et il fallait toujours tenir compte de la revente.

Une chose était sûre, dans deux ans, il voudrait emménager dans une maison encore plus luxueuse que celle qu'il faisait construire, ce à quoi il préparait déjà son élève : Tom était le futur propriétaire de son duplex au Commodore.

Rien de tel que de faire marcher la nouvelle génération dans ses pas.

Vin décrocha le téléphone et appela son lieutenant, prêt à passer le turbo sur le projet du Connecticut.

— Merci, mademoiselle. Je crois que nous avons assez d'informations pour l'instant.

Marie-Terese fronça les sourcils en jetant un coup d'œil à Trez, assis à côté d'elle sur l'un des canapés en velours du club. Alors qu'il décroisait les jambes et s'apprêtait à se lever, il ne semblait absolument pas surpris du peu de temps qu'avait duré l'interrogatoire, au point qu'on aurait pu le soupçonner d'avoir donné des instructions au policier pour en finir au plus vite.

Elle reporta son attention sur le flic.

— C'est tout ?

L'agent referma son calepin et se frotta la tempe.

— L'inspecteur De La Cruz, qui est chargé de l'enquête, aura peut-être d'autres questions, mais vous n'êtes pas considérée comme suspecte. (Il adressa un signe de tête à Trez.) Merci de votre coopération.

Trez esquissa un sourire.

— Je suis navré que la vidéosurveillance n'ait pas fonctionné. Comme je vous l'ai dit, ça fait des mois que je compte faire réparer ces fichues caméras. Toutes les défaillances ont été consignées dans un journal, que je tiens à votre disposition, d'ailleurs.

— Eh bien, j'y jetterai un coup d'œil, mais… (l'homme se frotta l'œil gauche) mais, comme vous dites, vous n'avez rien à cacher.

— Rien du tout. Écoutez, je la raccompagne et ensuite on ira discuter dans mon bureau. Ça vous va ?

— Entendu. Je vous attends ici.

Tandis que Marie-Terese s'éloignait avec Trez et qu'ils se dirigeaient vers le couloir du fond, elle lui confia à voix basse :

— Je n'arrive pas à croire qu'ils s'en tiennent à ça. Je ne sais même pas pourquoi il a fallu que je vienne.

Trez ouvrit la porte de service et posa la main sur son épaule.

— Je t'avais dit que je m'occupais de tout.

— Et avec une remarquable efficacité. (Elle scruta le parking, hésitant dans l'embrasure de la porte.) Alors, tu as vu que Vin était passé.

— C'est son nom ?

— C'est ce qu'il m'a affirmé.

— Il te met mal à l'aise.

Ça, à bien des égards.

— Tu ne crois pas que son ami et lui auraient pu…

— Tuer ces types ? Non.

— Comment peux-tu en être sûr ? (Elle sortit ses clés de voiture de son sac à main.) Je veux dire, tu ne les connais pas. Ils auraient pu revenir et…

Cependant, elle-même n'y croyait pas : l'idée que Vin et son pote puissent avoir tué ces gosses lui paraissait aberrante. Bien sûr, ils s'étaient battus avec eux, mais c'était dans le seul but de la protéger et ils avaient arrêté avant de les envoyer à l'hosto. De plus, Vin l'avait rejointe dans le vestiaire juste après la bagarre.

D'un autre côté, on ignorait l'heure exacte des crimes.

Trez se pencha pour lui caresser la joue.

— Cesse de te tracasser. J'ai un sixième sens avec les gens et je ne me trompe jamais.

Elle fronça les sourcils.

— Je ne crois pas à ce que tu as dit à propos des caméras. Si elles avaient été cassées, tu n'aurais pas attendu pour les faire réparer.

— Ces deux types ont veillé sur toi en mon absence. Il est normal que je leur renvoie l'ascenseur. (Trez l'entoura de son bras et l'escorta jusqu'à sa voiture.) Quand tu reverras ton Vin, dis-lui de ne pas se faire de bile. Je le couvre.

Marie-Terese cligna des yeux dans la lumière éclatante de ce froid matin d'avril.

— Ce n'est pas mon homme.

— Bien sûr que non.

Elle leva les yeux vers Trez.

— Comment peux-tu être sûr que…

— Cesse de te miner et fais-moi confiance. Je ne dis pas qu'il ne ferait pas de mal à une mouche, mais il ne s'en prendrait jamais à toi.

Après tout ce qu'elle avait enduré, Marie-Terese avait appris à se méfier. La seule chose qu'elle écoutait, c'était le signal d'alerte au centre de sa poitrine. Or il demeura silencieux lorsqu'elle soutint le regard de Trez : il savait de quoi il parlait. Trez avait l'art et la manière… de déceler les embrouilles, résoudre les problèmes et prendre les choses en main.

Alors, bien sûr, la police ne verrait rien d'autre que ce qu'il leur montrerait. Et puis, Vin n'avait pas tué ces deux gamins.

Malheureusement, cette pensée ne suffisait pas à la soulager totalement. « *Il vous traque…* »

Trez déverrouilla la portière puis lui rendit ses clés.

— Prends ta soirée. Je veux que tu te reposes.

Elle monta dans la voiture mais, avant de démarrer, elle le regarda et lui confia ce qui la terrorisait :

— Trez, et si ces meurtres avaient un rapport avec moi ? Si quelqu'un avait aperçu ces deux gamins avec moi, quelqu'un d'autre que Vin ? S'ils avaient été… tués à cause de moi ?

Trez la dévisagea avec des yeux perçants. On aurait dit qu'il savait tout de son passé, bien qu'elle ne lui en ait jamais parlé.

— Et qui pourrait bien faire une chose pareille ?

« *Il vous traque…* »

Bon Dieu, Trez était au courant pour Mark. C'était évident. Pourtant, Marie-Terese se força à répondre :

— Personne. Je ne vois pas qui pourrait m'en vouloir.

Trez plissa les yeux, l'air de ne pas gober son mensonge mais prompt à s'en accommoder.

— Eh bien, si jamais tu changes d'avis sur cette réponse, n'hésite pas à venir me demander de l'aide. Et si jamais tu décides de partir, dis-moi au moins si c'est à cause de ça.

— D'accord, s'entendit-elle répondre.

— Parfait.

— Mais je serai de retour à 22 heures. (Elle tira sa ceinture de sécurité en travers de sa poitrine.) Il faut que je travaille.

— Comme tu veux, même si je pense que tu as tort. Et n'oublie pas : dis à ton Vin que je le couvre.

— Ce n'est pas « mon » Vin.

— C'est ça. Rentre bien.

Marie-Terese ferma la portière, démarra à grand-peine la Camry puis fit demi-tour. Lorsqu'elle déboucha sur Trade Street, elle fourra la main dans la poche de son polaire.

La carte de Vin DiPietro était à l'endroit exact où elle l'avait rangée après l'avoir trouvée dans son sac. En la sortant, elle repensa à l'allure qu'il avait eue ce matin, avec son visage tuméfié et son regard vif, inquiet.

Elle prit conscience avec étonnement qu'elle était davantage effrayée par ce qu'il était susceptible de savoir que par ce qu'il pouvait se révéler être.

En fait, elle était comme Scully dans *X-Files*, une fille totalement hermétique à tous ces phénomènes paranormaux. Elle ne croyait pas aux horoscopes et encore moins… à ces gens censés percevoir des manifestations de… Bref. Elle n'était pas dupe.

Du moins, en général.

Le problème, c'est qu'après avoir passé la majeure partie de la nuit à ressasser les derniers événements et leur conversation dans le vestiaire, elle en venait à se demander si elle n'avait pas tort : il avait eu l'air terrifié au beau milieu de sa transe et, à moins d'avoir tenu un rôle digne d'un oscar ce matin, il n'avait pas la moindre idée de ce qu'il lui avait dit et paraissait sincèrement inquiet.

Sortant son téléphone de son sac, elle composa le numéro inscrit au bas de la carte, le seul à ne pas comporter la mention « Fax » ou « Mobile ». Mais lorsque la tonalité retentit, elle se rappela qu'on était samedi et que, si c'était son numéro au bureau, elle allait tomber sur un répondeur. Qu'allait-elle dire ?

« Salut, je suis la prostituée à qui M. DiPietro a filé un coup de main hier soir et j'appelais pour le rassurer : mon mac se charge de tout. Alors surtout qu'il ne s'inquiète pas au sujet de ces deux cadavres dans la ruelle. »

Parfait. Tout à fait le genre de Post-it qu'il aimerait voir collé sur son bureau. Elle laissa glisser le téléphone de son oreille, prête à appuyer sur la touche pour mettre fin à la télécommunication…

— Allô ? fit une voix masculine.

Elle se hâta de reprendre l'appel.

— Allô ? Euh… Je voulais parler à M. Di…

— Marie-Terese ?

Oh, cette voix grave… Troublée, elle faillit répondre : « Non, c'est Gretchen. »

— Euh, oui. Désolée de vous déranger, mais…

— Non, je suis content que vous ayez appelé. Vous avez des ennuis ?

Elle fronça les sourcils en actionnant son clignotant.

— Non, je voulais juste vous dire que…

— Où êtes-vous ? Toujours au club ?

— Je viens de partir.

— Vous avez déjà pris votre petit déjeuner ?

— Non.

Oh, merde.

— Vous connaissez le *Riverside Diner* ?

— Oui.

— Je vous y retrouve dans cinq minutes.

Elle consulta l'heure sur le tableau de bord. La baby-sitter étant censée rester à la maison jusqu'à midi, elle avait tout le temps, mais la question était de savoir quelle porte elle venait d'ouvrir. Une partie d'elle l'exhortait à le fuir parce qu'il était trop beau, trop attirant, et lui reprochait d'être idiote si elle n'avait pas retenu la leçon.

Mais d'un coup, elle se rappela qu'elle pouvait toujours partir. Sur un claquement de doigts. De toute façon, elle était sur le point de quitter Caldwell.

« *Il vous traque…* »

Le souvenir de ces paroles l'incita à accepter le rendez-vous. Attirance mise à part, elle voulait savoir ce qu'il avait vu et pourquoi il lui avait dit ces choses.

— D'accord, j'y serai.

Elle raccrocha, mit son clignotant et prit la direction de l'un des hauts lieux de Caldwell.

Le *Riverside Diner* n'était qu'à trois kilomètres, si près de l'Hudson que pour s'en approcher davantage, il aurait fallu l'installer directement sur l'eau et amarrer ses alcôves à des bouées. C'était un ancien wagon-restaurant qui avait été hissé sur cales dans les années 1950, avant les lois de préservation du littoral, et toute la décoration d'origine avait été conservée, depuis les tabourets en Skaï disposés devant le bar en Formica jusqu'aux commandes de juke-box jouxtant chacune des tables, en passant par les tireuses à soda que les serveuses utilisaient encore pour remplir les verres des clients.

Elle y était déjà allée une ou deux fois avec Robbie, qui appréciait leur tarte maison.

Elle aperçut Vin DiPietro dès qu'elle entra. Il était assis dans la dernière alcôve sur la gauche, face à la porte, et se leva dès qu'elle croisa son regard.

Malgré son œil au beurre noir, sa joue tuméfiée et sa lèvre supérieure enflée, il était toujours aussi sexy.

Et merde... Elle s'avança vers lui en regrettant de ne pas avoir un faible pour les comptables, les podologues ou les joueurs d'échecs. Voire les fleuristes.

— Salut, dit-elle en s'asseyant.

Sur la table se trouvaient deux menus, des couverts en inox disposés sur des serviettes en papier et des mugs en terre cuite. Tout était chaleureux, mignon, familial. Avec son pull en cachemire noir et sa veste en daim beige, Vin aurait été plus à sa place dans un café branché que dans ce restaurant.

— Salut. (Il se glissa lentement dans son siège, le regard rivé sur elle.) Du café ?

— S'il vous plaît.

Il leva la main et une serveuse affublée d'un tablier rouge sur un uniforme rouge et blanc s'approcha.

— Deux cafés, s'il vous plaît.

Lorsque la jeune femme s'éloigna pour aller chercher la cafetière, Vin donna une pichenette à son menu et dit à Marie-Terese :

— J'espère que vous avez faim.

Marie-Terese ouvrit le sien et consulta la liste des plats en se disant que tous auraient été parfaits pour un pique-nique. D'accord, peut-être pas tout ce qui composait le petit déjeuner, mais c'était le genre d'endroit où le mot « salade » était toujours agrémenté d'un autre tel que « poulet », « pomme de terre », « œuf » ou « macaroni », alors que le terme « laitue » était réservé aux sandwichs.

Tout semblait délicieux.

— Qu'est-ce qui vous tente ? lança Vin.

Gardant les yeux sur la carte, elle répondit :

— En général, j'ai un appétit d'oiseau. Pour l'instant, je crois que je vais m'en tenir à un café.

La serveuse revint pour remplir les tasses.

— Vous avez choisi ?

— Vous êtes sûre de ne rien vouloir manger ? demanda-t-il à Marie-Terese. (Lorsqu'elle acquiesça, il s'empara des deux menus et les tendit à l'autre jeune femme.) Pour moi, ce sera des pancakes. Sans beurre.

— Avec des galettes de pomme de terre ?

— Non, merci. Ça suffira.

Alors que la serveuse se dirigeait vers la cuisine, Marie-Terese ébaucha un sourire.

— Quoi ? demanda-t-il en lui tendant le sucre.

— Non, merci, je le prends noir. Je souris parce que mon fils… Enfin, lui aussi aime les pancakes. Je lui en prépare souvent.

— Quel âge a-t-il ?

La cuillère de Vin cliqueta contre la céramique lorsqu'il touilla son café. Même si la question était banale, sa façon d'attendre la réponse ne l'était pas.

— Sept ans. (Elle contempla son annulaire nu.) Vous avez des enfants ?

— Non. (Il but une petite gorgée et laissa échapper un petit soupir de contentement.) Jamais marié, pas d'enfants.

Il marqua une pause, semblant s'attendre qu'elle lui demande pourquoi. Au lieu de cela, elle lui dit :

— Si je vous ai appelé, c'est parce que mon patron… enfin, Trez veut vous faire savoir qu'il s'occupe de tout…

(Elle hésita.) Pour les caméras de sécurité qui auraient pu vous filmer hier soir, par exemple.

Elle craignit un instant qu'il lui reproche de faire obstruction à la justice alors qu'il n'avait rien demandé, mais il se contenta de hocher la tête. À l'évidence, c'était le genre d'homme à prendre les choses en main de la même façon que Trez.

— Remerciez-le pour moi.

— Ce sera fait.

Dans le silence qui suivit, Vin fit courir son pouce sur l'anse de la tasse. Au bout d'un moment, il déclara :

— Écoutez, je n'ai rien fait à ces types. Enfin, hormis ce que vous m'avez vu faire. Je ne les ai pas tués.

— C'est ce que Trez dit. (Elle sirota son café, effectivement délicieux.) Et je n'ai pas parlé de vous ni de votre ami à la police. Je n'ai même pas mentionné la bagarre.

Vin fronça les sourcils.

— Que leur avez-vous dit ?

— Juste que ces deux types m'avaient harcelée. Que Trez avait essayé de leur parler, mais que ses paroles étaient restées sans effet, et qu'il les avait virés de la boîte. Il se trouve que c'est aussi ce qu'ont déclaré les deux témoins qui se sont présentés, donc ça colle.

— Pourquoi avez-vous menti pour moi ? demanda-t-il d'une voix douce.

Voulant éviter son regard, elle tourna la tête vers la fenêtre. Le fleuve, qui paraissait si proche qu'on aurait pu le toucher, était boueux, opaque, gonflé par les pluies des derniers jours.

— Pourquoi, Marie-Terese ?

Elle prit une grande gorgée et sentit la chaleur du café traverser son corps.

— Pour la même raison que Trez. Parce que vous m'avez protégée.

— C'est dangereux. Vu votre métier.

— Je ne suis pas inquiète, répliqua-t-elle en haussant les épaules.

Du coin de l'œil, elle le vit se frotter le visage et grimacer : sa blessure l'élançait.

— Je voudrais juste vous épargner davantage de soucis à cause de moi.

Marie-Terese dissimula un sourire. C'est étrange comme certaines paroles ont le don de nous enflammer, non pas à cause de leur connotation sexuelle, mais parce qu'elles vont au-delà de ce plus petit dénominateur commun pour pénétrer en un territoire plus important, plus fondamental. Luttant contre l'attraction de sa voix, de ses yeux, de sa galanterie, elle dit :

— Je suis désolée de vous avoir laissé en plan, hier soir. Vous savez, dans le vestiaire. J'étais juste… choquée.

— Oui, je sais… (Il étouffa un juron.) Et je suis désolé de vous avoir fait peur…

— Oh, non, ce n'est rien. Vous… vous n'aviez pas l'air de pouvoir maîtriser grand-chose.

— Rien du tout, vous voulez dire. (Encore une longue pause.) Je suis désolé de remettre ça sur le tapis, mais qu'est-ce que je vous ai dit ?

— Vous l'ignorez ? (Il acquiesça.) C'était quoi, alors ? Une crise d'épilepsie ?

— En quelque sorte. Alors… qu'est-ce que je vous ai dit ?

« *Il vous traque…* »

Vin se pencha et lui saisit délicatement le bras.

— Je vous en prie, dites-le-moi.

Elle contempla sa main et se dit que parfois, quoi qu'un homme puisse vous dire, le simple contact de sa paume sur votre poignet suffit à vous réchauffer le corps.

— Vos pancakes, annonça la serveuse en rompant le charme.

Tandis qu'ils se redressaient, elle posa une assiette et un cruchon en acier doté d'un bec verseur à clapet.

— Encore un peu de café ?

Marie-Terese jeta un coup d'œil à son mug à moitié vide.

— Oui, merci.

Vin s'empara du sirop et versa un mince filet ambré sur les trois pancakes bien dodus et dorés.

— Les miens ne sont pas si épais, fit remarquer Marie-Terese. Quand j'en fais… ils n'ont ni cette couleur ni cette taille.

Vin laissa le couvercle de la bouteille se refermer avec un petit claquement et s'empara de ses couverts, découpant un gros morceau de crêpe pour en garnir sa fourchette.

— Je suis sûr que votre fils ne s'en plaint pas.

— Non, c'est vrai…

Elle avait un pincement au cœur chaque fois qu'elle pensait à son fils, si bien qu'elle s'efforça de ne pas songer à son regard aimant et admiratif quand elle faisait sauter ses pancakes faits maison.

La serveuse revint avec une cafetière et les servit.

— Je voudrais vraiment que vous répondiez à ma question, renchérit Vin quand ils furent seuls.

Pour une raison obscure, elle se mit à penser encore plus à Robbie, son petit garçon innocent qu'elle avait dû entraîner dans une vie compliquée à cause de ses choix mal inspirés : d'abord celui de son mari, puis la voie vers laquelle elle s'était tournée pour s'extraire de sa mouise financière. Pour Vin, c'était la même chose. Elle n'avait aucune envie de l'aspirer dans ce trou noir dont elle s'efforçait de sortir. Et il avait déjà montré une certaine tendance à jouer les preux chevaliers. Du moins en ce qui la concernait.

— C'était juste du charabia, murmura-t-elle. Ce que vous avez dit… Ça n'avait ni queue ni tête.

— Dans ce cas, aucune raison de me le cacher.

Elle regarda par la fenêtre, contemplant de nouveau le fleuve… et rassemblant son courage.

—Vous avez dit : « Pierre, feuille, ciseaux ». (Lorsqu'il leva la tête vers elle, elle se força à soutenir son regard avant de s'enfoncer dans son mensonge.) Je n'ai aucune idée de ce que ça veut dire. Pour être honnête, j'étais davantage perturbée par votre comportement que par vos paroles.

Vin la regarda droit dans les yeux.

—Marie-Terese… Ce n'est pas la première fois que je subis ce genre de crise.

—Que voulez-vous dire ?

Il se remit à manger, semblant avoir besoin de s'occuper pour rompre la tension.

—Auparavant, chaque fois que je me suis mis dans cet état et que j'ai dit des choses… ça s'est réalisé. Alors, si vous me cachez la vérité pour préserver votre intimité, je vous comprends. Mais je vous recommande fortement de prendre ce que je vous ai dit au sérieux.

Elle serra son mug brûlant entre ses mains froides.

—Alors, vous seriez une sorte de médium ?

—Vous faites un métier dangereux. Je vous en prie, soyez prudente.

—Je le suis toujours.

—Bien.

Elle se concentra sur son café et lui sur son plat, l'atmosphère alourdie par le silence.

Il était évident que le conseil de Vin ne concernait pas simplement les détraqués qui la harcelaient, mais d'autres aspects de son boulot.

—Je sais ce que vous vous demandez : comment je peux faire un truc pareil et pourquoi je n'arrête pas tout ?

Il mit du temps à répondre, mais quand il le fit ce fut d'une voix douce et respectueuse, comme pour lui faire comprendre qu'il ne voulait pas la juger.

— Je ne vous connais pas, mais vous n'avez pas l'air… comme les autres filles de cette boîte. Alors j'imagine que vous deviez avoir de gros pépins pour en être arrivée là.

Marie-Terese regarda de nouveau par la fenêtre et contempla une branche qui flottait sur l'eau.

— Je ne suis pas comme la plupart de mes collègues. Restons-en là, si vous le voulez bien.

— D'accord.

— C'était votre petite amie, hier soir ?

Il se renfrogna et leva la tasse à ses lèvres. Buvant une longue gorgée, il haussa les sourcils.

— Donc, vous, vous avez le droit de garder vos secrets, mais pas moi ? demanda-t-il en regrettant aussitôt ses paroles.

— Vous avez raison. Ce n'est pas juste.

— Oui, c'est ma petite amie. Du moins… enfin, elle l'était hier soir.

Marie-Terese se mordit la lèvre pour s'empêcher de lui demander plus de détails : est-ce qu'ils avaient rompu ? Et, si oui, pourquoi ?

Vin s'attaqua de nouveau au contenu de son assiette sans relâcher ses larges épaules.

— Je peux vous confier un truc que je ne devrais pas ?

Elle se raidit lorsqu'il la regarda.

— Allez-y.

— La nuit dernière, j'ai rêvé que je couchais avec vous.

Marie-Terese baissa lentement sa tasse. Bon, d'accord… certaines paroles peuvent aussi faire monter votre température en flèche. Et certains regards sont aussi tangibles qu'une caresse. Et les deux à la fois, venant de l'homme en face d'elle…

Soudain, son corps réagit : elle fut stupéfaite de sentir la pointe de ses seins lui picoter, ses cuisses se raidir, son sang courir dans ses veines… Cela faisait si longtemps, des lustres en fait, qu'elle n'avait plus éprouvé le moindre désir sexuel.

Et voilà que, face à ce fruit défendu recouvert d'un pull en cachemire, elle ressentait pour de bon ce qu'elle avait feint chaque nuit avec des étrangers.

Elle cligna des yeux.

— Merde, je n'aurais pas dû le dire, marmonna-t-il.

— Oh, ce n'est pas vous. Je vous assure. (*C'est ma vie.*) Et je ne vous en veux pas.

— Vraiment ?

— Non, répondit-elle d'une voix un peu trop grave.

— Enfin, ce n'était pas bien.

Son cœur cessa de battre. Même un kilo de glace n'aurait pas pu la refroidir autant que cette petite remarque.

— Écoutez, si vous vous sentez coupable, rétorqua-t-elle, je crois que vous vous confessez à la mauvaise personne.

C'était peut-être pour cela qu'il y avait de l'eau dans le gaz dans son couple.

Mais Vin fit « non » de la tête.

— Ce n'était pas bien parce que je me suis imaginé payer pour coucher avec vous et je… je n'ai pas du tout du tout aimé cette sensation.

Marie-Terese posa son mug sur la table.

— Ah non ? Et pourquoi ?

À vrai dire, elle connaissait la réponse : parce que quelqu'un comme lui ne pourrait jamais être avec une femme comme elle.

Lorsqu'il voulut répondre, elle leva une main en même temps qu'elle attrapait son sac.

— C'est bon, ne vous fatiguez pas. Je crois que je ferais mieux de partir…

— Parce que si vous deviez coucher avec moi, je voudrais que ce soit par choix. (Il croisa son regard et le soutint.) Et non pas parce que j'aurais payé. Je voudrais que vous me désiriez pour moi et pas pour mon argent.

Marie-Terese se figea.

D'une voix douce, il ajouta :

— Et je voudrais que ça vous plaise autant qu'à moi.

Après une longue hésitation, Marie-Terese regagna son siège. Reprenant son mug, elle avala sa salive et s'entendit demander :

— Vous aimez les rousses ?

Fronçant les sourcils, il haussa les épaules.

— Oui. Bien sûr. Pourquoi ?

— Oh, pour rien, marmonna-t-elle derrière son café.

Chapitre 18

À un tournant, on prend à gauche ou à droite, se dit Jim, allongé sur le sol du garage, une clé à molette à la main.

Quand on arrive à une intersection, on est bien obligé de choisir une direction, puisqu'on ne peut plus continuer tout droit : soit on prend l'autoroute, soit on reste sur la nationale. Soit on double le véhicule de devant, soit on reste sagement derrière. Quand le feu passe à l'orange, soit on accélère, soit on ralentit.

Si certaines de ces décisions n'ont pas d'importance, d'autres vous font croiser la route d'un chauffard ivre ou, au contraire, vous font l'éviter.

Dans le cas de Vin, la bague qu'il gardait sous le coude symbolisait le virage à droite qui le détournerait de la route d'un dix-huit tonnes s'apprêtant à rouler sur une plaque de verglas ; sa vie tout entière dépendait de la direction qu'il prendrait. Et il ne lui restait plus beaucoup de temps pour mettre son clignotant : s'il ne se décidait pas à lui poser cette fichue question, sa copine allait…

— Merde !

Jim laissa tomber la clé qui avait glissé et secoua la main. Avant de se soucier des autres, il fallait déjà qu'il se maîtrise lui-même, du moins s'il tenait à ses phalanges. Le problème, c'est qu'il était totalement absorbé par sa nouvelle mission.

Qu'est-ce qu'il pourrait bien faire maintenant ? Comment pousser Vin à faire sa demande en mariage ?

Avant, les choses auraient été beaucoup plus simples : il se serait contenté de braquer un pistolet sur la tête de Vin et de le traîner jusqu'à l'autel. Mais là ? Il était bien obligé de se montrer plus civilisé.

Se redressant sur le sol en béton, Jim jeta un coup d'œil à cette saloperie de moto qu'il trimballait depuis son retour aux États-Unis. Pas une fois elle n'avait voulu démarrer et, vu son rafistolage de ce matin, ce n'était pas demain la veille qu'il allait jouer les aigles de la route. Bon sang, mais qu'est-ce qui lui avait pris d'acheter cette meule ? Des rêves de liberté, peut-être. Ou alors, comme n'importe quel mec pourvu d'une paire de couilles, il avait un faible pour les Harley.

Rex, qui somnolait en plein soleil, dressa ses oreilles poilues.

Jim suça la peau du doigt qu'il s'était écorché.

— Désolé. Je n'aurais pas dû m'emporter.

Le chien n'eut pas l'air de lui en tenir rigueur : la tête sur ses pattes, il haussa ses sourcils broussailleux, semblant prêt à écouter la suite.

— Un tournant, Rex. Tu sais ce que ça veut dire ? Tu dois choisir. (Jim ramassa la clé et opéra une nouvelle tentative pour desserrer un écrou tellement encrassé d'huile qu'on ne savait même plus s'il était hexagonal.) Tu dois choisir.

Il se rappela Divine assise au volant de sa BMW tape-à-l'œil, levant les yeux vers lui. *« Je voulais qu'il me réchauffe, qu'il me fasse confiance et qu'il m'aime, mais ce n'est pas arrivé, et je n'aurai bientôt plus la force de m'accrocher, Jim. Vraiment. »*

Puis il songea au regard que DiPietro avait posé sur cette prostituée aux cheveux bruns.

Aucun doute, Vin se trouvait bien à un croisement. Le problème, c'est que ce crétin s'était avancé jusqu'au panneau indicateur et qu'au lieu de tourner à droite, où les flèches signalaient le charmant village de Joie-sur-Bonheur, il fonçait à tombeau ouvert en direction de la mégapole de Tue-toi-à-la-tâche-et-personne-ne-te-pleurera-sauf-ton-comptable. Comment allait-il s'y prendre pour lui ouvrir les yeux ?

Avec un peu de chance, le fait d'avoir parlé de la bague à Divine lui ferait gagner du temps, mais combien ?

Putain, au moins, dans son ancien boulot, les choses étaient plus simples : viser, buter, dégager. Alors que là, il n'avait presque aucun contrôle sur les événements. Faire en sorte que Vin voie ce qui était évident était bien trop difficile… Et puis, avant, Jim bénéficiait d'entraînements et de soutien. À présent ? Que dalle.

Le grondement de deux Harley attira son attention. Et celle du chien.

Les deux motos remontèrent l'allée jusqu'au garage et Jim se prit à envier les deux enfoirés qui les conduisaient. Les montures d'Adrian et Eddie rutilaient, les flancs et les pots d'échappement chromés étincelant au soleil comme autant de clins d'œil. On aurait dit qu'elles étaient conscientes de leur beauté et l'exhibaient sans vergogne.

— Besoin d'aide avec ton char ? demanda Adrian en sortant la béquille avant de descendre.

— Tu roules sans casque ? (Jim prit appui sur ses genoux.) Et la loi, t'en fais quoi ?

— Tu veux vraiment que je te dise ? (Les bottes d'Adrian crissèrent sur le gravier, puis claquèrent sur le béton lorsqu'il s'approcha pour jeter un coup d'œil à ce que Vin bricolait.) Putain, où est-ce que t'as dégotté cet engin ? Dans une décharge ?

— Non, je l'ai trouvée dans une casse.

— Ah, ouais. Rien à voir. Au temps pour moi.

Les deux hommes reportèrent leur attention sur le chien, qui frétillait pendant qu'ils lui flattaient le flanc.

Heureusement, la pauvre bête avait l'air de moins boiter, ce qui n'empêcherait pas Jim de l'emmener dès lundi chez le véto. Il avait déjà laissé des messages à trois cliniques différentes et comptait se rendre chez la première qui le rappellerait.

Interrompant ses papouilles, Eddie leva la tête et la secoua en regardant la moto.

— Je crois qu'il va te falloir un petit coup de main.

Jim se frotta le menton.

— Non, je m'en sors.

Adrian, Eddie et même le chien lui jetèrent un regard dubitatif…

Jim baissa la main d'un geste lent, la nuque raide comme si on l'avait touché d'une main glacée.

Ils ne projetaient aucune ombre. À les voir ainsi, dos au soleil, au milieu des longues silhouettes noires imprimées par les branches dégarnies, on les aurait crus ajoutés au décor par un mauvais photomontage.

— Vous ne… connaîtriez pas un Anglais du nom de Nigel ?

Il devina la réponse dès la seconde où il prononça cette phrase.

Adrian eut l'esquisse d'un sourire.

— Est-ce qu'on a l'air de fréquenter des buveurs de thé ?

Jim fronça les sourcils.

— Comment connaissez-vous mon adresse ?

— C'est Chuck qui nous l'a donnée.

— Il vous a aussi dit que c'était mon anniversaire, jeudi ? (Jim se leva lentement.) Parce que moi non, et vous le saviez hier quand vous m'avez demandé si j'avais eu mon cadeau.

— J'ai dit ça, moi ? (Adrian haussa ses larges épaules.) Bah, un coup de bol, j'imagine. Et tu ne m'as pas répondu, d'ailleurs.

Alors que les deux hommes se trouvaient presque nez à nez, Adrian secoua la tête avec une étrange tristesse.

— Tu as couché avec elle, au club, hein ?

— On dirait que je te déçois, rétorqua Jim d'une voix traînante. Difficile à croire étant donné que c'est toi qui m'as poussé dans ses bras.

Eddie s'interposa entre les deux hommes.

— Détendez-vous, les gars. On est dans le même camp.

— De quoi tu parles ?

Adrian fit un sourire pincé, ses piercings au sourcil et à la lèvre inférieure étincelant au soleil.

— Laisse tomber. Eddie a toujours aimé jouer les diplomates. Il dirait n'importe quoi pour détendre l'atmosphère, pas vrai ?

Eddie se contenta de se taire et resta planté au même endroit, prêt à intervenir physiquement si nécessaire.

Jim regarda Adrian droit dans les yeux.

— Un Anglais. Nigel. Il traîne avec trois autres tapettes et un chien aussi grand qu'un âne. Tu les connais, n'est-ce pas ?

— Je t'ai déjà répondu.

— Où est ton ombre ? Tu te tiens en plein soleil et il n'y a rien par terre.

Adrian désigna le sol.

— Et ça c'est quoi ?

Jim baissa les yeux et fronça les sourcils. Là, sur le béton, s'étalait le reflet noir d'Adrian, avec ses larges épaules et sa taille étroite. Ainsi que la silhouette massive d'Eddie. Et la tête hirsute du chien. Étouffant un juron, il marmonna :

— J'ai besoin d'un verre.

— Je t'offre une bière ? proposa Adrian. Ça doit bien être l'heure de l'apéro quelque part dans le monde.

— En Angleterre, par exemple, interrompit Eddie. (Lorsque Adrian le foudroya du regard, il haussa les épaules.) En Écosse, aussi. Au pays de Galles. En Irlande…

— Une bière, Jim ?

Jim refusa d'un signe de tête et se rassit en se figurant que si ses méninges ne fonctionnaient pas correctement, ses genoux risquaient de les imiter d'un instant à l'autre. Contemplant les deux Harley garées dans l'allée, il prit conscience de son humeur massacrante et de sa paranoïa. Rien de nouveau sous le soleil, donc.

Malheureusement, la bière n'a jamais apporté de réponse ; elle ne fait qu'effacer la question. Et les greffes de cerveau n'ont toujours pas été approuvées par l'administration américaine.

— Tu ne saurais pas te servir d'une clé à cliquet, par hasard ? demanda-t-il à Adrian.

— Si. (Il retira son blouson de cuir et fit craquer ses articulations.) Et je n'ai rien de mieux à faire que de retaper ce vieux tas de ferraille.

Tandis que Vin dévisageait Marie-Terese, la lumière filtrant à travers la fenêtre la transformait en une vision dont il semblait garder un vague souvenir.

D'où la connaissait-il ? se demanda-t-il à nouveau. Où l'avait-il rencontrée ?

Dieu qu'il avait envie de lui toucher les cheveux.

Vin avala une dernière bouchée et se demanda ce qui avait motivé la dernière question de la jeune femme. Et, d'un coup, il comprit.

— Je n'aime pas les rousses au point de fréquenter Gina, si c'est ce que vous voulez savoir.

— Ah bon ? Elle est belle, pourtant.

— Pour certains, sans doute. Écoutez, je ne suis pas le genre de type à…

La serveuse s'approcha de la table.

— Encore un peu de café ? Ou j'apporte l'add…

— … tromper ma femme.

Marie-Terese lui jeta un regard éberlué. Tout comme l'employée du restaurant.

Merde.

— Ce que je veux dire… (S'interrompant, il leva les yeux vers la femme debout à côté d'eux, qui ne semblait pas décidée à partir.) Bon, vous comptez prendre racine ?

— Je, euh… j'en reprendrais bien un peu, dit Marie-Terese. S'il vous plaît.

La serveuse remplit le mug avec une extrême lenteur en les regardant tour à tour, semblant attendre le reste de l'histoire. Lorsqu'elle eut fini, elle se tourna vers Vin.

— Encore un peu de sirop ? demanda-t-elle.

— J'ai terminé, répondit-il en désignant son assiette vide.

— Ah oui.

Elle débarrassa ses couverts et s'éloigna avec le même empressement qu'elle avait mis à verser le café : à la vitesse d'un escargot neurasthénique.

— Je ne trompe pas ma femme, répéta-t-il quand ils furent seuls. J'ai vu mes vieux se déchirer assez souvent pour savoir ce qui peut faire couler un couple, et je pense que l'infidélité arrive en première position.

Marie-Terese lui tendit le sucre et, le voyant contempler le bol avec l'air de ne pas savoir de quoi il s'agissait, elle dit :

— Vous savez, pour votre café. Vous sucrez le vôtre.

— Ah oui, c'est vrai.

— Donc, vos parents n'étaient pas heureux ensemble ?

— Non. Et je n'oublierai jamais leurs disputes.

— Est-ce qu'ils ont divorcé ?

— Non, ils se sont entre-tués. (Elle se recroquevilla dans son siège et il se retint de jurer.) Désolé. Je devrais sans doute être moins abrupt, mais c'est la stricte vérité. Une de leurs bagarres a été plus violente que les autres et ils sont tombés dans l'escalier. Pour ne plus jamais se relever.

— Je suis vraiment navrée.

— C'est gentil, mais c'était il y a très longtemps.

Au bout d'un moment, elle murmura :

— Vous avez l'air crevé.

— J'ai juste besoin de reprendre un café avant qu'on parte.

À ce compte-là, il allait noyer ses reins dans l'arabica si cela lui permettait de rester un peu plus longtemps avec elle. En fait, la compassion qu'il lisait dans son regard lui réchauffait le cœur, la rendait… chère à ses yeux. Au point qu'il craignait de la perdre.

— Est-ce que vous vous protégez, au boulot ? demanda-t-il soudain. Et je ne parle pas des clients agressifs. (Pendant la longue pause qui suivit, il secoua la tête, se sentant vraiment en dessous de tout.) Désolé, ça ne me regarde pas…

— Est-ce que j'utilise des préservatifs, vous voulez dire ?

— Oui, et je ne vous pose pas la question parce que j'ai envie de vous. (La voyant de nouveau tressaillir, il se maudit.) Non, ce que je veux dire, c'est que j'espère que vous prenez soin de vous.

— Qu'est-ce que ça peut vous faire ?

Il la regarda droit dans les yeux.

— Ça m'intéresse, c'est tout.

Elle tourna la tête et contempla le paysage par-delà le fleuve.

— Je prends toujours mes précautions. Ce qui me différencie de toutes ces nanas soi-disant respectables qui couchent à droite et à gauche sans protection. Et si vous pouviez arrêter de me dévisager comme si je venais d'une autre planète, ce serait sympa.

Il se résigna à baisser les yeux sur sa tasse.

— Quel est votre prix ?

— Je croyais que vous ne vouliez pas de moi de cette manière.

— Combien ?

— Pourquoi ? Vous voulez me changer en Pretty Woman ? M'extraire de mon horrible quotidien le temps d'une semaine ? (Elle s'esclaffa.) La seule chose que j'aie en commun avec Julia Roberts dans ce film, c'est que j'ai le droit de choisir avec qui je vais. Quant au tarif, ce ne sont pas vos oignons.

Il tenait tout de même à le savoir. Peut-être dans l'espoir que si elle coûtait très cher, ses clients seraient un cran au-dessus. Enfin, ça, c'étaient les salades qu'il se racontait : en fait, il voulait vraiment jouer les Richard Gere, sauf qu'il ne voulait pas l'acheter pour une semaine, mais plutôt pour des années.

Même si cela n'avait aucune chance d'arriver.

La serveuse passa devant la table avec sa cafetière et les oreilles grandes ouvertes. Marie-Terese la héla.

— Si vous pouviez nous donner l'addition, ce serait parfait.

L'employée posa le broc sur la table et farfouilla dans son tablier à la recherche de son calepin, dont elle arracha une page qu'elle déposa face contre table.

— À bientôt et portez-vous bien.

Lorsqu'elle s'éloigna, Vin saisit le bras de Marie-Terese.

— Je ne veux pas que nous nous quittions fâchés. Écoutez, je vous remercie de m'avoir couvert, mais si jamais ça se gâte, dites la vérité, d'accord ?

Elle ne tenta pas de se dégager de son étreinte, se contentant de poser les yeux sur la main qui la tenait.

— Moi aussi, je suis désolée. Je ne suis pas de bonne compagnie. Du moins pour les gens… civilisés.

Elle prononça ces mots avec une pointe de douleur dans la voix, une note à peine audible qu'il perçut pourtant avec autant de netteté que le tintement d'une cloche dans le silence de la nuit.

— Marie-Terese… (Il avait tant de choses à lui dire, mais rien n'aurait été correct de sa part… ni bien accueilli.) Quel joli prénom.

— Vous trouvez ?

Lorsqu'il acquiesça, elle marmonna une phrase qu'il n'entendit pas distinctement mais qui ressemblait beaucoup à « C'est pour ça que je l'ai choisi ».

Elle rompit le contact en s'emparant de l'addition, qu'elle tint tout en ouvrant son sac.

— Je suis heureuse que vous aimiez les pancakes.

— Qu'est-ce que vous faites ? Attendez, laissez-moi…

— Quand vous a-t-on invité pour la dernière fois ? (Levant les yeux, elle esquissa un sourire.) Pour le petit déjeuner ou autre chose, d'ailleurs.

Vin étudia la question pendant qu'elle dépliait un billet de dix et un autre de cinq. Pour autant qu'il s'en souvienne, Divine n'avait jamais proposé de régler la note. Certes, il n'avait jamais fait mystère de son argent, mais quand même.

— D'habitude, c'est moi qui paie.

— Ça ne me surprend pas. (Elle se glissa hors de l'alcôve.) Et ce n'est pas un reproche.

— Vous n'attendez pas votre monnaie ? demanda-t-il en pensant qu'il ferait n'importe quoi pour rester un peu plus longtemps avec elle.

— Je laisse de gros pourboires. Je sais à quel point c'est chiant de bosser dans les prestations de service.

Quittant le restaurant à sa suite, il fourra la main dans sa poche pour sortir ses clés et sentit un petit objet. Fronçant les sourcils, il se souvint que c'était la boucle d'oreille qu'il avait prise à Jim.

— Ah, au fait, je crois que j'ai un truc qui vous appartient, annonça-t-il alors qu'ils s'approchaient de la Camry.

Elle déverrouilla la porte.

— Ah bon ?

— Je pense que c'est à vous, dit-il en lui tendant le bijou.

— Ma créole ! Où l'avez-vous trouvée ?

— Mon pote Jim l'a ramassée dans le parking, à la sortie du club.

— Oh, merci. (Elle écarta une mèche de cheveux et l'accrocha à son oreille.) J'y tenais beaucoup. Elles ne valent pas grand-chose, mais je les aime bien.

— Bon, eh bien… merci pour les pancakes.

— De rien. Vous savez, vous devriez prendre un jour de congé. Vous avez l'air crevé.

— Sans doute à cause de mes blessures au visage.

— Plutôt celles que vous avez à l'âme.

Lorsqu'elle rentra dans l'habitacle et démarra la voiture, Vin aperçut un mouvement sur sa gauche et jeta un coup d'œil de l'autre côté du fleuve…

Dès que ses rétines furent en contact avec le soleil, son corps se figea et il se mit à convulser.

Cette fois, il ne sentit pas la brume l'envahir progressivement. Cette maudite transe se saisit de lui en un instant, comme si les événements de la veille n'avaient été qu'un échauffement.

Affaissé contre le capot de la Toyota, il tendit la main vers son manteau et l'ouvrit pour avoir un peu d'air. Une vision l'assaillit brutalement – un bruit plus qu'une image, qui repassait sans cesse dans sa tête : un coup de feu qui retentissait… un corps qui tombait… le bruit de sa chute sur le sol…

Ses jambes se dérobèrent et il s'écroula sur l'asphalte, luttant pour rester conscient, s'accrochant à la moindre pensée… le souvenir de sa première attaque, par exemple.

Il avait onze ans à l'époque et c'était une montre de femme qui avait tout déclenché. Il l'avait aperçue dans la vitrine d'un bijoutier lors d'une sortie scolaire au musée des Beaux-Arts de Caldwell.

Elle était en argent et quand le soleil l'avait fait étinceler, il avait tourné la tête et s'était arrêté net. Du sang. La montre était maculée de sang rouge vif.

Le temps qu'il comprenne ce qu'il voyait et pourquoi il se sentait soudain si bizarre, une femme avait tendu la main pour attraper l'objet. Derrière elle se tenait un homme, l'air impatient et heureux, un client…

Il fallait l'empêcher d'acheter la montre… Celui ou celle qui la porterait allait mourir.

Galvanisé par la panique, Vin avait brisé l'étreinte de la transe et foncé à l'intérieur du magasin. Mais pas assez vite : l'un des parents accompagnateurs s'était précipité à sa poursuite et l'avait rattrapé avant qu'il ait pu sortir un traître mot, et quand il s'était débattu, on l'avait traîné par le col puis consigné dans le bus pendant que les autres se rendaient au musée.

Rien n'était sorti de cette vision.

Du moins pas tout de suite. Sept jours plus tard, Vin était à l'école quand il avait aperçu l'un de ses professeurs dans la cafétéria avec une montre semblable au poignet. Elle la montrait à ses collègues en évoquant le dîner d'anniversaire la veille au soir avec son mari.

À cet instant, dans la cour, un rayon de soleil avait fait luire le toboggan, captivant l'attention du garçon… puis l'objet ensanglanté était de nouveau apparu. Lui et bien d'autres choses…

Vin s'était effondré sur le lino de la cafétéria. La professeure s'était précipitée vers lui et, lorsqu'elle s'était penchée pour l'aider, il avait vu avec une incroyable clarté l'accident de voiture qui allait lui coûter la vie : sa tête qui percutait le volant, son visage délicat se fendant sous l'impact.

Agrippant le devant de sa robe, il avait voulu lui dire de mettre sa ceinture de sécurité. De demander à son mari de venir la chercher. De prendre un bus. De partir à vélo. De rentrer à pied. Mais il n'avait entendu que des syllabes sortir en désordre de sa bouche, alors que les visages horrifiés des autres professeurs et des élèves laissaient entendre qu'ils comprenaient ce qu'il disait.

Dans les minutes qui avaient suivi, on l'avait envoyé à l'infirmerie, puis on avait appelé ses parents en leur conseillant de consulter un pédopsychiatre.

Et ce professeur… cette adorable jeune femme au mari si attentionné était morte un peu plus tard dans l'après-midi, alors qu'elle rentrait chez elle, sa nouvelle montre au poignet.

Un accident de voiture. Elle n'avait pas bouclé sa ceinture de sécurité.

Le lendemain matin, à l'annonce de son décès, il avait fondu en larmes. Bien sûr, beaucoup d'enfants s'étaient mis à pleurer eux aussi, mais pour lui c'était différent. Contrairement à eux, il s'était retrouvé en mesure d'agir pour éviter le drame.

Après cela, plus rien n'avait jamais été comme avant. L'histoire avait fait le tour de l'école : les professeurs étaient nerveux en sa présence et les enfants l'évitaient ou le traitaient de monstre. Son père avait dû recourir à la violence pour le forcer à aller en cours.

D'un coup, Vin perdit le fil de ses pensées ; le passé fut submergé à mesure qu'il perdait le contrôle de son esprit et de son corps, sa conscience peu à peu refoulée…

Un coup de feu qui retentissait. Un corps qui tombait. Le bruit de sa chute sur le sol… Un coup de feu qui retentissait. Un corps qui tombait. Le bruit de sa chute sur le sol…

Juste avant de s'évanouir, la vision se cristallisa dans son esprit et les sons laissèrent place aux images, comme un château de sable formé par le vent : il vit Marie-Terese levant les mains pour tenter de se protéger, les yeux écarquillés, la bouche ouverte en un cri de terreur.

Puis il entendit la détonation.

Chapitre 19

Après avoir passé une heure à jouer les mécanos en compagnie d'Adrian et Eddie, Jim enfourcha sa vieille moto puis tourna la clé. Posant la semelle de sa botte de chantier sur le kick, il appuya de tout son poids, sans croire un seul instant que l'engin allait… Mais le ronronnement caractéristique de la Harley résonna aussitôt à ses oreilles.

Lorsqu'il tourna la poignée de gaz, la moto vibra entre ses jambes, si bien qu'il dut crier pour dominer le vacarme :

— Putain, Ad, t'es un as !

Adrian fit un large sourire en essuyant ses mains pleines de cambouis sur une peau de chamois rouge.

— Pas de problème. Emmenons-la faire un tour, histoire de vérifier les freins.

Jim sortit la moto du garage, en plein soleil.

— Attends, je prends mon casque.

— Ton quoi ? (Adrian monta sur sa moto.) Je ne t'aurais jamais pris pour une petite fille modèle.

— Éviter de se fracasser la tête, c'est pas faire sa chochotte.

— Pense un peu au vent dans tes cheveux !

— Et toi aux électrodes qui te maintiendront en vie.

— Je prends Rex, dit Eddie en grimpant sur sa selle.

Il tendit les bras et l'animal bondit pour se nicher sur le tapis de réservoir.

Jim fronça les sourcils, peu enthousiaste à cette vision.

— Et si jamais tu as un accident ?

— Aucun risque.

Comme s'il échappait aux lois de la physique.

Jim était sur le point d'opposer son veto quand il remarqua que le petit gars semblait tout excité, les griffes recroquevillées dans le cuir comme s'il tressaillait de bonheur, la queue fouettant l'air avec frénésie.

De plus, lorsque Eddie saisit les poignées, il vit que ses bras encadraient l'animal.

— Sois prudent avec mon chien. À la moindre égratignure, je te massacre.

Voilà qu'il se transformait en bon maître à son toutou.

Calant son casque, il enfila son blouson de cuir et enfourcha sa moto. Lorsqu'il mit les gaz, sa monture émit un bruit déplaisant et les vibrations du puissant moteur lui parcoururent tout le corps.

Putain, si pénible que soit Adrian, c'était un sacré mécano. Cela expliquait peut-être pourquoi Eddie supportait de vivre avec lui.

Sur un signal silencieux, tous trois s'élancèrent dans la lumière du soleil, Adrian en tête, Eddie en dernière position avec Rex.

La moto de Jim était une pure merveille, une bête dénuée de tout raffinement, et tandis qu'ils traversaient la campagne, il commençait à tomber sous le charme de l'engin.

Et, quoi qu'on en dise, inutile d'avoir les cheveux au vent pour se sentir libre.

Adrian les entraîna le long de l'Hudson, en direction du centre-ville, et lorsqu'ils arrivèrent en vue des feux jouxtant les parcs du littoral, Jim pria pour qu'ils soient rouges, juste parce qu'il prenait son pied à accélérer après s'être arrêté.

Alors qu'ils approchaient de l'intersection entre la 12e et River Street, il cria à Adrian :

— Faut que je prenne de l'essence !

— Il y a une station-service dans le coin, non ?

— Ouais, à deux rues d'ici.

Lorsque le feu passa au vert, les motos démarrèrent en vrombissant, le bruit des moteurs s'amplifiant lorsqu'ils passèrent sous la bretelle d'autoroute. Arrivés à la station-service, ils s'arrêtèrent devant les pompes et Jim se dirigea vers celle de super.

— Alors, les freins ? demanda Adrian en reluquant une blonde qui sortait d'une vieille bagnole.

La femme entra dans la supérette en balançant les hanches, ses longs cheveux caressant le tatouage imprimé au creux de son dos.

Jim ne put s'empêcher de rire. Cet abruti s'était laissé distraire en un instant et envisageait de toute évidence l'éventualité de lui emboîter le pas pour lui demander si elle voulait jouer avec son tournevis, ce à quoi elle aurait répondu oui, vu sa façon de se retourner sans cesse.

— Vraiment aucune retenue…, marmonna Jim en s'emparant du pistolet.

— Tu parles des freins, là ? (Adrian tourna la tête.) Non, parce qu'il me semble que c'est toi qui t'es envoyé en l'air jeudi soir, pas moi.

— Dire que j'ai cru que ta compagnie était à la hauteur de tes talents de mécano. (Jim replaça le pistolet sur la pompe.) Je devais avoir perdu la boule.

Il se remit en selle et enfila son casque.

— Bon, tu veux qu'on retourne…

— Je suis désolé.

Jim, qui attachait la lanière sous son menton, s'interrompit. Adrian se tenait devant lui, la mine grave, le regard levé vers le ciel. Il avait l'air tout à fait sérieux. Jim fronça les sourcils.

— De quoi ?

— De t'avoir poussé dans les bras de cette nana. Pour moi, ce n'était qu'un jeu, mais pas pour toi. Je n'aurais pas dû t'encourager dans cette voie. Ce n'était pas bien de ma part.

Qu'Adrian se sente si mal pour de telles broutilles paraissait très surprenant, mais il cachait peut-être un cœur tendre sous ses aspects de dur à cuire.

— C'est rien. Tout baigne, répondit Jim.

Adrian serra la main que Jim lui tendait et dit :

— J'essaierai d'être un peu plus intelligent.

— N'allons pas trop vite en besogne.

Adrian sourit.

— T'as raison. Je vais déjà essayer d'être un peu moins con.

— Voilà, chaque chose en son temps. (Jim démarra sa bécane et ferma le poing sur l'accélérateur pour faire monter l'essence dans ses gros pistons affamés.) Vous êtes prêts ?

— Ouais, dit Adrian en enfourchant sa monture. Passe devant, cette fois.

— Rex est bien calé, Eddie ? demanda Jim en jetant un coup d'œil à l'animal, qui semblait tout excité par cette aventure.

— Il ne bouge pas d'un poil.

Rebroussant chemin, Jim contempla la lumière dorée du soleil, la blancheur des nuages, le bleu du ciel et le gris de l'asphalte. Sur la gauche, la route longeait le fleuve et le sentier pédestre qui avait été aménagé sur la berge. Çà et là, des arbrisseaux, tels des crayons plantés dans la terre, forçaient le bitume à les contourner, tout comme les champs qui, dans quelques semaines, seraient couverts de tulipes et de jonquilles.

Le *Riverside Diner* était un des hauts lieux du coin, une vénérable gargote réputée pour son atmosphère chaleureuse qui tentait Jim depuis un bon bout de temps. Le bruit courait qu'on y servait les meilleurs pancakes du…

Jim relâcha l'accélérateur. Dans le parking, une BMW M6 ressemblant comme deux gouttes d'eau à celle de Vin était garée à côté d'une Toyota Camry verte.

Et entre les voitures, deux jambes dépassaient, comme si une personne était allongée sur le sol.

Pour un revirement de situation, c'en était un. De toute évidence, les événements s'accéléraient. Car Jim n'avait aucun doute sur l'identité de l'homme à qui appartenaient les mocassins.

Fonçant dans le parking, il se précipita au côté de la femme qui était agenouillée près de… ouais, c'était bien Vin DiPietro. Il gisait de tout son long, immobile, le visage impassible, comme si on avait collé un masque de cire sur ses traits meurtris.

— Qu'est-ce qui s'est passé ? demanda Jim en sortant la béquille avant de mettre pied à terre.

La fille du club leva les yeux vers lui.

— Il s'est écroulé d'un coup. Comme hier soir.

— Merde.

Jim s'agenouilla pendant qu'Adrian et Eddie coupaient leur moteur. Quand ils firent mine de descendre, Jim les arrêta d'un signe : mieux valait impliquer le moins de monde possible.

— Ça fait combien de temps qu'il est dans les pommes ?

— Juste cinq minutes, je dirais… Oh, mon Dieu… Hé, ça va ?

Vin ouvrit tout doucement les yeux. Il la contempla quelques instants avant de tourner le regard vers Jim.

— On se réveille, murmura Jim en le scrutant.

Il ne fut qu'à moitié soulagé de constater que ses pupilles réagissaient à la lumière.

— Et si on vous emmenait chez un médecin ?

Vin grommela et, lorsqu'il voulut se redresser, Marie-Terese tenta de l'en dissuader.

— Je vais très bien, lança-t-il d'un ton sec. Et non, je n'ai pas de commotion.

Jim le dévisagea d'un air perplexe. Même les types les plus obtus ont tendance à s'émouvoir quand ils tombent dans les vapes en pleine rue. Mais Vin, lui, n'avait pas l'air surpris. Ni inquiet. Il était comme… résigné.

Il semblait avoir l'habitude de ce genre de choses.

Quand Vin se mit à regarder autour de lui, Jim jeta un regard à Adrian et Eddie et leur adressa un signe de tête. Comprenant le message, ils démarrèrent leurs motos et lui firent « au revoir » de la main avant de s'en aller.

— Putain…, dit Vin en se frottant le visage. J'ai morflé.

— Oui, ça, j'ai l'impression.

Jim jeta un coup d'œil à la brune en se demandant pourquoi ces deux-là s'étaient donné rendez-vous. Si Vin voulait éviter toute implication dans les deux meurtres, traîner avec elle n'était pas une riche idée, même si c'était juste pour un café.

— Je ne sais pas ce qui s'est passé, dit-elle. On venait de petit-déjeuner…

— Vous vous êtes contentée d'un café, marmonna Vin, signe que sa mémoire à court terme fonctionnait.

Sauf si elle l'avait accompagné de tartines.

Elle leva la main, semblant vouloir le caresser, mais s'interrompit en plein geste.

— Il a mangé, on a discuté et, quand on est sortis, il…

— Je vais bien, maintenant. (Vin se releva avec peine et prit appui sur le capot de la Camry.) Parfaitement bien.

Jim le saisit par l'épaule.

— On va chez le toubib.

— Pas question. (Il repoussa son bras.) Je rentre chez moi.

Et merde… Vu la manière dont il crispait la mâchoire, le seul service qu'il accepterait peut-être serait de lui servir de chauffeur et de le ramener au Commodore.

— Bon, je vais vous reconduire, alors.

Vin ouvrit la bouche pour s'y opposer, mais la femme posa la main sur son épaule.

— Et si ça se reproduit pendant que vous êtes au volant ?

Lorsqu'ils levèrent la tête et se regardèrent dans les yeux, le soleil perça à travers les nuages clairsemés et un rayon de lumière dorée descendit du ciel pour les nimber d'un halo.

Jim fronça les sourcils et contempla les cieux, s'attendant presque à assister à une scène à la Michel-Ange, la main de Dieu se tendant vers les deux amoureux. Mais non, juste des nuages, le ciel et le soleil… et un vol d'oies migrant vers le sud en cacardant.

Jim reporta son attention sur ses deux compagnons. La lueur qui manquait dans le regard de Vin lorsqu'il regardait Divine au cours du dîner était bel et bien là quand il dévisageait Marie-Terese. Il paraissait totalement hypnotisé par cette femme, et Jim était prêt à parier sa couille gauche que s'il lui avait posé n'importe quelle question à son sujet, depuis sa tenue jusqu'à son parfum en passant par sa taille, il aurait donné cent pour cent de bonnes réponses.

La pensée qui le frappa accentua le pli entre ses sourcils… Et s'il avait tort ? Et si Divine n'était pas sa planche de salut ?

— Je vous en prie, Vin, insista la brune. Laissez-le vous raccompagner.

Peu importe. Il serait toujours temps de se soucier de cela plus tard. Pour l'instant, il fallait reconduire Vin chez lui.

— Donnez-moi vos clés.

— Allez, renchérit la jeune femme.

Vin accepta. Il sortit la télécommande noire et la tendit à Jim.

— Comment allez-vous récupérer votre moto ?

Jim porta la main sur la poche arrière de son jean en se disant qu'il reviendrait en taxi… et s'aperçut qu'il était autant en infraction qu'Adrian : pas de portefeuille. Et donc pas de permis et pas d'argent pour le taxi. Et, pour couronner le tout, la moto n'était ni immatriculée ni assurée.

Sa mine déconfite devait être éloquente car Vin s'esclaffa.

— Votre Harley n'a pas de plaque, hein ? Et vous n'avez pas de permis non plus, j'imagine ?

— Je ne pensais pas faire autant de chemin. Mais ne vous inquiétez pas. Je respecterai le Code de la route.

— Votre voiture est une manuelle ? (Lorsqu'il acquiesça, Marie-Terese secoua la tête.) C'est dommage parce que je ne sais conduire que les automatiques. Mais je peux peut-être vous suivre et reconduire Jim chez lui.

— Plutôt ici, si ça ne vous dérange pas.

— Vous comptez appeler une dépanneuse pour votre moto ? demanda-t-elle. Parce que vous êtes totalement hors la loi.

— Ouais, c'est ce que je vais faire.

— Étant donné que vous avez la clé, ça ne vous dérangerait pas de faire chauffer un peu le moteur ? demanda Vin en désignant sa voiture.

Autrement dit, il souhaitait faire ses adieux en privé.

Jim haussa les sourcils.

— Écoutez, je vous sers peut-être de chauffeur aujourd'hui, mais je ne porte ni casquette ni uniforme. Alors, si vous voulez un peu d'intimité, dites-le carrément. (Il se retourna et adressa un signe de tête à Marie-Terese.) Je vous retrouve devant le Commodore.

— D'accord, à tout à l'heure.

Vin le regarda s'installer au volant de la M6 et fermer la portière. Un instant plus tard, le moteur démarra et un bruit sourd fit vibrer l'habitacle. La stéréo était allumée. Joli joujou…

Marie-Terese secoua la tête.

— Vous devriez vraiment voir un médecin.

— Est-ce que vous vous sentiriez mieux si je vous disais que je fais ça depuis l'âge de onze ans ?

— Non.

— Eh bien, je n'en suis toujours pas mort. (Soudain, il repensa au revolver qui était apparu dans sa vision et au bruit de la détonation. Il lui fallut faire appel à toute sa volonté pour ne pas laisser paraître son affolement.) Écoutez, je ne sais pas ce qui se passe autour de vous… (Voyant son visage se durcir, il décida d'attaquer sous un autre angle.) Je sais que le gérant de la boîte de nuit fait tout pour vous protéger, mais ça se limite au périmètre du *Masque de fer*. Et si quelqu'un vous suivait jusqu'à chez vous ?

— Si vous voyiez ma maison, vous comprendriez pourquoi je ne suis pas inquiète.

Vin fronça les sourcils en se disant qu'au moins elle avait l'air d'y être préparée.

— Je vous promets que je ne mettrai pas le nez dans vos affaires, mais si vous savez qui pourrait vous en vouloir, allez voir les flics. Et si c'est impossible, demandez à votre patron de s'en charger discrètement.

— Mmm… Merci du conseil.

Dieu qu'il détestait cela. Si seulement il savait ce qu'il lui avait dit pendant sa transe… D'un autre côté, le coup de feu parlait de lui-même.

— Où habitez-vous ? demanda-t-il d'une voix douce.

Lorsqu'elle ouvrit la bouche, il crut un instant qu'elle allait lui répondre. Mais elle se ravisa.

— Quelle est l'adresse exacte du Commodore ? Au cas où on se perdrait en cours de route.

Il lui indiqua le chemin.

— J'habite les vingt-huitième et vingt-neuvième étages.

— Les deux ?

— Oui.

— Ça ne m'étonne pas.

Merde, il sentait qu'elle se refermait, qu'elle se déconnectait de lui.

— Je vous suis, dit-elle.

Lorsqu'elle tourna les talons, il lui toucha l'épaule.

— Vous me donnez votre numéro de portable ?

Elle resta muette un long moment.

— Désolée… je ne peux pas.

— Très bien, je comprends. Mais vous avez le mien. Appelez-moi, s'il vous plaît. N'importe quand.

Il se pencha sur le côté, lui ouvrit la portière, puis attendit qu'elle ait bouclé sa ceinture pour la refermer. Après avoir refusé plusieurs fois de lui obéir, le moteur céda enfin en crachotant, et elle leva les yeux, semblant attendre que Vin se décide à bouger.

Au bruit de l'une des vitres de la M6 qui s'abaissait, Vin étouffa un juron. Apparemment, Jim aussi, car il lui lança :

— Pour que je vous reconduise chez vous, il faudrait déjà monter dans la voiture. À moins que vous ne vouliez sauter sur le pare-chocs avant ?

Vin fit le tour de la BMW et s'installa sur le siège passager.

— Ne la perdez pas de vue.

— Aucun risque.

Et il tint parole. Jim maniait la M6 à merveille. Il se glissait dans le trafic avec rapidité et fluidité… mais pas au point que Marie-Terese n'arrive pas à les suivre.

Sur fond de musique rock, Vin prit un air renfrogné, priant pour que Jim ne lui demande pas ce qu'il fichait au restaurant avec la jeune femme.

—Je voudrais juste savoir une chose, déclara Jim, semblant lire dans ses pensées.

—Marie-Terese a été interrogée par les flics et le proprio aussi. (Vin le regarda.) Ils n'ont rien dit à notre propos et n'en ont pas l'intention.

—Ce n'est pas ce que je voulais vous demander, mais c'est bon à savoir. Et les caméras de sécurité ?

—Ils s'en sont occupés.

—Cool.

—Ne vous emballez pas. J'ai dit à Marie-Terese que si elle devait être compromise, ou si la police lui mettait la pression, il fallait qu'elle nous implique.

—Dites-moi juste un truc.

—Quoi ?

—Qu'allez-vous faire au sujet de Divine ?

Vin croisa les bras.

—Ce n'est pas parce que je prends le petit déjeuner avec quelqu'un…

—Arrêtez vos conneries. Et inutile de faire semblant. Qu'est-ce que vous comptez faire ?

—En quoi ça vous regarde ?

Un long silence s'installa. Si long que le feu passa deux fois au rouge.

Puis Jim accéléra et tourna la tête vers Vin. Il avait le regard vif, les yeux brillants.

—Ça m'intéresse parce que j'en suis venu à croire aux démons.

Vin le considéra d'un air médusé et Jim reporta son attention sur la route en ajoutant :

—Je ne plaisantais pas quand je vous ai dit que j'étais là pour sauver votre âme. Même si j'ai l'impression de m'être gouré.

—Comment ça ?

—Parlez-moi de ces évanouissements.

— Attendez, en quoi vous vous êtes planté ?

— Finalement, je ne crois pas que Divine soit la femme de votre vie. (Il secoua lentement la tête et jeta un coup d'œil dans le rétroviseur.) Mon boulot, c'est de vous aider à traverser cette passe difficile pour vous ouvrir les portes d'un monde meilleur. Et je finis par me dire que ça implique que vous soyez avec cette femme qui… ouaip, vient de brûler un feu pour ne pas se laisser distancer.

— Vous auriez dû vous arrêter ! aboya Vin en faisant pivoter le rétro pour regarder Marie-Terese.

Les mains serrées sur le volant, elle fronçait les sourcils, concentrée sur la M6, et remuait les lèvres, comme si elle chantait une chanson ou se parlait à elle-même – ce que Vin aurait bien voulu savoir.

— Alors, ces évanouissements ? insista Jim. On dirait que vous y êtes habitué.

Vin repositionna le rétroviseur.

— Vous avez déjà entendu parler des médiums ?

— Ouais.

— Eh bien, je vois l'avenir et, quand je suis en transe, il m'arrive de parler. Ça et plein d'autres trucs. Voilà… Vous savez tout. Et je vous assure que ce n'est pas une partie de plaisir. J'ai fait tout mon possible pour m'en débarrasser. D'ailleurs, je croyais avoir réussi, mais je m'étais trompé.

N'entendant plus que les variations du puissant moteur de la M6, il ajouta d'une voix rude :

— Merci de ne pas avoir ri.

— Vous savez quoi ? J'aurais peut-être rigolé il y a quelques jours. (Jim haussa les épaules.) Aujourd'hui, je n'en ai plus du tout envie. Vous avez toujours été comme ça ?

— Ça a commencé quand j'étais gamin.

— Alors… qu'est-ce que vous avez vu à propos de cette fille ?

Comme Vin ne pouvait se résoudre à répondre, Jim marmonna :

— Manifestement, ça n'avait rien à voir avec des dîners aux chandelles ou des promenades romantiques sur la plage.

— Pas vraiment.

— C'était quoi, Vin ? Et vous feriez mieux de le dire. Vous et moi, on est dans la même galère.

Pris d'une violente colère, Vin répliqua :

— OK, je me suis mis à poil, alors à vous maintenant ! Qu'est-ce que vous… ?

— Je suis mort. Hier après-midi… Je suis décédé et j'ai été renvoyé ici pour aider les gens. Vous êtes ma première mission.

Ce fut au tour de Vin de garder son sérieux.

— Ah, vous voyez, vous n'avez pas ri non plus. Écoutez, voilà ce que je vous propose : on arrête de se lamenter et on passe à l'action. Il faut que je vous tire de ce pétrin et, comme je vous l'ai dit, j'ai le sentiment que la solution n'est pas Divine, mais la femme derrière nous dans cette Camry. Alors arrêtez vos simagrées et dites-moi ce que vous avez vu, parce qu'il est hors de question que je foire ma première mission. Plus j'aurai de cartes en main, mieux ce sera.

Jim n'avait pas l'air d'avoir perdu les pédales et, vu tous les trucs étranges qui s'étaient passés dans sa vie, il pouvait peut-être lui accorder un minimum de crédit. Même si ça n'avait pas plus de sens que… les transes des médiums, par exemple.

— J'ai vu… un coup de feu.

Jim tourna lentement la tête.

— Qui a été touché ? Vous ou elle ?

— Je ne sais pas. Je suppose que c'est elle.

— Vous vous êtes déjà trompé ?

— Non.

— Je vois, dit Jim, les mains crispées sur le volant.

— Encore une chose dont il va falloir discuter.

— Ouaip.

Au lieu de cela, ils restèrent muets, assis côte à côte dans la voiture. Pour Vin, la métaphore sautait aux yeux : tous deux étaient embarqués dans une sorte de voyage vers… l'inconnu.

Il jeta un nouveau coup d'œil dans le rétroviseur en priant pour que la future victime ne soit pas Marie-Terese, mais lui.

Arrivés au Commodore, ils descendirent dans le garage pendant que Marie-Terese patientait devant l'immeuble. Ce n'était pas plus mal, songea Vin, il voudrait encore lui dire au revoir, et les meilleures blagues sont les plus courtes.

— Je suis à la place numéro 11.

Après avoir garé la M6, Vin reprit sa télécommande et ils se séparèrent, Jim regagnant l'escalier qui débouchait sur la rue.

Vin prit la direction opposée pour rejoindre l'ascenseur. Lorsque les portes s'ouvrirent en grand, il entra et se retourna. Marchant d'un pas pressé, Jim était presque parvenu à la sortie.

Vin bloqua la fermeture de la cabine et cria :

— Je vais rompre avec Divine !

Jim s'arrêta et regarda en arrière.

— Bien. Mais ne soyez pas trop dur avec elle. Elle est amoureuse de vous.

— C'est l'impression qu'elle donne.

Ce n'était qu'une apparence. D'ailleurs, c'était en partie pour cela qu'il s'était installé avec elle : il préférait les femmes calculatrices à celles qui s'éprenaient de lui, parce qu'il se méfiait moins de l'intérêt personnel que de l'amour.

Mais plus à présent. Des changements s'opéraient en lui, des transformations sur lesquelles il n'avait aucun contrôle, pas plus qu'il ne pouvait empêcher ces visions de l'assaillir.

Un jour normal, il aurait passé quatre-vingt-dix-neuf pour cent de son temps à penser au boulot. Et ces dernières vingt-quatre heures ? Cinquante pour cent, tout au plus. Il avait été obnubilé par des choses plus importantes… qui concernaient Marie-Terese, pour la plupart.

— Je vous tiens au courant, dit-il à Jim.

— Entendu.

Vin laissa les portes se refermer et appuya sur le bouton de son étage. Il devait parler à Divine au plus vite. D'autant que ce n'était pas qu'une question d'honnêteté ; la raison qui le pressait d'en finir avec cette conversation n'avait rien à voir avec le mal qu'il risquait de lui faire.

Cet horrible rêve demeurait présent dans son esprit… comme s'il avait imprégné son cerveau de manière permanente.

Au vingt-huitième étage, l'ascenseur émit une petite sonnerie et Vin sortit pour gagner son appartement. Alors qu'il ouvrait la porte de son duplex, Divine descendit l'escalier en trombe, avec un sourire jusqu'aux oreilles.

— Regarde ce que j'ai trouvé en rangeant ton bureau ! (Elle tendit les mains, exhibant l'écrin de chez *Reinhardt*.) Oh, Vin, c'est superbe !

Elle s'élança vers lui et lui sauta au cou, son parfum l'étouffant encore plus que son étreinte. Pendant qu'elle s'excusait d'avoir ouvert la boîte, prétextant qu'elle n'avait pas pu s'en empêcher, et s'extasiait sur la bague qui lui allait à merveille, Vin ferma les yeux, revoyant le cauchemar qu'il avait eu la veille.

Une intime conviction s'imposa à lui, aussi claire et distincte que son propre reflet dans le miroir.

Elle n'était pas celle qu'elle prétendait être.

Chapitre 20

Jim monta dans la Camry verte puis se pencha et tendit la main.

— Tant qu'à faire, autant se présenter. Jim Heron.

— Marie-Terese.

Un sourire timide mais chaleureux apparut sur son visage, et Jim comprit que cela ne servirait à rien d'attendre son nom de famille.

— C'est gentil à vous de me raccompagner.

— Pas de problème. Comment va Vin ?

— Pour un type qui vient de tomber dans les pommes sur un parking, il a l'air de bien se porter. (Jim l'observa tout en bouclant sa ceinture.) Vous tenez le coup ? Parler aux flics n'a pas dû être une partie de plaisir.

— Vin vous a raconté ? Vous savez à propos des bandes des caméras de sécurité et…

— Ouais, je suis au courant, et merci.

— De rien. (Elle mit son clignotant, ajusta ses rétroviseurs et sortit après le passage d'un 4 × 4.) Je peux vous poser une question ?

— Bien sûr.

— Depuis combien de temps couchez-vous avec sa petite amie ?

Jim serra les épaules et plissa les yeux.

— Pardon ?

— Avant-hier soir, je vous ai vu partir avec sa copine, qui venait de passer une heure à vous mater. Et rebelote hier soir.

Ne le prenez pas mal, mais ça fait un bout de temps que je vois ce genre de scènes, alors je doute que vous vous soyez contentés de vous tenir la main dans ce parking.

Bien joué. Futée, la Marie-Terese.

— Que pensez-vous de Vin ? éluda-t-il.

— Vous ne voulez pas me répondre ? Je peux comprendre.

— C'est quoi votre nom de famille ? (Dans le silence qui suivit, il lui adressa un sourire sardonique.) Vous ne voulez pas me répondre ? Je peux comprendre.

Elle rougit et il étouffa un juron.

— Excusez-moi. Ces deux derniers jours ont été difficiles. Et puis ça ne me regarde pas. (*Encore que…*) Par simple curiosité, que pensez-vous de lui ?

Le temps qu'elle réponde, Jim se demanda depuis quand il s'était transformé en conseiller matrimonial. À ce rythme, il n'allait pas tarder à s'acheter des crèmes pour le visage et repasser ses vêtements.

Voire les laver.

Bref.

— Je ne le connais pas beaucoup, reprit-il, conscient qu'elle n'avait rien dit, mais je le trouve réglo.

Elle le regarda.

— Comment le connaissez-vous ?

— C'est mon patron. Il dirige une entreprise de construction et je suis charpentier. Disons que le Ciel l'a mis sur ma route.

Dans tous les sens du terme, pensa Jim en se remémorant les quatre guignols.

Alors qu'ils approchaient d'un feu rouge, elle dit :

— Il ne m'intéresse pas. Je ne veux pas d'un homme dans ma vie.

Jim leva les yeux vers les gratte-ciel tutoyant les nuages.

— Des fois, c'est quand on ne cherche pas qu'on trouve.

— Je n'ai aucune envie de sortir avec lui. Voilà. C'est tout.

Super. Un pas en avant, deux pas en arrière. Vin était partant ; Marie-Terese n'était pas intéressée. Et ce malgré le fait qu'elle était de toute évidence attirée par ce type et qu'elle se souciait assez de lui pour s'assurer qu'il ne lui arrive rien en rentrant chez lui.

Poursuivant leur route, ils passèrent devant un couple qui marchait côte à côte, main dans la main. Cependant, il ne s'agissait pas de deux jeunes gens ; ils étaient vieux. Très vieux. Mais seulement en apparence, pas dans leur cœur.

— Vous avez déjà été amoureuse ? interrogea Jim d'une voix douce.

— C'est à une prostituée que vous demandez ça ?

— Moi, je ne l'ai jamais été. Je me demandais juste si pour vous c'était pareil.

Il toucha la vitre et la vieille dame, apercevant son geste, crut qu'il lui avait fait signe. Lorsqu'elle leva la main, il se demanda s'il ne l'avait pas saluée inconsciemment.

Il lui sourit, elle fit de même, puis ils reprirent chacun leur chemin.

— Qu'est-ce que ça change ?

Il songea à Vin dans son beau duplex froid, entouré de magnifiques objets inanimés. Puis il se rappela Vin regardant Marie-Terese à la lumière du soleil. Son âme s'était nourrie de la présence de la jeune femme. Il avait semblé vraiment vivant à cet instant.

— Eh bien, je commence à penser… que l'amour est la chose la plus importante.

— C'est ce que je croyais aussi, rétorqua Marie-Terese d'une voix rauque. Et puis je me suis mariée, et tous mes rêves de petite fille se sont envolés.

— Ce n'était peut-être pas de l'amour.

À son rire étranglé, il sentit qu'il était sur la bonne piste.

— Ouais, peut-être, insista-t-il. (Ils entrèrent dans le parking du restaurant et se dirigèrent vers sa Harley.) Merci encore de m'avoir raccompagné.

— Contente de vous avoir rendu service.

Il sortit de la voiture, ferma la portière et la regarda faire demi-tour. Alors qu'elle s'éloignait, il mémorisa sa plaque d'immatriculation.

Lorsqu'elle fut hors de vue, il enfila son casque, démarra sa moto et partit. Après tous les délits qu'il avait commis, il n'était plus à une infraction près.

En outre, le vent battant contre son torse et ses bras le débarrassait de son stress et lui éclaircissait les idées. Il savait très bien ce qu'il lui restait à faire et, même si l'idée lui répugnait, il fallait parfois avaler des couleuvres pour avancer : il se retrouvait avec une femme à sauver, une vision à élucider et le meurtre de deux gamins à caser dans toute cette histoire. Le plus urgent, c'était de trouver des informations, et il n'y avait qu'un seul moyen d'en obtenir.

Il avait horreur de faire la pute, mais quand il faut, il faut… et il aurait été prêt à parier que Marie-Terese se disait souvent la même chose.

Dès qu'il s'arrêta dans l'allée de son studio, Rex sortit de sous le camion et s'approcha en boitillant, la queue frétillant de joie tandis qu'il l'escortait jusqu'au garage. Une fois débarrassé de son casque, Jim se pencha pour lui dire bonjour convenablement et l'arrière-train de l'animal se mit à bouger si vite qu'il se demanda par quel miracle le petit gars tenait encore sur ses pattes.

Être accueilli de la sorte lui procurait une sensation bizarre.

Jim souleva le chien, le colla contre son torse et monta l'escalier pour ouvrir la porte. À l'intérieur, il fit quelques caresses à l'animal pendant qu'il cherchait son portable dans son lit en désordre.

Lorsqu'il le trouva, Jim s'assit sur le matelas et, sentant le petit corps chaud se pelotonner contre lui, il réfléchit un long moment avant de composer le numéro. Il avait l'impression familière de faire un pas en arrière et fut surpris d'en éprouver un tel écœurement.

Merde, est-ce qu'il avait voulu repartir de zéro en emménageant à Caldwell ?

Balayant la pièce du regard, il vit ce que Vin avait remarqué : deux tas de vêtements, un lit dans lequel quiconque de plus de douze ans n'aurait pu se sentir à l'aise, des meubles semblant tout droit sortis de chez Emmaüs et un simple plafonnier lézardé sur toute sa longueur.

Pas vraiment le cadre d'un nouveau départ, mais, comparé aux endroits où il était allé et à ce qu'il avait fait, même dormir sur le banc d'un parc aurait été un progrès.

Jim contempla le téléphone : il savait très bien à quoi il s'exposait si cette vieille voix familière répondait à l'autre bout du fil.

Cependant, il composa les onze chiffres et appuya sur la touche d'appel.

Lorsque la sonnerie s'arrêta sans qu'aucun répondeur ne s'enclenche, il prononça un mot : « Zacharias ». Pour toute réponse, il entendit le rire laconique d'un homme que plus rien ne pouvait surprendre.

— Tiens, tiens, tiens… Si on m'avait dit que j'entendrais à nouveau ce nom…

— J'ai besoin d'informations.

— Sans blague ?

Jim resserra la main autour du téléphone.

— C'est juste une recherche d'identité et de plaque d'immatriculation. Tu pourrais le faire les yeux fermés, espèce d'enculé.

— Tu crois que c'est en me parlant comme ça que tu obtiendras ce que tu voudras ? Toujours aussi diplomate, à ce que je vois.

— Rien à cirer. Tu as une dette envers moi.

— Vraiment ?

— Ouais.

Un long silence suivit, mais Jim savait très bien que la ligne n'avait pas été coupée : les satellites que le gouvernement utilisait pour des gens comme son ancien patron étaient assez puissants pour transmettre un signal jusqu'au cœur de la Terre.

Le rire en sourdine résonna de nouveau.

— Désolé, mon vieil ami. Il y a un délai de prescription sur les obligations et le tien vient d'expirer. Ne me rappelle plus jamais.

La ligne fut aussitôt coupée.

Jim observa le téléphone un moment, puis le jeta à nouveau sur le lit.

— Je crois que c'est foutu, Rex.

Merde, et si Marie-Terese était une arnaqueuse et que Vin se faisait enfumer ?

S'allongeant sur les draps froissés, il cala le chien contre son torse, puis tendit le bras vers la petite table pour s'emparer de la télécommande. Tandis qu'il caressait le pelage rêche, il pointa l'objet vers la minuscule télé posée de l'autre côté de la tête de lit, le pouce suspendu au-dessus du bouton de veille.

Un coup de main ne serait pas de refus, les gars, pensa-t-il. *Quelle voie suis-je censé suivre dans cette histoire ?*

Il appuya et l'image apparut, bourgeonnant sur l'écran de verre avant de s'épanouir en une image nette. Une femme vêtue d'une longue robe écarlate était escortée par un type en smoking depuis une limousine jusqu'à un jet privé. Il ne reconnut pas le film, mais étant donné qu'il avait passé les vingt dernières années dans des camps de mercenaires, il n'avait pas eu beaucoup de temps pour se rendre au cinéma.

Lorsqu'il pressa la touche « Info », Jim explosa de rire. *Pretty Woman* racontait l'histoire d'un homme d'affaires qui tombait amoureux d'une prostituée. Il leva les yeux au plafond.

— Si je comprends bien, je me suis gouré ?

Ce soir-là, quand Marie-Terese pénétra dans la cathédrale St. Patrick, elle marchait d'un pas traînant, avec l'impression que la travée mesurait un kilomètre de long. Longeant les chapelles des saints en direction des confessionnaux, elle s'arrêta à la quatrième alcôve. La grande statue en marbre blanc qui représentait Marie-Madeleine en pleine prière avait été ôtée de son piédestal, sans doute pour être dépoussiérée et débarrassée des résidus d'encens.

À la vue de l'espace vide, elle prit conscience qu'elle avait décidé de quitter Caldwell.

C'était devenu trop lourd. Elle n'était vraiment pas à un moment de sa vie où elle pouvait se permettre de s'attacher à un homme, et c'était ce qui était en train d'arriver avec Vin. Sans même considérer la mort de ces deux gamins, elle n'avait rien à gagner à passer davantage de temps en sa compagnie. D'autant qu'elle devait rester libre de ses mouvements pour mettre les voiles à tout moment…

Le grincement d'une porte lui fit dresser l'oreille, mais lorsqu'elle se retourna, l'endroit était désert. Comme d'habitude, l'église et tous ses bancs étaient vides, à l'exception de deux femmes voilées de noir qui priaient devant l'autel et d'un homme vêtu d'un maillot des Red Sox qui s'agenouillait au fond du bâtiment.

Alors qu'elle poursuivait son chemin, le poids de la décision qu'elle venait de prendre lui tomba sur les épaules. Où allait-elle partir ? Combien allait-il falloir dépenser pour se forger une nouvelle identité ? Et son travail ? Trez était unique en son genre, et *Le Masque de fer* était le seul endroit où elle s'imaginait faire ce genre de boulot.

Mais alors, comment payer les factures ?

Devant chaque confessionnal, deux personnes la précédaient, alors elle attendit avec eux, les saluant d'un sourire avant de détourner le regard à son tour. C'était toujours comme ça. Les pécheurs n'étaient jamais enclins à discuter le bout de gras quand ils étaient sur le point de se confesser et elle se demanda si, comme elle, ils répétaient leur texte avant d'entrer.

Quels que soient leurs problèmes, elle les aurait battus à plate couture si on avait organisé un concours de péchés. Les doigts dans le nez.

— Bonjour.

Jetant un coup d'œil par-dessus son épaule, elle reconnut un des membres du groupe de prières. C'était un taciturne, comme elle, un habitué qui prenait rarement la parole.

— Salut, dit-elle.

Il hocha la tête puis riva ses yeux au sol, les mains jointes, s'isolant du reste du monde. Sans raison particulière, elle remarqua qu'il sentait l'encens, celui qu'on utilisait dans les églises, et l'odeur sucrée-fumée la réconforta.

Ensemble, ils avancèrent de deux pas lorsqu'une personne entra dans le confessionnal… et une nouvelle fois… jusqu'au moment où Marie-Terese fut la prochaine à passer.

Une femme aux yeux rougis sortit de derrière l'épais rideau en velours, et ce fut au tour de Marie-Terese d'entrer. En guise d'au revoir, elle adressa un sourire au type du groupe de prières avant de s'avancer dans l'isoloir.

Une fois à l'intérieur, elle prit un siège et le panneau de bois fut glissé en arrière pour laisser apparaître le profil du prêtre de l'autre côté du grillage qui les séparait.

Après s'être signée, elle murmura :

— Pardonnez-moi, mon père, parce que j'ai péché. Ma dernière confession remonte à deux jours.

Elle marqua une pause : ces mots si familiers étaient toujours aussi durs à prononcer.

— Parlez, mon enfant. Soulagez votre fardeau.

— Père, j'ai… péché.

— De quelle manière ?

Il le savait bien. Mais l'objectif de la confession était d'énoncer ses mauvaises actions à voix haute, faute de quoi il était impossible d'obtenir l'absolution ni un quelconque soutien moral.

Elle se racla la gorge.

— J'ai… enfreint la loi en couchant avec des hommes, et j'ai commis l'adultère. (Parce que parmi eux, certains portaient des alliances.) Et… j'ai cité le nom du Seigneur en vain. (Quand elle avait vu Vin s'écrouler près du restaurant.) Et je…

Il lui fallut un certain temps pour venir à bout de sa liste et, lorsqu'elle s'interrompit, le prêtre hocha la tête d'un air solennel.

— Mon enfant… j'imagine que vous avez conscience de vos fautes.

— Oui, mon père.

— Et les transgressions envers Dieu ne peuvent…

Pendant qu'il poursuivait, Marie-Terese ferma les yeux, les mots du prêtre pénétrant au plus profond de son âme. La douleur qu'elle ressentit en mesurant l'ampleur de son avilissement et de ce qu'elle s'auto-infligeait lui comprima les poumons jusqu'à l'empêcher d'inspirer la moindre bouffée d'air.

— Marie-Terese.

Elle se ressaisit et regarda à travers la grille.

— Oui, mon père ?

— Et c'est pourquoi je… (Le prêtre marqua une pause.) Vous disiez ?

— Vous avez prononcé mon nom.

Il fronça les sourcils.

— Non, mon enfant, je n'ai rien dit. Mais pour vos péchés, je décrète que… (Marie-Terese tourna la tête, même s'il n'y avait rien d'autre à voir que le panneau de bois et le rideau en velours rouge) *te absolvo a peccatis tuis in nomine Patris et Filii et Spiritus Sancti. Amen.*

Baissant la tête, elle remercia le prêtre et, après avoir refermé le paravent, elle prit une grande inspiration, ramassa son sac et sortit du confessionnal. Juste à côté, elle entendit la voix d'un autre pécheur. Un murmure étouffé, confus.

Tandis qu'elle arpentait la travée latérale, elle balaya la cathédrale des yeux, prise de paranoïa. Les deux femmes voilées étaient toujours là.

L'homme qui avait été en train de prier avait disparu, mais deux autres étaient entrés pour prendre sa place au fond de l'église.

Elle détestait se retourner, croire entendre son nom et s'inquiéter qu'on la suive. Mais depuis le jour où elle avait quitté Las Vegas, elle avait toujours été sur ses gardes et avait le sentiment qu'il en serait toujours ainsi.

Dehors, elle trottina jusqu'à sa voiture, sans pouvoir respirer à son aise avant de s'être barricadée à l'intérieur. Pour une fois, la Camry démarra dès le premier tour de clé, comme si son adrénaline se transmettait au moteur, et elle s'en alla en direction du club.

Au moment où elle se gara dans le parking du *Masque de fer* et sortit du véhicule, la panique était à son comble. Pourtant, aucune voiture n'avait suivi la sienne. Aucune ombre ne traquait ses pas. Rien ne sortait de l'ordinaire…

Son regard s'arrêta sur la ruelle où les cadavres avaient été découverts… ce qui la conforta dans ses inquiétudes.

— Comment vas-tu ?

Marie-Terese se retourna si vite qu'elle se cogna avec son sac. Ce n'était que Trez, qui attendait à côté de la porte.

— Je vais… bien. (Le voyant froncer les sourcils, elle leva la main.) Ne me pose pas de questions. Pas ce soir. Je sais que c'est dans une bonne intention, mais là, je ne suis pas en état.

— OK, murmura-t-il en s'écartant pour lui laisser le passage. Je te laisse tranquille.

Par bonheur, il tint parole, s'abstenant de la déranger pendant qu'elle se changeait dans le vestiaire. Vêtue de son horrible uniforme, les cheveux crêpés, les paupières enduites d'une épaisse couche de fard et les lèvres poisseuses, elle traversa le long couloir menant au ventre du club, l'esprit totalement séparé de son rôle et de la scène.

Parcourant les abords de la foule, il ne lui fallut pas longtemps pour trouver un client. Quelques regards, des petits déhanchements, un léger sourire et elle avait ferré son premier candidat de la nuit.

Ce type paraissait totalement décalé ; en d'autres termes, il aurait semblé à l'aise dans n'importe quel endroit sauf en terrain goth. Dépassant le mètre quatre-vingts, les cheveux bruns et les yeux noisette, il sentait *Eternity for Men* de Calvin Klein, un classique évoquant un homme soigné sans être snob, une sorte de chic décontracté qui se reflétait jusque dans sa tenue. Et il ne portait pas d'alliance.

Lorsqu'ils évoquèrent la transaction, la conversation prit un tour emprunté, maladroit, et il se mit à rougir : à l'évidence, il ne se serait jamais imaginé en train de proposer de l'argent contre du sexe.

Bienvenue au club, songea-t-elle.

Lorsqu'il la suivit dans les toilettes privées, la réalité commença à se déformer d'une manière qui lui était familière, comme si, désincarnée, elle marchait à deux pas derrière, les regardant s'isoler derrière la porte close.

À l'intérieur de la pièce exiguë, elle prit les billets qu'il lui tendit et les fourra dans la poche dissimulée à l'intérieur de sa jupe, puis s'avança vers lui, froide comme de la glace avant de lui effleurer le bras d'une main tremblante. Étirant les lèvres en un sourire forcé, elle se prépara à l'idée qu'il allait la toucher, contraignant son corps à ne pas broncher, espérant maintenir assez de contrôle pour ne pas s'enfuir en hurlant.

— Je m'appelle Rob, dit le type d'une voix nerveuse. Et vous ?

D'un coup, la pièce l'engloutit, les murs pourpre et noir se resserrant autour d'elle comme pour la broyer, et elle voulut crier à l'aide pour que quelqu'un, n'importe qui, vienne les arrêter.

Tentant de se ressaisir, Marie-Terese déglutit et cligna des yeux dans l'espoir de se débarrasser de cette vision et de reprendre possession de ses moyens.

Lorsqu'elle se pencha, l'homme fronça les sourcils et s'écarta.

— Vous avez changé d'avis ? demanda-t-elle en priant pour qu'il acquiesce, même si la seule conséquence aurait été de l'obliger à trouver quelqu'un d'autre.

Il semblait perplexe.

— C'est-à-dire que… vous pleurez.

Reculant, elle contourna du regard son épaule et jeta un coup d'œil au miroir suspendu au-dessus du lavabo. Bon Dieu… il avait raison. Un filet de larmes perlait sur ses joues. D'un geste, elle les essuya.

L'homme se tourna à son tour vers le miroir, l'air aussi triste qu'elle.

— Vous savez quoi ? dit-il. Je crois que ni l'un ni l'autre ne devrions faire cela. J'essaie de me venger de quelqu'un qui se fiche de savoir avec qui je couche, mais sans avoir à blesser quelqu'un d'autre. C'est pour ça que je me suis adressé à…

— Une pute, conclut-elle à sa place. C'est pour ça que vous êtes venu me voir.

Bon sang, elle avait une mine affreuse : des yeux de panda, des joues blanches comme du papier et les cheveux qui frisottaient.

Les yeux rivés sur son reflet, elle comprit qu'elle était à bout. Elle avait fini par craquer. Cela faisait un bout de temps qu'elle glissait sur cette pente : toutes ces interminables hésitations avant de pouvoir mettre un pied dans le club, ces crises de larmes dans la douche et ces bouffées d'angoisse dans le confessionnal. Mais tout cela n'avait été qu'une approche. À présent, elle était arrivée en fin de course.

S'essuyant la main sur sa jupe, elle sortit le tas de billets et les déposa dans la paume de l'inconnu.

— Je crois que vous avez raison. Aucun de nous ne devrait être là.

Il acquiesça, le poing serré, l'air désemparé.

— Je ne suis qu'une poule mouillée…

— Pourquoi dites-vous cela ?

— C'est juste mon comportement habituel. Je panique toujours dans ce genre de situation.

— Ce n'est pas l'impression que j'ai eue. Je vous ai trouvé plutôt… sympa.

— Voilà. C'est tout moi, ça. Le type sympa.

— Comment s'appelle-t-elle ? murmura Marie-Terese.

— Rebecca. C'est une collègue de travail, une fille en tout point… parfaite. Ça fait quatre ans que j'essaie d'attirer son attention, mais elle ne fait que me rebattre les oreilles de ses petits copains. Alors je me suis dit que si je pouvais lui parler d'une de mes copines… Le problème, c'est que je n'en ai jamais eu et que je ne sais pas mentir.

Il tira sur les manches de sa chemise, comme s'il essayait de se rendre plus séduisant.

— Vous lui avez demandé de sortir avec vous ? s'enquit Marie-Terese.

— Non.

— Vous ne croyez pas qu'elle essaie de vous en mettre plein la vue, avec tous ces petits amis ?

Il fronça les sourcils.

— Mais pourquoi ferait-elle cela ?

Marie-Terese tendit la main vers son visage et le força à se regarder dans le miroir.

— Parce que vous êtes mignon, gentil, et que vous interprétez peut-être mal la situation. Et puis, si vous lui posez la question et qu'elle vous envoie sur les roses, c'est qu'elle ne vous méritait pas, de toute façon. Il n'y a pas de raison que vous ne soyez qu'un parmi les autres.

— Mon Dieu, je n'oserai jamais lui proposer un rendez-vous.

— Que pensez-vous de ça : « Rebecca, est-ce que tu es libre jeudi soir ? » Surtout, choisissez un jour de semaine. Le week-end, ça mettrait trop de pression.

— Vous croyez ?

— Qu'avez-vous à perdre ?

— Ben, elle est assise juste à côté de moi au boulot et je la vois tous les jours.

— Mais ça n'a pas l'air de vous ravir, si ? Au moins, après, vous pourrez tourner la page.

Il croisa son regard dans le miroir.

— Pourquoi pleuriez-vous ?

— Parce que… je ne peux plus continuer.

— Vous savez, ça me fait plaisir. Si je vous ai choisie, c'est parce que vous n'avez pas l'air d'être le genre de nana qui… (Il rougit.) Euh…

— Qui devrait faire ce genre de trucs ? Je sais. Et vous avez raison.

Il se tourna vers elle et lui sourit.

— Finalement, ça s'est bien passé.

— C'est vrai. (Sans réfléchir, elle s'avança vers lui et le serra dans ses bras.) Je vous souhaite bonne chance. Et quand vous demanderez à une femme de sortir avec vous, rappelez-vous que vous êtes quelqu'un de bien et qu'elle aurait de la chance de vous avoir à ses côtés. Croyez-moi, je suis bien placée pour savoir combien il est difficile de dégotter la perle rare.

— Vous trouvez ?

— Vous ne savez pas à quel point, répondit-elle en roulant des yeux.

— Merci, dit-il en souriant jusqu'aux oreilles. Vraiment, je le pense. Et je crois que je vais lui demander. Qu'est-ce que je risque, hein ?

— On ne vit qu'une fois.

Quand il s'en alla, il rayonnait de bonheur, remonté à bloc. La porte se referma et Marie-Terese se replongea dans la contemplation de son reflet. Dans la lumière des spots, le visage maculé de noir, elle avait l'air d'une goth.

Quelle ironie qu'il ait fallu attendre sa dernière soirée au club pour qu'elle se fonde enfin dans la masse !

Se penchant sur le côté, elle arracha une serviette en papier afin d'essuyer l'eye-liner qui avait coulé. Au lieu de cela, elle se mit à retirer son rouge à lèvres, ôtant la couche luisante qui lui couvrait la bouche. Plus jamais. Plus jamais elle ne porterait ce truc poisseux… ni ces fards… ni cette tenue vulgaire et ridicule.

Terminé. Ce chapitre de sa vie était clos.

D'un coup, elle ressentit une incroyable sensation de légèreté. Aussi incroyable qu'insensée : elle n'avait pas la moindre idée de ce qu'elle allait faire ni de l'endroit où elle allait vivre. En toute logique, elle aurait dû paniquer.

Elle ne pouvait que penser à quel point elle était soulagée.

Se détournant du miroir, elle tendit le bras vers la poignée en laiton et se rendit compte que ses larmes avaient laissé place à un sourire. Ouvrant la porte, elle… se retrouva nez à nez avec la mine défaite de Vincent DiPietro.

Il était appuyé contre le mur qui se trouvait juste en face des toilettes privées. Les bras croisés, le corps rigide malgré une pose qui se voulait détendue, il avait le visage d'un homme qui venait de se faire ouvrir les tripes.

Chapitre 21

Le problème, c'était qu'il n'avait aucune raison ni aucun droit de se sentir frappé en traître.

Alors qu'il dévisageait Marie-Terese, le regard rivé sur ses joues rosies et ses lèvres dépourvues de tout maquillage, Vin n'aurait pas dû ressentir la moindre émotion. Même chose lorsque ce type était sorti des toilettes privées en souriant, le torse bombé comme s'il était l'homme le plus viril au monde. Rien n'aurait dû broncher au creux de sa poitrine.

Ce n'était pas sa femme. Ce n'étaient pas ses affaires.

— Il faut que j'y aille, dit-il en se redressant avant de tourner les talons.

D'un simple regard, il jaugea la foule compacte puis regagna le club en direction du couloir dont il savait, depuis la veille, qu'il débouchait sur la rue.

Tout au long du chemin, la voix de son père ivre le poursuivit : « *On peut pas se fier aux femmes. Toutes des salopes. Dès qu'elles en ont l'occasion, elles te baisent, et pas comme tu le voudrais.* »

Marie-Terese le rattrapa peu avant la sortie, ses talons hauts claquant sur le carrelage. L'agrippant par le bras, elle tira sur sa manche pour l'arrêter.

— Vin, pourquoi est-ce que vous…

— Vous comportez ainsi ? (Merde, il n'arrivait même pas à la regarder. Ça lui était impossible.) Vous savez quoi ? Je n'en ai aucune idée.

Elle parut perplexe.

— Non, je voulais dire… Pourquoi êtes-vous venu ? Vous avez des problèmes ?

Un sacré paquet, oui…

— Non, tout va bien. Tout va merveilleusement bien.

Lorsqu'il fit mine de partir, elle lui lança d'une voix forte et claire :

— Je n'ai pas couché avec lui. Le type qui était là. Je n'ai pas couché avec lui.

Vin jeta un coup d'œil par-dessus son épaule, puis regarda la jeune femme.

— Vous vous foutez de moi ? Vous couchez avec des types pour de l'argent. Vous croyez que j'ai oublié ce que c'était qu'une prostituée ?

La voyant blêmir, il se sentit minable. Mais, sans lui laisser le temps de revenir sur ses paroles blessantes, elle rétorqua :

— C'est la vérité, et, que vous le croyiez ou non, c'est votre problème. Pas le mien. Maintenant, si vous voulez bien m'excuser, je vais me changer.

Lorsqu'elle leva la main pour écarter une mèche de son épaule, il vit qu'elle avait le poing serré sur quelque chose de blanc… Une serviette en papier chiffonnée et recouverte de traces rouges.

— Attendez. (Il l'arrêta et contempla ce qu'elle tenait entre les mains.) Vous avez retiré votre rouge à lèvres.

— Bien sûr que… Attendez, vous pensiez que c'était cet homme qui me l'avait enlevé en m'embrassant, hein ? (Elle pivota et se dirigea tout droit vers la porte du vestiaire.) Au revoir, Vin.

Ce fut à son tour de la surprendre.

— J'ai rompu avec Divine cet après-midi. Ma petite amie est désormais une ex. C'est ce que j'étais venu vous annoncer.

Marie-Terese s'arrêta sans se retourner.

— Pourquoi avez-vous fait ça ?

Il la détailla de haut en bas, s'attarda sur ses épaules menues jusqu'à la sublime cambrure de son dos en passant par les cheveux noirs qui tombaient sous ses omoplates.

— Parce que quand je vous regardais au restaurant, plus personne n'existait. Et quoi qu'il se passe entre nous, c'est grâce à notre rencontre que j'ai compris ce qui me manquait dans la vie.

Elle tourna vers lui ses magnifiques yeux bleus et le dévisagea d'un air stupéfait.

— C'est la vérité, dit-il. Je vous le jure. Et c'est pour ça que j'étais si énervé devant les toilettes privées. Je ne prétends pas que vous m'apparteniez… mais juste que ça me plairait.

Tandis que la musique du club remplissait l'air de ses accords moroses et déprimants, il s'évertuait à trouver la formule magique qui la retiendrait auprès de lui.

Si déjà il pouvait éviter de laisser parler son père à travers lui…

Elle se retourna et il sentit le poids de son regard.

— Je vais aller me changer et dire à Trez que je démissionne. Vous m'attendez ?

Quoi ? Est-ce qu'il avait bien entendu ?

— Vous démissionnez ?

— Je savais depuis un bout de temps que je ne pouvais pas continuer… J'ignorais juste que ça arriverait ce soir.

Vin s'avança et l'enlaça, prenant soin de ne pas la serrer trop fort pour qu'elle puisse le repousser si tel était son souhait. Mais elle se laissa faire. Lorsque leurs corps se touchèrent, elle prit une grande inspiration… et l'étreignit à son tour.

— Oui… oui, je serai là, murmura-t-il. Même si je dois patienter des heures.

Comme s'il avait attendu ce moment précis pour apparaître, Trez sortit de son bureau à l'autre bout du couloir et s'avança vers eux.

Il tendit la main à Vin.

— Alors, vous l'emmenez avec vous ?

Vin haussa les sourcils.

— Si elle est d'accord.

Trez regarda Marie-Terese, ses yeux bruns débordant de tendresse.

— Tu devrais accepter.

Marie-Terese se mit à rougir comme une pivoine.

— Je… euh… Écoute, Trez, je ne reviendrai plus ici.

— Je sais. Et tu vas me manquer, mais je suis content pour toi. (Il tendit ses deux énormes bras et la serra contre lui.) Je préviendrai les autres filles et, surtout, ne te sens pas obligée de rester en contact : parfois il vaut mieux une rupture nette. Souviens-toi juste d'une chose. Si tu as besoin de quoi que ce soit, de l'argent, un toit, une épaule pour pleurer, je serai toujours là pour toi.

Décidément, j'aime bien ce type, se dit Vin.

Après qu'elle se fut éclipsée dans le vestiaire, Vin baissa la voix, précaution inutile car, à l'exception des deux hommes, le couloir était désert.

— Écoutez, je sais que vous n'avez pas cafté à la police. Et j'apprécie, mais si ça doit vous mettre dans le pétrin, vous ou elle, je préfère que vous crachiez le morceau, d'accord ?

Trez fit un léger sourire. Ce type avait une telle confiance en lui qu'elle en était palpable.

— Ne vous faites pas de mouron à propos des flics. Prenez soin de Marie-Terese, et tout se passera bien.

— En fait, on n'est pas vraiment ensemble.

Mais s'il le pouvait…

— Je peux vous donner un conseil ?

— Bien sûr.

Il se rapprocha et Vin se sentit gêné, peu habitué, compte tenu de sa taille, que les yeux de son interlocuteur soient à sa hauteur. Trez en revanche semblait parfaitement à l'aise.

— Écoutez-moi bien, dit-il. À un moment donné, et peut-être plus vite que vous ne le croyez, il va falloir apprendre à lui faire confiance, à croire qu'elle est bien ce que vous pensez et non ce que vous craignez. Elle a fait ce qu'elle devait faire ici, et un jour elle vous expliquera peut-être pourquoi. Mais, ce genre de saloperie, ça ne s'efface pas d'un coup d'éponge. Ça risque même de ne jamais partir. Cela dit, laissez-moi vous rassurer sur un point : elle n'a rien à voir avec les autres filles qui bossent dans cette boîte. Si la vie avait été plus clémente pour elle, jamais elle n'aurait échoué ici. Pigé ?

Vin avait parfaitement saisi. La seule chose, c'est qu'il se demandait ce que le gérant du club savait au juste. À sa façon de le regarder, on aurait dit qu'il voyait… tout.

— Ouais, pigé.

— Parfait. Parce que si jamais vous lui faites mal… (il lui chuchota à l'oreille) je vous transformerai en steak haché.

Lorsque Trez se redressa en lui adressant un autre de ses petits sourires, Vin garda un visage impassible, malgré les images de hot-dogs, de hamburgers et de sauce barbecue qui se bousculaient dans sa tête.

— Vous savez, murmura Vin, vous êtes un type bien. Vraiment.

Trez s'inclina légèrement.

— C'est aussi ce que je pense de vous.

Une dizaine de minutes plus tard, quand Marie-Terese sortit, elle s'était démaquillée, avait troqué sa tenue de travail contre un jean assorti d'un polaire, et son sac avait disparu.

— J'ai jeté mes affaires, dit-elle à Trez.

— Bien.

Tous trois se dirigèrent vers la sortie et, arrivés à la porte, elle serra de nouveau son patron dans les bras.

— Trez, à propos de la police…

— Si jamais ils te demandent, je te le ferai savoir. Mais sois tranquille, il n'arrivera rien.

Elle lui sourit.

— Tu t'occupes de tout, hein ?

Une ombre traversa le visage de l'homme.

— Presque. Maintenant, filez, vous deux. Et, ne le prenez pas mal, mais je ne veux plus jamais vous revoir.

— Adieu, Trez, murmura Marie-Terese.

Lorsque le gérant ouvrit la porte de derrière, Vin passa son bras autour de la taille de la jeune femme et l'escorta au-dehors.

— On peut aller discuter quelque part ? demanda-t-il tandis que le bruit de leurs pas résonnait dans le silence.

— Au restaurant ?

— Je pensais plutôt… à un endroit que j'aimerais vous montrer.

— D'accord. Je vous suis ?

— Et si vous montiez avec moi ? (Elle jeta un dernier regard au club et il secoua la tête.) En fait, mieux vaut que vous me suiviez. Vous vous sentirez plus en sécurité dans votre propre voiture.

Elle resta muette, semblant tester son instinct, puis haussa les épaules.

— Non… Ce n'est pas nécessaire. (Elle leva les yeux vers lui.) Je n'ai pas peur avec vous.

— Parfait.

Vin l'escorta jusqu'à la M6 et, une fois Marie-Terese installée, il se mit au volant.

— Nous allons au Wood.

— Qu'est-ce que c'est ?

— Un quartier résidentiel de la ville où toutes les rues finissent par « wood ». Oakwood, Greenwood, Pinewood. (Il démarra le moteur.) Les urbanistes devaient être en panne d'inspiration. Je suis même surpris qu'il n'existe pas de Woodwood Avenue.

Elle s'esclaffa.

— Ça fait un an et demi que j'habite ici. Je devrais savoir où ça se trouve.

— Ce n'est pas loin. À peine une dizaine de minutes.

À cinq blocs du club, il s'engagea sur l'autoroute du Nord pour prendre la première sortie en direction des banlieues nord de Caldwell. Ils longèrent des rues bordées de terrains aussi minuscules que des timbres-poste, la taille des maisons rapetissant au fur et à mesure qu'ils avançaient.

Il gardait encore quelques souvenirs de ces quartiers, qui n'avaient cependant rien de l'image proprette d'une famille heureuse. En fait, il se revoyait plutôt faire le mur pour échapper à ses vieux et rejoindre ses potes, avec qui il allait boire, fumer et se bastonner, n'importe quoi plutôt que de rester chez lui.

Dieu qu'il avait prié pour qu'ils disparaissent ! Ou qu'il se casse de cet enfer. À l'évidence, il avait été exaucé au-delà de ses espérances.

— On y est presque, dit-il, même si Marie-Terese avait l'air tout à fait à l'aise à son côté.

Confortablement installée, elle regardait par la fenêtre. Au bout d'un moment, elle murmura :

— Je pourrais rester comme ça pendant des heures, à regarder défiler le monde.

Il lui prit la main et la serra légèrement.

— À quand remontent vos dernières vacances ?

— Je ne m'en souviens même pas.

— Comme je vous comprends…

Arrivé au 116 Crestwood Avenue, il se gara devant une minuscule bicoque avec une façade en aluminium et une allée bétonnée menant à l'entrée.

La maison de son enfance ne lui avait jamais paru aussi propre : les buissons étaient parfaitement taillés, le gros chêne avait été débarrassé de toutes ses branches mortes et la pelouse était tondue toutes les semaines. Il y a deux ans, il avait aussi fait remplacer le toit avant de refaire la façade et l'allée. C'était la maison la mieux entretenue de toute la rue, et même de tout le quartier.

— Où sommes-nous ? demanda-t-elle.

Il se sentit soudain embarrassé, mais c'était le but. Divine n'était jamais venue ici. Aucun de ses collègues de travail ne connaissait cet endroit. Depuis ses débuts dans le métier, il n'avait jamais montré que ce dont il était fier.

Il ouvrit sa portière.

— C'est… ici que j'ai grandi.

Marie-Terese était déjà sortie de la voiture quand il s'arracha enfin à ses pensées. Ses yeux scrutaient chaque centimètre de la maison, du perron aux tuiles.

Passant la main sous son bras, il la mena jusqu'à l'entrée. Lorsqu'ils franchirent le seuil, une odeur de citron artificiel se propagea tel un tapis rouge déroulé en leur honneur, mais cette sensation accueillante était aussi factice que les produits chimiques utilisés pour reproduire le parfum de l'agrume.

Ensemble, ils pénétrèrent dans le vestibule, puis il alluma la lumière du couloir avant de refermer la porte et de mettre le chauffage en route.

Froide. Humide. Désordonnée. Alors que la maison semblait coquette de l'extérieur, à l'intérieur, c'était un vrai taudis. Elle était restée dans le même état depuis le jour où ses vieux étaient tombés dans l'escalier : l'emblème de la laideur.

— Ouaip, c'est ici que j'ai grandi, répéta-t-il d'une voix rude en contemplant le seul coin de moquette propre de toute la maison. Au bas des marches. Là où ils avaient atterri après avoir chuté du premier étage.

Tandis que Marie-Terese inspectait la maison, il gagna le salon et alluma la lampe pour éclairer le canapé miteux, râpé au niveau des accoudoirs… la table basse couverte de brûlures de cigarettes… et les étagères sur lesquelles on trouvait davantage de bouteilles de vodka vides que de livres ou de magazines.

La lumière n'était pas tendre avec les rideaux jaune orangé qui pendaient lamentablement sur leurs tringles en fer forgé, ni avec le tapis défraîchi, sur lequel l'usure faisait une trace qui s'étendait jusqu'à la cuisine.

Il avait la chair de poule lorsqu'il gagna l'arcade pour allumer le luminaire suspendu au-dessus de la cuisinière.

Cette pièce qui aurait dû évoquer des plats savoureux, mitonnés avec amour, était encore pire que le salon : les plans de travail étaient maculés d'empreintes de boîtes de conserve oubliées pendant des semaines et qui avaient fini par rouiller sur le Formica. Le réfrigérateur, avec sa poignée branlante, était de couleur jaune paille – du moins l'était-il quand ses vieux l'avaient acheté ; à présent, il était difficile de faire la distinction entre la couleur d'origine et la couche de crasse. Quant aux placards en pin… une horreur ! À l'origine, les façades étaient vernies mais la couleur avait passé, et toute la partie qui s'était trouvée sous une ancienne fuite du plafond était striée de cloques, comme l'effet d'une piqûre d'ortie sur la peau.

Il avait tellement honte !

C'était sa maison de Dorian Gray, la réalité qu'il gardait pour lui tandis qu'aux yeux du monde il affichait une image de beauté et de richesse.

Par-dessus son épaule, Vin aperçut Marie-Terese errant aux quatre coins de la masure, bouche bée, comme scotchée devant un film qui lui aurait fichu une trouille bleue.

— Si j'ai tenu à vous emmener ici, dit-il, c'est parce que c'est une partie de ma vie que je ne montre jamais à personne. Mes parents étaient tous les deux alcooliques. Mon père travaillait comme plombier… Ma mère passait ses journées à fumer. Ils se disputaient sans arrêt et ils sont morts dans cette maison. Pour être honnête, je ne les regrette pas. Peut-être que ça fait de moi un salaud, mais c'est ainsi.

Marie-Terese avança jusqu'à la cuisinière. Sur la table de cuisson, entre les brûleurs, traînait un vieux repose-cuillère en bois. Elle le ramassa et l'épousseta, faisant apparaître une marque.

— « La Grande Évasion. »

— Un parc d'attractions un peu plus au nord. Vous n'en avez jamais entendu parler ?

— Non. Comme je vous l'ai dit, je ne suis pas d'ici.

Il s'approcha, les yeux rivés sur le petit souvenir orné d'un logo rouge.

— J'ai acheté ça lors d'une sortie scolaire. Je m'étais dit que si les autres gamins me voyaient acheter un petit cadeau pour ma mère, ils penseraient que c'était une maman comme les autres. Pour une raison bizarre, j'attachais de l'importance à ce mensonge. Je voulais être normal.

Marie-Terese reposa l'ustensile avec un soin excessif puis resta plantée là, les yeux dans le vague.

— Je participe à un groupe de prières tous les mardis et vendredis soir. À St. Patrick.

— Vous êtes catholique ? Moi aussi. Du moins, mes parents se sont mariés dans une église catholique. Mais je ne pratique plus depuis longtemps.

Ramenant une mèche de cheveux derrière son oreille, elle prit une grande inspiration.

—Je… je vais à ces réunions parce que je veux être entourée de gens normaux, en espérant… le redevenir un jour. (Elle leva les yeux et croisa son regard.) Alors, je comprends. Je comprends… tout ça. Pas simplement la maison, mais la raison pour laquelle vous n'amenez personne ici.

—J'en suis heureux, répondit Vin d'une voix rauque, le cœur battant la chamade.

Elle promena les yeux autour d'elle.

—Oui… tout ça m'est familier.

—Venez. Laissez-moi vous montrer les autres pièces.

Elle prit la main qu'il lui tendait et, lorsqu'il sentit la chaleur de sa paume régénérer tout son être, réchauffant son corps de l'intérieur, il comprit à quel point il était glacé et engourdi jusqu'alors. Il avait espéré, prié pour qu'elle l'accepte malgré la laideur de ce décor. Son souhait désormais exaucé, pour une raison étrange, il voulait remercier Dieu.

Tandis qu'ils montaient l'escalier, les marches grinçaient sous le tapis fétide et la rampe était aussi stable qu'un ivrogne sur un bateau. Parvenu à l'étage, il contourna la chambre de ses parents et longea la salle de bains pour s'arrêter devant une porte close.

—C'est là que je dormais.

Après avoir ouvert la porte, il alluma le plafonnier. Niché dans les combles, son vieux lit jumeau était toujours recouvert d'une couette bleu marine et garni d'un oreiller aussi plat qu'une tranche de pain. Le bureau où, dans ses rares moments de sérieux, il avait fait ses devoirs, était placé sous la fenêtre, surplombé d'une lampe à col de cygne. Sur le plateau en bois, son Rubik's Cube, son peigne noir et le numéro spécial maillots de bain de *Sports Illustrated* daté de 1989 avec une bimbo à gros seins en couverture trônaient à l'endroit exact où il les avait laissés.

Au-dessus de la commode, son miroir était constellé de billets de concert, de places de cinéma et de tout un tas d'autres merdes glissées dans le cadre imitation bois. En avançant, il aperçut son reflet et étouffa un juron.

Encore une fois, le visage qu'il voyait était couvert de bleus.

À la différence près que ce n'était pas son père qui en était la cause.

Vin marcha jusqu'à la fenêtre et l'ouvrit pour laisser entrer un peu d'air. Il avait envie de se confier, ce qu'il fit.

— Vous savez, j'ai emmené Divine à Montréal pour notre premier rendez-vous. On a voyagé en jet privé et séjourné dans une suite du Ritz-Carlton. Elle était très impressionnée, et c'était bien là mon but. Mais encore aujourd'hui, elle ignore tout de mon passé. J'avoue que c'est en grande partie ma faute, mais de toute façon elle s'en fichait. Pas une fois elle ne m'a interrogé sur mes parents quand je lui ai annoncé qu'ils étaient tous les deux décédés, et pour ma part je n'ai jamais évoqué le sujet. (Il se retourna.) J'étais sur le point de lui demander de m'épouser. J'avais même acheté la bague, une émeraude, et figurez-vous qu'elle l'a découverte cet après-midi.

— Oh… mon Dieu.

— Super, hein ? Jim m'a déposé, puis je suis monté chez moi, j'ai ouvert la porte, et elle était là, tout excitée, me montrant l'écrin.

Marie-Terese porta la main à sa bouche.

— Comment avez-vous réagi ?

Vin s'approcha d'elle et s'assit sur le lit. Le nuage de poussière qui s'en éleva le fit grimacer et il se releva pour s'emparer de la couette.

— Attendez une minute.

Dans le couloir, il secoua l'édredon, détournant le visage des projections. Quand il eut fini, il regagna la chambre et recouvrit le matelas nu avant de se rasseoir.

— Comment j'ai réagi…, murmura-t-il. Eh bien, j'ai ôté ses bras de mon cou et j'ai reculé. Puis je lui ai dit que je ne pouvais pas m'engager, que j'avais commis une erreur et que j'étais désolé.

— Qu'est-ce qu'elle a dit ? demanda Marie-Terese en s'asseyant auprès de lui.

— Elle l'a pris avec un calme glacial. Ce qui, si vous la connaissiez, ne vous surprendrait pas. Je lui ai dit qu'elle pouvait garder la bague et elle l'a emportée à l'étage. Quand elle est redescendue, un quart d'heure plus tard, elle tenait une valise à la main. Elle m'a annoncé qu'elle passerait prendre le reste de ses affaires dans la foulée et qu'elle laisserait la clé derrière elle. Elle semblait maîtriser la situation, comme… indifférente. En fait, elle n'était pas surprise : je n'étais pas amoureux d'elle, je ne l'ai jamais été, et elle le savait.

Vin se renversa en arrière pour s'adosser au mur. La chaleur qui lui parvenait depuis la bouche d'aération percée en haut du mur tempérait l'air froid s'engouffrant par la fenêtre ouverte. Au bout d'un moment, Marie-Terese l'imita, ramenant les jambes contre elle avant de passer les bras autour des genoux.

— J'espère que vous ne m'en voudrez pas de poser cette question… mais, si vous ne l'aimiez pas, pourquoi lui avoir acheté cette bague ?

— C'était juste un achat de plus. Tout comme elle. (Il la regarda.) Inutile de préciser que je ne suis pas fier de moi. C'est juste que je m'en fichais jusqu'à…

— Jusqu'à… ?

Il détourna le regard.

— Jusqu'à aujourd'hui.

Un long silence s'installa pendant que les deux sources d'air se mélangeaient, le froid et le chaud s'unissant pour rendre la température de la pièce agréable.

— Mon fils s'appelle Robbie, déclara-t-elle soudain.

Lorsqu'il se tourna vers elle, il vit qu'elle serrait les doigts si fort que ses phalanges avaient blanchi.

— Vous savez, ce n'est pas parce que je vous raconte toutes ces choses que vous devez vous sentir obligée d'en faire autant.

Elle lui adressa un léger sourire.

— Oh, je sais. C'est juste… que je n'ai pas l'habitude de parler de moi.

— Moi non plus.

Elle balaya la pièce du regard avant de le fixer sur la porte ouverte.

— Est-ce que vos parents se disputaient beaucoup ?

— Tout le temps.

— Et ils se… bagarraient ? Je veux dire, est-ce qu'ils faisaient plus que s'insulter ?

— Oui. La plupart du temps, le visage de ma mère était couvert d'hématomes… même si elle rendait les coups qu'elle recevait. Non pas que ça excuse mon père d'une quelconque manière. (Vin secoua la tête.) Quelle que soit la situation, un homme ne devrait jamais lever la main sur une femme.

Marie-Terese appuya la joue contre ses genoux et tourna les yeux vers Vin.

— Certains hommes ne partagent pas cette philosophie. Et certaines femmes ne répliquent pas comme votre mère l'a fait.

Un grondement résonna dans la chambre et elle se redressa d'un coup… Pas de doute, c'était bien Vin qui avait émis ce bruit sourd et menaçant.

— Rassurez-moi… ça ne vous est pas arrivé, j'espère ? demanda-t-il d'une voix grave.

— Oh, non…, s'empressa-t-elle de répondre. Mais j'ai eu du mal à mettre un terme à mon mariage. Quand j'ai annoncé à mon ex-mari que je le quittais, il a pris notre fils et a filé à l'autre bout du pays. Je ne savais pas où était mon enfant, ni s'il allait bien… Trois mois. Il a fallu trois mois, un détective privé et un cabinet d'avocats pour me libérer de lui et de ce mariage. Maintenant, la seule chose qui m'importe, c'est que mon fils soit en sécurité.

Vin commençait à cerner davantage la jeune femme. Et il était soulagé d'apprendre que malgré toutes les souffrances qu'elle avait endurées, elle n'avait pas été battue par-dessus le marché.

— Ça a dû vous coûter beaucoup d'argent.

Elle acquiesça et reposa la tête sur ses genoux.

— Mon ex avait beaucoup de points communs avec vous : riche, puissant… beau.

Et merde. S'il était ravi qu'elle le trouve attirant, il savait ce que cela impliquait : comment allait-il faire pour la convaincre qu'il n'était pas…

— Mais il n'aurait jamais fait un truc pareil : jamais il ne se serait mis à nu de cette manière. D'ailleurs, je vous en remercie… En fait, ça va vous paraître étrange, mais c'est la plus belle chose qu'un homme ait jamais faite pour moi.

Vin leva tout doucement la main pour ne pas effrayer la jeune femme. Et lorsqu'il lui effleura le visage, il lui laissa tout le temps de se soustraire à sa caresse. Mais elle le laissa faire, levant simplement la tête vers lui pour soutenir son regard.

Les secondes se transformèrent en minutes sans qu'aucun d'eux ne détourne les yeux.

Alors que le silence s'épaississait, Vin se pencha et elle entrouvrit les lèvres, levant la tête, comme prise du même désir de presser sa bouche contre la sienne.

Toutefois, à la dernière seconde, il lui déposa un baiser sur le front. Puis il l'attira dans ses bras pour la serrer contre lui. La tête de la jeune femme appuyée contre son torse, il lui caressa le dos en décrivant de grands cercles d'un geste lent. Le frisson qu'elle laissa échapper signifiait un abandon plus grand, plus profond, plus intime que si elle lui avait offert son corps, et il reçut cette marque de confiance avec tout le respect qu'elle méritait.

Posant délicatement le menton sur le sommet de son crâne, Vin regarda de l'autre côté de la pièce… pour y trouver la réponse à la question qu'il se posait depuis leur première rencontre.

Parmi toutes les bricoles accrochées dans le cadre du miroir se trouvait une carte représentant la Madone. Avec ses cheveux d'un noir de jais, ses yeux bleu clair étincelants, elle était d'une incroyable beauté. Le visage incliné, elle avait la tête couronnée d'un halo doré et son corps tout entier était nimbé de lumière.

Il avait récupéré cette carte lorsqu'un évangéliste avait toqué à leur porte il y a de cela très, très longtemps.

Comme d'habitude, la seule raison qui avait poussé Vin à lui ouvrir était que son ivrogne de mère était sur le point de s'en charger et qu'il aurait eu trop honte qu'on la voie en robe de chambre crasseuse avec les cheveux ébouriffés. Vêtu d'un costume noir, leur visiteur avait l'allure qu'il aurait souhaité que son père arbore : propre, élégante, saine et calme.

Vin avait menti sur la présence de ses parents et lorsque l'homme avait jeté un coup d'œil au salon, Vin avait affirmé que ce n'était pas sa mère, mais une de ses parentes qui était souffrante.

L'évangéliste l'avait regardé d'un air chagriné, comme s'il était coutumier de ce genre de situation, puis, laissant tomber son baratin, il lui avait tendu la carte en lui disant d'appeler le numéro inscrit au dos s'il avait besoin d'un abri.

Vin l'avait prise et était remonté dans sa chambre pour s'asseoir en contemplant le bristol. Dès le premier regard, il était tombé en admiration devant le portrait de la jeune femme : elle avait l'air si pure, l'exact opposé de sa mère. Et pour s'assurer qu'il ne lui arrive rien, il avait caché la carte à ses parents en la plaçant bien en évidence sur le miroir : d'habitude, quand sa mère pillait sa chambre, elle ne s'attaquait qu'à ses tiroirs, son armoire et tout ce qui se trouvait sous le lit.

Les yeux rivés sur la Madone, il comprenait enfin d'où lui venait ce sentiment de déjà-vu : Marie-Terese lui ressemblait comme deux gouttes d'eau.

Chapitre 22

Jim guidait son couteau sur le morceau de bois d'un geste précis et assuré. Un tas de copeaux s'amoncelait sur le journal étalé à ses pieds. Assis juste à côté, Rex le considérait de ses grands yeux bruns, l'air de comprendre ce qui pouvait pousser quelqu'un à se comporter d'une telle manière avec un bâton.

— Ça va faire partie de mon jeu d'échecs. (Jim désigna la boîte à chaussures qu'il remplissait depuis un mois.) Je crois que celui-ci, je vais en faire un… Oh, j'en ai marre des pions. Alors celui-ci, ce sera la reine.

Le bois provenait des chênes sur la propriété : quand les branches étaient cassées par le vent, il n'avait qu'à se pencher pour les ramasser. Il travaillait à un rythme lent mais régulier, ce qui lui permettait de fabriquer deux ou trois pièces de temps à autre. L'outil qu'il utilisait était un couteau de chasse que lui avait offert son commandant des années auparavant. Sous une apparence modeste, c'était une arme redoutable, qui n'était estampillée d'aucune marque, sans numéro de série ou initiales indiquant qu'elle avait été fabriquée pour un usage militaire. Jim la connaissait par cœur, depuis la lame en acier aiguisée comme un rasoir jusqu'au manche garni de cuir usé par sa propre sueur.

La levant au soleil, il regarda la lumière étinceler sur la surface patinée de la lame. Il esquissa un sourire à la pensée que, dans son environnement présent, ce couteau n'était qu'un simple outil utilisé pour tailler des morceaux de bois en pions, alors qu'en d'autres circonstances il s'en était surtout servi pour tuer des gens.

Tout est dans l'intention, comme on dit.

Il se remit au travail, faisant racler la lame contre le chêne à l'aide du pouce, la main guidant chaque geste pour entamer le bois petit à petit et révéler la pièce d'échecs cachée à l'intérieur.

Au cours des vingt dernières années, il avait passé des heures de cette manière. Seul. Pas de radio ni de télévision. Juste un morceau de bois et un couteau. Il avait fabriqué des oiseaux, des animaux, des étoiles et des lettres qui ne formaient aucun mot. Sculpté des visages et des lieux. Des arbres et des fleurs.

Ce hobby comportait de nombreux avantages : il ne lui coûtait rien et pouvait se pratiquer n'importe où, d'autant qu'il avait toujours son couteau sur lui où qu'il aille.

Des pistolets, il en avait eu des tas. Ainsi qu'une foule d'autres armes. Et d'officiers supérieurs, aussi.

Mais son couteau l'avait toujours suivi.

Le jour où il l'avait reçu, la lame brillait comme un miroir, et sa première réaction avait été de sortir de ses quartiers pour la rouler dans la poussière. Ternir son éclat était pour lui aussi important que d'aiguiser son tranchant, une condition essentielle à son efficacité.

L'arme ne l'avait jamais lâché. Et, qui plus est, elle taillait de jolis morceaux de bois.

Son portable sonna de l'autre côté du lit et il posa la branche, gardant le couteau avec lui par habitude.

Ouvrant le clapet, il vit s'afficher « Numéro inconnu » et sut aussitôt qui l'appelait. Appuyant sur la touche pour prendre l'appel, il porta le téléphone à l'oreille.

— Ouais ?

Un silence fit écho. Suivi de cette voix grave et cynique :

— Tu bosses sur quelle pièce ?

L'enfoiré. Ce salaud de Matthias en savait toujours trop.

— La reine.

— Les vieilles habitudes ont la peau dure, hein ?

Les ex-patrons aussi.

— Je croyais que tu m'avais dit de ne plus t'appeler ?

— Ce n'est pas toi qui viens de composer le numéro, si ?

— Et tout ça juste pour prendre de mes nouvelles. Comme c'est mignon.

Une pause.

— La plaque minéralogique. Dis-moi pourquoi tu veux ces renseignements.

Ah, c'était donc cela la vraie raison de son appel…

— Ça ne te regarde pas.

— On ne cautionne pas les francs-tireurs. Jamais. Quand on remue ce genre de merde, on ne se fait pas simplement retirer du service actif, on se fait mettre à la retraite.

Avec un cercueil en pin en guise de parachute doré. Il faut dire que ses patrons n'étaient pas trop du style à vous souhaiter bon vent en vous faisant cadeau d'une jolie montre. Plutôt d'une balle en pleine poitrine.

— C'est bon, Matthias, je connais le topo, alors si tu appelais juste pour t'en assurer, tu as perdu ton…

— C'est quoi son immatriculation ?

À l'évidence, la dette demeure d'actualité, pensa Jim.

Il lui communiqua le numéro et le peu qu'il savait sur Marie-Terese, persuadé que la recherche aboutirait, même si elle devait passer par des réseaux gouvernementaux. D'abord, Matthias savait se faire discret. Ensuite, seule une personne dans tout le pays avait davantage de pouvoir que lui.

Un type qui travaillait dans un bureau ovale.

Ouaip, parfois, c'était une bonne chose que ce vieux briscard lui doive la vie.

— Je te recontacte, dit Matthias.

Une fois la ligne coupée, Jim examina son couteau. Matthias en avait reçu un en même temps que lui et savait sacrément bien s'en servir. Mais il avait aussi su naviguer dans les eaux de la politique administrative, tandis que Jim, avec ses tendances asociales, était resté sur le terrain. Le chemin qu'avait choisi Matthias l'avait mené jusqu'au sommet ; celui de Jim l'avait fait échouer dans un appartement donnant sur un garage.

Avec de nouveaux patrons.

Jim secoua la tête en songeant à tout ce qui séparait ces quatre précieuses ridicules, avec leurs balles de croquet, leur lévrier et leur château, de salopards comme Matthias. C'était comme comparer une paire de chaussons de danse à des bottes de randonnée munies de crampons à glace. Et pourtant, Jim avait la nette impression que ces types de l'autre côté du ciel dissimulaient des ressources qui auraient relégué toutes les armes conventionnelles et nucléaires dont disposait Matthias au rang de simples jouets.

Jim prit le téléphone avec lui et regagna sa place à côté du chien. Se remettant au travail, il se mit à penser à sa nouvelle mission.

En supposant que Vin aille jusqu'au bout et rompe avec Divine, et en admettant qu'il parvienne à percer la coquille de Marie-Terese, quel pouvait bien être son rôle dans toute cette histoire de « tournants » ? D'accord, il avait peut-être réussi à les réunir dans un même endroit vendredi soir, mais hormis cela, qu'avait-il fait ?

Soit c'était le boulot le plus facile au monde, soit il avait raté un épisode.

Un peu plus tard, Jim jeta un coup d'œil au réveil. Pour recommencer une demi-heure après. Matthias travaillait vite. Toujours. Et, à première vue, la requête était simple : vérifier l'immatriculation, se renseigner sur la propriétaire d'une Toyota Camry vieille de cinq ans et consulter son casier judiciaire. C'était le genre de choses qu'il aurait dû faire en deux clics et quelques secondes.

À moins qu'une urgence ait soudain menacé la sécurité nationale. Ou qu'il soit tombé sur un os dans les dossiers de Marie-Terese.

Si les gens regardent derrière eux dans les ruelles sombres, c'est pour de bonnes raisons – celles qui poussent à presser le pas, même s'il ne fait pas froid. Et qui expliquent pourquoi la nuit on a tendance à préférer les rues éclairées.

— Oh… mon Dieu, non… pitié…

La supplique fut interrompue par le choc du démonte-pneu qui s'abattit sur l'homme, faisant taire sa voix aussi brusquement qu'on éteint une lumière.

À présent, ils avaient tous les deux le visage en sang. Lorsqu'il entreprit d'achever sa victime, la rage anima son bras plus que toute autre pensée consciente et la colère décupla ses forces. Encore un effort et tout serait terminé.

Faisant basculer son poids pour donner le maximum de puissance à son geste, il…

À l'autre bout de la venelle, les phares d'une voiture balayèrent les alentours, les deux faisceaux heurtant les briques du bâtiment sur la gauche avant de descendre le long de la façade rugueuse.

Trop tard pour porter un nouveau coup. Dans une seconde à peine, il allait se retrouver en pleine lumière, comme sous les feux des projecteurs.

Tournant les talons, il se précipita de l'autre côté de l'artère, courant aussi vite que ses jambes pouvaient le porter. Lorsqu'il tourna au coin, il savait qu'on apercevrait son coupe-vent en Gore-tex et l'arrière de sa casquette noire, mais des centaines de gens portaient le même type de veste à Caldwell.

Soudain, des freins crissèrent et un cri s'éleva dans la nuit.

Il poursuivit sa course et, trois rues plus loin, lorsqu'il n'entendit plus aucun bruit, pas même le vrombissement d'une voiture lancée à sa poursuite, il ralentit l'allure, puis se faufila dans le renfoncement d'une porte qui n'avait aucune lumière. Retirant son blouson, il y glissa le démonte-pneu et noua ses manches à plusieurs endroits pour caler l'objet pendant qu'il reprenait son souffle.

Sa voiture n'était pas loin : il lui avait paru plus sûr de la garer ailleurs que sur le parking du *Masque de fer*. Et, à l'évidence, il avait fait le bon choix.

Même après avoir repris une respiration lente et régulière, il resta tapi dans sa cachette. Les sirènes des flics retentirent cinq minutes plus tard et deux voitures de police déboulèrent dans la rue. Quelques instants plus tard, une troisième, celle-ci banalisée avec un gyrophare passa en trombe devant lui.

Lorsque plus aucun véhicule ne fut en vue, il retira sa casquette de base-ball, la plia et la fourra dans la poche de son jean. Puis il ôta sa ceinture, remonta son polaire et attacha le démonte-pneu enveloppé dans le coupe-vent à sa cage thoracique. Après s'être rhabillé, il quitta l'embrasure à pas de loup et se dirigea vers sa voiture, qui ne se trouvait qu'à quelques centaines de mètres de là.

Marchant d'un pas tout à fait normal, il promenait le regard plutôt que de tourner la tête. Aux yeux des badauds, il n'était qu'un type comme les autres, déambulant dans la nuit pour rejoindre ses amis ou peut-être l'appartement de sa copine : un passant quelconque sur lequel aucun des deux hommes, de la clocharde et des quelques couples qu'il croisa ne leva les yeux.

Sa voiture était à l'endroit exact où il l'avait laissée et il dut s'y glisser avec précaution à cause de l'objet qui bombait son polaire. Démarrant le moteur, il s'engagea en direction de Trade Street et lorsqu'une ambulance s'approcha à vive allure, il s'écarta sur le côté pour lui laisser la voie libre.

Inutile de se presser, les gars, commenta-t-il intérieurement. Vu la force qu'il avait employée pour frapper ce gus, il était impossible qu'ils parviennent à le ranimer.

Coupant vers le fleuve, il resta sagement dans le flot des véhicules, quand il n'était pas seul sur la route : à une heure aussi tardive, la circulation était clairsemée. Et elle le devenait de plus en plus à mesure qu'il s'éloignait du centre-ville.

Environ vingt-cinq kilomètres plus loin, il s'arrêta sur le bas-côté.

Aucun lampadaire. Aucune voiture. Juste une étendue de goudron bordée d'arbres et de buissons qui grignotaient presque l'asphalte.

Il sortit de sa voiture, verrouilla la portière et partit à travers bois en direction du fleuve. Lorsqu'il déboucha sur la berge de l'Hudson, il scruta la rive opposée. Il aperçut bien quelques maisons, mais seuls les porches étaient éclairés ; les occupants étaient endormis. De toute façon, cela ne changeait rien : qu'ils soient au lit ou déambulant dans la cuisine à la recherche d'un en-cas à grignoter, personne ne le verrait. Le fleuve était large à cet endroit. Large et profond.

Relevant son polaire noir, il détacha le démonte-pneu, puis, d'un geste ample, le jeta dans l'eau accompagné de son coupe-vent en Gore-tex. Avec un petit bruit et une légère éclaboussure, le paquetage coula en un clin d'œil, pour ne jamais réapparaître : là où il était, le fleuve avait une profondeur d'au moins trois mètres mais, surtout, il avait choisi un emplacement où l'Hudson marquait une courbe, ce qui signifiait que le courant ne se contenterait pas d'emporter le démonte-pneu loin de Caldwell ; il l'attirait au beau milieu du fleuve, loin de la rive.

De retour dans sa voiture, il reprit son chemin.

Il roula quelque temps, branché sur la radio locale, mourant d'envie de savoir ce que la police allait raconter à propos de ce qui s'était passé dans la ruelle. Mais il n'entendit rien d'autre que du hip-hop et du pop-rock sur la FM, et des théories conspirationnistes mêlées de discours extrémistes sur les grandes ondes.

Conduisant au hasard des rues, il se mit à songer à la tournure qu'avaient prise les événements. Il se sentait revenir à ses vieilles habitudes, et ce n'était pas une bonne chose – même si, à un certain niveau, c'était inévitable.

Difficile de changer ce qu'on est à l'intérieur. Très difficile.

En fait, tuer ces gamins la veille l'avait un peu secoué, mais là, toute cette histoire avec le démonte-pneu lui apparaissait comme une simple routine. D'autant que l'élément déclencheur avait été bien plus dérisoire. Ce type ne s'était pas montré agressif envers elle dans le club. Son sourire satisfait lorsqu'il était sorti de ces toilettes privées avait suffi à signer son arrêt de mort.

Mais les choses ne pouvaient pas continuer ainsi. Il était assez futé pour savoir que s'il persistait à commettre des meurtres, le risque de se faire choper augmentait à chaque cadavre. Alors, soit il arrêtait… soit il faisait disparaître les corps.

Après s'être assuré de ne pas être suivi et brûlant de consulter les infos à la télé, il rentra chez lui, du moins ce qui l'était depuis les deux derniers mois.

La maison qu'il louait se trouvait à la périphérie de la ville, dans un quartier où se côtoyaient les familles avec bébés et les couples âgés sans enfant. Et vu le nombre de gens qui se débattaient avec la récession, il n'avait eu aucun mal à trouver un logement.

Le loyer était de 1 000 dollars par mois. Aucun problème.

S'arrêtant dans l'allée, il appuya sur le bouton de la porte du garage et attendit l'ouverture. Bizarre. La maison voisine était éclairée. Une lumière était allumée dans le couloir, une autre dans le salon et une troisième à l'étage. Depuis son emménagement, il l'avait toujours vue plongée dans l'obscurité.

Enfin, ce n'étaient pas ses oignons. Il avait assez de soucis de son côté.

Une fois garé, il attendit d'être enfermé pour sortir de voiture – une habitude qu'il tenait de sa femme. À l'intérieur de la maison, il gagna la salle de bains du fond et alluma la lumière. Dans le miroir, il s'aperçut que sa moustache se décollait. Tant pis. Personne ne l'avait regardé de travers quand il avait rejoint sa voiture. C'était peut-être arrivé au moment où il s'était débarrassé du démonte-pneu.

Il arracha le postiche, le jeta dans la cuvette des toilettes et tira la chasse. Un instant, il fut tenté de laver son visage ensanglanté, mais il décida que la salle de bains du haut serait plus pratique. Puis il vérifia ses vêtements. La veste qui se trouvait désormais dans l'Hudson avait protégé son polaire, mais son jean était taché.

Merde, c'était un problème. Le salon comportait une cheminée, mais il ne l'avait jamais utilisée auparavant et n'avait pas de bois à disposition. Et puis, allumer un feu, c'était courir le risque que les voisins en sentent l'odeur et se le rappellent plus tard.

Mieux valait les jeter dans le fleuve une de ces prochaines nuits, comme il avait fait avec le démonte-pneu.

La casquette. Il l'avait presque oubliée.

La sortant de sa poche arrière, il l'inspecta. Elle ne portait que quelques éclaboussures, mais suffisamment pour le convaincre de s'en débarrasser. Rien ne serait jamais assez propre pour échapper aux analyses de la police scientifique. La destruction, par le feu ou tout autre moyen, était la seule solution.

Montant l'escalier, il s'arrêta en haut des marches. Des deux mains, il retira sa perruque et se lissa les cheveux pour les aplatir. *Mieux vaut prendre une douche avant de se montrer*, pensa-t-il, mais il était pressé. En outre, il lui aurait fallu traverser la chambre, si bien qu'elle l'aurait vu, de toute façon.

Il gagna l'embrasure de la porte.

— Je suis de retour.

Depuis le coin de la pièce, elle le regarda, aussi belle, discrète et resplendissante que jamais, les yeux remplis de compassion et de chaleur, sa peau d'albâtre luisant dans la faible lueur projetée par le lampadaire à l'extérieur.

Il attendit sa réponse mais se souvint qu'il n'en aurait pas : la statue de Marie-Madeleine qu'il avait volée à l'aube demeurait aussi muette qu'elle l'avait été quand il s'en était emparé à l'église.

Il avait été obligé de la dérober. Sachant désormais ce que faisait sa femme pour vivre, c'était sa représentation de l'amour, une sorte d'ersatz en attendant qu'il la ramène enfin à la place qui lui appartenait : auprès de lui.

La statue lui rappelait aussi qu'il ne devrait pas la tuer juste parce que c'était une sale pute. C'était… une femme, qui s'était fourvoyée, dévoyée, égarée, fautes dont il s'était lui-même rendu coupable. Mais il avait purgé sa peine et s'était remis sur le droit chemin…

Enfin, plus ou moins.

S'agenouillant devant la statue, il lui entoura le visage d'une main. Toucher cette femme le comblait de bonheur, même s'il était un peu déçu qu'elle ne puisse pas lui rendre ses caresses ni le vénérer comme elle le devrait.

Voilà pourquoi il avait besoin de son double humain.

Chapitre 23

Marie-Terese avait vraiment cru que Vin allait l'embrasser sur la bouche.

De son côté, elle était tiraillée entre le désir et la crainte : elle avait beau, d'un point de vue technique, avoir couché avec des hommes pour son boulot, trois ans s'étaient écoulés depuis son dernier baiser. Et encore, on le lui avait arraché.

Cependant, au lieu de lui donner ce qu'elle voulait et redoutait à la fois, Vin s'était contenté d'appuyer les lèvres contre son front avant de la serrer contre lui. Et elle était restée là, nichée entre ses bras puissants, écoutant son cœur battre, sentant sa chaleur s'insinuer en elle tandis qu'il lui caressait le dos en décrivant de larges cercles.

Marie-Terese remonta la main le long de ses pectoraux. Sous le cachemire, son corps était ferme, laissant à penser qu'il faisait beaucoup de musculation.

Elle se demandait comment il était nu, ce qu'elle ressentirait au contact de sa peau, de ses lèvres…

— Je crois qu'on devrait partir, dit-il, la voix vibrant à travers son torse.

— On est obligés ?

Le souffle coupé, il reprit :

— Oui, ça vaut mieux.

— Pourquoi ?

Vin haussa les épaules, son pull frottant contre les joues de la jeune femme.

— C'est mieux comme ça, voilà tout.

Super… Il aurait voulu l'envoyer balader poliment qu'il ne s'y serait pas pris autrement. Bon Dieu, et si elle s'était trompée ? D'un coup, elle se redressa et s'écarta.

— Oui, je crois que tu as raison.

Dans sa hâte, sa paume glissa sur le fin maillage du pull de Vin et rencontra une bosse juste au-dessous de la ceinture de son pantalon.

— Merde, je suis désolé, dit-il en se déplaçant sur le côté. Ouais, il est vraiment temps de se barrer d'ici…

Elle baissa les yeux. Son érection était évidente et, pour tout dire, elle aussi était dans un état d'excitation avancé… Elle le voulait. Brûlait de le sentir en elle. Et toutes ses raisons dûment réfléchies de ne pas céder à la tentation s'envolèrent soudain aux quatre vents.

Rivant son regard dans celui de Vin, elle murmura :

— Embrasse-moi.

Alors qu'il se levait, Vin se figea. Le torse gonflé, il baissa les yeux au sol sans prononcer un mot.

— Oh, dit-elle. Je comprends.

Son corps avait beau la vouloir, son esprit se cabrait à l'idée de coucher avec une pute.

Dans un horrible tourbillon, elle vit défiler les visages de tous les types avec qui elle avait baisé… ou du moins ceux dont elle se souvenait. Ils étaient si nombreux, plus qu'elle ne pouvait compter, et ils s'entassaient dans l'espace qui la séparait de cet homme sexy en diable assis sur son lit d'enfant.

Elle n'avait éprouvé aucun désir pour les autres et recourait à toutes les ruses pour se tenir au maximum à l'écart, depuis les couches de latex jusqu'à la dissociation mentale, n'importe quoi pour éviter d'être contaminée à leur contact.

Alors que là, c'était tout le contraire… Elle voulait être près de Vin, et il s'y refusait.

Voilà donc le vrai mal dont elle souffrait : elle s'était figuré que tant qu'elle se préservait des maladies et des coups, les effets à long terme se limiteraient à une réserve de souvenirs qu'elle s'efforcerait d'oublier. Mais c'était un cancer, pas la grippe. Parce qu'elle pouvait à peine apercevoir Vin à travers les centaines de visages, et qu'il était tout aussi aveuglé qu'elle par la foule invisible et anonyme.

Se forçant à déglutir, elle se dit… qu'en cet instant, elle aurait tout abandonné pour faire table rase du passé. Tout… sauf son fils.

Marie-Terese se leva du lit, mais il la rattrapa par la main avant qu'elle ne gagne la porte.

— Je ne pourrai pas me contenter de t'embrasser. (Il la fixa d'un regard fiévreux.) C'est la seule chose qui me retient. J'aimerais te dire que je suis un gentleman et que tu n'aurais qu'un mot à dire pour me repousser ou m'arrêter, mais je n'ai pas confiance en moi. Pas ce soir.

Accablée par la distance qui les séparait, tout ce qu'elle entendit fut : « *Les meufs comme toi, ça ne dit pas non*. »

D'une voix rauque, elle répondit :

— Tu sais déjà que je suis une pute. Alors, je ne ferai rien pour t'arrêter.

Vin prit un air glacial et lui lâcha la main.

Au bout d'un moment, il se leva et la fusilla du regard.

— Ne dis plus jamais ça devant moi. C'est clair ? Plus jamais. Je me fous de savoir avec qui tu as couché ou combien ils étaient… Tu n'es pas une prostituée à mes yeux. Tu as envie de t'autoflageller ? Très bien, fais-le. Mais ne m'entraîne pas là-dedans.

Prise d'un instinct de survie, elle se recroquevilla en s'abritant la tête, persuadée qu'il allait se ruer sur elle les poings serrés.

Elle savait d'expérience ce qu'un homme en colère était capable d'infliger à une femme.

Mais Vin se contenta de la regarder, le visage blême, la colère laissant place à l'inquiétude.

— Il t'a frappée, n'est-ce pas ?

Marie-Terese ne pouvait pas lui répondre. Parce qu'un simple acquiescement l'aurait projetée dans un tourbillon de larmes. Ce soir… pour reprendre les paroles de Vin, ce soir, elle n'avait aucune confiance en elle : alors que sa démission l'avait gonflée à bloc, désormais, elle se sentait terriblement vulnérable.

— Bon Dieu…, murmura Vin.

Avant même de s'en rendre compte, elle était de retour dans ses bras, serrée contre lui. Tandis qu'ils s'enlaçaient, elle se prit à songer aux choix qu'elle avait faits… une pensée sur laquelle elle ne voulait pas s'attarder, qu'elle repoussa alors et enferma dans un coin de son esprit.

Levant la tête pour le regarder, elle dit :

— Embrasse-moi. Maintenant.

Vin se figea… puis prit son visage entre ses paumes.

— Tu en es sûre ?

— Oui.

Au bout d'un long moment, il approcha la bouche de la sienne et l'embrassa, lentement, avec délicatesse. Oh, c'était si voluptueux… Déposant un baiser, il pencha la tête sur le côté, puis effleura de nouveau ses lèvres.

C'était encore mieux que dans ses souvenirs, mieux que tout ce qu'elle avait connu.

Elle remonta les mains le long de ses bras, avec l'impression qu'ils flottaient dans l'air, liés par choix et non piégés par les circonstances. De leur étreinte jaillissaient des étincelles aussi légères que le contact les unissant, aussi douces que leurs lèvres, aussi timides que leurs gestes.

Vin recula de quelques centimètres. Il avait le souffle court, les muscles de son cou étaient tendus. Alors qu'il la regardait, son corps tout entier s'était raidi à la perspective de ce qui allait suivre. Il se racla la gorge.

— Marie-Terese…

Elle fut tentée de lui demander de l'appeler par son vrai nom, mais se ravisa.

— Oui ? murmura-t-elle d'une voix aussi rauque que la sienne.

— Allonge-toi avec moi.

Elle acquiesça. Alors il la serra contre lui et l'attira vers le lit, si bien qu'elle se retrouva couchée sur lui. Leurs corps se complétaient à merveille. Il écarta une mèche de cheveux de son visage et s'attarda sur ses épaules.

— J'aime te sentir au-dessous de moi, dit-elle.

Il sourit.

— Me sentir comment ?

— Dur.

Elle s'arc-bouta vers lui, se frottant contre son érection.

Avec un gémissement, Vin se cabra dans l'oreiller. Elle déposa un baiser sur son cou, remontant jusqu'au bas de sa mâchoire carrée. Cette fois, ce fut elle qui fit fusionner leurs bouches, et il la suivit, leurs langues s'unissant puis se rétractant, leurs mains s'égarant, leurs hanches se mouvant au rythme ancestral du sexe à l'état brut.

Il ne lui fallut pas longtemps pour être dévorée de désir. Ses seins lui faisaient mal, leurs pointes dressées frottant contre son soutien-gorge. Elle lui saisit le bras et le glissa sous son chemisier. Sentant sa paume lui effleurer les côtes, elle lui suçota la langue et, pour l'encourager, le guida vers sa…

— Vin…

Empoignant sa poitrine, il poussa un grognement et lui titilla le téton du bout du pouce.

— Tu me rends dingue…, souffla-t-il.

Soudain, il se redressa et enfouit le visage entre ses seins par-dessus ses vêtements.

— Je veux te voir nue.

— J'en avais bien l'intention.

Assise à califourchon sur ses hanches, elle retira son polaire lorsqu'une brusque pudeur la saisit : elle voulait lui paraître belle dans sa nudité… Elle y tenait vraiment.

Comme s'il lisait dans ses pensées, il murmura :

— Tu préfères que j'éteigne la lumière ?

À vrai dire, oui. Sauf qu'elle ne pourrait plus le voir.

— Je ne suis pas parfaite, Vin.

Il haussa les épaules.

— Moi non plus. Mais je te garantis que j'aimerai tout ce que tu me montreras parce que cela fait partie de toi.

Baissant les mains et soutenant son regard, elle dit :

— Alors, retire mon haut. S'il te plaît.

S'asseyant pour lui faire face et la caler sur ses genoux, Vin déboutonna son chemisier jusqu'au nombril, sa bouche se promenant sur son cou, sa clavicule puis sur l'attache de son soutien-gorge. Plongeant son regard dans le sien, il défit l'agrafe.

Plutôt que de laisser les bonnets s'écarter, il les maintint en place, puis, centimètre par centimètre, effleura sa poitrine du bout des lèvres. Ce faisant, il exhibait peu à peu sa peau, jusqu'au moment où il atteignit ses tétons. À cet instant seulement il dévoila entièrement ses seins. Son propre corps frémissait de désir.

— Tu dis n'importe quoi, grogna-t-il. Regarde-toi… parfaite.

Approchant la bouche, il entreprit de sucer ses mamelons.

Marie-Terese baissa les yeux vers lui. Le regarder lui donnait autant de plaisir que ses caresses et ce mélange des sens lui embrasait les veines jusqu'à lui couper le souffle. Finalement, c'était une bonne idée d'avoir laissé la lumière allumée…

Vin changea de position, la calant sur le dos avant de se placer au-dessus d'elle, ses larges épaules masquant le plafonnier alors qu'il l'embrassait de nouveau. Sous son corps massif, elle se sentait fragile et puissante à la fois : s'il avait le souffle court, c'était parce qu'il avait envie d'elle, parce que son désir était aussi vif et impérieux que le sien, parce qu'il avait besoin de son contact avec la même intensité oppressante qu'elle. Ils partageaient tout.

Elle s'arrêta de penser quand, s'avançant, il posa la bouche contre son sein et l'aspira entre ses lèvres. Puis, repoussant son chemisier, il écarta l'autre bonnet de son soutien-gorge.

Brûlant de sentir le contact de la peau de Vin contre la sienne, elle agrippa l'arrière de son pull et entreprit de le remonter. Prenant la suite, il fit glisser le cachemire le long de son torse nu.

Dans le miroir de l'autre côté de la chambre, elle le regarda dévoiler son dos, la lumière du plafond éclairant les muscles saillants qui roulaient sur ses épaules et son torse. À elle seule, la vue de ses pectoraux était jouissive.

Cet homme était un véritable fantasme : son corps puissant n'était que muscles, sa peau soyeuse éveillant en elle des sensations époustouflantes. Avec ses bras arqués supportant le poids du haut de son corps, c'était un magnifique mâle prêt à jeter aux orties cinquante mille années d'évolution pour laisser place à l'animal qui sommeillait en lui.

En parlant de perfection, il n'était pas en reste…

Marie-Terese roula des hanches et plongea les doigts dans ses cheveux épais. Son corps ondulait sous ses baisers et ses caresses, des vagues de chaleur déferlaient à travers elle, accentuant la douleur entre ses jambes. Lorsque le désir se fit trop fort, elle ouvrit les cuisses et…

Ils poussèrent tous deux un gémissement, son érection venant se nicher au creux de la chaude intimité de Marie-Terese.

Vin s'arqua contre elle et elle fit courir ses ongles le long de la ceinture de son pantalon : la passion qui les emportait et balayait toutes leurs hésitations avait eu raison des tâtonnements et de la douceur, plus rien ne pouvait freiner le déferlement de plaisir qui les engloutissait.

— Je peux retirer ton jean ? demanda-t-il d'une voix rude.

— Avec plaisir…

Elle souleva les hanches en prenant appui sur ses talons tandis qu'il libérait le premier bouton, descendait la fermeture Éclair et faisait glisser le pantalon au bas de ses jambes. Elle portait une culotte noire, et il s'interrompit juste pour contempler l'effet que produisait le petit morceau de tissu tendu sur son corps.

— Bon Dieu…, murmura-t-il.

Approchant une main tremblante, il parcourut son ventre du bout des doigts. Elle s'attendait à ce qu'il l'embrasse à nouveau… ou qu'il passe au-dessus d'elle… ou qu'il lui ôte son sous-vêtement…

— Il y a un problème ? le questionna-t-elle d'une voix rauque.

— Non… non, pas du tout… C'est juste que je ne peux pas m'empêcher de t'admirer.

Enfin, il reprit ses lèvres. Insinuant la langue dans sa bouche, il s'allongea sur elle de tout son poids, sa poitrine nue contre la sienne, leurs jambes se mêlant. Trouvant leur rythme, ils s'enveloppèrent dans une bulle érotique qui fit monter le désir jusqu'à son paroxysme.

— Je t'en prie… Vin…

L'embrassant, il glissa la main le long de sa hanche puis de sa cuisse, avant d'effleurer sa culotte.

— J'ai besoin de te sentir…, dit-il.

D'un coup, elle lui saisit l'avant-bras et le tira vers son entrejambe, plaquant les doigts sur son sexe chaud dissimulé sous la fine lingerie. Elle frissonna et écarta les jambes plus largement. Il porta la bouche à son sein et le suça… tandis qu'il frottait le tissu qui recouvrait son intimité.

— Ne t'arrête pas, soupira-t-elle.

Glissant sa main sous la délicate dentelle, il caressa sa moiteur chaude et lâcha un juron à travers ses dents serrées, son corps se raidissant de la tête aux pieds, les muscles du cou se contractant avec force.

— Oh… putain…, lâcha-t-il. Oh… merde.

D'un coup, il recula et baissa les yeux.

— Quoi ? demanda-t-elle dans un souffle.

— Je crois que je viens d'avoir un orgasme.

Alors qu'il rougissait, elle ne put refréner un sourire.

— Vraiment ?

Il acquiesça.

— Pas le meilleur moment, hein ? Dans cinq minutes ? Parfait. Maintenant ? Pas terrible.

— Au moins, je sais que je te fais de l'effet, dit-elle en caressant le visage de Vin.

— Tu n'avais pas besoin de ça pour le savoir.

Marie-Terese s'approcha de lui et laissa ses doigts courir sur son torse et son ventre plat, avant de descendre plus bas, sur sa ceinture et son…

Rejetant la tête en arrière, Vin poussa un gémissement, bandant ses pectoraux, soulevant son torse en s'arc-boutant.

— Nom de Dieu…

Entamant un doux va-et-vient autour de son érection, elle nicha le visage dans son cou et le mordilla.

— Je ne crois pas que ça va t'aider à ralentir.

Sa cage thoracique se contracta, sa respiration s'accélérant.

— Il faut que je me déshabille.

— J'allais te le demander.

D'un geste brusque, il déboucla sa ceinture, ouvrit sa braguette et se débarrassa de son pantalon. Son caleçon noir peinait à contenir son sexe, qui formait une longue crête pointant sur le côté, comme s'il cherchait à se libérer de l'élastique qui le retenait.

Sans lui laisser le temps de s'allonger, elle tendit le bras et fit glisser son boxer le long de ses cuisses musclées pour libérer son membre durci. Il avait joui et, à la vue du gland humide et luisant, son excitation monta encore d'un cran.

Fermant la main autour de son sexe, elle le caressa, levant les yeux vers lui. Vin avait la main appuyée contre le mur, tête baissée. Lorsqu'il se mit à bouger avec elle, elle jeta un coup d'œil au miroir et contempla son dos tandis qu'il balançait le bassin d'avant en arrière, les muscles de son torse se serrant puis se relâchant, sa colonne vertébrale ondulant telle une vague. C'était la vision la plus érotique qu'elle ait jamais eue…

Marie-Terese retira la main, ôta sa culotte et s'étendit au-dessous de lui. Prête. Vin baissa la tête et la dévisagea, ses yeux argentés étincelant d'une lueur aussi vive que l'éclat du métal frappé par le soleil au zénith.

La même pensée leur traversa soudain l'esprit.

— Est-ce que tu as un…

— J'ai un préservatif…

Dieu merci, se dit-elle tandis qu'il s'emparait de son portefeuille et sortait un petit sachet bleu. Elle prenait la pilule, que lui avait prescrite l'un des médecins qu'elle consultait fréquemment dans le centre-ville, et venait de faire un test, mais quelle que soit son attirance pour Vin, il était hors de question de risquer sa santé avec quiconque.

Jamais de sexe sans capote.

Et c'était aussi très excitant de le regarder les protéger tous les deux. Lorsqu'il eut terminé, ils reprirent la position qu'ils avaient quittée, elle adossée au duvet, lui à moitié sur elle, à moitié sur le côté. Avec un frisson, elle sentit le préservatif froid effleurer sa cuisse et regretta de ne pas avoir eu le temps de savourer le contact de son sexe nu contre sa peau. Mais il s'était déjà glissé entre ses jambes, sa tête effleurant son cœur.

Elle le fixa droit dans les yeux pendant qu'elle le guidait au cœur de son intimité.

Oh, c'était fabuleux… Leurs corps s'emboîtaient à la perfection. Jamais elle n'avait ressenti une telle plénitude… et ce sentiment incroyable de lire dans son regard le reflet de ses propres émotions : l'émerveillement devant l'alchimie de leurs corps, le besoin pressant d'aller plus loin…

Et sa surprise fut à son comble lorsqu'elle s'aperçut que, pour une fois, elle ne ressentait aucune douleur, pour la simple et bonne raison qu'elle le désirait de tout son être.

— Tu vas bien ? demanda-t-il d'une voix gutturale.

— Plus que bien.

Marie-Terese lui enlaça les épaules et le serra contre elle tandis qu'ils bougeaient ensemble. La dernière chose qu'elle vit avant de baisser les paupières fut leur image dans le miroir, leurs silhouettes unies, les hanches de Vin plongeant entre ses jambes grandes écartées. Lorsqu'elle aperçut son propre visage, elle fut saisie d'étonnement : ses joues étaient rouges, ses cheveux emmêlés autour du bras puissant de Vin et sa bouche entrouverte. Elle avait tous les traits d'une femme comblée par son partenaire.

Ce qui semblait logique. C'était du sexe intemporel, entre deux personnes unies par un même désir au même moment.

Lorsque sa vision fut brouillée par les larmes, elle ferma les yeux et nicha son visage au creux de l'épaule de Vin.

Faisant fi de la position de leurs corps, il parvint à l'enlacer tout en gardant le rythme.

Marie-Terese atteignit le sommet du plaisir et se perdit dans une extase si fulgurante qu'elle ne put que se cramponner à l'homme responsable de sa jouissance et se laisser aller. Son orgasme plongea Vin à son tour dans une explosion de jouissance et elle éprouva une immense satisfaction lorsqu'il frissonna des pieds à la tête…

Ce fut à cet instant que tout bascula. L'espace d'une demi-seconde, elle pensa à ce qu'elle faisait pour de l'argent, et ce fut suffisant pour tout gâcher : une brise froide s'engouffra dans sa poitrine et se propagea jusqu'à lui glacer les sangs.

Vin se figea, sentant le changement qui s'était opéré en elle. Il leva la tête.

— Parle-moi.

Elle ouvrit la bouche mais rien ne sortit.

— Je comprends, dit-il d'une voix douce, essuyant ses larmes du bout des doigts. Ça doit être compliqué pour toi. Même si c'était bon, ça doit être difficile.

Elle avait le souffle court, non pas d'avoir fait l'amour, mais de l'effort qu'il lui fallait pour ne pas voler en éclats.

— Et si jamais tout me revient chaque fois que je suis…

Avec toi, voulut-elle dire, mais elle se ravisa. Seigneur, elle ne savait même pas si elle serait toujours en ville la semaine suivante.

Il l'embrassa.

— D'autres souvenirs les remplaceront. Ça prendra du temps, mais ça viendra.

Elle jeta un coup d'œil au miroir et repensa à sa façon de faire l'amour. Tandis qu'elle se remémorait son contact et chacun de ses gestes, le froid battit en retraite, chassé de son corps par une vague de chaleur.

— J'espère que tu as raison, dit-elle en passant la main dans ses cheveux. De tout mon cœur.

Chapitre 24

Étendu à côté de Marie-Terese, Vin la serrait contre lui pour lui insuffler un peu de sa chaleur. Bon sang, c'était si bon d'être recroquevillé contre elle sur son petit lit, même s'il devait prendre garde de ne pas avoir la main baladeuse. Avec toute cette surface de peau féminine, douce et délicieuse, à son côté…

Après deux orgasmes, dont un seul survenu au bon moment, il était encore dur. Et affamé. Mais il ne voulait pas la stresser davantage.

Alors oui, il surveillait ses gestes pendant qu'il la caressait doucement, gardait le bassin loin d'elle et observait la pièce plutôt que… ses splendides tétons roses, par exemple.

— Je suis désolée d'avoir pleuré, dit-elle, devinant son inquiétude.

— Comment pourrais-je te consoler ? J'aimerais te faire plaisir.

Elle posa les lèvres sur ses pectoraux.

— Tu en as déjà beaucoup fait sur ce plan-là.

La fierté lui fit bomber le torse.

— J'aimerais recommencer un jour.

— Vraiment ?

— Le plut tôt possible.

Elle lui adressa un sourire aussi radieux qu'un arc-en-ciel.

— Dommage que tu n'aies qu'un seul préservatif.

— C'est un drame.

Ils demeurèrent côte à côte jusqu'à ce que la brise fraîche provenant de la fenêtre prenne le pas sur l'air chaud soufflé par la bouche d'aération au-dessus du lit.

— Tu as froid, dit-il en frottant la chair de poule qui lui hérissait la peau.

— Un peu, mais ça va.

Il attrapa le chemisier de la jeune femme. L'aidant à l'enfiler, il s'interrompit pour contempler le doux balancement de ses seins.

— Tu ne devrais jamais porter de soutien-gorge. Jamais.

Elle s'esclaffa en boutonnant son haut avant de ranger le sous-vêtement dans sa poche. Puis il lui passa son polaire et ramassa sa culotte.

Un instant, il hésita à la lui donner. Au risque de paraître un peu pervers ou cucul, il avait envie de garder sur lui un objet de sa compagne. C'était son côté homme des cavernes.

Sauf que Marie-Terese ne lui appartenait pas. Bon sang, quelle femme saine d'esprit se serait engagée avec un homme qui venait de plaquer sa future fiancée ? Ouais, il devait lui sembler très stable, après cela.

— Je crois que c'est à toi, murmura-t-il en lui tendant le tissu noir.

— Ça en a l'air, oui.

Elle la prit et lui offrit un incroyable spectacle en l'enfilant. L'érotisme qu'elle dégageait n'avait rien de délibéré : le moindre de ses gestes avait le don de lui embraser les sens.

Cette scène lui rappela le moment où il lui avait enlevé son jean. À cet instant, il s'était interrompu et l'avait contemplée longuement, brûlant de nicher le visage entre ses jambes : il était resté là, paralysé par l'envie de la descendre au bord du matelas pour s'agenouiller devant elle et prendre le temps de découvrir toutes les facettes de son corps.

Toutefois, d'une certaine manière, ce genre d'attouchement était encore plus intime que la pénétration, et il s'en était abstenu par crainte de réveiller de mauvais souvenirs en elle. Ce qui s'était pourtant passé.

Mais avec un peu de chance, ils auraient bientôt d'autres occasions. Plein d'autres.

Une fois habillés, ils quittèrent la chambre étroitement enlacés. En passant devant le miroir, il prit la carte de la Madone et la glissa dans sa veste.

En bas, il éteignit les lumières et baissa le chauffage. Puis, s'arrêtant devant la porte d'entrée, il regarda autour de lui.

— Je devrais sans doute faire faire un peu de ménage.

Pourtant, il avait le sentiment qu'il ne passerait pas à l'acte. Même s'il avait toute une équipe à sa disposition pour arracher ces vieilleries et la retaper du sol au plafond, il était frappé d'inertie dès qu'il s'agissait de cette maison. À bien des égards, elle lui ôtait toute volonté d'agir.

Sur le chemin du retour, il ne lâcha la main de Marie-Terese que pour changer de vitesse.

Lorsqu'il s'arrêta sur le parking du *Masque de fer*, il la regarda. Elle avait le visage tourné vers la fenêtre et il observa avec ravissement la ligne de son menton et ses cheveux qui tombaient en cascade sur ses épaules.

Puis il suivit son regard sur la ruelle en face, qui était barrée d'un ruban de police.

— Tu veux que je te suive en voiture ? demanda-t-il.

Elle acquiesça, gardant les yeux rivés sur l'endroit où ces deux gamins avaient été tués.

— Ça ne te dérange pas ?

— Non, au contraire.

Rien de mieux que la confiance d'une femme pour flatter la virilité d'un homme !

Marie-Terese se retourna pour lui faire face.

— Merci… pour tout.

Il se pencha doucement, au cas où elle ne supporterait pas de l'embrasser si près de l'endroit où elle avait travaillé. Mais elle ne s'écarta pas et lorsque leurs lèvres s'effleurèrent un bref instant, il prit une grande inspiration. Le linge propre et frais. Voilà ce qu'elle sentait. Le plus agréable de tous les parfums qu'il ait jamais respirés.

— Est-ce qu'on se reverra ? demanda-t-il.

Baissant la tête, elle ramassa son sac.

— Je l'espère.

Avec un dernier sourire, elle ouvrit la portière, sortit et regagna sa voiture. Au lieu d'appuyer sur un bip, elle déverrouilla la portière à l'aide d'une clé et il lui fallut une éternité pour que le moteur accepte de démarrer.

Il n'aimait pas cette Camry. Pas assez fiable.

Et il détestait la façon dont elle avait évité son regard, juste à l'instant.

Lorsque la Toyota démarra enfin, il lui colla au pare-chocs pendant tout le trajet qui les amena dans une autre banlieue de Caldwell. Une fois dans sa rue, il repéra sa maison au premier coup d'œil : celle munie de barreaux devant chaque fenêtre, même au premier étage. Le véhicule garé le long du trottoir appartenait sûrement à la baby-sitter.

Vin attendit au bas de l'allée pendant qu'elle ouvrait la porte du garage et pénétrait à l'intérieur. Il regarda le panneau redescendre lentement, espérant l'apercevoir une nouvelle fois, mais elle demeura dans sa voiture.

Ce qui était sans doute plus sûr, et donc tout à fait judicieux.

Il patienta encore quelques instants.

Enfin, elle apparut à la fenêtre de sa cuisine, levant la main pour lui dire au revoir. La saluant à son tour, il voulut donner un petit coup de klaxon… mais se ravisa, imaginant qu'elle n'apprécierait pas d'attirer l'attention des voisins.

Alors il s'en alla, les sourcils froncés. La situation de la jeune femme était évidente et lui glaçait le dos : elle fuyait encore son ex-mari, la peur au ventre, craignant d'être découverte à chaque instant. Bon Dieu, elle ne prenait même pas le risque d'ouvrir sa portière avant d'être à l'abri dans son garage.

La première pensée qui lui traversa l'esprit fut l'envie de lui bâtir une forteresse protégée par un bataillon de soldats tels que Jim.

La seconde fut ce qu'elle lui avait répondu avant de sortir de la voiture : « *Est-ce qu'on se reverra ?*

— *Je l'espère.* »

Elle allait ficher le camp. Que ces meurtres soient ou non en rapport avec elle, elle allait se barrer. Et l'idée de ne jamais la revoir, de rester sans nouvelles d'elle, de ne rien pouvoir faire pour l'aider lui foutait une trouille de tous les diables.

Une quinzaine de minutes plus tard, il pénétra dans le garage du Commodore et se gara à côté de son 4 × 4. Pour une raison obscure, lorsqu'il entra dans l'ascenseur, des bribes de son cauchemar lui revinrent en mémoire et il entendit de nouveau la voix de Divine :

« Tu es à moi, Vin. Et je ne te laisserai pas t'échapper. »

Il sortit dans le couloir au vingt-huitième étage et…

Vin se figea. La porte de son duplex était ouverte et des voix lui parvenaient. Un grand nombre de voix.

Difficile d'imaginer que Divine ait pu demander à des déménageurs de venir aussi tard. Il était minuit passé, bordel ! Alors merde, qu'est-ce qui se passait ?

Marchant d'un pas rapide, bien décidé à faire passer un sale quart d'heure aux types qui squattaient chez lui, Vin déboula dans l'appartement.

La police.

Quatre flics se tenaient dans le corridor et tous levèrent les yeux vers lui au même moment. Et merde, cela avait fini par arriver. Les pots-de-vin aux élus locaux, les fausses déclarations, les fraudes fiscales… Tout cela avait fini par le rattraper.

— Je peux vous aider, messieurs ? demanda-t-il, plaquant une expression impassible sur son visage.

— Il est là, s'exclama l'un d'eux.

Tandis qu'il essayait d'évaluer combien de policiers étaient dans son bureau, il jeta un coup d'œil au salon…

Étouffant un juron, il s'avança à pas comptés et s'agrippa au piédroit sculpté de la voûte. On aurait dit qu'une tornade s'était engouffrée dans l'appartement : les meubles étaient sens dessus dessous, les tableaux de travers, les bouteilles d'alcool fracassées au sol.

— Où est Divine ? demanda-t-il.

— À l'hôpital, répondit quelqu'un.

— Où ça ?

— À l'hôpital.

Il se tourna vers le flic qui avait parlé. Il était bâti comme un bouledogue, et l'expression de son visage ne démentait pas cette impression.

— Est-ce qu'elle va bien ? Qu'est-ce qui s'est passé ? (Vin aperçut les menottes que le type détachait de sa ceinture.) C'est pour quoi faire, ça ?

— Je vous arrête pour agression sexuelle et coups et blessures. Tendez-moi vos mains.

— Pardon ?

— Je vous arrête pour agression sexuelle et coups et blessures.

Sans attendre que Vin s'exécute, le flic l'attrapa par le poignet et lui passa les menottes.

— Vous avez le droit de garder le silence. Tout ce que vous direz pourra et sera utilisé contre vous devant un tribunal. Vous avez le droit de consulter un avocat et d'avoir un avocat présent lors de l'interrogatoire. Si vous n'en avez pas les moyens (il prit un ton ironique), un avocat vous sera désigné d'office. Avez-vous compris les droits que je viens de vous énoncer ?

— Je n'ai pas été là depuis cet après-midi. La dernière fois que j'ai vu Divine, elle quittait…

— Avez-vous compris vos droits ?

— Je n'ai rien fait !

— Avez-vous compris vos droits ?

La dernière fois qu'on l'avait arrêté, Vin n'était qu'un ado, mais tout lui revint en mémoire dans la seconde, comme lorsque l'on remonte sur un vélo après une longue période sans pratique. Avec une différence notable : à l'époque, il savait très bien pourquoi on l'emmenait en garde à vue, étant donné qu'il était effectivement coupable des faits qu'on lui reprochait.

— Juste une question, dit-il en pivotant pour confronter le flic. Qu'est-ce qui vous fait croire que je l'ai frappée ?

— C'est ce qu'elle nous a affirmé, et à en juger par les égratignures sur votre main droite, je dirais que vous avez eu une altercation très récemment.

Divine… avait menti. Et dans les grandes largeurs.

— Je ne l'ai pas cognée. Je n'ai jamais levé la main sur elle. Je n'avais aucune raison de le faire.

— Ah ouais ? Même quand elle vous a raconté qu'elle avait couché avec votre pote ? Difficile à croire.

— Mon pote ?

— Suivez-nous. Ensuite vous pourrez appeler votre avocat. (Il balaya du regard le salon mis à sac qui, malgré les dégâts, conservait sa splendeur.) Mon petit doigt me dit qu'on n'aura pas besoin de vous en trouver un.

Chapitre 25

Au matin du dimanche, Jim se réveilla allongé sur le côté, Rex pelotonné contre lui et la télévision allumée avec le son coupé.

Sa position et la télé muette faisaient partie de ses habitudes. Le chien, en revanche, était un changement agréable : chaleureux, affectueux et, pour une raison étrange, il sentait l'air de l'été. Le seul moment un peu étrange avait été lorsque, plongé en plein rêve, il avait agité les pattes et contracté la mâchoire en poussant de petits couinements et des grognements étouffés.

C'était à se demander à quoi il pouvait bien rêver. Manifestement, il devait s'imaginer courant quelque part. Restait à espérer que c'était lui qui donnait la chasse.

Courbant la nuque, Jim jeta un coup d'œil à la télévision. Les informations locales étaient une nouvelle fois présentées par cette femme à la beauté incertaine mais à la blondeur éclatante qui, à l'évidence, officiait tous les samedis et dimanches matin. Tandis qu'elle égrenait les nouvelles du jour, des images apparaissaient en haut à gauche, parfois interrompues par un reportage. Le vote d'une commission scolaire. Un problème de nid-de-poule. Un programme d'aide aux jeunes en difficulté.

Puis une image familière apparut : le visage de Vin.

Jim se redressa d'un bond, attrapa la télécommande, monta le son… et fut sidéré par ce qu'il entendit : Vin. Arrêté pour coups et blessures sur sa copine. Caution fixée sous peu. Divine en observation à l'hôpital.

— Et dans le reste de l'actualité, poursuivit la présentatrice, une seconde agression a été commise hier soir. Robert Belthower, trente-six ans, a été retrouvé après minuit dans une ruelle à proximité de l'endroit où deux étudiants ont été abattus vendredi soir. Il a été transporté à l'hôpital St. Francis, où son état est jugé critique. Aucun suspect n'a pour l'instant été identifié et le chef de la police Sal Funuccio a fait une déclaration appelant les habitants à la plus grande prudence…

Jim caressa le dos du chien. Merde alors… Vin DiPietro était sûrement capable de beaucoup de choses, mais tabasser une femme ? Difficile à croire étant donné la manière dont il s'en était pris à ces deux gamins qui avaient harcelé Marie-Terese. Et cette nouvelle attaque ? Même si elle n'était pas liée à la…

Comme par hasard, et pour en rajouter une couche, le téléphone sonna juste à ce moment-là.

Jim le ramassa sur la table de chevet en se repérant au bruit, un petit truc qu'il tenait de ces années passées à opérer dans le noir le plus total. C'est fou comme le son peut compenser la vue.

— Bonjour, soleil de ma vie, dit-il sans prendre la peine de consulter l'écran.

La voix de son ancien patron était presque aussi enjouée que la sienne.

— Elle n'existe pas.

Jim resserra la main sur le téléphone, même si la nouvelle ne le surprenait pas.

— Tu n'as rien trouvé ?

— Je n'ai pas dit ça. Mais ta Marie-Terese Boudreau est une identité concoctée par un type à Las Vegas. Pour autant que je sache, elle a été créée il y a environ cinq ans pour être utilisée par une femme qui s'est retrouvée au Venezuela. Ensuite, ta nana a acheté ces papiers il y a deux ans et s'est barrée à l'est pour s'installer à Caldwell. Elle habite au 189 Fern Avenue, et j'ai son numéro de téléphone portable. (Il débita les chiffres à toute allure et Jim les mémorisa aussitôt.) Sur sa feuille d'imposition, il est marqué que ses revenus proviennent de deux boîtes différentes : le *Zero Sum* puis *Le Masque de fer* depuis la fin de l'année dernière, où elle exercerait la profession de danseuse. Elle a un enfant à charge.

— Qui est-elle en vérité ?

Il y eut une pause.

— T'aimerais bien le savoir, hein ?

La satisfaction qui transparaissait dans sa voix grave n'était pas le genre de chose qu'on aimait entendre : cela signifiait qu'on tenait vos couilles bien serrées et qu'au bout du bras se trouvait un type avec un sourire jusqu'aux oreilles.

Jim ferma les yeux.

— Je ne reviendrai pas. Je te l'ai dit quand je suis parti. C'est fini pour moi.

— Oh, allez, Zacharias, tu connais le topo. La seule façon d'en finir avec nous, c'est de partir les pieds devant. Si je t'ai accordé ces petites vacances, c'est juste parce que tu étais à deux doigts de craquer. Mais tu sais quoi ? Tu as l'air de te porter beaucoup mieux maintenant.

Jim résista à l'envie d'écraser son poing dans le mur.

— Pour une fois dans ta putain de misérable vie, tu ne pourrais pas faire un truc sans rien exiger en retour ? Essaie. Si ça se trouve, ça te plaira. Tu peux peut-être commencer maintenant ?

— Désolé. Tout se marchande.

— Est-ce que ton père a essayé de t'inculquer des principes ? Ou est-ce que tu étais déjà une merde quand tu es né ?

— Tu pourrais lui demander, mais il est mort depuis des années. Le pauvre homme s'est retrouvé sur la trajectoire de ma balle. Vraiment, quel affreux destin !

Jim se mordit la lèvre et contracta tous les muscles de la mâchoire et du cou.

— Je t'en prie… J'ai besoin d'en savoir plus sur elle. Alors dis-moi. C'est important.

Naturellement, cet enfoiré de Matthias resta sourd à son ton de faux derche.

— C'est tout ce que tu obtiendras grâce à la « faveur » que je suis censé te devoir. Si tu en veux plus, va falloir le mériter. À toi de voir. Et avant que tu me le demandes, la mission à laquelle je pense est tout à fait dans tes cordes.

— Je ne tue plus les gens.

— Hum.

— Matthias, il faut que je sache qui elle est.

— Je n'en doute pas. Et tu sais où me trouver.

La ligne fut coupée et, l'espace d'un instant, Jim fut pris d'une furieuse envie d'envoyer valdinguer le téléphone à travers la pièce. La seule chose qui l'en empêcha fut Rex qui, levant sa tête ensommeillée, parvint d'une manière étrange à dissiper sa colère.

Il laissa tomber le téléphone sur la couette, bouillonnant de rage.

Toutes sortes de pensées lui traversaient la tête mais il n'en retenait aucune… alors il se contenta de tendre la main vers l'animal pour tenter d'aplatir les poils qui se dressaient entre ses deux oreilles.

— Fais gaffe à ta coiffure, mec. Tu ressembles à Einstein au réveil.

Quand on se retrouve en prison, le contact visuel est un élément primordial.

Vin l'avait appris au cours de ses nombreux séjours en centres de détention pour mineurs. Derrière les barreaux, on devine à quelle population vous appartenez rien qu'à votre manière de toiser les autres.

Les junkies ont les yeux dans le vague, en général parce qu'ils ont autant de mal à contrôler leurs nerfs optiques que leurs glandes sudoripares, leurs intestins ou leur système nerveux. Un peu comme des nains de jardin, ils apparaissent à un endroit pour ne plus jamais en bouger, et la plupart restent à l'écart des embrouilles parce qu'ils ne cherchent des noises à personne et n'éprouvent aucun intérêt pour les cibles faciles.

En revanche, les voleurs à la petite semaine, qui n'en sont qu'à leur premier passage en prison et flippent comme des malades en découvrant leur nouvel environnement, ouvrent des yeux ronds comme des balles de ping-pong, qu'ils posent partout sans s'attarder nulle part. Ce qui en fait de parfaits candidats aux moqueries et au harcèlement moral, mais rarement aux passages à tabac, parce qu'ils iraient aussitôt se réfugier dans les jupes des gardiens.

Les petites frappes, quant à eux, ont des regards de fouine guettant la moindre faiblesse, prêts à bondir. Ce sont eux qui provoquent et persécutent, mais ils ne sont pas dangereux. Ils mettent le feu aux poudres et laissent les gros durs prendre le relais, à la manière des terreurs des bacs à sable qui cassent les jouets et accusent les autres à leur place.

Les têtes brûlées ont des yeux de psychopathes et adorent se bagarrer. Au moindre prétexte, ils sont prêts à foncer dans le tas. Inutile d'en dire plus.

Et enfin, vous avez les sociopathes, les vrais de vrais, ceux qui n'en ont rien à foutre et sont capables de vous tuer et de vous bouffer le foie. Ou pas, selon leur humeur. Ils promènent le regard autour d'eux, l'air de rien, tels des requins nageant au large… jusqu'à ce qu'ils repèrent une proie.

Assis au milieu d'un échantillon représentatif de ces spécimens, Vin n'appartenait à aucun de ces groupes et rentrait dans une catégorie plutôt atypique : il ne se mêlait pas des affaires des autres et s'attendait à la même courtoisie à son égard. Sauf que…

— Joli costume, mec.

Adossé au mur en béton, les yeux rivés au sol, Vin n'eut pas à lever le menton pour deviner que sur les onze autres types en cellule de détention, il était le seul à porter une veste à revers. Attention donc, petite frappe en approche.

Vin se pencha en avant, les coudes sur ses genoux. Plaçant le poing droit dans la paume gauche, il tourna lentement la tête vers le type qui venait de parler.

Maigre. Tatoué jusqu'au cou. Boucles d'oreilles. Cheveux coupés si court qu'on voyait son crâne. Et lorsqu'il lui adressa un sourire carnassier, Vin entrevit une dent de devant cassée.

À l'évidence, ce crétin croyait avoir affaire à un voleur à la petite semaine.

— Elles te plaisent, mes fringues ?

Lorsque la réplique fusa, monsieur Grande Gueule abandonna aussitôt son rictus. Il toisa Vin de la tête aux pieds puis reporta ses yeux bruns sur cet homme qui le dévisageait.

— Je t'ai posé une question, lança Vin d'une voix lente et forte. Elles te plaisent, mes fringues, connard ?

Pendant que le type réfléchissait à une réponse, Vin espérait qu'elle serait du genre désagréable, et son attente devait se lire sur son visage car tous les autres détenus les regardaient comme s'ils assistaient à un match de tennis, tournant la tête de droite à gauche puis de gauche à droite, et ainsi de suite.

Les épaules du type se relâchèrent.

— Ouais, j'aime beaucoup. Très joli costume. Ouais.

Vin ne broncha pas d'un pouce pendant que l'autre se rasseyait sur le banc. Puis il croisa le regard de chaque individu présent dans la salle… et un par un, ils baissèrent les yeux. Vin commença alors à se détendre un peu.

Alors que la moitié de son cerveau restait à l'affût du moindre aboiement en provenance de la meute, l'autre partie se remit à turbiner pour comprendre comment il avait atterri là. Divine avait sorti un énorme mensonge à la police et, nom de Dieu, il allait découvrir ce qui s'était réellement passé. Et puis qu'est-ce que c'était que cette histoire de « pote » ?

Il repensa à la robe bleue imprégnée d'un parfum masculin. L'idée qu'elle ait pu le tromper le rendait fou furieux, et il s'efforça de penser à des choses plus importantes. Comme, oh, le fait qu'elle avait été battue par quelqu'un d'autre que lui, mais que c'étaient ses burnes qui étaient sur le gril…

Merde, si seulement il avait eu le même système de vidéosurveillance qu'au bureau ! Il aurait eu des images de chaque pièce, 24 heures sur 24, 7 jours sur 7.

Le tintement de clés annonça l'arrivée d'un gardien.

— DiPietro, votre avocat est là.

Vin se leva du banc. Lorsque la porte s'ouvrit dans un bruit métallique, il mit les mains derrière le dos et se présenta devant le maton pour se faire menotter.

Ce qui surprit le gardien, mais pas les détenus, qui venaient de le voir prêt à jouer Rocky.

Un cliquetis résonna dans la pièce, puis ils s'engagèrent dans un couloir menant à une deuxième grille, qu'un surveillant leur ouvrit. Après quoi ils tournèrent à droite puis à gauche pour s'arrêter devant une porte semblant tout droit sortie d'un lycée : beige, austère, du grillage incrusté dans le double vitrage de la fenêtre.

À l'intérieur de la salle d'interrogatoire, Mick Rhodes était adossé au mur du fond, affublé de mocassins à embout métallique et d'un costume croisé que n'aurait pas reniés un mafieux.

Mick demeura muet pendant que le gardien libérait les mains de Vin et quittait la pièce. Une fois la porte fermée, l'avocat secoua la tête.

— Eh bien, celle-là, si je m'y attendais.

— Ne m'en parle pas.

— Mais qu'est-ce qui s'est passé, Vin ?

Mick leva alors le menton vers la caméra de sécurité, laissant entendre que la confidentialité de la relation avocat-client était sans doute davantage une théorie qu'une réalité dans cette maison d'arrêt.

Vin s'assit sur l'une des deux chaises disposées devant la petite table.

— Je n'en ai pas la moindre idée. Je suis rentré chez moi à minuit pour trouver les flics dans mon appartement, qui avait été complètement retourné. Ils m'ont dit que Divine était à l'hôpital et qu'elle leur avait raconté que c'était moi qui l'y avais envoyée. Mais j'ai un alibi en béton. J'ai passé tout l'après-midi jusqu'en début de soirée au bureau. Et j'ai des vidéos pour le prouver.

— J'ai vu le rapport de police. Elle dit qu'elle a été attaquée à 22 heures.

Merde. Il s'était figuré que l'agression avait eu lieu plus tôt.

— Bon, on parlera de ton emploi du temps plus tard, murmura Mick, comme s'il savait que ce serait compliqué. J'ai fait jouer mes relations. Ta caution sera fixée d'ici à une heure. Ce sera à peu près 100 000 dollars.

— S'ils me rendent mon portefeuille, je peux la régler tout de suite.

— Parfait. Je te reconduis chez toi…

— Seulement pour chercher des vêtements. (Il ne voulait plus jamais revoir ce duplex, encore moins y rester.) Je vais à l'hôtel.

— Je comprends. Et si les médias te harcèlent, tu es le bienvenu chez moi à Greenwich.

— Je veux juste parler à Divine.

Il avait besoin de savoir qui l'avait tabassée. Et aussi avec qui elle avait couché. Il avait beaucoup d'amis… Un homme aussi riche que lui était très bien entouré.

— On va déjà te sortir d'ici, d'accord ? Et après on parlera de la suite.

— Je ne suis pas coupable, Mick.

— Tu crois vraiment que je serais habillé comme ça un dimanche matin si je pensais le contraire ? Alors que je pourrais être blotti sous mes couvertures en train de lire le *Times* ?

— Toi, au moins, t'as le sens du sacrifice.

Mick tint parole : après s'être fait débiter 100 000 dollars sur sa carte de crédit, Vin quittait le poste de police et, à 10 h 30, il montait dans la Mercedes de son ami.

Mais l'heure n'était pas aux réjouissances. Sur le chemin du Commodore, Vin avait la tête qui tournait et le cerveau en bouillie à force d'essayer de trouver un semblant de logique à toute cette histoire.

— Vin, mon pote, tu vas m'écouter parce que non seulement je suis un ami de longue date, mais je suis aussi ton avocat. Ne va pas à l'hôpital. Ne parle pas à Divine. Si elle t'appelle ou te fait transmettre un message, ne la contacte pas. (La Mercedes s'arrêta devant l'immeuble.) Où étais-tu entre 20 heures et minuit la nuit dernière ? Est-ce que tu as un alibi ?

Les yeux rivés sur le pare-brise, Vin se souvenait parfaitement de l'endroit où il avait été… et de ce qu'il y avait fait. Sa décision était prise.

— Aucun que je puisse fournir à la police. Non.

— Mais tu étais avec quelqu'un ?

— Oui. (Vin ouvrit la portière.) Je ne la mêlerai pas…

— « La » ?

— Je suis joignable sur mon portable.

— Attends, c'est qui, cette fille ?

— Ça ne te regarde pas.

Mick appuya l'avant-bras sur le volant et se pencha en travers du siège.

— Si tu veux sauver tes fesses, il faudra peut-être reconsidérer ton opinion.

— Je n'ai pas fait de mal à Divine. Et je ne sais absolument pas pourquoi elle veut me coller cette merde sur le dos.

— Vraiment ? Est-ce qu'elle est au courant pour cette femme ?

— Non. Appelle-moi.

— Ne va pas à l'hôpital. Promets-le-moi.

— Ce n'est pas ce que j'ai en tête, là. (Il ferma la porte et marcha jusqu'à l'entrée du Commodore.) Crois-moi.

Chapitre 26

Le centre hospitalier St. Francis était bâti avec autant de logique qu'une fourmilière. Basé sur un concept architectural de répétition, comme tant d'autres centres médicaux dans son genre, il était composé de bâtiments tous construits dans des styles différents et placés là où on avait pu les caser, comme des chevilles rondes enfoncées dans des trous carrés. Sur le campus, on trouvait tout et n'importe quoi, depuis la brique gothique au verre et acier en passant par les colonnades en pierre, avec pour seul point commun l'exiguïté.

Jim gara son pick-up sur un parking à proximité d'un immeuble de quinze étages, se figurant que ce gros bébé était l'endroit idéal pour commencer, étant donné que c'était là qu'on l'avait transféré après son passage aux urgences. Se frayant un passage à travers les rangées de voitures, il longea le marquage au sol, passa sous le porche et s'engouffra dans le bâtiment à travers une série de portes vitrées automatiques.

À l'accueil, il demanda :

— Je cherche Divine Avale.

La mamie de cent douze ans aux cheveux bleus qui était assise de l'autre côté du comptoir lui adressa un sourire si chaleureux qu'il se sentit dégueulasse de n'avoir rien vu d'autre que son âge.

— Attendez, je vais vous trouver sa chambre.

En la voyant chercher les touches d'un doigt hésitant, il se dit qu'il avait mis beaucoup moins de temps à trouver la jeune femme sur son propre ordinateur : persuadé que Divine n'était pas un nom courant dans le domaine de la mode, il l'avait tapé sur Google et n'avait eu aucun mal à la retrouver. Vin et elle avaient été photographiés ensemble lors d'une soirée caritative pour le *Caldwell Courier Journal* six mois auparavant, et son nom de famille, Avale, avait été mentionné dans l'article.

— C'est la 1253.

— Merci, madame, répondit-il en s'inclinant légèrement.

— De rien, jeune homme. L'ascenseur se trouve juste à côté de la boutique.

La remerciant d'un signe de tête, il se dirigea vers l'endroit qu'elle lui avait désigné. Quelques personnes patientaient déjà, l'œil rivé sur les petits chiffres surplombant les trois portes.

On aurait dit qu'une course avait lieu entre celui sur la gauche et celui du milieu.

L'ascenseur au centre remporta la victoire et Jim s'y entassa avec les autres personnes, se joignant à la mêlée des bras tendus vers les boutons des étages avant de se placer en face du cadran digital. « Ding. » Les portes s'ouvraient. Les gens entraient et sortaient. « Ding. » Les portes s'ouvraient. De nouveau, les gens entraient et sortaient. Et le manège recommençait à chaque étage.

Il sortit au douzième et n'adressa pas un mot aux infirmières lorsqu'il passa devant l'accueil. Il avait eu du bol jusque-là, peut-être trop d'ailleurs, alors il n'allait pas prendre le risque de se mettre lui-même des bâtons dans les roues. Il n'aurait pas été surpris de découvrir des flics postés devant la 1253… mais il ne vit personne. Pas plus qu'il ne trouva de parents ou d'amis occupés à faire le pied de grue devant la porte close.

Il toqua doucement à la porte et se pencha.

— Divine ?

— Jim ? demanda-t-elle d'une voix étouffée. Attendez une minute.

Pendant qu'il patientait, il observa le couloir. Un chariot de nettoyage était stationné entre la chambre de Divine et celle d'à côté et un employé poussait une desserte dans sa direction. À en juger par l'odeur de haricots blancs et de hamburgers qui en émana lorsqu'il passa devant lui, c'était l'heure du déjeuner. L'endroit grouillait d'infirmières et, tout au fond, un patient vêtu d'une blouse marchait d'un pas hésitant, agrippant la potence de sa perfusion qu'il emmenait avec lui tel un chien en laisse pour le faire pisser.

— C'est bon, tu peux entrer.

Il s'avança dans la chambre obscure qui ressemblait comme deux gouttes d'eau à celle qu'il avait occupée : beige, dépouillée, avec un lit trônant au milieu. De l'autre côté de l'entrée, le rideau qui voilait la lumière du jour ondulait très légèrement, comme si elle venait de le tirer. Peut-être pour l'empêcher d'avoir une vue plus nette sur son visage.

Qui était en lambeaux.

À tel point qu'il dut marquer une pause. Ses traits magnifiques étaient déformés par la tuméfaction de ses joues, de son menton et de ses yeux ; elle avait la lèvre entaillée et le bleu qui s'étendait sur sa peau laiteuse évoquait une tache sur une robe de mariée, laide et dramatique.

— C'est vraiment moche, hein ? dit-elle en levant une main tremblante qu'elle mit en paravent.

— Ben merde alors… Est-ce que ça va ?

— Ça ira, je crois. Ils m'ont gardée parce que j'ai un traumatisme crânien.

Tandis qu'elle remontait la fine couverture qui la recouvrait, Jim examina sa main. Ses phalanges étaient intactes.

Ce qui signifiait qu'elle ne s'était pas fait cela elle-même et n'avait pas riposté ou, plus vraisemblablement, n'en avait pas été capable.

Les yeux rivés sur elle, Jim sentit sa conviction vaciller comme si elle évoluait sur un terrain mouvant. Et si… Non, Vin n'aurait pas pu commettre un tel geste. *Si?*

— Je suis vraiment désolé, murmura Jim en s'asseyant au bord du lit.

— Je n'aurais pas dû lui avouer ce qui s'était passé entre nous… (Elle tira un mouchoir en papier d'une boîte et se tamponna le dessous des yeux avec précaution.) Mais je n'avais pas la conscience tranquille et je… ne m'attendais pas à une telle réaction. Il a aussi rompu nos fiançailles.

Jim fronça les sourcils en se rappelant qu'à sa connaissance, Vin avait eu l'intention de se séparer d'elle.

— Il t'a demandé de l'épouser?

— C'est pour ça que j'ai dû tout lui avouer. Il s'est agenouillé pour faire sa demande… et j'ai accepté, mais je me suis sentie obligée de lui dire ce qui s'était passé. (Divine se pencha en avant et lui agrippa le bras.) Surtout ne l'approche pas. Il est furieux.

C'était assez vraisemblable vu l'expression qu'il avait eue lorsqu'il avait évoqué la robe de Divine dégageant le parfum d'un autre homme. Mais certaines pièces du puzzle ne s'imbriquaient pas, même si c'était difficile à admettre en regardant le visage… et le bras de Divine.

Lequel était imprimé d'une série d'ecchymoses rappelant la forme d'une main d'homme.

— Quand pourras-tu sortir? demanda-t-il.

— Cet après-midi, sans doute. Mon Dieu, j'ai horreur que tu me voies dans cet état.

— Je suis la dernière personne dont tu devrais te soucier.

Après un long silence, elle demanda doucement:

— Je n'aurais jamais cru qu'on en arriverait là. Et toi?

Non. Et à bien des égards.

— Tu as de la famille pour te raccompagner ?

— Ils devraient arriver vers 13 heures, dès que j'aurai reçu l'autorisation de partir. Ils sont très inquiets.

— Ça se comprend.

— En fait, une partie de moi voudrait le revoir. J'aimerais… discuter de ce qui s'est passé. Je sais que tu penses que c'est une mauvaise idée. Je devrais simplement m'en aller, mettre un maximum de distance entre nous. Mais ce n'est pas si facile. Je l'aime.

Cet aveu d'échec était aussi dur à entendre que de regarder son visage abîmé.

— Je suis désolé, murmura Jim en lui prenant la main. Vraiment, vraiment désolé.

Elle serra sa paume.

— Tu es un ami précieux.

On toqua à la porte et une infirmière apparut.

— Comment allez-vous ?

— Je ferais mieux d'y aller, dit Jim. (En se levant, il salua la femme qui venait d'entrer et reporta les yeux sur Divine.) Je ne peux rien faire pour t'aider ?

— Est-ce que je peux avoir ton numéro ? Juste au cas où… enfin…

Il le lui donna, la salua une nouvelle fois et s'en alla.

En traversant la cour, il avait l'impression de retrouver ce qu'il avait connu au sein des commandos : les informations contradictoires, les agissements incompréhensibles, les choix imprévisibles… toute cette confusion lui était familière ; seuls les noms des personnes et des lieux étaient différents.

Après avoir passé au crible tout ce qu'il tenait pour vrai, il constata que de nombreuses zones d'ombre subsistaient, mais ses réflexions soulevaient davantage de questions qu'elles n'apportaient de réponses.

Finalement, l'entraînement et l'expérience prirent le dessus ; quand on est déboussolé, il n'y a qu'une chose à faire : trouver des informations.

De retour au bureau d'accueil, il s'approcha de la vieille dame et, désignant la porte qu'il avait franchie pour entrer, lui demanda :

— C'est la seule sortie pour les patients ?

Elle lui adressa encore ce sourire chaleureux, et il l'imagina confectionnant des cookies savoureux pour Noël.

— La plupart partent par là, oui. Surtout si on vient les chercher.

— Je vous remercie.

— Mais je vous en prie.

Jim s'en alla. Scrutant l'esplanade, il repéra plusieurs endroits où il était possible de s'asseoir en surveillant l'entrée, mais les petits bancs entre les arbres dégarnis bordant le trottoir n'offraient pas suffisamment de discrétion. Et il n'y avait pas moyen de se cacher dans un recoin.

Il passa alors sous le porche et prit la direction du parking, désespérant de trouver un lieu...

À cet instant précis, un 4 × 4 sortit d'une place à proximité de celles réservées aux personnes handicapées.

Trois minutes plus tard, Jim garait son pick-up sur l'emplacement vide, coupait le moteur et braquait les yeux sur l'entrée du centre hospitalier. La camionnette placée entre son véhicule et l'entrée le dissimulait aux yeux des gens sortant du bâtiment.

— Tu es prêt ? lança Marie-Terese depuis la cuisine.

— Presque, répondit Robbie.

Consultant sa montre, elle décida qu'une approche plus pragmatique était nécessaire si elle voulait éviter qu'ils soient en retard. Gravissant les marches tapissées, ses ballerines écrasaient en silence le motif en zigzag. À l'instar du reste du décor, la moquette ne correspondait en rien à ses goûts, mais c'était un choix compréhensible pour une zone constamment piétinée dans une location.

Elle trouva son fils devant le miroir, tentant de faire le nœud de sa cravate de petit homme.

L'espace d'un instant, elle fut submergée par une vague d'amour maternel qui la propulsa dans le futur : elle vit ce grand corps dégingandé s'apprêter à partir à son bal de fin d'études. Puis se tenir avec fierté au moment de la remise de son diplôme. Et plus tard encore, vêtu d'un smoking lors de son mariage.

— Qu'est-ce que tu regardes ? demanda-t-il en s'agitant.

L'avenir, pria-t-elle. *Simple et agréable, aux antipodes de ce que nous avons vécu ces deux dernières années.*

— Est-ce que tu as besoin d'aide ?

— Je n'y arrive pas.

Laissant tomber les mains sur le côté, il se tourna vers sa mère en signe de capitulation.

S'avançant, elle s'agenouilla devant lui et détendit le nœud de guingois. Tandis qu'elle œuvrait, il se laissait faire, patient et confiant. C'était dans ces moments-là que son estime de mère remontait.

— Je crois qu'il va falloir t'acheter un costume plus grand.

— Ouais… Ça me serre en haut. Et regarde… Tu vois ? (Tendant les bras, il fronça les sourcils en direction des manches qui lui arrivaient presque aux coudes.) Ça craint.

En un tournemain, elle ajusta la petite bande bleu marine et rouge, sans s'étonner que son fils se montre si tatillon. Il avait toujours aimé porter des costumes et ne supportait pas la moindre éraflure à ses chaussures, même à ses baskets. Il en allait de même pour tout ce qu'il possédait : lorsqu'elle ouvrait ses tiroirs ou son armoire, tous les vêtements étaient soigneusement pliés ou suspendus, ses livres étaient alignés sur les étagères et son lit n'était jamais en désordre, sauf s'il dormait dedans.

Son père était comme lui, très soigné.

C'était aussi de lui que son fils tenait ses yeux et ses cheveux bruns.

Bon sang… elle aurait tant aimé qu'il n'y ait aucune trace de cet homme en lui, mais on ne peut pas lutter contre les lois de l'hérédité. Heureusement, les pires traits de son ex, c'est-à-dire son tempérament et sa mesquinerie, ne s'étaient jamais manifestés chez son fils.

— Voilà, tu es prêt. (Tandis qu'il se retournait pour s'étudier dans la glace, elle résista à l'envie de le serrer fort dans ses bras.) Ça te plaît ?

— C'est plus bien que ce que j'ai fait. (Elle le toisa d'un air désapprobateur.) Pardon, bien mieux que ce que j'ai fait.

— Merci.

Observant son reflet, elle songea au prix d'un nouveau blazer… des chaussures… des manteaux d'hiver… des shorts d'été… et s'efforça de ne pas céder à la panique. Après tout, elle pouvait toujours prendre un boulot de serveuse. Elle ne gagnerait pas autant mais ce serait suffisant. Il le faudrait bien.

D'autant qu'elle allait déménager dans une ville plus petite où les loyers étaient moins…

Seigneur… elle ne voulait pas quitter Caldwell. Vraiment pas. Pas après cette nuit avec Vin.

— Allez, viens, on va être en retard, lança-t-elle.

En bas, ils enfilèrent gants et manteau avant de se faufiler dans la Camry. L'air froid du matin avait transformé le garage en glacière, et le moteur toussota et crachota.

— Faudrait changer de voiture, dit Robbie pendant qu'elle donnait un nouveau tour de clé.

— Je sais.

Ouvrant la porte du garage, elle patienta le temps qu'apparaisse l'allée et le monde qui s'étendait au-delà. Puis elle fit demi-tour, appuya de nouveau sur la télécommande et s'en alla en direction de St. Patrick.

Lorsqu'ils arrivèrent à la cathédrale, la rue était bordée de voitures sur plusieurs centaines de mètres. Contournant le bâtiment, elle se mit en quête d'une place avant de se décider pour un coin de rue qui laissait juste l'arrière de la voiture sur un stationnement interdit. Ouvrant la portière, elle fit le tour du véhicule pour voir sur combien de centimètres le pare-chocs mordait la courbe jaune.

Une soixantaine.

— Zut !

Lorsque les cloches carillonnèrent, elle décida de rester garée à cet endroit, en espérant que si un policier passait par là, il serait soit daltonien, soit un bon chrétien.

— Allons-y, dit-elle en tendant la main à Robbie, qui s'était approché. La paume de son fils dans la sienne, elle pressa le pas vers la cathédrale tandis qu'il trottinait à son côté, obligé de faire deux pas quand elle n'en faisait qu'un.

— Je crois qu'on va rater le début, dit-il, le souffle court. C'est ma faute. Mais ma cravate était pas droite.

Elle baissa les yeux vers lui. Alors qu'il courait presque, ses cheveux se soulevaient et retombaient au même rythme que son caban, mais ses yeux étaient immobiles : le regard braqué sur le trottoir, il clignait des yeux trop vite.

Marie-Terese s'arrêta et le retint par la manche, puis s'accroupit devant lui.

— Ce n'est pas grave d'être en retard. Ça arrive à tout le monde. L'important, c'est de faire au mieux pour être à l'heure. Tu comprends ? Robbie ? Tu comprends ?

Le clocher se tut. Un moment plus tard, une voiture les dépassa et un chien aboya au loin.

Comme il restait muet, elle comprit qu'autre chose le tracassait.

— Parle-moi, murmura-t-elle en plaçant le visage de son fils dans sa ligne de vision, l'obligeant presque à s'allonger sur le trottoir. Je t'en prie, Robbie.

Les mots jaillirent de sa bouche :

— Je préférais mon vrai nom. Et je ne veux pas déménager encore. J'aime mes baby-sitters et ma chambre. J'aime mon centre aéré. J'aime… comme c'est maintenant.

Marie-Terese s'assit sur ses talons… en maudissant son ex-mari.

— Je suis vraiment désolée. Je sais que ça a été dur pour toi.

— On s'en va, c'est ça ? Tu es revenue tôt, hier, et je t'ai entendue parler à Quinesha. Tu lui as dit que tu allais peut-être devoir prendre d'autres dispositions. (Il prononça « disposions » au lieu de « dispositions ».) J'aime bien Quinesha. Je ne veux pas d'autres dispositions. (Il répéta « disposions ».)

En regardant son fils, elle se demanda comment lui expliquer qu'ils devaient partir parce qu'elle avait la ferme conviction que les « mauvais jours », comme il les appelait, étaient de retour.

Le conducteur qui était passé à côté d'eux tout à l'heure les croisa de nouveau, ayant manifestement échoué à trouver une place où se garer.

— J'ai démissionné hier, dit-elle en essayant de coller au plus près à la vérité. J'ai arrêté mon travail de serveuse parce que je n'étais pas heureuse là où j'étais. Alors, je vais devoir trouver un nouveau boulot quelque part.

Robbie leva les yeux vers les siens et la dévisagea.

— Il y a plein de restaurants à Caldwell.

— C'est vrai, mais ils n'ont peut-être pas besoin de personnel pour l'instant et il faut que je gagne de l'argent pour nous faire vivre.

— Oh. (Il eut l'air de retourner l'idée dans sa tête.) D'accord. Je comprends.

D'un coup, il se détendit. On aurait dit que ce qui l'avait tracassé venait de s'envoler comme un ballon gonflé à l'hélium.

— Je t'aime, dit-elle, écœurée à l'idée que les craintes de son fils ne se réalisent.

D'autres raisons que son « travail » motivaient leur départ. Mais elle refusait de lui faire porter un tel fardeau.

— Moi aussi, m'man.

Il la serra brièvement contre lui, ses petits bras peinant à l'entourer. Pourtant, elle sentit l'étreinte à travers tout son corps.

— Tu es prêt ? lui demanda-t-elle d'une voix rauque.

— Oui.

Ils reprirent leur marche effrénée en direction de la cathédrale, gravirent le grand escalier de pierre puis se glissèrent à travers la lourde porte. À l'intérieur, ils ôtèrent leurs manteaux et elle prit le programme que lui tendait un homme dans le narthex. À son invitation, Robbie et elle se dirigèrent vers l'une des portes latérales puis se faufilèrent jusqu'à un banc aux trois quarts vide.

Au moment où ils s'assirent, on demanda aux enfants assistant au catéchisme de s'avancer. Toutefois, Robbie resta avec elle. Il ne se joignait jamais aux autres gamins, ne l'avait jamais demandé et elle ne le lui avait jamais proposé.

Alors que les prêtres et le chœur entamaient la messe, elle prit une grande inspiration et laissa la douce chaleur de l'église s'insinuer en elle. L'espace d'une demi-seconde, elle s'imagina Vin en leur compagnie, assis à côté de son fils. Ce serait agréable de regarder par-dessus la tête de Robbie et voir l'homme qu'elle aimait. Peut-être échangeraient-ils un sourire secret comme les couples le faisaient de temps à autre. Peut-être aurait-il aidé Robbie avec sa cravate ce matin.

Peut-être que leur fille se trouverait entre eux deux.

Les sourcils froncés, Marie-Terese prit conscience que, pour la première fois depuis des lustres, elle rêvait éveillée. Qu'elle fantasmait sur un avenir heureux. Bon Dieu… depuis combien de temps cela ne lui était-il pas arrivé ? Depuis le début de sa relation avec Mark… Autrement dit, un sacré bout de temps.

Elle l'avait rencontré au casino de Mandalay Bay. Elle et ses amies, qui venaient toutes d'avoir vingt et un ans la même année, étaient venues à Las Vegas pour passer un week-end entre filles. Elle se souvenait encore de leur excitation à l'idée de goûter à la liberté des adultes.

Tandis qu'elles s'amusaient avec des paris d'un dollar du côté gagne-petit de la corde de velours, Mark était assis à une table de flambeurs dans la salle VIP. Les ayant aperçues, il avait envoyé une serveuse les inviter à le rejoindre dans la section huppée, où les boissons étaient gratuites et la mise minimale de 20 dollars.

Au début, elle s'était imaginé qu'il s'était entiché de Sarah. Sarah était une blonde d'un mètre quatre-vingts qui, d'une certaine manière, paraissait nue même quand elle était habillée. Cette fille attirait les hommes comme un aimant, et vu le nombre de soupirants qui lui baisaient les pieds, elle avait un niveau d'exigence très élevé. Or un type qui avait les moyens de parier gros était tout à fait son style d'homme.

Seulement, Mark n'avait d'yeux que pour Marie-Terese. Et il l'avait clairement fait comprendre en lui proposant un siège juste à côté de lui alors que Sarah avait dû se débrouiller toute seule.

Mark et ses deux associés, comme il avait appelé les deux costume-cravate qui étaient avec lui, s'étaient comportés en parfaits gentlemen, lui offrant à boire, discutant avec elle, se montrant attentionnés. Elle s'était laissé enivrer par le bruit des dés lancés fiévreusement sur le tapis et les conversations brillantes, le genre de choses qui, lorsque vous êtes jeune et facilement impressionnable, vous donne la sensation d'être une célébrité.

Elle n'aurait pas pu rêver mieux pour débuter le week-end : se retrouver à vingt et un ans dans la partie VIP d'un casino, entourée d'hommes en costard, était inespéré pour les quatre jeunes filles, et au bout de trois ou quatre heures elles les avaient suivis dans la suite de Mark. Pas très prudent, me direz-vous, mais ils n'étaient que trois et, après avoir été en veine toute la soirée, une amitié et une confiance illusoires s'étaient installées.

Mais il ne s'était rien passé de mal. Juste quelques verres de plus, un peu de conversations et de flirts. Puis Sarah s'était éclipsée dans une chambre avec le plus grand des deux « associés ».

À la fin de la nuit, Marie-Terese était sortie sur le balcon avec Mark. Elle se souvenait encore de l'air chaud et sec soufflant sur les lumières chatoyantes.

C'était il y a dix ans, mais le souvenir de cette nuit était aussi vif que l'instant qui l'avait rendu mémorable : debout à côté de lui, la ville du péché s'étendant sous ses yeux, elle admirait la vue pendant qu'il contemplait son visage. Écartant les cheveux de sa nuque, Mark l'avait embrassée à la base du cou… et c'était l'expérience la plus sensuelle qu'elle ait jamais connue.

Puis ils s'étaient quittés.

Le lendemain soir, Mark les avait toutes invitées à un concert de Céline Dion, puis ils avaient regagné les tables du casino. Paillettes. Glamour. Fièvre du jeu. Marie-Terese s'était laissé emporter dans un tourbillon de promesses, de romance et de contes de fées, et à la fin de la soirée elle était retournée dans cette suite où, de nouveau, il s'était contenté de l'embrasser.

Elle avait été déçue par sa réticence à aller plus loin, même si elle n'aurait pas pu coucher avec lui. Elle n'était pas aussi téméraire que Sarah, capable de se retrouver au lit avec un type qu'elle connaissait à peine.

Ce qui était ô combien ironique quand on pensait à ce qu'elle avait enduré par la suite.

Le lendemain matin, jour de leur départ, Mark avait mis sa limousine à leur disposition pour les conduire à l'aéroport. Elle était désespérée, persuadée que c'était la fin : quarante-huit heures de plaisir, ni plus ni moins que ce que l'agence de voyages leur avait promis et qu'elles avaient acheté.

Montant dans la voiture, elle avait espéré que Mark sorte en courant et leur fasse signe de s'arrêter, mais il ne s'était rien passé, et elle était partie convaincue que sa dernière vision de lui serait celle de l'instant où il lui avait baisé la main dans la chambre d'hôtel qu'elles avaient partagée.

Le poids écrasant du retour à son quotidien lui avait fait monter les larmes aux yeux. Reprendre le cours de sa vie, son boulot de secrétaire et les cours du soir pour décrocher sa place à l'université, lui avait paru insurmontable.

Lorsque la limousine s'était arrêtée devant le terminal, le chauffeur était sorti pour ouvrir la portière pendant qu'un porteur déchargeait leurs bagages. Sur le trottoir, Marie-Terese avait porté son regard triste au loin, de crainte que ses amies ne se moquent d'elle.

Le chauffeur l'avait hélée.

— M. Capricio m'a demandé de vous remettre cela.

Le coffret était de la taille d'un mug, enveloppé d'un tissu rouge avec un nœud en satin blanc. Elle l'avait ouvert avec précipitation, arrachant l'emballage sans ménagement. À l'intérieur se trouvait une fine chaîne en or avec un pendentif en forme de « M ». Un petit papier plié, comme ceux que l'on trouve dans les biscuits chinois, avait été glissé dans la boîte, sur lequel était écrit : « Appelez-moi dès votre retour. »

Elle avait mémorisé le numéro de téléphone instantanément et arboré un sourire radieux pendant tout le trajet qui l'avait ramenée chez elle.

Tout avait si bien débuté. Rien n'aurait pu lui faire deviner la tournure qu'allaient prendre les événements. Quoique en y repensant, elle aurait dû se rendre compte que ce « M » était en fait un symbole de propriété, comme les plaques d'identité pour chiens.

Bon sang, elle l'avait porté avec une telle fierté. Il faut dire qu'à l'époque, elle ne demandait qu'à lui appartenir. Pour une jeune femme qui avait grandi avec une mère dépressive et un père absent, l'idée qu'un homme puisse la désirer lui avait paru magique. D'autant que Mark n'était pas un type lambda issu de la classe moyenne, ce qui aurait déjà été inespéré. Non, lui, c'était le carré VIP quand elle n'était que la loge du gardien.

Au cours des mois qui avaient suivi, il l'avait manipulée à la manière d'un joueur d'échecs, avançant ses pions avec soin dans le seul but de la séduire. Il lui avait même dit qu'il ne voulait pas coucher avec elle tant qu'ils ne seraient pas mariés, afin qu'il ait la conscience tranquille lorsqu'il la présenterait à sa mère et sa grand-mère, toutes deux ferventes catholiques.

Cinq mois plus tard, ils étaient mariés, et tout avait basculé juste après la cérémonie. Dès le jour où elle avait emménagé dans la suite de son hôtel, Mark l'avait tenue comme dans un étau. Merde, quand sa mère était morte, il avait insisté pour que son chauffeur l'accompagne en

Californie et ne la quitte pas d'une semelle depuis sa sortie de l'avion jusqu'à son retour.

Et cette histoire d'abstinence prénuptiale ? En fait, cela n'avait pas représenté un grand sacrifice pour lui, étant donné qu'il avait couché à droite et à gauche pendant tout ce temps, ce qu'elle avait découvert lorsqu'une de ses maîtresses s'était pointée avec un ventre proéminent environ un mois après que l'encre avait séché sur le contrat de mariage.

Revenant au présent, elle se leva avec le reste de la congrégation pour chanter les paroles du livre de cantiques que Robbie tenait dans les mains.

Au vu des leçons qu'elle avait tirées, le conte de fées dont elle se berçait depuis sa nuit avec Vin l'inquiétait beaucoup.

L'optimisme n'était pas fait pour les âmes sensibles. Et rêver au prince charmant pouvait vous mener tout droit dans la gueule du loup.

Il s'assit derrière elle sans qu'elle le remarque. C'était cela, la magie du déguisement. Ce jour-là, il portait des lentilles de contact bleues et des lunettes à monture métallique, histoire de passer inaperçu parmi les autres pratiquants.

Il avait attendu à l'arrière de l'église qu'elle entre avec son fils et, ne les voyant pas arriver, il s'était figuré qu'ils étaient restés chez eux. Alors il avait regagné sa voiture, mais tandis qu'il s'éloignait, il les avait aperçus sur le trottoir, en grande conversation. Faisant le tour du bâtiment, il les avait regardés parler jusqu'au moment où ils s'étaient pressés vers la cathédrale pour disparaître derrière les portes massives.

Une fois sa voiture garée, il avait raté la moitié de l'office, mais il était parvenu à s'asseoir juste derrière eux, se glissant hors de la pénombre pour s'agenouiller discrètement sur le banc.

Elle avait passé la majeure partie de la messe à contempler les fresques que l'on nettoyait, la tête penchée sur le côté, exhibant son plus joli profil. Comme d'habitude, elle était vêtue d'une longue jupe et d'un pull – ce jour-là marron foncé – et des perles ornaient ses oreilles. Ses cheveux noirs étaient relevés en un chignon souple et il émanait d'elle un parfum léger… ou peut-être était-ce juste l'odeur de la lessive ou de ces lingettes d'adoucissant ?

Il faudrait qu'il aille au supermarché renifler des bouteilles d'assouplissant, pour trouver lequel c'était.

Assise sur le banc, elle renvoyait l'image d'une mère parfaite, aidant son fils à se repérer dans son livre de cantiques, se baissant lorsqu'il avait une question à lui poser. Personne n'aurait jamais osé prononcer le mot « pute » en sa présence… et encore moins en se référant à elle : on aurait dit qu'elle avait engendré son fils par immaculée conception.

Cela lui fit penser au type qu'il avait tabassé avec le démonte-pneu. Non pas au meurtre en lui-même, bien qu'à l'évidence tout ne se soit pas passé comme prévu étant donné que le type s'était simplement retrouvé dans le coma – encore une bonne raison de porter un déguisement, d'ailleurs. Non, il songeait à l'expression qu'avait eue cet homme lorsqu'il était sorti de cette saleté de toilettes privées dans cette pourriture de club.

Cette femme n'était qu'un mensonge.

Il bouillonnait de rage, mais ce n'était ni le lieu ni le moment. Alors, pour se distraire, il contempla les muscles délicats qui remontaient le long de sa nuque. À la base du cou, des boucles soyeuses caressaient la courbe gracieuse et, plus d'une fois, il se pencha en avant, brûlant de les toucher…

Ou de nouer les mains autour de sa gorge.

Et serrer jusqu'à ce qu'elle lui appartienne. À lui et à lui seul.

Il s'imaginait domptant sa résistance et revendiquant ses droits sur sa vie… voyait l'extase dans ses yeux pendant qu'elle agonisait.

Absorbé par ses visions, il faillit passer à l'acte mais, heureusement, les chants de la cérémonie l'aidèrent à rompre la transe et il se mit à feuilleter son livret pour s'occuper les mains. De temps à autre, il jetait quelques coups d'œil à l'enfant pour ne pas se focaliser sur elle. Se laisser aller dans un endroit pareil, c'était risquer de tout perdre.

Le petit garçon paraissait si bien élevé. Si adulte. Un petit homme.

Elle ne le laissait jamais assister au catéchisme avec les autres enfants, le gardait toujours auprès d'elle. Ce qui était un peu frustrant, même si elle avait raison de le garder à l'œil. C'était beaucoup plus sage, en effet.

D'un autre côté, elle n'avait pas à s'en faire. Son fils allait bientôt rejoindre son père… et elle son mari, pour l'éternité.

Leur avenir était tout tracé.

Chapitre 27

Vin franchit le seuil du duplex, ferma la porte… et resta estomaqué devant le spectacle qui s'offrait à lui. Depuis le couloir, il contempla d'un air éberlué son salon dévasté.

Marchant au milieu des ruines, il ne pouvait que constater les dégâts. Les canapés étaient retournés, les coussins en soie piétinés, et plusieurs statues avaient été basculées de leur socle. À côté du bar, le tapis était foutu, taché par l'alcool provenant des bouteilles cassées. Quant au mur, il allait falloir tout retapisser et repeindre, puisque apparemment quelqu'un s'était amusé à jeter des bouteilles de bordeaux contre les cloisons.

Retirant son manteau qu'il jeta sur un sofa éventré, il fit le tour de ce lieu autrefois immaculé, médusé devant tous ces objets de valeur réduits en miettes. Merde, il ne manquait plus qu'une couche de crasse et quelques pelures de légumes pour avoir l'impression de déambuler dans une décharge.

Il se pencha et ramassa quelques éclats de verre tombés d'un miroir vénitien. On aurait dit que quelqu'un avait été projeté contre la glace, fragmentée en son milieu par une brèche de la dimension d'un dos humain.

À en juger par la pellicule de poudre blanche qui le recouvrait, la police s'était évertuée à chercher des empreintes.

Bon sang, il était clair qu'une bagarre avait eu lieu dans son salon.

Vin ramassa les bouts tranchants et se dirigea vers le bar pour les déposer au milieu des bouteilles fracassées. Puis il se remit à la recherche de ce que les flics avaient sans doute tenté de découvrir.

Aucune trace de sang. Mais ils avaient peut-être déjà embarqué tout ce qui en comportait.

En outre, il avait le visage couvert d'hématomes. Alors le fait de ne pas avoir découvert de sang n'allait pas forcément le disculper aux yeux des flics.

Pendant qu'ils étaient dans l'immeuble, ils avaient sans doute interrogé le vigile. Mais ce dernier n'avait aucun moyen d'affirmer que Vin était absent de son appartement à cette heure-là. Après tout, les résidents pouvaient prendre l'ascenseur depuis le parking...

Le garage!

Vin se précipita vers le téléphone et appela la réception. Lorsqu'une voix masculine répondit, il lui posa la question sans détour:

— Gary, c'est Vin. Est-ce que vous avez transmis à la police les bandes de vidéosurveillance des ascenseurs et de l'escalier?

Le gardien répondit du tac au tac:

— Bon sang, monsieur DiPietro, mais qu'est-ce qui vous a pris de...

— Je suis innocent. Je vous le jure. Est-ce que les flics ont les cassettes?

— Ouais, ils ont tout.

Vin poussa un soupir de soulagement. Il n'aurait jamais pu atteindre son appartement sans apparaître sur l'un de ces enregistrements. D'ailleurs, ils allaient même prouver qu'il avait quitté l'immeuble ce matin et qu'il n'était pas revenu avant minuit passé.

— Et vous avez été filmé.

Vin cligna des yeux.

— Quoi ?

— Vous êtes monté dans l'ascenseur du garage à 22 heures. C'est ce que montre la bande.

— Hein ? (C'était tout bonnement impossible. À cette heure-là, il roulait avec Marie-Terese en direction du quartier de Wood.) Attendez, vous avez vu mon visage ? Vous avez vraiment vu mon visage ?

— Ouais, clair comme de l'eau de roche. Votre femme est passée par la porte principale avant de monter au duplex et, vingt minutes plus tard, vous êtes entré par le garage. Vous aviez votre trench noir et vous êtes parti environ une demi-heure plus tard, avec votre casquette des Boston Sox rabattue sur le front.

— Ce n'était pas moi. C'était…

— Si, c'était vous.

— Mais… je n'ai pas garé ma BMW à ma place habituelle. Elle avait disparu et mon autre voiture était à sa place. Je n'ai pas utilisé mon passe pour accéder au parking. Expliquez-moi…

— Vous vous êtes fait déposer et vous êtes entré par la porte réservée aux piétons. Je ne sais pas, moi. Écoutez, il faut que j'y aille. On est en plein exercice incendie.

La ligne fut coupée.

Vin raccrocha et contempla le téléphone avec le sentiment que le monde entier avait perdu la boule. Puis, au bout d'un moment, il gagna le canapé, disposa les coussins dans un semblant d'ordre et s'écroula dessus.

Le système d'alarme de l'immeuble se mit à hurler et des lumières stroboscopiques clignotèrent dans le couloir. Il avait l'impression de se retrouver en plein cauchemar, celui où Divine se jetait sur lui comme une créature tout droit sortie de *La Nuit des morts-vivants*.

À l'évidence, quelqu'un avançait ses pions dans le but de bloquer ses mouvements, de l'acculer dans un coin.

« *Tu es à moi, Vin. Et je ne te laisserai pas t'échapper.* »

Tandis que ces paroles lui revenaient à l'esprit, une flambée de panique traversa son corps, la sirène faisant un parfait bruit de fond. *Merde. Que faire à présent ?*

Sortie de nulle part, la voix de Jim Heron coupa celle de Divine : « *Je suis là pour sauver votre âme.* »

Sans prêter plus d'attention à cette réplique, Vin se leva et gagna son bureau à la recherche d'un moyen de détente bien plus efficace. Les bouteilles d'alcool étaient intactes. Il se servit un bourbon, qu'il but d'une traite avant de se resservir. La télévision était restée allumée, mais le son était coupé. S'installant derrière la grande table, il jeta un coup d'œil aux informations locales.

Lorsqu'une photographie s'afficha à côté de la tête de la présentatrice, il ne s'étonna guère. Vu la façon dont les choses évoluaient, il aurait fallu qu'une explosion ravage tout le centre de Caldwell pour lui arracher un haussement de sourcil.

Il s'empara de la télécommande.

— … Robert Belthower, trente-six ans, a été découvert tôt ce matin dans une ruelle, à proximité de l'endroit où ont été abattus deux jeunes gens vendredi soir. Il se trouve désormais dans un état critique à l'hôpital St. Francis. Aucun suspect lié à ce crime n'a pu être identifié…

C'était le type du *Masque de fer*. Celui qui était sorti des toilettes privées avec Marie-Terese.

Vin décrocha le téléphone et composa un numéro.

L'appel ne fut pris qu'au bout de quatre sonneries et Jim lui répondit d'une voix sèche, manifestement peu enclin à lui parler :

— Salut.

Alors, toujours prêt à sauver mon âme ? faillit le railler Vin.

— Vous avez vu les infos ?

Longue hésitation.

— Vous voulez parler de Divine ?

— Ouais. Mais je vous jure que ce n'est pas moi. La dernière fois que je l'ai vue, c'est quand j'ai rompu avec elle et que je l'ai laissée partir avec la bague que je lui avais achetée. Ça, on peut dire qu'elle m'a bien remercié. Mais ce n'est pas la raison de mon appel. Ce type qui a été tabassé dans la ruelle, il était avec Marie-Terese hier soir. Je l'ai vu. Ce qui porterait à trois le nombre de gars qui en l'espace de vingt-quatre heures… Allô ? Jim ? (Un « hmm, hmm » résonna à ses oreilles et Vin comprit le problème.) Écoutez, ce n'est pas moi qui ai frappé Divine, même si je sais que vous ne me croirez pas. (Encore un long silence.) Allô ? Mais merde, putain ! Vous croyez vraiment que je pourrais lever la main sur une femme ?

— Je croyais que vous appeliez à cause de moi.

Ce fut à son tour de marquer une pause.

— Pourquoi ?

Après quelques instants d'hésitation, Jim reprit :

— Elle m'a dit qu'elle vous avait tout raconté. À propos de nous.

— « Nous » ? Mais de quoi vous parlez ?

— Elle m'a dit que c'était pour ça que vous l'aviez frappée.

Vin resserra la main autour de son verre.

— Qu'est-ce qui s'est passé au juste entre vous deux ?

Le juron étouffé qui lui parvint de l'autre bout de la ligne était celui que poussaient la plupart des gens quand ils avaient fauté.

— Vous vous foutez de moi ? Non mais vous vous foutez de moi ?

— Je suis désolé…

Le verre explosa dans la paume de Vin, le bourbon se répandant partout sur sa manche et éclaboussant le devant de sa chemise et de son pantalon.

Il mit fin à l'appel en jetant le portable à travers la pièce.

Jim raccrocha, prêt à parier que Vin n'en avait pas fait autant. Non, il avait plutôt le sentiment que le téléphone de Vin était désormais bon à ramasser à la balayette. *Génial. Vraiment, il ne manquait plus que ça.*

Il se frotta les yeux et reporta son attention sur l'entrée du bâtiment en repensant au début de leur conversation : encore une agression liée à Marie-Terese. Et quand Vin avait appelé, c'était ce qui le tracassait le plus. Il n'avait même pas l'air de se soucier d'avoir été inculpé pour avoir réduit le visage de sa copine en miettes.

Ses sentiments pour Marie-Terese étaient en train de prendre le pas sur tout. Ce qui n'avait pas l'air de le mener dans la bonne direction.

Bon sang, cette mission était en train de partir en couilles.

Jim consulta sa montre puis recommença à épier toutes les allées et venues. Il était presque 13 heures. Les parents de Divine n'allaient pas tarder à arriver, et elle ressortirait avec eux.

Bon Dieu, mais quelle menteuse, celle-là !

Vu l'état de son visage, il se sentait un peu gêné d'en arriver à cette conclusion, mais c'était bel et bien la vérité : Vin n'était absolument pas au courant de ce qui s'était passé jeudi soir dans son pick-up. La surprise qu'il avait exprimée ne laissait aucun doute sur le fait qu'il ignorait tout de cette histoire.

Pourquoi lui avait-elle raconté des salades ? Et si ce n'était pas son seul mensonge ?

Une chose était sûre : cela accréditait la thèse de l'innocence de Vin.

Treize heures, puis 13 h 30 passèrent. À 14 heures, Jim redoubla de vigilance. Il s'attendait à voir Divine sortir d'une seconde à l'autre, en supposant qu'il lui ait fallu une heure pour régler la paperasserie, que sa famille soit à l'heure et qu'elle ne soit pas sortie par une autre porte.

Si toutefois on venait la chercher.

Regrettant ses cigarettes, il prit son téléphone et frotta le pouce sur l'écran jusqu'à le sentir chaud. *La vérité*. Il avait besoin d'un semblant de vérité dans toute cette histoire. Il fallait qu'il sache qui étaient Marie-Terese et Divine pour tirer cette affaire au clair.

Hélas, cela allait lui coûter…

Soudain, Divine franchit la porte, de grosses lunettes de soleil lui masquant la moitié du visage. Elle était vêtue d'une tenue de yoga noire et son énorme sac en croco la faisait paraître aussi fine qu'une brindille. Lorsqu'elle traversa le porche, les gens la dévisagèrent comme s'il s'agissait d'une célébrité.

Elle était seule.

Oh, et ses hématomes avaient totalement disparu. Elle était prête pour les flashs des photographes, aussi ravissante et parfaite qu'elle l'était vendredi soir.

Un frisson d'alerte, comme il n'en avait connu que deux dans sa vie, lui transperça le corps.

Toute cette histoire puait. À plein nez.

Se redressant sur son siège, il jeta un coup d'œil au trottoir. Alors que la lumière du soleil imprimait une copie noire derrière chaque élément placé au sol, Divine, quant à elle, ne projetait aucune ombre. Ce n'était qu'une forme sans substance, une silhouette sans chair.

C'était elle, l'ennemi. Là, devant ses yeux. Putain, il avait baisé avec l'ennemi.

Comme si elle avait entendu ses pensées, Divine regarda droit dans sa direction, sans toutefois le repérer. Les sourcils froncés, elle tourna lentement la tête d'un côté puis de l'autre, semblant sentir qu'on l'espionnait…

Elle avait un regard glacial. Rien à voir avec la chaleur qu'elle irradiait devant Vin ou ce qu'elle dégageait quand elle s'était trouvée dans son pick-up ou sa voiture, et même dans ce lit d'hôpital.

Un visage de marbre.

Froid comme celui d'un tueur en série.

Lui qui voulait la vérité, il l'avait : c'était une séductrice, une menteuse et une manipulatrice… et elle voulait la peau de Vin. Plus que ça, même. Son âme.

Au fond de lui, Jim avait aussi le sentiment qu'elle savait qui il était et ce pour quoi il était là. Qu'elle l'avait su depuis cette première nuit où ils avaient couché ensemble, parce qu'elle était venue le chercher. Merde, c'était d'une logique imparable. Ses nouveaux patrons, les quatre garçons dans l'éther, l'avaient placé sur le terrain et, manifestement, l'autre équipe avait elle aussi envoyé son champion, qui en savait plus que Jim.

« Le diable portait une robe bleue [1] »… *Et peut-être roule-t-il aussi en Harley*, songea-t-il en repensant à ces types qui ne projetaient pas d'ombre, eux non plus. Et qui lui avaient très certainement menti, eux aussi.

Fait chier.

Divine scruta de nouveau le parking, s'en prit à un pauvre gars qui ne l'avait pas vue en reculant, puis fit signe à un taxi garé sur la droite. Lorsque le véhicule s'approcha, elle s'engouffra à l'intérieur et s'en alla.

Après toi, se dit Jim en démarrant. Comme elle connaissait son pick-up mais qu'il faisait nuit lorsqu'elle était montée dedans, sa couverture ne tenait qu'à un fil. Du coup, il laissa

1. Référence à une chanson de Mitch Ryder, *Devil With a Blue Dress On*. (*NdT*)

s'intercaler deux voitures en priant pour que le tacot n'ait pas pour habitude de passer à l'orange.

Tout en la filant, il brancha son téléphone sur haut-parleur. Lorsqu'il appuya sur la touche d'appel, il n'avait qu'un but en tête, et il ferait tout pour l'obtenir. Quel que soit le sacrifice et le prix à payer. Il était prêt à tout pour parvenir à ses fins, aussi inflexible et résolu qu'une balle de revolver en plein vol.

— Zacharias, annonça-t-il lorsqu'on décrocha.

Un petit rire lui répondit.

— En ce moment, je t'ai plus souvent au téléphone que ma propre mère.

— Parce que t'en as une ? J'aurais plutôt pensé que c'était le diable qui t'avait engendré.

— C'est pour discuter généalogie que tu m'appelles ?

— J'ai besoin de ces informations.

— Ah. Je savais bien que tu te raviserais.

— Mais maintenant, je veux que tu te renseignes sur deux noms. Pas juste un. Et je ne pourrai pas bosser pour toi avant d'avoir fini ce que j'ai à faire à Caldwell.

— C'est quoi, au juste ?

— Ce ne sont pas tes oignons.

Quoique Matthias allait forcément le savoir.

— Quand seras-tu libre ?

— Je ne sais pas. Mais pas dans six mois, je te rassure. Le mois prochain, si ça se trouve.

Une pause.

— Je te donne quarante-huit heures. Et après, t'es à moi.

— Je ne suis à personne, connard.

— Ouais, si tu le dis. Je t'expliquerai tout dans un e-mail.

— Écoute, je ne peux pas me barrer de Caldwell tant que je ne serai pas prêt. Alors fais ce que tu veux, mais si tu crois que tu vas m'envoyer au-delà des mers pour aller buter quelqu'un, tu te fourres le doigt dans l'œil jusqu'au cul.

— Qu'est-ce qui te dit qu'il s'agit de ça ?

— Le fait que toi et tous mes anciens patrons n'aient toujours voulu qu'une seule chose de moi, rétorqua Jim d'une voix sèche.

— Prends-le comme un compliment. Manifestement, tu es très doué dans ce rôle.

Jim resserra la main sur le téléphone en se disant que si ces conneries devaient continuer, il allait adopter la méthode de Vin pour mettre fin aux communications.

Il se racla la gorge.

— Ça ne sert à rien de m'envoyer un e-mail. Je n'ai plus de compte.

— J'allais t'envoyer un paquet, de toute façon. Tu ne crois quand même pas que je ferais confiance à Hotmail ou Yahoo ! ?

— OK. J'habite au…

— Je le sais déjà. (Il s'esclaffa de nouveau.) Alors, j'imagine que tu veux des infos sur Marie-Terese Boudreau ?

— Oui et…

— Vincent DiPietro ?

Tiens donc.

— Non, Divine Avale.

— Intéressant. Ce ne serait pas la femme qui a accusé ce bon vieux Vincent de l'avoir envoyée à l'hosto la nuit dernière, par hasard ? Ah, si, c'est elle. C'est écrit noir sur blanc sur mon écran. Tu devrais faire gaffe à tes fréquentations. Toute cette racaille…

— Dire qu'ils valent plus que les gens de ton espèce.

Le rire vira au jaune.

— Comment on dit déjà ? Ah oui. Ne mords jamais la main qui te nourrit.

— Je serais plutôt du genre à tirer dedans.

— Oui, je connais bien ton amour des armes, merci. Et malgré ta piètre opinion de moi, j'ai toutes les infos sur

Marie-Terese juste devant moi. (À son crédit, Matthias allait droit au but.) Née Gretchen Moore à Las Vidas, Californie. Trente et un ans. Diplômée de l'université de San Diego. Père et mère décédés. (Jim entendit un bruit de fond, puis un grognement, comme si Matthias changeait de position. L'idée qu'il souffre de douleurs chroniques l'emplissait de satisfaction.) Maintenant, on en arrive à la partie intéressante. Elle a épousé Mark Capricio à Las Vegas il y a neuf ans. Capricio est un membre actif de la mafia, un vrai barge avec de gros troubles de la personnalité, au vu de son casier. Un psychopathe fini. Apparemment, elle a voulu le quitter il y a environ trois ans. Alors il l'a tabassée et s'est barré avec son fils. Il a fallu trois mois à ta copine pour le retrouver, avec l'aide d'un détective privé. Quand elle a récupéré son fils, elle a divorcé de cet enfoiré et s'est acheté une nouvelle identité. Et puis elle a disparu, pour réapparaître à Caldwell. Depuis, elle fait profil bas. Et elle a bien raison. Les types du genre de Capricio ne laissent pas leur femme partir comme ça.

Eh ben, merde alors. Donc… la mort de ces deux gamins et l'agression de la veille signifieraient que Capricio l'avait retrouvée. Oui, sans aucun doute. À en croire Vin, il avait vu la dernière victime en compagnie de Marie-Terese…

— Mais en ce qui concerne son ex-mari, elle n'a rien à craindre dans l'immédiat.

— Quoi ?

— Capricio a été condamné à vingt ans de prison pour une tripotée de délits, dont escroquerie, blanchiment d'argent, intimidation de témoin et faux témoignage. Et après ça, il devra purger plusieurs peines fédérales pour complicité de meurtre, agression et coups et blessures. Putain, ce type est une vraie encyclopédie du crime à lui tout seul ! (De nouveau, il changea de position, étouffant un juron.) Apparemment, son univers était en train de s'écrouler au moment où Marie-Terese a voulu le quitter. Ce qui paraît logique. Il devenait sûrement de plus en plus violent à la maison à mesure que les flics le serraient. Quand il a kidnappé son fils, il ne cherchait pas juste à s'éloigner de sa femme. Il voulait aussi échapper à la police. Et le fait qu'il ait réussi à disparaître pendant trois mois donne une idée de l'ampleur de ses relations. Toutefois, quelqu'un l'a visiblement mouchardé. Le détective privé a peut-être fait pression au bon endroit au bon moment en menaçant de balancer un de ses protecteurs. Qui sait ?

— Je me demande si la famille de ce type ne serait pas aux trousses de Marie-Terese.

— Ouais, j'ai entendu parler de ces meurtres dans cette ruelle. Mais je doute qu'il s'agisse de sa famille. Ils se contenteraient de la tuer et d'embarquer le gamin. Ils n'auraient aucune raison d'attirer l'attention sur eux en supprimant des innocents.

— Ouais, d'autant que quand on bute un mec juste parce qu'il a couché avec une nana, c'est qu'on a un grief personnel. Alors, la question est : qui lui en veut ? En supposant qu'elle soit le point commun entre les agressions de vendredi et samedi soir.

— Attends, quelqu'un d'autre s'est fait sauter, et pas de la bonne manière ?

— Et moi qui croyais que tu étais au courant de tout.

Matthias marqua une longue pause et, lorsqu'il reprit la parole, il avait perdu ses airs de *big boss*.

— Je ne sais pas tout. Mais il m'a fallu du temps pour m'en rendre compte. Quoi qu'il en soit, je vais me rancarder sur cette Divine. Je te recontacte.

— OK.

Quand Jim raccrocha, il avait comme une impression de déjà-vu. Ses échanges avec Matthias étaient restés les mêmes après toutes ces années : brefs, concis, intelligents, logiques. C'était bien là le problème. Ils avaient toujours fait du bon boulot ensemble.

Peut-être un peu trop.

Reportant son attention sur sa filature, il suivit le taxi de Divine tandis qu'il traversait le centre-ville en direction du vieux quartier des entrepôts. Lorsqu'ils s'enfoncèrent dans le labyrinthe de bâtiments industriels transformés en lofts, il laissa le taxi tourner à l'angle de Canal Street et prit la première à gauche. Contournant l'édifice, il émergea juste au moment où Divine sortait du taxi pour gagner la porte. La voyant insérer une clé dans la serrure, il comprit qu'elle avait un appartement dans cet immeuble.

Jim poursuivit sa route. Un peu plus loin, il passa un deuxième appel.

Chuck, le contremaître du Groupe DiPietro, répondit comme à son habitude d'une voix bourrue.

— Ouais.

— Chuck, c'est Jim Heron.

— Salut. (Jim l'entendit expirer, comme fumant un cigare.) Comment ça va ?

— Bien. Je voulais te dire que je serai au boulot demain.

Le ton se fit plus chaleureux.

— C'est bien de vouloir reprendre. Mais n'en fais pas trop quand même.

— Nan, ça va.

— Bon, ben c'est cool.

— Au fait, j'essaie de contacter deux types avec qui je bosse d'habitude et je me demandais si tu avais leur numéro.

— J'ai le numéro de tout le monde, sauf le tien. Tu cherches qui ?

— Adrian Vogel et Eddie Blackhawk.

Il marqua une pause et Jim l'imagina aussitôt mâchouillant le bout d'un havane.

— Qui ?

Jim répéta les noms.

— Je ne vois pas de qui tu parles. Y a personne de ce nom-là sur le chantier. (Il hésita, semblant se demander si Jim était toujours là.) T'es sûr de ne pas vouloir prendre deux jours de congé ?

— Je me suis peut-être trompé en retenant leurs noms. Ils roulent en Harley. L'un d'eux a les cheveux courts et des piercings. L'autre est une armoire à glace avec une natte qui lui descend jusqu'au bas du dos.

Encore une expiration.

— Écoute, Jim, tu vas rester chez toi demain. Je ne veux pas te voir avant au moins mardi.

— Personne ne ressemble à ça dans l'équipe ?

-- Non, Jim.

— Bon, ben je dois être un peu à la ramasse. Merci.

Jim jeta le téléphone sur le siège passager et serra le volant comme s'il allait l'étrangler. Pas des gars de l'équipe. Voilà qui ne le surprenait pas...

Parce que ces deux enfoirés n'existaient pas plus que Divine.

Merde, selon toute apparence, il était entouré de menteurs, dans son nouveau boulot. Décidément, certaines choses ne changent jamais.

Son téléphone sonna et il décrocha.

— Tu ne la trouves pas, c'est ça ? Divine Avale n'est qu'une chimère.

Matthias ne riait pas cette fois.

— Rien. Rien de rien. C'est comme si elle avait été parachutée sur Terre. En fait, tout a l'air normal en surface... jusqu'à un certain point. Aucun certificat de naissance. Pas de parents. Son compte bancaire a été ouvert il y a seulement sept mois et son numéro de Sécurité sociale est celui d'une femme décédée. Pas terrible comme couverture. Du coup, j'aurais dû trouver des infos, n'importe quoi sur sa véritable identité. Mais cette fille est un mirage.

— Merci, Matthias.

— Tu n'as pas l'air surpris.

— En effet.

— Mais dans quoi t'es-tu fourré ?

— Bah, toujours les mêmes conneries.

Après un court silence, Matthias annonça :

— Attends-toi à un paquet de ma part.

— OK.

Jim raccrocha, rangea le téléphone dans la poche de devant de son blouson, puis décida qu'il était temps d'affronter l'orage. Vin DiPietro avait le droit de savoir qui était son ex, en espérant qu'il puisse encaisser la vérité, même si ça ressemblait beaucoup à de la fiction.

Soudain, le souvenir de Vin levant les yeux du tabouret dans le vestiaire du *Masque de fer* lui revint à l'esprit.

« *Vous croyez aux démons ?* »

La réponse risquait de le surprendre.

Chapitre 28

Un truc marrant avec le verre, c'est que quand on le casse, ça le fout en rogne et il réplique.

Dans la grande salle de bains du haut, Vin était entouré de gaze et de sparadrap. L'entaille qu'il s'était faite en serrant son verre de bourbon jusqu'à le faire éclater en morceaux était bien trop large et profonde pour se contenter d'un simple pansement. Du coup, il avait dû passer au niveau supérieur et les choses ne se passaient pas très bien. Étant donné qu'il s'était blessé à la main droite, on aurait dit une infirmière empotée qui se débattait entre les bandes extensibles, les ciseaux et les compresses tout en poussant des jurons.

Heureusement qu'il était son propre patient. Avec un tel vocabulaire, sans même parler de son incompétence, on lui aurait retiré le droit d'exercer.

Il était presque arrivé au bout de ses peines quand il entendit sonner le téléphone posé près du lavabo. La loi de l'emmerdement maximal n'a aucune limite. Avec de minuscules ciseaux à ongles coincés dans la main gauche, une bande de gaze serrée entre les dents et sa paume meurtrie transformée en moufle, il dut faire preuve d'une extraordinaire coordination pour répondre à l'appel.

— Faites-le monter, dit-il au gardien.

Après avoir raccroché, il fixa le pansement comme il le put et laissa tout en bazar pour descendre l'escalier et gagner la porte d'entrée. Lorsque la sonnette de l'ascenseur retentit et que les portes s'ouvrirent, il patientait déjà dans le couloir.

Jim Heron sortit et, sans attendre de bonjour ni d'invitation à parler, déclara :

— Jeudi soir, je ne vous connaissais pas. Pas plus qu'elle, d'ailleurs. J'aurais dû vous le dire, mais, pour être honnête, quand je vous ai vus tous les deux ensemble, je n'ai pas voulu tout foutre en l'air. C'était une erreur et je suis vraiment désolé, surtout du fait que vous l'ayez appris par quelqu'un d'autre.

Pendant tout ce temps, Heron garda les bras souples sur les côtés, prêt à se battre si jamais la discussion tournait au vinaigre. Il parlait d'une voix aussi calme et déterminée que son regard. Pas de dérobade. Pas d'artifices. Pas de salades.

Vin le regarda droit dans les yeux et, plutôt que la rage à laquelle il s'attendait, il ne ressentit qu'une immense fatigue. Cela, et une douleur lancinante dans la main.

D'un coup, il prit conscience qu'il ne faisait que reproduire le comportement de son père en matière de femmes. Il fallait que cela cesse. À cause de cet héritage, Vin avait passé les vingt dernières années à soupçonner des cachotteries… pour finalement passer à côté la seule fois où on l'avait vraiment trompé.

Toute cette énergie gâchée, mal employée.

Seigneur, il se fichait pas mal de Divine. À cet instant précis, il se battait l'œil de ce qu'elle avait pu faire pendant qu'ils étaient ensemble.

— Elle a menti sur ce qui s'est passé ici hier soir, rétorqua Vin d'une voix rude. Elle a baratiné les flics.

— Je sais, répondit Jim du tac au tac.

— Ah tiens ?

— Je ne crois pas un mot de ce qu'elle a pu dire.

— Et pourquoi ça ?

— Je suis allé la voir à l'hôpital parce que j'avais du mal à gober toutes ces conneries. Et en prenant son air le plus innocent, elle m'a raconté qu'elle vous avait tout avoué à propos de jeudi soir et que c'est pour ça que vous l'aviez frappée. Mais vous n'étiez au courant de rien, n'est-ce pas ? Elle ne vous en a pas dit un mot, c'est ça ?

— Rien du tout.

Vin se retourna et prit le chemin de l'appartement. Comme Jim ne le suivait pas, il lança par-dessus son épaule :

— Vous comptez rester planté là ou vous venez déjeuner ?

Comme manger semblait plus attrayant que de jouer les plantes vertes, ils pénétrèrent tous deux dans l'entrée. Puis Vin la verrouilla et mit la chaîne. Vu la manière dont les choses tournaient, mieux valait prendre ses précautions.

— La vache ! s'exclama Jim. Votre salon…

— Ouais, il a été redécoré par un diable de Tasmanie.

Dans la cuisine, Vin s'empara, à l'aide de sa main gauche, de restes de viande froide et d'un pot de mayonnaise.

— Pain de seigle ou levain ?

— Levain.

Sortant de la laitue et une tomate du réfrigérateur, il rassembla son courage et dit :

— Il faut que je sache ce qui s'est passé. Avec Divine. Racontez-moi tout… Enfin, non, pas tout. Mais comment vous a-t-elle abordé ?

— Vous êtes sûr de vouloir en parler ?

Il prit un couteau dans le tiroir.

— Je n'ai pas le choix. J'ai l'impression… d'avoir été avec quelqu'un que je ne connaissais pas du tout.

Lâchant un juron, Jim s'assit sur l'un des tabourets placés devant le comptoir.

— Doucement sur la mayo, pour moi.

— OK. Maintenant, racontez-moi.

— Je ne crois pas qu'elle soit ce qu'elle prétend, au fait.

— C'est rigolo, moi non plus.

— Je veux dire, j'ai fait des recherches sur son passé.

Vin leva les yeux du couvercle bleu qu'il ôtait du bocal.

— Je peux savoir comment vous vous y êtes pris ?

— Sûrement pas.

— Et qu'est-ce que vous avez découvert ?

— Elle n'existe pas. Au sens propre du terme. Et croyez-moi, si les gens par qui je passe ne parviennent pas à trouver sa véritable identité, personne ne le pourra.

Vin eut la main légère lorsqu'il étala la mayonnaise sur la tranche de pain de Jim et un peu plus lourde quand il s'attaqua à la sienne, mais ce n'était ni fait ni à faire. Décidément, il n'était pas ambidextre.

Seigneur, il n'était même pas surpris de ce que venait de lui annoncer Jim.

— J'attends toujours les détails de ce fameux jeudi soir. Et allez-y franco. Je suis trop crevé pour m'encombrer de politesses.

— Et merde… (Jim se frotta le visage.). Bon… Elle était au *Masque de fer*. J'étais avec des… amis. Je ne sais pas si c'est le terme le plus adapté, « fils de pute » serait certainement plus approprié. Bref. Elle m'a suivi sur le parking quand je suis parti. Il faisait froid. Elle avait l'air paumée. Elle était… Vous êtes sûr de vouloir que je continue ?

— Ouais. (Vin posa la tomate sur une planche à découper et entreprit de la trancher avec toute la grâce d'un enfant de cinq ans. La réduire en purée n'était pas le but de la manœuvre, mais fut bien le résultat.) Poursuivez.

Avec une mine affligée, Jim reprit :

— Elle était contrariée. À votre sujet. Et elle avait l'air de manquer énormément d'assurance.

Vin fronça les sourcils.

— Comment ça ?

— Je ne sais pas au juste. Je ne lui ai pas demandé d'entrer dans les détails. Je voulais simplement… enfin… la rassurer.

— Ça ne tient pas debout. Divine a toujours été sûre d'elle. C'est ça le truc. Quelle que soit son humeur, elle est solide comme un roc. C'est une des choses qui m'ont attiré chez elle… Enfin, ça et sa confiance en son physique. Mais ce n'est pas étonnant quand on a une plastique parfaite.

— Elle m'a raconté que vous vouliez qu'elle se fasse poser des implants mammaires.

Vin ouvrit des yeux ronds.

— Vous plaisantez ? Je ne cesse de lui répéter qu'elle est parfaite depuis le soir où je l'ai rencontrée. Et je le pense. Je n'ai jamais voulu changer son corps.

Le visage de Jim prit une expression sévère.

— On dirait qu'elle vous a berné, mon pote. (Vin détacha les feuilles de salade et les mit dans l'évier pour les laver.) Laissez-moi deviner : elle a pleuré sur votre épaule, vous avez vu une femme vulnérable coincée avec un salopard, vous l'avez embrassée… peut-être sans même savoir où ça allait vous mener.

— Je n'en reviens toujours pas.

— Vous aviez des réticences, mais vous étiez aussi attiré. (Vin arrêta l'eau et secoua la laitue.) Vous vouliez la réconforter.

— Exactement, répondit Jim d'une voix sourde.

— Vous voulez savoir comment elle m'a eu ?

— Ouais.

De retour derrière le comptoir, Vin disposa des tranches de rosbif aussi fines que du papier.

— J'étais allé à un vernissage. Elle était là, seule, vêtue d'une robe fendue jusqu'à la taille. Les spots au plafond étaient braqués sur les tableaux à vendre, et quand je suis entré, elle se tenait devant un Chagall que j'étais venu acheter, le dos baigné de lumière. C'était extraordinaire. (Il ajouta une couche du hachis de tomate ainsi qu'un voile de salade, puis recouvrit de pain.)

— Tranché ou entier ?

— Entier.

Il tendit son sandwich à Jim et coupa le sien en deux.

— Elle s'est assise devant moi pour assister à la vente aux enchères et, pendant tout ce temps, j'ai respiré son parfum. J'ai payé une fortune pour le Chagall et je n'oublierai jamais la façon dont elle m'a regardé quand le marteau s'est abattu. Son sourire était du style à me rendre fou. (Vin prit une bouchée, revoyant la scène comme au premier jour tandis qu'il mâchait son pain.) J'aimais les trucs un peu hard à l'époque, vous comprenez, genre porno. Et je lisais dans ses yeux que ça ne lui posait aucun souci. Elle est rentrée avec moi cette nuit-là et je l'ai baisée ici, sur le sol. Puis dans l'escalier. Et enfin sur le lit. Deux fois. Elle me laissait faire tout ce que je voulais, et en plus elle aimait ça.

Jim cligna des yeux et, s'arrêtant de mastiquer, sembla s'efforcer de synchroniser les tirades de *Sept à la maison* qu'on lui avait servies avec les scènes de film X que lui décrivait Vin.

— Elle incarnait… (Vin se pencha sur le côté et attrapa deux feuilles d'essuie-tout) tous mes désirs. (Il en tendit une à Jim.) Elle me laissait une entière liberté niveau boulot et se fichait que je disparaisse une semaine sans l'avoir prévenue. Elle venait avec moi quand je l'invitais, restait à la maison dans le cas contraire. Elle était… tout ce que je voulais chez une femme.

Jim s'essuya la bouche.

— Et, en ce qui me concerne, tout ce qui m'émeut.

— Exactement.

Ils terminèrent leur sandwich et Vin en prépara deux autres. Ils attaquèrent la seconde fournée en silence, comme s'ils repensaient tous les deux à Divine… et à la facilité avec laquelle elle les avait bernés.

Vin finit par rompre le silence.

— Vous ne savez pas la meilleure ? Il paraît qu'on me voit sur les bandes de vidéosurveillance. Celles des caméras de l'ascenseur. Le vigile m'a raconté qu'il avait vu mon visage, mais c'est impossible. Je n'y étais pas. Ce n'était pas moi.

— Je vous crois.

— Vous serez bien le seul.

Jim s'interrompit, son casse-croûte à mi-chemin de la bouche.

— Je ne sais pas trop comment vous dire ça…

— Vous venez d'avouer avoir baisé mon ex ; je vois mal ce qui pourrait être plus difficile à m'annoncer.

— Pourtant, ça l'est.

Vin se figea lui aussi, l'expression de Jim ne lui disant rien qui vaille.

— Quoi ?

Au lieu de lui répondre, Jim prit son temps, finissant son repas. Enfin, il se fendit d'un rire bref et sec.

— Je ne sais même pas par quel bout commencer.

— Oh, allez, vous avez des couilles, oui ou non ?

— OK. Très bien. Votre ex ne projette pas d'ombre.

Ce fut au tour de Vin de s'esclaffer.

— Qu'est-ce que c'est ? Une expression militaire ?

— Vous voulez savoir pourquoi je sais que ce n'était pas vous dans l'ascenseur, hier soir ? Parce qu'elle est exactement comme vous l'avez décrite. C'est un reflet, un mirage… Elle n'existe pas et elle est très dangereuse. Et oui, je sais que ça n'a aucun sens, mais c'est la réalité.

Vin reposa lentement le reste de son sandwich. Ce type était sérieux. À mort.

Vais-je enfin pouvoir évoquer l'autre facette de ma vie ? se demanda-t-il. Cette partie qui touchait à des choses invisibles et immatérielles, mais qui l'avait façonné tout autant que l'ADN de ses parents ?

— Vous avez dit... que vous étiez venu sauver mon âme, murmura Vin.

Jim s'appuya des deux mains sur le comptoir en granit et baissa la tête. Sous les manches courtes de son tee-shirt blanc, ses biceps saillirent sous le poids de son corps.

— Et c'est le cas. J'ai la joie d'avoir pour nouvelle mission de rattraper les gens au bord du gouffre.

— Lequel ?

— Celui de la damnation éternelle. En ce qui vous concerne, comme je vous l'ai dit la dernière fois, j'ai d'abord cru que votre salut se trouvait auprès de Divine, mais maintenant je suis convaincu que ce n'est pas la bonne voie. Aujourd'hui, je sais que vous devez aller dans une autre direction. Mais laquelle ?

S'essuyant la bouche, Vin examina les mains massives et expertes de Jim.

— Vous me croiriez... si je vous disais que j'ai rêvé de Divine sous la forme d'un zombie, avec le corps tout déglingué et pourri jusqu'à la moelle ? Elle prétendait que je l'avais invoquée, qu'on avait conclu une sorte de pacte dont je ne pourrais jamais me dédire. Et le plus ridicule dans tout ça ? J'avais l'impression que c'était réel.

— Et à mon avis ça l'était. Avant de tomber dans les pommes, vendredi, je vous aurais pris pour un cinglé. Mais maintenant, je suis sûr que c'est la vérité.

Enfin quelqu'un qui me soutient plutôt que de m'écraser, pensa Vin. Il décida alors de se mettre à nu.

— À l'âge de dix-sept ans, je suis allé voir... (Seigneur, même si Jim abondait en son sens, il se sentait parfaitement idiot.) Je suis allé voir une chiromancienne, une diseuse de bonne aventure, quoi... Vous vous souvenez de cette crise que j'ai eue l'autre soir ? (Jim acquiesça.) Ça m'arrivait tout le temps, avant, et j'avais besoin… merde, j'avais besoin de trouver un moyen d'y mettre un terme. Ça foutait ma vie en l'air et j'avais l'impression d'être une sorte de monstre.

— Parce que vous voyiez l'avenir ?

— Ouais, et ce n'est pas cool, croyez-moi. C'est quelque chose que je n'ai jamais voulu et j'aurais fait n'importe quoi pour que ça s'arrête. (Des images du passé, de ses nombreux évanouissements dans des centres commerciaux, des écoles et des bibliothèques submergèrent son esprit.) Ça me torturait. Je ne savais jamais quand les transes allaient survenir et, lorsqu'on ne me fuyait pas, on me prenait pour un cinglé. (Il éclata d'un rire nerveux.) Ça aurait peut-être été différent si j'avais été en mesure de prédire les chiffres du loto, mais je n'avais que des mauvaises nouvelles à annoncer. Bref, j'étais là, à dix-sept ans, paumé, au bout du rouleau, avec des parents violents et alcoolos, incapables de m'aider, de me conseiller… Je ne savais pas quoi faire, où aller, à qui parler. En tout cas, pas à mes parents. Pour rien au monde je ne leur aurais demandé comment m'habiller, alors je n'allais sûrement pas quémander leur avis sur cette histoire. Enfin. Un jour, à l'approche de Halloween, jour de mon anniversaire d'ailleurs, je tombe sur une série d'annonces au dos d'un journal : des médiums, des guérisseurs et tout un tas de types dans le genre, et je décide de tenter le coup. Je vais en ville, je toque à quelques portes sans trop de succès, et finalement j'atterris chez une femme. On discute et je sens qu'elle comprend ma situation. Elle me dit ce que je dois faire, je rentre chez moi, je suis ses conseils… et là, tout change.

— Comment ça ?

— D'une part, les transes se sont arrêtées et la chance s'est mise à me sourire. Mes parents ont finalement implosé. Je vous épargne les détails, mais disons que leur fin n'était que la suite logique de leur alcoolisme. Et après leur mort, je me suis senti soulagé, libre et… différent. À dix-huit ans, j'ai hérité de la maison et c'est comme ça que tout a commencé.

— Attendez, vous dites que vous étiez différent. De quelle façon ?

Vin haussa les épaules.

— Quand j'étais gamin, je ne me prenais pas la tête. Vous savez, je ne m'intéressais pas à l'école, je me contentais de buller. Mais quand mes vieux ont clamsé, j'ai perdu toute cette nonchalance. J'étais… affamé. Insatiable, même. Rien n'était jamais… suffisant. Et ça n'a pas changé. J'ai l'impression d'être boulimique avec l'argent, de toujours manquer, quel que soit l'état de mes comptes. Avant, j'attribuais ça au fait que j'étais passé d'un coup à l'âge adulte ; je veux dire par là que j'avais dû me prendre en charge puisque je n'avais plus personne pour s'occuper de moi. Mais je ne suis pas sûr que ça explique tout. En fait, pendant que je bossais à plein temps comme plombier, je me suis mis à vendre de la drogue. Je me faisais un fric fou et plus j'en avais, plus j'en voulais. Après je me suis lancé dans le bâtiment, histoire d'être réglo – non pas par crainte de la tôle, mais parce que je n'aurais pas pu me faire autant de blé derrière des barreaux. Je travaillais comme un malade sans aucun respect pour la loi ou la morale, juste guidé par l'instinct de conservation. Rien ne me soulageait… jusqu'à il y a deux jours.

— Qu'est-ce qui a changé ?

— J'ai plongé les yeux dans ceux d'une femme et j'ai ressenti… autre chose.

Vin tendit une main vers sa poche arrière et en sortit l'image de la Madone. Après l'avoir contemplée un long moment, il la posa sur le comptoir et la tourna pour la montrer à Jim.

— Quand je l'ai regardée, je me suis senti comblé pour la première fois.

Jim baissa la tête et examina l'icône. Bordel de merde… c'était le portrait craché de Marie-Terese. Les cheveux noirs, les yeux bleus, le visage doux et affable.

— La vache, c'est flippant !

Vin se racla la gorge.

— Je sais bien qu'elle n'est pas la Vierge Marie. Que ce n'est pas elle sur cette image. Mais quand j'ai vu Marie-Terese, cette fournaise dans mon estomac s'est apaisée. Alors que Divine l'entretenait sans cesse. Quand on couchait ensemble, il fallait toujours repousser les limites. Elle en voulait toujours plus. Elle stimulait ma faim. Marie-Terese, en revanche… Elle me détend, comme un bain chaud. Quand je suis avec elle, je ne ressens pas l'envie d'être ailleurs. Jamais.

D'un geste brusque, il reprit la carte en roulant des yeux.

— Seigneur, j'ai l'impression de parler comme le héros d'un film à l'eau de rose.

Jim se fendit d'un sourire.

— Au moins, si les choses tournent mal, vous pourrez toujours vous reconvertir dans les cartes de vœux depuis votre cellule.

— Tout à fait l'orientation que je voulais donner à ma carrière.

— C'est toujours mieux que d'assembler des paniers « spécial fête des Mères ».

— Plus cérébral, en tout cas.

Jim songea à Divine et au prétendu rêve que Vin avait eu. Il y avait de grandes chances pour que ce ne soit pas un cauchemar. Merde, si elle ne projetait pas d'ombre en plein jour, de quoi d'autre était-elle capable ?

— Qu'avez-vous fait, au juste ? demanda Jim. Quand vous aviez dix-sept ans.

Vin croisa les bras. On aurait presque pu entendre les échos du passé qui l'aspiraient.

— J'ai suivi les préceptes de la femme.

— C'est-à-dire ?

Vin se contenta de secouer la tête. À l'évidence, l'expérience avait dû être plutôt gore.

— Elle est toujours vivante ?

— Je n'en sais rien.

— C'est quoi son nom ?

— Qu'est-ce que ça change ? C'est loin, tout ça.

— Mais pas Divine, et à cause d'elle vous êtes inculpé pour des crimes que vous n'avez pas commis. (Vin débita un chapelet de jurons.) Quand on ouvre une porte, il faut savoir rebrousser chemin, prendre la clé et la refermer.

— C'est bien le problème. Je croyais l'avoir verrouillée. Quant à cette femme, c'était il y a une vingtaine d'années. Je doute de pouvoir la retrouver.

Pendant que Vin rangeait la cuisine, Jim jeta un coup d'œil au bandage de fortune qui lui couvrait la main.

— Comment vous êtes-vous blessé ?

— J'ai brisé un verre en vous parlant.

— Je vois.

Vin s'interrompit alors qu'il refermait le sachet de pain.

— Je m'inquiète pour Marie-Terese. Si Divine peut me manipuler de cette manière, qu'est-ce qui pourrait l'arrêter ?

— Je vous comprends. Est-ce qu'elle sait… ?

— Non, et elle continuera de l'ignorer. Je ne veux pas impliquer Marie-Terese dans cette merde.

Une preuve de plus que Vin n'était pas un idiot.

— Écoutez, puisqu'on parle d'elle… (Jim voulait aborder ce sujet avec un maximum de précautions.) J'ai jeté un coup d'œil à son passé quand vous m'avez dit avoir vu la dernière victime avec elle.

— Oh, mon Dieu… (Vin tourna le dos au placard qu'il avait ouvert.) C'est son ex-mari, hein ? Il l'a retrouvée. C'est…

— Non. Ce n'est pas lui. Il est en prison.

Jim l'informa des découvertes de Matthias, Vin fronçant les sourcils au fil de ses révélations.

— Tout ça pour dire, conclut Jim, que même si l'on ne peut pas exclure qu'un des associés de Capricio soit à sa poursuite, la probabilité est tout de même assez faible au regard de tous ces autres meurtres. A priori, ils ne s'en prendraient qu'à elle.

Vin lâcha un juron : il avait parfaitement saisi la situation et toutes ses implications.

— Alors, qui est-ce ? En supposant qu'elle soit le lien entre ces deux agressions.

— C'est bien la question.

Vin s'adossa au comptoir, les bras croisés, le regard belliqueux.

— Au fait, elle a démissionné, dit-il au bout d'un moment. Vous savez, ce boulot de merde au *Masque de fer*. Et je crois qu'elle va quitter Caldwell.

— Vraiment ?

— Ça me peine, mais c'est peut-être mieux ainsi. Et si c'était un de ces mecs, au club, avec qui elle a… vous savez ?

Il se tut, comme gelé de l'intérieur, et Jim comprit que les choses avaient rapidement évolué entre elle et lui. Il ne l'aurait pas juré sur la tête de son chien mais, vu l'expression bouleversée de Vin, il aurait parié son pick-up et sa Harley que lui et Marie-Terese étaient devenus amants.

— Je ne veux pas la perdre, marmonna Vin. Et l'idée qu'elle doive fuir me répugne.

— Dans ce cas, il faut écarter tout danger.

L'éloigner des griffes de Divine et du psychopathe qui lui courait après.

Au moins, Jim savait comment régler son compte à l'espèce de maniaque qui s'était pris d'obsession pour Marie-Terese. Quant à Divine… eh bien, il lui faudrait improviser.

Vin le regarda et Jim hocha la tête, conscient qu'ils s'apprêtaient à vivre des heures sombres, ce qui n'avait pas l'air de l'effrayer.

— Excellent plan, approuva Vin en lui tendant sa main blessée.

Jim la serra avec précaution.

— J'ai le sentiment que ça va être un plaisir de travailler avec vous.

— Moi de même. J'imagine que cette rixe au club n'était qu'un échauffement.

— Je n'en doute pas une seconde.

Chapitre 29

Après le dernier hymne de la messe, Marie-Terese sentit son téléphone vibrer dans son sac et le chercha pour l'éteindre avant qu'il ne fasse du bruit.

Robbie lui jeta un coup d'œil, mais elle se renfonça dans son siège et lui adressa un petit sourire. À moins d'un mauvais numéro, l'appel venait soit des baby-sitters… soit de Trez. Et malgré toute l'affection qu'elle portait à son ancien patron, elle espérait qu'il ne s'agisse pas de lui.

D'un coup, elle se souvint de ce qu'elle avait appris à l'université à propos des anciens parachutistes. C'était en cours de psychologie, à l'occasion d'une étude sur la perception du danger et l'angoisse. À la question « Avez-vous déjà eu peur ? », les vétérans avaient répondu à une écrasante majorité que la seule fois où ils s'étaient sentis nerveux, c'était lors de leur dernier saut, comme s'ils craignaient d'avoir épuisé leur jauge de chance et que toutes les lois de la probabilité qu'ils avaient défiées allaient se retourner contre eux au moment où ils s'élanceraient de l'avion.

Bizarre. À dix-huit ans, assise dans cet amphithéâtre, cela lui avait paru ridicule. Après tous les sauts que ces trompe-la-mort avaient effectués, pourquoi auraient-ils soudain perdu leurs nerfs d'acier ? À présent, elle comprenait.

Elle avait beau avoir démissionné la veille… Que se passerait-il si c'était Trez qui la rappelait pour être à nouveau interrogée par la police ? Et si, cette fois, ce n'était pas pour évoquer ces meurtres, mais les activités auxquelles elle s'était livrée pour de l'argent ?

Dans cette église, son fils à son côté, elle prit soudain conscience du risque qu'elle lui avait fait courir. En fait, la transition de serveuse sexy à prostituée s'était réalisée dans un environnement où de nombreuses filles avaient franchi le pas sans avoir à le regretter par la suite. Mais là, d'un coup, l'ampleur de sa folie lui explosait à la figure : si les flics la foutaient en taule, Robbie serait placé en famille d'accueil, ses deux parents derrière des barreaux.

Certes, ni Trez ni son ancien patron n'avaient jamais eu maille à partir avec la police, mais comment avait-elle pu se fier à ce simple détail au vu de ce qui était en jeu ?

Seigneur… En s'arrachant à ces bas-fonds, elle voyait désormais d'un tout autre œil son ancien gagne-pain.

Balayant les fidèles du regard, elle songea avec horreur que tous auraient considéré ses actes de la même manière : avec dégoût. Et elle se dégoûtait elle-même.

C'est le revers de la médaille, se dit-elle. Elle avait voulu passer du côté des gens normaux, ceux de son groupe de prières, parce que l'herbe y semblait plus verte. Mais à peine avait-elle investi ce nouveau territoire que son ancienne vie lui paraissait d'autant plus terrible, irresponsable et dangereuse.

C'était pourtant bien ainsi qu'elle avait vécu ces dix dernières années. Son mariage avec Mark avait constitué le premier pas qui l'avait menée vers le genre de vie dissolue qu'elle n'avait vue qu'à la télé. Le deuxième avait été de s'écarter du droit chemin afin de protéger son fils. Le troisième, de se tourner vers la prostitution pour gagner sa vie.

Les yeux rivés sur la longue travée menant à l'autel, elle fut prise de colère envers elle-même et ses choix. Elle était la seule personne qu'avait Robbie et, croyant lui donner la priorité, elle avait fait tout le contraire.

Le fait qu'elle n'avait eu que peu de possibilités étant donné la somme qu'elle devait à ses créanciers n'était qu'une piètre excuse.

Une fois l'office terminé, Robbie et elle se levèrent pour se joindre à la foule qui se massait autour du père Neely. Gardant la tête basse, elle pressait son fils vers la sortie, mais de temps à autre, lorsqu'elle ne pouvait l'éviter au risque de paraître grossière, elle saluait d'un signe de tête les gens qu'elle connaissait du groupe de prières ou des dimanches précédents.

Robbie lui tenait la main, mais jouait les petits hommes, l'escortant plutôt qu'il n'était conduit au-dehors. Du moins c'était ce qu'il s'imaginait. Quand ils arrivèrent au niveau du prêtre, il fut le premier à lui serrer la main.

— Très beau sermon, dit Marie-Terese en posant les mains sur les épaules de son fils. Et les rénovations ont l'air de bien avancer.

— Absolument. (Le père Neely regarda autour de lui d'un air satisfait. Avec ses cheveux blancs et sa longue barbe fine, il correspondait en tout point à l'image qu'on se faisait d'un ecclésiastique. D'ailleurs, il ressemblait un peu à la cathédrale, pâle et éthéré.) Cela lui donne un coup de jeune. Il était temps !

— Je suis ravie que vous fassiez nettoyer la statue, elle aussi. (Elle désigna l'espace vide où manquait la figure de Marie-Madeleine.) Quand sera-t-elle de retour ?

— Oh, mon enfant, vous ne le saviez pas ? Elle a été volée.

Tandis que les gens se pressaient pour l'écouter, le père Neely croisa le regard des autres fidèles et ajouta avec un sourire :

— La police est à la recherche des vandales. Cependant, nous avons de la chance que rien d'autre n'ait disparu.

— C'est affreux. (Marie-Terese tapota sur l'épaule de Robbie. Comprenant le message, il lui prit la main et s'engagea vers la sortie.) J'espère qu'ils la récupéreront.

— Moi aussi. (Le prêtre se pencha et lui toucha le bras, la couvant d'un regard aimable sous ses sourcils blancs et touffus comme du coton.) Porte-toi bien, mon enfant.

Marie-Terese salua l'homme qui avait toujours été plein de bonté à son égard. S'il savait !

Robbie et elle s'en allèrent dans le froid après-midi d'avril. Levant les yeux vers le ciel blanc et laiteux, elle sentit un changement dans l'air.

— Hé, je crois bien qu'il va neiger.

— Vraiment ? Ce serait super cool !

Partout autour d'eux, les voitures quittaient leur place de stationnement, les fidèles se pressant de rentrer chez eux pour s'écrouler dans leur canapé avec leur journal. Du moins, c'est ce qu'elle se figurait, au vu du nombre de gens qui sortaient du drugstore en bas de la rue en tenant un exemplaire du *New York Times* et de l'édition dominicale du *Caldwell Courier Journal*.

Parvenu à l'angle de la rue, Robbie lui prit spontanément la main tandis qu'ils attendaient une pause dans le flot incessant de voitures. À son côté, Marie-Terese redoutait ce qui l'attendait sur son téléphone, mais mieux valait attendre d'être seule pour le consulter : son calme de façade était en train de se fissurer.

Le défi qu'elle avait lancé aux contractuelles s'était avéré payant ; la Camry n'avait pas été enlevée par la fourrière. Mais le moteur s'accommodait mal du froid qui s'était abattu. Au bout de plusieurs tentatives, elle parvint tout de même à lui redonner vie et s'inséra dans la circulation.

Depuis le siège arrière, son sac émit un petit ronronnement : son téléphone vibrait de nouveau.

Elle tenta de s'en emparer, mais les petits doigts agiles de Robbie l'atteignirent avant elle.

— Y a écrit « Trez », annonça-t-il en lui tendant le portable.

Elle prit l'appel d'une main tremblante.

— Allô ?

— Il faut que tu viennes tout de suite au club, répondit Trez. La police est là à propos de l'agression et ils veulent t'interroger.

— Quelle agress... (Elle jeta un coup d'œil à Robbie.) Désolée... De quoi tu parles ?

— On a découvert une troisième victime dans la ruelle hier soir. Il a été salement amoché et il est dans un état critique à l'hôpital. Écoute, je l'ai aperçu avec toi. Et je ne suis pas le seul. Il faut que tu...

— M'man !

Marie-Terese appuya sur le frein. La Camry dérapa dans un crissement de pneus, manquant de percuter l'aile avant du 4 × 4 auquel elle avait grillé la priorité. Tandis que l'autre conducteur se défoulait sur son klaxon, le téléphone lui échappa des mains pour rebondir sur le tableau de bord, avant de ricocher sur la vitre de Robbie et de s'écraser quelque part à ses pieds.

Quand la Camry s'immobilisa avec la grâce d'un taureau arrêté en pleine course, elle se tourna vers son fils.

— Tu n'as rien ?

Tandis qu'elle passait la main sur son torse pour s'assurer qu'il n'était pas blessé, il acquiesça et relâcha lentement la ceinture.

— Je crois... que le feu... était rouge.

— Oui, tu as raison.

Écartant les cheveux de son visage, elle regarda par le pare-brise.

Le conducteur du 4 × 4 la fusillait du regard, mais dès qu'il aperçut le visage défait de Marie-Terese, ses traits se relâchèrent. Autrement dit, elle devait avoir l'air terrifiée. Lorsqu'il articula « Ça va ? », elle hocha la tête et il la salua d'un signe de la main avant de repartir.

Tentant de recouvrer ses esprits, elle remercia le ciel que la voiture se soit garée sagement le long du trottoir.

Ou plutôt sur le trottoir.

Dans le rétroviseur, elle vit un homme sortir d'une Subaru bleue qui s'était arrêtée derrière elle. S'avançant vers elle, il ajusta ses lunettes en lissant ses cheveux blonds clairsemés balayés par la bise. Son visage lui était familier… Oui, c'était ce type du groupe de prières, celui qu'elle avait vu la veille au confessionnal.

Elle abaissa la vitre, surprise de le voir s'approcher. Il semblait timide et ne parlait presque jamais aux réunions. Un peu comme elle.

— Vous n'êtes pas blessés ? demanda-t-il en se penchant, la main posée sur le toit.

— Non. Mais il s'en est fallu de peu. (Elle lui adressa un sourire.) C'est gentil à vous de vous être arrêté.

— J'étais derrière vous. J'aurais dû vous klaxonner quand j'ai vu que vos feux stop ne s'allumaient pas au croisement. Vous deviez penser à autre chose. Ça va, fiston ?

Robbie demeura silencieux, la tête baissée, les paumes sur ses genoux. Il n'était pas très sociable et Marie-Terese se gardait bien de lui forcer la main.

— Il va bien, dit-elle, résistant à l'envie de s'en assurer de nouveau.

Au bout d'un long moment, l'homme recula.

— Bon, eh bien, j'imagine que vous voulez rentrer chez vous. Soyez prudente.

— Oui, merci encore.

— De rien. À bientôt.

Alors qu'elle remontait la vitre, un cri aigu s'éleva du sol, aux pieds de Robbie.

— Le téléphone ! s'exclama-t-elle. Oh, non, Trez… Robbie, tu peux l'attraper ?

Il se baissa et ramassa le portable. Avant de le lui donner, il demanda d'un air grave :

— Je peux prendre le volant ?

Marie-Terese faillit éclater de rire, mais se ravisa en constatant qu'il était sérieux.

— Je ferai attention. Promis.

— D'accord, m'man.

Elle lui tapota le genou et reprit l'appel.

— Trez ?

— Bordel, c'était quoi, ça ?

En grimaçant, elle éloigna le portable de son oreille.

— Oh, euh… un feu rouge que je n'ai pas vu venir. (Elle jeta un coup d'œil dans tous les rétroviseurs et les vitres avant de mettre son clignotant.) Mais personne n'est blessé.

Lorsque la Subaru bleue la dépassa, elle fit un petit signe au conducteur. Paul… Peter… Zut, impossible de se rappeler son nom.

— Putain, j'ai failli avoir une crise cardiaque, marmonna Trez.

— Qu'est-ce que tu disais ?

Comme si frôler l'accident n'avait pas suffi à la traumatiser…

— Rappelle-moi plutôt quand tu seras rentrée. Je ne sais pas combien de feux il te reste à…

— Non, non, je fais attention, maintenant. (Elle ralentit.) Je te le jure.

Trez grommela son désaccord, puis soupira.

— Très bien, voilà le topo. Les flics se sont pointés ici, il y a environ une heure. Ils voulaient réinterroger le personnel et toi en particulier. J'imagine qu'ils ont dû passer chez toi et tenter de t'appeler, mais, faute d'arriver à te joindre, ils sont venus au club. Je ne sais pas grand-chose, juste que des empreintes de pas ont été relevées sur les deux scènes de crime et qu'elles établiraient un lien entre les deux agressions. Apparemment, il s'agirait d'une basket. Au fait, je ne suis pas censé le savoir : il se trouve qu'à un moment deux flics sont sortis, histoire de fumer une clope, et j'ai surpris leur conversation pile quand ils discutaient de l'affaire. Dingue, non ?

La première pensée qui vint à l'esprit de Marie-Terese fut que Vin ne portait pas de chaussures de sport. Ou du moins qu'il n'en avait pas lors des deux soirs où ils s'étaient vus.

Bizarre, non ? Sa principale préoccupation n'était pas de savoir si Mark avait envoyé ses sbires s'occuper d'elle depuis sa cellule, mais si Vin était impliqué ou non. À vrai dire, elle avait déjà échappé aux griffes de son ex ; elle pouvait encore lui échapper. Mais la crainte de tomber amoureuse d'un homme violent pour la seconde fois la révulsait.

— Trez, est-ce que tu sais quand l'agress… (Elle jeta un coup d'œil à Robbie, qui dessinait sur la vitre avec son doigt.) Est-ce que tu sais quand ça s'est passé ? Hier soir ?

— Après ton départ.

Donc Vin était hors de cause.

— Au fait, ton mec a des problèmes.

— Pardon ?

— Vin DiPietro. Les médias ne parlent que de lui. D'après ce que j'ai compris, sa petite amie s'est retrouvée à l'hosto, et elle l'accuse de l'y avoir envoyée.

Nouveau choc. Marie-Terese leva le pied et fit très attention au feu lorsqu'elle arriva à un croisement. Vert. *Vert, ça veut dire avancer*, réfléchit-elle. *Avancer, ça veut dire accélérer.* Elle appuya avec précaution sur la pédale et la Camry répondit avec toute l'énergie d'un patient sous respiration artificielle.

— Est-ce que par hasard, murmura Trez, Vin et toi n'auriez pas été ensemble hier soir aux alentours de 22 heures ?

— Si.

— Alors, tiens-toi bien, parce qu'à en croire les infos, c'est à cette heure-là qu'elle affirme avoir été tabassée.

Marie-Terese poussa un soupir de soulagement, mais de courte durée.

— Oh, mon Dieu… Mais que va-t-il lui arriver ?

— Il a été libéré sous caution.

— Je peux l'aider.

Cependant, dès qu'elle prononça ces paroles, elle se demanda si elle en était vraiment capable. Il ne manquerait plus que son visage apparaisse à la une des journaux : elle n'avait aucun moyen de savoir si elle était à l'abri de Mark parce qu'il la laissait tranquille… ou parce que les gens qu'il avait envoyés à ses trousses ne l'avaient pas encore démasquée.

— Mouais. À mon avis, tu ne devrais pas t'en mêler. Il a du fric et des relations. Et puis, la vérité finit toujours par éclater. Quoi qu'il en soit, est-ce que je peux dire à la police que tu vas leur parler ?

— Oui. Mais fais-les patienter. (Il était hors de question que les flics se pointent devant Robbie une nouvelle fois. Elle le déposerait à la maison avant de se rendre au club.) J'appelle la baby-sitter.

— Une dernière chose.

— Oui ?

— Même si tu t'es rangée, ce genre de passé colle aux basques, si tu vois ce que je veux dire. Alors, je t'en prie, méfie-toi de tout le monde et, en cas de doute, appelle-moi. Je ne veux pas t'inquiéter, mais ces attaques qui visent des gens qui ont un lien avec toi ne me plaisent pas.

À moi non plus.

— Promis.

— Et si tu dois quitter Caldwell, je peux t'aider.

— Merci, Trez. (Elle raccrocha et regarda son fils.) Je vais devoir m'absenter cet après-midi.

— D'accord. Est-ce que Quinesha peut venir ?

— Je vais le lui demander.

Quand ils s'arrêtèrent à un feu, Marie-Terese rechercha le numéro du service de baby-sitting et appela.

— M'man, c'est qui que tu veux aider ?

Pendant que la sonnerie retentissait, elle croisa le regard de son fils… incapable de lui répondre.

— C'est à cause de lui que tu souriais dans l'église ?

Elle mit fin à l'appel avant qu'on ne lui réponde.

— C'est un ami.

— Ah.

Robbie tripota les plis de son pantalon.

— C'est juste un ami.

Robbie fronça les sourcils.

— J'ai peur, des fois.

— De quoi ?

— Des gens.

Moi aussi.

— Tout le monde n'est pas comme ton… (Elle se ravisa.) Ne crois pas que tout le monde soit méchant. La plupart des gens sont gentils.

Robbie parut réfléchir à cette idée. Au bout d'un moment, il leva les yeux vers elle.

— Mais comment on fait la différence, m'man ?

Marie-Terese se figea. Seigneur, parfois, quand on est parent, les mots vous échappent et un grand vide vous envahit.

— Je n'ai pas la réponse.

Lorsque le feu passa au vert, Robbie reporta son attention sur la route tandis qu'elle laissait un message aux baby-sitters. Puis elle raccrocha pendant que son fils demeurait silencieux, les yeux rivés au-dehors. *Sûrement pour éviter un nouvel accident*, espérait-elle. Mais ce n'était sans doute pas si simple.

Ils étaient à mi-chemin de la maison quand elle se rappela du nom de ce type, à l'église. Saul. Il s'appelait Saul.

De retour du Commodore, Jim s'arrêta devant son garage et sortit. Rex écarta les rideaux de la baie vitrée à l'aide de son museau et, à voir ses oreilles dressées et sa mâchoire tremblotante, il était évident que sa petite queue devait fouetter l'air à la manière d'une hélice.

En approchant de la porte, Jim sortit sa clé, mais il s'arrêta avant de l'insérer dans la serrure flambant neuve qu'il avait installée après son emménagement.

Jetant un coup d'œil en arrière, il examina l'allée. Des traces fraîches de pneus apparaissaient sur la terre à moitié gelée.

Quelqu'un était venu en son absence.

Alors que Rex sautillait d'excitation de l'autre côté de la porte, Jim balaya les alentours du regard, puis inspecta les marches en bois. Plusieurs empreintes boueuses étaient visibles, mais toutes étaient sèches et le motif des semelles était caractéristique des Timberland. Autrement dit, c'étaient les siennes.

Donc, soit les intrus s'étaient essuyé les pieds sur l'herbe avant d'entrer, soit ils s'étaient téléportés jusqu'à son appart. En tout cas, ils ne s'étaient pas bornés à admirer son allée avant de faire demi-tour.

Lentement, il dégaina son couteau et tourna la clé de la main gauche.

Entrouvrant la porte, il entendit le bruit des griffes du chien marchant sur le sol nu… ainsi qu'un léger frottement.

Jim attendit, tentant de distinguer d'autres sons que les jappements de l'animal. Rien. Alors, prenant garde à ne pas le blesser, il ouvrit brusquement la porte et balaya la pièce du regard.

Personne. Mais lorsqu'il entra, il comprit la présence de traces de pneus.

Pendant que Rex trottinait autour de lui, Jim se baissa et ramassa une enveloppe brune cartonnée posée à même le lino, juste en dessous de la boîte aux lettres. Elle ne portait aucun nom. Aucune adresse d'expédition. Elle pesait aussi lourd qu'un livre et, lorsqu'il la palpa, il sentit des bords durs et carrés.

— T'as envie de sortir, mon gros ? dit-il au chien en désignant la porte.

Rex sortit en boitillant et Jim, son paquet à la main, attendit dans l'embrasure de la porte pendant que l'animal faisait son affaire au pied d'un buisson.

Agrippant le « cadeau » de Matthias, il fut pris d'un haut-le-cœur. Ouais, votre cerveau a beau décréter tout un tas de choses, ça ne signifie pas que votre estomac va adhérer au plan avec enthousiasme.

Rex remonta l'escalier, franchit la porte et se dirigea droit vers son écuelle.

Jetant son paquet, Jim se précipita pour ramasser le bol, le vider et le laver avec du savon. Tandis qu'il le remplissait d'eau, son cœur battait la chamade : le paquet était légèrement plus épais que la fente de la boîte aux lettres. Autrement dit, on était entré chez lui. Et même s'il était peu probable qu'on ait empoisonné l'eau du chien, il s'était suffisamment attaché à lui pour refuser de prendre le moindre risque.

Pendant que Rex se désaltérait, Jim se dirigea vers le lit, s'assit et s'empara de l'enveloppe. Dès qu'il eut fini de boire, l'animal clopina vers lui et grimpa sur le matelas, l'air de s'intéresser au contenu du papier kraft.

— Tu ne peux pas le manger, dit Jim. Mais tu peux pisser dessus si tu veux. Je ne t'en voudrais pas. Pas du tout.

À l'aide de son couteau, il perça l'emballage et le fendit sur toute la longueur pour découvrir…

Un ordinateur de la taille d'une vieille cassette VHS.

Il la sortit et laissa le chien la renifler. À l'évidence, l'examen fut concluant car il lui donna un petit coup de museau puis se pelotonna en bâillant.

Jim releva l'écran du portable et l'alluma. Windows Vista chargea et, ô surprise, il découvrit lorsqu'il cliqua sur le menu « Démarrer » puis sur « Outlook » qu'un compte avait été créé à son nom. Avec le même mot de passe que l'ancien.

Dans l'onglet « Courrier », il trouva un message d'accueil d'Outlook Express, qu'il ne lut pas, et deux e-mails d'un expéditeur inconnu.

— Bon Dieu, Rex, *chaque fois* que je me retrouve dehors, ils me remettent dedans, dit-il sans même tenter d'imiter la voix d'Al Pacino.

Jim ouvrit le premier e-mail et cliqua sur la pièce jointe : un rapport sous la forme d'un fichier PDF d'une bonne quinzaine de pages. La photo en haut à gauche était celle d'un vieux briscard que Jim connaissait. À côté figuraient son adresse, ses date et lieu de naissance, ses accréditations, ses médailles et ses inaptitudes. Jim parcourut le document, absorbant tous les renseignements tout en gardant l'œil sur le chronomètre apparu au bas de l'écran. Les cinq minutes du début se réduisirent bientôt à deux ; lorsque les trois chiffres séparés par le deux-points afficheraient 0:00, la pièce jointe disparaîtrait comme si elle n'avait jamais existé. La même chose arriverait, mais là dès la première seconde, s'il tentait de le transférer, de l'imprimer ou de le sauvegarder.

Du Matthias tout craché.

Dieu merci, Jim avait une excellente mémoire photographique.

Quant au rapport lui-même ? En apparence, rien ne sortait de l'ordinaire ; c'étaient juste les états de service d'un membre des services spéciaux, un type qui, tout comme le document électronique, n'existait qu'aux yeux de certaines personnes. Tout était normal, sauf les trois lettres à côté du mot « Statut » : PDC. Porté disparu au combat.

Ah, c'était donc cela la mission. On n'utilisait pas PDC dans la branche de l'armée qu'il avait fréquentée. Les seuls termes employés étaient SA, OR et BS : service actif, officier de réserve et boîte en sapin – ce dernier de manière officieuse, bien sûr. Jim était OR, ce qui voulait dire qu'il risquait d'être rappelé à tout moment et ne pouvait s'y soustraire sous peine de voir les lettres MORT apparaître à côté de son statut. Et encore, il avait dû faire chanter Matthias pour faire partie des réservistes. Pour autant, il aurait pu le rester vu le dossier qu'il tenait sur ce salopard. Sauf qu'entre-temps, il lui avait fallu vendre son âme.

Enfin… la mission était claire : Matthias voulait qu'il le tue.

Jim parcourut de nouveau le rapport jusqu'à imprimer le texte et la photo dans un coin de son cerveau. Lorsque le chronomètre afficha zéro, le document se volatilisa.

Le second e-mail était également accompagné d'une pièce jointe avec un décompte qui se lança dès qu'il ouvrit le document. Cette fois, il ne trouva qu'une photo du type, mais avec le visage couvert d'hématomes et le crâne balafré d'une entaille dont s'était échappé un raz-de-marée écarlate. Toutefois, ce n'était pas la victime d'une agression. Il était représenté les poings serrés, en position de combat, adossé à un grillage.

C'était une image scannée, celle d'un prospectus pour un groupe d'arts martiaux. L'indicatif téléphonique était le 617. Boston.

Son surnom était ringard au possible, mais il avait le mérite de ne laisser aucune ambiguïté : « la Matraque ». Son vrai nom était Isaac Rothe.

Le chronomètre était réglé sur trois minutes et Jim s'attarda un long moment sur la photo. Il avait vu le gars à de nombreuses reprises, parfois juste à côté de lui quand ils bossaient ensemble.

À l'aide de son museau, Rex se fraya un chemin sur les genoux de Jim, posant la gueule sur le clavier.

Ouaip, Matthias voulait buter ce mec parce qu'Isaac avait quitté le troupeau. C'était donc une mission de routine et les règles standard s'appliquaient. Ce qui signifiait que si Jim refusait le boulot, quelqu'un d'autre s'en chargerait à sa place, et qu'un beau matin Jim serait retrouvé mort lui aussi.

Simple et efficace.

Jim caressa le chien et, sentant ses côtes, se demanda qui le nourrirait et s'occuperait de lui si quelque chose de grave lui arrivait. Merde, cela faisait bizarre d'avoir une raison de vivre… mais Jim ne pouvait pas supporter l'idée de laisser l'animal seul, perdu, affamé et à nouveau effrayé.

Le monde était peuplé d'enfoirés qui n'avaient rien à foutre d'un corniaud éclopé.

Et pourtant l'idée de tuer Isaac lui répugnait. Dieu savait à quel point Jim avait voulu quitter le commando, alors il comprenait que ce type veuille déserter : une vie menée aux frontières du bien et du mal, de la légalité et de l'interdit n'était pas si facile.

Si seulement l'imbécile avait eu l'intelligence de se planquer plutôt que de placarder son visage sur des tracts !

Bah… De toute façon, ils l'auraient retrouvé. Ils y parvenaient toujours…

Le bruit de deux Harley s'arrêtant devant le garage l'arracha à ses pensées. Le chien se mit aussitôt à remuer la queue tandis que le rugissement des moteurs était coupé.

Lorsqu'il entendit des pas dans l'escalier, l'animal sauta du lit et se dirigea vers l'entrée. On toqua à la porte. Un coup bref et sonore.

Rex se mit à s'agiter ; on ne voyait même plus ses yeux sous les poils qui lui balayaient la gueule. Avant que la pauvre bête ne meure d'une crise cardiaque, Jim se leva.

En ouvrant la porte, il croisa le regard d'Adrian.

— Qu'est-ce que tu veux ?

— Faut qu'on parle.

Jim croisa les bras pendant qu'Eddie s'accroupissait pour caresser le chien. Vu la réaction de l'animal, il était difficile de croire que les deux motards jouaient dans l'équipe de Divine. D'accord, elle et eux n'étaient peut-être pas copains comme cochons, mais cela ne les rendait pas réglo. Preuve en était leur ombre invisible et la confusion de Chuck, le contremaître, quand Jim s'était renseigné sur eux.

Alors, quelles étaient ces créatures devant lui ?

— Vous n'êtes que des menteurs, déclara Jim. Alors je vois mal l'intérêt de discuter.

Tandis que Rex roulait sur le dos pour qu'Eddie lui frotte le ventre, Adrian haussa les épaules.

— Nous sommes des anges, pas des saints. Bon, qu'est-ce que tu veux savoir ?

— Vous connaissez donc ces quatre chochottes anglaises ?

— Ouais. (Adrian regarda le réfrigérateur avec insistance.) Bon, vu que ça va prendre une plombe, je prendrais bien un petit rafraîchissement.

— Est-ce que vous existez ?

— Une bière. Et après on cause.

Alors qu'Eddie se relevait en prenant le chien dans ses bras, Jim l'arrêta d'un signe.

— Pourquoi m'avoir menti ?

Adrian leva les yeux vers son colocataire, puis les reporta sur Jim.

— Je ne savais pas si tu encaisserais la vérité.

— Et qu'est-ce qui t'a fait changer d'avis ?

— Le fait que tu aies percé Divine à jour et que tu ne te sois pas enfui en courant. Tu as cru à ce que tu voyais sur le trottoir de cet hôpital.

— Plus exactement, à ce que je ne voyais pas.

Jim les dévisagea. À l'évidence, ils l'avaient suivi, et c'étaient peut-être eux que Divine avait repérés sur le parking de l'hôpital, et non lui.

— Non, dit Adrian, on a masqué ta présence. C'est ce qu'elle essayait de détecter quand elle regardait autour d'elle. Il vaut bien mieux qu'elle te croie seul et déboussolé.

— Vous lisez aussi dans les pensées ?

— Et je suis bien conscient de ce que tu penses de moi en ce moment.

— Tu t'en serais douté, non ? rétorqua Jim en se demandant s'il finirait un jour par bosser avec des gens qu'il apprécierait. Donc… vous êtes venus m'aider ?

— Oui. Divine aussi aura ses alliés.

— Je n'aime pas les menteurs. J'ai eu ma dose, de ce côté-là.

— Ça ne se reproduira plus. (Adrian passa la main dans sa tignasse ; ses cheveux étaient si beaux qu'ils en étaient ridicules.)

— Écoute, ce n'est pas facile pour nous… Pour être honnête, au départ, je ne pensais pas que c'était une bonne idée de t'embarquer là-dedans, mais j'ai eu tort. Et de toute façon, maintenant, c'est fait. Alors soit on bosse ensemble, soit elle prend un sérieux avantage.

Hum. Ouais. Il n'a pas tort.

— Je me suis enfilé toutes les rousses, hier, annonça Jim au bout d'un moment. Il ne me reste plus que de la blonde. En canette.

— Parfait.

Eddie acquiesça.

— Ça me va.

Jim s'écarta et ouvrit la porte en grand.

— Est-ce que vous êtes vivants ?

Adrian entra en haussant les épaules.

— Difficile de répondre à cette question. Tout ce que je sais, c'est que j'aime la bière et le cul.

— Et Rex, c'est quoi ?

Cette fois, ce fut à Eddie de répondre.

— Considère-le comme un ami. Un très bon ami.

Le chien… si c'en était un… agita timidement la queue, comme s'il avait compris et craignait de lui avoir causé de la peine. Jim se sentit obligé de se pencher pour lui grattouiller le menton.

— J'imagine qu'il est inutile de le faire vacciner ?

— Exact.

— Pourquoi il boite ?

— Il est comme ça, c'est tout.

Eddie caressa le pelage rêche de sa grosse main. Tandis qu'il s'asseyait sur le lit avec le chien et qu'Adrian faisait le tour de l'appartement, Jim, perplexe, se dirigea vers le réfrigérateur et sortit trois bières qu'il distribua comme des cartes à jouer. Le bruit des languettes arrachées et le « pschitt » du gaz résonnèrent dans la pièce, aussitôt suivis d'une exclamation de satisfaction des trois hommes.

— Qu'est-ce que vous savez sur moi ? demanda Jim.

— Tout. (Adrian regarda autour de lui et contempla les deux piles de linge.) Donc, les armoires, tu ne connais pas ?

— Non.

— Voilà qui est ironique.

— Pourquoi ?

— Tu verras. (Adrian alla s'asseoir à la table. Faisant basculer vers lui la boîte à chaussures remplie des pièces destinées au jeu d'échecs de Jim, il jeta un coup d'œil à l'intérieur.) Alors, qu'est-ce que tu veux savoir ? Sur elle ou sur autre chose.

Jim reprit une gorgée de bière et réfléchit.

— La chose la plus importante : est-ce qu'on peut la tuer ?

Les deux anges se figèrent. Et firent « non » de la tête.

Chapitre 30

Vu le motif de son arrestation et la tournure prise par les événements, Vin resta médusé devant son écran quand la sonnerie retentit.

Prenant son courage à deux mains, il coupa le son de la télé et décrocha.

— Marie-Terese ?

Après quelques secondes de silence, elle répondit :

— Salut.

Il fit pivoter sa chaise et se tourna vers la baie vitrée. Dire que, quelques jours auparavant, il contemplait la ville avec un tel sentiment de domination. À présent, il avait l'impression que sa vie lui échappait totalement et qu'il se battait pour garder sa place au lieu d'être considéré comme le roi de la jungle.

N'étant pas du genre à tourner autour du pot, il demanda :

— Tu es au courant ? De ce qui m'arrive ?

— Oui. Mais tu étais avec moi, hier soir, quand ça s'est passé. Je sais que tu n'es pas coupable.

Une vague de soulagement le parcourut… comme une brève accalmie au milieu de cette tempête d'emmerdes.

— Et pour cette nouvelle agression ?

— Je suis en route pour *Le Masque de fer*. La police veut m'interroger.

— Je voudrais te voir, laissa-t-il échapper d'un ton désespéré qui l'aurait choqué en d'autres circonstances.

— Oui.

Vin fut surpris de la rapidité de sa réponse, mais il n'allait sûrement pas s'en plaindre.

— Je suis chez moi au Commodore, alors je peux te rejoindre où tu veux, à l'heure qui te convient.

— Je viendrai dès que j'en aurai terminé avec les flics.

— Je suis au vingt-huitième étage. Je préviendrai le concierge.

— Je ne sais pas combien de temps cela va me prendre, mais je t'enverrai un texto quand je partirai.

Vin tourna le regard vers la gauche, l'imaginant conduire à quelques rues de lui.

— Marie-Terese…

— Oui ?

Il se mit à songer à elle et à son fils… à ce à quoi et à qui elle avait échappé. Jusqu'à présent. Son ex n'aurait aucune difficulté à l'atteindre depuis sa cellule, et l'avait peut-être déjà fait : même si ces attaques n'étaient pas en lien avec elle, elle devait tout de même se faire la plus discrète possible.

— N'essaie pas de me protéger.

— Vin…

— Je t'expliquerai tout à ton arrivée, dit-il d'un ton bourru. Mais disons juste que je sais ce que tu risques si ton visage se retrouve à la une des médias.

Silence. Puis :

— Qui t'en a parlé ?

À sa voix tendue, il sentait bien qu'elle n'appréciait pas cette intrusion dans sa vie privée.

— Jim, mon ami… Il a des relations. Je ne lui ai pas demandé comment il avait fait, mais il m'a raconté ce qu'il avait découvert.

Un long silence accueillit sa déclaration. Du genre à lui faire regretter de ne pas avoir attendu qu'elle soit en face de lui pour lâcher cette petite bombe. Mais, au bout d'un moment, elle poussa un soupir.

— En fait, c'est plutôt un soulagement. Que tu sois au courant.

— Il va sans dire que je n'en parlerai à personne.

— Je te fais confiance.

— Bien, parce que je ne ferai jamais rien pour te blesser. (Ce fut au tour de Vin de plonger dans le silence.) Bon Dieu, Marie-Terese…

Il entendit le léger crissement des freins.

— Je suis arrivée au club. On parlera plus tard.

— Ne me protège pas. Je t'en prie.

— À tout à l'heure.

— Ne te laisse pas embarquer dans cette merde avec moi. Pense à ton fils. Et à toi. C'est trop dangereux.

Il s'en tint là. Il était hors de question qu'il lui dise toute la vérité sur Divine. D'une part parce qu'il ne la comprenait pas bien lui-même, et d'autre part parce qu'il ne supportait pas l'idée que Marie-Terese le prenne pour un cinglé.

— C'est dégueulasse, répliqua-t-elle d'une voix brisée. Ses accusations. C'est vraiment…

— Je sais. Fais-moi juste confiance quand je te dis que je vais m'en sortir. Ça va s'arranger.

— Vin…

— Tu sais que j'ai raison. À tout de suite.

Vin raccrocha, priant pour qu'elle entende raison. Ce qui semblait être le cas, à en juger par l'hésitation qui perçait dans sa voix.

Au lieu de prendre la direction du centre-ville, comme il avait prévu de le faire, pour retrouver cette diseuse de bonne aventure auprès de laquelle il avait cherché de l'aide quand il avait dix-sept ans, Vin passa l'heure suivante à ramasser les éclats de verre et les livres déchirés avant de remettre en place les chaises et les canapés. Il sortit même l'aspirateur pour tenter de redonner vie au tapis, mais ne parvint qu'à déminer le terrain, les taches d'alcool restant profondément incrustées. Pendant tout ce temps, il garda son téléphone sur lui, et lorsqu'il reçut le texto de Marie-Terese lui annonçant son arrivée, il fourra l'engin dans un placard et courut au premier pour passer une chemise propre.

Il était presque arrivé à la chambre lorsqu'il se rappela qu'il ne s'était pas changé depuis sa sortie de prison.

OK. On reprend tout.

Quand il sortit pour la deuxième fois dans le couloir, il avait revêtu un magnifique pantalon noir, assorti à son caleçon. Il avait aussi changé de chaussettes. Seules ses chaussures, les mocassins italiens qu'il portait depuis une semaine, n'étaient pas neuves.

En bas, le téléphone sonna juste au moment où il entrait dans le salon et il répondit au gardien de la laisser monter. Avant d'ouvrir la porte, il mit de l'ordre dans ses cheveux et s'assura que sa chemise était correctement rentrée dans son pantalon. *Une vraie fille*, se reprocha-t-il avant de sortir dans le couloir.

Lorsque l'ascenseur annonça son arrivée par un petit tintement, il recula pour laisser un peu d'espace à Marie-Terese, même si tout ce qu'il voulait était la serrer dans ses bras.

Seigneur… elle était magnifique. Simplement vêtue d'un jean et d'un polaire rouge, les cheveux détachés et sans aucun maquillage, elle était terriblement sexy.

— Salut, l'accueillit-il avec un air niais.

— Salut.

Elle remonta son sac sur l'épaule et tourna le regard vers la porte grande ouverte de l'appartement. Ébahie par tout ce luxe, elle fronça légèrement les sourcils.

— Tu veux entrer ? En revanche, je te préviens… c'est la pagaille depuis…

Lorsqu'elle passa devant lui, il respira un grand coup. Aucun doute, l'odeur du linge propre était toujours son parfum préféré.

Vin ferma la porte, enclencha le verrou et replaça la chaîne, ce qui ne le rassura pas pour autant : il était devenu tellement paranoïaque qu'il se demandait quel genre de système de sécurité serait en mesure d'arrêter Divine.

— Je te sers à boire ?

Pas d'alcool, bien sûr. Du moins, pas dans le salon : il ne restait plus aucune bouteille.

Marie-Terese se dirigea vers la baie vitrée.

— C'est vraiment…

Avisant une tache sur le tapis, elle hésita, puis, délaissant le panorama, elle promena le regard autour d'elle.

— C'était encore pire avant que j'essaie de la nettoyer, dit-il. Bon sang… je n'ai aucune idée de ce qui s'est passé ici.

— Qu'est-ce qui pourrait pousser ta petite amie à mentir ?

— Ex-petite amie, la corrigea-t-il.

Marie-Terese croisa son regard dans le miroir brisé et, à la vue de ses traits déformés par les fêlures, Vin fut pris d'une peur panique telle qu'il dut la rejoindre pour l'extirper de ce reflet atroce.

Lorsqu'elle se retourna, elle avait un regard effrayé.

— Vin… cet homme qui a été agressé. C'est le type avec qui j'avais discuté dans les toilettes privées. On est entrés ensemble et il m'a parlé d'une fille qu'il voulait séduire. (Elle porta une main tremblante à sa bouche.) Oh, mon Dieu, il était avec moi et il…

Vin la serra dans ses bras et, la sentant frissonner contre lui, se dit qu'il était prêt à tuer pour la protéger.

— Ça ne peut pas être Mark, dit-elle le nez dans sa chemise. Mais s'il avait envoyé quelqu'un pour me retrouver ?

— Viens.

Il lui prit la main et fit mine de se diriger vers le canapé, mais se ravisa, rechignant à lui parler au milieu des vestiges d'une pièce qui avait été le théâtre d'une scène de violence.

Il songea à son bureau… mais le souvenir de ses ébats avec Divine sur ce putain de tapis l'en dissuada. Et à l'étage ? Évidemment, il était hors de question de l'inviter dans sa chambre – non seulement à cause des sous-entendus sexuels, mais aussi parce que le spectre de Divine flotterait dans la pièce.

Optant pour la salle à manger, il la conduisit vers la table et fit pivoter deux chaises pour s'asseoir en face d'elle.

— Tu sais, dit-elle en posant son sac lorsqu'ils s'installèrent, on ne dirait pas comme ça, mais je suis une dure à cuire.

Il sourit.

— Ça, je n'en doute pas.

— C'est juste qu'on ne s'est pas rencontrés au bon moment.

Vin tendit la main et toucha l'une des boucles qui lui frôlaient le visage.

— J'aimerais pouvoir t'aider.

— Je vais quitter Caldwell.

Son cœur cessa de battre. Même s'il mourait d'envie de lui faire changer d'avis, il n'en avait pas le droit. Surtout qu'il manquait d'arguments pour s'opposer à son choix de toute façon plus sage.

— Où vas-tu aller ?

— N'importe où. Je ne sais pas.

Elle croisait et tortillait ses mains sur ses genoux, ce qui trahissait son embarras.

— Est-ce que tu as assez d'argent ? demanda-t-il même s'il connaissait la réponse.

— Ça ira… Robbie et moi on se débrouillera.

— Est-ce que tu me laisserais t'aider ?

Elle refusa d'un signe de tête.

— Je ne peux pas faire ça. Je ne veux pas devoir d'argent à quelqu'un d'autre. J'ai déjà assez de mal à rembourser mes dettes.

— Combien tu leur dois ?

— Encore 30 000 dollars, répondit-elle, laissant enfin ses mains tranquilles. Au début, c'était 120 000.

— Et si je te les donnais ? Tu me rembourserais plus tard, ça t'éviterait les intérêts.

— Une dette est une dette. (Elle sourit d'un air triste.) À une époque, j'ai prié pour qu'on vienne à mon secours. Et un homme est apparu… sauf que le sauvetage a viré au cauchemar. Désormais, je ne compte plus que sur moi. Et donc, je rembourse ce que je dois.

Oui mais 30 000 dollars ? Putain, pour lui, c'était de l'argent de poche.

Et dire que pour gagner cet argent, elle avait dû…

Vin serra les dents. Merde, il détestait ces images qui l'agressaient même si ce n'étaient que de simples suppositions. Il lui aurait été si simple d'effacer son ardoise ! D'un autre côté, il comprenait son point de vue : c'était cette même attitude chevaleresque qui l'avait plongée dans ce cauchemar. Elle n'avait aucune envie de retenter l'expérience.

Il s'éclaircit la voix.

— Comment ça s'est passé avec les flics ?

— Ils m'ont montré une photo du type. Je leur ai dit que je l'avais vu au club et que j'avais discuté avec lui. J'avais une peur panique qu'un témoin se soit présenté pour leur raconter qu'il m'avait vue entrer dans les toilettes privées avec lui, mais le flic n'a rien mentionné de ce genre. Et là…

Elle marqua une longue pause, et Vin eut le sentiment qu'elle lui cachait quelque chose. Étouffant un juron, il lui demanda :

— Tu ne leur as pas dit qu'on avait passé la soirée ensemble, j'espère ?

Elle lui prit les mains et les serra entre les siennes.

— C'est pour ça que je m'en vais.

Sentant son cœur se glacer, il songea qu'il aurait été plus simple qu'il cesse de battre une bonne fois pour toutes.

— Tu n'as pas… Bon sang, je t'avais dit de rester…

— Quand ils m'ont demandé ce qui s'était passé après que j'eus fait connaissance avec le gars, je leur ai dit que j'avais quitté le club avec un certain Vincent DiPietro et qu'on avait passé la nuit ensemble. De 21 h 30 à 4 heures environ. (Lorsqu'il fit mine de retirer les mains, elle les retint.) Vin, dans ma vie, j'ai fait plein de choses dont je ne suis pas fière. J'ai laissé un homme me maltraiter pendant des années… parfois même devant mon fils. (Sa voix se brisa puis elle se ressaisit.) Je me suis prostituée, j'ai menti. J'ai fait des choses qu'auparavant je trouvais répugnantes… mais c'est fini. Plus jamais.

— Fait chier, bordel, marmonna-t-il. Fait chier.

Sans réfléchir, il se pencha pour l'embrasser, puis se leva. Incapable de rester en place, il se mit à faire les cent pas dans la pièce. Elle le regarda tourner en rond, son bras pendant le long de la chaise.

— J'ai donné mon numéro de portable à la police, annonça-t-elle, et je reviendrai témoigner s'il le faut. Robbie et moi, on fera nos bagages ce soir et on partira. Si la presse ignore où je me trouve, mon visage n'apparaîtra nulle part.

Vin s'arrêta sous l'arcade du vestibule et songea à la bande de vidéosurveillance sur laquelle il était censé figurer. Marie-Terese n'avait aucune idée du guêpier dans lequel elle s'était fourrée parce que ce n'était pas qu'une simple histoire d'agression. Alors, oui, mieux valait qu'elle s'en aille. Pendant ce temps, son pote Jim et lui allaient devoir trouver un moyen de se débarrasser de Divine, et il avait le sentiment qu'une simple intimidation ne suffirait pas.

Quant à savoir qui était aux trousses de Marie-Terese… Il ne pouvait pas s'agir de Divine parce que les ennuis avaient commencé… merde ! La nuit où il avait fait la connaissance de Marie-Terese au *Masque de fer*.

— Quoi ? demanda-t-elle.

Il se repassa les événements de la soirée. Divine était partie avant que Jim et lui se soient bagarrés avec ces deux étudiants. Ce qui voulait dire qu'en théorie, elle aurait pu tuer ces deux tocards dans la ruelle. Sauf que cela n'avait aucun sens. Pourquoi s'en prendrait-elle aux hommes qui avaient abordé Marie-Terese ? Comme son ex-mari, elle s'attaquerait à elle directement et, en outre, Vin n'avait pas vraiment fait la connaissance de Marie-Terese à ce moment-là.

— Qu'est-ce qui te trotte dans la tête, Vin ?

Rien qu'il puisse lui dire, hélas !

Il se remit à arpenter la pièce… quand une pensée le frappa. Puisqu'elle avait pris sa défense, il la tenait à sa merci. Et il n'était pas du style à laisser filer ce genre d'occasion.

— Ne bouge pas, je reviens, annonça-t-il en prenant la direction du bureau.

Cinq minutes plus tard, il était de retour et, dès que Marie-Terese comprit ce qu'il avait dans les mains, elle ouvrit la bouche pour protester.

Vin la coupa aussitôt.

— Tu dis que tu paies toujours tes dettes. (Une par une, il déposa les cinq liasses de billets de 100 dollars.) Alors je suis sûr que tu me permettras de faire de même.

— Vin…

— Cinquante mille dollars. (Il croisa les bras.) Prends-les. Sers-t'en pour rembourser tes créanciers et vivre sereinement pendant quelques mois.

Marie-Terese se leva d'un bond.

— J'ai simplement dit la vérité, ce n'était pas une faveur…

— Désolé. Tu ne gagneras pas à ce jeu-là. Je te dois de m'avoir protégé et j'évalue cette dette à 50 000 dollars. Tu n'as pas le choix.

— Ça, c'est ce que tu crois. (Prenant son sac, elle le balança sur son épaule.) Je ne suis pas…

— Une hypocrite ? Permets-moi de te contredire. Donc, d'après toi, je n'ai pas le droit de me sentir redevable envers toi ? Moi, j'appelle ça de la mauvaise foi.

— Tu déformes mes paroles !

— Tu trouves ? (Il désigna l'argent du menton.) Pas moi. Et je ne crois pas non plus que tu sois folle au point de te barrer sans un sou en poche. Le problème, c'est que si tu utilises ta carte de crédit, tu laisseras une trace. Pareil si tu retires de l'argent de ton compte.

— Va au diable !

— C'est déjà fait, merci. (Il se pencha et poussa les liasses de billets dans sa direction.) Prends-les, Marie-Terese. Je te promets que je ne te demanderai rien en échange. Si tu ne veux plus jamais me voir, tant pis. Mais ne pars pas sans rien. Tu ne peux pas me faire ça. Je ne pourrai pas le supporter.

Dans le silence tendu qui suivit, il prit conscience que depuis qu'il gagnait de l'argent, c'était la première fois qu'il en donnait. Ou du moins qu'il essayait. Il n'avait jamais soutenu d'œuvres de charité ou une quelconque cause. Quand il sortait de l'argent, c'était toujours dans un but bien tangible qui lui en rapporterait encore plus.

— Écoute, je ne suis pas en train de jouer les chevaliers en armure. Je n'essaie pas de voler à ton secours. Je me borne à rembourser une dette et à te donner les moyens de repartir du bon pied.

Sans réponse de sa part, il tapota l'un des paquets et lui dit :

— Envisage-le sous un autre angle : je t'offre ton propre cheval blanc. Bon Dieu, Gretchen, accepte, je t'en prie.

Le salaud. Il l'avait appelée par son vrai nom. Quel enfoiré !

Seigneur… Quelle sensation étrange de l'entendre après toutes ces années. Pour Robbie, elle était « maman ». Pour les autres, « Marie-Terese ». Elle avait toujours aimé son véritable prénom et, à présent qu'il l'avait prononcé, elle n'avait qu'une envie : le reprendre.

Gretchen… Gretchen…

Elle contempla l'argent. Vin avait raison. Le prendre lui aurait permis de souffler un temps. Mais… en quoi était-ce différent d'avant ? Encore une fois, un homme lui aurait acheté sa liberté, ce qui pour elle n'était pas acceptable.

S'approchant de Vin, elle lui prit le visage entre ses mains.

— Vous êtes un homme charmant et adorable, Vincent DiPietro.

Elle l'attira vers ses lèvres et il s'abandonna volontiers, étreignant délicatement ses épaules tandis qu'ils s'embrassaient.

— Et je te remercie. (Le bonheur illumina brièvement ses traits sévères.) Je me souviendrai toujours de ton geste, murmura-t-elle.

— Pourquoi vouloir tout compliquer ? dit-il en fronçant les sourcils. Tu…

— Mais c'est bien ça, le problème. Si je suis dans la mouise, c'est parce que j'ai voulu me faciliter la vie. (Elle lui adressa un sourire, persuadée qu'elle allait garder l'image qu'il lui renvoyait en cet instant pour le reste de sa vie.)

C'est le souci, avec les chevaux blancs. Il faut les payer soi-même si on veut garder la maîtrise des rênes.

Il la dévisagea pendant un long moment.

— Putain, tu me brises le cœur. Vraiment. (Il resserra son étreinte puis la relâcha et s'écarta.) J'ai cette sensation bizarre de pouvoir te toucher alors que tu es déjà partie.

— Je suis désolée.

Il regarda les billets.

— Tu sais… Je ne m'en étais jamais rendu compte auparavant, mais l'argent, ce n'est que du papier, quand on y pense.

— Je m'en sortirai.

— Ça, c'est ce que tu crois. (Il secoua la tête.) Pardon, ce n'est pas ce que j'ai voulu dire.

Toutefois, il avait raison d'être inquiet. Merde, elle aussi l'était.

— Je resterai en contact.

— J'espère… Tu as une idée d'où tu veux aller ?

— Non, je ne me suis pas penchée sur la question.

— Eh bien… et si je te disais que j'ai une maison vide ? Je pourrais te la prêter. Elle n'est pas à New York… (Il leva la main lorsqu'elle voulut objecter.) Attends avant de refuser. Elle est dans le Connecticut, en pleine campagne. C'est un corps de ferme, mais proche de la ville ; du coup, tu ne te sentirais pas trop isolée. Tu pourrais y séjourner quelques jours, te poser, le temps de réfléchir à la suite. Et l'avantage, par rapport à un hôtel, c'est que tu n'auras pas à utiliser ta carte de crédit. Tu pourrais partir ce soir et y être en moins de deux heures.

Les sourcils froncés, Marie-Terese réfléchit.

— Ce n'est ni un don, ni de l'argent et c'est sans engagement, poursuivit-il. C'est juste un endroit où vous pourrez vous reposer, toi et ton fils. Et quand tu seras prête à partir, tu n'auras qu'à fermer et me renvoyer les clés par courrier.

Marie-Terese se dirigea vers la fenêtre de la salle à manger et contempla la vue éblouissante en tentant de s'imaginer à quoi pourraient ressembler les jours et les mois à venir...

Elle n'en avait aucune idée.

Vin avait raison : il lui fallait du temps et un endroit sûr pour réfléchir à son avenir.

— D'accord, accepta-t-elle d'une voix douce.

Vin s'approcha derrière elle et, lorsque ses bras l'entourèrent, elle se retourna pour l'enlacer à son tour.

Ils restèrent ainsi pendant de longues minutes...

... jusqu'au moment où le réconfort s'effaça pour laisser place au désir, lorsqu'elle perçut la chaleur de son corps, la force de ses muscles et la fragrance épicée de son parfum hors de prix.

Il était à la fois si doux, si puissant...

Remontant les mains le long de son dos, elle sentait la douceur de sa chemise en soie mais restait concentrée sur ses muscles saillants. En un éclair, elle le revit dans le miroir de sa chambre d'enfant, nu, se cabrant devant elle, ses muscles roulant le long de son dos.

Vin se détacha d'elle.

— Je crois... je crois qu'on ferait mieux...

Elle se cambra contre lui et sentit l'érection qu'il tentait de dissimuler.

— Fais-moi l'amour. Avant que je parte... S'il te plaît.

— Bon Dieu, oui, souffla-t-il en frissonnant.

Il lui prit la main et ils se précipitèrent dans l'escalier. D'instinct, elle prit la gauche en direction d'une chambre aux murs noirs et or où trônait un lit gigantesque. Mais il l'attira dans la direction opposée.

— Pas là.

Il l'entraîna vers une autre chambre, plus petite et décorée dans des tons chauds rouge orangé. Ils se laissèrent tomber sur le couvre-lit en satin, s'étreignant et s'embrassant fougueusement, entraînés par une passion impossible à refréner. Leurs langues se mêlèrent tandis qu'ils se débarrassaient de leurs vêtements, leurs gestes fébriles parvenant difficilement à bout des ceintures, fermetures Éclair et autres boutons.

Manquant de lui arracher son tee-shirt, elle frotta la main contre sa peau douce et son torse musclé. Puis elle s'écarta et ôta son jean et son haut avant d'entreprendre de lui enlever son pantalon.

— Nom de Dieu..., grogna-t-il lorsqu'elle le baissa jusqu'à mi-cuisse et s'empara de son sexe à travers son caleçon.

Ses lèvres collées aux siennes, lui agaçant la langue, elle le caressa jusqu'à ce que le gland dépasse de l'élastique de son boxer. Dès qu'il sentit le contact de la paume de la jeune femme sur sa peau nue, il rompit le contact de leurs lèvres et, les dents serrées, ne put réprimer un gémissement.

Son caleçon suivit le même chemin que son pantalon lorsqu'elle le fit glisser d'un geste sec le long de ses jambes. Puis elle se pencha sur sa poitrine, la parcourant de baisers et de caresses, se laissant aller à le mordiller ici et là, ses cheveux le chatouillant à mesure qu'elle descendait.

D'une légère pression sur ses bras, il l'arrêta au moment où, tenant le sexe de Vin entre ses mains, elle s'apprêtait à le prendre dans sa bouche.

— Attends...

Une larme se forma à l'extrémité de son membre et coula pour mourir sur la main de Marie-Terese.

— Ton sexe n'a aucune envie d'attendre, Vin, rétorqua-t-elle d'une voix rauque.

Une seconde goutte suivit la première, ses paroles semblant lui faire autant d'effet que ses gestes.

— Il faut que tu saches... une chose.

Marie-Terese fronça les sourcils.

— Quoi ?

— Je… (Il leva les mains à ses joues et les frotta si fort qu'on aurait dit qu'il voulait effacer ses traits au papier de verre.) Quand je suis avec toi, ça ne ressemble à rien de ce que j'ai vécu. Avec quiconque, d'ailleurs, Tu comprends ?

— Et… c'est bien, non ?

— Oui, bien sûr. (Il laissa tomber les bras.) Mais, pour tout t'avouer, j'ai fait ma part de conneries. Avec des inconnues.

Marie-Terese sentit son estomac se révulser.

— Du genre ?

Il secoua la tête, rechignant à évoquer ces souvenirs.

— Rien avec des hommes. Mais c'est à peu près la seule limite que je m'étais fixée. C'est juste… que je n'ai pas fait de test et je n'ai pas toujours pris mes précautions. Je crois que tu avais le droit de le savoir avant qu'on aille plus loin que s'embrasser.

— Je croyais que tu étais fidèle à Divine ?

— Parfois, nous étions plusieurs, si tu vois ce que je veux dire.

L'image peu engageante de Vin englouti sous un amas de chair féminine lui vint à l'esprit.

— La vache.

Elle voulut plaisanter sur le fait qu'il fallait être un homme très spécial pour arriver à faire rougir une prostituée, mais vu la façon dont il avait réagi quand elle lui avait révélé sa profession, elle s'en abstint.

— Mais ce ne sera pas comme ça avec toi. (Ses yeux glissèrent de ses cheveux à ses seins nus, s'attardant sur son visage.) Tu es tout ce dont j'ai besoin, tout ce que je désire. C'est indescriptible. Et quand tu m'embrasses, ça me comble de bonheur, c'est… Quoi ?

Elle lui sourit tout en le caressant doucement.

— J'ai l'impression d'être précieuse à tes yeux.

— Laisse-moi te montrer à quel point. Viens.

Il l'attira vers lui, mais elle résista, préférant reprendre là où ils en étaient restés, grisée par la sensation d'enfin désirer ce qu'elle s'apprêtait à faire.

— Vin, laisse-moi t'offrir cela… (Elle le regarda rejeter la tête en arrière et entrouvrir la bouche, pendant que son torse se soulevait au rythme des va-et-vient de sa main.) Et je ferai en sorte de m'arrêter avant que tu jouisses. Ça te va ?

Avant qu'il ait pu protester, elle se baissa et écarta les lèvres autour de son sexe. Avec un gémissement, il souleva les hanches pour s'enfoncer dans sa bouche, la laissant promener sa langue sur son sexe turgescent. Au bord de l'extase, il serrait le couvre-lit entre ses mains, prenant appui sur ses bras, les muscles de son torse contractés.

Il était si sexy dans cette position, allongé sur le satin rouge, son corps massif traversé de plaisir jusqu'au point de non-retour…

Comme elle l'avait promis, dans une intense volupté, Marie-Terese l'amena jusqu'à la limite qu'elle s'était fixée.

Chapitre 31

— Répète-moi ça ! Vin lui a donné quoi ?

Jim croisa le regard d'Adrian à l'autre bout de la pièce. Son expression ne lui disait rien qui vaille. Il avait le visage un peu pâle.

— Il lui a offert une bague de fiançailles. Du moins, il m'a dit qu'elle l'avait gardée quand il a rompu avec elle.

L'ange se renfrogna davantage.

— En quoi était-elle ?

— C'était une émeraude.

— Pas la pierre. La monture.

— Je ne sais pas. Du platine, j'imagine. Vin est le genre de type à viser le haut de gamme. (Eddie secoua la tête en lâchant un juron.) Bon, vous allez me dire pourquoi vous tirez cette tronche ? Merde, on dirait qu'on a pissé dans votre réservoir !

Adrian avala le reste de sa bière et posa la canette sur la table.

— Tu t'y connais un peu en magie noire, mon pote ?

Jim secoua la tête sans même être surpris de la voie dans laquelle s'engageait cette conversation.

— Mais je t'en prie, éclaire ma lanterne.

Adrian fouilla dans la boîte à chaussures contenant les pièces d'échecs et sortit les pions un par un en les alignant.

— La magie noire n'est pas une invention. Elle existe bel et bien et elle est nettement plus répandue que tu ne le crois. Et je ne parle pas de chanteurs décapitant des chauves-souris à coups de dents, d'un groupe d'ados défoncés jouant avec un Ouija, ou de ces soi-disant enquêteurs de l'étrange jouant aux fantômes dans une vieille maison. Non, je parle de la vraie saloperie, celle qui fait vraiment flipper. Je parle de la façon dont les démons s'emparent des âmes… Je parle des sorts et des malédictions qui fonctionnent non seulement dans ce monde mais aussi dans l'au-delà.

Il marqua une longue pause, terrifiante et lourde de sens.

Que Jim interrompit en lançant les bras en l'air tout en s'écriant :

— Bouh !

Eddie fut le seul à rire. Adrian lui fit un doigt d'honneur et alla se resservir dans le frigo.

— Arrête de faire le con, lâcha-t-il en ouvrant une bière.

— Parce que trois dans un groupe, ce serait trop ? (Jim bascula en arrière pour s'adosser au mur.) Oh, ça va, c'était juste pour détendre l'atmosphère. Vas-y, je t'écoute.

— Ce n'est pas une plaisanterie. (Jim acquiesça. Adrian but une longue gorgée de bière et se rassit dans son siège, semblant faire le tri dans ses pensées.) Tu vas apprendre beaucoup de choses dans les jours qui viennent. Alors, disons que c'est ta première leçon. Les démons récupèrent tout un tas de babioles auprès de leur cible. Plus ils en obtiennent, mieux c'est, et ils les gardent auprès d'eux à moins que quelqu'un ne leur reprenne. Cette pratique s'accompagne d'une sorte de… système de classification : les cadeaux ont une valeur plus grande que les objets volés, surtout s'ils sont constitués de métaux précieux. Le platine est le plus puissant. Vient ensuite l'or, puis l'argent. Ces objets agissent comme une sorte de ciment entre eux et la personne visée. Et plus ils en ont, plus les liens sont solides.

Jim fronça les sourcils.

— D'accord, mais dans quel but ? Prenons Divine. À quoi vont lui servir tous ces trucs, à part s'ouvrir un compte dans un garde-meuble ?

— Une fois qu'elle l'aura tué, elle pourra le garder avec elle pour l'éternité. Il lui appartiendra. Les démons sont comme des parasites. Ils s'accrochent à leur proie et colonisent son esprit, processus qui peut s'étaler sur plusieurs années. Après avoir infiltré leur hôte, ils influent sur ses choix et au fil des jours, des semaines, des mois, corrompent ses pensées. L'âme s'affaiblit à mesure que l'infection progresse, puis, lorsqu'un certain stade est atteint, le démon entre en scène et provoque un événement mortel. Ton Vin se trouve à une étape critique. Elle est en train de mettre son plan en action, d'où l'arrestation de ton pote. C'est comme des dominos et la situation va rapidement empirer. Et crois-moi, je sais de quoi je parle.

— Nom de Dieu…

— Ah non, là, il n'y est pour rien.

Tandis qu'une foule de questions se bousculait dans sa tête, Jim demanda :

— Mais pourquoi Vin ? Pourquoi l'a-t-elle choisi ?

— Parce qu'il leur faut un point d'entrée. Comme le tétanos avec un clou rouillé. Il leur suffit de repérer une âme blessée pour s'infiltrer à travers la blessure.

— Qu'est-ce qui peut la provoquer ?

— Plein de choses. Chaque cas est différent. (Adrian déplaça les pions pour former un X.) Mais, une fois que le démon est là, il faut le déloger.

— Tu m'as dit qu'on ne pouvait pas tuer Divine.

— Non, mais on peut lui flanquer un putain d'avis d'expulsion. (Eddie approuva en poussant un petit grognement.) Et c'est ce qu'on va t'enseigner.

Voilà une leçon qu'il se réjouissait d'apprendre.

Jim se passa la main dans les cheveux et se leva du lit.

— Vous savez quoi ? Vin m'a parlé de… Vin m'a raconté qu'à l'âge de dix-sept ans, il est allé voir une diseuse de bonne aventure. Ou une médium, je ne sais pas trop. Il était victime de crises pendant lesquelles il voyait l'avenir et il était prêt à tout pour s'en débarrasser.

— Que lui a-t-elle conseillé ?

— Il ne me l'a pas dit. Mais les crises se sont arrêtées, avant de réapparaître il y a quelques jours. Il a juste mentionné qu'après avoir suivi ses recommandations, il s'était mis à avoir une veine de cocu.

Adrian fronça les sourcils.

— Il faut en savoir plus.

Eddie prit la parole.

— Et récupérer la bague. Elle essaie de resserrer son emprise avant de le tuer et c'est un lien très difficile à rompre.

— Je connais son adresse, dit Jim. Du moins, je l'ai vue entrer dans un entrepôt en centre-ville.

Adrian se leva, aussitôt imité par Eddie.

— Alors, ça vous dit, un petit casse ? demanda Adrian en ramassant les pions avant de les ranger dans la boîte.

Il termina sa bière puis fit craquer ses doigts.

— La dernière fois que je me suis fritté avec cette salope, ça s'est fini bien trop tôt.

Eddie leva les yeux au ciel, puis regarda Jim.

— C'était au Moyen Âge, et il ne s'en est toujours pas remis.

— Et depuis ? Rien ?

— On a été mis sur la touche, répondit Eddie. On était devenus un peu trop déchus au goût de nos patrons.

Adrian sourit jusqu'aux oreilles.

— Comme je l'ai dit tout à l'heure, j'aime les femmes.

— Surtout par deux. (Eddie posa le chien et lui caressa les oreilles.) À tout à l'heure, Rex.

Ce dernier prit un air triste et se mit à décrire des cercles autour de leurs pieds, incluant ceux du canapé, qu'il prenait à l'évidence pour un membre de l'équipe.

Cependant, question renfort, Jim avait autre chose en tête. Un soutien d'un autre calibre…

Se dirigeant vers le placard au fond de l'appartement, il en sortit un sac de sport noir dont il défit la fermeture Éclair, dévoilant un étui en acier mesurant environ un mètre vingt sur quatre-vingt-dix centimètres. Jim fit tourner la molette de la combinaison numérique et, lorsque la serrure s'ouvrit, il contempla les trois armes nichées dans le capitonnage en mousse. Laissant de côté le fusil d'assaut, il hésita entre les deux SIG et opta pour celui dont la crosse avait été spécialement conçue pour sa main droite.

Adrian secoua la tête, l'air de penser que le semi-automatique n'aurait pas plus d'effet qu'un pistolet à eau.

— On peut savoir ce que tu comptes faire avec ce truc, inspecteur Harry ?

— Disons que c'est ma couverture de sûreté.

Jim inspecta brièvement le flingue, verrouilla le coffret et rangea le sac. Il remplit le chargeur avec les munitions cachées derrière les boîtes de conserve dans les placards situés au-dessus de l'évier.

— Tu ne peux pas la buter avec ça, dit Eddie d'une voix douce.

— Ne le prends pas mal, mais je ne crois que ce que je vois.

— Beaucoup encore il te reste à apprendre.

Adrian poussa un juron et frappa la porte.

— Super, voilà qu'il se prend encore pour Yoda. Bon, est-ce qu'on pourrait foutre le camp avant qu'il se mette à faire léviter ma moto ?

Jim ferma la porte à clé et ils descendirent l'escalier pendant que Rex élisait domicile sur le canapé et les regardait partir par la fenêtre. Il donna quelques coups de griffes à la vitre, semblant regretter de ne pas participer à l'action.

— Prenons mon pick-up, proposa Jim. Il est moins bruyant que vos motos.

— Parfait. On pourra écouter de la musique !

Prenant un air extrêmement concentré, Adrian se mit à s'échauffer la voix. On aurait dit un orignal se faisant frotter le dos par une râpe à fromage.

Jim secoua la tête tandis qu'Eddie ouvrait la portière.

— Mais comment tu supportes ça ?

— J'ai développé une oreille sélective.

— Je t'en supplie, apprends-moi.

Le trajet jusqu'au centre-ville parut durer des siècles, notamment parce qu'Adrian avait trouvé une station qui passait du rock des années 1980 : jamais Jim n'avait entendu une si mauvaise reprise du *Jump* de Van Halen, mais le pire fut lorsqu'il entreprit de massacrer Frankie Goes to Hollywood, lui hurlant des « Relax ! » dans les oreilles.

Chose évidemment impossible à faire dans ces conditions.

Ayant rejoint le quartier des entrepôts, Jim baissa le volume, mettant fin à un pot-pourri qui n'avait jamais aussi bien mérité son nom.

— L'immeuble est à deux rues d'ici.

— Gare-toi là, dit Eddie en désignant une place.

Sortant du pick-up, ils descendirent l'artère et prirent la première à gauche. Alors qu'ils tournaient au coin, un taxi s'arrêta devant la porte de Divine.

Les trois hommes se cachèrent et, un instant plus tard, le taxi démarra avec Divine à l'arrière, occupée à s'appliquer du rouge à lèvres à l'aide d'un miroir de poche.

— Elle ne fait jamais rien sans raison, chuchota Adrian. Tout ce qui sort de sa bouche est un mensonge, mais lorsqu'elle agit… c'est dans un but précis. Il faut entrer, mettre la main sur cette bague et filer.

Traversant la rue d'un pas rapide, ils atteignirent la porte, la tirèrent et pénétrèrent dans un hall d'entrée aussi raffiné qu'une chambre froide : le sol était en béton, les murs peints à la chaux, et la température ambiante devait frôler les valeurs négatives. Hormis le plafonnier métallique, les seules installations étaient une rangée de boîtes aux lettres en acier et un interphone où apparaissaient cinq noms. Dont celui de Divine.

Hélas, le sas était fermé, ce qui n'empêcha pas Jim de tirer dessus. En vain.

— On pourrait toujours attendre que quelqu'un…

Adrian s'approcha, saisit la poignée et l'un des deux battants s'entrebâilla sans le moindre effort.

— Ou simplement ouvrir la porte.

Adrian tendit sa paume. Elle brillait.

— Je pourrai toujours me reconvertir dans le cambriolage, dit-il avec un sourire.

— Plus que dans la chanson.

Il avait en horreur son boulot de chauffeur de taxi. Il détestait passer ses journées à transporter des rapiats dans les relents de bouffe qu'avait avalée le précédent chauffeur. Mais il fallait bien payer ses factures, d'autant que l'objet de son affection avait tendance à rester chez elle pendant la journée.

Et puis, il avait opté pour la politique du mépris. Il ne prêtait pas la moindre attention à ses clients, refusait de les aider avec leurs valises, et ne parlait jamais plus que nécessaire. C'était une bonne précaution, surtout au vu de ses récentes activités nocturnes : aucun risque de réveiller un souvenir latent chez l'un de ses passagers. On ne sait jamais ce que les gens peuvent se remémorer d'une scène de crime.

Encore une leçon qu'il avait apprise bien malgré lui.

— Est-ce que mon rouge à lèvres déborde ?

Au son de cette voix féminine, il resserra les mains sur le volant. Qu'est-ce qu'il en avait à cirer, de son maquillage ?

— Je vous ai posé une question.

Le ton était acerbe, et ses doigts se crispèrent davantage.

Avant qu'elle ne l'interroge à nouveau et qu'il lui réponde d'une manière très désagréable, il lui jeta un regard furieux dans le rétroviseur. Si cette conne s'attendait qu'il…

La jeune femme planta ses yeux noirs dans les siens, et il fut incapable de détourner le regard. C'était comme si elle s'emparait de lui et…

— Mon rouge à lèvres, dit-elle en insistant sur chaque mot.

Après un bref coup d'œil à la route, déserte jusqu'aux feux situés deux rues plus loin, il la regarda de nouveau.

— Euh… ça m'a l'air bien.

D'un geste précis, elle fit courir un doigt manucuré sous sa lèvre inférieure pour effacer le surplus, puis se pinça la bouche.

— Vous êtes croyant, à ce que je vois, murmura-t-elle en refermant son miroir.

Il avisa la croix collée au tableau de bord.

— Ce n'est pas mon taxi.

— Ah.

Et elle lissa ses cheveux en arrière sans le quitter du regard.

Pris d'une bouffée de chaleur, il se pencha vers le chauffage pour vérifier que la ventilation n'était pas poussée au maximum. Mais non. C'était juste une femme splendide qui semblait lui trouver un intérêt. Chose qui arrivait aussi souvent que…

— Comment vous appelez-vous ? murmura-t-elle.

Soudain muet et incapable de se souvenir de son prénom, il désigna la licence de taxi comportant sa photo. Lisant ce qui était écrit, il répondit :

— Saul. Saul Weaver.

— C'est un joli nom.

Il freina au feu rouge et se remit à contempler la jeune femme dès que le véhicule fut immobilisé.

L'iris de ses yeux s'agrandit jusqu'à occulter toute trace de blanc. L'étrange phénomène, au lieu de le terroriser, provoqua en lui une vague de jouissance qui déferla dans ses veines.

Parcouru d'une onde orgasmique, il se sentit monter au ciel bien qu'assis dans son siège, le plaisir submergeant ses sens sans qu'aucun contact n'ait lieu et prenant possession de son corps en l'absence même de tout lien tangible.

— Saul, dit-elle d'une voix profonde, aux intonations à la fois masculine et féminine. Je sais ce que tu veux.

Saul déglutit et s'entendit demander :

— Ah oui ?

— Et je sais comment l'obtenir.

— Vraiment ?

— Arrête-toi dans cette ruelle, Saul. (Sur quoi elle ouvrit son manteau, dévoilant un haut blanc ultra moulant qui laissait transparaître ses tétons comme si rien ne les recouvrait.) Et je vais te donner quelques conseils.

Tournant brusquement le volant, il s'enfonça dans la rue sombre, encaissée entre deux bâtiments de plusieurs étages, puis coupa le moteur. Se retournant pour la regarder, il fut précipité dans un état hypnotique : ses yeux pourtant saisissants n'étaient rien en comparaison du reste de son corps. Elle était… irréelle, et ce n'était pas dû à sa simple beauté. Plongeant dans ces deux puits noirs, il se sentit soudain accepté, compris, convaincu sans le moindre doute qu'elle l'aiderait à trouver ce qu'il cherchait. Elle détenait les réponses à ses questions.

— Je vous en prie… dites-moi.

— Regarde-moi, Saul. (La jeune femme fit courir ses doigts manucurés le long de son décolleté.) Et laisse-moi entrer.

Chapitre 32

Dieu qu'il allait être difficile d'en rester là.

Succombant aux caresses de Marie-Terese, Vin avait l'impression d'avoir la peau en feu, que son sang bouillonnait et que la moelle de ses os était parcourue d'étincelles. À chaque mouvement de sa bouche, à chaque geste de sa main, elle l'envoyait sur les rives de l'extase, suspendu au bord d'un précipice dans lequel il mourait d'envie de se laisser tomber… sans avoir la moindre envie de lâcher prise. *Jamais je n'ai connu un supplice aussi délicieux*, pensa-t-il en renversant la tête sur l'oreiller, le corps tendu, le cœur tambourinant dans sa poitrine. Elle l'emmenait au paradis en lui faisant vivre un enfer, et il aurait voulu que cela ne s'arrête jamais.

Mais il n'allait vraiment pas pouvoir se retenir plus longtemps.

Lever la tête lui demanda un effort considérable et, lorsqu'il baissa les yeux, un spasme lui secoua tout le corps. Marie-Terese avait la bouche grande ouverte, sa magnifique et opulente poitrine frottait contre sa peau, ses tétons effleurant ses hanches…

— Oh, merde.

Il se redressa et l'attira vers lui, ses doigts s'enfonçant dans les avant-bras de Marie-Terese tandis qu'il se retenait de jouir.

— Est-ce que tu…

Vin l'interrompit, écrasant les lèvres contre sa bouche avant de la faire basculer sur le dos. Saisi d'un besoin irrépressible, il passa la main sous l'un des genoux de Marie-Terese pour ramener sa jambe vers le haut. Le plaisir intense qui s'était emparé de tout son être lui faisait pousser des grognements sauvages, il…

— Je te veux, Vin ! Maintenant !

S'abandonnant à ses désirs, elle enfonça violemment ses ongles dans la chair de Vin.

— Moi aussi…

Se figeant en même temps, ils s'exclamèrent d'une seule voix :

— Capote !

Vin grommela et tendit le bras vers la table de chevet, le mouvement l'obligeant à se plaquer contre ses fesses. Au contact de sa peau nue contre la sienne, il fut parcouru d'un frisson de plaisir qui lui fit lâcher sa prise sur le préservatif qu'il avait attrapé, le petit carré lui échappant des mains comme s'il avait appris à voler.

— Et merde !

Il souleva les hanches pour se pencher vers le sol, le mouvement faisant affleurer son membre dressé contre le sexe doux et brûlant de sa compagne. D'un geste brusque, il s'écarta de crainte de perdre le contrôle et…

Bon sang, impossible d'attraper ce fichu préservatif, qui persistait à vouloir se faire la malle.

— Laisse-moi t'aider, dit Marie-Terese en se joignant à la traque.

Ce fut elle qui finalement réussit à s'emparer du Graal. Elle se redressa et le tint au-dessus de sa tête en pouffant.

— Prem's !

Vin se mit à rire avec elle et, en un éclair, l'attira à lui pour la serrer dans ses bras. Il était toujours en érection lorsqu'ils roulèrent ensemble sur le lit, semant la pagaille dans les draps. Elle pouffait et il lui souriait, la plénitude qu'il ressentait en cet instant l'emplissant de légèreté et d'insouciance. Le préservatif se perdit dans les plis de l'édredon, réapparaissant puis disparaissant comme un poisson dans l'eau.

Il finit par se retrouver collé à ses côtes, comme s'il était prêt à se laisser attraper. Ou à s'approprier Vin.

Ce dernier retira le film plastique, déchira l'emballage et déroula le latex sur son sexe. La faisant de nouveau basculer sur le dos, il se fraya un chemin entre ses cuisses et écarta une mèche des yeux de la jeune femme.

Malgré leur excitation, l'instant était baigné de tendresse et de douceur : levant les yeux vers lui, elle rayonnait de bonheur.

— Quoi ? murmura-t-elle en lui touchant le visage.

Vin prit un moment pour mémoriser ses traits et la sensation du corps de la jeune femme sous le sien, la voyant non pas avec ses yeux mais avec son cœur.

— Qu'est-ce que tu es belle…

Marie-Terese s'empourpra et il l'embrassa, sa langue se mêlant à la sienne, leurs corps s'emboîtant parfaitement. D'un mouvement souple des hanches, il s'installa au-dessus d'elle et la pénétra. Elle l'accueillit pleinement, ses muscles l'enserrant au plus profond de sa chaude intimité, et il enfouit la tête dans ses cheveux resplendissants, se laissant aller.

Quand il entama de longs va-et-vient, s'enfonçant au plus profond d'elle, l'heure n'était plus aux rires, juste à savourer le délicieux supplice qui le torturait pour ensuite l'exalter, tour à tour. Il avait ressenti la même sensation lorsqu'elle l'avait pris dans sa bouche – le genre d'instant qu'il aurait voulu être éternel… même si c'était impossible.

Succombant à l'orgasme fulgurant qui l'emporta, Vin poussa un cri rauque en se contractant des pieds à la tête. Puis, il entendit Marie-Terese prononcer son nom, quelque part au loin, et sentit ses ongles lui griffer le dos pendant qu'il absorbait les vagues de sa jouissance.

Lorsqu'ils reprirent leur souffle, il était encore dur ; il se retira en pinçant la base du préservatif.

— Je reviens.

Sa toilette accomplie, il retourna s'allonger auprès d'elle.

— Tu sais ce que j'ai là-dedans ? demanda-t-il en pointant le pouce vers la salle de bains en marbre.

— Quoi ?

Elle passa les mains sur ses bras et sur ses épaules.

— Six pommes de douche !

— Naaaaaaaan ?

— Si. Larry, Curly, Moe, Joe et Franky.

— Attends, ça n'en fait que cinq, là.

— Eh bien, il y a aussi Zarbi, mais je ne suis pas sûr qu'il soit bien présentable.

Elle s'esclaffa. Son rire était pour lui comme un orgasme, d'un genre différent, une délicieuse sensation qui le réchauffait de l'intérieur.

— Est-ce que tu voudras bien que je vienne te voir ? murmura-t-il. Quand tu seras partie. (À ces mots, toute joie s'effaça du visage de Marie-Terese.) Je suis désolé. Merde, excuse-moi…

— J'aimerais bien, répondit-elle d'une voix tout aussi douce.

Le « mais » tacite resta toutefois suspendu entre eux, telle une bouffée de fumée âcre.

— Viens avec moi, dit-il, décidé à ne pas gâcher le peu de temps qu'il leur restait à passer ensemble. Laisse-moi laver ma sueur de ta peau.

Elle resta blottie dans ses bras, l'enlaçant fermement pour l'empêcher de se lever.

Il effleura ses lèvres.

— Tu ne peux me faire aucune promesse et je le comprends.

— J'aimerais, pourtant.

— Je sais. (Il glissa les jambes hors du lit et la souleva dans ses bras.) Mais, pour l'instant, tu es avec moi.

Il la porta jusqu'à la salle de bains sans jamais la laisser mettre pied à terre tandis qu'il tournait les robinets et passait la main sous le jet pour vérifier la température.

— Je peux marcher toute seule, tu sais, dit-elle, la tête nichée contre son cou.

— Je sais. Mais je veux te garder près de moi tant que tu es encore là.

— T'as déjà vu *Liaison fatale* ?

Tandis que les portes se refermaient, Jim leva les yeux vers Adrian, qui se tenait de l'autre côté du monte-charge, soit à distance d'une pièce entière. Putain, il était si grand qu'on aurait pu y rentrer un piano à queue.

— Pardon ?

— *Liaison fatale*. Le film. (Adrian passa les mains le long des parois métalliques.) À un moment, ils se retrouvent dans un ascenseur exactement comme celui-là. Une scène culte. Une de mes dix préférées.

— Laisse-moi deviner : les neuf autres sont sur Internet.

Eddie appuya sur le bouton du quatrième étage et l'appareil s'ébranla dans un violent sursaut.

— Glenn Close est une vraie psychopathe dans ce film. (Adrian haussa les épaules avec un sourire en coin qui laissait à penser qu'il s'imaginait dans la peau de Michael Douglas.) D'un autre côté, est-ce que c'est si grave ?

Eddie et Jim se regardèrent sans même lever les yeux au ciel. Si vous preniez cette habitude avec Adrian dans les parages, vous passeriez votre temps à contempler le plafond.

Au quatrième, l'ascenseur s'arrêta avec un petit choc et les portes grincèrent lorsque Eddie tira sur le levier pour les ouvrir.

Le couloir était propre, mais il faisait noir comme dans un four. Les murs étaient en briques, liées par un vieux ciment mal appliqué, et le sol recouvert de planches en bois usées jusqu'aux nœuds. Sur la gauche, une énorme porte en fer indiquait la sortie, tandis qu'une autre, celle-ci en acier nickelé, barrait l'accès au fond à droite.

Jim dégaina son revolver et ôta la sécurité.

— Est-ce qu'elle pourrait vivre avec quelqu'un ?

— En général, elle agit seule. Mais il se peut qu'elle abrite quelques animaux familiers.

— Des rottweilers ?

— Des cobras cracheurs, des vipères cuivrées. Elle aime les serpents, mais c'est peut-être dans un esprit écolo… pour les recycler en chaussures et sacs à main. Qui peut savoir, avec elle.

Lorsqu'ils arrivèrent devant la porte en acier, Jim émit un petit sifflement. Placés les uns au-dessus des autres, les sept verrous étincelaient comme des médailles sur la poitrine d'un soldat.

— La vache ! C'est pire qu'un coffre-fort !

— Même les paranoïaques ont des ennemis, fiston, murmura Adrian.

— S'il te plaît, laisse tomber le « fiston ».

— Quel âge as-tu ? Quarante ans ? Je ne dois pas être loin des quatre cents.

— C'est bon, c'est bon. (Jim jeta un coup d'œil par-dessus son épaule.) Est-ce que tu pourrais utiliser tes pouvoirs sur cette porte… papi ?

Adrian lui fit un doigt d'honneur puis posa la main sur la poignée. Rien.

— Merde, elle l'a bloquée.

— Qu'est-ce que tu veux dire ?

— Avec un sort. (Adrian leva le menton vers Eddie d'un air grave.) À toi de jouer.

Eddie, toujours discret, s'avança et Adrian attrapa le bras de Jim pour l'entraîner en arrière.

— Mieux vaut lui laisser un peu d'espace.

Eddie leva la main, ferma les yeux et se figea comme une statue. Son visage buriné, avec ses lèvres proéminentes et sa mâchoire carrée, affichait une calme détermination. Au bout d'un moment, il émit un léger fredonnement. Sauf qu'il ne bougeait pas les lèvres.

D'ailleurs, il ne chantait pas du tout.

Des ondes d'énergie s'élevèrent de sa paume, telle la chaleur du bitume en été, et une sorte de bourdonnement résonna dans l'air.

Un par un, les verrous sautèrent et, après un dernier cliquetis, la porte s'entrebâilla, comme aspirée vers l'intérieur.

— Joli, murmura Jim à l'adresse d'Eddie, qui relevait doucement les paupières.

L'ange prit une grande inspiration et fit rouler ses épaules raidies.

— Dépêchons-nous. Elle peut revenir à tout instant.

Adrian entra en premier, les yeux brûlants de haine, puis Eddie lui emboîta le pas.

— La vache ! s'exclama Jim lorsqu'il franchit le seuil.

— Elle continue sa collection, cracha Adrian. La garce !

En pénétrant dans le vaste loft, Jim eut l'impression de se retrouver dans une sorte de dépôt-vente. Des centaines et des centaines d'horloges occupaient l'espace, groupées par catégorie mais semblant être posées au hasard ; dans un coin de la pièce, les comtoises formaient un cercle brouillon, comme si elles venaient de s'agiter et s'étaient immobilisées dès qu'ils avaient ouvert la porte. Les pendules murales étaient clouées aux madriers qui s'étiraient du sol au plafond. Les petits modèles étaient éparpillés sur des étagères, au milieu des réveils et des métronomes.

Mais ce n'était pas le plus effrayant…

Suspendues loin au-dessus d'eux, telles des araignées au bout d'un fil, des montres de toutes marques et de tous les âges pendaient au bout de ficelles noires.

— Et le temps glisse, glisse vers l'avenir…, chantonna Adrian pendant qu'il faisait le tour de la pièce.

Sauf qu'en l'occurrence ce n'était pas le cas. Toutes les horloges et les montres étaient arrêtées : les comtoises s'étaient figées en pleine course, comme pétrifiées.

Détournant le regard de ce bric-à-brac, Jim découvrit une autre collection.

Divine ne possédait qu'une seule sorte de meuble : des commodes. Jim en compta plus d'une vingtaine, entassées dans un coin, comme si celle du milieu avait convoqué une réunion de dernière minute et que toutes les autres avaient aussitôt rappliqué. Comme pour les horloges, il s'en trouvait de toutes sortes : des antiquités qui n'auraient pas dépareillé dans un musée, des modernes aux lignes épurées, et de la camelote sans doute fabriquée en Chine et vendue dans un magasin discount.

— Merde, je parie qu'elle a planqué la bague dans un de ces trucs, dit Adrian en s'approchant du capharnaüm.

— C'est quoi, cette odeur ? demanda Jim en se frottant le nez.

— Ne cherche pas à le savoir.

Compte là-dessus et bois de l'eau !

Quelque chose clochait dans cette baraque, et ça n'était pas que la déco : l'air était imprégné d'un effluve qui lui donnait la chair de poule. Doux… beaucoup trop doux.

Laissant Eddie et Adrian chercher leur aiguille dans cette botte de foin, Jim se mit à explorer l'appartement.

Comme dans tous les lofts, l'espace était entièrement ouvert, à l'exception d'une cloison qui devait donner sur la salle de bains. Autrement dit, tout était exposé aux regards…

Et notamment la batterie de couteaux posés en vrac sur le comptoir en granit : longs, courts, lisses, dentelés, rouillés, aiguisés, poignards, couperets, multifonctions, cutters… C'était un véritable bric-à-brac où les armes les plus vicieuses côtoyaient les ustensiles de la ménagère. Et comme pour les commodes et les horloges, tout était dans un désordre indescriptible, les lames pointant dans tous les sens.

Lui qui croyait avoir tout vu resta médusé devant ce spectacle.

Tentant de se vider la tête, Jim inspira à fond… et s'en prit plein les narines. Cette odeur… Bon sang, qu'est-ce que c'était ? Et d'où venait-elle ? De la salle de bains, apparemment.

— N'entre pas là-dedans, Jim ! s'exclama Eddie en le voyant s'engager dans cette direction. Jim ! Non !

Rien à foutre. Chaque fois qu'il respirait, il avait l'impression d'avoir un goût de métal dans la bouche. Et la seule chose susceptible de…

Surgissant de nulle part, Eddie apparut devant lui pour lui bloquer le passage.

— Non, Jim. Tu ne peux pas entrer.

— Le sang. Ça pue le sang.

— Je sais.

Persuadé qu'Eddie avait perdu les pédales, Jim rétorqua d'une voix lente :

— Donc quelqu'un saigne là-dedans.

— La porte est scellée par un sort. Si tu le romps, c'est comme si tu déclenchais une alarme. (Eddie désigna le sol.) Tu vois ça ?

Jim fronça les sourcils et regarda par terre. Juste devant ses bottes, comme si elle avait soigneusement été déposée là, une petite traînée de poussière longeait l'entrée.

— Dès que tu franchiras le seuil, la poussière sera dispersée et notre couverture sera foutue.

— Comment ça ?

— Avant de partir, elle a recouvert le bord de la porte d'un sang très spécial, et la terre provient d'un cimetière. Si l'un recouvre l'autre, ça libérera une énergie qu'elle ressentira avec autant de clarté que l'explosion d'une bombe atomique.

— Quel genre de sang ? demanda Jim, sachant pertinemment que sa question resterait sans réponse. Et pourquoi ici plutôt que devant l'entrée ?

— Elle doit être en mesure de contrôler son environnement pour désactiver le sort de protection en toute sécurité. Elle aurait trop peur que le personnel d'entretien vienne balayer devant le seuil ou foutre le bordel dans son petit dispositif. Et toutes ces babioles (Eddie embrassa la pièce d'un large geste) ne sont pas aussi importantes que ce qui se trouve de l'autre côté de cette cloison.

Jim fixa le regard sur la porte close comme s'il allait se transformer en Superman et voir à travers les murs.

— Jim. Jim… laisse tomber. Il faut trouver la bague et se barrer.

Ça pue l'arnaque, pensa Jim. Malgré les quelques explications qu'Adrian avait bien voulu lui fournir tout à l'heure, les anges avaient tendance à se borner aux infos dont il avait besoin sur le moment et à passer tout le reste sous silence. De toute évidence, derrière cette porte étaient dissimulés des secrets dont on lui refusait l'accès.

— Jim.

Jim garda les yeux rivés sur la poignée. Il en avait marre d'être mis sur la touche et, s'il fallait une confrontation avec Divine pour pénétrer dans le secret des dieux, ce n'était pas un problème.

— Jim !

Chapitre 33

L'eau chaude sur ses seins et ses cuisses… Les lèvres de Vin sur sa bouche… La vapeur qui s'élevait en volutes autour d'elle…

Marie-Terese fit glisser ses mains savonneuses sur les épaules massives de son amant, s'émerveillant de la différence entre leurs deux corps, de la fermeté de ses muscles qui se contractaient puis se relâchaient au rythme de leurs mouvements, de leurs mains qui se cherchaient et se trouvaient. Son membre, dur et chaud, était plaqué contre le haut du ventre de Marie-Terese, dressé dans un désir qui n'avait d'égal que l'incendie qui dévorait son propre sexe.

Vin s'arracha à ses lèvres, enfouit le visage dans son cou, puis descendit jusqu'à sa clavicule… Poursuivant son trajet, il pencha la tête pour sucer ses tétons avant d'en agacer les pointes durcies. Elle plongea les doigts dans ses cheveux mouillés et il s'agenouilla sur le marbre, les mains serrées sur ses hanches et le regard fiévreux. Les yeux dans les yeux, il embrassa son nombril, l'effleurant d'une caresse aussi douce que l'eau.

S'adossant au mur entre deux pommes de douche, Marie-Terese écarta les cuisses pendant qu'il traçait un chemin de baisers jusqu'à ses hanches. Mordillant un bref instant le renflement que formait l'os de son bassin, il enfonça doucement ses dents blanches dans la peau de son bas-ventre avant de suivre le parcours inverse en aspirant délicatement sa peau entre ses lèvres.

Plus bas.

Afin de s'offrir davantage à ses caresses, elle posa le pied sur le petit banc sculpté dans l'un des coins, une invite à descendre ses lèvres au cœur de son intimité, ce qu'il fit aussitôt. À la fois fougueux et tendre, il se rapprocha de la chaleur qui palpitait entre ses jambes. Elle mourait d'envie qu'il enfouisse son visage dans son entrejambe. Quand il s'interrompit au creux de sa cuisse, elle pouvait à peine respirer.

— Continue, souffla-t-elle d'une voix rauque.

Vin plaqua sa bouche contre le sexe de son amante, laissa courir sa langue. Marie-Terese poussa un gémissement qui transcenda le bruit de l'eau alors que Vin enfonçait les ongles dans sa chair en grognant. Tandis qu'il lui faisait l'amour avec sa bouche, elle se laissa tomber sur le banc, posant un pied contre le porte-savon fixé au mur et balançant l'autre au bas de son dos.

Décidant qu'il était temps de passer aux choses sérieuses, Vin releva la tête et, les yeux plantés dans les siens, enfonça deux doigts dans sa bouche. Il les ressortit luisants de salive, puis les fit redescendre vers son sexe.

La sensation des doigts qui la pénétraient mêlée aux caresses humides de la langue inquisitrice fit basculer Marie-Terese au summum de l'extase.

L'orgasme qui l'emporta fut long et violent, et lorsque les vagues de plaisir qui secouaient son corps s'apaisèrent enfin, elle se laissa retomber contre la pierre, épuisée, vidée de toute énergie. Se glissant hors d'elle, il se lécha les doigts lentement, passant langoureusement la langue le long de ses phalanges tout en regardant Marie-Terese par-dessous ses sourcils.

Il était excité. Extrêmement, même, à en juger par sa verge dressée de toute sa longueur entre ses hanches.

— Vin…

— Oui…, dit-il d'une voix rocailleuse.

— J'ai l'impression d'être très loin de la chambre. Et des préservatifs.

— Moi aussi.

Elle contempla son érection.

— Pour rien au monde je ne voudrais te faire attendre aussi longtemps.

— Qu'est-ce que tu as derrière la tête ? demanda-t-il avec un sourire vicieux.

— Je veux te regarder.

Éclatant d'un rire profond, il s'adossa à la paroi vitrée, écartant les cuisses, son membre durci surplombant ses abdos. Bon sang, il était si beau, si sexy, assis contre le marbre beige.

— Quoi exactement ?

Elle se mit à rougir. Sans qu'elle puisse lutter contre ce phénomène, ses joues étaient en feu. Mais il était là, les jambes étendues sur le sol de la douche, luisant de la tête aux pieds, prêt à s'embraser et attendant ses instructions.

— Qu'est-ce que tu veux que je te montre ? demanda-t-il d'une voix traînante.

— Je veux… que tu poses la main…

— Ici ? dit-il en se touchant les pectoraux.

— Plus bas, murmura-t-elle.

— Hum… (Il fit glisser sa large paume le long de ses côtes jusqu'au sommet de ses abdominaux.) Là ?

— Plus bas…

Contournant l'extrémité de son sexe, il effleura sa hanche.

— Encore plus bas ?

— Sur ta gauche. Et plus haut.

— Oh, tu veux dire… (Posant la main sur son érection, il referma les doigts dessus et baissa les paupières.) Ici ?

— Oh oui…

Roulant des hanches, il garda la main immobile et lui donna exactement ce qu'elle voulait : voir son gland pointer à travers son poing fermé pour disparaître avant de refaire surface et disparaître à nouveau. Sa lourde poitrine se soulevait au rythme du plaisir qu'il se donnait.

— Vin… tu es si beau.

Ouvrant doucement les yeux, il plongea les yeux dans les siens, l'enfermant dans son regard étincelant.

— J'adore que tu me regardes…

Alors il porta l'autre main entre ses cuisses et la referma sur ses bourses. Les serrant délicatement, il se mit à dessiner de longs va-et-vient.

— Je ne sais pas combien de temps je vais pouvoir me retenir…

Bon Dieu… l'immeuble tout entier aurait pu s'embraser, elle aurait été incapable du moindre geste tandis qu'il se caressait de nouveau les testicules puis se concentrait sur l'extrémité de son membre. Pinçant la peau avec le pouce, il prit son sexe entre ses deux mains, et sa respiration se fit saccadée.

Il riva ses yeux aux siens pendant qu'il s'activait sur sa verge.

Il était si sensuel… à s'exhiber ainsi devant elle, mis à nu, à la fois vulnérable et puissant.

— Est-ce que… tu vas… m'obliger… à me retenir ? grogna-t-il entre deux brèves inspirations. J'ai envie de…

Elle coula un regard vorace sur cette scène d'un érotisme torride, l'image à jamais gravée dans sa mémoire.

— Jouis pour moi, dit-elle.

Elle aurait voulu continuer à le regarder, mais craignait qu'il ne finisse par avoir vraiment mal.

Sa poitrine se soulevait de plus en plus rapidement, au rythme de ses mains qui s'agitaient, si vite et si fort qu'une pointe de douleur lui piquait les bras.

Sa jouissance sembla durer une éternité et il se répandit partout sur son ventre et ses cuisses, sans jamais la quitter des yeux ; il finit par laisser ses mains retomber sur le côté, cessant de se caresser.

Tandis qu'il reprenait son souffle, elle sourit et s'approcha de lui, capturant son visage pour l'embrasser tendrement.

— Merci.

— La prochaine fois que tu as ce genre d'envie, n'hésite pas à me le dire…

— Promis.

Une fois rincés, ils sortirent de la cabine en arborant le même sourire comblé. Vin tendit la main vers le porte-serviettes et lui passa un drap de bain blanc monogrammé. Ce dernier était si grand qu'il la recouvrait des seins aux chevilles et, lorsqu'elle se fut enturbanné les cheveux d'une seconde serviette, elle eut l'impression d'être enveloppée dans un cocon de douceur.

Vin se sécha les cheveux jusqu'à les dresser sur sa tête et se couvrit les hanches.

— J'aime te voir habillée de mes serviettes.

— J'adore me blottir dedans.

La prenant dans ses bras, il se mit à l'embrasser et, lorsqu'il marqua une pause, Marie-Terese sentit sa gorge se nouer.

Elle savait ce qu'il voulait lui dire. Et partageait son avis sur le fait qu'il était bien trop tôt pour de telles déclarations.

— Tu as faim ? demanda-t-il.

— Je crois que… je ferais mieux de partir, répondit-elle en songeant à tous les préparatifs qui l'attendaient avant son départ.

— Oh… D'accord.

L'air chaud et humide se chargea de tristesse lorsque, enlacés, ils sortirent de la salle de bains.

— Je dérange, peut-être ?

Marie-Terese et Vin se figèrent.

La femme qui l'avait accompagné au *Masque de fer* se tenait juste en face d'eux, dans la chambre, ses bras pendant mollement contre son corps, ses longs cheveux brillants tombant sur ses épaules, son manteau noir serré autour de sa taille de guêpe.

Impressionnante de calme et d'assurance, elle avait l'apparente désinvolture d'une femme élégante, mais quelque chose sonnait faux dans son personnage. Quelque chose de terrifiant.

Pour commencer, si elle avait été passée à tabac la veille au soir, son visage n'en gardait aucune trace : ses traits et sa peau lisse avaient la blancheur de l'albâtre. Et ensuite, à sa façon de les regarder tous les deux, il ne faisait aucun doute qu'elle aurait pu les abattre sans ciller.

Mon Dieu… ses yeux. On ne voyait pas la moindre parcelle de blanc autour de ses iris noirs ; ses pupilles n'étaient plus que deux gouffres sans fond.

C'était presque… irréel.

La femme se tourna vers Marie-Terese, dont les poils se hérissèrent de terreur, et lui sourit tel un psychopathe contemplant sa prochaine victime.

— J'ai vu ton sac sur la table de la salle à manger, ma belle. À en juger par le nombre de billets posés à côté, tes tarifs ont dû sacrément augmenter. Félicitations.

La voix cassante de Vin fendit l'air.

— Comment es-tu entrée ? J'ai tout verrouillé…

— Tu ne comprends donc pas, Vincent ? Ta porte m'est toujours ouverte.

Faisant bouclier de son corps, Vin s'interposa entre les deux femmes.

— Dégage. Maintenant.

Elle partit d'un rire perçant, aussi horripilant que le bruit de la craie crissant sur un tableau noir.

— Depuis le jour de notre rencontre, c'est moi qui mène le bal, Vin. Et ce n'est pas maintenant que ça va changer. J'ai beaucoup investi en toi, et je crois qu'il est temps de récolter le fruit de mes efforts.

— Va te faire foutre, Divine.

— Pourquoi ? T'en as encore envie ? C'est vrai que tu me baisais bien. Mais tu n'as pas été le seul. Ton pote Jim s'est bien occupé de moi, lui aussi. Et je crois que je préférais coucher avec lui. Lui au moins savait me combler.

— Ouais, moi non plus je n'ai pas pu me contenter du peu que tu m'as donné, rétorqua Vin.

La jeune femme prit un air glacial, puis braqua ses horribles yeux noirs sur Marie-Terese.

— Tu connais Jim, n'est-ce pas ? Tu t'es déjà retrouvée seule avec lui ? Dans… une voiture, peut-être ? Hier, par exemple, quand tu l'as reconduit chez lui ?

Mais comment le sait-elle ? se demanda Marie-Terese.

Alors que Vin se raidissait, elle poursuivit :

— Quand tu l'as raccompagné à son taudis, t'as aimé le goût de sa queue, hein ? Même si ça t'avait déplu, tu l'aurais sucé quand même. T'avais besoin de fric et il était prêt à t'en donner.

Marie-Terese la fusilla du regard.

— C'est faux. Elle ment. Je ne suis jamais allée chez lui.

— C'est ce que tu dis.

— Non, c'est ce que tu dis, toi. Je sais très bien ce que j'ai fait ou pas et avec qui. Ce ne sont que des mensonges de la part d'une garce qui s'accroche désespérément à un homme qui ne veut plus d'elle.

Ce ne fut pas sans un certain plaisir qu'elle vit Divine se renfrogner.

Sa satisfaction ne dura cependant qu'un instant car, au même moment, Vin se décala et, lorsqu'elle aperçut son visage blême, elle mesura à quel point Trez avait eu raison en lui disant qu'un passé comme le sien ne s'efface pas d'un coup d'éponge. De plus, Vin et elle ne se connaissaient pas depuis suffisamment longtemps pour avoir posé les bases d'une confiance mutuelle, encore moins celle qui pousserait un homme à croire une prostituée lorsqu'elle lui affirmait qu'elle n'avait pas « profité » de son pote.

Malgré la chaleur des serviettes qui la recouvraient, elle eut soudain l'impression de se retrouver sous une brise glaciale.

— *Jim !*

Debout face à la salle de bains de Divine, Jim dévisageait Eddie, jaugeant son expression : cet enfoiré était on ne peut plus sérieux. Et surtout, il n'hésiterait pas à jeter sa grande carcasse en travers de son chemin si Jim tentait le moindre mouvement vers la porte.

Relâchant ses muscles, Jim se détendit et jeta un coup d'œil aux commodes. Adrian s'employait à ouvrir les tiroirs un par un pour en fouiller le contenu et, à en juger par le bruit qu'il faisait, ils étaient pleins à craquer.

— Très bien, murmura Jim. J'imagine qu'on devrait se joindre à la chasse aux œufs ?

— Je sais que je te demande beaucoup, répondit Eddie, mais il faut que tu me fasses confiance.

Il lui donna une petite tape dans le dos et ensemble ils tournèrent les talons pour rejoindre son pote. Jim le suivait un pas derrière…

… et fit brutalement volte-face, plongeant sur la poignée. Alors que l'ange déchu aboyait un juron, Jim tira sur le battant et s'arrêta d'un bond.

Une jeune femme était suspendue au-dessus du bac en porcelaine, tête en bas, totalement nue. Les jambes ouvertes en V, elle avait les chevilles attachées avec du scotch noir à la tringle circulaire qui aurait dû soutenir un rideau de douche.

Ses mains, liées avec le même adhésif, étaient remontées le long de son corps, si bien que ses doigts touchaient presque le haut de son sexe. Les profondes entailles qui lui balafraient le ventre formaient une sorte de motif, et sa peau blanche était couverte d'un filet de sang rouge qui, partant de son torse, se divisait au niveau de son menton et de sa mâchoire pour s'écouler doucement à travers ses cheveux blonds.

La bonde était fermée et le bac était plein.

Oh, Seigneur… Sa tête pendait à environ cinq centimètres de la vasque remplie. Ses yeux étaient grands ouverts et fixés droit devant elle, mais des spasmes agitaient très faiblement ses lèvres.

— Elle est vivante ! s'exclama Jim en bondissant en avant.

Eddie le rattrapa et le tira en arrière.

— Non, et maintenant, il faut qu'on se tire en quatrième vitesse à cause de toi.

Jim s'arracha à son étreinte et se précipita vers la jeune femme, les mains tendues, prêt à s'attaquer à la série de nœuds qui…

Une main lourde et brutale s'abattit sur son épaule.

— Elle est morte, putain ! Et on a un problème, maintenant. (Jim secoua la tête violemment et tenta de se débattre. Eddie haussa le ton.) Elle est morte, bon sang ! Ce sont des réflexes involontaires de son système nerveux, pas des signes de vie. Tu vois les entailles sur le côté de sa gorge ?

Jim examina le corps de la tête aux pieds, guettant désespérément le moindre souffle, la plus petite étincelle de vie dans son regard… un mouvement, n'importe quoi.

— Non ! cria-t-il en désignant ses doigts qui bougeaient presque imperceptiblement. Elle est vivante !

Alors qu'il tentait de se dégager en rugissant, la scène qu'il avait sous les yeux se transforma, l'horrible réalité virant au souvenir cauchemardesque : il revit sa mère gisant dans une mare de sang, clignant doucement des yeux et s'efforçant de formuler les mots qui le forceraient à la quitter.

La voix calme d'Eddie lui parvint, nette et claire, comme s'il lui implantait les mots dans l'oreille.

— Jim, il faut qu'on se casse.

— On ne peut pas la laisser ici, rétorqua-t-il d'une voix rauque et grêle qu'il ne reconnut pas.

— Elle n'est plus vivante, Jim.

— On ne peut pas la laisser… Elle est…

— Elle n'est plus là, Jim. Et il faut qu'on parte. Si on veut sauver Vin, il faut se barrer au plus vite.

La voix d'Adrian explosa dans l'entrée.

— Mais putain, qu'est-ce que vous attendez… ?

— Ferme-la, Ad, interrompit Eddie. Ce n'est pas le moment de lui foutre un coup de pied au cul. Jim… il faut sortir.

Jim savait qu'Eddie avait raison. La fille était morte et se vidait de son sang comme une bête égorgée. Mais ce n'était pas le pire. Ses traits figés exprimaient l'épouvante, traduisaient le calvaire qu'elle avait dû subir.

— Viens, Jim.

Malgré tout ce que lui dictait son instinct, il savait qu'il devait écouter l'ange et se forcer à accepter qu'il ne pouvait plus rien faire pour elle. Et Eddie avait raison de vouloir partir. Ce n'était pas le moment de risquer une confrontation avec Divine.

D'autant qu'en cet instant précis, un tiers de l'équipe était HS.

Jim voulut se retourner, mais la main d'Eddie lui attrapa le visage pour le diriger dans l'autre sens.

— Regarde droit devant toi et recule avec moi. Ne bouge pas la tête. Tu comprends ? Maintenant, recule avec moi.

— Je ne veux pas la laisser, marmonna-t-il. Putain…

Cette souffrance, cette terreur gravée dans les traits pâles et délicats de son joli visage… Où étaient ses parents ? Qui était-elle ? Les yeux rivés sur la jeune femme, il enregistrait chaque détail de son cadavre, le grain de beauté sur sa cuisse, le bleu pâle de ses yeux sans vie, le motif que l'on avait découpé dans son ventre.

— Elle est partie, dit Eddie d'une voix douce. Son corps n'est plus qu'un vestige. Son âme s'est éteinte. Tu ne peux plus rien pour elle et nous sommes en danger. On doit sortir d'ici.

Mais plus il la regardait, plus ses tripes lui hurlaient de rester. Non, il ne pouvait pas la…

Un bruit se fit soudain entendre. On aurait dit des centaines de rats courant dans un égout. Non, ce n'était pas cela. Les horloges s'étaient mises en route, toutes au même moment, emplissant la pièce d'un tic-tac chaotique. La voix d'Adrian s'éleva de nouveau, cette fois grave plutôt qu'agacée.

— Il faut qu'on s'en aille…

Ses mots furent interrompus par un grondement, lui-même suivi d'une vibration émanant du sol, si puissante qu'elle faisait trembler la fenêtre surplombant les toilettes et propageait des ondes à la surface du sang contenu dans la vasque.

— Tout de suite.

— Je ne veux pas la laisser…

— Elle est morte, grogna Eddie. Et nous devons…

— Va te faire foutre !

Jim plongea en avant.

Les bras massifs d'Eddie le retinrent comme des barreaux de fer. Sans succès, Jim se débattit comme un lion en cage, luttant de toutes ses forces pour se libérer.

Adrian et lui se mirent à hurler tandis qu'Eddie demeurait silencieux, s'efforçant de faire sortir Jim.

Brusquement, Eddie éleva la voix au-dessus des cris rageurs et des bruits de lutte.

— Assomme-le, bordel ! Je n'arrive pas à l'empêcher de voir le miroir !

Entrant dans la salle de bains, Adrian serra le poing et frappa. Le coup fut sec et rapide, l'impact fendant le chaos ambiant… et anéantissant toute résistance de la part de Jim.

Eddie et Adrian le traînèrent au-dehors, faisant traîner ses chaussures au sol. Dès que ses pieds franchirent le seuil, Adrian claqua la porte et Eddie le souleva pour le porter sur son dos.

Étourdi, désorienté, Jim essaya de reconnaître la nouvelle mélopée qui s'éleva quelque part au loin. Jetant un coup d'œil au comptoir de la cuisine, il vit les couteaux s'agiter dans tous les sens pour se disposer selon un ordre bien précis. Les commodes faisaient de même, ce qui expliquait les vibrations : elles s'ébranlaient pour s'aligner en rangs serrés, tels des soldats se mettant au garde-à-vous.

Sans trop savoir comment, il se retrouva au-dehors et, ranimé par le froid, il parvint à se dégager de l'étreinte d'Eddie pour regagner son camion sur ses deux jambes.

Tandis qu'Adrian conduisait, Jim ne voyait qu'une chose : le visage de la jeune fille.

Cette fois, aucun chant ne résonna dans l'habitacle.

Aucune parole non plus.

Chapitre 34

L'accusation de Divine ricocha dans l'esprit de Vin comme une boule de flipper, déclenchant toute une série de tintements funestes et de points de pénalité : Jim et Marie-Terese… seuls dans sa voiture… regagnant son appartement…

— Tu te souviens de tous les types avec qui tu as couché ? demanda Divine à Marie-Terese. Tu dois avoir une mémoire stupéfiante, alors. Mais pour l'instant un seul nous intéresse. N'est-ce pas, Vin ?

Vin eut l'impression de se trouver à un croisement, obligé de choisir entre un chemin et un autre.

Et il avait le sentiment que s'il laissait les paroles de Divine imprégner son esprit, il serait perdu à jamais. Pourtant, une partie de lui trouvait ses arguments imparables : Marie-Terese s'était retrouvée seule avec Jim, alors pourquoi n'aurait-elle pas profité de l'occasion pour se faire un peu d'argent ? En tout cas, si ces deux-là avaient eu un rapport sexuel, il serait incapable de le leur pardonner.

Divine baissa d'un ton.

— Toi qui as toujours eu peur de devenir comme ton père, regarde-toi : berné par une pute.

Vin s'avança d'un pas hésitant vers elle, augmentant l'espace entre lui et Marie-Terese.

« Berné par une pute »…

Des images de ses parents se bousculèrent dans sa tête, amplifiées par les paroles de Divine et la réalité de ce que Marie-Terese avait fait pour gagner sa vie.

« Berné par une pute »…

Il braqua son regard sur Divine… et la perça à jour.

— Tu as raison, murmura-t-il, entrevoyant la vérité.

D'un coup, le visage de Divine changea, un sourire compatissant réchauffant ses traits et chassant la colère.

— Je ne veux pas que tu subisses ça. Reviens-moi, Vin. Reviens.

Il s'avança encore et elle tendit les bras vers lui. Se tenant devant elle, il écarta une boucle noire de son visage et, se penchant à son oreille, resserra la main sur ses cheveux.

— Oui, Vin, c'est ça. (Elle prononça son nom avec un mélange de soulagement et de triomphe.) C'est auprès de moi que tu dois être.

— Va te faire foutre ! (Elle fit mine de reculer et il la retint.) C'est toi, la pute.

Trez l'avait prévenu, devant *Le Masque de fer*. Il lui avait dit qu'un jour viendrait où il lui faudrait apprendre à se fier à son instinct au lieu de se laisser submerger par ses craintes.

— Tu n'es pas la bienvenue, poursuivit-il. (Relâchant Divine d'un geste brusque, il partit se poster devant Marie-Terese en regrettant d'avoir laissé son revolver dans la chambre principale.) Fous le camp.

Aussitôt, l'air trembla tout autour d'elle, comme si sa colère provoquait une perturbation moléculaire, et Vin se prépara à l'impact. Mais au lieu de libérer sa fureur, elle parut se ressaisir.

Avec un calme impressionnant, elle se dirigea vers la fenêtre, et la première réaction de Vin fut d'enjoindre Marie-Terese à s'enfuir. Mais il se ravisa : la pièce n'était pas assez grande pour qu'elle puisse passer la porte sans que Divine ait le temps de la rattraper. D'autant que cette salope avait les yeux rivés sur la vitre, et donc sur leur reflet.

— Tu ne peux pas résilier le pacte, Vin. Ça ne marche pas comme ça.

— Ça, c'est ce qu'on va voir.

Divine se retourna et fit le tour du lit. Se penchant, elle ramassa son caleçon, puis avisa l'édredon froissé et les oreillers en désordre.

— Quel fouillis ! Tu me racontes ce que tu lui as fait, Vin ? Ou est-ce que je dois me servir de mon imagination ? Remarque, étant donné son expérience, je suis sûr que tu as eu entière satisfaction.

Divine prit un oreiller et le disposa avec soin contre la tête de lit. Profitant de cette distraction, Vin poussa Marie-Terese à l'intérieur de la salle de bains et claqua la porte. Il lâcha un soupir de soulagement en l'entendant pousser le verrou, même s'il était évident qu'aucune serrure ne pouvait résister à Divine.

Elle leva ses yeux noirs vers lui.

— Tu sais très bien que rien ne pourrait m'empêcher d'entrer si je le voulais.

— Il faudrait d'abord te débarrasser de moi. Et, bizarrement, je ne t'en crois pas capable. Si tu avais dû me tuer, tu l'aurais fait dès la seconde où tu es entrée.

— Crois ce que tu veux… (Elle s'inclina pour attraper un objet perdu dans les plis du couvre-lit.) Tiens, tiens, tiens, est-ce que ce ne serait pas…

Divine s'interrompit et pivota pour regarder par la fenêtre, les sourcils froncés au-dessus des deux trous noirs. L'espace d'un instant, ses traits se déformèrent pour laisser apparaître son vrai visage, toute sa beauté s'effaçant pour laisser place à des lambeaux de chair en putréfaction tandis qu'une odeur de viande pourrie flottait dans l'air.

Vin aurait sûrement dû céder à la panique devant un tel phénomène, mais il garda son calme, conscient que l'inexplicable n'en demeurait pas moins réel. D'autant que Marie-Terese était juste de l'autre côté, protégée par une porte qui ne mesurait que quelques centimètres d'épaisseur, et il était bien décidé à se battre jusqu'à la mort pour la protéger, quel que soit le monstre qui s'en prendrait à elle.

Humain… démon… un mélange des deux. Peu importe la définition.

Divine darda son regard sur lui. Rangeant l'objet dans la poche de son manteau, elle annonça d'une voix qui résonnait de manière étrange :

— Je reviendrai vous voir bientôt. On m'attend ailleurs.

— Tu as rendez-vous chez le dermato ? Il était temps.

Avec un sifflement, comme si elle avait voulu lui arracher les yeux, elle se dématérialisa en une brume grise et sortit, telle une vision fantomatique, l'air frissonnant autour d'elle tandis qu'elle traversait la pièce et descendait l'escalier.

D'un bond, Vin claqua la porte et la verrouilla, même s'il avait le sentiment que sous sa nouvelle forme elle aurait très bien pu se glisser sous le battant. Tant pis. Il ne pouvait pas mieux faire pour l'instant.

Il revint vers la salle de bains.

— Elle est partie, mais je ne sais pas pour combien…

Marie-Terese déverrouilla la porte et se précipita vers lui. Son visage blême trahissait sa terreur, mais sa première réaction fut de lui demander s'il allait bien.

Ce fut à cet instant qu'il comprit qu'il l'aimait. Purement et simplement.

Mais ce n'était pas le moment de s'attarder sur ses sentiments.

Après un bref baiser, il lui dit :

— Tu dois te sauver. Vite. Au cas où elle reviendrait.

Dès qu'elle serait en sécurité, il appellerait Jim. Il lui fallait un coéquipier, et Jim était l'homme de la situation. Qui était mieux placé qu'un type qui avait déjà fait un pied de nez à la mort et n'avait pas l'air d'être effrayé par des trucs qui auraient fait chier la plupart des mecs dans leur froc ?

Elle se mit soudain à chanceler.

— Je… je crois que je vais m'évanouir…

— Baisse-toi doucement… (Il posa la main sur son épaule nue et accompagna son mouvement. Puis il lui fit pencher la tête de sorte que ses longs cheveux effleuraient le marbre et ses mains touchaient ses chevilles.) Maintenant, respire calmement.

À la voir trembler de tout son corps, il aurait voulu arracher la peau de ses propres os. Merde, il était pire que son ex-mari. Encore plus destructeur.

Alors que pour la première fois de sa vie il tenait vraiment à une femme, il l'avait exposée à un danger encore plus grand que tout ce que la mafia aurait pu manigancer.

Et Dieu sait que ces types n'étaient pas des enfants de chœur.

Marie-Terese leva le regard sur lui.

— Ses yeux… Ils n'étaient pas normaux.

— Vin ! Hé, Vin ?

Des appels étouffés parvinrent jusqu'à eux et il se pencha de l'autre côté de la porte en criant :

— Jim ?

— Ouais, c'est moi. Et je suis venu avec du renfort… enfin, c'est ce qu'ils disent.

— Dans ce cas, monte.

Parfait. Ils n'avaient plus qu'à évacuer Marie-Terese par la sortie de secours du premier étage pendant que les autres les couvriraient.

— Je file m'habiller, dit-il à Marie-Terese. Tu devais en profiter pour faire de même.

Elle acquiesça et il l'embrassa. Puis il rassembla les affaires de la jeune femme avant de refermer la porte derrière lui.

Tandis que le bruit des bottes retentissait dans l'escalier, Vin entra dans sa chambre, enfila un jogging et sortit son revolver de la table de chevet en priant pour que les amis de Jim soient du même calibre que lui.

À la vue des deux armoires à glace, il fut rassuré. Il les avait déjà aperçus à l'hôpital quand Jim avait été électrocuté. Et même s'ils étaient habillés en civil, ils avaient un regard de mercenaire.

Jim, en revanche, avait les yeux vitreux et le tein terreux d'un type qui venait de frôler la mort dans un accident de voiture. À l'évidence, les nouvelles n'étaient pas bonnes. Pourtant, ce fut d'une voix forte et posée qu'il présenta les deux hommes.

— Voici Adrian. Et Eddie. Nos alliés dans la bataille, si tu vois ce que je veux dire.

Merci, mon Dieu, songea Vin.

— Vous ne pouviez pas mieux tomber, déclara-t-il en leur serrant la main. Devinez qui vient tout juste de partir ?

— Oh, je me doute, marmonna Jim.

— J'ai des questions à vous poser, dit le type avec des piercings. On connaît bien votre petite amie. Très bien, hélas.

— Ce n'est pas ma copine.

— Ouais, enfin, elle n'est pas encore sortie de votre vie. Mais on va essayer de s'en charger. Jim nous a confié qu'à l'âge de dix-sept ans, vous aviez opéré un genre de rituel. Pourriez-vous le décrire ?

— C'était censé me débarrasser de ce que j'ai à l'intérieur de moi.

Naturellement, Marie-Terese ouvrit la porte du salon juste à ce moment-là. Vêtue d'un jean et d'un polaire, elle avait ramené les cheveux en arrière et gardait les mains dans les poches de son pull.

— C'est-à-dire ?

Vin se frotta le visage et reporta son attention sur les hommes. Avant qu'il ait pu trouver la bonne formule pour adoucir la vérité, Marie-Terese interrompit sa gymnastique mentale.

— Je veux tout savoir, Vin. De A à Z. Surtout depuis que j'ai vu cette femme de près, parce que franchement, je ne sais pas du tout à quoi j'ai affaire.

Merde. Malgré son envie de la préserver, il ne pouvait pas lutter contre son raisonnement. Mais, bon sang, il aurait tout donné pour éviter cette conversation.

— Messieurs, pourriez-vous nous laisser seuls une minute ? dit-il sans la quitter des yeux.

— Vous avez de la bière ? s'enquit Adrian.

— Le frigo est à côté du bar, dans le salon. Jim va vous y conduire.

— Parfait. Je meurs de soif. Quand vous serez prêts, rejoignez-nous. Et ne vous inquiétez pas, on fera en sorte que Divine ne revienne pas. J'imagine que vous avez du sel dans votre cuisine ?

— Euh… oui. (Il le regarda en fronçant les sourcils.) Mais pourquoi… ?

— Où est-ce que vous le rangez ?

Vin lui indiqua le placard à épices, et les trois hommes redescendirent l'escalier. Puis il invita Marie-Terese à s'asseoir sur le lit tandis qu'il se mettait à faire les cent pas, incapable de rester en place.

S'approchant de la fenêtre, il se demanda ce qu'il avait fait pour en arriver là. Et comment toute cette histoire allait se terminer. Baissant les yeux vers l'autoroute près du fleuve, il contempla le flot de la circulation et se mit à envier ces gens dans leur voiture. La plupart d'entre eux vaquaient sans doute à des occupations tout à fait banales, rentraient chez eux, se rendaient au cinéma ou s'interrogeaient sur des sujets essentiels, comme le menu du dîner.

— Vin ? Parle-moi. Je te promets de ne pas te juger.

Il s'éclaircit la voix en espérant qu'elle dise vrai.

— Est-ce que, par hasard, tu croirais aux…

Super. Comment finir cette phrase ? En lui dressant une liste d'attrape-couillons comme le Ouija, les cartes de tarot, la magie noire, le vaudou et… les démons… surtout les démons ? Génial. Fabuleux.

Elle rompit le silence qu'il ne pouvait se résoudre à combler.

— Tu veux parler de ces transes ?

Il se frotta le visage.

— Écoute, ce que je vais te raconter va te paraître incroyable, voire totalement absurde, mais est-ce que tu peux me promettre de m'écouter jusqu'à la fin ? Même si tu trouves ça complètement dingue ?

Il garda les yeux rivés sur la fenêtre, craignant qu'elle ne se rende compte de la faiblesse qui se lisait sur son visage. Au moins, sa voix était à peu près normale.

La tête de lit grinça, laissant entendre qu'elle s'était confortablement installée.

— Tu as ma parole.

Encore une raison de l'aimer, si besoin était.

Prenant son courage à deux mains, il se jeta à l'eau :

— Quand tu es petit, tu crois que tout ce qui se passe autour et à l'intérieur de toi est normal. Parce que tu n'as jamais rien connu d'autre. Ce n'est qu'à l'âge de cinq ans, quand j'ai commencé à aller à l'école, que j'ai compris, à mes dépens, que les autres gamins étaient incapables de déplacer leur fourchette sans la toucher, de faire cesser la pluie dans leur jardin ou de savoir ce qu'ils allaient manger le soir sans le demander à leur mère. Tu comprends, même si j'étais le seul membre de la famille à posséder ces dons, je me sentais tellement différent d'eux de toute façon que je n'y voyais rien de bizarre. Si mes parents n'étaient pas comme moi, c'était pour l'unique raison que moi j'étais un enfant et eux des adultes.

Il resta muet sur la façon dont il avait pris conscience de sa différence et sur ce que ces petits merdeux lui avaient fait subir en représailles : lui raconter les coups des garçons ou les ricanements des filles n'aurait rien changé au passé, qu'elle le croie ou non. En outre, il avait la pitié en horreur.

— J'ai vite appris à fermer ma gueule sur mes pouvoirs, d'autant que je n'avais aucun mal à les cacher. Ce n'étaient que des tours de passe-passe à l'époque, rien qui influait sur ma vie. Mais les choses ont changé quand j'ai eu onze ans et que je me suis mis à débiter toutes ces prophéties. C'était un gros problème. Ça survenait n'importe quand, n'importe où. Je n'avais aucun contrôle dessus, et au lieu de se tasser, à l'instar de mes capacités de télékinésie ou de clairvoyance, ça n'a fait qu'empirer.

— Tu avais des dons, l'interrompit-elle, impressionnée.

Il jeta un coup d'œil à Marie-Terese. À sa grande surprise, elle avait repris des couleurs.

— Sauf qu'à cette époque, je le voyais davantage comme une malédiction. (Il reporta son regard sur les files de minuscules voitures, dans la rue en contrebas.) Au fil des années, je me suis étoffé, si bien que les autres gamins n'ont plus osé s'en prendre à moi, mais les transes ont continué et je ne supportais plus d'avoir l'impression d'être un monstre. Finalement, je me suis décidé à en parler à quelqu'un. C'est pourquoi je suis allé voir cette médium en ville. Je me sentais affreusement ridicule, mais j'étais désespéré. Elle m'a aidé, m'a indiqué la marche à suivre et, malgré mon scepticisme, je suis rentré chez moi pour effectuer le rituel. Et là, tout a changé.

— Les crises se sont arrêtées ?

— Oui.

— Alors pourquoi sont-elles revenues ?

— Je n'en sais rien.

Tout comme il ignorait pourquoi elles avaient commencé.

— Vin ? (Il se tourna dans sa direction et elle tapota le lit.) Viens t'asseoir. S'il te plaît.

Il scruta son visage et n'y lut rien d'autre que de la chaleur et de la compassion. Alors il s'avança et s'assit près d'elle. Tandis qu'il se calait sur le lit, elle effleura son dos et entreprit de le masser en décrivant des cercles d'un geste lent.

Il avait l'impression de reprendre des forces à son contact.

— Après l'arrêt des transes, ma vie a totalement basculé. Par une étrange coïncidence, mes parents sont morts peu de temps après. Rien d'étonnant à cela : vu la violence de leurs rapports, la fin était inéluctable. Juste après, j'ai lâché l'école et je suis allé bosser pour le patron de mon père comme apprenti plombier. J'avais dix-huit ans à l'époque, l'âge légal pour travailler, et je me suis mis en tête d'apprendre toutes les ficelles du métier. C'est ainsi que j'ai commencé à monter des affaires dans le bâtiment. Je n'ai jamais pris de vacances. Jamais rien regretté. Et depuis lors, j'ai une vie… (bizarre. Deux jours plus tôt, il aurait dit « merveilleuse ») dorée en apparence.

Mais il commençait à penser qu'en fait, il n'avait fait qu'appliquer une jolie couche de peinture brillante sur un morceau de bois pourri. Jamais il n'avait été heureux, ni n'avait retiré la moindre satisfaction de l'argent qu'il avait gagné… Il avait trompé des gens honnêtes et dévasté des milliers d'hectares de terrain dans un seul but : nourrir le ver solitaire qui absorbait tout sans que rien ne lui profite.

Marie-Terese lui prit la main.

— Alors… qui est cette femme ? Qu'est-ce qu'elle est ?

— C'est… Je ne sais pas. Il faudrait peut-être demander à ces deux types qui sont venus avec Jim. (Il jeta un coup d'œil à l'embrasure de la porte puis à Marie-Terese.) Je ne veux pas que tu me prennes pour un monstre. Mais je ne t'en voudrais pas.

Il leva la tête et, pour la première fois depuis bien longtemps, regretta de ne pas être quelqu'un d'autre.

Parfois, les mots ne suffisent pas pour expliquer certaines situations.

Celle-ci, par exemple, songea Marie-Terese.

Les phénomènes dont parlait Vin n'arrivaient que dans les films ou dans les livres… On en parlait un peu entre copines, quand on avait treize ans, ou dans la presse à sensation… Mais, en ce qui la concernait, ils ne faisaient pas partie du monde réel et elle avait du mal à reconsidérer ce jugement.

Pourtant, elle ne pouvait pas nier ce qu'elle avait vu : une femme avec des trous noirs à la place des yeux et une aura qui semblait déformer l'air qui l'entourait ; Vin qui s'écroulait en balbutiant des mots qu'il n'entendait ni ne comprenait, et là… un homme fier, accablé de honte pour des choses contre lesquelles il ne pouvait rien et qu'il ne souhaitait pas.

Elle continua de lui caresser les épaules, regrettant de ne pouvoir l'apaiser davantage.

— Je ne sais pas…, commença-t-elle sans finir sa phrase.

Il tourna ses yeux gris vers elle.

— Quoi penser de moi, c'est ça ?

À vrai dire, oui… Mais elle était incapable de trouver les mots justes.

— Ce n'est pas grave, dit-il en lui serrant la main avant de se relever. Crois-moi, je ne t'en veux pas le moins du monde.

— Comment puis-je t'aider ? demanda-t-elle alors qu'il faisait le tour de la pièce.

Posté près de la fenêtre, il la dévisagea.

— En quittant la ville. Et peut-être qu'on ne devrait plus se voir. Ce serait plus sûr pour toi et, en ce moment, c'est tout ce qui m'importe. Je ne la laisserai pas s'en prendre à toi. Quoi que ça me coûte. Elle ne t'atteindra pas.

Levant les yeux vers lui, elle sentit son cœur se serrer en comprenant qu'il était le prince de ses rêves : il était prêt à se battre pour elle, quel que soit le champ de bataille, à affronter les blessures et les sacrifices… Il était ce tueur de dragons qu'elle avait tant cherché quand elle était plus jeune, perdant tout espoir en sa quête au fil des années.

Tout aussi important, alors qu'il lui aurait été plus facile de croire les affabulations de cette femme, de se laisser embobiner par son tissu de mensonges, il avait décidé de la soutenir plutôt que de l'accabler. Il avait eu confiance en elle, malgré leurs passés respectifs.

Des larmes lui piquèrent les yeux.

— Bon, ils m'attendent en bas, dit-il d'une voix rude. Si tu préfères partir, je comprendrais.

Mais elle refusa d'un signe de tête et se leva. Après tout, elle aussi pouvait jouer les chevaliers blancs.

— Je vais rester, si cela ne te dérange pas. Et je ne te prends pas pour un monstre. Je trouve… (Elle chercha ses mots.) Je trouve que tu es très bien comme tu es. Plus que ça, même : un homme merveilleux doublé d'un amant fabuleux. Et je t'aime… beaucoup. Je ne souhaite pas te changer et je n'ai pas peur de toi non plus. La seule chose que je regrette… c'est de ne pas t'avoir connu plus tôt. Mais c'est tout.

Un long silence suivit sa déclaration.

— Merci, dit-il d'un ton bourru.

S'approchant de lui, elle l'enlaça et murmura :

— Ne me remercie pas. C'est juste ce que je pense.

— Non, c'est un cadeau, insista-t-il, le visage enfoui dans ses cheveux. Irremplaçable à mes yeux. M'accepter est la chose la plus précieuse que tu pouvais m'offrir.

Étranglée par l'émotion, elle se serra contre lui et il lui chuchota à l'oreille :

— Je t'aime.

Marie-Terese ouvrit des yeux ronds, mais il recula et leva la main avant qu'elle ait eu le temps de balbutier le moindre mot.

— C'est ce que je ressens, ce que j'éprouve pour toi. Et je n'attends aucune réponse de ta part. Je voulais juste que tu le saches. (Il leva le menton vers la porte.) Allez, il est temps d'affronter l'orage. (La voyant hésiter, il la tira doucement vers lui.) Viens.

Il l'embrassa, puis elle se laissa conduire hors de la chambre. Elle avait la tête qui tournait à tel point qu'elle s'étonna de parvenir jusqu'au salon sans trébucher dans l'escalier.

En rejoignant les autres, elle se sentit un peu coupable de ne pas lui avoir répondu, mais il donnait vraiment l'impression de ne rien attendre en retour. Et, curieusement, elle s'en sentait honorée. Sans doute parce que cela signifiait que son amour était inconditionnel.

Au vu des bouteilles qu'ils avaient dans les mains, les hommes avaient manifestement trouvé la bière. Jim lui présenta les deux personnages qui l'accompagnaient. Pour une raison étrange, elle leur faisait confiance, ce qui ne lui ressemblait guère : en général, elle se sentait mal à l'aise en présence de types aussi costauds.

Sans leur laisser le temps de parler, elle demanda d'une voix forte et claire :

— Qui est-elle ? Et de quoi est-elle capable ?

Sa question les surprit et ils la dévisagèrent comme s'il lui avait poussé deux têtes.

Eddie, si elle avait bien saisi son nom, fut le premier à se ressaisir. Il se pencha en avant, appuyant les coudes sur ses genoux. Après quelques instants de concentration, il se contenta de hausser les épaules, l'air d'avoir cherché un moyen d'édulcorer les choses mais en vain.

— Un démon. Et, pour répondre à la deuxième question : de tout, même de l'inimaginable.

Chapitre 35

Vin était vraiment impressionné par Marie-Terese. Alors qu'elle venait d'avoir un aperçu hideux et terrifiant d'un monde dont elle n'aurait jamais cru en l'existence, et ce juste avant d'encaisser le choc de sa déclaration d'amour, elle gardait un visage stoïque, fixant Eddie d'un regard calme et pénétrant pendant qu'elle assimilait sa réponse.

— Un démon, répéta-t-elle.

Tandis qu'Adrian et Eddie acquiesçaient, Jim se contenta de s'asseoir sur le canapé avant de passer la bouteille froide sur son visage enflé et de se caler contre les coussins déchirés. Le soupir qui le parcourut tout entier semblait suggérer que la douleur était pire que ce que les blessures laissaient supposer.

Dieu sait comment il s'était… Ah, Adrian avait les phalanges en sang.

— Ce qui veut dire ? demanda-t-elle.

Eddie lui répondit d'un ton posé :

— La conception que s'en font la plupart des gens est tout à fait juste en ce qui la concerne. C'est une entité malveillante qui s'empare des vies puis des âmes. Elle est programmée pour détruire et elle en veut à Vin. Tous ceux qui se mettent en travers de son chemin sont en danger.

— Mais pourquoi lui ? (Elle regarda de l'autre côté de la pièce.) Pourquoi toi ?

Vin ouvrit la bouche mais un long moment s'écoula avant qu'un son n'en sorte :

— Je… je n'en ai pas la moindre idée.

Eddie se mit à faire les cent pas entre la bibliothèque et le miroir brisé.

— Vous avez dit être allé consulter une médium qui vous a indiqué un rituel à suivre. Qu'avez-vous fait pour invoquer Divine ?

— C'est bien cela le problème. Je ne l'ai pas invoquée du tout. J'essayais juste de me débarrasser de mes visions. Point barre.

— Pourtant, le résultat est là.

— Mais ce n'était pas dans ce but, je vous l'assure.

Eddie acquiesça et jeta un regard en arrière.

— Je vous crois. Et, pour tout vous dire, je suis persuadé qu'on vous a piégé. Je ne sais pas ce qu'on vous a demandé d'effectuer au juste, mais je suis prêt à parier que cela n'avait rien à voir avec vos transes. Vous comprenez, pour que Divine puisse sévir, il lui faut une porte d'accès. (Eddie reporta son attention sur Marie-Terese.) Et en ce qui concerne Vin, je pense que ce rituel lui a ouvert son âme.

— Donc elle ne serait pas à l'origine de ses visions ?

— Non. Elle peut les occulter tant qu'elle le tient en son pouvoir, mais s'il les subit de nouveau, c'est sûrement parce que son emprise sur lui s'est légèrement affaiblie. Quant à savoir pourquoi il a été choisi… Essayez de l'envisager comme l'équivalent métaphysique d'un accident de voiture : Vin s'est trouvé au mauvais endroit au mauvais moment, à la suite d'un très mauvais conseil. (Eddie croisa de nouveau le regard de Vin.) Cette médium… Comment l'avez-vous trouvée ? Est-ce qu'elle vous en voulait pour une raison quelconque ?

Donc les visions vont revenir. Génial.

— Je ne la connaissais même pas. (Vin haussa les épaules.) J'ai atterri chez elle au hasard.

Eddie frissonna, comme si Vin lui avait annoncé qu'il avait fait appel à un plombier pour l'opérer du côlon.

— Je vois… Et que vous a-t-elle conseillé ?

Les mains sur les hanches, Vin se mit à arpenter la pièce, se remémorant cette nuit où il avait gravi l'escalier familial pour s'enfermer dans sa chambre : ce qu'il y avait entrepris n'était pas le genre de souvenir qu'il tenait à évoquer en public.

Eddie sembla comprendre son silence.

— Bon, on y reviendra tout à l'heure. Où l'avez-vous pratiqué ?

— Dans ma piaule. Chez mes parents. Hé, attendez, minute… Est-ce que je suis responsable de tout cela ? (Vin posa la main sur son torse, oppressé par une telle angoisse qu'il peinait à respirer.) Si je n'étais pas allé la voir, est-ce que tout aurait été différent ? (Le silence qui suivit se chargea de lui répondre.) Oh, mon Dieu… Même ce qui est arrivé à mes parents ? Vous voulez dire que ça aussi, j'en suis la cause ?

— De quoi parlez-vous ?

— Ils sont décédés environ une semaine après.

Eddie jeta un coup d'œil à Adrian.

— Ça dépend.

— Si j'ai souhaité leur mort ?

— Et c'était le cas ?

Tournant les yeux vers Marie-Terese, Vin se prit à espérer que lorsqu'il répondrait elle verrait le regret dans ses yeux. Merde, ses parents s'étaient comportés de manière horrible entre eux et d'une façon encore pire à son égard, mais ça ne signifiait pas qu'il souhaitait leur mort.

— Quand j'étais jeune, je voulais deux choses, répliqua-t-il d'un ton brutal. Devenir riche et m'affranchir de leur autorité.

— Comment ont-ils péri ? demanda Eddie d'une voix douce, comprenant que le sujet était délicat.

— Après avoir… suivi les conseils de la médium, j'ai simplement repris le cours de ma vie. Vous savez ? L'école, enfin plus ou moins, parce que je séchais beaucoup les cours. Je n'ai pas cru un seul instant que le rituel avait pu fonctionner, et je n'y ai plus pensé. Ce n'est qu'au bout d'une semaine, quand je me suis rendu compte que je n'avais eu aucune crise, que j'ai commencé à me demander si mon problème était réglé.

Vin fit mine de se diriger vers la fenêtre mais se retrouva à contempler une tache sur la moquette. C'était celle qu'il avait faite en faisant exploser son verre de bourbon, et l'auréole noirâtre allait s'avérer au-delà des compétences du meilleur teinturier.

— Je me souviens d'être rentré chez moi après avoir bossé à la place de mon père, reprit-il, ce que je faisais quand il était trop soûl pour tenir debout. Il était près de minuit. J'ai posé la main sur la poignée et ai levé les yeux vers la pleine lune, sidéré par le nombre de jours qui s'étaient écoulés depuis ma dernière transe. J'avais du mal à croire que j'étais peut-être tiré d'affaire. Et là, quand je suis entré, j'ai découvert mes parents gisant tous les deux dans une mare de sang, au bas de l'escalier. Morts. À mon avis, l'un des deux avait poussé l'autre et s'était fait entraîner à son tour.

— Alors vous n'êtes pas en cause, déclara Eddie.

Vin s'appuya sur le bord de la fenêtre, tête basse.

— Quel bordel…

Pour une raison obscure, et sans doute parce que c'était la seule chose qui risquait d'aggraver son humeur, il se prit à songer à un sandwich au beurre de cacahouète et à la confiture. Mais pas n'importe lequel : le seul que lui avait jamais confectionné son père.

Un soir, ils étaient tous deux rentrés tard du boulot, et rien ne les attendait sur la table. Ce qui était sans surprise, vu que la seule personne qui aurait pu leur préparer à dîner s'était endormie, vautrée sur le canapé, un mégot à la main.

Son père s'était dirigé vers le réfrigérateur, mais au lieu de se prendre une bière comme à son habitude, il avait sorti le pain, le beurre de cacahouète et la confiture. Puis il avait allumé une clope et disposé quatre tranches qu'il s'était mis à tartiner. Après s'être emparé d'une bière, il avait jeté l'un des sandwichs à Vin et quitté la cuisine.

La mie blanche était couverte d'empreintes noires parce que son père n'avait pas pris la peine de se laver les mains.

Vin l'avait balancé à la poubelle, avant de gagner l'évier pour se récurer les mains avec force savon et s'en préparer un nouveau.

Pour une étrange raison, en cet instant, il regrettait de ne pas avoir mangé celui de son père.

— Qu'avez-vous fait ? demanda Eddie. En quoi consistait le rituel ?

— La femme m'a dit...

Vin se reprit juste à temps et se mit à songer à ce fameux jour.

Après s'être écroulé une nouvelle fois devant ses camarades, il en avait eu sa claque. De retour chez lui, il avait consulté les petites annonces des médiums parce qu'il s'était imaginé que s'ils étaient comme lui capables de voir le futur, ils seraient peut-être en mesure de lui dire comment empêcher ces visions de survenir.

Le samedi matin, chevauchant son vélo, il était descendu sur les berges, jusqu'à des échoppes aux devantures minables avec des enseignes au néon clamant des slogans du genre : « Ici tarot ! », « Voyance astrologique ! », « 100 % exact !

15 $! »… Il avait poussé la première porte sur laquelle était dessinée une main ornée d'un cercle, mais la salle était bondée. Alors il s'était rabattu sur la suivante. Fermée. La troisième avait été la bonne.

Une odeur bizarre flottait à l'intérieur de la pièce sombre. Mystérieuse. Épicée.

Plus tard, il l'avait identifiée : c'était celle de la luxure.

Écartant un rideau de perles, la femme était apparue, tout en noir depuis ses habits jusqu'à ses cheveux en passant par son eye-liner. Mais au lieu d'une vieille bonne femme affublée d'un cafetan et d'une perruque, comme il s'y attendait, il s'était retrouvé face à une playmate moulée dans une combinaison en cuir.

Il l'avait aussitôt désirée. Et elle l'avait senti.

Frissonnant au souvenir de cette rencontre, il se ressaisit pour revenir au présent.

— Je lui ai dit ce que je voulais et elle a tout de suite compris. Après m'avoir donné une bougie noire, elle m'a dit de rentrer chez moi et de la faire fondre sur le réchaud. Une fois liquide, j'étais censé retirer la mèche, la mettre de côté et… (il jeta un regard à Marie-Terese, écœuré d'avoir à lui raconter cette histoire) me couper quelques mèches de cheveux, mélanger le tout avec un peu de sang et… euh… autre chose.

Vin n'était pas du style à tourner autour du pot ou à bégayer. Mais admettre devant ces trois types et la femme de sa vie qu'il avait dû se branler pour aller jusqu'au bout du rituel n'était pas le genre de révélation qu'il brûlait d'envie de faire.

— D'accord, passons, dit Eddie pour lui sauver la mise. Et ensuite ?

— Ensuite, je devais laisser refroidir la cire, réintégrer la mèche à l'intérieur, reformer une bougie et monter dans la chambre. Me dévêtir. Tracer un cercle avec du sel. Euh…

(Il fronça les sourcils. Bizarre, autant la première partie lui était revenue sans effort, autant il avait du mal à se remémorer la seconde.) À partir de là, c'est un peu flou. Je crois que je me suis fait une entaille et que j'ai versé du sang au centre du dessin. Après, je me suis allongé, j'ai allumé la bougie et j'ai prononcé quelques mots. Je ne me souviens plus desquels au juste. J'appelais je ne sais plus qui à soulager mes fardeaux. Un truc dans le genre.

— Ouais, de la foutaise, quoi, rétorqua Eddie d'une voix sèche. Et donc, qu'est-ce qui s'est passé ?

— Je ne sais… Je ne me rappelle plus vraiment. Je crois que je me suis endormi parce que j'ai émergé une heure plus tard.

Eddie secoua la tête d'un air sombre.

— Ouais, c'est un rituel de possession. La cire qu'elle vous a donnée contenait une partie d'elle, et quand vous y avez ajouté les éléments provenant de votre propre corps, cela a eu pour conséquence d'ouvrir la porte.

— Vous voulez dire… que c'était Divine ?

— Elle peut prendre de nombreuses apparences. Homme ou femme, adulte ou enfant.

— A priori, elle est incapable d'incarner des animaux ou des objets inanimés, intervint Adrian. Mais elle a bien d'autres pouvoirs. Gigantesques, d'ailleurs. Est-ce que vous connaissez un moyen d'accéder à cette maison ? Ou va-t-il falloir y entrer par effraction ?

— En fait, j'en suis toujours propriétaire.

Les deux types poussèrent un soupir de soulagement.

— Parfait, dit Eddie. Il va falloir y aller pour essayer de la chasser de votre être. Et on aura de meilleures chances d'y parvenir en retournant à l'endroit où le rituel a été opéré.

— On va aussi devoir récupérer votre bague, ajouta Adrian.

— L'émeraude ? demanda Vin. Pourquoi ?

— C'est l'un des artefacts dont elle se sert pour assurer son emprise. Jim pense que la monture est en platine. C'est le cas ?

— Bien sûr.

— Eh bien, nous y sommes. Métal noble et cadeau. Tout est réuni !

— Mais je ne le lui ai pas donné. Elle l'a trouvé.

— Oui, mais vous l'avez acheté pour elle. Et dès cet instant, vos pensées et vos sentiments se sont incrustés dans la bague. De fait, vous l'avez transformée.

S'écartant de la fenêtre, Vin regarda s'estomper l'empreinte de ses mains sur la surface lisse et froide.

— Vous avez dit qu'elle volait les âmes. Est-ce que ça veut dire qu'elle va vouloir me tuer ?

Eddie baissa la voix.

— Oui. Mais on peut tenter de l'en empêcher.

Vin se retourna et contempla Marie-Terese. Silencieuse, elle était appuyée contre le chambranle de la porte. Il vint à elle et l'attira dans ses bras. Serré contre son cœur, il fut une nouvelle fois émerveillé par la bienveillance qu'elle manifestait à son égard alors même que sa vie était décortiquée, mise à nu devant des quasi-inconnus.

— Que peut-on faire pour que Marie-Terese soit en sécurité ? demanda-t-il. A-t-elle un moyen de se protéger ? Divine nous a vus ensemble.

Pendant qu'ils réfléchissaient, la jeune femme leva les yeux vers Eddie.

— De toute façon, je quitte la ville ce soir. Pour des raisons qui n'ont rien à voir avec cette histoire. Est-ce que cela suffira ? Et est-ce que vous connaissez des… euh… sorts ou des… ?

L'hésitation dont elle faisait preuve en disait long à la fois sur son incrédulité et sur sa résignation.

Eddie la regarda droit dans les yeux.

— Divine peut être n'importe où, donc la seule solution est de libérer Vin. Si on arrive à la chasser hors de lui, alors vous ne serez plus dans sa ligne de mire, parce que ce n'est pas vous qu'elle veut ou qu'elle a revendiqué. Elle ne s'intéresse qu'à lui. Et donc à quiconque se dresse en travers de son chemin.

Adrian lâcha un juron.

— Cette garce n'a d'yeux que pour les gens qu'elle veut posséder. Les autres, elle les laisse tranquilles. C'est l'une de ses rares qualités.

— Voire la seule, renchérit Eddie.

— Alors allons-y, intervint Vin. Tout de suite. Allons à la maison et grouillons-nous, parce que Divine est partie en coup de vent pour Dieu sait quelle raison et je ne voudrais pas qu'elle revienne ici pour…

— Elle va être occupée pendant un bon moment, croyez-moi. (De l'autre côté de la pièce, Adrian se fendit d'un sourire jusqu'aux oreilles.) Elle déteste le bordel, et je suis super doué quand il s'agit d'en foutre un bon paquet dans son nid d'amour.

Vin fronça les sourcils.

— Je vous en prie, restez correct.

— Non, je ne faisais pas allusion à sa… (Adrian leva les deux mains.) Je parlais de son loft…

— Est-ce que Vin vous a rendu votre boucle d'oreille ? demanda soudain Jim à Marie-Terese. Celle que vous aviez perdue devant *Le Masque de fer*.

— Comment savez-vous que… Enfin, oui. Je l'ai.

— Alors où est-elle ?

Elle porta les mains à ses lobes.

— Oh… non ! Je l'ai encore perdue.

Pourtant, le bijou était bien à son oreille quand elle est entrée chez moi, se souvint Vin.

— Le lit ! dit-il avec un geste de panique. Là-haut, dans la chambre ! Divine a ramassé un truc sur le couvre-lit. Et merde !

Jim regarda Vin se précipiter à l'étage, Marie-Terese sur ses talons. Bien sûr, il aurait dû aller leur filer un coup de main, mais il avait l'impression d'avoir les fesses collées au canapé.

Adrian posa sa bière et leur emboîta le pas.

— Si Divine a emporté cette boucle d'oreille, on est encore plus dans la merde.

Jim se passa de nouveau la bouteille fraîche sur le visage puis se renversa contre les coussins. Pris de vertiges, il n'osait pas fermer les yeux. Tentant de se ressaisir, il baissa les paupières sans les fermer, n'entrevoyant plus qu'une infime partie du salon dévasté.

Décidément, il est bien plus facile de tout casser que de faire le ménage, songea-t-il.

— Elle était vierge, n'est-ce pas ? demanda-t-il d'une voix voilée. Cette fille dans la douche.

— Oui.

— Un rituel ?

Un silence suivit.

— Oui.

Bon sang, il en avait vu, des horreurs, dans l'armée, mais là c'était le summum : cette jeune fille aurait dû être en train de s'amuser ou de réviser ses leçons, mais elle... plus jamais elle n'aurait besoin de cahier, n'assisterait au cours de biologie ni ne sortirait avec un garçon.

— Que va-t-il arriver à son corps ? s'enquit-il.

— J'imagine que Divine va s'en débarrasser. Elle y sera obligée, bientôt.

— Donc, chaque fois que cette salope doit partir, elle tue ?

— Le sort est programmé pour durer un certain temps, à moins que quelqu'un d'autre qu'elle ne rompe le sceau. C'est aussi pour ça que je ne voulais pas que tu franchisses cette porte.

Génial. Désormais, il avait une nouvelle mort sur la conscience. Parce qu'à coup sûr, elle allait devoir remettre une protection en place.

Jim porta la bouteille à ses lèvres et but une longue gorgée. Il demanda :

— Pourquoi avoir fait tout ce foin, d'ailleurs ? La salle de bains était vide.

— C'est ce que tu crois.

Eddie se mit à faire les cent pas. La plupart des livres et des tableaux avaient été remis en place, preuve que Vin ou sa gouvernante avaient fait le ménage. Mais quelque chose clochait, un peu comme une femme décoiffée par une bourrasque en sortant d'un salon de coiffure : quels que soient ses efforts, elle n'arrivera jamais à retrouver le même résultat.

D'un geste lent et précis, Eddie aligna parfaitement les livres.

— Son miroir se trouve dans la salle de bains. C'est sa porte d'entrée et de sortie de ce monde, et elle s'en sert aussi pour changer de tenue et d'apparence. C'est la source de tout ce qu'elle est, le siège de son pouvoir.

— Alors pourquoi ne pas l'avoir brisé, ce foutu machin ? demanda Jim en se redressant. Merde, vous qui êtes si forts, pourquoi ne pas l'avoir cassé il y a des années ?

— Parce qu'il nous aurait aussitôt capturés. (Sa voix devint tendue.) Dès que tu poses les yeux sur lui, tu lui appartiens. Même si tu t'approchais de lui avec un bandeau sur les yeux et armé d'un marteau, à la seconde où l'outil entrerait en contact avec le verre, les éclats se fendraient en un millier de portails qui t'aspireraient… tous à la fois.

(Eddie se déplaça vers une autre partie de la bibliothèque et reprit sa tâche.) Là, elle doit être blême qu'on ait rompu le sceau et qu'Adrian ait foutu le bordel dans ses affaires. Mais son principal souci sera de déménager. Elle ne voudra pas laisser le miroir dans un espace non sécurisé.

— Mais pourquoi ? Si on ne peut pas le toucher, qu'est-ce que ça change ?

— À vrai dire… on peut le foutre en l'air. Sauf que celui qui le fait sacrifie son existence. Et l'au-delà qui l'attend n'a rien à voir avec celui que tu as vu quand tu as rencontré mes patrons. C'est de cette manière qu'on s'est débarrassés du prédécesseur de Divine. Une perte considérable pour notre équipe.

Une mission suicide. Fabuleux.

— Alors que peut-on faire ?

— La coincer là-bas. C'est compliqué, mais c'est faisable.

Des pas retentirent dans l'escalier et Adrian annonça :

— On n'a pas trouvé la boucle, alors j'imagine que Divine l'a emportée.

Eddie secoua la tête, comme si une nouvelle brique était venue brutalement alourdir le sac qu'il portait sur le dos.

— Fait chier.

Tandis que Vin entourait Marie-Terese d'un bras protecteur, Adrian alla récupérer son manteau.

— Voilà ce que je propose… Marie-Terese, on a besoin de vous pour le rituel. Et vous ne pourrez pas rentrer chez vous avant que ce soit fait. Sinon, elle risque de vous suivre et votre fils serait en danger.

La jeune femme se raidit.

— Comment… comment savez-vous que j'ai un fils. Oh, attendez… c'est vous qui vous êtes renseigné sur moi, hein ?

Adrian haussa les épaules et mentit.

— Ouais, bon. Est-ce qu'il y a quelqu'un auprès de lui ?

Marie-Terese leva les yeux vers Vin et acquiesça.

— Oui. Et si la baby-sitter ne peut pas rester, le centre enverra quelqu'un d'autre pour prendre le relais.

— Parfait, parce qu'on ne peut pas purifier votre maison ni établir un périmètre sans indiquer notre emplacement à Divine, et je ne voudrais pas avoir à la combattre devant votre fils.

— Laissez-moi juste passer un coup de fil.

— Attendez une seconde, interrompit Vin. Pourquoi ne pas régler le problème de Marie-Terese ici même ?

— On n'a pas les éléments nécessaires pour ça, et comme Eddie vous l'a exposé, on a plus de chances de réussir si on retourne à l'endroit où vous lui avez ouvert la porte. D'abord on la chasse de votre âme, et ensuite, si on n'arrive pas à retrouver la boucle d'oreille, on recommencera l'opération pour Marie-Terese. La bonne nouvelle, c'est que le lien qui les unit n'est pas très puissant, et, de toute façon, elle est plus en sécurité avec nous. Il ne faut prendre aucun risque, je pense que vous en conviendrez.

À l'évidence, Vin approuvait, car il hocha la tête d'un air grave.

— Vous avez raison.

— Allez-y, appelez votre nounou.

Pendant que la jeune femme sortait son téléphone, Adrian fit signe à Jim.

— Eddie et toi, vous superviserez le rituel. Je vous filerai un coup de main pour les préparatifs avant de me barrer.

Jim fronça les sourcils, intrigué par son air déterminé.

— Où ça ?

— Récupérer cette putain d'émeraude et la boucle.

Eddie étouffa un juron.

— Ça ne me plaît pas que tu y ailles seul.

Adrian regarda son partenaire, le poids des siècles pouvant se lire dans ses yeux.

— Il faut utiliser toutes les armes à notre disposition. Et, soyons honnêtes, l'une des plus puissantes se trouve au bout de mon bras.

Ouais, et à tous les coups cela ne lui fera pas plus d'effet qu'une piqûre de moustique, songea Jim.

Tandis qu'ils réglaient les derniers détails, Jim prit conscience qu'il lui fallait absolument revenir dans le match. Il ne pouvait pas continuer d'être ballotté au gré des événements et devait reprendre la main. C'était vital, et pas simplement à l'aune du combat qui s'approchait. En fait, jusqu'à présent, il s'était imaginé qu'ange déchu signifiait vie éternelle, mais ce n'était manifestement pas le cas. Et s'il perdait Eddie et Adrian avant d'avoir appris le B.A.BA, il était foutu.

Une dizaine de minutes plus tard, les trois hommes s'engouffraient dans l'ascenseur et sortaient de l'immeuble. Le pick-up était garé à quelques rues du Commodore et la courte marche dans le froid aida Jim à se remettre d'aplomb.

— Première étape, Hannaford et son supermarché, annonça Adrian en reprenant place derrière le volant.

Jim et Eddie s'entassèrent dans l'habitacle puis Jim claqua la portière.

— Faut que je sorte Rex si on doit passer la nuit dehors.

— De toute façon, j'ai laissé ma moto chez toi.

Adrian jeta un coup d'œil dans le rétroviseur et s'engagea dans la rue.

Pendant le trajet, Jim songea aux deux types qui l'accompagnaient et se demanda de quoi ils étaient capables hormis, bien sûr, leur faculté de se rendre invisibles à volonté et d'entrer dans un bunker comme dans un moulin. Bizarre d'ailleurs… Ils avaient utilisé leur magie sur la porte de Divine, mais chez Vin…

Soudain, une idée le frappa.

Jim se pencha pour regarder Adrian.

— Quand on est sortis ensemble… jeudi soir… Pourquoi m'avoir poussé dans les bras de Divine ?

Adrian s'arrêta au feu rouge et le dévisagea… avant de reporter son attention sur la route sans dire un mot.

— Pourquoi, Adrian ? reprit-il d'un ton plus insistant, presque menaçant.

D'un geste lent, l'ange fit glisser sa grosse main sur le volant.

— Je te l'ai dit. Je ne voulais pas travailler avec toi.

Jim fronça les sourcils.

— Tu ne me connaissais même pas.

— D'accord. Je ne voulais pas bosser avec toi, je ne t'aimais pas et je suis un enfoiré. Mais je me suis excusé, tu t'en souviens ?

Jim se renversa dans son siège.

— Tu m'as tendu un piège. Jeté dans la gueule du loup.

— Je ne t'ai pas suivi dans le parking. Je ne l'ai pas baisée…

— Sans toi, je ne l'aurais même pas remarquée !

— Tu te fous de moi ou quoi ? Comme si ce genre de nana passait inaperçue !

— Oh, fermez-la, vous deux !

Eddie décroisa les bras, prêt à intervenir physiquement s'il le fallait.

— C'est du passé, Jim. Laisse tomber.

Jim serra les dents. Merde, c'était comme avec Matthias et sa bande de soudards. Même les mecs avec qui tu bossais, qui étaient censés être dans le même camp que toi, étaient capables de te livrer à l'ennemi sur un plateau d'argent.

— Dis-moi un truc, Eddie, reprit Jim d'un ton mordant.

— Quoi ?

— Ces méthodes d'asservissement dont se sert Divine. Est-ce que le sexe en fait partie ?

Lorsque seul le silence lui répondit, il insista :

— Oui ou non ? Réponds !

— Oui, lâcha enfin l'ange.

— Espèce d'enflure, lança Jim d'une voix forte. Je vais te foutre mon poing dans la...

Adrian tourna brusquement le volant sur la droite et sauta sur les freins. La voiture pila net et un concert de klaxons et de jurons s'éleva derrière eux. Adrian sortit et contourna le capot avec la mine d'un type armé d'un pied-de-biche.

Il ouvrit la portière de Jim à la volée.

— Allez, sors, on va régler ça.

Jim démarra au quart de tour, remonté à bloc par la mort de cette jeune innocente, le visage épouvanté de Marie-Terese, l'agressivité d'Adrian... et le fait qu'il s'était fait chevaucher par un démon jusqu'à l'orgasme.

C'en était trop.

— Vous ne pourriez pas éviter de faire ça en public, bande de crétins ? aboya Eddie.

Aucune chance. Jim avait les poings serrés, prêt à cogner avant même d'avoir posé le pied sur le trottoir, et Adrian l'attendait dans le même état d'esprit.

— J'ai dit que j'étais désolé, fulmina Adrian. Tu crois que j'aime ce boulot ? Tu crois que j'étais content de revenir pour jouer les nounous ?

Jim ne s'embarrassa pas de paroles. Rassemblant toutes ses forces, il lui balança un direct à la mâchoire. L'impact fut si violent que la tête de l'ange déchu fut projetée en arrière, ses cheveux s'envolant dans un mouvement à la Farrah Fawcett, ses boucles virevoltant dans l'air.

— Ça c'est pour le coup de la salle de bains, enfoiré, dit Jim. Maintenant passons au reste.

Adrian cracha du sang.

— Je t'ai assommé pour te sauver la peau, fiston.

— Va te faire foutre, papi.

Et ce furent les dernières paroles qu'ils échangèrent pendant un bon bout de temps.

Adrian se rua sur Jim, l'attrapant par la taille avant de l'envoyer s'écraser contre l'aile du pick-up. Alors que le choc le traversait de part en part, Jim parvint à dominer la douleur, songeant à l'empreinte gigantesque qu'il avait sûrement imprimée dans la carrosserie. Sans perdre une seconde, il agrippa les cheveux de son adversaire et lui assena un violent coup de tête. Le sang gicla du nez d'Adrian, qui répliqua aussitôt en lui balançant un coup de genou dans l'aine, si brutal que Jim se tint les couilles en gémissant.

Putaaaaaaain ! Rien n'est plus efficace pour mettre un mec au tapis que de provoquer une collision entre ses bijoux de famille et un os dur comme du béton. La vue brouillée, il sentit son estomac prêt à expédier son contenu, la chemise d'Adrian en guise de piste d'atterrissage. Seule la volonté lui donna la force de surpasser son calvaire. Plongeant en avant, il saisit Ad par les mollets, lui faisant perdre l'équilibre et s'écraser dans l'herbe.

Roulant l'un sur l'autre, ils se rouèrent de coups, grognant, projetant de la boue partout. Seuls leurs vêtements les distinguaient de deux bêtes enragées.

Et la seule chose qui les arrêta fut l'intervention d'Eddie qui, attrapant Jim par le revers du col et la ceinture de son jean, le souleva pour le séparer d'Adrian. Projeté quelques mètres plus loin, Jim atterrit face contre terre, le corps secoué de spasmes comme un crâne palpitant sous l'effet d'une migraine.

Respirant l'air frais chargé de l'odeur de la terre fraîche mêlée au sang, il se sentit revigoré malgré la douleur qui le vrillait des pieds à la tête. Basculant sur le dos, il laissa ses mains tomber sur le côté en contemplant le ciel laiteux. Au milieu des nuages, il vit le visage de la fille qu'il avait abandonnée dans la salle de bains : elle semblait le dévisager, le surveiller.

Levant un bras, il voulut la toucher, mais les vents tourbillonnants du printemps dispersèrent la couverture nuageuse, faisant disparaître ses traits gracieux et bouleversants.

Il était décidé à découvrir qui elle était. Et à lui rendre justice.

Comme il l'avait fait pour sa mère en butant ces trois enflures dans cette Camaro. Ses trois premiers meurtres.

— C'est fini, les gosses ? lança Eddie. Ou je vous flanque une bonne fessée, et, croyez-moi, vous ne pourrez plus vous asseoir avant l'hiver prochain.

Jim tourna la tête et regarda Adrian. Il n'avait pas l'air dans un meilleur état que lui.

— Pouce ? demanda-t-il, les lèvres en sang.

Jim prit une grande inspiration, jusqu'à ce que la douleur bloque l'expansion du thorax. Il ne pouvait peut-être pas leur faire confiance, mais il avait besoin d'aide. Et, de toute façon, il avait la triste habitude de travailler avec des enfoirés.

— Ouais, répondit-il d'un ton bourru. Pouce.

Chapitre 36

— Bon, je t'aime. Et je serai de retour dans la soirée. Sois gentil avec Quinesha. Quoi ? (Tandis que Vin les conduisait vers le quartier résidentiel de la ville, Marie-Terese écoutait son fils parler, le cœur serré. Sa voix lui semblait si proche et si lointaine à la fois.) Oui. D'accord, tu peux. Je t'aime. Plein de bisous.

Elle raccrocha et contempla l'écran, attendant que Vin l'interroge sur sa communication. C'était une habitude chez son ex. Chaque fois qu'elle recevait un appel, que ce soit d'un télévendeur ou de la femme de ménage, Mark voulait toujours tout savoir.

Toutefois, Vin resta muet, ne semblant pas le moins du monde attendre qu'elle lui rapporte sa conversation avec Robbie. Elle avait le choix, et cette liberté en disait long sur le respect et la confiance qu'il lui avait témoignés dès le départ.

Merci, faillit-elle dire. Au lieu de cela, elle murmura :

— Il voulait de la glace. Je suis vraiment une mère indigne, hein ? Ça va sûrement lui gâcher l'appétit. Il dîne tôt. À 17 heures.

Vin posa la main sur la sienne.

— Mais non, tu es très bien, je te le promets.

Passant devant un arrêt de bus, elle jeta un coup d'œil par la fenêtre. Les gens qui attendaient sous l'abri en Plexiglas tournèrent tous la tête vers la M6, et lorsqu'un peu plus loin un autre groupe de piétons suivit la voiture des yeux, elle eut le sentiment que partout où il allait, Vin attirait des regards envieux, admiratifs et avides.

— Mark aussi aimait les belles voitures, fit-elle remarquer sans raison particulière. Il adorait les Bentley.

Seigneur, lui et ses voitures… Chaque année, dès qu'un nouveau modèle était mis sur le marché, il se précipitait pour l'acheter. Au début, quand elle était assise auprès de lui à l'arrière du véhicule, elle levait le menton avec fierté. Et quand les gens ouvraient des yeux ronds, elle avait la poitrine gonflée d'orgueil à la pensée que le propriétaire de cette voiture était son homme, qu'elle faisait partie d'une sorte de club VIP exclusivement réservé aux riches, qu'elle était reine aux côtés de son roi.

Mais plus à présent. En fait, tous ces visages jaloux ne convoitaient qu'un fantasme. Le simple fait de rouler dans une BMW rutilante ne signifiait pas pour autant que vous aviez gagné le pactole au jeu de la vie. Pour tout dire, elle avait été bien plus heureuse à battre le pavé qu'à effleurer le cuir du siège-baquet.

Et bien mieux lotie, vu ce qui lui était arrivé par la suite.

— Et je suis une mauvaise mère, murmura-t-elle. Je lui ai menti. J'y étais obligée.

— Tu as fait le nécessaire pour assurer ta survie.

— Il va falloir que je continue à lui raconter des histoires. Je ne veux pas qu'il l'apprenne. Jamais.

— Il ne le saura pas. (Vin secoua la tête.) Je crois que c'est le boulot des parents de protéger leurs enfants. Ça a peut-être l'air vieux jeu, mais c'est ce que je pense. Il n'y a aucune raison de lui faire partager tes épreuves. Que tu aies eu à les subir suffit amplement.

La pensée qui n'avait cessé de la titiller depuis la veille refit surface et elle ne put réprimer le besoin de lui en faire part.

— Je me suis prostituée pour survivre, mais parfois je me dis… (Elle se racla la gorge.) Je suis allée à l'université et ai obtenu un diplôme en marketing. J'aurais pu trouver du boulot.

Du moins en théorie. L'une des angoisses qui l'avaient freinée était l'incertitude qui la taraudait quant à la fiabilité de sa fausse identité. Si elle avait posé sa candidature pour un vrai travail, elle aurait eu peur que son numéro de Sécurité sociale la trahisse.

Mais une autre raison, moins avouable, avait également motivé son choix.

Vin secoua la tête.

— Tu ne peux pas regarder en arrière et tout remettre en question. Tu as fait de ton mieux étant donné les circonstances…

— Je crois que je voulais me punir, balbutia-t-elle. (Elle soutint son regard.) Je m'en veux pour tout ce que mon fils a dû supporter à cause de moi, en commençant par le choix de mon ex-mari. Je détestais coucher avec ces hommes. Je pleurais dès que c'était fini et parfois ça me rendait malade. J'ai continué pour l'argent que ça me rapportait, c'est vrai… Mais je me faisais du mal volontairement.

Vin lui prit la main, la porta à ses lèvres et l'embrassa avec force.

— Écoute-moi. C'est ton ex qui s'est comporté en enfoiré. Pas toi.

— J'aurais dû le quitter plus tôt.

— Et aujourd'hui tu es libre. Débarrassée de lui et de ton ancien boulot. Libre.

Elle reporta le regard au-delà du pare-brise. Si c'était vrai, alors pourquoi se sentait-elle toujours aussi emprisonnée ?

— Tu dois te pardonner, dit Vin d'une voix rude. C'est la seule façon de tourner la page.

Bon Dieu, que je suis égoïste, songea-t-elle soudain. En supposant que ces types avaient dit vrai tout à l'heure – et elle serait idiote de ne pas les croire après ce qu'elle avait vu dans les yeux de Divine –, Vin venait de découvrir qu'il avait tout bonnement assassiné ses propres parents.

— Toi aussi. (Elle lui serra la main.) Tu dois faire la même chose.

Le grognement qu'il émit signifiait clairement qu'il ne souhaitait pas poursuivre dans cette direction, et tout comme lui respectait sa vie privée, elle respectait la sienne : en aucune manière elle n'insisterait pour qu'ils discutent des tenants et aboutissants de la mort de ses parents, même si elle aurait aimé qu'ils le fassent.

Se renversant contre l'appuie-tête, elle l'observa pendant qu'il conduisait. Concentré sur la route, il tenait le volant d'une main ferme et agile, les sourcils bas, les lèvres un peu plus pincées que d'habitude.

Elle était si heureuse de l'avoir rencontré. Et si reconnaissante de lui avoir témoigné sa confiance au moment où elle en avait le plus besoin.

— Merci, dit-elle.

Il la regarda en esquissant un petit sourire.

— De quoi ?

— De m'avoir crue. Moi plutôt qu'elle.

— C'était évident.

Il avait répondu avec autant d'assurance que celle avec laquelle il tenait le volant et, pour une raison étrange, elle se mit à sangloter.

— Pourquoi pleures-tu ? (Plongeant la main dans sa poche, il en sortit un mouchoir d'un blanc immaculé.) Tiens. Oh, mon amour, je t'en prie, sèche tes larmes.

— Ça va aller. Et mieux vaut craquer maintenant que plus tard.

Après s'être essuyé les joues du bout des doigts, elle prit le mince carré de lin et le posa sur ses genoux. Elle s'était maquillée pour aller à l'église et refusait de souiller le délicat tissu avec des traces de mascara. Pourtant, elle aimait le sentir contre elle. Et effleurer le monogramme brodé en relief sur le dessus, « V.S.DP. ».

— Pourquoi tu pleures ? répéta-t-il d'une voix douce.

— Parce que tu es fantastique. (Elle toucha le « V » cousu en caractère d'imprimerie.) Parce que quand tu dis des choses comme « Je t'aime », je te crois et ça me terrifie. (Elle fit courir un doigt sur le « S ».) Et parce que, moi qui me déteste tellement, quand tu me regardes je ne me sens plus aussi affreuse. (Enfin, elle s'arrêta sur le « DP ».) Mais surtout parce que, grâce à toi, je regarde l'avenir avec optimisme, et cela ne m'était plus arrivé depuis très longtemps.

— Tu peux me faire confiance. (Il s'empara de nouveau de sa main.) En ce qui concerne ton passé, ce que tu as fait et ce que tu es sont deux choses différentes. Pour moi, c'est tout ce qui importe.

Elle s'essuya de nouveau les joues, ne le quittant pas des yeux. À travers ses larmes, les traits de Vin étaient brouillés, mais comme elle les connaissait par cœur, cela n'avait pas d'importance.

— Tu devrais utiliser le mouchoir.

— Je ne veux pas le salir.

— J'en ai plein d'autres.

Elle contempla de nouveau les initiales.

— C'est pour quoi, le S ?

— Sean. C'est mon second prénom. Ma mère était irlandaise.

— Vraiment ? (Ses yeux se noyèrent sous le coup de l'émotion.) C'est le vrai nom de mon fils.

— Vous deux, restez là.

Eddie claqua la portière si fort que le pick-up tangua et, lorsqu'il franchit les portes du supermarché, les gens s'écartèrent de son chemin.

Jim avait encore mal aux testicules. Très mal. C'était comme s'il les avait roulées dans du verre pilé : ça piquait et c'était affreusement douloureux.

À côté de lui, Adrian se massait l'épaule avec une mine écœurée.

— Et ce crétin qui nous dit de ne pas bouger. Il se prend pour qui ? Je ne suis pas son chien. Qu'il aille se faire foutre.

Jim regarda par la fenêtre et observa une mère qui marchait en portant son bébé dans les bras. Lorsqu'elle l'aperçut, elle grimaça puis détourna le regard en pressant le pas.

— Vu notre tronche, vaut mieux rester là.

— Tu déconnes ou quoi ? Je suis aussi sexy que Clooney, moi ! (Adrian tendit le bras et fit pivoter le rétroviseur vers lui.) Waouh…

— Je dirais plutôt Elephant Man. Enfin, toi au moins, tu peux marcher droit. T'étais obligé de viser les burnes ?

Adrian se frotta le nez.

— Je crois que tu me l'as cassé.

— Et moi, je crois que je vais tirer à blanc pour le restant de ma vie. Te plains pas. Toi, au moins, ça finira par dégonfler.

Adrian se renversa dans son siège et croisa les bras. De concert, ils inspirèrent un grand coup.

— Fais-moi confiance, Jim.

— La confiance, ça ne s'improvise pas, ça se mérite.

— Alors, c'est ce que je vais faire.

Jim étouffa un bâillement et changea de position, ce que n'apprécièrent pas du tout ses bijoux de famille. Après avoir négocié un compromis confortable, il se remit à observer les gens sur le parking. Avec une impressionnante régularité, ils sortaient de leur voiture, entraient dans le magasin et ressortaient en poussant des Caddies ou en portant des sacs. Les regardant évoluer, Jim comprit soudain à quel point il était différent du reste du monde. Et pas simplement parce qu'il avait pris part à un match paranormal auquel n'auraient jamais cru la plupart de ces héros du quotidien.

Il avait toujours été seul. Depuis le jour où il avait découvert sa mère gisant sur le sol de la cuisine, il se sentait déraciné. Et son boulot n'avait rien arrangé, pas plus que sa personnalité. Pour couronner le tout, voilà qu'il se retrouvait assis à côté d'un ange déchu qui n'existait peut-être même pas, mais savait donner des coups en traître.

Merde, qu'importe s'il était devenu stérile. Il était bien trop tard pour envisager d'avoir des enfants, et préserver l'humanité de son ADN pourri était sans nul doute le plus beau cadeau qu'il pouvait lui faire.

Une dizaine de minutes plus tard, Eddie émergea du supermarché avec un Caddie rempli de sacs plastique. Lorsqu'il fit le tour de la voiture et commença à charger le coffre, Jim, fatigué de ressasser ses pensées, sortit pour lui filer un coup de main. Il n'avait que faire des regards assassins des ménagères et inquisiteurs de leur marmaille.

Eddie resta muet tandis qu'ils s'affairaient, preuve que si Jim et Adrian s'étaient réconciliés, Eddie n'était pas prêt pour autant à se coller des marguerites dans les cheveux. À vrai dire, il avait l'air d'en avoir sa claque de tout et de tout le monde.

Au point d'en perdre les pédales, au vu de ses emplettes : des paquets de sel en quantité suffisante pour dégivrer toute une autoroute, d'innombrables bouteilles d'eau oxygénée et de lotion tonifiante, des litres et des litres de vinaigre, des citrons, de la sauge fraîche emballée dans de petits sachets transparents, et quatre énormes boîtes de pot-au-feu.

— Nom de Dieu, mais qu'est-ce qu'on va faire avec tout ça ? s'écria Jim.

— Plein de choses.

Le trajet jusqu'à l'appartement de Jim leur prit une quinzaine de minutes et se fit dans un silence un peu moins tendu. Lorsqu'ils s'arrêtèrent devant le garage, Rex écarta les rideaux avec son museau.

— Il faut monter tout ce bordel là-haut ? demanda Jim tandis que les trois hommes sortaient du pick-up.

— Juste une partie. Je m'en charge.

Ses clés dans la main, Jim s'engagea dans l'escalier et, dès qu'il ouvrit la porte, le chien lui fit la fête, courant autour de lui en décrivant des cercles, sa queue fouettant l'air comme une hélice.

Jim regarda par-dessus son épaule, les sourcils froncés, flattant l'animal sans y prêter véritablement attention. Dans l'allée, Eddie et Adrian discutaient en tête à tête, le premier parlant d'un air agacé pendant que le second fixait un point à l'horizon, l'air blasé, comme s'il écoutait pour la énième fois un sermon qui décidément ne l'intéressait pas.

Au bout d'un moment, Eddie attrapa son pote par le col et le força à croiser son regard. Adrian balbutia quelques mots et Eddie ferma les yeux en serrant les paupières.

Après une brève accolade, Adrian s'en alla en trombe sur sa Harley. Lâchant un juron, Eddie attrapa un sac et gravit les marches d'un pas lourd.

— Elle fonctionne, ta cuisinière ? demanda-t-il en entrant, pendant que Rex s'agitait et tournicotait entre ses jambes.

— Ouaip.

Dix minutes plus tard, Eddie et lui étaient attablés devant deux énormes bols de pot-au-feu.

— Je n'en avais pas mangé depuis des années, dit Jim en levant sa cuillère.

— Il faut te nourrir.

— Qu'est-ce que tu as dit à Adrian ?

— Ce ne sont pas tes oignons.

Jim secoua la tête.

— Mauvaise réponse, désolé. Je fais partie de l'équipe, et vu tout ce que vous savez sur moi, je crois qu'il est temps de me renvoyer l'ascenseur.

Eddie esquissa un sourire narquois.

— Bizarre que ça ne colle pas entre toi et lui. Vous êtes faits pour vous entendre.

— Ça irait peut-être mieux si vous me mettiez au parfum.

Le long silence qui suivit ne fut rompu que lorsque Eddie posa son bol par terre pour que le chien puisse profiter des restes.

— Je sais trois choses à propos d'Adrian. Primo, il n'en fera toujours qu'à sa tête. Personne n'arrivera jamais à le raisonner ou le faire changer d'avis. Secundo, s'il croit en une cause, il se battra pour la défendre jusqu'à ne plus pouvoir tenir debout. Tertio, les anges déchus ne durent pas éternellement.

Jim se renversa dans sa chaise.

— C'est justement la question que je me posais.

— Eh bien, nous n'avons pas une durée de vie infinie. Et c'est une caractéristique particulièrement pertinente en ce qui le concerne.

— Pourquoi ?

— Pulsions morbides. Un de ces jours… sa chance va le lâcher et on le perdra. (Eddie caressa doucement le dos de Rex.) J'ai partagé des tas de trucs avec ce crétin au fil des ans. Je le connais mieux que quiconque et je suis sans doute la seule personne capable de travailler avec lui. Quand il se foutra en l'air, je ne le supporterai pas…

Eddie n'en dit pas plus, c'était inutile.

Jim aussi avait perdu un partenaire et savait que cette saloperie d'événement vous ôtait toute envie de vivre.

— Qu'est-ce qu'il va faire avec Divine, ce soir ?

Eddie lui répondit du tac au tac :

— Crois-moi, il vaut mieux que tu l'ignores.

Chapitre 37

Avant de quitter le Commodore pour la maison de son enfance, Vin avait préparé une sorte de pique-nique improvisé dont les restes jonchaient désormais la table éraflée de la vieille cuisine – du papier aluminium ayant servi à emballer les sandwichs, des bouteilles de soda aux trois quarts vides et le sachet de chips qu'ils avaient partagé.

L'unique Granny Smith qu'il avait trouvée chez lui faisait office de dessert et, après l'avoir découpée soigneusement en quartiers, ils se l'étaient partagée. À cet instant, il ne restait plus que le trognon, dont il récupéra le dernier morceau de chair mangeable autour des graines.

Sans raison apparente, il se mit à songer à ce qu'il lui avait dit : « *Ce que tu as fait et ce que tu es sont deux choses différentes.* »

Autant cette phrase correspondait parfaitement à Marie-Terese… autant elle ne s'appliquait pas du tout à lui. La façon dont il avait mené sa vie était en parfaite conformité avec sa personnalité : un enfoiré, assoiffé de fric, sans aucune conscience.

Toutefois, comme elle, il était décidé à tourner la page. Même s'il avait toujours cette faim chevillée au corps, il la considérait désormais comme un handicap et non plus comme une motivation. Le problème, c'est qu'il n'avait aucune idée de ce en quoi l'avenir serait fait.

— Tiens, prends le dernier quartier.

Il saisit le morceau posé sur la lame de son couteau et le lui offrit.

— Merci.

Pendant qu'elle mangeait, il débarrassa la table, rassemblant les restes et les fourrant dans le sac plastique qui avait servi à les transporter.

— Quand seront-ils là ? s'enquit-elle.

— Une heure après le coucher du soleil, d'après ce qu'ils ont dit. Apparemment, la composante nuit est un élément indispensable à tout bon rituel.

Elle esquissa un sourire et s'essuya la bouche à l'aide d'une serviette en papier. Se penchant sur le côté, elle regarda par la fenêtre, ses cheveux détachés balayant ses épaules.

— Il fait encore jour.

— Oui.

Jetant un coup d'œil autour de lui, il s'imagina à quoi la maison pourrait ressembler avec quelques menus changements. Un plan de travail en granit. De l'électroménager en inox. Abattre le mur de droite et construire une extension pour en faire une pièce à vivre. Arracher toute la moquette, le papier peint. Donner un bon coup de peinture. Ravaler toutes les pièces d'eau.

Ce serait l'endroit rêvé pour un jeune couple avec des enfants.

— Viens avec moi, dit-il en lui prenant la main.

— Où ça ? demanda-t-elle.

— Dehors.

Il lui fit traverser le garage puis la cour, qui n'offrait en rien un spectacle attrayant. La pelouse était aussi embroussaillée que la barbe d'un vieillard et, au fond, le chêne avait l'allure squelettique d'un arbre autrefois majestueux. Mais au moins la température s'était radoucie.

L'enveloppant de ses bras, il la tint serrée contre lui et, du bout des doigts, lui baissa doucement les paupières.

— Imagine-toi sur une plage.

Elle esquissa un sourire.

— Une plage.

— En Floride. Au Mexique. Dans le sud de la France. En Californie. Où tu veux.

Elle posa la tête contre son torse.

— D'accord.

— Le ciel se colore d'orange et d'or. La mer est calme et turquoise.

Tout en lui parlant, Vin contemplait le soleil couchant, qu'il se représentait disparaissant derrière la ligne d'horizon d'un océan au lieu du toit recouvert de plaques goudronnées de la maison voisine.

Il se mit à bouger, déplaçant son poids d'une jambe à l'autre, et elle suivit son rythme, bercée dans ses bras.

— L'air est doux et chaud. (Il posa le menton au sommet de son crâne.) Et les vagues viennent caresser le rivage inlassablement. Le sable doré est bordé de palmiers.

Il lui massa les épaules en espérant qu'elle visualise ce qu'il décrivait, qu'elle se transporte loin de l'endroit où ils étaient réellement : la cour sordide d'une maison minable au cœur de la petite ville froide de Caldwell, dans l'État de New York.

La rive la plus proche était rocailleuse et bordait un fleuve.

Fermant les yeux, il la serra contre lui, et plutôt que ses paroles, ce fut sa chaleur qui le pénétra, transfigurant son environnement.

— Tu es un merveilleux danseur.

— Tu trouves ? (Il la sentit acquiescer contre ses pectoraux.) Eh bien, c'est parce que j'ai une bonne partenaire.

Ils évoluèrent ensemble jusqu'à ce que la lumière s'éteigne dans le ciel et que le froid l'emporte sur la volupté. Quand Vin s'interrompit, Marie-Terese leva la tête vers lui.

Effleurant son visage, il l'interrogea du regard et elle murmura :

— Oui.

Il l'escorta à l'intérieur et ils montèrent dans la chambre. Fermant la porte, il s'appuya contre le battant et la regarda retirer son pull et déboutonner son chemisier blanc. Puis ce fut au tour du soutien-gorge et, lorsqu'elle se baissa pour ôter son jean, ses seins se balancèrent doucement.

Vin était dur avant même qu'elle se déshabille, mais la vue de son corps, magnifique dans sa nudité, le fit se sentir encore plus à l'étroit dans son pantalon.

Pourtant, il n'était pas seulement question de sexe.

Lorsqu'elle fut nue, il s'approcha lentement puis l'embrassa longtemps, avec passion. Sous ses mains, son corps était souple et chaud, si frêle et lisse comparé au sien. Il adorait ce contraste, sa peau douce et rebondie, son odeur, son goût.

Capturant sa poitrine, il prit un téton entre ses lèvres et entreprit de le sucer pendant qu'il titillait l'autre avec son pouce. Cambrée contre lui, elle prononça son nom dans un souffle.

Dieu qu'il aimait ce son.

De sa main libre, il lui caressa la cuisse, remontant vers l'arrière pour se glisser entre ses jambes. Chaude et moite, elle était prête à l'accueillir.

Étouffant un juron, il la porta jusqu'à son vieux lit et l'allongea sur la couverture. Un instant plus tard, il était nu à son côté et plaquait son bassin contre le sien, son membre dressé contre le ventre de Marie-Terese.

Ils s'embrassèrent et, tandis qu'elle faisait courir ses mains sur la peau de Vin, il pressa les doigts sur son entrejambe.

Il la fit basculer et elle se retrouva au-dessus de lui, à califourchon sur ses hanches, son sexe ouvert, prêt à le recevoir. Lorsqu'il se fut couvert d'un préservatif, elle s'empala doucement sur son membre, une descente foudroyante qui lui fit perdre le souffle et l'esprit. En réponse, il s'arc-bouta, son dos se soulevant du lit, pour s'enfoncer plus profondément au cœur de son intimité.

Plaquant les paumes sur ses épaules, elle prit appui contre lui et se mit à onduler le bassin sur un rythme lent, puis de plus en plus rapide.

Totalement sous son emprise, il se serait soumis sans aucune restriction au moindre de ses fantasmes. Haletant, éperdu de désir, il se laissait emporter vers l'orgasme, les va-et-vient de sa compagne décuplant son plaisir.

Le regard rivé sur lui, les paupières mi-closes, Marie-Terese avait les yeux qui brillaient telles deux flammes bleues, le dévorant de désir.

— C'est l'adresse que nous a donnée Vin.

Alors qu'Eddie pointait le doigt vers une maison de la taille d'une boîte de Happy Meal, Jim arrêta le pick-up. Par habitude, il sonda le voisinage : classe ouvrière, vu la plupart des voitures garées dans les allées ; des lampadaires tous les vingt mètres ; des lumières allumées dans de petits salons et des cuisines ; des rues désertes à cette heure avancée de la nuit ; peu de couverture à cause du feuillage dégarni.

Tandis qu'Eddie et lui sortaient pour décharger les sacs du coffre, le crépuscule transformait les alentours en nuances de gris, comme une photographie en noir et blanc.

Constatant que la BMW de Vin était garée à l'extérieur et que l'intérieur de la bicoque était éclairé, ils toquèrent à la porte. Une réponse leur parvint aussitôt mais Vin mit un certain temps avant de leur ouvrir, et ils comprirent pourquoi en le voyant, trahi par ses cheveux hirsutes et ses joues rougies.

Lorsqu'il entra et jeta un coup d'œil autour de lui, la première réaction de Jim fut de se dire que les meubles bas de gamme vieillissaient vraiment mal : à l'évidence, tout l'équipement, depuis le papier peint décrépit jusqu'au canapé miteux du salon en passant par la cuisine décatie, avait été acheté au cours des années 1970 dans un magasin de meubles spécialisé dans le Formica.

C'était le même environnement que celui dans lequel il avait grandi et, pour la première fois depuis leur rencontre, Jim songea qu'il avait un point commun avec Vin.

Eddie posa l'un des sacs et s'intéressa à un bout de moquette qui, bizarrement, paraissait plus récent que le reste.

— Vos parents. Ils sont morts en bas de l'escalier, n'est-ce pas ?

— Ouais. (Vin gesticula, un peu mal à l'aise.) Comment le savez-vous ?

— Je vois leur ombre.

Eddie s'écarta, lança un coup d'œil à Jim et lui fit signe de regarder.

Jim se demanda ce qu'il lui voulait, car lorsqu'il contempla le sol, tout ce qu'il vit… fut…

Il se frotta les yeux, médusé. Mais non, ce n'était pas une hallucination. Au pied des marches, à l'endroit où était posé le carré de moquette neuf, il percevait un voile étrange, l'image persistante de deux corps gisant entremêlés. La femme avait les cheveux frisés et était affublée d'une robe de chambre. L'homme était vêtu d'une salopette, le genre de tenue que porterait un électricien ou un plombier. Sous leurs têtes, des taches de sang s'étalaient sur plusieurs centimètres.

Jim se racla la gorge.

— Ouais, je la vois, moi aussi.

Marie-Terese apparut en haut de l'escalier.

— Où doit-on aller ?

— Ça s'est passé dans ma chambre, dit Vin.

Eddie posa une partie de ses courses dans l'entrée et commença à monter.

— Alors allons-y.

Chargé comme une mule, Jim dut se mettre de biais pour grimper les marches et Vin vint à son secours.

— C'est quoi, tout ça ? demanda-t-il. Ça en fait, du sel.

Tandis qu'ils s'entassaient dans la chambre au décor des années 1970, au papier peint bleu marine défraîchi et meublée pour un écolier, Eddie roula le tapis en lirette qui garnissait le centre de la pièce.

— C'est ici, alors ?

La réponse était évidente, au vu du cercle décoloré imprimé sur le plancher.

— Est-ce qu'il faut d'abord le nettoyer ? demanda Jim.

— Nettoyer quoi ? (Vin s'agenouilla et passa la main sur le parquet en PVC.) Je ne vois rien.

— C'est juste…

Eddie attrapa Jim par le bras et lui fit signe de se taire. Puis il entreprit d'ouvrir les sacs et distribua une boîte de sel à Vin et Marie-Terese.

— Vous allez en verser tout autour de l'étage. Il faut tracer une ligne ininterrompue, à l'exception de cette fenêtre. (Il désigna sa droite.) Ne vous en occupez pas. Si vous rencontrez des meubles sur votre chemin, contournez-les puis revenez vers le mur. J'en ai encore, si vous tombez en rade.

Il les regarda faire quelques instants puis, satisfait, sortit deux cigarillos de la poche intérieure de son blouson et en tendit un à Jim avec un paquet de sel.

— Toi et moi, on va faire la même chose en bas.

— OK.

De retour au rez-de-chaussée, Eddie sortit un briquet noir et alluma le havane. Lorsqu'il expira, une odeur étrange se répandit dans la pièce… On aurait dit l'air de l'océan. Puis il tendit la flamme vers Jim, qui se pencha. Une bouffée, et il se crut au paradis. Le tabac avait un goût fabuleux et ne ressemblait à rien de ce qu'il avait connu. Si savourer ces merveilles faisait partie de ses nouvelles attributions, alors il était plus que partant.

Bon sang, il adorait fumer. Et à l'évidence, toutes ses inquiétudes sur le cancer n'avaient plus lieu d'être.

Eddie rangea son briquet et ouvrit son paquet.

— On va faire le tour de toutes les pièces et expirer la fumée tout en traçant notre barrière. Le but, c'est de purifier l'environnement et de créer un obstacle. Il y a d'autres paquets de sel dans ce sac.

— Ça va vraiment arrêter Divine ?

— Disons qu'elle aura plus de mal à entrer. Adrian va faire son maximum pour la tenir occupée, mais malgré tout son talent elle comprendra qu'il se passe un truc.

Jim ouvrit son paquet de sel avec un air presque réjoui. Pour le meilleur ou pour le pire, enfin surtout pour le pire, il était né pour se battre, et pas simplement parce qu'il était bâti tout en puissance. La guerre imprégnait son sang, son cœur et son cerveau.

Être en mission lui manquait. Inclinant la boîte de sel vers le bas, il fumait, le sourire aux lèvres, tandis qu'une rivière blanche s'écoulait du bec verseur pour atterrir sur la moquette miteuse. Eddie ayant pris en charge l'arrière de la maison, en partant du couloir jusqu'à la cuisine, Jim se dirigea vers le salon. Il ne lui fallut que quelques minutes pour longer la plinthe tout en écartant du chemin les rideaux poussiéreux, et il en tira même une certaine satisfaction : l'impression de marquer son territoire en pissant.

Bon sang, il espérait presque que cette salope passe la porte pour qu'il puisse lui botter le cul.

Ça, c'était sacrément nouveau… Avant, il aurait religieusement tiré une ligne entre la population masculine et féminine. Autant, avec les premiers, il n'hésitait pas à tuer, estropier, écraser ou assommer. Autant, avec les nanas, c'était différent. Si l'une d'elles s'approchait de lui avec un couteau, il la désarmait. Point. La mettre hors d'état de nuire n'était envisageable que s'il y était contraint, et dans ce cas il s'y emploierait de la manière qui lui causerait le moins de douleur et de séquelles.

Mais Divine n'était plus une femme à ses yeux, si tant est qu'elle l'ait jamais été.

Le sel soupirait à mesure que Jim esquissait sa petite ligne tremblotante, et même s'il paraissait difficile de se fier à un truc dont on se servait chez McDo pour relever le goût des frites, Eddie n'avait pas l'air d'être le dernier des imbéciles. Loin de là.

Et ce cigare était vraiment une merveille.

Lorsqu'ils eurent terminé, le rez-de-chaussée sentait l'air californien et avait besoin d'un bon coup d'aspirateur. Ils regagnèrent l'étage, Eddie prenant soin de tracer une ligne blanche en travers de chaque marche jusqu'à ce que l'escalier ressemble à une plate-forme d'atterrissage.

Vin et Marie-Terese avaient bien travaillé. Après avoir joué les inspecteurs des travaux finis, Eddie les invita à s'installer sur le petit lit et demanda à Jim de l'accompagner à la salle de bains, au bout du palier. Se servant du lavabo comme d'un saladier, il versa l'eau oxygénée, la lotion tonifiante, le vinaigre blanc et le jus des citrons, puis mélangea à mains nues.

Tandis qu'une puanteur envahissait les narines de Jim, Eddie se mit à scander quelques mots à voix basse tout en continuant à esquisser des cercles dans la vasque. Ses paroles étaient à peine audibles et il parlait dans une langue que Jim ne comprenait pas, mais l'ange répéta plusieurs fois la phrase.

D'un coup, l'odeur qui s'élevait de la mixture changea et l'air se chargea d'un parfum frais, comme celui des champs au printemps.

Eddie retira les mains et les essuya sur son jean, puis attrapa son manteau et en sortit deux objets en cristal.

— Ce sont des flingues ? demanda Jim.

— Ouaip.

Ôtant la protection d'un des deux revolvers, il l'immergea dans la potion, des bulles remontant à la surface jusqu'à ce qu'il ait le ventre plein. Puis il le tendit à Jim.

— Range-le dans ton étui. Contrairement à ton semi-automatique, celui-là fonctionnera contre Divine.

Tandis qu'Eddie remplissait le sien, Jim retourna l'arme mouillée entre ses mains. C'était une véritable œuvre d'art qui semblait sculptée dans du quartz transparent et conçue avec minutie. Le prenant en main, il le pointa vers le mur de la salle de bains et appuya sur la détente. Le liquide jaillit en un mince filet qui s'écrasa à l'endroit exact qu'il avait visé.

— Joli…, murmura-t-il.

— Je te montrerai comment en fabriquer. (Eddie referma le chargeur du revolver et le dissimula au creux de son dos.) Le fait que tu saches tailler le bois sera un plus.

Lorsqu'ils rejoignirent les autres, Vin faisait les cent pas et Marie-Terese était assise sur le lit. Eddie se débarrassa de son blouson et farfouilla dans les sacs plastique qui, pour la plupart, étaient désormais vides.

Sortant les sachets de sauge fraîche, il déchira les emballages et tendit les feuilles à Marie-Terese.

— Gardez-les sur vous et restez à l'écart. Quoi qu'il se passe, tenez-les toujours serrées entre vos deux paumes. Ça vous protégera.

— Et moi, qu'est-ce que je fais ? demanda Vin.

Eddie lui jeta un coup d'œil.

— Déshabillez-vous.

Chapitre 38

La dernière fois que Vin s'était dévêtu en public, le contexte avait été bien différent.

Jetant sa chemise, son pantalon et son caleçon sur la commode, il posa le revolver au-dessus de la pile, puis se retourna, prêt à en finir. Marrant, il n'avait subi qu'une seule opération dans sa vie, à la fin des années 1990. Des années de basket, de tennis et de jogging lui avaient ruiné le ménisque au point de devoir passer sur le billard. Eh bien, il s'était retrouvé dans le même état d'esprit qu'aujourd'hui : bien décidé à revenir à la normale. En espérant ne pas avoir de mauvaise surprise une fois la douleur disparue.

Il jeta un coup d'œil à Marie-Terese. Elle était assise sur le lit, figée telle une statue, tenant la sauge fraîche dans ses mains, les feuilles duveteuses pointant au-dessus des pouces tandis que les petites tiges apparaissaient au-dessous des poings. Lorsqu'elle croisa son regard, il s'approcha et lui déposa un bref baiser sur la bouche. Elle avait peur, mais elle était forte, et autant il aurait préféré lui éviter tout cela, autant il était d'accord avec Adrian : on ne pouvait prendre aucun risque, surtout si Divine était en possession de sa boucle d'oreille.

Eddie sortit une boussole ainsi que des bougies, que Jim et lui disposèrent aux quatre points cardinaux avant de les entourer d'un cercle de sel. Vin les regarda faire en se disant qu'ils étaient bien plus soigneux qu'il ne l'avait été vingt ans auparavant. Mais, à sa décharge, il avait été pressé par le temps : ses parents risquaient à tout instant d'émerger de leur torpeur.

— Comme je vous l'ai indiqué, vous avez effectué un rituel de possession. (Eddie fit le tour de la pièce pour allumer chacune des mèches.) Vous avez prélevé trois éléments sur votre corps : des cheveux, du sang et… enfin, vous savez quoi, et les lui avez offerts. Elle a accepté vos dons et s'est installée dans votre enveloppe spirituelle, pour ainsi dire. Nous allons l'en déloger.

— Ouais, écoutez, intervint Vin, vous êtes sûr de ne pas vouloir vous occuper de Marie-Terese avant moi ?

— Non. C'est vous le point central. Vous avez invoqué Divine. En outre, le lien de Marie-Terese est plus facile à rompre, en supposant que Divine soit en possession de la boucle d'oreille. (Il disparut dans la salle de bains puis réapparut les mains dégoulinantes, les maintenant en l'air comme un chirurgien attendant qu'on lui enfile ses gants.) Jim, va chercher mon manteau et sors le rouleau de cuir qui se trouve dans la poche droite.

Jim farfouilla puis extirpa un ballot de vingt-cinq centimètres de long sur cinq de large, fermé par un ruban de satin blanc.

— Ouvre-le.

Jim défit rapidement le nœud puis déroula le cuir, laissant apparaître une dague sculptée dans du verre.

— Surtout ne touche pas le poignard, prévint Eddie.

— Qu'est-ce que vous comptez foutre avec ça ? demanda Vin.

— Vous opérer. (L'ange désigna le cercle de bougies.) Il s'agit de chirurgie spirituelle et, avant que vous ne posiez la question, ouais, ça va vous faire un mal de chien. Mais quand ce sera terminé, vous ne garderez aucune cicatrice. Maintenant, allongez-vous, la tête vers le nord.

Vin scruta le visage des deux hommes qui le regardaient : graves, sérieux. Surtout Eddie.

— C'est la première fois que je vois un couteau pareil, murmura Vin en examinant l'objet.

— C'est du cristal, précisa Eddie, semblant comprendre que Vin avait besoin d'un petit moment pour se préparer. Écoutez, prenez une grande inspiration si vous voulez, mais là, il faut vraiment s'y mettre. (Il jeta un coup d'œil à son pote.) Jim ? Reste avec Marie-Terese. Un jour, c'est toi qui te chargeras de ce genre de choses, mais pour l'instant contente-toi d'observer et, si ça tourne au vinaigre, tu t'occupes d'elle.

— Est-ce que vous lisez dans les pensées ? demanda Vin.

— Parfois. Maintenant, est-ce qu'on peut y aller ? Je ne sais pas combien de temps Adrian va pouvoir la retenir.

Vin croisa le regard de Marie-Terese, espérant qu'elle y lirait tout ce qu'il aurait voulu dire. Elle acquiesça, semblant parfaitement le comprendre, puis il s'avança vers le cercle de sel et s'allongea au milieu. Eddie avait parfaitement jaugé sa taille : la tête posée à côté de la bougie indiquant le nord, les pieds de Vin frôlaient à peine la limite tracée à l'extrémité opposée.

— Fermez les yeux, Vin.

Vin regarda Marie-Terese une dernière fois puis baissa les paupières et tenta de se détendre. Le sol était dur sous ses omoplates, ses fesses et ses talons ; et son cœur battait la chamade dans sa cage thoracique. Mais le plus flippant était de ne pas voir : non seulement il se sentait isolé, mais tous les bruits lui paraissaient amplifiés. Chaque son lui mettait les nerfs à vif, depuis sa propre respiration jusqu'aux pas d'Eddie marchant autour de lui, mais surtout les étranges paroles murmurées au-dessus de son corps nu.

Il ne lui fallut pas longtemps pour perdre patience. Il était là, étendu comme une vierge en offrande, devant Marie-Terese qui, sans nul doute…

Le sol se mit à vibrer. Très légèrement.

Vin sentit d'abord la réverbération à travers ses paumes et ses pieds, puis elle sembla se concentrer vers l'intérieur, dessinant des cercles se resserrant autour de son nombril. Tandis qu'il absorbait les pulsations rythmiques, une douce brise lui caressa les poils des bras, des cuisses et de la poitrine, au point qu'il se demanda si quelqu'un avait ouvert la fenêtre.

Non… les choses avaient commencé à bouger.

Il était incapable de distinguer qui de lui ou de la pièce s'était mis à tourner, mais d'un coup les ondes et la brise fusionnèrent, formant un tourbillon autour de lui. Ou était-ce lui qui tournoyait ? Comme l'eau à travers une canalisation, le maelström prit de la vitesse, portant son estomac au bord de la révolte. Un haut-le-cœur le souleva et il se sentit prêt à restituer le sandwich qu'il avait avalé en compagnie de Marie-Terese.

Juste avant le point de non-retour, le manège infernal s'interrompit et il se sentit soudain tout léger, comme en apesanteur. Immobile, il était suspendu dans l'air chaud, savourant le retour au calme. Prenant une grande inspiration, il sentit son ventre, ses bras et ses jambes se détendre, ses muscles se relâcher.

Et là, la vue lui revint. Bon Dieu, même avec les paupières baissées, il voyait une lumière blanche : la source se trouvait quelque part au-dessous de lui, émergeant du sol pour le nimber d'un halo.

Le visage d'Eddie apparut au-dessus du sien.

Il bougeait les lèvres comme s'il parlait, mais Vin n'entendait les paroles d'Eddie qu'à travers son esprit.

« *Respirez un grand coup et ne bougez plus.* »

Vin voulut acquiescer, mais Eddie lui fit « non » de la tête. Alors il se contenta de le faire par la pensée.

Tenant la dague entre ses deux mains, Eddie l'éleva au-dessus de la poitrine de Vin. Lorsque la lumière blanche frappa le cristal, la lame étincela soudain de mille couleurs : le prisme des roses, des bleu ciel, des jaune pâle, des carmins, des bleu marine et des violets partait dans toutes les directions.

Eddie se mit à parler de plus en plus vite, submergeant le cerveau de Vin de phrases incompréhensibles.

Tentant de se ressaisir, Vin se concentra sur la pointe du poignard.

Elle allait lui transpercer le torse. Il le savait à l'avance.

La lame s'abattit avec la rapidité d'un éclair, mais cela lui sembla durer un siècle, et l'impact fut encore pire que ce qu'il avait imaginé. Dès l'instant où la dague s'enfonça dans sa peau, la douleur se propagea dans chaque partie de son corps.

Ce fut à cet instant qu'Eddie lui ouvrit le cœur.

Envahi par des vagues de souffrance, Vin hurla lorsque les chairs s'écartèrent au niveau du sternum. La colonne vertébrale tendue, il se cabra de douleur. Les mots d'Eddie lui parvinrent étouffés, puis il le vit plonger une main baignée de lumière au centre de sa poitrine, exacerbant son martyre.

Il sentit ses doigts fouiller, empoigner, tirer…

Cependant, ce qu'il tentait d'extraire résistait et Vin se mit à haleter sous la pression exercée sur ses côtes et ses poumons. Le souffle court, il était au bord de l'asphyxie.

Tandis qu'Eddie redoublait d'efforts, Vin luttait pour survivre, non pas pour lui-même, mais pour Marie-Terese.

Il voulut crier de nouveau, mais il était privé de souffle, et aucun son ne sortit. Il ne voulait pas mourir devant elle. Pas ce soir. Pas…

À mesure qu'Eddie s'acharnait, Vin commençait à flancher. Son cœur tambourinant se mit à ralentir, manqua un battement, puis s'affaiblit dangereusement. Au bord de l'arrêt cardiaque, Vin sentit le froid l'engourdir peu à peu. Luttant de toute son âme, il tenta de remettre la machine en marche, mais toutes ses réserves étaient épuisées. Si son esprit voulait encore se battre, son corps avait déposé les armes.

Et c'est à ce moment-là que le mal relâcha son emprise.

Au début, il n'eut qu'une sensation vague : une tension qui se relâchait, comme si l'une des boucles qui le retenait venait de céder. Puis une autre se rompit, bientôt suivie par des dizaines d'autres. Et soudain…

Dans un fracas étourdissant, comme du métal qu'on arracherait, une ombre se libéra de son corps avec violence, comme si on l'avait extraite avec un forceps… et sa première pensée fut de se sentir trop léger sans sa présence. Sa seconde fut de croire qu'il agonisait…

Vin fut sauvé par la lumière blanche. D'un coup, comme si elle prenait conscience du peu de temps qu'il lui restait à vivre, elle l'enveloppa de chaleur, soulageant sa douleur jusqu'à la faire disparaître, effaçant son agonie. Et il se sentit libéré, aérien, si transparent qu'il en était devenu invisible.

Éperdu de joie, de gratitude et de soulagement, il s'écroula en larmes.

C'était la première fois en trente-trois ans qu'il se retrouvait seul dans sa propre chair.

Jim ne savait plus où donner de la tête.

Chaque fois qu'une voiture ralentissait, il scrutait la rue à travers la fenêtre. Et il avait la même réaction dès qu'il entendait un bruit dans la maison, une branche qui grinçait ou la brise soufflant au-dehors. Il se tenait constamment aux aguets, attendant que Divine fasse son apparition.

Et pourtant, au centre de la pièce, le spectacle était hypnotisant.

Jamais il n'avait vu pareil phénomène. Depuis le moment où le sol s'était dérobé sous Vin avec cette lumière qui avait surgi de nulle part, jusqu'à ce qu'Eddie plonge sa dague pour se mettre à tirer, il était resté bouche bée.

Seigneur, ce poignard !

C'était l'objet le plus magnifique qu'il ait jamais vu. Lorsque la lumière l'avait frappé, un arc-en-ciel de couleurs vives avait jailli de la lame, les nuances si nettes, si éclatantes qu'il avait l'impression d'être un enfant voyant ces couleurs pour la première fois.

Mais cette lutte… Il avait bien cru que Vin allait y rester. Au plus fort de la lueur, Eddie avait poignardé Vin avant de plonger les mains dans sa poitrine et de se mettre à tirer avec autant de force que s'il tentait d'extraire une voiture d'un marais. Aussitôt, Vin avait poussé un hurlement inhumain, les muscles tendus comme la corde d'un arc, la douleur s'échappant de sa gorge.

À cet instant, Marie-Terese s'était élancée vers lui, mais Jim l'avait rattrapée, son instinct lui soufflant de la tenir à l'écart, même si la scène devenait insoutenable. Aucune interruption n'était possible : c'était une opération de l'âme et le cancer devait être extirpé. Même si Vin devait y laisser sa peau, c'était la seule solution.

Jim la retenait aussi délicatement que possible et elle finit par se serrer contre lui, enfonçant les ongles dans son avant-bras, comme pour le supplier de mettre fin au calvaire de son homme.

Ce que Jim était incapable de faire. Le sort de Vin était entre les mains d'Eddie.

Enfin, la bataille sembla tourner en sa faveur. Ce qu'il tentait d'extraire finit par lâcher prise, petit à petit, jusqu'à céder brutalement dans une explosion qui projeta l'ange en arrière. Mais ce n'était pas encore l'heure de chanter victoire.

Dès que cette saloperie fut sortie de son corps, elle se mit à flotter dans la pièce puis en un éclair, telle une ombre maléfique, elle se jeta sur Marie-Terese. Virevoltant dans l'air, elle se recroquevilla et redoubla de noirceur, comme si elle rassemblait ses forces avant de plonger en direction de la jeune femme.

Jim se plaça devant elle et la plaqua contre le mur. S'emparant du revolver en cristal, il ôta le capuchon du chargeur et aspergea Marie-Terese jusqu'à ce que la solution lui dégouline du nez et des cheveux.

Il en aurait jeté tout un seau s'il l'avait pu.

Pivotant d'un bond, il n'eut que le temps de voir l'ombre s'abattre sur eux. L'impact fut atroce, aussi douloureux que s'il avait été piqué par un millier d'abeilles. Marie-Terese poussa un cri…

Non, ce n'était pas elle. La chose se mit à hurler et vola en éclats, telles des billes de plomb éparpillées sur le sol.

Cette saloperie se reforma, mais ne retenta pas sa chance. Au lieu de cela, elle s'élança vers la seule fenêtre dont le rebord était vierge de sel, faisant exploser le verre dans un fracas qui fit trembler toute la maison.

À ce moment précis, la lumière nimbant le cercle fut aspirée hors de la pièce et effectua une sortie tonitruante : la détonation leur vrilla les tympans et brisa le miroir surplombant la commode. Eddie fut soufflé par la décharge d'énergie et s'écrasa contre le mur au moment où Vin réapparaissait sur le plancher, pâle, tremblant, luisant de sueur.

Tandis qu'il se recroquevillait sur le côté, les genoux remontés sur la poitrine, Marie-Terese s'échappa de l'étreinte de Jim et courut vers lui.

— Vin ? (Elle lui passa la main dans les cheveux.) Oh, mon Dieu, il est gelé. Passez-moi la couette.

Jim arracha l'édredon du lit et le fourra dans ses bras tendus. Puis il alla s'agenouiller au côté d'Eddie, qui semblait assommé.

— Ça va, mon grand ? Eddie ?

L'ange sursauta puis promena son regard autour de lui d'un air hagard. Cependant, malgré son hébétude, il tenait encore la dague de cristal serrée dans son poing, les phalanges blanchies tant il était crispé sur le manche ; seule une paire de tenailles aurait pu lui faire lâcher prise.

Et son visage n'avait rien de triomphant.

Lorsqu'il voulut se lever, Jim le saisit sous les aisselles et l'aida à se traîner jusqu'au lit.

— À en croire ta mine, ça ne s'est pas déroulé comme tu le voulais.

Eddie prit quelques secondes pour respirer.

— Il est tiré d'affaire… et bonne idée, d'avoir aspergé Marie-Terese.

— Je me suis dit que ce serait plus efficace. (Jim écarta la grosse tresse noire de l'épaule de l'ange, démuni devant la déception qui se lisait sur le visage d'Eddie.) Je ne pige pas, là. C'est quoi le problème ?

Eddie jeta un regard à la fenêtre cassée et secoua la tête.

— C'était trop facile.

Putain ! Si ce qui venait d'avoir lieu n'avait été qu'une promenade de santé, alors à quoi pouvait ressembler un vrai combat ? se demanda Jim.

CHAPITRE 39

À moitié hébété, Saul se gara dans l'allée. À la lueur de la lumière du garage, il leva les yeux vers le rétroviseur et pencha la tête sur le côté. De son doigt entaillé, il effleura sa tempe chauve et se souvint de ce moment passé avec cette femme dans son taxi. Ils avaient couché ensemble.

C'était la première fois depuis son séjour en prison, dix ans auparavant.

Il avait adoré ces minutes… du moins pour l'essentiel. Dans les secondes qui avaient suivi, alors qu'il était avachi sous elle, une étrange léthargie s'était emparée de lui et, au lieu d'être détendu, il s'était senti coincé.

C'est là qu'elle avait sorti les ciseaux. Elle avait été si rapide qu'il n'aurait pas pu l'arrêter même s'il avait été alerte. D'un geste brusque, elle lui avait coupé une mèche et avait entaillé sa peau. Puis elle avait frotté les cheveux dans le sang avant de l'enjamber et de regagner sa place, les mains cachées sous sa jupe.

Après quoi elle était partie.

Elle n'avait même pas pris la peine de fermer la portière. Bien que transi de froid, il lui avait fallu quelques minutes pour être capable d'attraper la poignée et de la tirer vers lui. Après avoir remonté sa braguette, il avait cédé à la fatigue malgré la voix nasillarde du répartiteur et le danger de se retrouver dans une position aussi vulnérable en plein centre-ville, même s'il faisait encore jour.

Pendant son sommeil, il avait fait un rêve épouvantable et, dans la faible lumière qui régnait à présent, il eut besoin de s'assurer que la banquette arrière était vide. Personne, évidemment… Il avait verrouillé les portières dès qu'il avait repris sa place au volant.

Bon Dieu… Quel cauchemar ! Il se remémora la scène, se revoyant se faire chevaucher par une sorte de monstre en décomposition, une créature qui ressemblait à la femme avec laquelle il avait couché. Sauf que ce n'était pas vraiment elle… et ensemble ils avaient conclu une sorte de pacte. Toutefois, impossible de se souvenir de ce qu'il avait obtenu en échange de ce qu'il lui avait donné.

Sa bien-aimée. Cela avait un rapport avec sa bien-aimée.

La nuit était presque tombée lorsque deux voyous, ouvrant les portières avant pour fouiller son sac et son blouson, l'avaient sorti de sa torpeur.

Indépendamment de sa volonté, sa main avait plongé pour attraper la queue-de-cheval du type penché près du volant. En l'agrippant ainsi, il s'était rendu compte qu'il était devenu cent fois plus fort qu'il ne l'était avant de s'assoupir. Et il avait aussi gagné en concentration. Il se sentait comme… une machine à tuer.

De l'autre côté du taxi, le second gamin avait jeté un coup d'œil au visage de Saul… et aussitôt lâché le portefeuille pour prendre ses jambes à son cou.

Saul avait attrapé le premier en le tirant jusqu'à la banquette avant de lui tordre le cou au point de lui rompre les cervicales. Un craquement, et le gars était mort.

Puis il s'était débarrassé du cadavre en le jetant dans la rue, près de l'endroit où il s'était garé. Alors il avait levé les yeux… pour découvrir une caméra de surveillance braquée sur lui.

Par chance, elle ne fonctionnait pas : le voyant rouge d'enregistrement n'était pas allumé.

Rien à voir avec la chance, avait-il entendu alors. *Cela fait partie du marché.*

Là, tout lui était revenu : lorsqu'elle lui avait demandé ce qu'il voulait, il avait répondu : passer inaperçu, être libre d'agir sans se soucier des regards indiscrets.

Et elle l'avait exaucé.

Regagnant le siège avant, il s'était senti à la fois oppressé et exalté, et c'est à cet instant qu'il s'était rendu compte que le moteur était resté en marche depuis qu'elle était partie. Alors comment avait-il pu échapper au monoxyde de carbone ? Il faisait froid et le chauffage était resté allumé pendant tout ce temps.

Rentre chez toi, avait-il entendu dans sa tête.

Dès qu'il avait empoigné le volant, une force s'était emparée de lui pour lui dicter sa prochaine destination.

Rentre chez toi. Dépêche-toi.

Obsédé par cette pensée, il avait quitté le centre-ville et filé en direction de la banlieue, roulant à tombeau ouvert alors qu'après ses précédents meurtres il avait respecté le Code de la route à la lettre.

Pourtant, malgré ce pouvoir étrange qui l'habitait désormais, il se sentait paralysé, tel un moteur au point mort : le regard rivé sur la route, il était comme privé de tout libre arbitre.

Quelque part au fond lui, il s'inquiétait de la légèreté dont il avait fait preuve après ce nouvel assassinat. Il aurait dû laisser le taxi au centre de répartition et foutre le camp. C'était bien beau de rêver, mais la réalité pouvait le rattraper à tout moment. N'importe quel meurtrier pouvait se faire choper…

Pas toi. Plus maintenant.

Rentre chez toi.

Cette pensée le frappa avec la clarté d'une cloche carillonnant dans le silence de l'aube. Ouvrant la portière, il sortit et regarda autour de lui, toujours un peu hébété par les changements qui se produisaient en lui. Il se sentait différent dans son propre corps, et malgré toute la volupté que lui procurait cette sensation, il avait l'impression d'être un gagnant du loto dont le billet n'aurait pas encore été authentifié. Que se passerait-il si tout s'arrêtait ? Ou si un imprévu survenait et…

Ne te tracasse pas. Rentre chez toi.

En sortant ses clés, il remarqua un pick-up garé devant la maison voisine, ainsi qu'une voiture de sport dans l'allée, mais il ne leur prêta pas plus d'attention que cela. Il devait rentrer chez lui.

Dans le vestibule, il jeta un coup d'œil au salon puis à la cuisine, envahie de sacs McDonald's, de cartons de pizza et de bouteilles de Coca vides. Que faire à présent ? Il n'avait ni faim, ni soif, ni envie de dormir et, surtout, il n'avait aucune idée de la raison pour laquelle il devait absolument rester ici.

Il attendit.

Aucune voix ne résonna en lui. Alors, comme chaque fois qu'il rentrait à son domicile, il monta au premier.

Dès qu'il entra dans la chambre, il se sentit galvanisé par la statue de marbre à l'effigie de sa belle et se précipita vers elle pour s'agenouiller à ses pieds. Prenant son visage parfait entre ses mains, il sentit ses paumes réchauffer la pierre froide.

C'est à cet instant que le pacte lui revint en mémoire, mot pour mot.

La voix de la femme retentit dans sa tête : « *Pour un prix très modeste, tu peux réaliser ton souhait le plus cher. Je peux te dire comment la posséder et la garder. Et je te protégerai. Car tu es à moi. Je ne laisserai personne s'en prendre à toi. Jamais.*

» *Il ne tient qu'à toi d'exaucer ton vœu.*

» *Tue-la et elle t'appartiendra.* »

— Oui, dit-il à la statue. Oui… mon amour.

Tout ce qu'il avait à faire était de pénétrer chez elle. Il fallait trouver un moyen d'être assez proche d'elle pour…

Le bruit d'une fenêtre explosant en mille morceaux lui fit dresser la tête. Le verre fut projeté avec une telle force qu'il vint s'écraser contre son mur, canardant les panneaux en aluminium telle une rafale de mitraillette.

Puis, dans un moment de grâce et de silence, les rideaux se soulevèrent comme si la pression à l'intérieur était plus forte qu'au-dehors, dévoilant le visage de sa bien-aimée.

Sous la lumière d'un plafonnier, Marie-Terese contemplait le trou béant, ses traits exquis déformés par l'épouvante. Ses cheveux et ses habits étaient trempés. Les joues blêmes, elle ressemblait encore plus à la statue.

Émerveillé, il la dévisagea pendant un long moment, sans se soucier d'être vu. Plongé dans l'obscurité, il lui était invisible, ainsi qu'aux deux hommes qui se tenaient près d'elle.

Intéressant… l'un d'eux lui était familier. Il l'avait vu au club, tabassant ces deux gamins qu'il avait par la suite assassinés dans la ruelle.

Pas de temps à perdre. Vas-y, fonce…

Se levant d'un bond, il sortit en courant de la chambre et dévala l'escalier.

Quelle femme incroyable, se disait-il en songeant à cette brune dans son taxi. *Elle détient le pouvoir. Le vrai pouvoir.*

En une fraction de seconde, il s'était engouffré dans son véhicule, plongeant la main sous son siège pour en sortir son revolver.

Marie-Terese enveloppa Vin dans la couette et le prit dans ses bras. Son corps était comme un bloc de glace, un objet sans vie qui rejetait du froid. Elle le frictionnait pour tenter de le réchauffer mais il ne lui rendait pas la tâche facile : très agité, il tressaillait, l'air de ne pas savoir où il était ni de comprendre ce qui lui arrivait.

— Chuuuut… je suis là, lui murmura-t-elle.

Au son de sa voix, il parut s'apaiser.

— Vin, je veux que tu t'allonges contre moi. (Elle l'attira sur sa poitrine et il se laissa faire, se blottissant contre elle.) Calme-toi… tout va bien…

Caressant le visage enfoui contre son pull, elle restait médusée par ce qu'elle avait vu sans pour autant douter de sa réalité. Elle avait aussi la nette impression de n'avoir saisi qu'une partie de ce qui s'était réellement passé.

Par bonheur, Eddie n'avait fait que simuler le coup de poignard. La dague transparente s'était arrêtée à quelques millimètres de la cage thoracique de Vin. Mais lors de la lutte, les deux hommes avaient souffert pour de bon. Et puis… enfin, elle ignorait ce qui s'était vraiment produit ensuite : Eddie s'était cabré en arrière, comme s'il extrayait un organe, et Marie-Terese avait été saisie d'une panique incontrôlée, irrationnelle… du moins au début.

Quelques instants plus tard, elle avait senti une présence maléfique se jeter sur elle. Jim l'avait alors poussée derrière lui pour l'asperger d'une solution qui avait l'odeur des embruns. Tandis qu'elle hoquetait, le mal avait volé en éclats autour d'elle et c'est à ce moment-là que la fenêtre avait explosé.

Vin roula sur le dos et scruta son visage.

— Tu vas… vraiment bien ?

Les dents serrées, il parvenait à peine à parler.

— Oui, je t'assure.

— Tu es trempée.

Elle lissa en arrière ses cheveux mouillés.

— Je crois que c'est ça qui m'a sauvée.

De l'autre côté du lit, Eddie acquiesça d'une voix rocailleuse.

— C'est vrai. Jim a eu une sacrée bonne idée.

L'intéressé hocha la tête, prêtant davantage attention à son pote qu'au compliment : il avait vraiment l'air en sale état.

— Tu n'as besoin de rien ? demanda-t-il à Eddie. T'es sûr ?

— C'est plutôt d'Adrian qu'il faudrait s'inquiéter. Divine ne s'est pas pointée et il n'est pas revenu. Ça veut dire que…

Ce n'est pas bon signe, songea Marie-Terese.

— Ce n'est pas bon signe, conclut Jim à sa place. Je crois que je vais aller refaire le plein de potion magique.

Tandis qu'il se dirigeait vers la salle de bains, Vin poussa un grognement en tentant de s'asseoir.

— Doucement, dit-elle en nouant les bras autour de son torse afin de l'aider à se redresser.

Lorsqu'il parvint à se tenir droit, elle tira la couette de sous son bassin et la lui enroula autour des épaules.

Il se passa la main dans les cheveux, lissant les mèches rebelles.

— Est-ce que c'est terminé ? Est-ce que je suis libéré ?

Eddie se leva en vacillant.

— Pas tout à fait. Pas tant que nous n'avons pas récupéré l'émeraude.

— Est-ce que je peux vous aider ?

— Non. Il vaut mieux que l'un de nous s'en charge.

Vin acquiesça et, au bout d'un moment, réussit à se lever. Même s'il pesait bien plus lourd qu'elle, elle le soutint jusqu'au moment où il tint seul sur ses jambes, puis elle le laissa esquisser quelques pas.

Lorsqu'il commença à se rhabiller, elle s'approcha de la fenêtre brisée, cherchant à lui ménager un peu d'espace.

Alors qu'elle contemplait les dégâts, des dizaines de questions se bousculaient dans sa tête. Les carreaux avaient littéralement explosé, ne laissant que de maigres fragments sur le châssis. Dans la chambre, le sol était jonché d'éclats de verre et de bois, mais rien de plus gros qu'un crayon.

— Ne restez pas là, dit Eddie en intercalant son corps massif entre elle et la fenêtre. Elle n'est pas scellée et…

Eddie hoqueta et porta la main à la gorge, comme si on l'avait attrapé par-derrière. Le dos courbé, il fut aspiré vers le trou béant. Sa tête puis ses épaules basculèrent à travers l'ouverture et Marie-Terese plongea à son secours… et se retrouva entraînée avec lui.

— Le… couteau…, haleta Eddie.

Elle appela au secours et dès lors tout se passa comme au ralenti. Jim fut le premier à intervenir. Se précipitant depuis le couloir, il se rua sur la dague restée sur le lit pour la tendre à Eddie. Dès qu'il empoigna l'arme, Eddie se débattit pour tenter de poignarder la chose ou la créature qui l'entraînait de l'autre côté de la fenêtre.

Marie-Terese tenait Eddie par la jambe tandis que Jim lui enserrait la taille. Vin s'empara du flingue posé sur la commode et pivota d'un bond pour le pointer en direction de la mêlée. Elle savait qu'il ne tirerait pas à moins d'être…

Soudain elle aperçut, par l'embrasure de la porte, un homme qui montait l'escalier. Il gravissait les marches en silence, d'un air concentré. Lorsqu'il redressa la tête, elle croisa son regard…

Saul… du groupe de prières. Que faisait-il…

Levant la main, il se retourna pour braquer un revolver sur elle.

— Mon amour, dit-il d'une voix fervente. Tu es à moi, maintenant. Et pour toujours.

Puis il tira.

Vin poussa un cri tandis que Jim se jetait en travers de la trajectoire de la balle : avec la grâce d'un athlète, il bondit, bras tendus, pour faire bouclier de son corps.

Lorsque le coup de feu résonna dans la pièce, Eddie dégringola par la fenêtre.

Un second coup de feu retentit aussitôt.

Chapitre 40

Vin s'arracha à sa torpeur dès qu'il entendit des cris du côté de la fenêtre. Il commençait à enfiler son pantalon quand des bruits de lutte étaient parvenus à ses oreilles et sa première pensée avait été pour Marie-Terese. Mais ce n'était pas elle qui était en danger. Jim réagit au quart de tour en passant la dague à Eddie avant de se cramponner à sa taille, aidé par Marie-Terese qui faisait son maximum pour empêcher l'homme d'être entraîné par Dieu sait quoi.

Sa première réaction fut d'attraper le revolver qu'il avait laissé avec ses vêtements. D'une chiquenaude, il ôta la sécurité et pointa le canon en direction des corps agglutinés près de la fenêtre. Impossible de déterminer une cible. Alors il resta planté là, attendant de…

À cet instant, le visage de Marie-Terese perdit toute sa détermination : les yeux rivés sur la porte, elle avait l'air abasourdie.

Quelqu'un d'autre était là.

Vin pivota sur ses pieds nus ; la vision qu'il avait eue pendant sa transe était en train de se dérouler sous ses yeux : un homme aux cheveux blonds clairsemés tournait au coin de l'escalier pour braquer une arme en direction de la chambre. Oui… c'était cela. Il allait appuyer sur la détente et la balle allait fendre l'air pour atteindre Marie-Terese.

— Non ! hurla-t-il lorsque le coup partit.

Du coin de l'œil, il vit Jim s'élancer devant Marie-Terese pour s'interposer entre elle et la balle qui lui était destinée.

L'impact fut si violent qu'il fut projeté en arrière, renversant la jeune femme sous son poids.

D'instinct, il voulut se précipiter vers elle, mais se ravisa. Pivotant avec son revolver brandi, il savait qu'il fallait à tout prix empêcher l'intrus d'appuyer à nouveau sur la détente. C'était sa seule chance d'éviter un massacre.

Même s'il avait l'affreux pressentiment que Jim avait eu son compte.

Les mains serrées sur son arme, Vin se faufila hors de la chambre pour se retrouver nez à nez avec un homme qu'il dépassait d'au moins huit centimètres.

C'était à celui qui tirerait le premier et la surprise joua en faveur de Vin : l'homme n'avait pas imaginé qu'une quatrième personne puisse se trouver dans la maison.

Avec un incroyable sang-froid, Vin lui logea une balle en plein cœur ; l'homme, déséquilibré par le choc, fit un mouvement involontaire et appuya sur la détente, touchant son adversaire à l'épaule.

Par chance, c'était la gauche.

L'intrus s'écrasa au sol, son arme retombant lourdement sur le côté. Sans perdre un instant, Vin pointa son revolver sur lui et le farcit de plomb jusqu'à ce qu'il ne puisse plus battre des paupières, et encore moins braquer une arme sur quiconque.

À chaque impact, l'homme tressautait comme un pantin désarticulé.

— Marie-Terese, tu es blessée ? demanda Vin dès que le vacarme s'estompa.

— Non… mais, oh, mon Dieu… Jim respire à peine et Eddie est tombé par la fenêtre.

Du sang dégoulina de la main de Vin, maculant le jean du type lorsqu'il l'enjamba pour donner un coup de pied dans le revolver, qui atterrit au bas de l'escalier. Préférant s'assurer que ce salaud était bien mort, il le garda en joue tout en guettant le moindre bruit en provenance du rez-de-chaussée.

— Prends ton téléphone, dit Vin à Marie-Terese. Appelle les secours !

— C'est ce que je suis en train de faire, répondit-elle.

Il voulut jeter un coup d'œil en arrière pour s'assurer par lui-même qu'elle allait bien, mais le risque était trop grand. Quelqu'un d'autre était peut-être entré dans la maison et, de plus, la poitrine de l'homme se soulevait encore d'un faible mouvement.

Vin contempla d'un air satisfait le visage de l'individu qui devenait de plus en plus livide à mesure que les minutes s'écoulaient. Mais, bon Dieu, qui était ce type ? Était-il humain, au moins ?

Sans doute, puisqu'une balle avait pu l'arrêter. La voix de Marie-Terese lui parvint de l'autre côté de la pièce :

— Oui, une fusillade a eu lieu au 116 Crestwood Avenue. Deux hommes sont blessés, un troisième est mort... Envoyez tout de suite une ambulance. Marie-Terese Boudreau. Oui. Oui. Oui... Non, ce n'est pas mon domicile...

L'inconnu ouvrit soudain les yeux et fixa un point loin devant lui. Avec une brusque grimace, il se mit à bouger ses lèvres terreuses.

— Nooooon...

Le mot se prolongea en un râle épouvanté, comme si ce qu'il voyait reléguait les cauchemars au rang de simples sitcoms.

Dans un soubresaut, il rendit un dernier souffle, un masque de terreur imprimé sur ses traits tandis qu'un filet de sang s'échappait du coin de sa bouche.

Vin lui donna quelques coups dans les jambes puis dressa l'oreille : il entendait le vent s'engouffrer dans l'escalier, mais aucun autre son ne lui parvint.

Alors il recula à pas comptés, braquant le revolver de gauche à droite au cas où quelqu'un déboulerait du rez-de-chaussée ou surgirait dans l'embrasure de la porte.

Parvenu dans la chambre, il tendit les bras et Marie-Terese s'y précipita. Malgré les tremblements qui secouaient son corps, elle réussit à l'étreindre avec force.

— Est-ce que tu peux t'occuper de Jim ? demanda-t-il. Ou est-ce que tu préfères garder le revolver avec toi et…

— Non, je me charge de lui. (S'agenouillant auprès de Jim, elle colla l'oreille à sa bouche.) Il respire encore, mais très mal.

Ôtant son polaire, elle le roula en boule et le plaqua sur la plaie béante tout en lui prenant le pouls.

— C'est très faible… mais comme son cœur bat encore, je ne peux pas pratiquer de massage cardiaque. Les secours devraient être là dans cinq minutes.

Une éternité, dans ce genre de situation…

Une voix caverneuse leur parvint du rez-de-chaussée.

— Ne tirez pas. Ce n'est que moi.

— Eddie ? appela Vin. Jim est touché.

Eddie apparut en haut de l'escalier avec une tronche de déterré. Il s'avança en boitant et jeta un coup d'œil au cadavre.

— Je crois qu'il ne bougera plus, celui-là. Comment va Jim ?

— Ça va, murmura Marie-Terese en lui caressant le visage. Pas vrai, Jim ? Ne t'inquiète pas, on va bientôt s'occuper de toi. Tout va très bien se passer…

Vin posa son revolver sur le lit et s'agenouilla de l'autre côté de Jim, imitant la position de Marie-Terese, qui soutenait le blessé.

— Il m'a sauvée, dit-elle en lui effleurant le bras. Tu m'as sauvée, Jim. Je serais morte sans toi… Oh, mon Dieu, Jim, tu m'as sauvé la vie.

Vin balaya du regard ce torse puissant. Inutile d'avoir un diplôme en médecine pour deviner que la blessure était fatale. Jim avait la même respiration superficielle que l'homme qui, désormais, gisait sans vie, et il allait bientôt suivre le même chemin : ses traits se décoloraient à une vitesse alarmante, symptôme évident d'une hémorragie interne.

Merde, ils ne pouvaient rien faire d'autre qu'attendre l'arrivée des secours avec leur brancard. Impossible de pratiquer un massage cardiaque tant que le cœur de Jim battait et qu'il respirait seul. D'autant que les pressions ne seraient d'aucune utilité sur une artère rompue.

Pour la première fois de sa vie, Vin se mit à prier pour entendre le bruit des sirènes.

Jim avait déjà été blessé par balle. Poignardé, aussi. Pendu, un jour. Sans compter toutes les fois où on l'avait tabassé à coups de poing, de pied, de barre de fer, de couteau. On l'avait même empalé avec un stylo Montblanc.

Chaque fois, malgré la douleur et quelle que fût la gravité de ses blessures, il avait toujours su qu'il s'en sortirait.

Or là, il savait avec la même certitude que le projectile logé dans sa poitrine avait laissé un sillon meurtrier.

Ange ou pas, il allait mourir.

Mais, curieusement, la douleur était supportable. Bien sûr, il ressentait une vive brûlure à chaque inspiration, ce qu'il attribuait soit à un épanchement de sang dans les poumons, soit à une hémorragie interne, mais l'un dans l'autre il n'avait pas si mal que cela. Juste un peu froid.

Ce qui ne pouvait signifier qu'une chose : il était en état de choc.

Manifestement, cette petite balle avait niqué une artère.

Seul l'instinct lui faisait ouvrir la bouche. Non pas pour prier ou supplier que l'ambulance arrive au plus vite : il se noyait dans son propre corps et rien ne pourrait le sauver.

Et puis, ce n'était pas une fin si tragique que cela. Il savait qu'il allait revoir sa mère et espérait bien rencontrer la ravissante blonde qui n'avait pas mérité une mort aussi ignoble.

Toutes ces pensées l'apaisaient.

Curieusement, alors qu'il pensait aux quatre Anglais affublés de leurs costumes blancs et à leur chien, il ne leur gardait aucune rancune. Il était même navré pour eux. À l'évidence, ils avaient eu tort : il n'était pas la réponse à leurs problèmes même si, au moins, il avait mis Vin et Marie-Terese dans le droit chemin.

C'était un sentiment étrange de s'en rendre compte, mais c'était lui qui s'était trouvé à un tournant, pas Vin.

Quand il avait vu l'arme braquée sur elle, il n'avait pensé qu'à Vin et Marie-Terese. En la sauvant, il les sauvait tous les deux, et leur amour valait largement plus que sa pitoyable vie.

C'était la première fois qu'il avait fait preuve d'une telle compassion, la seule où il avait été mu par autre chose que la colère ou la soif de vengeance. Et jamais il ne s'était senti aussi sûr de lui, à l'exception du jour où il avait décidé de châtier les assassins de sa mère.

Rassemblant ses maigres forces, Jim ouvrit les yeux pour voir Marie-Terese et Vin penchés au-dessus de lui. Vin lui avait pris la main et lui parlait, le visage déformé par l'angoisse, les traits tendus, les yeux brûlants. Jim tenta de se concentrer et d'écouter ce qu'il disait, mais aucun son ne parvenait jusqu'à lui. Il ne pouvait que deviner ses paroles : « Accroche-toi, l'ambulance arrive… Je t'en prie, Jim, reste avec nous… »

De l'autre côté, Marie-Terese pleurait en silence, éperdue de chagrin, des larmes cristallines roulant sur ses joues pour s'écraser sur son torse. Tenant son autre paume, elle lui massait doucement le bras pour tenter de le réchauffer.

Même s'il ne les sentait pas, ces gestes le touchaient au plus profond de son cœur.

Il ne lui restait plus beaucoup de temps à passer avec eux, et, faute de souffle pour leur adresser quelques mots, Jim fit la seule chose dont il était capable.

Dans un dernier effort, il prit leurs mains et les unit au-dessus de ce trou percé dans son torse, cette plaie béante qui avait changé le cours de leur vie.

Tandis que sa vue s'amenuisait, il contempla ces doigts mêlés, petits et grands. Tout se passerait bien pour eux, il le savait. Vin était libéré, et d'une manière ou d'une autre Adrian allait récupérer la bague et la boucle. Ces deux êtres brisés par la vie allaient se reconstruire ensemble et traverser les heures, les jours et les décennies côte à côte.

Il avait fait une bonne action. Après tant d'années passées à ôter des vies, il en avait sauvé une qui lui importait. Et deux qui comptaient beaucoup.

Au croisement, il avait pris la bonne direction.

Brusquement, sa poitrine se souleva et il toussa, crachant du sang. Son souffle ne fut plus qu'un gargouillis et son cœur se mit à jouer à la marelle. Dans quelques instants, tout serait terminé.

Il avait tellement hâte de retrouver sa mère. D'autant que sa dernière mission lui avait permis de trouver la paix.

Juste au moment où des lumières rouges balayèrent le plafond, signe qu'une ambulance s'était garée dans l'allée, Jim poussa son dernier soupir... et mourut avec un sourire aux lèvres.

Chapitre 41

L'ambulance fonçait à travers les rues, éclairant tout sur son passage. Mais la sirène ne fonctionnait que par intermittence, ce que Marie-Terese considéra comme un signe encourageant.

Assise auprès de Vin, cramponnée d'une main à une barre en inox pour garder l'équilibre, elle se figurait que s'il était à deux doigts de mourir, le cri strident résonnerait en permanence.

Mais peut-être se voilait-elle la face.

Allongé sur la civière, Vin avait les yeux fermés et le visage pâle, mais il lui serrait la main avec force. Et chaque fois qu'ils roulaient sur un nid-de-poule, il grimaçait, ses lèvres dévoilant ses dents blanches. Au moins, il n'était ni en état de choc ni dans le coma. C'était déjà ça.

Elle jeta un coup d'œil aux secouristes. La femme était concentrée sur l'écran d'un mini-électrocardiographe, le visage impassible.

Marie-Terese se pencha sur le côté pour tenter d'apercevoir ce qu'indiquait la machine… mais elle ne vit qu'une ligne blanche évoluant sur un fond noir. Elle n'avait aucune idée de ce que cela signifiait.

À travers la fenêtre noire de l'ambulance, elle désespérait de voir des lampadaires ou des bâtiments dans les rues… au lieu de petits centres commerciaux ou de quartiers résidentiels… et des voitures garées le long du trottoir.

Parce que cela voudrait dire qu'ils seraient enfin arrivés au centre-ville.

Et ce n'était pas que dans l'intérêt de Vin.

Se retournant, elle s'avança sur son siège pour jeter un coup d'œil par le pare-brise et poussa un soupir de soulagement en voyant que l'ambulance devant eux, qui transportait Jim, avait toujours son gyrophare allumé. Lorsqu'ils avaient vu les deux hommes gisant au sol, les secouristes avaient effectué un diagnostic, appelé une seconde équipe, et s'étaient occupés de Jim en premier. Et pendant qu'elle attendait dans le couloir avec Eddie, on avait apporté un défibrillateur pour lui délivrer un choc électrique… à deux reprises.

Au bout de quelques instants, l'homme au stéthoscope avait prononcé ces paroles qu'elle n'oublierait jamais : « J'ai un pouls. »

Pourvu qu'ils arrivent à le maintenir jusqu'au bout, pria-t-elle.

L'idée que Jim risquait de mourir pour l'avoir sauvée lui était insupportable.

Quant à Saul… Il n'avait pas eu besoin d'être transporté d'urgence à l'hôpital. Il avait l'éternité devant lui.

Bon Dieu… Saul?

Il avait été si discret pendant ces réunions du groupe de prières, un homme calme aux cheveux dégarnis qui affichait toujours la même mine de chien battu. Jamais elle n'avait décelé le moindre signe indiquant qu'il était obsédé par elle, et c'était bien là tout le problème : c'était le genre d'homme qu'on ne remarquait pas.

Repensant au soir où elle l'avait percuté dans l'église, elle se demanda combien de fois elle était passée à côté de lui sans le voir. Après tout, il avait été le premier à s'arrêter quand elle avait failli avoir cet accident de voiture. Ce qui laissait à penser qu'il s'était trouvé juste derrière elle.

L'avait-il déjà suivie jusque chez elle ? Fréquentait-il *Le Masque de fer* ?

Était-il responsable de tous ces meurtres ?

Elle frissonna.

Sans aller jusqu'à remercier Dieu d'avoir épousé un salopard, elle se félicita d'avoir pris tant de précautions à cause de Mark.

À travers le pare-brise, elle vit défiler les bureaux du *Caldwell Courier Journal* et serra la main de Vin.

— On y est presque.

Il souleva les paupières. Ces yeux gris qui l'avaient tant captivée lui firent le même effet qu'au premier soir : en les contemplant, elle se sentit trébucher et tomber, sans savoir où elle allait atterrir.

Quoique ce n'était plus tout à fait vrai. Elle le connaissait désormais, et savait qu'elle n'avait rien à craindre de lui.

C'était l'homme qu'il lui fallait. Celui auprès duquel elle voulait passer sa vie.

S'inclinant, elle lui lissa les cheveux en arrière, effleura sa barbe naissante et le regarda droit dans les yeux.

— Je t'aime, dit-elle en se baissant pour l'embrasser. Je t'aime.

Il resserra la main sur la sienne.

— Moi… aussi.

Bon Dieu, cette voix rauque lui réchauffait le cœur.

— Parfait. On est quittes, alors.

— Oui…

L'ambulance roula sur un obstacle, faisant tout sauter : les machines, les ambulanciers, Vin sur sa civière. Grimaçant de douleur, il crispa les paupières. Marie-Terese scruta alors la route à travers le pare-brise, pressée de voir les lumières du centre hospitalier, espérant naïvement qu'en gardant les yeux au-dehors les choses s'accéléreraient.

Allez… Vite…

D'un coup, l'ambulance qui les précédait freina et se mit à rouler en respectant la limitation de vitesse. Celle qui transportait Vin et Marie-Terese parvint rapidement à sa hauteur… puis la dépassa.

— Pourquoi ont-ils ralenti ? s'enquit-elle alors que la secouriste repositionnait l'écran de l'électrocardiographe. Et le gyrophare est éteint. Pourquoi ?

Quand la femme secoua la tête en guise de réponse, elle ne fut pas surprise… mais effondrée : on ne se pressait que si le patient était en vie. D'où la raison pour laquelle personne n'avait pris Saul en charge après qu'il avait été déclaré mort.

Les cadavres n'avaient pas besoin d'être transportés rapidement.

Marie-Terese prit une grande inspiration et, les larmes lui montant aux yeux, elle lâcha la barre de fer et les balaya d'un revers de la main. Elle ne voulait surtout pas que Vin la voie pleurer.

— Arrivée prévue dans deux minutes, annonça le conducteur.

La secouriste s'empara d'une planche à pince.

— Madame, j'ai oublié de vous demander. Vous êtes une de ses proches ?

S'essuyant les yeux, elle réfléchit quelques secondes et une pensée s'imposa à elle : pas question d'être tenue à l'écart. Les connaissances et les amis n'étaient que de la quantité négligeable aux yeux des médecins et des infirmières.

— Sa femme, rétorqua-t-elle.

La femme acquiesça et nota l'information.

— Et vous vous appelez ?

Du tac au tac, elle répondit :

— Gretchen. Gretchen DiPietro.

— Vous avez eu beaucoup de chance.

Ce furent les premiers mots que Vin entendit deux heures après son admission. Le médecin qui les avait prononcés était une femme qui était en train de retirer ses gants bleu ciel pour les jeter dans un conteneur pour déchets médicaux orange.

Elle avait tout à fait raison. Il avait suffi d'une anesthésie locale et de quelques points de suture pour refermer les plaies. Pas de fracture, de tendon sectionné ou de nerf endommagé. Cet enfoiré n'avait touché que de la bidoche, un geste maladroit qui lui avait sauvé la vie.

Vin avait vraiment eu du bol.

Cependant, en dépit de cette bonne nouvelle, il ne put que se recroqueviller pour vomir dans le bassin rose jouxtant son lit. Bien entendu, le mouvement réveilla sa douleur à l'épaule… ce qui le précipita de nouveau vers la cuvette… ce qui aggrava la douleur… et ainsi de suite pendant de longues minutes.

Pourtant, il ne pouvait qu'être d'accord avec la femme en blouse. Il avait eu de la veine. Il était même le mec le plus chanceux de toute la planète.

— En revanche, vous n'avez pas l'air de bien supporter l'antalgique.

Non, sans blague… Il dégobillait depuis trente minutes, depuis l'instant où on lui avait injecté le médicament.

Lorsque la nausée s'apaisa enfin, il se renversa sur l'oreiller et ferma les yeux. Une main fraîche lui essuya la bouche et le visage, amenant un sourire sur ses lèvres. Marie-Terese, enfin Gretchen, était toujours aussi douée pour panser ses blessures.

Et avec un peu de chance, elle n'aurait plus à user de ses talents avant un bon bout de temps.

— Je vais vous administrer un anti-émétique, annonça le médecin, et si vous cessez de vomir, vous pourrez rentrer chez vous. Il faudra retirer les points dans dix jours, mais votre généraliste peut s'en charger. On vous a fait une injection de sérum antitétanique et je vais vous faire une ordonnance d'antibiotiques. Comme on a quelques échantillons en stock, on vous en a déjà donné une dose. Des questions ?

Vin ouvrit les paupières, mais au lieu de la regarder il tourna les yeux vers Gretchen. Elle l'aimait. Elle le lui avait avoué dans l'ambulance. Il avait entendu ces mots de sa propre bouche.

Alors, non, il n'avait aucune question. Tant qu'il la savait amoureuse, tout le reste lui convenait.

— Allez-y, docteur, que je fiche le camp d'ici.

La femme enfila de nouveaux gants, décapsula une seringue et lui planta l'aiguille dans la veine. Lorsqu'elle fit coulisser le piston, il ne sentit rien du tout. Cela en valait presque la peine d'avoir vomi.

— Vous devriez vous sentir beaucoup mieux.

Méfiant, Vin retint sa respiration…

Nom de Dieu ! L'effet fut foudroyant, comme si son ventre avait été tapissé d'une couverture chaude et réconfortante. En un instant, tous ses muscles se relâchèrent, et il comprit, comme si le temps passé la tête dans la cuvette ne l'avait pas convaincu, à quel point il s'était senti mal quelques instants auparavant.

— Attendons de voir si cela dure, dit le médecin en capuchonnant la seringue avant de la jeter dans une boîte orange. Reposez-vous et, si ça va, vous pourrez repartir avec votre femme. On vous appellera un taxi.

« Avec votre femme. »

Vin porta la main de Gretchen à la bouche et effleura ses phalanges du bout des lèvres.

— Ça te va ? demanda-t-il. Chérie ?

— Parfait. (Un sourire joua sur ses lèvres.) Si tu te sens prêt à partir, mon cœur.

— On ne peut plus prêt.

— Très bien, je reviendrai vous voir dans quelques instants. (Le médecin se dirigea vers le rideau qui séparait le box de Vin des autres patients.) Écoutez, la police veut vous interroger. Vous voulez que je leur dise de vous recontacter chez…

— Faites-les entrer, dit Vin. Aucune raison d'attendre.

— Vous êtes sûr ?

— Qu'est-ce que je risque ? De vomir dans la poche du flic au lieu du bassin ? Pas bien grave.

— D'accord. Mais si cela dure trop longtemps, appuyez sur le bouton d'appel pour qu'une infirmière intervienne. (Le médecin les salua et tira le rideau.) Bonne chance.

Lorsqu'elle eut disparu, Vin serra la main de Gretchen avec insistance, car il ignorait combien de temps ils avaient devant eux.

— Je veux que tu me dises la vérité.

— Toujours.

— Qu'est-il arrivé à Jim ? Est-ce qu'il est… ?

Elle déglutit péniblement et il comprit aussitôt. Pour lui épargner l'annonce, il lui embrassa de nouveau la main.

— Chuuut, n'en dis pas plus.

— Il était ton ami. Je suis désolée…

— Je ne suis pas très doué pour exprimer mes émotions, mais je vais essayer. (Vin lui caressa le poignet du bout du pouce.) Je suis tellement heureux que tu sois toujours là. Pour ton fils. Pour moi. Jim a fait preuve d'un courage et d'un dévouement extraordinaires. Il est mort en héros. Même si je préférerais qu'il soit toujours vivant, je lui suis extrêmement reconnaissant de son geste.

Elle baissa la tête et acquiesça, ses boucles dissimulant son visage. Tout en caressant son poignet délicat, il contempla les ondulations de ses cheveux brillants. Le sacrifice de Jim n'avait pas été vain : sans lui, Marie-Terese serait morte, laissant un orphelin… et un homme brisé par le chagrin.

Un sacré héritage.

— C'était un homme bien. (Vin se racla la gorge.) Un homme… vraiment bien.

Ils restèrent silencieux un long moment, lui allongé sur le brancard, elle assise sur une chaise en plastique, leurs doigts entremêlés de la même façon que quand leur sauveur avait joint leurs mains.

De l'autre côté du rideau bleu-gris, les gens se pressaient dans un brouhaha incessant, leurs épaules effleurant le voilage qui glissait le long des crochets en métal.

Au milieu de toute cette agitation, Gretchen et lui demeuraient immobiles.

Tel est l'effet de la mort sur les gens, songea Vin. Elle interrompt le cours de leur vie, les fige dans le silence, les isole du reste du monde. C'est un peu comme une voiture percutant un mur : le conducteur décède, mais tous les objets présents à l'intérieur continuent d'exister parce qu'ils n'ont pas d'autre fonction. Ainsi, les habits du défunt deviennent des pièces de musée que ses proches éplorés vont porter chez le teinturier ; ses abonnements, ses relevés de compte et ses rendez-vous chez le dentiste passent de la corbeille « Correspondance » à celle « À jeter », et sa maison s'orne d'un écriteau « À vendre ».

Tout s'arrête… et plus rien ne sera jamais comme avant.

En fait, l'annonce d'un décès, c'est comme une petite mort : la vie s'interrompt d'un coup et vous vous retirez du monde, un monde qui continue de tourner sans vous. Et parce que les hommes ne peuvent se contenter d'admettre simplement les choses, en général, votre première pensée est : « Non, c'est impossible. »

Malheureusement, la vie n'est pas dotée d'une touche permettant de revenir en arrière et, qui plus est, elle se fout royalement de votre avis.

Le rideau s'écarta, laissant apparaître un homme trapu avec des yeux et des cheveux noirs.

— Vincent DiPietro ?

Vin se ressaisit.

— Euh… ouais, c'est moi.

L'homme s'avança et sortit un insigne.

— Je suis l'inspecteur De La Cruz, de la brigade criminelle. Comment vous sentez-vous ?

— Je ne vomis plus depuis dix minutes.

— Ah. Euh… ravi de l'entendre. (Il salua Gretchen en s'inclinant légèrement.) Navré de vous revoir si tôt… surtout en ces circonstances. Bien, est-ce que vous pourriez me résumer ce qui s'est passé ? Je précise qu'aucun de vous n'est inculpé, mais si vous préférez garder le silence en attendant un avocat, je comprendrais.

Mick Rhodes n'avait pas encore été prévenu, et il ne faisait aucun doute qu'il leur conseillerait de ne rien dire en son absence, mais Vin était trop fatigué pour s'en soucier. De toute façon, on ne prenait aucun risque à coopérer avec la police quand on était resté dans les limites de la loi.

— Non, c'est bon, inspecteur. Alors voilà. On était en haut dans la chambre avec… (pour une raison bizarre, son instinct lui souffla de ne pas mentionner la présence d'Eddie, une intuition si puissante qu'il fut incapable de lui résister) avec Jim.

L'inspecteur sortit un petit calepin ainsi qu'un stylo. On aurait dit Columbo.

— Que faisiez-vous dans cette maison ? Les voisins m'ont dit que, d'habitude, elle est inhabitée.

— C'est la mienne. En fait, je me suis enfin décidé à effectuer quelques travaux dans le but de la revendre. Je suis entrepreneur et Jim travaille… travaillait pour moi. On était en train de discuter des plans, on faisait le tour des pièces… J'imagine qu'on a dû laisser la porte d'entrée ouverte ; on était en haut quand c'est arrivé. (Vin fit une pause pour laisser le temps au flic de tout retranscrire.) On était en train de discuter dans la chambre quand, tout à coup, j'ai entendu un coup de feu. Ça s'est passé si vite… Jim a bondi devant elle et a pris la balle à sa place… J'étais près de la commode, dos à la porte. J'ai attrapé mon revolver, qui d'ailleurs est déclaré – j'ai un permis à vous montrer si vous voulez. J'ai tiré sur le type avec le flingue et il s'est écroulé.

Le flic acquiesça et écrivit sur son carnet.

— Vous lui avez tiré dessus un bon nombre de fois.

— Ouais. Je ne voulais pas lui laisser la moindre chance de recommencer.

L'inspecteur relut ses notes, le papier crissant chaque fois qu'il tournait les pages. Lorsqu'il leva de nouveau les yeux, il esquissa un sourire fugace.

— Je vois… Bon, et si vous me disiez la vérité, cette fois. Pourquoi étiez-vous là-bas ?

— Je vous l'ai dit…

— On a retrouvé du sel éparpillé dans toute la maison, l'air puait l'encens et la fenêtre de la chambre était cassée. Le lavabo était rempli d'un liquide bizarre, le sol était jonché de bouteilles vides d'eau oxygénée et un cercle avait été tracé au milieu de la chambre. Oh… et vous étiez torse nu et en chaussettes quand on vous a découvert. Une tenue étrange pour discuter affaires, non ? Alors… même si j'aurais tendance à vous croire au sujet de la fusillade, parce que j'ai étudié la trajectoire des balles, tout le reste est un ramassis de conneries.

Un ange passa.

— Je crois qu'on devrait lui dire la vérité, chéri, intervint Gretchen.

Vin la regarda en se demandant de quelle vérité au juste elle parlait.

— Bonne idée, approuva l'inspecteur. Et vous savez quoi ? Je vais même vous dire ce que je crois, si cela peut vous aider. Le type que vous avez tué s'appelle Eugene Locke, alias Saul Weaver. C'est un ancien détenu, condamné pour meurtre. Il a été libéré de prison il y a six mois. Il louait la maison d'à côté, et il était obsédé (il désigna Gretchen du menton) par vous.

— C'est ce que je n'arrive pas à comprendre… Pourquoi… (Elle s'interrompit.) Attendez une minute, comment le savez-vous ? Qu'avez-vous trouvé chez lui ?

Le flic leva le nez de ses notes, le regard au loin.

— Des photos de vous.

— Quel genre ? demanda-t-elle d'une voix atone.

Tandis que Vin lui frottait la main, le détective la regarda dans les yeux.

— Grand angle, téléobjectif.

— Combien ?

— Des tas.

Gretchen serra le poing.

— Autre chose ?

— On a trouvé une statue en haut. Le prêtre de la cathédrale St. Patrick nous avait signalé son vol…

— Oh, mon Dieu, la Marie-Madeleine ! s'exclama Gretchen.

— Celle-là même. Et, je ne sais pas si vous l'avez remarqué, mais elle vous ressemble beaucoup.

Vin eut soudain envie de vider un nouveau chargeur sur cet enfoiré.

— Est-ce que cet Eugene… ou ce Saul… enfin, est-ce que ce type est l'auteur des crimes qui ont eu lieu dans ces ruelles ?

L'inspecteur feuilleta son calepin.

— Puisqu'il est mort, et donc incapable de me poursuivre en diffamation... je vous répondrai que d'après moi, il est effectivement l'auteur des deux agressions. Pour l'instant, l'homme qui a été blessé à la tête tient toujours le choc. S'il s'en tire, je pense qu'il indiquera que son agresseur avait les cheveux bruns, parce que quand on a fouillé la maison de Locke, on a trouvé une perruque de la même couleur maculée de gouttelettes de sang. La police scientifique est en train de faire des analyses et je suis persuadé que les résidus correspondront à l'une ou l'autre des victimes. On a aussi relevé une empreinte de pas sur la première scène de crime, et il se trouve qu'elle ressemble beaucoup aux chaussures que Locke portait ce soir.

» Alors, ouais, quand on recoupe toutes ces infos... (il consulta de nouveau ses notes, puis reporta le regard sur Gretchen) on en conclut que Locke s'en prenait aux hommes avec qui ou pour qui vous dansiez au club. Et, coup de bol pour lui, il habitait juste à côté de l'endroit où vous étiez ce soir. J'imagine qu'il ne savait pas que cette maison était la vôtre, hein ?

Vin hocha la tête.

— Je n'y suis allé qu'une fois depuis le début du mois, et avant cela... je ne me le rappelle plus. Et je ne crois pas qu'il connaissait mon nom. Du coup, il n'a pas pu farfouiller dans les registres de la mairie. Et puis, il habitait là depuis combien de temps ?

— Depuis sa sortie de prison.

— Ouais, elle et moi, on ne s'est rencontrés qu'il y a... trois jours.

De La Cruz l'écrivit sur son carnet.

— Bon, puisque j'ai été sympa avec vous, si vous me rendiez la pareille ? Vous voulez me dire la vérité sur ce qui s'est passé ?

Gretchen prit Vin de vitesse.

— Vous croyez aux fantômes, inspecteur ?

L'homme la regarda d'un air médusé.

— Euh… je n'en sais trop rien.

— Les parents de Vin sont morts dans cette maison. Et il voulait la retaper. Le problème… c'est qu'un mauvais esprit règne à l'intérieur. Ou régnait. On essayait de le chasser.

Vin ouvrit des yeux ronds. *Nom de Dieu, c'est génial !*

— Vraiment ? demanda le flic en les regardant tour à tour d'un air suspicieux.

— Oui, répondirent-ils en chœur.

— Sans déconner ?

— Non, assura Vin. Le sel était censé créer une barrière ou un truc de ce genre, et l'encens devait purifier l'air. Écoutez, je ne prétends pas tout comprendre… (D'ailleurs, il était toujours un peu confus.) Mais je sais que le rituel a marché.

Parce que depuis lors, il se sentait différent. Désormais, il était lui-même.

De La Cruz tourna une nouvelle page et prit des notes.

— Vous savez, ma grand-mère savait prédire la météo. Et le rocking-chair qui se trouvait au grenier bougeait tout seul. Qu'est-ce que vous avez jeté par la fenêtre ?

— Vous me croiriez si je vous disais qu'elle s'est cassée toute seule ? demanda Vin.

De La Cruz le regarda.

— Je ne sais pas.

— C'est pourtant le cas.

— Donc votre « rituel » aurait véritablement fonctionné ?

— Oui. (De sa main libre, Vin se frotta les yeux jusqu'à ce que la douleur à l'épaule le rappelle à l'ordre.) Espérons que ça durera.

Une pause suivit, puis De La Cruz se tourna vers Gretchen.

— J'ai une question à vous poser, sur un tout autre sujet. Vous avez dit aux médecins vous appeler Gretchen DiPietro, mais sur mon rapport il est écrit Marie-Terese Boudreau. Vous pourriez m'éclairer sur tout ça ?

Gretchen lui expliqua sa situation en détail et, pendant qu'elle parlait, Vin contempla son ravissant visage. Il aurait voulu la soulager, chasser toute la douleur du passé et le stress du présent. Des ombres voilaient son regard et le contour de ses yeux, mais, comme il s'y attendait, elle parla d'une voix forte, le menton levé.

Dieu qu'il l'aimait.

Lorsqu'elle eut terminé, l'inspecteur secoua la tête.

— Je suis vraiment désolé. Et je comprends tout à fait, même si j'aurais préféré que vous jouiez franc jeu avec moi dès le début.

— J'avais surtout peur des médias. Mon ex-mari est incarcéré, mais il a des relations mafieuses dans tout le pays… dont certaines dans la police. Depuis ce qui s'est passé avec mon fils, je ne fais plus confiance à personne, même aux porteurs d'insigne.

— Qu'est-ce qui vous a décidé à cracher le morceau ?

Elle tourna les yeux vers Vin.

— Les choses sont différentes aujourd'hui et je vais quitter la ville. Je vous tiendrai au courant, mais… il faut que je m'en aille de Caldwell.

— Après toute cette histoire, je vous comprends. Cependant, il faudra que je sache où vous joindre.

— Je me rendrai disponible dès que vous aurez besoin de moi.

— D'accord. Bon, écoutez, je vais parler à mon supérieur. Donner une fausse identité à la police est un délit, mais vu les circonstances… (Il rangea son calepin.) Le personnel de l'hôpital m'a aussi confié que vous aviez prétendu être sa femme ?

— Je voulais rester avec lui.

De La Cruz esquissa un sourire.

— J'ai fait ça, une fois, à l'époque où ma femme et moi on sortait ensemble. Elle s'était coupé le doigt avec un couteau en préparant une salade pour le dîner. Quand je l'ai conduite aux urgences, je leur ai menti en prétendant qu'on était mariés.

Gretchen porta la main de Vin à ses lèvres et y déposa un bref baiser.

— Je suis contente que vous compreniez.

— Oh, ça, ne vous inquiétez pas. (Le détective leva le menton en direction de Vin.) Alors, vous deux, vous êtes en couple depuis peu ?

— Ouais.

— J'imagine que cela n'a pas dû plaire à votre ancienne copine.

— Pas trop, non. Elle m'a vraiment rendu la vie… infernale. (D'un coup, Vin repensa à son appartement saccagé et aux mensonges que Divine avait racontés à la police.) Elle est démoniaque, inspecteur. Vous n'imaginez pas à quel point. Mais je ne l'ai pas frappée. Ni ce soir-là ni un autre. Ma mère se faisait battre par mon père, alors je sais ce que c'est. Je préférerais encore tout perdre plutôt que de lever la main sur une femme.

Le flic plissa les yeux et les riva sur Vin. Au bout d'un moment, il acquiesça.

— Hum, on verra. Ce n'est pas moi qui m'occupe de cette affaire ; ce n'est pas du ressort de mon département… Mais je ne serais pas surpris s'ils découvraient qu'il y a anguille sous roche, l'implication d'un troisième larron, par exemple. J'ai déjà été confronté à des maris violents et vous ne semblez pas être des leurs.

De La Cruz posa son calepin et son stylo, puis consulta sa montre.

— Hé, regardez ! Une demi-heure, et vous n'avez toujours pas vomi. C'est bon signe ; ils vont peut-être vous laisser partir.

— Merci pour votre compréhension, inspecteur, dit Vin en tendant sa main libre, ce qui raviva sa douleur à l'épaule.

De La Cruz la serra d'une poigne ferme.

— J'espère que tout se passera bien pour vous deux. Je vous recontacterai.

Après son départ, le rideau se rabattit et Vin respira un grand coup.

— Tu crois que je vais devoir attendre combien de temps avant de pouvoir partir ?

— Disons une demi-heure, et si personne ne vient d'ici là, j'irai trouver ce médecin.

— D'accord.

Vin n'étant pas du genre à patienter tranquillement, il s'apprêtait à sonner les infirmières quand le rideau s'écarta de nouveau.

— Ah, vous tombez bien…

Vin fronça les sourcils. Au lieu d'une infirmière ou d'un médecin, Eddie apparut avec la mine d'un type qui venait de perdre un ami et de tomber par la fenêtre d'un premier étage.

Allez savoir pourquoi.

Vin tenta de se redresser mais mal lui en prit : son épaule protesta aussitôt avec vigueur et ce ne fut qu'au prix d'un effort surhumain qu'il se retint de dégobiller partout sur lui. Seule consolation : cette fois, ce n'était pas à cause de l'antalgique.

Tandis que Gretchen fonçait à la recherche d'un nouveau bassin et qu'Eddie, paniqué, lui faisait signe de se calmer, Vin resta figé un long moment, le cœur au bord des lèvres.

Dieu merci, la vague de nausées reflua et son estomac finit par se détendre.

— Désolé, dit-il d'une voix rude. Je suis encore patraque.

— Pas de souci, je comprends.

Vin inspira par le nez et expira par la bouche.

— Je suis navré… pour Jim.

Gretchen s'approcha d'Eddie et lui saisit le bras pour qu'il se tourne vers elle. Face à lui, elle avait l'air à la fois minuscule et forte.

— Je lui dois la vie.

— Moi aussi, intervint Vin.

Eddie la serra brièvement dans ses bras et leva le menton en direction de Vin. À l'évidence, c'était le genre de type qui maîtrisait ses émotions. Chose que Vin comprenait très bien.

— Merci. Bien, passons à la raison de ma venue. (Eddie fouilla dans sa poche et en sortit une bague surmontée d'une émeraude et une boucle d'oreille dorée.) Adrian a fait ce qu'il devait pour les reprendre. Désormais, vous êtes tous les deux totalement libérés et hors de sa portée. Vous n'avez plus à vous soucier de Divine. Gardez bien ces bijoux en sécurité, OK ?

Gretchen s'en empara avant de l'étreindre de nouveau, Vin la laissant exprimer tout ce qu'il aurait voulu lui dire sans oser le faire. Il se sentait un peu barbouillé, mais pas parce que son estomac était sur le point de redonner un ordre d'évacuation : parfois, la gratitude a le même effet sur les viscères que la nausée. D'autant qu'il n'arrivait pas à comprendre ce que ces hommes avaient pu gagner à les aider. Jim était mort, Eddie avait une tronche de déterré et Dieu sait ce qu'Adrian avait dû affronter avec Divine.

— Prenez soin de vous, d'accord ? murmura Eddie en tournant les talons. Il faut que j'y aille.

Vin s'éclaircit la voix.

— À propos de Jim… Je ne sais pas si vous aviez prévu de réclamer le corps, mais j'aimerais lui organiser des funérailles solennelles. Avec une cérémonie digne de ce nom. J'y tiens vraiment.

Eddie tourna la tête et le regarda d'un air grave.

— Je vous laisse vous en charger. Et je suis sûr qu'il apprécierait.

Vin acquiesça.

— Vous voulez que je vous tienne au courant ? Je peux vous joindre quelque part ?

Eddie lui donna un numéro que Gretchen nota sur un bout de papier.

— Envoyez-moi un texto avec l'adresse et l'heure. Mais je ne sais pas où je serai. Je me casse.

— Vous ne voulez pas voir un médecin avant de partir ?

— Non, ça ira, merci.

— Bon… d'accord. Portez-vous bien. Et merci…

Vin laissa sa phrase en suspens, incapable d'exprimer ce qu'il ressentait au fond de lui.

Eddie lui sourit en levant la main.

— Ne vous embêtez pas. Je vous reçois cinq sur cinq.

Et il s'en alla.

Lorsque le rideau se rabattit, Vin jeta un coup d'œil sous l'ourlet et vit les bottes pivoter vers la droite, avancer d'un pas… et s'évanouir en fumée. Comme si elles n'avaient jamais existé.

Portant la main droite à son visage, Vin se frotta les yeux.

— Je crois que j'ai des hallucinations.

— Tu veux que j'aille chercher un médecin ? lui demanda Gretchen, inquiète.

— Non, ça va… Désolé, je crois que je suis un peu fatigué.

Ses yeux avaient dû le tromper et Eddie devait sûrement être en train de quitter les urgences pour disparaître dans la nuit. Vin attira Gretchen auprès de lui.

— Je crois qu'on s'en est enfin sortis. Tout est terminé.

Enfin, hormis ses visions qui, d'après Eddie, n'allaient plus jamais le quitter. Mais ce n'était peut-être pas plus mal. Il fallait juste trouver un moyen de les canaliser ou de les utiliser à bon escient.

Fronçant les sourcils, il se rendit compte qu'il avait trouvé un nouveau but dans la vie. Seulement, cette fois, ce serait pour le bien d'autrui, et non le sien.

Pas si mal comme dénouement, au final.

Gretchen ouvrit la main et les bijoux, surtout l'émeraude, étincelèrent.

— Si tu n'y vois pas d'objection, j'irai les déposer dans un coffre.

Lorsqu'elle les fourra dans la poche de son jean, Vin acquiesça.

— Ouais, essayons de ne plus les perdre.

— Non. Plus jamais.

Chapitre 42

Lorsque le taxi s'arrêta devant la maison de Gretchen, l'aube pointait au-dessus de Caldwell, baignant la ville d'une lueur orangée. Le trajet qui les avait ramenés de St. Francis avait été bien plus agréable que celui qui les avait conduits aux urgences, mais Gretchen voyait bien que Vin était dans un sale état. À voir son visage blême et crispé, il était évident qu'il souffrait, et son bras en écharpe allait entraver tous ses mouvements. Pour compléter le tableau, il avait l'air d'un SDF avec la chemise que l'hôpital lui avait donnée ; bien trop large, elle avait le col ouvert en grand, révélant le bandage blanc immaculé qui s'étirait en travers de son torse.

— Ensuite, je vous dépose au Commodore, c'est ça ? demanda le chauffeur.

— Ouais, répondit Vin d'une voix épuisée.

Gretchen regarda par la fenêtre et contempla sa petite maison. La voiture de la baby-sitter était garée le long du trottoir et une lumière brillait dans la cuisine. À l'étage, la chambre de Robbie était plongée dans l'obscurité. Réticente à l'idée de laisser Vin rentrer seul, elle voulut lui proposer de la suivre. D'un autre côté, elle ignorait comment Robbie réagirait en le rencontrant.

Tiraillée entre ces deux sentiments, elle se tourna vers Vin et sonda son visage, ses beaux traits familiers... Il était en train de lui parler en lui tapotant la main, probablement pour lui dire de se reposer et qu'il l'appellerait à son réveil.

— Je t'en prie, entre, balbutia-t-elle. Reste avec moi. Tu viens de te faire tirer dessus ; il faut que quelqu'un veille sur toi.

Vin s'interrompit et la regarda d'un air ébahi, aussitôt imité par le chauffeur dans le rétroviseur, l'un sidéré par son invitation, l'autre par les coups de feu qu'elle avait mentionnés.

— Mais… et Robbie ? demanda Vin.

Gretchen leva la tête et croisa le regard du conducteur. Si seulement elle avait pu tirer une cloison pour l'empêcher d'écouter leur conversation…

— Je ferai les présentations, et après… on verra bien.

Vu l'expression qui traversa le regard de Vin, elle se prépara à un refus.

— Merci… J'adorerais faire sa connaissance.

— Parfait, murmura-t-elle, à la fois soulagée et inquiète. Allons-y.

Elle paya la course et descendit en premier afin d'aider Vin à sortir ; mais il secoua la tête et prit appui sur la portière pour se relever. C'était peut-être mieux ainsi, compte tenu de la façon dont ses biceps se contractèrent. Étant donné son poids, elle se serait sans doute vautrée sous lui au lieu de le soutenir.

Lorsqu'il fut sur ses deux pieds, elle se glissa sous son épaule valide, ferma la portière et l'aida à remonter l'allée.

Au lieu d'essayer de trouver ses clés, elle toqua discrètement à la porte et Quinesha ouvrit aussitôt.

— Mon Dieu, mais regardez dans quel état vous êtes !

Elle recula et Gretchen entraîna Vin vers le canapé, où il s'écroula plutôt qu'il ne s'assit. *Ses genoux ont dû céder*, songea-t-elle.

Un long moment s'écoula pendant lequel tout le monde guetta un signal indiquant qu'il avait besoin de se rendre à la salle de bains d'urgence.

Quand il parut contrôler la situation, Quinesha se garda d'interroger Gretchen, se contentant de la serrer dans ses bras et de lui proposer son aide. Gretchen repoussa son offre gentiment et la laissa s'en aller.

Elle verrouilla la porte et posa son sac sur la vieille chaise abîmée jouxtant la télévision. Sans surprise, elle observa Vin pencher la tête en arrière avant de baisser les paupières et de prendre de longues inspirations, le corps totalement immobile.

— Tu veux aller aux toilettes ? demanda-t-elle en espérant qu'il n'ait plus envie de vomir.

Lorsqu'il secoua la tête, elle gagna la cuisine, sortit un verre et le remplit de glaçons. Grâce à son fils, elle disposait d'une réserve permanente de limonade et de crackers, autrement dit le remède à tous les bobos. Robbie était scolarisé à la maison, mais il jouait avec les autres gosses au centre aéré et les baby-sitters gardaient toutes des enfants atteints de rhume, de grippe, de gastro. On ne savait jamais quand le remède magique pourrait s'avérer utile.

Ouvrant une canette, elle versa le soda dans un verre et le regarda pétiller, la mousse grimpant le long des parois. En attendant qu'elle retombe, elle prit quelques biscuits salés et les déposa sur un morceau d'essuie-tout.

Au moment où elle inclinait de nouveau le verre, la voix râpeuse de Vin lui parvint du salon :

— Salut.

Sa première réaction fut de se précipiter pour rassurer Robbie, mais elle se ravisa : si elle donnait l'impression de s'inquiéter, elle ne ferait qu'empirer la situation. S'emparant de la collation qu'elle avait préparée pour Vin, elle se força à entrer d'un pas calme dans le séjour.

Comme d'habitude, à son réveil, Robbie avait les cheveux en épi au niveau de la nuque et, dans son pyjama Spider-Man, il avait l'air plus petit qu'il ne l'était en réalité : quand elle lui achetait des habits, elle prenait toujours deux tailles au-dessus.

Campé dans l'embrasure de la porte, il fixait leur invité d'un regard à la fois curieux et circonspect.

Seigneur… Gretchen sentait son cœur battre la chamade. La gorge serrée, elle tremblait tellement que les glaçons s'entrechoquaient.

— Je te présente Vin, un ami, annonça-t-elle d'une voix posée.

Robbie tourna la tête vers elle, puis reporta son attention sur le canapé.

— La vache, il est gros, ton pansement. Tu t'es coupé ?

Vin acquiesça lentement.

— Oui.

— En faisant quoi ?

Gretchen voulut répondre, mais Vin fut le premier à trouver une feinte.

— Je suis tombé.

— C'est pour ça que tu portes une bande autour du cou ?

— Ouais.

— T'as pas l'air en forme.

— Ouais, je ne me sens pas très bien.

Un long silence suivit, puis Robbie s'avança d'un pas.

— Je peux jeter un coup d'œil ?

— Bien sûr.

Surmontant sa douleur, Vin fit glisser le bandage le long de son épaule et entreprit de déboutonner sa chemise. Écartant l'un des pans, il lui montra la compresse, la gaze et le sparadrap

— Waouh ! s'exclama Robbie avant de traverser la pièce pour tendre le bras.

— Ne le touche pas, s'il te plaît, intervint Gretchen. Il a mal.

Robbie éloigna sa main.

— Excuse-moi. Tu sais… ma maman, elle soigne super bien les bobos.

— Ah ouais ? répondit Vin d'une voix rauque.

— Oui. (Robbie regarda en arrière.) Tu vois ? Elle t'a apporté de la limonade.

Baissant la voix, il ajouta :

— Elle m'en donne toujours quand je suis malade. Avec des biscuits salés. J'aime pas beaucoup ça, mais je les mange, et après je me sens mieux.

Gretchen se dirigea vers le canapé et posa les crackers sur la table à côté de Vin.

— Tiens. Ça te fera du bien à l'estomac.

Vin prit le verre et regarda Robbie.

— Ça ne t'embête pas si je reste un moment sur ton canapé ? Je suis un peu fatigué et je voudrais me reposer.

— Non, non. Vas-y. (Il fit mine de lui serrer la main et se présenta.) Je m'appelle Robbie.

Vin tendit son bras valide.

— Ravi de te rencontrer, jeune homme.

— Oh, j'ai une idée, s'exclama Robbie avec un sourire.

Gretchen l'interpella alors qu'il se dirigeait vers sa chambre :

— Tu voudrais bien t'habiller, s'il te plaît ?

— Oui, m'man.

Elle dut se faire violence pour ne pas le serrer dans ses bras, mais il se comportait comme l'homme de la maison, et il ne fallait surtout pas blesser sa fierté d'enfant.

— Tu crois que ça s'est bien passé ? demanda Vin à voix basse lorsque Robbie eut disparu à l'étage.

— J'en suis sûre. (Elle cligna des paupières et s'assit à côté de lui.) Je t'en prie, bois.

Vin lui serra brièvement la main avant d'avaler une gorgée

— Je ne crois pas être d'attaque pour les crackers.

— Ça peut attendre.

— Merci… de m'avoir laissé faire sa connaissance.

— Merci à toi de t'être montré si gentil avec lui.

— Je vais me reposer sur le canapé, d'accord ?

— Oui. Il apprendra ses leçons dans la cuisine. Je l'éduque à domicile, et aujourd'hui c'est lundi.

— Je t'aime, dit Vin en se tournant vers elle. À tel point que cela me fait mal.

Elle se pencha vers lui en lui souriant.

— Hum… Je pense que c'est plutôt dû à ton épaule.

— Non, c'est plus proche de ma poitrine. Comment ça s'appelle, déjà ? Le cœur, non ? Je n'en suis pas sûr. C'est la première fois que je le sens.

— Je crois bien que c'est le cœur, oui.

— Tu comptes toujours emménager dans ma maison de campagne ?

— Si tu es toujours d'accord, oui.

— Ça te dérangerait d'avoir un colocataire ? C'est une grande bâtisse et il pourrait séjourner dans la chambre de bonne, près de la cuisine. Robbie et toi auriez tout l'étage pour vous. Et je me porte garant de ce type. Je le connais depuis longtemps, un garçon propre, soigneux, calme, discret. Il est un peu paumé en ce moment et il cherche un endroit où se poser, le temps de remettre un peu d'ordre dans sa vie.

Elle lui caressa le visage, songeant qu'elle ne le connaissait pas depuis très longtemps si on considérait le temps qui s'était écoulé depuis leur rencontre. Mais, étant donné ce qu'ils avaient traversé, il aurait été plus juste de compter en années canines. Voire plus.

— C'est une excellente idée.

Ils s'embrassèrent de nouveau et il dit :

— Si cela ne marche pas, je te laisserai tranquille.

— Je suis sûre que cela se passera très bien.

Vin sourit et sirota son verre.

— Ça faisait un bail que je n'avais pas bu de limonade.

— Comment va ton estomac…

Robbie redescendit, toujours en pyjama.

— Tiens, c'est pour toi !

Il lui tendait son livre de Spider-Man préféré et Gretchen prit le verre pour que Vin puisse accepter le cadeau.

— Ça a l'air super cool, murmura Vin en posant la BD sur ses genoux avant de commencer à la feuilleter.

— Ça te changera les idées. (Robbie hocha la tête, comme s'il avait des dizaines d'années d'expérience dans ce domaine.) Des fois, quand on est malade, on a besoin de distraction. (Il prononça « discraction ».) Il faut que je m'habille pour les leçons. Toi, reste là, et bois. Maman et moi, on viendra voir si tu vas bien.

Sans plus de formalités, Robbie quitta la pièce comme s'il avait tout réglé. En un clin d'œil, le charme de Vin avait opéré.

Chapitre 43

Jim était de nouveau allongé sur l'herbe grasse. À la différence près que, cette fois, il savait où il avait atterri.

Le nez plongé dans les brins verts et duveteux, il ouvrit les yeux et tourna le visage sur le côté pour prendre une grande inspiration. Tout son corps lui faisait mal, et pas seulement l'endroit où la balle avait pénétré. Il attendit que la douleur s'apaise avant de tenter des mouvements plus hardis comme… ah oui, lever la tête ou une connerie du genre.

De toute évidence, s'il se retrouvait face contre terre, c'est qu'il était mort pour de bon.

Soudain, une paire de derbys d'une blancheur immaculée apparut dans son champ de vision. Les élégantes chaussures étaient surmontées d'un pantalon en lin avec un pli marqué au fer et un tombé impeccable au niveau des chevilles.

Les ourlets remontèrent d'un coup lorsque Nigel s'accroupit.

— Quel plaisir de vous revoir ! Et non, vous n'allez pas rester. D'autres missions vous attendent.

Jim poussa un grognement.

— Est-ce que je vais toujours devoir mourir avant de venir ici ? Parce que, ne le prenez pas mal, mais, bordel de merde, il suffirait que je vous passe mon numéro de portable.

— Vous avez fait du bon boulot, répondit Nigel. (Il tendit la main.) Du très bon boulot, même.

Jim prit appui sur le sol souple et se retourna. Serrant la paume qui lui était présentée, il cligna des yeux tant le ciel était clair et dut retirer sa main pour se frotter les yeux.

Bon sang… quelle histoire ! Mais au moins deux d'entre eux s'en étaient bien tirés.

— Vous avez omis une information capitale, dit-il à l'ange. Le tournant, c'était le mien, n'est-ce pas ? Quand la balle a fendu l'air, le choix était entre mes mains, pas celles de Vin.

— C'est vrai, c'était l'instant décisif. Et vous avez choisi de vous sacrifier pour elle.

Jim resta saisi, les bras ballants.

— C'était un test.

— Et vous l'avez réussi.

— Youpi.

Colin et les deux autres dandys s'approchèrent, eux aussi vêtus de pantalons blancs et de pulls en cachemire, l'un pêche, l'autre jaune et le troisième bleu ciel. Celui de Nigel était couleur corail.

— Ça ne vous arrive jamais de porter du kaki ? grommela Jim en prenant appui sur ses mains. Ou est-ce que ce serait une infraction à la mode céleste ?

Colin s'agenouilla directement sur l'herbe – à croire que le paradis est bien fourni en détachants.

— Je suis fier de vous.

— Nous le sommes tous, dit Bertie en caressant la tête du lévrier. Vous vous en êtes très bien sorti.

— C'est vrai, acquiesça Byron, ses lunettes projetant des éclats roses dans la lumière diffuse. Cela dit, je savais que vous feriez le bon choix. Depuis le début. Ouais, j'en étais sûr.

Jim se concentra sur Colin.

— Qu'est-ce que vous me cachez d'autre ?

— J'ai bien peur que nos informations se limitent au strict nécessaire, cher ami.

Renversant la tête, Jim contempla le ciel bleu et laiteux qui semblait à la fois si lointain et si proche.

— Vous ne connaîtriez pas un certain Matthias, par hasard ?

Une douce brise effleura les brins d'herbe et sa question resta sans réponse. Il tenta de se relever. Quand Bertie et Byron se penchèrent pour l'aider, il les repoussa, même s'il était aussi stable qu'un crayon posé à la verticale sur une gomme.

Jim connaissait la suite du programme. Une nouvelle mission. Sept âmes et il n'en avait sauvé qu'une… Une ou deux ?

— Combien m'en reste-t-il ? s'enquit-il.

Colin désigna la gauche d'un geste du bras.

— Voyez vous-même.

Les sourcils froncés, Jim jeta un coup d'œil au château. Au sommet de l'imposante muraille, un énorme drapeau triangulaire flottait dans la brise. Il était d'un rouge si vif, si éblouissant que Jim le regarda d'un air fasciné.

— C'est pour cela que nous ne portons que du pastel, expliqua Nigel. Cet étendard a été hissé en votre honneur et rien, hormis l'herbe verte de la terre, ne saurait égaler son éclat.

— C'est pour Vin ?

— Oui.

— Que va-t-il leur arriver ?

Byron prit la parole.

— Ils passeront le reste de leurs jours à s'aimer et, lorsqu'ils entreront en ces lieux, ils partageront l'éternité dans la joie.

— À condition de ne pas foirer avec les six autres, lança Colin en se redressant. Ou de renoncer.

Jim pointa le doigt sur lui à la manière d'un pistolet.

— Pas mon genre.

— C'est ce qu'on verra…

— Vous n'êtes vraiment qu'un sale con.

— Je ne puis qu'acquiescer sur ce point, dit Nigel.

— Parce que je fais preuve d'objectivité ? (L'ange n'avait pas du tout l'air de se sentir injurié.) Dans tout ce que nous entreprenons, il vient toujours un moment où la brûlure des efforts se fait sentir. Nous sommes tous passés par là, et vous aussi. Espérons simplement que lorsque vous atteindrez ce stade, vous…

— Je ne jetterai pas l'éponge, crétin. Ne vous en faites pas pour moi.

Nigel croisa les bras et le regarda droit dans les yeux.

— Maintenant que Divine vous connaît et que vous lui avez pris une âme qu'elle possédait, elle va commencer à cibler vos faiblesses. Les choses vont devenir bien plus difficiles et bien plus personnelles.

— Qu'elle vienne, cette salope. Je l'attends de pied ferme.

Colin sourit.

— C'est vraiment bizarre qu'on ne s'entende pas mieux, vous et moi.

Byron se racla la gorge.

— Je crois que nous devrions tous soutenir Jim au lieu de le défier davantage. Il fait un excellent travail, il s'est montré courageux et, pour ma part, je suis extrêmement fier de lui.

Alors que Bertie se joignait aux louanges, le lévrier agitant la queue derrière lui, Jim leva les mains.

— C'est bon, c'est bon…

Oh, mon Dieu, non, pas d'embrassades, non…

Trop tard. Byron l'entoura de ses bras et le serra avec une force étonnante. Puis ce fut au tour de Bertie, Tarquin se dressant pour poser les pattes sur l'épaule de Jim. À leur décharge, ils sentaient tous bon, une odeur qui lui rappelait la fumée des cigares qu'Eddie avait allumés.

Heureusement, Nigel et Colin n'étaient pas du genre à se laisser aller à de telles démonstrations.

À vrai dire, Jim était tout de même un peu touché, bien qu'il ne l'eût jamais avoué. D'un coup, il se sentit ragaillardi, prêt à retourner dans l'arène. Ce drapeau, symbole de son succès, était une incroyable source de motivation – peut-être parce que dans son ancienne vie le succès se jaugeait au nombre de pierres tombales, et que la vue de cet étendard flottant au vent était bien plus attrayante et stimulante.

— Bon, voici ce que je propose, annonça-t-il aux anges. J'ai une urgence à régler avant ma prochaine mission. Il faut que je retrouve un homme avant qu'il se fasse tuer pour de mauvaises raisons. Tout cela est lié à mon passé, et il m'est impossible de m'y soustraire.

Nigel sourit en posant sur Jim ses yeux d'une beauté étrange. On aurait dit qu'ils voyaient tout.

— Bien entendu. Faites selon vos désirs.

— Alors, est-ce que je reviens ici quand j'ai fini ou…

L'ange afficha de nouveau son sourire omniscient.

— Comment est-ce que je peux vous contacter ?

— On vous fera signe.

Jim étouffa un juron.

— Vous êtes sûr de ne pas connaître Matthias ?

Colin prit la parole.

— N'oubliez pas que Divine est capable de revêtir n'importe quelle forme : homme, femme, enfant et même certains animaux. Elle peut être partout, n'importe où.

— Je m'en souviendrai.

— Ne vous fiez à personne.

Jim acquiesça.

— Ne vous inquiétez pas, j'en ai l'habitude. Ah, attendez… juste une chose… Est-ce que vous communiquez avec moi par le biais de la télévision ou est-ce que j'ai vraiment perdu la boule ?

— Que Dieu vous protège, Jim Heron, dit Nigel en le saluant d'un signe. Vous avez fait preuve de bravoure contre notre ennemi. À présent, il est l'heure de réitérer votre exploit, mon… pote.

Jim lança un dernier regard au château et imagina sa mère à l'abri de ses murs, belle et heureuse. Puis un éclair d'énergie jaillit de la main de l'ange et Jim se désagrégea, éparpillé aux quatre vents.

Dur. Glacial. Désagréable.

Telles furent les premières pensées de Jim à son réveil. Et lorsqu'il ouvrit les yeux, il fut de nouveau ébloui par cette lumière diffuse et laiteuse, semblant émaner de nulle part. Ce qui l'amena à se demander si Nigel, avec sa main lumineuse, n'avait pas merdé en le renvoyant à la case départ.

Sauf que l'air n'était pas frais. Et au lieu d'un lit d'herbe tendre, il avait l'impression d'être allongé sur un trottoir, dur et froid.

Lorsqu'une main retira le drap qui lui cachait le visage, Jim faillit sauter au plafond.

— Salut, dit Eddie, prêt pour la suite ?

— Nom de Dieu ! (Il porta la main à sa poitrine.) Tu veux me faire mourir de peur ?

— C'est un peu tard pour ça.

Jim regarda autour de lui. La pièce dans laquelle ils se trouvaient était entièrement recouverte de carreaux vert délavé et tous les murs étaient percés de grandes portes en acier munies de poignées de chambre froide. Des tables en inox surplombées de balances étaient alignées au centre et les éviers à l'autre bout de la salle étaient aussi gros que des baignoires.

— Bordel, mais je suis à la morgue ?

— Ben ouais…

Le « crétin » était implicite.

Jim se redressa. En effet, un peu plus loin, il distingua un sac mortuaire avec un corps à l'intérieur et, près de la porte voisine, un cadavre recouvert d'un drap dont les pieds dépassaient du tissu.

— C'est donc vrai qu'ils attachent des étiquettes aux orteils des morts.

Eddie haussa les épaules.

— Ben, c'est pas comme s'ils pouvaient s'adresser à eux par leur prénom.

Avec un juron, Jim bascula les jambes hors de la table sur laquelle il se trouvait et aperçut alors Adrian. L'ange se tenait à l'entrée de la salle, affichant une allure réservée qui tranchait avec son exubérance habituelle : bras croisés, pieds serrés, lèvres pincées, le teint aussi pâle qu'un Kleenex, il fixait du regard le carrelage, le sourcil bas, ses cils noirs se détachant sur ses joues blafardes.

Il souffrait. Physiquement et mentalement.

— Je t'ai apporté des vêtements, dit Eddie. Et oui, je suis reparti chercher Rex. Il est dans le pick-up, heureux comme un pape.

— Alors je suis mort ?

— Tout ce qu'il y a de plus mort.

— Mais j'ai le droit de garder Rex ? Même à l'état de…

Viande froide ? Merde, est-ce qu'il devait employer un terme politiquement correct pour désigner les morts ? Ou est-ce qu'on se fichait de la diplomatie quand on avait avalé sa chique ?

— Ouaip, il est à toi. Où que tu ailles, il te suivra. (Pour une raison étrange, Jim se sentit soulagé.) Alors, je te les file, ces fringues ?

Jim jeta un coup d'œil à ce qu'Eddie avait dans les bras, puis à son propre corps. Il avait l'air d'être resté le même, massif et musclé. Les yeux, le nez et les oreilles semblaient en bon état.

Mais comment tout cela allait-il fonctionner ?

— Ce n'est ni l'endroit ni le moment de se lancer dans des explications, déclara Eddie en lui tendant les habits.

— C'est clair.

Jim s'empara du jean, du tee-shirt AC/DC et du blouson de cuir. Les chaussures étaient de grosses rangers en cuir, livrées avec d'épaisses chaussettes blanches. Et tout lui allait parfaitement.

Tout en s'habillant, il observa Eddie.

— Est-ce qu'il va aller mieux ? demanda Jim à voix basse.

— Dans quelques jours.

— Est-ce que je peux faire quoi que ce soit ?

— Ouais. Lui ficher la paix.

— Pigé.

Après avoir bouclé ses bottes, Jim enfila le blouson de cuir.

— Et comment on va expliquer mon retour de l'au-delà ? Je veux dire, il va manquer un cadavre, là…

— Non.

Eddie désigna la table sur laquelle Jim s'était trouvé et… nom de Dieu. Son corps était là. Gisant telle une pièce de bœuf, le teint terreux, une plaie béante en plein milieu du torse.

— Ta période de probation est terminée, annonça Eddie en replaçant le drap sur le visage. Impossible de faire machine arrière.

Jim contempla les monts et les vallées dont le linceul esquissait les contours, soulagé que sa mère ne soit plus en vie et n'ait pas à porter son deuil. Ça rendait les choses bien plus faciles.

Et ça le débarrassait de Matthias.

Cette pensée lui arracha un petit sourire :

— Ça a ses avantages d'être mort, hein ?

— Parfois oui, parfois non. C'est comme ça, c'est tout. Allez, viens, foutons le camp.

Les yeux rivés sur le cadavre, il dit :

— Je vais passer quelques jours à Boston. Je ne sais pas combien au juste. J'ai le feu vert des patrons.

— On part avec toi. Une équipe, ça reste soudée.

— Même si ce n'est pas votre combat ?

— Ouaip.

L'idée d'avoir ses propres renforts était séduisante. À trois, ils couvriraient plus de terrain, d'autant qu'il n'avait aucune idée du temps qu'il lui faudrait pour mettre la main sur la cible de Matthias.

— OK. Cool.

À ce moment-là, deux types entrèrent en bavardant, tous deux vêtus de blanc et tenant un café à la main. Jim voulut se mettre à l'abri, avant de se rendre compte qu'il avait beau les voir, sentir ce qu'ils buvaient et entendre leurs sabots claquer sur le carrelage, les employés, eux, n'avaient pas du tout conscience de la présence de trois autres personnes dans la salle.

Enfin, « personnes » était un bien grand mot.

— Tu te charges de la paperasse ? demanda l'homme sur la droite en désignant le corps de Jim.

— Ouais. J'ai un contact à appeler si personne ne vient le réclamer. Un certain… Vincent DiPietro.

— Hé, c'est l'entrepreneur qui a construit ma maison.

— Ah ouais ?

Ils posèrent leur mug sur un bureau et s'emparèrent de planches à pince.

— Ouais, j'habite dans ce lotissement près du fleuve.

S'approchant du cadavre, l'homme souleva un coin du drap et lut l'étiquette attachée au gros orteil.

— Ça doit être sympa.

— Ouais, très. (Il commença à remplir le formulaire.) Mais ça m'a coûté un bras. J'aurai de la veine si j'arrive à prendre ma retraite avant mes quatre-vingts piges.

Jim prit un moment pour se dire adieu – une expérience étrange, mais aussi un soulagement : en arrivant à Caldwell, il avait voulu un nouveau départ et, de ce côté-là, il avait été servi. À présent, tout était différent : sa « vie », son boulot, son employeur.

C'était comme une nouvelle naissance dans un monde métamorphosé.

Alors qu'il quittait la morgue escorté de ses deux coéquipiers, Jim se sentait curieusement exalté… et prêt à retourner au combat. À vrai dire, il avait le sentiment qu'au cours des prochaines années, « Viens te battre, salope » allait devenir sa devise.

Une pensée le frappa soudain.

— Il faut que je retourne à l'entrepôt, leur dit-il. Maintenant. Je veux récupérer le corps de cette fille.

Adrian répondit d'une voix râpeuse.

— Il n'y est plus. Tout ce qui était à l'intérieur a disparu.

Jim s'arrêta au milieu du couloir. Lorsqu'un brancardier poussant un chariot chargé de draps les traversa, Jim ne sentit rien d'autre qu'un léger frisson. En d'autres circonstances, il aurait peut-être balancé une réflexion goguenarde, mais là, il n'avait qu'une chose en tête.

— Où l'a-t-elle emmenée ? demanda-t-il.

Gardant les yeux rivés au sol, Adrian haussa les épaules, ses piercings brillant d'un éclat sinistre à la lumière des néons.

— Là où elle veut. Quand je me suis réveillé, le loft était vide.

— Comment a-t-elle pu tout déménager ? Il était plein à craquer.

— Elle a des sbires à son service. Des créatures qu'elle peut rameuter assez rapidement. J'étais enchaîné, enfin je crois… (Il s'interrompit.) Ça leur a pris environ deux heures, je pense. Peut-être un peu plus. J'étais à moitié groggy à ce moment-là.

— Et ils ont embarqué le cadavre ?

Adrian acquiesça.

— Pour s'en débarrasser.

— De quelle manière ?

L'ange reprit son chemin, l'air de vouloir couper court à toute conversation.

— Comme n'importe quel meurtrier. Ils l'ont coupée en morceaux avant de l'enterrer.

Jim leur emboîta le pas, dévoré par une soif de vengeance qui le prenait à la gorge, concentré au point de frôler la migraine. Il allait devoir se renseigner sur cette fille, sa famille, l'endroit où son corps avait échoué. Et, tôt ou tard, il allait faire payer à Divine la mort de cette innocente.

Alors, ouais, les choses allaient prendre une tournure personnelle.

Radicale, violente et personnelle.

Désormais, il avait une mission.

BRAGELONNE – MILADY, C'EST AUSSI LE CLUB :

Pour recevoir le magazine *Neverland* annonçant les parutions de Bragelonne & Milady et participer à des concours et des rencontres exclusives avec les auteurs et les illustrateurs, rien de plus facile !

Faites-nous parvenir votre nom et vos coordonnées complètes (adresse postale indispensable), ainsi que votre date de naissance, à l'adresse suivante :

Bragelonne
60-62, rue d'Hauteville
75010 Paris

club@bragelonne.fr

Venez aussi visiter nos sites Internet :
www.bragelonne.fr
www.milady.fr
graphics.milady.fr

Vous y trouverez toutes les nouveautés, les couvertures, les biographies des auteurs et des illustrateurs, et même des textes inédits, des interviews, un forum, des blogs et bien d'autres surprises !

Achevé d'imprimer en juillet 2012
Par CPI Brodard & Taupin - La Flèche (France)
N° d'impression : 69612
Dépôt légal : août 2012
Imprimé en France
81120825-1